Ona yenilmiştim...
Hem zaten
ona yenilmediğim
bir zaman dilimi
yoktu ki.

Bir Yanlış Kaç Doğru?

Sonsuz Kitap: 149
1. Baskı: Şubat 2016
ISBN: 978-605-384-917-9
Yayıncı Sertifika No: 16238

Bir Yanlış Kaç Doğru?

Yayın Yönetmeni: Ender Haluk Derince
Görsel Yönetmen: Faruk Derince
Kapak Tasarım: Sevil Şener
Editörler: Özge Ceren Kalender - Gamze Elmacı
İç Tasarım: Sadık Kanburoğlu

BASKI
Sonsuz Matbaa Kağ. Müc. Hizm. San. ve Tic. Ltd. Şti.
Davutpaşa Cad. Yılanlı Ayazma Sk. No: 8/G Zeytinburnu / İstanbul
Tel: 0212 674 85 28 sonsuzmatbaa@gmail.com Sertifika No: 28487

YAKAMOZ KİTAP © 2016, Gizem Bilici

Yayınevinden izin alınmaksızın tümüyle veya kısmen çoğaltılamaz,
kopya edilemez ve yayımlanamaz.

YAKAMOZ KİTAP / SONSUZ KİTAP
Gürsel Mah. Alaybey Sk. No: 7/1 Kağıthane/İSTANBUL
Tel: 0212 222 72 25 Faks: 0212 222 72 35
www.yakamoz.com.tr / info@yakamoz.com.tr

www.instagram.com/yakamozkitap
www.facebook.com/yakamozkitap
www.twitter.com/yakamozkitap

Bir Yanlış Kaç Doğru?

Giriş

Sevgili Günlük

Sevgili -her şeyimi benden bile iyi bilen- *günlük kardeş*,
Hatırlar mısın bilmem... Yıllar öncesinde yaptığım o büyük yanlış sayesinde tanışmıştık seninle. O günden sonra her gün yazmıştım sana. Asude'den sonra en büyük dostum olmuştun hatta! Eskiden günlük tutanlarla, *işi gücü mü yok bunun* diyerek dalga geçmemin cezasını faiziyle ödediğimi düşünüyorum...

Her neyse. Sadede geleyim en iyisi ben! Daha yapılacak çok işim var ne de olsa... Gerçi sen bunu benden daha iyi biliyorsun, değil mi? Çünkü günlerdir yaptığım bu hazırlıklardan, bu büyük telaşımdan sana öyle bir bahsediyorum ki... Eminim ki, benden bıkmışsındır artık!

Şimdi bol bol sevinebilirsin çünkü bu sana son yazışım! *Neden* diye soracak olursan -ki soracağını hiç zannetmiyorum ama yine dehemen cevabını vereyim sana: Çünkü artık sana ihtiyacım kalmadı, her şeyimi en ince ayrıntısına kadar bilen günlük bozuntusu!

İhtiyacım kalmadı! Çünkü artık mutluyum. Çünkü artık beni yiyip bitiren düşünceler dönüp durmuyor kafamda. Çünkü artık -*gerçek anlamda*- sevildiğimi iliklerime varıncaya kadar hissediyorum!

Şimdi içinden *nihayet* diye geçirip, benden kurtulduğun için göbek atıyorsun değil mi? Hah! Sana güvenemeyeceğimi en başından beri biliyordum zaten. Küstah şey!

Yine de büyüklük bende kalsın diyerekten, sana bundan altı yıl öncesinde, yine gözyaşlarımın eşliğinde yazmış olduğum cümlelerle veda etmek istiyorum. Benim için çok büyük bir anlam taşıyan o harika günden, sana bıraktığım o değerli ve yaşlarımın dökülüp mürekkebin bulaştığı o satırlarla...

İnsan bazen yanlışlar yapar hayatta... Bazıları küçük, önemsiz yanlışlardır. Bazıları ise hayatı derinden etkileyecek kadar büyük yanlışlardır.

İşte ben, büyük yanlış yapanlardan biriyim! Hem de çok ama çok büyük bir yanlış yapanlardan biri!

Ama bazen yaptığımız bir yanlış, nadiren de olsa doğrularımızı götürmeyip aksine onları bize getirebiliyor! Yani bazen bir yanlışımızın birden fazla doğruyu doğurduğu oluyor! Evet evet, yanlış duymadınız. Bazen bir yanlış sayesinde birden fazla doğruya kucak açabiliyorsunuz!..

Tıpkı benim hikâyemde olduğu gibi!

1. Bölüm

Eğlence

7 Yıl Önce

"Bitti!" Ellerimi iki yana açarak okuldan çıktım. "Sonunda bitti!" diye haykırdım bir kez daha. *Sanki kimse beni duymamış gibi...*

Küçük bir çocuk gibi hareket ettiğimin, dışarıdan bakıldığında saçma sapan görünen hareketleri fiile geçirdiğimin farkındaydım. Ama elimde değildi ki! Bütün sınavlardan kurtulmuştum! Üstelik hepsi de harika geçmişti! Küçüklüğümden beri hayallerimi süsleyen İstanbul Hukuk'u kazanabileceğimi düşündükçe de doğal olarak içim içime sığmıyordu. Bu yüzdendi bu aşırı tepkilerim...

Anne ve babamı gördüğümde ise derhal kendi etrafımda dönmeyi kesip, bir kısmı açılan eteğimi aceleyle düzelttim. Ciddileşebilmek adına yalandan yere boğazımı temizledikten sonra koşar adımlarla yanlarına gittim. Kollarımı önce annemin boynuna doladım ve kulağına "Harika geçti!" diye fısıldadım. Sonra da geri çekilip memnuniyetle gülümseyen suratına baktım. Heyecandan altın sarısı saçları alnına yapışmıştı.

Babama döndüğümde de yine gülümseyerek "Çok iyiydi baba!" dedim. *Ses tonumdan koca bir mutluluk akıyordu sanki etrafa...* Kollarını açtığında ona doğru hareketlenip kollarımı beline sardım ve başımı göğsüne yasladım. "Aferin evlat!" Fısıltısını duyar duymaz mutluluk ve biraz da gururla gülümsedim. Başarılarımla her zaman gurur duyan ama bunu çok fazla belli etmeyen ebeveynlere sahiptim.

Yani, beni her başarımdan sonra pohpohlamazlardı. Ama mutlu olduklarını görmek bana yetiyor da artıyordu bile!

Aklıma aniden dank eden düşünceyle heyecanla anneme döndüm. "Telefonunu verir misin anne? Asu'yu aramam gerek!"

Telefonu uzattığında başımla kısa bir teşekkür edip yanlarından, alanın izin verdiğince uzaklaştım. Rehbere girmekle uğraşmayıp Asude'nin ezbere bildiğim numarasını çevirdikten sonra da kendimi önümdeki banklardan birine attım.

Telefonu açtığında "Nasıl geçti?" diye sordum direkt olarak. Aslında cevabını gayet iyi biliyordum. O da benim gibi inek olduğu için çok iyi geçmiş olmalıydı. *Bundan önceki bütün sınavlarımızda olduğu gibi...*

Benim sesime kıyasla çok daha sakin çıkan sesiyle "Gayet güzeldi," dediğinde gülümsedim. Ve dıştan suskun kalsam da, içimden haykırdım: *İstanbul Hukuk, bekle bizi!* Küçüklüğümüzden beri hayallerimizi süsleyen o okula gidecektik işte. Asude ve ben! Şimdiye kadarki bütün çalışmalarımız, bütün emeklerimiz o fakülteyi kazanmak içindi. Ve kendimden ne kadar eminsem, Asude'den de o kadar emindim. Biz, tıpkı babalarımız gibi o okulun, o bölümün öğrencileri olacaktık!

"Benimki de öyle!" dedim otuz iki diş gülümserken.

"Peki, sen ne diye hâlâ telefonunu açmadın aptal? O kadar aradım ki!" diyerek beni azarlamaya başladığında ise nefesimi sertçe dışarıya üfledim. Sorgu başlamıştı her zamanki gibi. Asude'nin, bazen beni annemden daha çok sorguya çektiği bile oluyordu... Nefret ettiğim huylarından yalnızca bir tanesiydi bu.

"Unuttum," dedim, alt dudağımı dişlerken. Ah, kesinlikle dilinden kurtulamayacaktım. Bazen gerçekten de çok konuşabiliyordu. *Koca çeneli Asude* diye boşa demiyordum ki!

"Sorumsuz olduğunu her zaman kanıtlamak zorunda mısın Başak?" Yine başlamıştık işte! Daha fazla hakaret dinleyecek halim yoktu doğrusu... Üstelik bu denli mutluyken! En *iyisi*, her zaman uyguladığım taktiği uygulamaktı: *Yani, konuyu değiştirmek.*

"Bugün kutlarız, değil mi Asu?" İçimden *'evet'* demesi için bildiğim bütün duaları sıralamaya başlamıştım bile. Hiçbir zaman eğlence yanlısı biri olmamıştı Asude. Aslında benim de ondan aşağı kalır yanım yoktu. Fakat şimdi dersler bitmişti. Artık üniversiteli sayılırdık! Ve bana kalırsa, bu raddeye gelmişken birazcık eğlenmek bizim de hakkımızdı.

Umursamazca "Kucağımıza patlamış mısırları, elimize de kolalarımızı alıp film izleriz işte," dediğinde, gözlerimi devirdim. *Eğlence anlayışı gelişmemiş ve hiçbir zaman gelişemeyecek olan monoton insan!*

"Bu sefer farklı bir şeyler yapsak?" dedim, farklı şeylerden kastım her neyse onları düşünürken çenemi kaşıyarak.

Öğrenci olduğumuz ilk günden bu yana, sürekli inekleyip durduğumuz için hiçbir sosyal aktiviteye katılmamıştık şimdiye kadar. Asosyal olup çıkmıştık resmen! Bunda, babalarımızın -ki özellikle de benim babamın- fazlasıyla otoriter oluşunun da payı büyüktü elbette... Ailelerimizle birlikte on yedi yılımızı İzmir'de geçirmiştik. Asude'yle hep aynı okulda, aynı sınıfta olmuş ve hep aynı sırayı paylaşmıştık. Lisenin son yılında ise hep birlikte İstanbul'a taşınmıştık. *Onun ailesi ve benim ailem.* Çünkü istediğimiz okul -yani İstanbul Üniversitesi- bu şehirdeydi. Bu yüzden ailelerimiz alışabilmemiz adına, lisemizin son yılını burada, bizimle geçirmişlerdi. Ama alışabildiğimizi hiç zannetmiyordum.

Çünkü evden okula, okuldan dershaneye, dershaneden eve gidip gelmekten başka hiçbir şey yapmamış, bunların dışında başka hiçbir ortamda bulunmamıştık. Sahi, artık biraz da olsa sosyalleşmenin, eğlenmenin zamanı gelmemiş miydi?

Oldukça uzun bir sürenin ardından, "Buldum!" diye haykırdım. "Bence bir eğlence mekânına gidip kafamızı dağıtabiliriz!" Kabul etmeyeceğini adım gibi biliyordum aslında. Gerçi bu fikir benim de kulağıma saçma gelmişti ama birlikte olduğumuz takdirde gidebilirdik belki. Zaten, birlikte olduğumuz takdirde, bu hayatta yapamayacağımız tek bir şeyin dâhi olduğuna inanmıyordum ben!

"Saçma sapan fikirlerini kendine sakla Başak!"

Sesinden âdeta duygusuzluk akıyordu. Dişlerimi öfkeyle birbirine bastırıp, "Sen gelme. Ben giderim o zaman!" dedim, tam anlamıyla meydan okurcasına.

"Hayır efendim! Sen de gitmeyeceksin!" diye kükrediğinde ise telefonu kulağımdan uzaklaştırmak zorunda kaldım. *Birisi bu aptala benim de onun gibi on sekiz yaşında olduğumu hatırlatabilir miydi acaba? Rica ediyorum ama. Lütfen!*

Bana emirler yağdırmasından ciddi anlamda nefret ediyordum. Tamam. İyiliğimi düşünüp, başıma bir şey gelmesinden korkuyor olabilirdi. Ama tüm bu fikirlerini abartıp da bana karışamazdı, öyle değil mi? Neticede dilediğimi yapmakta özgürdüm. Ve yapacaktım da! Sırf ona inat olsun diye yapacaktım hem de!

"Tamam. Sonra görüşürüz Asu!" deyip cevap vermesini dâhi beklemeden telefonu suratına kapattım. Daha fazla uzatırsak kavga edecek oluşumuz su götürmez bir gerçekti...

On sekiz yıllık ömrüm boyunca tek bir kez bile eğlenmemiştim. Sürekli olarak çalışmam gereken derslerin üzerine eğilmiş, hepsinin dört dörtlük olması adına canım çıkarcasına bir gayret sarf etmiştim. Ama acısını çıkaracaktım işte! Bunu yapmakta kararlıydım. Hem Asude'ye, biz insanların bazen eğlenmeye, kafalarını dağıtmaya ihtiyaçlarının olduğunu kanıtlayabilirdim belki.

O zaman... Eğlence başlasın!

2. Bölüm

Kızarız, Küseriz Ama Asla Sırt Çevirmeyiz!

Yaptığı o büyük yanlış sonucunda, hamuru acıyla ve acının yanında getirdiği kederle yoğrulmuş bir gençlik hikâyesiydi onunki...

Evet. Büyük bir yanlışın altına, beklenmedik bir şekilde imzasını atıvermişti genç kız. Beklenmedik sayıyordu bunu. Çünkü bu, onun için gerçekten de beklenmedik bir yanlıştı! O ki, her daim doğru şeylerin peşinde koşan, yanlış olduğunu düşündüğü her şeyden köşe bucak kaçan; dersleri dışında hiçbir şeyi ve hiç kimseyi umursamayan, hiçbir erkeğe karşı en ufacık bir ilgisi dâhi olmayan Başak Akman!..

Bu sefer öyle olmamıştı ama! Bu sefer kucak açtığı şey doğru değil, tamamen yanlış olmuştu. *Büsbütün, baştan aşağı bir yanlış!* Hayatını tümden, en temelden sarsacak kadar büyük bir yanlış...

Cenin pozisyonunu aldığı yatağında, yorganının altında hareketsizce yatmaya devam ediyorken, gözlerinden sıcacık bir damla yaşın daha yanağından aşağı süzülüp gittiğini hissetti genç kız. Az önce süzülüp giden yaşına komşu olmuştu o da. Ve onlara yeni yeni komşular vermek konusunda da epey kararlı görünüyordu Başak. Acı çekiyordu çünkü. Canı yanıyordu! Ama hepsinden de ötesi, kendisinden nefret etmesiydi hiç şüphesiz. *Sahi, insanın kendisinden nefret etmesinden daha kötü, daha büyük bir şey var mıydı?* Ve tüm bu uç hislerine, yaşadıklarına rağmen, onu duyan ya da çektiği bu acıları bilen yoktu! En yakın arkadaşı, hatta kardeşi diyebileceği Asude bile olanlardan bihaberdi... Söyleyebilse, yüzü yetse söylemeye, ilk ona söylerdi zaten! İlk onunla paylaşır ve belki biraz olsun rahatlardı. Ama öyle bir utanıyordu ki yaptığından, can dostunun yüzüne dâhi bakamıyordu!

Ah! Nasıl başa çıkacaktı bununla? Henüz on sekiz yaşındaydı! *Gençliğinin baharı*, denilen o güzel kısımda... Üstelik her şey bu kadar çok yolunda ve bu kadar güzel rayında ilerliyorken bu başına açtığı şey de neydi? Ne istemişti güzelim hayatından da, böyle içine etmişti?

Küçüklüğünden bu yana, hayalini kurduğu gibi İstanbul Üniversitesi Hukuk Fakültesi'ni kazanmıştı Başak. Üstelik bu okula, mükemmel sayılabilecek bir dereceyle girmişti. Ve bu sevinç ona yetmezmiş gibi, biricik Asude'si de bu bölümü kazanmıştı. Aynı evde, yalnızca ikisi kalıyorlardı ve her şey gerçekten de güzel gidiyordu. Kısacası iki genç kızın bütün hayalleri gerçek olmuştu! Bütün planlar tutmuş, verdikleri emekler boşa gitmemiş ve hak ettikleri yere sonunda gelebilmişlerdi.

Fakat hayat öyle bir şeydi ki, hiç ummadığınız bir anda tokadı suratınıza yapıştırıveriyordu. Dimdik ayaktayken, bir anda yapışıveriyordunuz en dibe! Hiç beklemediğiniz bir anda! Hiç beklediğimiz bir zaman diliminde ve mekânda... Çeşitleri boldu bunun. Ve Başak da, hayatın biz insanlara attığı tokatların birinden nasiplenmişti!

Daha Asude'ye, bir adamla beraber olduğunu dâhi anlatmaya dili dönmemişken, bir de bugün hamile olduğunu öğrenmişti... Karnında bir canlı vardı. Bir bebek. Kendi bebeği! Ve Başak buna bir türlü inanamıyordu. *İnanmak istemediğinden olsa gerekti...* Kendince reddediyor, düşünmekten başına ağrılar girdiğinde ise olabildiğince görmezden gelmeye çalışıyordu. Ama nafileydi! Bunu yaptığında o bebeğin ortadan kaybolacağı yoktu, öyle değil mi? Yok sayamazdı onu! Böyle bir lükse kesinlikle sahip değildi. Ne zaman mı kaybetmişti bu lüksü? Neredeyse üç ay önce, yanlışlarla dolu olan ve hatırlamak dâhi istemediği o lanet gecede!

Koca bir yaş daha süzülürken yanağından aşağı, derin bir iç geçirdi. Hayatında bir kez olsun eğlenmek istemişti. *Yalnızca bir kez*! Ama bu isteğinin sonucunda başına öyle büyük bir bela almış, güzelim hayatını öyle bir zehir etmişti ki kendine, işin içinden nasıl çıkacağını bilemiyordu şimdi.

Sırf hayallerindeki adamı karşısında gördüğü için ve sırf onu görür görmez vurulduğu için, başına gelen bu şeye değer miydi yani? Onu günlerce yaptığı gibi yalnızca uzaktan izlese, izlerken iç geçirse ve sonra da usulca arkasını dönüp gitse olmaz mıydı? Ne diye ne idüğü belirsiz o adamın peşinden gidip de, geleceğe dair bütün hayallerini ezip geçmişti ki? Değmiş miydi buna? Kesinlikle hayır!

Yanlışlarla dolu o gecenin sabahında, o adamı bir daha hiç göremeyeceğini bildiğinden, dolabından üç tişört almıştı Başak. Bir nevi, *çalmıştı! Sırf, ondan bana kalan bir şey olsun diye... Sırf ilk kez ilgi beslediği bir adamdan kendisine bir şey kalsın diye...* Ama şimdi, ondan kendisine kalan bir şey vardı. Tişörtlerden çok daha büyük bir şey hem de! Tam olarak, karnında. *Bir bebek!*

Adamın adının *Kıvanç* olması, anne ve babası tarafından ilgisiz büyütülmesi ve dolayısıyla çocukluk dönemi başta olmak üzere, sevgisiz bir hayat geçirmesi dışında, hakkında bildiği başka hiçbir şey olmayan o adamın bebeğini taşıyordu şimdi. Ah! Bir de, meyvelerden çileği sevdiği vardı tabii! Kıvanç'ın, Başak'ın parfümünün kokusunu soluduğunda, *"En sevdiğim..."* yorumunda bulunması bunu kanıtlıyordu, öyle değil mi?

Ah, biraz daha düşünürse kafayı tümden sıyıracaktı! Çıldıracak gibi olduğunda, parmaklarını saçlarının arasına daldırıp, köklerinden tutup çekti hepsini. Bunu yapmasıyla başındaki ağrının şiddet bulması da gecikmedi. Yeni bir yaş daha süzüldü sonra. Diğerlerinin hemen yanına...

Aradan ne kadar zaman geçtiğini, daha ne kadar daha ağlamaya devam ettiğini ayırt etmekte güçlük çekerken, kapısının aralandığını işitir gibi oldu. Fakat emin olamadı. Emin olabilmek adına da hiçbir girişimde bulunmadı. İstediği tek şey, bu yatağa yapışmak ve son nefesini verinceye dek ağlamaktı. Kendisinde bu potansiyeli fazlasıyla görüyordu.

"Başak?"

Can dostunun sesiydi bu. O büyük yanlışı yaptığı günden beri, utancından gözlerinin içine bakamadığı can dostu... Bir nevi, kendisini en başından uyaran Asude'si!

"Efendim Asu?"

Arkadaşının kulağa kötü gelen sesi, yorganı başına kadar çekmiş oluşu ve saatlerdir odasından dışarı çıkmayışı... Hepsi birleşince, Asude'nin kaşları çatıldı. Yolunda gitmeyen bir şeyler var gibiydi. Hatta gibisi fazlaydı!

"Başak, hemen o yorganın içinden çıkıyorsun ve her ne olduysa bana anlatıyorsun!"

İşte, korktuğu başına gelmişti genç kızın. Asude'nin, kendisinden şimdiye kadar böyle bir şeyi istememiş oluşu bile başlı başına bir mucizeydi aslında. Üç aydır -yani o geceden beridir- böylesine bitikti çünkü! *Yaşama sevinci sonuna kadar vakumlanmış biri gibi...* Şimdiyse bu bebek haberi, iyice tuz biber olmuştu yarasına.

"Anlatamam," diye mırıldandı kendi kendine. Ama Asude yorganı çekip açtığında, kalkanı üzerinden alınmışçasına savunmasız hissetti kendini. Artık kaçacak bir yeri yoktu. Ki Asude de kolundan tuttuğu gibi, yatağın dışına sürüklediğinde kendisini, kaçacak bir yerinin kalmadığının resmiyete büründüğü andı bu.

El mahkûm yürüdü. *Salona varıncaya dek, çıtını dâhi çıkarmadan.* En sonunda Asude, onu en yakın koltuklardan birine oturttuğunda ve karşısına geçip, "Dökül!" emrini verdiğinde, anca aralayabildi dudaklarını. Artık anlatmak zorunda olduğunu biliyordu. Ama korkuyordu! *Asude'nin vereceği tepkiden, yadırgayıcı bakışlar atmasından hatta kendisine sırt çevirmesinden ve daha nicesinden...*

"Ben..." Yapamayacağını düşünüp bir anda sustu. "Bir şey yok, Asu. İyiyim!"

"Ne demek iyiyim? Gözlerin kıpkırmızı, Başak! Ağladığını anlamayacak kadar aptal mı sanıyorsun sen beni?"

"Ağladım, evet. Ama bu, bir sorunum olduğunu mu gösterir Asu? İyiyim, diyorum sana! Lütfen daha fazla üstüme gelme!"

Onu anca bu şekilde alt edebileceğini bildiğinden, olabildiğince umursamaz davranmaya çalışmıştı Başak. İşe yaramasını ummaktan başka da yapabileceği hiçbir şey yoktu. Yerinden kalktığında daha bir iki adım atabilmişti ki, Asude'nin o gür sesi tekrar duyuldu.

"Otur şuraya, Başak! Ne olduğunu anlatmadan kalkmayacaksın oradan!" Artık çıldırmış gibi bağırıyordu Asude. "Kahretsin ya! Biz ne zamandır birbirimizden bir şeyleri saklar olduk?"

Başak'ın tüm kalkanlarını yerle bir eden soru, tam olarak bu olmuştu işte. Doğru söylüyordu Asude. Küçüklüklerinden bu yana, birbirlerinden bir şey sakladıkları görülmemiş bir olaydı. Başlarına her ne geldiyse önce birbirleri arasında küçük harflerle konuşurlar eğer çözebilecekleri bir şeyse asla başkasını dâhil etmez ve sonunda da bir şekilde üstesinden gelmeyi başarırlardı. Şimdi de böyle olmak zorundaydı. Bu gelenek hiçbir zaman bozulamazdı!

"Asu ben..." Konuşmaya başlar başlamaz, iri iki damla yaş süzülüvermişti Başak'ın gözlerinden.

Asude ise bunu görür görmez daha bir meraklanmış ve daha bir hassasiyetle eğilmişti arkadaşının üzerine. Yanağındaki yaşları silerken, "Hadi anlat canım benim!" demişti. "Söz veriyorum, her ne olduysa bir şekilde üstesinden geleceğiz."

"Bu seferki çok daha başka, Asu! İnan, bu sefer biz bile çözemeyiz!"

"Ne olduğunu söyle de, çözüp çözemeyeceğimize karar verebileyim!"

Bunun son uyarı olduğunu bilecek kadar, arkadaşını iyi tanıyordu Başak. Bu sebeple nefesini tuttu. Kaçınılmaz bir sondu artık: *Olanları bir bir anlatacak olması...*

Tutmuş olduğu nefesi yavaşça verirken, elinden geldiğince Asude'nin gözlerine bakmaktan kaçındı. Bunu söyleyebilecekse bile, bu asla gözlerinin içine bakarken olmayacaktı. Zaten insan, karşısındakinden ölümüne utanırken, nasıl olur da gözlerinin içine bakabilirdi ki? Mümkünü yoktu!

"Söylesene artık!"

Son olarak gözlerini sımsıkı yumdu Başak. Ve bir çırpıda söyleyiverdi. "Hamileyim."

Bu tek kelimelik açıklamadan sonra, derin bir sessizlik çöktü salonlarına. Öyle derin bir sessizlikti ki, çıt çıkarmak bir yana dursun, sanki nefes dâhi almıyorlardı. Hele de Asude!

Her şeyi duymayı beklerdi. Hatta geçen dakikalarda her türlü şeye alıştırmıştı kendini... Ama bu bambaşkaydı! Öyle başkaydı ki hatta, dengesini yitirdiğini hissetti genç kız. *Başının şiddetle döndüğünü, gözlerinin karardığını...* Ayakta durmaya gücünün yetmeyeceğini idrak ettiğinde, süratle arkasındaki koltuğa bıraktı kendini. Sonra, ellerini koltuk minderlerine bastırarak destek almaya çalıştı bir nevi.

Az önce ne duymuştu öyle? *Hamileyim* mi demişti sahiden? Biricik dostu, bu hayattaki belki de en değerli varlığı, hamile olduğunu mu söylemişti ciddi ciddi?

Ah hayır! Muhtemelen yanlış duymuştu. Ya da duyduğu her neyse, yanlış yorumlamıştı. Çok yanlış!

İnkâr ediyordu. Çünkü bunun doğru olması o kadar imkânsızdı ki!.. Başak'ın, sevdiği bir adam dâhi yokken, nasıl olabilirdi ki böyle bir şey? Üstelik öğrenciydi bu kız! Ve dahası evli değildi!

Boğazına oturan koca koca yumrular nefesini keser gibi olsa da, bir şekilde konuşmayı başardı Asude. "Sen..." dedi zorlanarak. "Ne söylediğinin farkında mısın? Ağzından çıkanı kulağın duydu yani, değil mi?"

"Ne söylediğimin farkındayım, Asu. Biliyorum, inanması güç. Ama doğru duydun."

Başak'ın kısık ve suçlu çıkan sesi, Asude'yi bir nebze de olsa sakinleştirmesi gerekirken, daha çok öfkelendirdi. Öyle ki, öfkeyi kanında gezer hissetti genç kız. Ve bir hışım kalktı ayağa. Ellerini saçlarının arasına daldırıp bir o yana bir bu yana yürümeye başladığında, delireceğini düşündü. Hâlâ öyle imkânsız geliyordu ki duydukları! Bu yaşına dek bir erkeğin elini dâhi tutmamış olan arkadaşı, şimdi hamileydi. Öyle mi?

Saçlarını daha büyük bir kuvvetle çekiştirirken, "İnanamıyorum ya!" diye patladı dakikalar sonunda. "Böyle bir şeyi yaptığına inanamıyorum Başak! Nasıl yapabildin? Senin gibi biri nasıl böyle bir şeye kalkışabilir, aklıma almıyor!"

Başı önüne eğikti Başak'ın. Asude kendisiyle muhatap olmaya çalışmasa, belki kendi adına çok daha kolay geçebilirdi bu saniyeler. Ama istediği cevapları alıncaya dek vazgeçeceğe benzemiyordu.

"Kahretsin Başak! Susma! Nasıl, ne zaman oldu, anlat bana!"

Başak, çok küçük bir açıyla başını önünden kaldırdı. Asude'yle göz göze geldiğinde, o gözlerde hüzne, öfkeye ve hayal kırıklığına şahitlik etti. Kendisine, belki de ilk defa böylesine olumsuz bakıyordu arkadaşı. *Böylesine kızgın ve kırgın...* Kalbinin sızladığını hissetse de, yine de dudaklarını aralamasını bildi.

"Ben böyle olmasını istemedim Asu!" derken, yalvarırcasına bir tınıyla çıkıyordu sesi. "Sana yemin ediyorum, istemedim!"

"Bana istediklerinden değil, yaptıklarından söz et Başak! Asıl ilgilendiklerim onlar!"

Arkadaşının bu sert ikazı üzerine, başını yavaşça salladı genç kız. Yutkunmak için çabaladı ve sonra, dudaklarını araladı. "O gün..." dedi. "Aslında her şey o gün başladı."

"Hangi gün?"

Başak bir kez daha yutkunma ihtiyacı hissetti ve çok geçmeden bu ihtiyacını giderdi. "Sınavların bittiği o gün!"

"Nasıl yani?"

"Sana... Eğlenelim demiştim o gün. Sen de her zamanki gibi kutlayabileceğimizi söylediğinde sinirlenmiştim. Ve sonra..."

"Sonra?"

"Sonra, çok kararsız kalsam da, bir eğlence mekânına gitmiştim."

Anlatmaya devam edecekti ki, Asude'nin gözlerinde gittikçe artan hayal kırıklığına şahit olması, onu istemsizce durdurmuştu. Bu bakışların odağı olmayı istemiyordu. Hak ettiğini bilmesine rağmen ağır geliyordu. Daha şimdiden kaldıramayacağını hissediyordu. Ama yapacak bir şey yoktu. Madem bir yanlış yapmıştı, o zaman o yanlışın arkasında durma zahmetini de göstermek zorundaydı. Aksi takdirde, asla bir ders çıkaramaz ve çok daha dibe batardı... Düşüncesi tam olarak bu yöndeydi.

"Orada... Birini gördüm Asu."

Asude, siniri saç uçlarına varıncaya dek hissetti. Ve sinirinden sebep, sözlerine dikkat etmeden konuşuverdi. "Orada birini gördün. Yakışıklıydı. Ve sonra kendini, hiç düşünmeden onun kollarına attın, öyle mi? Bu mudur yani açıklaman?"

Başak, kalbinin kırıldığını hissetse de, belli etmemeye gayret etti. Şu durumdayken böyle bir hakka sahip olduğunu düşünmüyordu. Sakince konuştu bu yüzden. "Hayır," dedi önce. "Ben... Günlerce oraya gittim ve yalnızca onu izledim. Bir köşeden. Sessizce ve usulca. Kendimi hiç belli etmeden."

"Sonra?"

Genç kız, "Sonra..." diye anlatmaya başlarken, zihni kendisinden izin almaksızın o güne gidiverdi. Ama öncelikle, onu gördüğü ilk ana...

Hani her kızın hayallerini süsleyen bir beyaz atlı prens vardır ya... Sanırım benimkisi tam karşımda duruyordu şu anda. Hiç beklemediğim bir zamanda ve hiç hayal edemeyeceğim mekânda karşıma çıkmış oluşu ise, büyük bir handikaptı benim için. Tamam. Asude'ye inat, eğlenmek için buraya kadar gelmiştim. Buraya kadar dediğim de, iki sokak arkamızdı gerçi... Her neyse. Buraya gelmiştim gelmesine ama içeri girmek konusunda hâlâ kararsızdım. Dışarıya kadar gelen müzik ve beraberindeki çılgın insanların sesi, beni düşündüren şeylerin başını çekiyordu tabii ki. Böyle ortamlara alışık değildim. Hayatımın hiçbir zaman diliminde böyle bir mekânda bulunmamıştım. Arkadaşlarımın doğum günü partilerine dâhi katılmayan bir insandım ben!

Hâl böyleyken, beni buralara kadar sürükleyen bir sebep olmalıydı, öyle değil mi? Kaderin cilvesi miydi mesela bu?

Karşımda, ayakta dâhi zorlukla duran bu adama, tekrardan çevirdim gözlerimi. Beni görmemişti bile. İki arkadaşıyla, barın hemen önünde küçük bir çember oluşturmuş, bir şeylerden kahkaha atarak bahsediyorlardı. Kafalarının yerinde olmadığı ise o kadar barizdi ki... Yüzümü buruşturdum bunun üzerine. Gözlerim tekrar yüzünde gezintiye çıktığında, tekrar gülümsemeye başladım sonra. Ah, o kadar hayallerimdeki gibiydi ki!..

Sarıya yakın hafif koyu saçları, denizin uçsuz bucaksız mavisi kadar mavi olan gözleri, upuzun boyu, sarhoş olmasına rağmen kendinden emin duruşu ve sonra, en önemlisi gülüşü... Gülüşüyle kısılan mavileri... Ve tüm bunlardan çok daha fazlası... Hepsine anbean şahitlik eden bünyem, bir anda afalladı.

Nasıl olabilirdi ki böyle bir şey? Sahi, mümkün müydü bu? Hayallerinizi tıpatıp yansıtan birini karşınızda bulmanız... Onu görmenizle birlikte vurulmanız... Hatta tutulmanız!

Dudaklarım anın şaşkınlığıyla hafifçe aralanırken, ne yapmam gerektiğini bilmiyordum. Fakat bunun tam aksine, ne yapmak istediğimi çok iyi biliyordum! Yapmayı istediğim şey, onu kuytu bir köşeden, sessiz sedasız izlemekti. Bu bile yeterdi bana! Buna bile dünden razıydım!

Ama dilediğim gibi olmadı. Büyük bir hayranlıkla, ne kadar zamandır baktığımı dâhi bilemediğim bu adam, başını birdenbire benim olduğum tarafa çevirdi. Gözlerimizin buluşması gecikmezken, kalbimin gümbürtüyle atmaya başlaması da eşlik etti. Hayatımın hiçbir anında bu kadar heyecanlandığımı hatırlamıyordum. İlk görüşte aşkı saçma bulan ben, resmen ilk görüşte kapılmıştım bu adamın çekimine! Buna aşk diyemezdim belki şimdiden. Ama şimdiye kadar böyle bir şey hissetmişliğim de olmamıştı doğrusu...

Hipnoz olmuşum gibi bakmaya devam ettiğimden, çok sonra fark ettim: Adımlarını bana doğru attığını! Kalbim bir kez daha heyecanla teklerken, başımı hızla önüme eğdim. Bana yaklaşması, çok garip hislere boğulmama yol açmıştı. Hem de daha ilk saniyeden!

Gözlerim ayak uçlarıma sabitlenmişken, bana doğru adımlayan bir çift ayakkabıyı gördüm. Muhtemelen O'ydu. Ama ah, hayır! Kesinlikle hazır değildim. Onu daha da yakından görmeye! Bu sebeple geriye doğru bir iki adım attım. Amacım kaçmaktı ama arkaya doğru adımladığım için birinin ayağına basma gafletinde bulundum. Tam dönüp özür dilemeyi planlarken, birinin beni kolumdan tuttuğunu hissettim ve çok geçmeden de ileriye doğru çekildim.

Başımı süratle kaldırıp baktığımda, karşımda gördüğüm O'ydu. O! Mavi gözleri, o sarımsı saçları, alayla gülümsediğini fark ettiğim dudakları... Hepsi ve o, tam karşımdaydı işte! Eğer bu anda kalbimin sesini dinlemeyi seçseydim, muhtemelen onun uzağına ufacık bir adım dâhi atmazdım. Ama her zaman olduğu gibi beynimden geçen mantıksal seslere kulak asmış ve kollarının arasından kurtulup geriye doğru birkaç adım atabilmiştim.

Başım tekrar önüme düşerken ve gözlerim de şaşkınlıkla kırpışırken, onun sesini işitmiştim. Tıpkı gülüşü kadar alaycı fakat bir o kadar da güzel bulduğum sesini... "Yolun ortasında durmamalısın fıstık!"

Tekrar yanıma yaklaşıp yanaklarımdan sert bir makas da aldığında, afallayıp kalmıştım yerimde. **Fıstık** *mı demişti o?*

Beynim yalnızca bu kelimeye odaklanmış vaziyetteydi şimdi. Cümlesinin başını ya da ortasını hatırlamıyordum bile. Sahi, ne söylemişti o? Konu neydi?

Kalbim boğazımda atmaya başladığında, gözlerimi çok büyük bir zorlukla ona çevirebilmeyi başarmıştım. Yalpalayan adımlarıyla benden uzaklaştığını gördüğümde ise dudaklarım benden bağımsızca büzüşmüştü. Ama bundan daha da kötüsü gerçekleşti sonra. Az öncesinde ayağına bastığımı tahmin ettiğim kızın yanına gidip sarıldı. Bunun üzerine kaşlarım istemsizce çatıldı. Sevgilisi olduğunu sanmıyordum. Hatta neredeyse emindim buna! Böyle bir adamın, birine bağlı kalabileceği düşüncesi garip bir biçimde komik geliyordu. Yalnızca yüzüne baktığınızda dâhi, bu gerçeğin ayrımına rahatça varabiliyordunuz.

Önümden kol kola geçerlerken, boğazıma ansızın yerleşen yumrulara anlam veremedim. İlk kez gördüğüm bir adamın, koluna taktığı kızı ne diye bu denli umursuyordum? Bana neydi ki?

Omuz silkip arkamı dönüp gitmem gerekirken, tam aksini yaptım. O an, peşlerinden attığım adımların, ileride başıma neler getireceğini bilseydim, belki o an arkama bakmadan kaçar giderdim.

Ama biz insanoğlu, gelecekte başımıza gelecekleri göremediğimiz için, bir şeyleri ancak yaşadığımızda öğrenip, ancak bu şekilde ders alabiliyorduk. Çünkü bizler, içimizdeki dürtülerin öyle bir esiriydik ki, onlara aldanmak konusunda her daim bir numara oluyorduk!

Pişmanlıksa, sonraya kalan fasıldı bizler için. O an için olası düşünülmeyen ve düşünülmediği için, saçma bir şekilde bizi ilgilendirmeyen gelecek fasıl...

"Ne yani Başak?"

Asude'nin kızgın çıkan sesi düşüncelerimi ustalıkla bölerken, silkinmeyi başarıp yavaşça ona döndüm. Sinirinden hâlâ volta atmaya devam ediyor, bir yandan da bağırıyordu. "Tek bir *fıstığım* kelimesiyle mi etkilemeyi başardı seni? Bu yüzden mi sonrasında ne olacağını hiç düşünmeden kendini o adamın kolları arasına attın?"

Hakkım yoktu belki yine de kızgınlıkla baktım ona. "Onu ilk görüşümde olmadı! Oraya sonraki günlerde de gittiğimi söyledim! Hep uzaktan izledim onu. Sessiz sedasız. Kendimi hiç belli etmeden. Ama sonra..."

"Sonra?" diye tekrar etti. Artık bağırmıyor, tabiri caizse kükrüyordu. Gözlerimi yumdum, yumruklarımı sıktım. Kendimi sakin olmaya zorlasam da, Asude'nin durmadan beni aşağılıyor oluşu, fazla ağır geldi bir an. *Dayanamayacağım kadar ağır...*

Bu yüzden umursamazca silktim omuzlarımı. Bana kalırsa, daha fazla konuşmaya çalışmanın bir anlamı yoktu. Yanından geçip giderken, arkamdan seslendi. "Nereye gidiyorsun? Gel buraya!"

Karşılık vermeyip yürümeye devam ettim. Beni anlamasını ya da olanları büyük bir sakinlikle karşılayıp beni bağrına basmasını beklememiştim tabii ki. Ama bu kadarı da ağır gelmişti işte! Zaten yeterince bitik durumdayken, bir de Asude'nin böyle tepki göstermesi... Tabiri caizse bir kez daha tuz basmıştı yarama.

"Başak, sana diyorum! Nereye gidiyorsun? Gel şuraya da, doğru düzgün anlat!"

Omzumun üzerinden döndüm ona. İlerleyen saniyelerde dudaklarımda buruk bir gülümseme belirirken, "Belki sonra," dedim, kızacağını bilmeme rağmen. "Şimdi izin verirsen, acımı tek başıma yaşamak istiyorum. Başka bir zaman, kaldığın yerden azarlamaya devam edersin beni. Olur mu? Ama şimdi değil Asu!"

Bu sözlerimden sonra, bakışlarının bir nebze de olsa yumuşadığına şahitlik ettim... Ellerini omzuma koyup gözlerimin içine baktığında ise, daha fazla karşısında durmayı istemiyordum. Çünkü her an tekrar ağlayabilirdim. Ve bunu tek başımayken gerçekleştirmeyi yeğlerdim...

"Ne yapmayı düşünüyorsun peki?" Sorusunu dile getirmesiyle, bakışlarını karnıma indirmesi bir oldu. Rahatsız hissettiğimden yerimde kıpırdandım. Gözleri tekrar gözlerimi bulduğunda, derin bir iç geçirdim.

"Yapılacak şey yeterince belli değil mi Asu?"

"Yani?"

"Onu..." dedim ve sustum. Elimin karnıma gitmemesi adına kendimle büyük bir savaş verirken, gözlerimi yumarak devamını getirdim. "Aldırmaktan başka çarem yok. Bunu sen de biliyorsun!"

Beni hüzünlü bir surat ifadesi eşliğinde onaylamasını, sonrasında da teskin edici şeyler söyleyip beni sıkı sıkı sarmalamasını beklerken, beklediğimin tam aksi şekilde gelişti her şey. Gözlerinden az öncekine kıyasla çok daha büyük kıvılcımlar çıkarken, o gür sesiyle kükredi. "Ne demek başka çarem yok? Aptal mısın sen?"

Gözlerim yavaşça kısılırken "Anlamadım," dedim.

Karşılık olarak, "Çünkü söylediğim gibi aptalsın!" diye bağırdı. Sonrasında biraz daha sakince konuştu. "Sizin işlediğiniz günah yüzünden, masum bir bebeğin canına kıymaktan bahsettiğinin farkındasın, değil mi?"

Duyduğum bu sözlerle omuzlarım ansızın düştü. İstediğim şeyin bu olduğunu mu sanıyordu cidden? Ben istemez miydim, kendi canımdan kendi kanımdan olan bir bebeği dünyaya getirebilmeyi? Onun annesi olmayı, üzerine titremeyi, onu bağrıma basmayı? İsterdim! Her şeyden çok isterdim hatta! Ama şartlar böylesine aleyhimeyken, bu isteğimi gerçekleştirebilmem imkânsızdı. Bir kere, ben bile bir daha göremeyecekken babasını, bu bebeği dünyaya getirebilmemin gerçekten de oluru yoktu. Üstelik daha bir haftalık hukuk öğrencisiydim! Geleceğe dair hayallerim, umutlarım vardı benim! Sonra... En önemlisi ailem vardı! *Yaptığım her hareketin hesabını vermek zorunda olduğum bir ailem...* Onlara bunu açıklayamazdım. Ben açıklamaya çalışsam da onlar beni anlamazlardı. *Haklı olarak!* Kısacası bu bebeği dünyaya getirmem, ikimizin de sonunu hazırlamak değil de neydi?

Aklımdan geçen tüm bu düşünceleri, dilimin döndüğünce Asude'ye de anlattım. Bana her ne kadar hak vermek istemese de, o da biliyordu ki, öne sürdüğüm bu sebeplerle sonuna kadar haklıydım.

"Her neyse," dedim, yaşlar gözlerimde toplanmaya başladıklarında. "Ben biraz uyuyacağım. Daha sonra konuşalım, olur mu?"

"Dur!" dedi, heyecanla önüme geçerken. Sonra birdenbire duruldu ve ellerime uzandı. "Yanında olmak istiyorum!"

Şaşkınlıkla gözlerimi kırpıştırdım. "Yanımda mı?" dedim. "Kızgınsın ama!"

"Aramızdaki dostluğu bilmiyormuşsun gibi konuşma Başak!" derken, sitem eder gibi bir hali vardı. "Biz birbirimize kızarız, küseriz, bağırır çağırırız ama asla sırt çevirmeyiz! Ne olursa olsun birbirimizin yanında oluruz! Bu yaşına gelmişsin ve hâlâ bilmiyor musun bunu!"

Burnumun ucu sızlamaya başladığında, gözlerimin dolması da gecikmemişti. Bütün asiliğine, öfkeli hallerine ve sarsılmaz derecedeki yüksek otoritesine rağmen, Asude'yi her şeyden ve herkesten çok seviyordum! O, hayatımdaki en değerli varlık, hayatımın en nadide parçasıydı sanki. Onu kaybedersem, her şeyi kaybedermişim gibi geliyordu... Her şey bir anda anlamını yitirir ve benim adıma başka hiçbir şeyin bir önemi kalmazmış gibi... Ki muhtemelen tam olarak böyle olurdu! Bu yüzden, olanları anlatmaya bir türlü cesaret edememiştim ya zaten. Onu sonsuza kadar kaybetmekten korktuğum için! Bana sırtını çevirmesinden ve dolayısıyla onsuz kalmaktan korktuğum için...

"İyi ki varsın Asu!" dedim içimden geldiği gibi. Sonra, kollarımla boynunu sarmaladım. "Sana yalvarırım, lütfen bırakma beni!"

Beni, "Salak şey!" diye azarlarken, sesi hem öfkeli hem de duygusal geliyordu kulağa. "Hangi insan kardeşini bırakabilir ki? Ben sana kızarım, küserim ve hatta kalbini en acımasız şekilde bile kırabilirim! Ama sorun her ne olursa olsun, seni asla yarı yolda bırakmam! Çünkü bilirim ki, sen de beni bırakmazsın..."

"Bırakmam tabii ki!" diye araya girdim. "Asla bırakmam!"

Yalnızca saniyeler sonra omuzlarımdan ittirdi beni. Sonra da gözlerini devirirken konuştu. "Bu kadar duygusallık yeter! Odana girelim de, uyu bir an önce!"

Burukça gülümsedim. "Sen ne yapacaksın peki?"

"Önce başında durup uyumanı bekleyeceğim, koca bebek! Sonra da gidip, akşam için yemek hazırlayacağım. Sen uyandığında da olayları en başından sonuna kadar, bütün detaylarıyla dinleyeceğim! Son olarak da yapmamız gerekenler üzerinde konuşup birlikte bir karara varacağız."

Buruk gülümsemem olduğu gibi kalırken, "Peki," diyerek onayladım. Dinlemek istiyorsa anlatabilirdim. Yani, *sanırım...*

Böylelikle beraberce odama girdik. Açık olan yorganımın içine çok geçmeden süzüldüğümde, Asude de hemen yanımda bitmişti. Yorganı, sanki hastaymışım gibi çeneme kadar çektiğinde bir kez daha burukça tebessüm etmiştim.

"Kapasana gözlerini!"

İkazından sonra, annesinden azar yemiş minik bir çocukmuşum gibi anında kapamıştım gözlerimi.

Sonra, benim bile güçlükle duyduğum o kısık sesiyle fısıldamıştı kulağıma doğru. "Her şey güzel olacak. Bir şekilde üstesinden geleceğiz! Sen yeter ki ferah tut içini!"

3. Bölüm

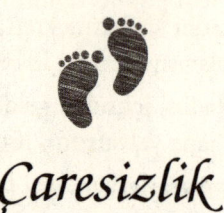

Çaresizlik

İnsandık. Düşer, kalkar, sendeler, yalpalar... Ama bir şekilde hayatın bir ucundan tutunur ve yaşardık. İnsan olmanın özünde vardı bu. Hayatın en temel gerçeklerindendi yani.

Sonra, doğruların altına imza attığımız kadar, yanlışların altına da imza atardık. Ve bu da, gayet olağandı. Yani yanlış yapmak, suç değildi bana kalırsa. Asıl önemli olan, yaptığın yanlışın farkına varıp bundan gerekli dersi çıkarabilmekti. Bir daha aynı ya da benzer yanlışa düşmemek için elden geldiğince çabalamaktı, önemli olan. Eğer bir yanlış yaptıktan sonra bu aşamaları takip ediyorsak, sorun yoktu fikrimce...

Ve ben de böyle yapmıştım. Önce kocaman bir yanlışın altına imzamı atmıştım. Fakat bunun farkına varıp çıkarmam gereken dersleri de bir bir çıkarmıştım. *Ya da öyle yaptığımı düşünüyordum...* Ama öyle aciz bir durumdu ki benimkisi, yanlışımdan ders çıkarmış olmam bile, şu anda hiçbir işime yaramıyordu!

Nefes alamıyordum sanki. Doğru düzgün düşünemiyor, dilediğim gibi hareket edemiyordum. Ne yapacağımı, daha doğrusu ne yapmam gerektiğini bilmiyordum. Çıkmaz sokağa girmiştim sanki! Ve geri dönememem için dâhi, bariyerler çekilmişti önüme! Sokağın ortasında sıkışıp kalmıştım.

"Başak?"

Başımı, önümdeki tabaktan kaldırdım. Asude'nin gözlerine bakıp "Efendim?" derken, düşünceli oluşum sesimi de etkisi altına almış gibiydi.

"Doğru düzgün bir şey yemedin!"

Asude yarısından fazlası dolu olan tabağımı işaret ettiğinde, zorlukla gülümseyip elimdeki çatalı tabağımın kenarına bıraktım. "Midem bulanıyor. Elimde değil Asu, hiçbir şey yiyesim gelmiyor!" Gözlerindeki anlayışa tanıklık ettiğimde derin bir nefes vererek arkama yaslandım. Benden zorla yememi istememesi güzeldi.

Sonra o da bıraktı çatalını. Başıyla da yerimden kalkmamı işaret etti. "Sen salona git, ben buraları halledip geleceğim."

"Tamam."

Sonraki dakikalar benim salona geçip kendimi koltuğuma bırakmam ve Asude'yi beklerken stres içerisinde kıvranmam şeklinde gelişti. Şimdi, olanların hepsini anlatmamı isteyecekti benden. Böyle konuşmuştuk çünkü. Anlatabilirdim ama zorlanacağım kesindi.

Yalnızca birkaç dakika geçmişti ki, görüş alanıma girdi. "Geldim işte! Anlat bakalım."

Derin bir nefesi ciğerlerimde depo ettikten hemen sonra, bedenimi onun olduğu tarafa çevirdim ve anlatmam gerekenler için dudaklarımı araladım...

Yaklaşık bir haftadır olduğu gibi, yine buradaydım işte. Yanlış olduğunu bile bile buradaydım.

Onu izliyordum. Kuytu bir köşeden, varlığımı dâhi belli etmeden... Öylesine yoktum ki burada, kimse fark etmiyordu beni! Tabii, bu işime geliyordu, orası ayrı bir meseleydi...

Portakal suyumdan bir yudum daha alırken, gözlerim hâlâ ondaydı. Yine ve yine! Zaten burada, onun dışındaki hiçbir şey ilgilendirmiyordu ki beni. Etrafımda çılgınca dans eden, birbirlerini âdeta yemekmiş gibi görüp hunharca sömüren, arada bir yumruklarını havada uçuran insanlar... Hiçbiriyle zerre kadar ilgilenmiyordum. Hiçbirinde değildi gözüm! Görünürde buradaydım ama ruhen yoktum sanki! Yalnızca gözlerim ve ona beslemeye başladığım güzel hislerimin esiri olan ruhum, buradaydı. Birkaç metre uzağında...

Üstelik buraya ne diye geldiğimi ben bile bilmiyordum. Tamam! Hayatımda ilk kez bir adamdan etkilenmiş hatta görür görmez vurulmuştum. Bu, doğruydu. Ama bu işin hiçbir oluru yokken ve ben de bunu çok iyi bilirken, ne diye zorluyordum ki şansımı? Kendimi yıpratmaktan başka ne işe yarıyordu bu?

Adını dâhi bilmediğim bir adam için, bu yaptıklarım gerçekten inanılmazdı! Üstelik bu adam, gözlerimin önünde her gün başka bir kadınla yan yana oluyordu. Onu gördüğüm her an, başka bir kadının gözlerine bakıyor, başka bir kadınla konuşuyor, başka bir kadını gülüşüyle mutlu ediyor ve başka bir kadına dokunuyordu. Ve itiraf etmeye yanaşmasam da, bunlar benim için fazlasıyla dayanılmaz olmaya başlamıştı. Boğuluyormuşum gibi hissediyordum gördükçe. Sebepsiz yere...

Bugün için daha fazla dayanamayacağımın ayrımına vardığımda, yavaşça kalktım yerimden. Ve bir anda, yüksekten indiğim için dengemi sağlayamadım ve önümdeki tezgâha kolumu çarptım. Acıyla olduğum yerde kıvranırken, bar taburelerini icat eden her kimse onu da saygıyla(!) anmayı ihmal etmedim. Günlerdir geliyordum buraya ama bir türlü alışamamıştım bu lanet şeylere. Sözde tabure, görünürde âdeta kuleydiler!

Elimi ovarken, gözlerim bir kez daha ona kaydı. Yanında, kolunun altına aldığı kadına bir şeyler söylüyordu. Kalbim bir kez daha sancırken, gözlerimi daha şimdiden moraracağının sinyallerini veren elime indirdim tekrar. Nasıl da acıyordu ama!

"*Al bakalım!*"

Arkamdan gelen sesi duymamla, yavaşça ve biraz da ürkekçe döndüm. Seslenen, günlerdir meyve sularımı bana servis eden barmendi. Elindeki buzu gördüğümde ise hafifçe tebessüm etmeyi başardım ve uzandım. Güvenilir biri olduğunu gözleri bile haykırıyordu resmen.
"*Teşekkür ederim.*"

"*Rica ederim fıstık.*"

"*Fıstık mı?*" *dedim. Bağırdım desem daha doğru olacaktı aslında. Zira öyle gürültülü bir ortamdı ki burası, sesinizi duyurabilmek için boğazınızı patlatmanız gerekiyordu.*

Ondan bir karşılık gelmeyince hayal kırıklığıyla devam ettim. "*Bu barda fıstık kelimesi moda falan mı? Hayır yani, bu iki oldu da!*"

İçimden, "*Olmamasını dilerdim tabii,*" *diye geçirmeyi de ihmal etmedim. Sadece ona özel olsun isterdim! Sadece onun bana böyle seslenmiş olmasını... Ama büyü bozulmuştu bile!*

Bu esnada, barmenin güldüğünü gördüm. Sonra başını önüne eğdi ve kıvırcık saçları teker teker alnına döküldü. Sonra da elindeki bardakları kurularken konuştu. "*Başka kim fıstık dedi ki? Dur tahmin edeyim... Kıvanç?*"

Göz bebeklerim irileşti. Olabilir miydi bu? Heyecandan kalbim boğazımda atarken, "Kıvanç?" dedim sorarcasına. "Adı bu mu yoksa?"

"Eğer şuradaki serseriyi soruyorsan..." deyip, işaret parmağıyla ileriyi gösterdi. Yani, onu! Ah, sahiden O'ydu gösterdiği! "Evet o, Kıvanç."

"Sen..." dedim heyecandan doğru düzgün konuşamazken. Resmen adını öğrenmiştim. Nasıl heyecanlı olmazdım ki? "Nereden biliyorsun?"

Omuz silkti. "Hep burada takılır, ondan."

Sustuğunda, "Anladım," dedim. Sesim, hayal kırıklığımla bir bütün oluştururcasına çıkmıştı. Sussun istemiyordum. Saçma da olsa dinlemek, onun hakkında daha fazla şey öğrenmek istiyordum!

Yüz ifadem bunları apaçık anlatıyor olacaktı ki, en sonunda umursamazca da olsa "Otur da anlatayım!" dedi. Beni nasıl mutlu ettiğini bilseydi, asla böyle umursamaz davranmazdı. Ama hiç sorun değildi. Az öncesinde kalkmış olduğum yere büyük bir hevesle oturdum. Ve sonra, bilgiye aç bir öğrenciymişim gibi gözlerimi kocaman açıp heyecanla baktım ela gözlerine.

"Bu arada... Tanışamadık," dedi ve bana elini uzattı, bir eliyle de hâlâ bardağı tutuyordu. "Batın."

Uzanıp elini sıkarken gülümsedim. "Başak."

Karşılık olarak o da gülümsedi ve çok geçmeden direkt olarak sordu."Kıvanç hakkında neyi bilmek istiyorsun Başak?"

İçimden, 'her şeyi' cevabı geçse de, tabii ki böyle söylemedim. "Bilmem ki," dedim bunun yerine. "Yani... Sen bildiklerini anlatsan, olmaz mı?

Alaycı bir gülüş attı ortaya. "Onun hakkında o kadar çok şey biliyorum ki, istesem de hepsini anlatamam!" Ben daha şaşırmaya dâhi fırsat bulamadan, devam etti sonra. Bu sefer daha bir ciddiyetle...

"Mesela... Ailesi," dedi ve bunu der demez yüzünü buruşturdu. "Kıvanç'ı o kadar ilgisiz ve sevgisiz büyüttüler ki, o yüzden bu halde. Ailesinden görmediği ilgiyi, buradaki kızlarla kapamaya çalışan bir çocuk. Mecazi anlamda söylemiyorum bunu. Gerçekten bir çocuk o! Çünkü bana kalırsa... Fazla zavallıca bir tavır sergiliyor. Ve benden sana tavsiye Başak! Bunu, o tip kızlara benzemediğini görebildiğim için söylüyorum... Sakın ola ki, Kıvanç'ın çekimine kapılayım deme. Er ya da geç üzülen sen olursun!"

Beni uyarması karşısında belki teşekkür etmem ve arkama dâhi bakmadan burayı terk etmem gerekiyordu. Ama bu sıralar gerekeni değil, kafama eseni yapmakta rakip tanımıyordum! Bu sebeple bir kez daha merakla yaklaştım Batın'a. "Nasıl bu kadar eminsin?"

"Onu tanıyorum çünkü!" dedi. Sesi de, duruşu da kendinden öyle emindi ki! Kaşlarım çatıldı bunun üzerine ve hemen ardından da Kıvanç'la aralarındaki bağı merak ederken buldum kendimi. Ama sadece merak etmekle yetindim.

"Peki... Bana biraz daha ondan bahseder misin?" Bunu sorarken omzunun üzerinden dönüp arkama bakmıştım. Yani, ona! Tüm neşesi ve boş vermişliğiyle ayakta dikilirken ve az önce gördüğüm kızılın yerini, yaşça daha küçük olduğu belli olan esmer bir kız alırken, yüzüm istemsizce buruşmuştu. Bunun üzerine süratle önüme dönmüş ve benim bile şaşırdığım bir öfkeyle, baştan aşağı tir tir titremiştim. Nasıl bir maymun iştahlılıktı bu böyle, anlayamıyordum. Hızına resmen yetişemiyordum. Ve gözümün gördükleri beni istemsizce koca bir hüznün içerisine sokuyordu.

Bu sırada Batın'ın sesi kulağıma çalınıyordu fakat ne söylediğini algılayamıyordum bile. Çünkü içimden Kıvanç'a, onu bu hale getirmiş olan ailesine, yanında gördüğüm ve göreceğim tüm kızlara saydırmakla meşguldüm. Geçen saniyelerin ardından dayanamayacak gibi olduğumda ise, önümde sıra sıra dizilmiş, neyle dolu olduğunu dâhi bilmediğim bardaklar çekmişti dikkatimi. O an, bunun yanlış olduğunu bilsem de, bu tip zararlı şeylerin gözüme ilişmesinden dâhi nefret etsem de, garip bir şekilde elim o yasak kısma uzanmıştı. Benden bağımsızmışçasına... Batın'ın gözlerini üzerimde hissederken ilk yudumumu ürkekçe almış ve adını dâhi bilmediğim o şey boğazımdan geçip beraberinde yakıcı bir his oluştururken, gözlerimi yummuştum. Tadını tek kelimeyle anlatabilirdim: Berbattı!

Yine de psikolojik olarak mı bilinmez, sanki daha ilk andan itibaren beynimi sarsmaya başlamıştı. Şeytanın dürtüklemesiyle bir yudum daha aldım ve sonra, derhal Batın'a döndüm. Beni, çatık kaşlarının çevrelemiş olduğu gözleriyle izliyordu. Yutkunmayı başarıp konuştum. "Hadi Batın!" dedim hevesle. "Susma! Bana ondan bahset."

"Bahsedilecek kadar özel bir tarafı yok, Başak. Ama sana şu kadarını söyleyebilirim ki, özünde iyi biridir aslında. Belli etmese de fazlasıyla duygusaldır. Derdini kendi içinde yaşayan, yani tamamen içine kapanık olan tiplerdendir. Ama tüm bunların yanında eğlence delisi, düşüncesiz bir serseri oluşu da kesinlikle atlanmaması gereken şeyler!"

Başımı ruhsuzca salladığımda devam etti. O bunlardan bahsederken kaçıncı bardağı devirmiştim acaba? Sahi, tadı bu kadar berbatken ne diye aptal gibi içiyordum ki?

"Kısacası, eğer hislerini daha ileri götürecek olursan bil ki, üzülen yalnızca sen olacaksın. Bu hataya düşen ve üzülen, sayamadığım kadar çok kız var! Bu yüzden en başında uyarmak istedim seni." Bu sırada yüzünü yüzüme doğru yaklaştırdı. "Lütfen git buradan ve bir daha önünden dâhi geçeyim deme. Buraya ait biri olmadığın o kadar belli ki Başak! Yazık etme kendine. Emin ol, Kıvanç'tan çok daha iyilerine layıksın!"

Hüzünle derin bir iç geçirdim. Aklımın içtiğim şeyin etkisi yüzünden allak bullak olmaya başladığını hissediyordum. Ama şimdilik beynimin küçük de olsa bir kısmını kullanabiliyordum. Yani, sanırım...

"Şimdi sana taksi çağırmaya gidiyorum. Ben gelene kadar burada bekle. Tamam mı?"

Başım benden bağımsız olarak sallanırken, Batın'ın içeri doğru yürüdüğünü gördüm. Ama sorun şuydu ki, sanki bir değil de birkaç tane Batın yürüyordu. Üstelik hepsi başka bir tarafa... Görüşümün bu saçmalığını giderebilmek adına gözlerimi defalarca kez kırpıştırdım ama nafileydi. Git gide daha kötü bir hal alması da cabasıydı.

Bundan sebep, daha fazla oturmak istemedim burada. Sanki bir tek burada böyle olacakmış gibi gelmişti. Dışarı çıktığım takdirde her şey eski halini alacakmış gibi... Üstelik midem de bulanmaya başlamıştı. İçimde ne var ne yok boşaltma hissiyle dolup taşmıştım. Midem ağzımda, zorlukla ayağa kalktığımda da Kıvanç'ı görür gibi olmuştum. O beni görmüş müydü bilmiyordum. Çünkü tıpkı Batın'da olduğu gibi, o da birkaç taneydi şimdi. Bu yüzden hangisine gülümseyeceğimi şaşırmış fakat yine de ortaya kocaman bir gülümseme bırakıp, arkamı dönmesini bilmiştim. Uzun uğraşlarımın sonucunda da nihayet çıkışı bulmuş ve kendimi süratle dışarı atmıştım.

Midem kızgın bir kazan misali bir kez daha fokurdarken, ayakta durmak gittikçe daha zor bir hal almaya başlamıştı. Ve kafam, kesinlikle yerinde değildi! Midem karmaşık, görüşüm bulanıktı. Evin yolunu bulabileceğim konusunda dâhi ciddi şüphelerim vardı aslında. Sahi, ev neredeydi?

"Yolunu mu kaybettin güzelim?"

Duyduğum ses üzerine, ürkekçe döndüm arkamı. Sesin sahibini gördüğümde ise korkum daha çok katlandı. Kafam yerinde olmayabilirdi ama çok şükür ki, karşımdaki adamın tekin olup olmadığı hakkında fikir yürütebilecek durumdaydım.

Karşılık vermeyip hızlı adımlarla yürümeyi seçtim. Henüz birkaç adım atmıştım ki, o adama ait olduğuna adım kadar emin olduğum kocaman parmakların bileğime gömülmesi gecikmedi. Sonra, tepki dâhi veremeden bir anda geriye çekildim. Pislik herif şimdi öyle bir kıskacına almıştı ki beni, nasıl kurtulacağımı hiç bilmiyordum. Bu yüzden elimden gelen tek şeyi yaptım. Yani, avazım çıktığı kadar bağırdım.

Bana oldukça uzun gelen bir zaman boyunca, onunla boğuştum. Beni götürmemesi adına direnebildiğim kadar direndim ve ses tellerimin izin verdiği ölçüde de bağırdım durdum. Nihayet sesimi duyurabilmiş olacaktım ki, biri imdadıma koşmuştu!

Ve bir an sonra hızır gibi yetişen bu adamın, beni ahtapot misali sarmalayan o pislik herifi yere serdiğini tahmin ediyordum. Tahmin ediyordum çünkü o tarafa bakmak dâhi istemiyordum. Tek isteğim, bir an evvel eve gitmek ve yorganımın altına girip saatler boyunca uyumaktı. Bu isteğime yürürcesine attım adımlarımı.

Zonklayan başımı kaldırıp etrafıma bakmaya çalışırken, arkamdan gelen seslerin kesildiğini fark ettim. Ama zerre kadar umursamayıp devam ettim. Sonunda kurtulmuştum ve ettikleri kavga beni hiç de ilgilendirmiyordu doğrusu...

Tam da bunlar geçerken aklımdan, bir ses duydum. "Teşekkür bile etmeyeceksin, öyle mi?"

Onun sesiydi bu! Biliyordum. Hatta bilmekten ziyade, emindim! Bana fıstık dediği o gün, yani onu karşımda gördüğüm o ilk an, bu sesi aklıma kazımıştım. En ince ayrıntısına varıncaya dek. Tınısını, tonunu, bende bıraktığı etkisini... Hepsini işte!

Onun sesini duymamla, bir nebze açılmış olan beynim yine karman çorman oluverdi. Bir anda bulanıklaştı. İrademin de bir kuş misali kanatlanıp uçtuğunu hissederken, yavaşça arkamı döndüm. Ve bunu yapar yapmaz onu gördüm! Yalnızca birkaç adım ötemdeydi. Belki üç belki dört... Gözlerim direkt olarak gözlerini buldu sonra. Yıllardır bu anı bekliyormuşum, sanki yalnızca bu an için yaşamışım gibi pür dikkat bakmaya çalıştım. Bıraksalar, bu mavilikleri sonsuza kadar izleyebilirdim bile.

Ben gözleriyle bütünleşmiş bir halde olduğumdan, aramızdaki o küçücük mesafeyi de kapattığını çok sonra fark ettim. Bunun üzerine laf dinlemez kalbim, kocaman bir heyecan içerisinde çarpmaya başladı. Göğüs kafesimi tetiklercesine şiddetle hem de... Artık o çok sevdiğim gözlerine dâhi bakamaz haldeydim. Sarhoşken bile karşısındakinden utanabilen tek insan olarak tarihe geçebilir miydim acaba? Neden olmasındı ki? Bence gayet mümkündü.

"İyi misin?"

Sorusuyla dışarı taşan nefesi fakat nefesinden üzerime akın eden o tiksindirici alkol kokusu... Bu ikisi büyük bir tezatlığa ev sahipliği yapsalar da, sırf ona ait olduğu için bunu bile sevdim! Sonra, sorusu geldi aklıma. Ah, bir şey sormuştu değil mi?

Boyumdan büyük heyecanımla "İyiyim," dedim. Hemen ardından gözlerimi binbir zorlukla yukarı kaldırdım. Gözlerine dalıp gitmeyi planlarken, başka bir şey çekti dikkatimi. Görür görmez heyecanla atılıverdim. "Kaşın kanıyor!"

Elini kaldırdı ve çok zorlansa da işaret parmağıyla kanayan kaşına dokunmayı başardı. Ayakta durmakta zorlandığı ortadayken, kaşının yerini bulması bile mucizeydi aslında. Eğer ortada ciddi bir durum olmasaydı, aniden bastıran o kahkahalarımı koyverebilirdim bile.

"Önemli değil!" Hemen ardından gelen umursamazca bir omuz silkiş...

"Nasıl önemli değil?" diye karşı çıktım. Sonra küçük bir çocukmuşum gibi dudaklarımı büzüştürdüm. "Kanıyor ama!"

"Kanasın!" diye karşılık verir vermez bir adım daha attı bana doğru. Ve sonra kendimi bir anda kollarının arasında buluverdim. Henüz bunun şaşkınlığında dâhi boğulamadan, yalpalar gibi oldu Kıvanç. Neyse ki son anda sırtını yanımızdaki ağaca vermeyi başardı.

Bir süre böylece durduk. Ne o konuştu ne de ben... Gerçi aklıma bir şey geldiği de yoktu. Ama yine de sürekli konuşmak, daha da doğrusu onun sürekli benimle konuşmasını istiyordum. Sesinden mahrum kalmanın bile beni bu hale getirebilmesi, gerçekten inanılmaz ama bir o kadar da gerçekti. İnkâr edemezdim, bal gibi de sesini duymayı istiyordum işte!

Dudaklarımı aralarken aklımda tek bir kelime dâhi yoktu. Yalnızca konuşmak için konuşup, bu yolla onu konuşturacaktım. Planımın işe yararlılık ihtimali karşısında kendi kendime güldüm önce. Ve tam kafama eseni söyleyecektim ki, bir anda duraksadım. Buna sebep olan şey, Kıvanç'tı. Daha doğrusu, Kıvanç'ın boynumun hemen üzerindeki burnu. Burnunun orada ne işi vardı, gerçekten hiçbir fikrim yoktu. Ama ne kadar çok huylandığım ve bir o kadar da heyecanlandığım hakkında birçok fikrim vardı! Ah, lanet olsun ama! Burnu resmen tenimin üzerindeydi.

Tam ben onu itecektim ki, o geri çekildi. Sadece birazcık... Ve sonra oldukça kısık çıkan sesiyle fısıldadı. "Çilek..." dedi önce. Sonra bir kez daha soluklandı ve nefesi tenime çarparken devamını getirdi. "En sevdiğim..."

Doğru solumuştu... Çilekli bir parfüm kullanıyordum. Ve yıllardır aynı markanın aynı kokusunu kullandığımdan mıdır bilinmez, son zamanlarda değiştirmeyi bile düşünür olmuştum. Ama bu yorumdan sonra, bunu başarabileceğimi hiç sanmıyordum!

Kıvanç'ın bende oluşturduğu bütün güzel hislere rağmen, kalbimle ve beynimle büyük bir savaşın içerisine girmem de zor olmadı. Sonunda da her zamanki gibi kazanan taraf beynim oldu ve bu sebeple Kıvanç'ı gücümün yettiğince ittim. Bilincimin tam anlamıyla yerinde olmamasına rağmen, iyi bile dayanıyordum doğrusu...

"Ben..." dedim ve bir süre sustum. "Gideyim artık!"

İstemeye istemeye bir adım attım ki, anında kıskaçları arasına aldı beni. Kıskaçlarından kastım, güçlü olduğu her halinden belli olan kollarıydı... Ellerini de sırtımda bir yerde hissettiğimde, eksik olan tek şey sesiydi. Onu da çok geçmeden buluşturdu benimle. "Benimle gel!"

Dudaklarından yalnızca iki kelime dökülmüşken, nasıl bu denli heyecanlandırabiliyordu beni?

Ben bu soruya kafa yormaya çalışırken, yanaklarımın üzerinde bir baskı hissettim. Ah, gerçekten de öpmüş müydü beni? Hile değil de neydi bu şimdi?

"*Lütfen!*" dedi sonra, muzip bir tebessümü de beraberinde sunarken. "*Bak, rica ediyorum ama!*" Tüm bunların üzerine bir de göz kırpıp, parmaklarımızı da birbirine kenetlediğinde, bana düşen tek şey zorlukla yutkunmaktı.

Ah! Kesinlikle adil oynamıyordu...

O günü anlatmayı tam da burada kestim. *Daha ilerisini anlatabilecek ne gücüm vardı ne de yüzüm...* Dilimi ısırıp kendimi süratle susturmuştum susturmasına fakat karşılığında Asude'nin şaplağını da dizime yemiştim, orası ayrı meseleydi.

"Susmasana kızım! Gerisi nerede bunun?"

"Of!" dedim yarım yamalak bir kızgınlıkla. "Gerisini anlatmama ne gerek var Asu? Hayal gücünü kullan işte!"

"Aptal!"

Bununla başlayıp devam eden hakaretlerini büyük bir sabırla dinledim. Sonunda susabildiğinde ise, belki dakikalar geçmişti. Aniden ciddileştiğine tanıklık ettim sonra. Tamamen bana döndü, gözlerimin içine baktı ve uzanıp ellerimi tuttu. "Olan oldu artık. Sana ne kadar kızsam, seni ne kadar yerden yere vursam da maalesef ki değişen bir şey olmayacak!" Bir süre susup nefesini yavaşça bezgince üfledi. "Şimdi önemli olan tek şey, karnındaki bebek. Yine aldıracağım deme sakın! Bana kalırsa biraz daha düşünmelisin Başak. Çok büyük bir karar bu!"

Koca bir hüzün, içimi ansızın doldurdu. *Bebek...* Her genç kızın olduğu gibi, benim de toz pembe hayallerim vardı tabii ki. *Önce okulumu güzel bir şekilde bitirmek, sonrasında bir adamı sevmek, sevdiğim bu adamla hayallerimi süsleyen bir gelinlik içerisindeyken evlenmek ve ondan olacak çocuklarımın annesi olmak...*

Ama bu hayatta çoğunlukla hayallerimizi değil, yaptığımız doğru veya yanlış seçimler sonucunda karşımıza çıkanları yaşıyorduk. *Şekil A'da görüldüğü gibi...*

Bu bebeği her ne kadar dünyaya getirmek istesem de, mümkünü olmadığını bilecek kadar da gerçekçiydim. Her türlü şeyi es geçebilirdim ama ne yaparsam yapayım anneliğe hazır olmayışımı es geçemezdim! Es geçilecek gibi bir şey değildi ki.

"Kararım kesin," dedim, bunu dillendirirken gözlerimi kaçırmıştım. Çünkü her an ağlayabilirdim. Asude'nin bir kez daha karşı çıkacağını bildiğimden, "Lütfen!" dedim elini havaya kaldırarak. "Bu konuyu burada kapatalım. Senden sadece, şu tanıdığınız jinekologtan benim için randevu almanı istiyorum, o kadar. Gerisini ben halledeceğim."

"Ama..." diye başlamıştı ki, daha fazla dayanmayacağımı anlayarak âdeta yerimden fırlarcasına kalktım. Neredeyse koşar adımlarla odama gittim ve girer girmez kapımı kilitledim. Sırtımı kapıya yaslarken, yaşlar da gözlerimden aşağı dökülmeye başlamıştı bile. Ciddi anlamda dayanamıyordum!

Ruhum sanki bedenimden sökülüp alınıyordu. Gerçekten böyle hissediyordum. Eksiği yoktu belki fazlası bile vardı! Öyle büyük bir acıydı ki bu çektiğim, her geçen saniye daha çok kahroluyordum!

Bebeğimi hissedip de ona bağlanmayayım diye, elimi karnıma götürmemek için âdeta kendimle savaşıyordum! Onu bağlanmayı, onu iliklerime kadar hissetmeyi her şeyden çok isterken, kendime bir şekilde engel oluyordum. Çünkü buna mecburdum! Çünkü yapamazdım. Çünkü onu dünyaya getirebilecek uygun bir ortamım yoktu! Eğer ufacık güvenebilsem kendime, bir an düşünmezdim bile. Ama kahretsin ki, güvenemiyordum!

Çaresizliğin en çaresizine bulaşmıştım sanki! Hayatımın hiçbir anında kendimi bu denli çaresiz hissettiğim başka bir an daha yoktu. Bir ilki yaşıyordum bugün. Yaşamamayı dileyeceğim bir ilki... Bu koca çaresizliği!

Gözlerimden bir damla yaş daha süzülürken, karnıma doğru harekete geçen elimi, bu kez durdurmadım. Karnımdaki varlığını öğrendiğimden bu yana, elim bağımsızca gidiyordu oraya ve bu sefer engel olmayacaktım kendime.

Yalnızca saniyeler sonra elim, hamile olduğunu öğrendiğim andan beri ilk kez karnımın üzerindeydi. Elim karnımın üzerine konar konmaz, gözlerim de benden bağımsızca yumuluverdi. *Garip bir huzur eşliğinde üstelik...* Gülümsedim bunun üzerine. *Buruk bir gülümseme de olsa...*

4. Bölüm

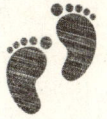

Karar

"Burada yaran falan mı var?"

Beynimin izin verdiği ölçüde, elinin olduğu kısmı hissetmeye çalıştım. Sanırım sırtımdaydı. Burukça gülümsedim. "Evet, var."

"Nasıl oldu peki?"

"Küçükken salıncaktan düşmüşüm. Yerde de cam varmış işte."

Bunu söylememle elini o kısımdan çekmesi bir oldu. İçi mi almamıştı? Muhtemelen.

"Peki buradaki?"

Parmakları bu sefer de dirseğimin hemen üzerindeydi. Cevap vermeden önce tekrar gülümsedim. "O da küçükken oldu. Teyzemin evindeyken kolumu sobaya bastırmışım."

Gözlerimi ona çevirdim sonra. Oturduğumuz koltukta bana belimden sarıldığı için, ona bakmaya çalışırken boynum ağrımıştı ama olsundu... Kaşları çatıldı tam da bu anda. "Epey yaramaz bir çocukmuşsun desene!"

Yorumu beni daha da kocaman gülümsetirken, onaylayan bir ifadeyle başımı salladım. "Sanırım öyleydim."

Gözlerimi bir an olsun gözlerinden ayırmazken, o tekrar konuştu. Bense heyecandan doğru düzgün konuşamıyordum bile. Ya da bana öyle geliyordu...

"Sevgilin falan var mı senin? Sonra bir arıza çıkmasın diye soruyorum."

Sorduğu bu soru, kafamın yerinde olmadığından mıdır bilinmez, kocaman kahkahalar attırdı bana. Ve gülerken konuşturdu. "Benim tek sevgilim, çalışmak zorunda olduğum derslerim Kıvanç! Onların dışında hiç sevgilim olmadı. Seni de onların üzerine kuma getirdim zaten. Umarım bunun için bana kızmazlar."

Ben saçma bir şekilde yeri göğü inletircesine gülerken, Kıvanç kayıtsızca duruyor ve hatta bana, deli olup olmadığımı anlamak ister gibi bakıyordu sanki. Haksız mıydı peki? Pek sanmıyordum...

"*Testlerden yana bir arıza çıkacağını düşünmüyorum şahsen.*" *Yorumuyla bir kez daha gülüp, bir yandan da başımı salladım. Sonra ben sordum. Sorabildiğim kadar düzgünce.* "*Hep benden konuştuk. Senin hayatın nasıl peki?*"

Burukça tebessüm ettiğini görür gibi olsam da, emin olamadım. Elindeki bardaktan birkaç yudum daha aldığında, barda içtiklerinin nasıl olup da yeterli gelmediğini düşündüm. Açıkçası ben çok da fazla içmemişken, bana bir ömür boyu yetip de artacaktı o deneyimim. O berbat şeyi bir daha ağzıma süreceğimi sanmıyordum.

"*Bir ailem var.*" *Söze başladığında, yalnızca ona dikkat kesildim. Kelimeleri, dudaklarından garip bir telaffuzla çıkıyordu ama çok şükür ki anlayabiliyordum.* "*Aslında bize aile demek, gerçek ailelere saygısızlık olur.*" *Bir süre bu cümlesine güldükten sonra, tekrar bir yudum alıp devam etti.* "*Dünyada anne ve baba olmayı en çok hak etmeyen insanların çocuğu olmuşum. Kaderin cilvesi mi bu, bilmiyorum. Her seferinde, sadece lanet olsun demeyi seçiyorum. Hak ettikleri tam olarak bu çünkü!*"

Kalbim üzüntüyle sıkışırken, tereddüt etmeden uzandım ona. Önce kirli sakallarını hissettim parmaklarımda. Sonra yanağını. Ve son olarak çenesinin keskin kıvrımını... "*Üzülme,*" *dedim, üzülmesinden yana kocaman bir rahatsızlık duyarken.* "*Sorun ne bilmiyorum ama umarım ki düzelir her şey.*"

"*Kes sesini! Bana acınmasına ihtiyacım yok, tamam mı? Sakın bana acıma!*"

Kükreyişi karşısında afalladım, beklediğim kesinlikle bu değildi. Acınası derecede kısık çıkan sesimle "*Sana acımadım,*" *diye karşı çıktım.* "*Sadece... Üzüldüm. Üzülmene üzüldüm Kıvanç!*"

Bütün sözlerime ve iyi niyetime rağmen bana öfkeyle baktı. Ve bu, benim bile inanamayacağım derecede canımı yaktı. Kötü bir niyetim yokken, onun tarafından tamamen günah keçisi ilan edilmiştim sanki. Üzüntüyle omuzlarım düşerken ve düşünebildiğim kadar buradan gitmeyi dâhi düşünürken, bu sırada yerinden kalkıp beni bir anda kucaklaması öyle gafil avladı ki beni, dudaklarımdan istemsiz bir çığlık kaçtı.

"Şşt sessiz ol! Başım yeterince ağrıyor zaten..."

Sinirle homurdandığını duyduğumda, itaatkâr kölesiymişim gibi başımı anında sallayıp dudaklarımı sıkıca birbirine bastırdım. Onu kızdıracak şeyler yapmayı kesinlikle istemiyordum. Onu mutlu edecek şeyleri yapmaya ise dünden razıydım! En basitinden, onu sonsuza kadar sevebilirdim! Bu, onu mutlu etmez miydi sahi? Sevilmek kadar güzeli yoktu bana kalırsa. Hem ailesinden de bu yüzden şikâyetçi değil miydi zaten?

Tam ona bunu soracaktım ki, bu sırada girdiğimiz oda çekti dikkatimi. Daha doğrusu, odanın ortasındaki kocaman yatak...

Beynimdeki hafif bulanıklık yalnızca bir anlığına yok olurken, gerçeğin ilk defa farkına varır gibi oldum. Ah! Kıvanç'ın beni buraya getirirkenki, bana "Benimle gel!" derkenki tek gayesi buydu, değil mi? Benim ona beslediğim gibi bana saf duygular beslemiyordu ve görünen o ki beslemeyecekti de! Tamamen art niyetliydi! Çünkü tek düşündüğü, bu yatağın üzerinde yaşanabilecek olan yanlıştan ibaret şeylerdi. Aklı bir tek oraya odaklanmıştı. Bir tek o önemliydi onun için.

Bu düşüncelerle tam çırpınmaya başlayacaktım ki, sırtımın yumuşak bir yere konduruldugunu hissettim. Az önce şüpheyle baktığım o yatağa!

Almaya çalıştığım nefes boğazımda takılı kalırken, yine de dudaklarımı itiraz etmek amacıyla aralayacaktım ki, yine yaptı yapacağını... Dudaklarını alnıma bastırdı. Anlaşılan o ki, benim gibi çömezleri nasıl kandırması gerektiği konusunda ustaydı.

"Sakin ol, çilek kokulum!" diye fısıldadı sonra, ilk defa güven veren sesi ve ona çok yakışan çarpık gülümsemesi eşliğinde...

"Başak!" Birisi tarafından sarsıldığımı hissettim. "Uyan!" Asude'ydi bu. Emrine itaat edercesine gözlerimi yavaşça araladığımda, bulanık görüşümü gidermek adına da gözlerimi ovdum.

Yine aynı rüyayı görmüştüm işte! Aslında, yaşadığım gerçeklerin rüyasını görmüştüm desem daha doğru olurdu. Çünkü bunları ve çok daha fazlasını bizzat yaşamıştım. *Hemen hemen iki-üç ay öncesinde...*

"Başında duruyordum, sayıkladığını görünce de uyandırayım dedim. İyi misin canım?"

Uzattığı bardağı alıp, içerisindeki suyu bir dikişte içtim. Dudaklarımı elimin tersiyle silerken, "İyi yapmışsın," dedim. Ki gerçekten de iyi yapmıştı. Devamı, tekrar tekrar görmeyi istediğim sahneler değildi...

"Okuldan mı geliyorsun?" diye sordum sonra. *Daha çok, konuyu dağıtma amacıyla.*

"Evet. Sabah iki ders vardı ya, onlara girdim işte."

Başımı sallarken, inanılmaz derecede ruhsuz hissediyordum kendimi. Çünkü biraz sonra bu yataktan kalkıp hazırlanacak ve Asude'yle birlikte doktora gidecektik. Ah hayır, kontrol için değil! *Bebeğimi benden koparmak için...*

"Başak?"

Asude'nin nadiren yumuşacık çıkan sesi kulağıma çalındığında, *konuşmak istemiyorum* dercesine başımı iki yana salladım. Konuşursak vazgeçerdim, biliyordum. Zaten bu yüzden, günlerdir Asude'yle doğru düzgün iletişim kurmuyordum. Yüzüp yüzüp kuyruğuna gelmişken şimdi olmazdı!

Yorganı üzerimden itip ayağa kalkarken, "Hazırlanıp bir an önce çıkalım," dedim, elimden geldiğince sabit bir tonlamayla. Asude'nin arkamdan uzun bir süre daha baktığını hissetsem de, dönüp bakmamak için büyük bir savaş verdim kendimle. Ve neyse ki, başarılı da oldum.

Dakikalar sonunda, elime rastgele geçen bir gömlek ve pantolonu ruhsuz hareketlerle giydim. Odamdan çıkıp uzun koridorumuz boyunca yürüdüğümde, Asude'nin kapının önünde olduğunu bilmeme rağmen göz göze gelmeyelim diye dönüp bakmadım bile. Bunun yerine ayakkabılarımı giyindim. Bağcıklarımı bağlamak için eğilecekken, Asude bunu yapmama izin vermeyip kendisi eğilmiş ve saniyeler içerisinde halletmişti. Hamile olduğumu öğrendiğinden beri -yani günlerdir- bana resmen küçük bir çocukmuşum gibi bakıyor, her türlü işime koşuyor, yorulmamam adına elinden geleni ardına koymuyordu. *Benim için ne kadar doğru ve gerçek bir dost olduğunu milyonuncu kez kanıtlarcasına...*

Aklımdan geçen düşünceler ışığında uzunca bir süre, büyük bir hayranlıkla baktım yüzüne. Bakışlarımla, *iyi ki varsın* dedim bir nevi. Gülümsediğinde ise silkinip kendime geldim ve ciddiyetle, "Çıkalım mı?" diye sordum.

Böylelikle çıktık. Hastaneye kadar her bir adımımı tamamen ruhsuzca ve tamamen isteksizce attım. Evet, bunu yapmayı istemiyordum. Hem de kesinlikle istemiyordum! Ama mecburiyetim, elimi kolumu bağlıyordu...

"Sen şöyle otur, Başak. Ben Gülşen Hanım'ın müsait olup olmadığını sorup geleceğim."

"Tamam," dedim ve Asude yanımdan uzaklaşırken dediği yere geçip oturdum.

Belki bundan dakikalar sonra, daha ben anne olacağımı dâhi hissedememişken, bebeğimi alacaklardı benden. Üstelik zorla değil, kendi rızamla! Bu gerçeğin altında ezilirken nefesimin kesilmesi de gecikmedi. Çok kötü bir şeydi! *Düşmanımın başına dâhi böyle bir imtihan verme Allah'ım*, diye dua edeceğim kadar kötü bir şeydi.

Asude biraz sonra yanımdaki boşluğu doldurduğunda dönüp bakmadım ona. Çünkü bu, gözlerim yaşlarla doluyken firar etmelerine izin vermek gibi bir şey olurdu. Aslında bu bile değil, dokunsa ağlardım şuracıkta!

"Başak," dedi. Duymama rağmen ses vermedim. Yalnızca önüme baktım. İzlediğim bir şey varmış gibi.

Sabırla, bir kez daha seslendi. "Başak!" Yine ses vermedim. Gözlerimi yumdum ve konuşmak istemediğimin sinyallerini vermeye çalıştım.

Bundan sonra yalnızca beş saniye kadarlık bir suskunluk oluştu aramızda. Sonrası ise, Asude'nin parmaklarıyla çenemi kavraması ve yüzümü kendine çevirmesi şeklinde gelişti. Artık, kaçınılmaz bir şekilde göz gözeydik. Benim gözlerimde nasıl bir bakış hâkimdi, bilmiyordum. Ama Asude'nin yeşillerinde, apaçık bir sabır ve kocaman bir anlayış vardı.

"Bu senin kararın, biliyorum. Ama senden rica ediyorum Başak. Bir kez daha düşün!"

"Düşünülecek bir şey yok, Asu." Sesim tir tir titrese de, devam etmeye çalıştım. Kararlı gözükmeye gayret etsem de, bir halt becerdiğim yok gibi geliyordu. "Aldıracağım!"

Ben bunu söyler söylemez başımızda beyaz önlüklü genç bir kadın göründü. Doktorun asistanı olmalıydı. Hafifçe tebessüm edip, "Gülşen Hanım sizi bekliyor," dediğinde de bu tezim geçerlilik bulmuş oldu.

Başımı sallayıp ruhsuzluğun verdiği bir yavaşlıkla kalktım. Odaya ilk adımımı attığımda bile, içimde bir şeylerin kopup gittiğini hissettim. Daha ilk adımımda böyle olduysa, devamında kim bilir neler hissedecektim? Muhtemelen buradan bedeni diri fakat ruhu tamamen ölü biri gibi çıkacaktım. Gibisi fazlaydı aslında. Tam olarak böyle olacaktı işte!

Gülşen Hanım'ı masasında otururken bulduğumda, başımla selam verdim. Benimle hafifçe gülümseyerek konuştu. "Şöyle otur lütfen."

Ardından Asude'yi gördü ve daha içten gülümsedi. Yakın bir aile dostlarıydı çünkü. "Hoş geldin Asu. Gel, sen de arkadaşının karşısına otur bakalım."

Böylelikle ikimiz de yerlerimize yerleştik. Asude'nin gözlerini üzerimde hissetsem de onunla göz teması kurmaktan kaçınarak yalnızca Gülşen Hanım'a baktım. Fakat bunun da iyi bir tercih olmadığını, konuşmaya başladığında anladım.

"Bak, Başak," derken ciddi bir görünüm sergiliyordu. "Asude bana olanları anlattı. Bir anne olarak bunları bu yaşında yaşamana gerçekten çok üzüldüm. Ama yine bir anne olarak, bu kararı almana da çok üzüldüm."

Duymak istediklerim bunlar mıydı? Kesinlikle hayır! Peki neden dinliyordum? Çünkü lanet olası bir mecburiyetim vardı. Yani her zamanki gibi elim kolum bağlıydı...

"Bak, canım. Seninle bir doktor olarak değil, bir abla ya da bir anne olarak konuşacağım." İçten bir biçimde gülümsedi. "Mesleğimin nefret ettiğim tek yanı, doğmayı bekleyen o canlara kıymak. Ama mesleğimi bir kenara koyup seninle anne sıfatımı taşıyarak konuşursam da, şunu söyleyebilirim ki Başak, anne olmak her şeye rağmen dünyanın en güzel şeyi! En kutsal, en şahane şeyi!"

Gözlerimi dolduran yaşların düşmemeleri için her türlü gayreti sarf ederken, Gülşen Hanım devam etti. Sanki beni yeterince yaralamamış gibi...

"Biliyorum, bu şartlar altında onu dünyaya getirmen çok güç. Hesap vermen gereken bir ailen, okuman gereken bir okulun ve gerçekleştirmen gereken tonlarca hayalin var. Hepsini tahmin edebiliyorum!

Ama onu aldırdığında hiçbir şeyin daha iyi olacağı yok, güzelim. Emin ol, pişmanlık seni bulup yakana yapıştığında çok daha kötü hissedeceksin. Kendi canının en güzel parçası olan bebeğine kıydığın için!" Sonlara doğru ses tonu iyice kısıldı. Her an ağlayabilirmiş gibi. "İşte bu yüzden senden rica ediyorum canım, karar senin ama lütfen bir kez daha düşün."

"Ben..." dedim ama devamını getirecek bir şey bulamadığımda sustum. Bu sırada Asude devreye girdi. "Evet, Başak! Gülşen teyze sonuna kadar haklı," derken sesi heyecanlı geliyordu kulağa. "Bak, ben de olacağım yanında! Ve söz veriyorum, her ne olursa olsun seni ve yeğenimi bir an olsun yalnız bırakmayacağım! Sen yeter ki tamam de!"

"Asu ben..."

"Lütfen! Bak eğer bu bebeği aldırırsan çok daha büyük bir yanlış yapmış olacaksın! Annesi olarak ona kıymaya hakkın yok!"

"Ama... Nasıl yapacağım ki?" dedim. Çaresiz çıkıyordu sesim. *Anlamalarını bekledim...*

"Şöyle yapacaksın," diye karşılık verdi. Ve elimi alıp karnımın üzerine koydu, sonra hafifçe bastırdı. "Önce onu hissedeceksin." Bunu söylerken hem ağlıyor hem gülüyordu. An itibariyle, tüm duygular tamamen birbirine karışmış gibiydi.

"Onu hissettiğinde... Zaten kararını vermiş olacaksın Başak! Ona kıyamayacaksın."

"Asu, yapma şunu!" diye bağırırken, bir yandan da elimi karnımdan çekmeye çalışıyordum. Ama Asude buna izin vermeyip, elimin üzerindeki elini daha sıkı bastırdı karnıma. Sonra etkileyici bir tınıyla fısıldadı. "Hadi hisset onu! Belki haftalardır annesi tarafından hissedilmeyi bekliyor Başak. Lütfen!"

Daha fazla dayanamadım, kayıtsız kalamadım bu sözlere. Özenle kurduğum o kalkanım bir anda düşüverdi sanki. *Gözyaşlarımın eşliğinde...*

"Kahretsin!" diye mırıldandım ve yavaşça yerimden kalktım. Benim ve Asude'nin elleri hâlâ karnımın üzerindeydi. Zorlukla, kesik kesik konuştum. "Ben caymadan çıkalım şuradan!"

Asude kesin bir zafer çığlığı atarken, başımın döndüğünü hissederek sendeledim. Tansiyonum düşmüş olabilirdi ama umurumda değildi açıkçası. Tek isteğim, burayı bir an evvel terk etmekti. Yoksa Asude'ye de söylediğim gibi her an cayabilir ve tekrar, bebeğimi benden koparmalarını istediğimi söyleyebilirdim.

Bu yüzden Asude'yi beklemeden kapıya doğru yürüdüm. Zaten o da bu esnada Gülşen Hanım'la konuşuyordu. "Teşekkür ederim Gülşen teyze. Bu konuşman olmasa hayatta başaramazdım!"

"Ne demek canım benim... Ayrıca söylediklerimin hepsi gerçekten de içimden geçen şeylerdi. Arkadaşına her anında destek ol. Ve unutma ki, artık ben de yanınızdayım. Bir sıkıntı olursa mutlaka haberdar et! Kontrolleri de aksatmayın."

Asude de bu sözlere de bir karşılık vermişti fakat kendimi odanın dışına attığımdan geri kalanını duyamamıştım. Titreyen bacaklarım eşliğinde yürümeye çalışmakla meşguldüm artık. Evet. Bacaklarım zangır zangır titriyor, başım felaket derecede dönüyordu. Yine de yılmayarak kendimi hastanenin bahçesine atıncaya kadar yürüdüm. Sonunda da bu emeğimin karşılığında mükâfatlandırılmışım gibi derin bir nefesi içime çektim, ellerimle karnımı sarmalayıp öne doğru eğildim. Soluklanmaya, her zamankinden daha çok ihtiyacım vardı. Bir an evvel kendime gelmem gerekiyordu.

Buraya, bebeğimi aldırmak için, onu kendimden tam anlamıyla koparmak için gelmişken, ona bağlanmamı sağlayacak şeyler yaşamıştım az önce! Aramızda yeni bir köprü oluşmuştu sanki. Gülşen Hanım'ın konuşmasının bende bıraktığı etki sonucunda, ne öğrenci Başak olarak düşünmüştüm ne de ailesine hesap vermek zorunda olan Başak olarak... Bunların hepsini bir kenara fırlatıp, anne adayı olan Başak olarak düşünmüş; var olan bu durumu, bu sıfatımla tartmıştım. Yalnızca bu sıfatla karar vermiştim!

Bu yüzden zor olmamıştı: *Bebeğimi benden almamaları yönünde verdiğim karar!*

Ama hastaneden dışarı adımımı atar atmaz diğer sıfatlarım bir yük gibi konuvermişti omuzlarıma. Ve şimdi, durmadan hesap sorup duruyorlardı bana. Öğrenci Başak, *"Okuman gereken bir okulun, gerçekleştirmen gereken hayallerin var!"* diye bağırıyordu. Akman ailesinin kızı olan Başak'sa, apaçık bir alayla *"Bu durumu ailene nasıl açıklayacaksın acaba?"* diyordu.

Hepsi birleştiğinde daha fazla tutamadım kendimi. Önce hafiften ağladım. *Sessiz sessiz.* Sonra Asude yanıma gelip de beni kollarının arasına çektiğinde, beklediğim buymuş gibi hıçkırarak, kollarının arasında şiddetle sarsılarak ağlamaya başladım. Saçlarımı okşamaya başlarken, biraz daha sıkı sarıldı bana. Sonra, "Ağlama," diye fısıldadı. "Lütfen Başak! Bak, sana söz veriyorum. Kimsenin seni ve yeğenimi üzmesine izin vermeyeceğim. Mutlu olacaksınız. Mutlu olacağız!"

Tüm bunlara, hatta çeyreğine dâhi olsa inanabilmeyi canı gönülden dilerdim. Ama olmuyordu işte! O gerçekçi yanım bir türlü susmuyordu. Ve yine o yanımın gazına gelerek konuştum. "Neyin mutluluğundan söz ediyorsun sen? Babası bile olmayacak Asu!"

"Öyle babası olmasa da olur zaten! Yani bir şey kaybetmez Başak, aksine kazanır!"

Bu sözlerin beni yaralamaması gerekiyordu. Ama bir şekilde yaralamayı başarmıştı. Burnumu çektiğim sırada, Asude de bu yaralanışımın farkına varmış olacak ki daha sakince konuştu. "Eğer istersen o adamı bulup konuşabiliriz. Kim bilir belki de kabul eder bebeğini."

Bu söylediklerine kendisi inanıyor muydu acaba? *Hiç sanmıyordum doğrusu...* Elimde olmadan güldüm. *Ama burukça ve bir o kadar da alayla...*

"Bu bebeği kabul edecek belki de son adamdır o, Asu! O sabah bir görseydin..." Devamını getirmeyip son anda sustum. Üzerinde konuşmak istediğim bir konu değildi. Ama şimdi, ister istemez anımsamıştım. *O sabahı...*

Bir sabah uyanırsınız... Ve gözlerinizi açtığınızda hiçbir şeyin aynı kalmadığına tanıklık edersiniz. Siz bile, bildiğiniz, tanıdığınız siz değilsinizdir! Öyle bir tepetaklak olmuştur ki her şey, şaşkınlıktan ne yapacağınızı şaşırır; üzüntüden kahrolursunuz.

Tıpatıp bunları yaşıyordum işte şimdi. Uyanmış, yeni bir sabaha gözlerimi açmıştım. Ama açmamış olmayı her şeyden çok isterdim. Hiçbir şey aynı değildi. Yalnızca birkaç saat öncesine kıyasla, öyle büyük farklar vardı ki!

Mesela kendim... Her zaman çevremdeki kızlara kıyasla çok daha masum bulduğum ve bununla övündüğüm kendim! Artık masum değildim. Ve çok daha kötüsü, masumiyetimi bunu hiç hak etmeyecek olan bir adama vermiş oluşumdu hiç şüphesiz... Aslında tamamen kendi rızamla olduğu da yoktu. Sarhoştum! Sarhoş olmak ne kadar berbatsa, ilk kez sarhoş olmak çok daha berbattı! İradeniz tamamen elinizden alınıyordu ve buna alışık olmadığınız için daha bir acemice hareket ediyordunuz. Bir gülüşe dâhi kanabilecek duruma geliyordunuz. Tıpkı aptal ben gibi!

Boğazımdaki düğümleri açmanın bir yolu yok muydu sahi? Gözlerimi açtığımdan bu yana, canımı çok yakıyorlardı. Hele gözlerimde biriken yaşlar! Firar etmeyi bekleyen, bıçağın sivri ucu misali gözlerime ilmek ilmek batan yaşlar... Onlardan da kurtulmanın bir yolu yoktu, öyle mi? Peki ya, içimde büyüyen koca pişmanlığım, kendimden nefret etmeye başlayışım, ölmeyi dâhi diler oluşum... Bunlardan da mı kurtulamayacaktım? Hiçbir zaman mı?

Hayallerime ne olacaktı peki? Okulumu bitirip başarılı bir avukat olduktan sonra, düzgün bir adama âşık olup, o adamla güzel bir düğünle evlenme ve ondan olacak çocuklarıma annelik yapma hayallerim!.. Şu saatten itibaren onlara da elveda demeliydim, öyle değil mi?

Sıcacık bir damla yaş yanağımdan aşağı süzülüp giderken, ürkekçe arkama çevirdim başımı. Omzumun üzerinden. Kıvanç hâlâ yanımdaydı. Üstelik kolları belime sarılıydı! Bu yaşıma kadar bir erkeğin elini dâhi tutmamışken, şimdi Kıvanç'la, yanlış bir şekilde beraber olmuştum. Ve bu, inanılır gibi değildi! Ah, şu zamanı bir geri alabilsem başka ne isterdim ki?

Gözlerimden bir damla yaş daha firar ederken, gözlerimi yüzünde gezintiye çıkardım. Sarımsı saçları alnına yapışmış, dudakları hafif aralık, gözleriyse tamamen kapalıydı. Benim tam aksime, huzurlu görünüyordu. Burukça gülümsedim. Ah tabii ki huzurlu olacaktı! Neticede istediğini almıştı!

Ama yine de tam anlamıyla kızamıyordum ona! Sonuçta o, böyle bir adamdı. Ve Batın'ın beni bu konuda uyarmasına rağmen, kendi isteğimle gelmiştim buraya. Yani illa ki bir suçlu arıyorsam, en suçlu bendim!

Yüzüne bakmaya devam ettiğim sırada, kıpırdandığını hissettim. Bunun üzerine heyecanla önüme döndüm ve başımı, yastığa gömüp gözlerimi sıkıca yumdum. Ne diye bu kadar heyecan yapmıştım, gerçekten bilmiyordum.

Bir an sonra, başımın arkasındaki başı hareket etti. Gözlerini açmış olmalıydı. Bu düşünceyle sanki mümkünmüş gibi daha sıkı yumdum gözlerimi... Ve tam da bu anda, Kıvanç'ın burnunu saçlarımın arasında hissettim. Sonra derin bir soluk çektiğini... Çilek kokusunu sevdiğini öğrenmiştim dün. Çilek kokulum demişti bana. Parfümüm gibi, şampuanımın da çilek aromalı oluşunu hesaba katarsak... Şimdiki tepkisi hiç de garip değildi.

Ama sonrasında, geriye çekilmesi ve epey seslice "Kahretsin!" demesi, içime daha koca öküzlerin oturmasına yol açtı. Kahretsin de ne demekti şimdi? Üstelik ben bile söylememişken bunu!

Kalbim acıyla sancıdı. Sonra, yanımdan kalktığını hissettim. Gözlerim hâlâ kapalı ve başım da hâlâ yastığa gömülü olduğundan, ne yaptığını yalnızca tahmin edebiliyordum, o kadar. Meselâ ayak seslerine bakılırsa şu an gayet hızlı hareket ediyordu.

En sonunda dayanamayıp gözlerimi yavaşça araladım. Ve onu, tam çıkacakken yakaladım. Kapının tam önünde!

Heyecanla atıldım. Sorduğum sorunun saçma oluşuyla dâhi ilgilenemeden... "Gidiyor musun?"

Sorumu duymasıyla, olduğu yerde durması bir oldu. Sırtı hâlâ bana dönüktü. Ve cevap verirken dâhi, bir an olsun dönüp bakmadı bana.

"Evet," dediğinde, sesinde aceleci bir tını gizliydi sanki. Hatta gizli falan değil, gayet apaçıktı işte.

"Duş alıp çıkacağım. Ve akşam döndüğümde seni burada görmezsem sevinirim."

Bir an bile bana bakmadan odadan çıkıp giderken, bunlar, söylediği son şeyler oldu. Ve ben öyle bir yara aldım ki bu sözlerden, öyle bir canım yandı ki, tam o an ölmek istedim! Bunları duyacağıma şuracıkta ölseydim daha iyiydi, dedim. Ama ne şuracıkta öldüm ne de başka bir şey yapabildim... Elimden gelen tek şey, belki saatler boyunca burada, kocaman pişmanlığımda boğulurcasına hareketsiz bir biçimde oturmaktan ibaret oldu.

Anlatmayı bitirdiğimde Asude'nin verdiği ilk tepki, "İnanmıyorum!" oldu. "Sahiden de bir kez bile yüzüne bakmadı mı Başak?"

Canım bir kez daha yansa da, belli etmemeye gayret ederek yanıtladım. "Bakmadı."

"Allah'ın belası!" yorumunda bulunduğunda, devamının da geleceğini bildiğimden *boş ver* dercesine salladım elimi. Üzerinde konuşmak daha fazla üzülmemden başka bir halta yaramıyordu.

"Gidelim mi artık?"

Gözlerimi ona çevirdiğimde bütün öfkesini haykırırcasına baktığını gördüm. *Ellerinin ve dudaklarının şiddetle titrediğini...* Kıvanç burada olsaydı, muhtemelen Asude'nin elinden kimse kurtaramazdı onu. *Ben bile!* Gerçi kurtarmayı ister miydim? Orası da meçhuldü...

Hastanenin sınırını tamamen terk ettiğimizde, kafamda dönüp duran, sürekli bir hesap peşinde olan o çarklar yüzünden Asude'nin sorduğu soruyu zorlukla işttim.

"Ne yapmak istersin canım?"

Umursamazca cevapladım. "Ne mi yapmak isterim?" Ardından omuzlarımı silktim. "Bilmiyorum. Ama eve gitmek istemediğime eminim!" Sonra sustum. Düşünebilmek adına. Yalnızca biraz sonra, kendimden gayet emin bir şekilde "Okula gidelim!" dedim.

"Okula mı?"

"Evet. Öğleden sonra dersimiz yok mu? O derse girmek istiyorum işte! Hem kafamı dağıtmış olurum."

"Emin misin?" derken, bu fikrim hoşuna gitmemiş gibi duruyordu.

"Eminim."

"Peki öyleyse, gidelim bakalım," dedi. "Ama okuldan sonra da alışverişe gideceğiz, haberin olsun!"

Yürümeye devam ederken, kaşlarım çatıldı. "Ne alışverişi?"

"Senin ya da benim için değil. Karnındaki o minik Başak için!"

Kulağa süper heyecanlı gelen sesi beni gülümsetse de, söylemeden edemedim. "İyi de, daha cinsiyetini bile bilmiyoruz. Ne alışverişi?"

"Kapasana sen çeneni!" ikazıyla omuzlarımı silktim. "Pembe, mavi, beyaz... Alırız işte bir şeyler. Bu da dert mi sanki?"

Başka şeyler söylemeyi istesem de, uzatmamak adına dudaklarımı birbiri üzerine bastırdım. Neticede bilinen bir gerçek vardı ki, o da, aramızdaki bir konu gereksiz yere uzadığında Asude'nin cinlerinin tepesine çıktığıydı...

"Asu!" dedim, sınıfa gireceğimiz esnada. Dayanmaya çalışmıştım ama elimden gelen bu kadardı.

"Efendim Başak? Bir şey mi oldu?"

"Midem," dedim, yüzümü ekşitirken. "Midem bulanıyor."

"Ne zamandır? Yeni mi başladı?" Sorularını sorarken sınıf kapısının önünden çekilmiş ve beni de kendisiyle birlikte kenara çekmişti.

"Hayır. Yolda da bulanıyordu ama geçer diye söylemedim."

Öfkeyle soludu. "İyi halt ettin!" Sonra tekrar bana baktı. "Ne yapmam gerekiyor? Gidip bir şeyler alayım mı? Tuzlu kraker, bisküvi falan?"

Heyecanlanması ve ardı ardına bu kadar çok soru sorması, normal bir zamanda olsak güldürebilirdi beni. Ama şimdi değil.

"Bilmiyorum ki. Geçeceğini pek sanmıyorum ama denemekte fayda var."

"Tamam," dedi. Sonra koluma girip, koridorun ilerisindeki banklara doğru beni yavaşça yürüttü. Olabildiğince dikkatle oturttuktan sonra da, öğütlerini bir bir sıralamaya başladı. "Sakın sınıfa gireyim deme. Hemen yan tarafında tuvalet var. Ola ki kötü oldun, hiç düşünmeden gir. Geldiğimde burada yoksan orada bulacağım seni. Başka bir yere ayrılma sakın. Tamam mı?"

"Tamam."

Yerinde doğrulurken, bana emin olmayan bir bakış attı. Beni burada, yalnız bırakmak istemediği ortadaydı. Ama yapacak bir şey yoktu. Bu mide bulantısıyla değil kantine gitmek, bir adım dâhi atamazdım. Kantin de buraya gelemeyeceğine göre...

Asude neredeyse koşar adımlarla yanımdan uzaklaştığında, derin nefesler alıp verdim. Midemdekileri dışarı çıkarma eylemini aklıma dâhi getirmemeye çalışıyordum. Hayır. Gerçekten burada olmazdı!

Ciğerlerimi bir derin nefesle daha doldururken, başımı hafifçe kaldırdım. Etrafımdan hızla geçip giden öğrencilere gözüm takılırken, onlar gibi olmayı istediğimi fark ettim. Tek derdimin okulumun ve çalışmak zorunda olduğum derslerimin olduğu günleri özlemiştim. Hem onlar dert falan değil, benim için birer hobiydi. Şimdiki *derdimden* sonra, *derdin ne olduğunu anlamıştım* bile diyebilirdim aslında.

Gözlerim, önümden geçenlerden birine takıldığında, garip bir şekilde üzerinde düşünürken buldum kendimi. Sanırım gözüm bir yerden ısırmıştı. Gözlerim geçen saniyelerle biraz daha kısılırken, doğru cevaba çok yakın olduğumu hissettim. Beyin fırtınam tam tatmin edici bir sonuçla son bulacaktı ki, yüzünü tam olarak bana çevirmesi ve dolayısıyla göz göze gelmemizle, kalbim yerinden çıkacak gibi atmaya başladı. Ah, kahretsin! Bu gerçekten de O'ydu!

"Başak?"

Adımlarını bana doğru atmaya başladığının ayrımına varırken, endişe dolu bir sesle fısıldadım. Az öncesinde zorlukla anımsadığım adını...

"Batın?"

5. Bölüm

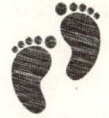

Evdeki Hesap Çarşıya Uymaz

"Senin ne işin var burada?"

Batın yanı başımdaki boşluğa oturduğunda, şaşkınlık içerisinde sorabildiğim tek şey bu oldu.

Hafifçe güldüğünü işittim bu esnada. "Bu fakültenin öğrencisiyim. Ne yani, yazları barmenlik yaparak parasını çıkaranlar hukuk okuyamaz diye bir kanun mu var?"

Başımı heyecanla iki yana salladım. "Hayır, kesinlikle bunu kast etmek istemedim. Ben sadece..."

"Şaşırdın?"

"Evet," dedim dürüstçe. Ellerimi saçlarımın arasına daldırırken devam ettim. "Yani... Bir daha karşılaşacağımız aklımın ucundan dâhi geçmemişti."

"Benim de öyle," derken hâlâ gülüyordu. "Gerçi geçen hafta bahçede görür gibi olmuştum seni. Ama emin olamadığım için yanına gelmemiştim. Demek ki gerçekten de senmişsin!" Sözlerinden ziyade gülüşüyle çenesinde açığa çıkan gamzeler dikkatimi çekmeyi başardığında, istemsizce gözlerim irileşmişti. Hayatımda hiç böylesine derin gamzeli biriyle karşılaştığımı sanmıyordum. Neden o gün fark etmemiştim acaba? Belki de bu denli içten gülmediği için...

"Birinci sınıfsın, değil mi?"

Sorusuyla kendime gelip başımı salladım. "Evet, öyle. Ya sen?"

"Üç."

"Ah, ne mutlu sana!" dedim hayranlığımı haykıran sesimle ve derin bir iç geçirmekten de geri durmadım. Seneye mezun olacaktı! Bense hayallerimi süsleyen bu okulu, bitirip bitiremeyeceğimi düşünmekle meşguldüm. Öyle un ufak olmuştu ki hayallerim, düşündükçe boğulacakmış gibi hissediyordum. Bu raddedeyken belki düşünmemek en iyisiydi. Ama hangi insan düşünmezdi ki? Düşünmeden yaşanır mıydı?

"O gün..." Söze başladığını işitir işitmez ona döndüm. *O gün* mü demişti? Ah hayır!

"Sana taksi çağırmaya gidip derhal geri döndüğümde, seni orada bulamamıştım. Kötü bir şey olmadı ya?"

"Yoo," dedim. Sesimin titrememesi adına elimden geleni yapmıştım. "İyi hissetmediğim için kendimi bir an evvel dışarı atmak istemiştim. Sana da ayıp oldu gerçi. Lütfen kusuruma bakma."

"Yok, hayır," dedi süratle. "Ben sadece seni göremediğim gibi Kıvanç'ı da orada göremeyince..." Duraksayıp gözlerini gözlerime dikti. Ben heyecanla yutkunurken, o kaldığı yerden devam etti. "Endişelenmiştim senin için. Hatta sözlerime kulak asmadın diye düşünmüştüm. Ama madem bir sorun olmadı diyorsun, tamamdır o zaman. Sevindim."

Kahretsin ki, bulunduğum ortamda Kıvanç'ın adının anılması bile kalbimin atış hızını kötü etkiliyordu. Üstelik beni getirdiği bu duruma rağmen!

"Bir sorun mu var Başak?"

Duraksadığım için bu soruyu sorduğunu sanmıştım ve buna uygun olarak bir cevap arayışına girmiştim ki, son anda fark ettim: *Gözlerinin karnıma sabitlenmiş oluşunu.*

Orada bir sorun olup olmadığını soruyordu yani. Ah! Midem bulandığı için karnıma hafifçe baskı uyguluyordum. Ama dikkat çektiğimi düşünmediğim için yaptığım bir şeydi. Görülen o ki, evdeki hesap çarşıya uymamıştı.

"Şey..." dedim ve bir yalan uydurabilmek adına beyin kaslarımı süratle çalıştırdım. "Biraz karnım ağrıyor da!"

"Geçmiş olsun. Yapabileceğim bir şey varsa eğer..."

"Hayır, yok," diyerek lafını yarıda kestim. Ardından kibarca ekledim. "Teşekkür ederim."

Tam bir şey söyleyecekti ki, hemen yanımızda Asude'nin sesi duyuldu. *Heyecanla ve bir o kadar da panikle dolu olan sesi.*

"Bak, Başak! Bunları aldım. Tuzlu kraker, bisküvi, çikolata falan... Ama önce tuzlu krakeri yiyeceksin. Umarım işe yarar!"

Tamamen bilinçsizce kırmış olduğu bu pot sonrası, dudaklarımı dişlerimin arasına hapsederken buldum kendimi. Batın'ın bir şey çakmaması adına bildiğim bütün duaları okurken, sakin görünebilmek adına öncelikli olarak derin bir nefes çektim içime.

"Tuzlu krakerin karın ağrısına iyi geldiğini ilk defa sizden duyuyorum doğrusu." Hayal kırıklığıyla yumdum gözlerimi. Ve Batın cümlesinin devamını getirirken öylece oturmaya devam ettim. "Benim bildiğim mide bulantılarına iyi geldiği. Ama umarım karın ağrısına da iyi gelir."

"Karın ağrısı mı?"

Asude tam önümde, dizlerinin üzerine çökmüştü bu sırada. Yüzünden, etrafa kocaman bir endişe yayılıyordu sanki. Ona kaş göz işareti yapıp susması gerektiğini anlatacakken, benden hızlı davranıp konuşan yine o oldu. "Karnın da mı ağrıyor Başak? İyi misin? İstersen doktora gidelim, ha? Gülşen Hanım kontrolleri aksatmayın demişti zaten. Keşke çıkmadan önce bir görünseydin!"

Git gide daha da kısık çıkan sesimle, "Gerek yok Asu," dedim. "İyiyim."

"Emin misin?"

Bu sırada, araya Batın girdi. Neyse ki, "Daha sonra görüşürüz Başak," diyerek. Sesinde farklı bir tını yakalamış fakat tam olarak ne olduğunu çıkaramamıştım. Ama kinaye vardı bir kere! Buna emindim. Peki, yanında bir miktar da şüphe olabilir miydi?

"Görüşürüz."

Ruhsuz çıkmasına engel olamadığım sesimle veda ettim ona. Resmen batmıştım! O yanımızdan ayrılırken, Asude ustalıkla gözlerini devirerek sordu. "Kimdi bu artist?"

"Batın," dedim. Sonrasında da omuzlarımın düşmesine mâni olamadım.

"Batın?" dedi başta. Sonraki saniyelerde gözleri yavaşça kısıldı ve bir süre düşündü. En sonunda hatırlamış olacaktı ki, heyecanla konuştu. "Hani şu, barmen olan? O gece seni uyaran Batın?"

"Ta kendisi!" dedim. Sonra "Ah Asude ah!" diye hayıflanmaktan da kendimi alıkoyamadım. Çünkü bana kalırsa, hamile olduğumu anca bu kadar açık edebilirdik ve Asude sağ olsun, layıkıyla başarmıştı bunu.

"Ne yaptım be?"

"Daha ne yapacaktın? Şüpheye düşmesi için en net hamilelik belirtisini önüne serdin resmen!"

Omuzlarını silkti, şu anda benim tam aksime fazlasıyla umursamaz görünüyordu. "Aman ne olacak sanki? Bilse ne olur bilmese ne olur? Bebeğin babası değil, bir şeyi değil."

"Kıvanç hakkında çok şey biliyor. Bir yakınlıkları olabilir Asu! Ah neyse. Umalım ki, öyle bir şey olmasın."

"Olmaz ya. Ki olsa bile gidip de bu haberi, o Allah'ın belası herife yetiştireceğini sanmıyorum. Sen ferah tut içini! Kimse ne sana bir şey yapabilir ne de yeğenime. Ben varım kızım burada!"

Havalı bir gülüş attığında, hafif bir neşeyle güldüm. Sonra duygusalca konuştum. "İyi ki varsın!"

"Asıl sen iyi ki varsın, benim büyük ama en tatlı belam!"

⚜

"Bunu da alalım!"

"Asu yeter ama! Ne gördüysen aldık. Üstelik daha cinsiyeti bile belli değil diyorum sana! Ne yapacağız bu kadar çok şeyi?"

Bu serzenişte bulunur bulunmaz Asude'nin elindeki poşetlere kaydı gözlerim. Ah, gerçekten de o kadar fazlalardı ki! Kesinlikle abartmıyordum. Abartan biri varsa, o da maymun iştahlı arkadaşımdı.

"Ne mi yapacağız?" derken, elindeki minik mavi çoraplarla döndü bana. Parmaklarını içlerine sokarak onları kuklaymış gibi oynatırken konuştu. "Turşularını kurmayacağız herhalde! Hepsini yeğenime giydireceğiz. Başka ne yapacağız?"

"İyi de, çok fazlalar!" diye isyan ettim ama tınlamadı bile beni. Bunun yerine önüne dönüp kaldığı yerden mağazayı arşınlamaya devam etti. Ne beğenirse bir mavisinden bir de pembesinden alışı da, poşetlerin neden bu denli yüklü olduğunu açıklıyordu aslında. Tamam.

Gerçekten girdiğimiz bütün mağazalarda hep güzel şeyler vardı. O küçücük kıyafetlere baktığınızda bile resmen içiniz gidiyor, hepsini bağrınıza basasınız geliyordu. Ama bu kadar abartmanın da gereği yoktu ki. En azından cinsiyeti belli olana dek bekleyebilirdik. Ama ben kimdim de, Asude diktatörüne lafımı geçirecektim ki? Ne haddimeydi?

Daha fazla ayakta duramayacağımı hissettiğimde, kendimi kabinlerin hemen yanındaki koltuğa bıraktım. Asude ise hâlâ oradan oraya koşturuyor, kocaman gülümsemesi eşliğinde minik elbiselere saldırıp duruyordu. Bu halini gördüğümde, elimde olmaksızın gözlerimin yaşlarla dolduğunu hissettim. Bir anda duygusallaşmıştım. Buna sebep olan şey, Asude'nin bu heyecanlı halleriydi hiç şüphesiz. Bu denli hevesli olacağını hiç hayal etmemiştim. Ama şahitlik ettiğim kadarıyla, teyze olma konusunda epey hevesli görünüyordu. Ben harika bir anne olamasam da, biliyordum ki, o harika bir teyze olup benim bütün açıklarımı ustalıkla kapatacaktı.

Çünkü Asude Türkoğlu, her zaman kusursuzluğun peşinde koşan biriydi. Küçüklüğünden bu yana, elini sürdüğü her işin kusursuz olması için çabalar ve bir şekilde başarılı da olurdu. Sorumluluk sahibiydi, düzenliydi, neyi ne zaman yapması gerektiğini iyi bilirdi ve tüm bunların birleşimiyle de tıpkı hedeflediği kadar kusursuz olmayı başarıyordu bana kalırsa. Doğasında vardı bu!

"Başak şuna bir baksana! Allah'ım ne kadar güzel!"

Elinde tutup bana heyecanla gösterdiği pembe tulumu gördüğümde, gülümseyerek başımı salladım. Gerçekten de çok güzel duruyordu. Özellikle de yakasındaki minik pembe fiyongu!

"Keşke bizim boyutlarımıza göre de olsa bundan! Hiç düşünmeden alırdım."

Bu esnada, Asude'ye yardımcı olan satış elamanı kız girdi devreye. "Aynı modelin büyükler için olanı da var, efendim. İsterseniz bakabiliriz."

"Ciddi misiniz siz?"

"Evet," derken, genç kız da gülümsüyordu. Böyle bir ilgiyle karşılaşmış olmak kendisini mutlu etmiş gibiydi. "Anneler ve kızları için tasarlandı. Hemen arka reyonumuzda."

Asude yüzünü buruştururken sordu. "Anneler ve kızları için mi?"

Hevesi kırılmış gibi gözüktü önce. Fakat sonra çabucak toparlanıp omuz silkti. "Aman canım, teyze de anne yarısıdır sonuçta. Yani o tulum benim de hakkım!"

Kahkahalarımı güçlükle bastırırken, "Kesinlikle öyle," diye destek çıktım arkadaşıma. Benden aldığı bu gaz sonrası kocaman gülümsedi ve satış elemanı olan genç kıza dönüp, "Onu da görmek istiyorum," dedi. Yanımdan ayrılmadan önce de beni uyarmayı ihmal etmedi tabii. "Sakın ben gelene kadar bir yere ayrılma Başak. Hemen döneceğim."

"Tamam," derken, elimde olmaksızın fazlaca bezgin çıktı sesim. Sabahtan beri aynı uyarıyı alıyordum. Sanki her an kaçıp gitme ihtimalim var gibi diken üstündeydi resmen. Üzerime titremesi güzel hissettiriyordu, yalan değil. Ama böyle bazen fazla aşırıya kaçtığı da oluyordu.

Arkama yaslanırken gözlerimi yumdum. Sonra çok geçmeden, elimi karnıma götürdüm. Artık tereddüt etmiyordum bunu yaparken. Çünkü bebeğimin bende kalmasını seçmiştim. Aramızda kurulacak olan köprüler artık bize zarar vermez, aksine büyük bir yarar sağlardı. Artık köprüleri yıkmanın değil, geç olsa da yapmanın zamanıydı. Onun tadına doyasıya varmamın zamanıydı!

Elimi karnımın üzerinde gezdirirken konuştum. "Teyzen ne kadar da heyecanlı. Görüyor musun miniğim?" Kendi kendime gülüp devam ettim. "Öyle hevesli ki, senin bu güzel teyzen! Seni kucağıma verdikleri ilk anda, seni benden çekip alırsa şaşırmayacağım. Sen de şaşırma miniğim, olur mu?"

"Başak!"

Gözlerim kapalı olsa da, kulaklarım gayet açıktı. Ve bana seslenenin Batın olduğunu kavrayacak kadar da bilincim açıktı.

Heyecan ve aynı zamanda koca bir şaşkınlık içerisinde araladım gözlerimi. Elimi karnımdan süratle çekip yerimde doğrulurken, nasıl olup da karşımda dikildiğini kavramaya çalışıyordum. Tesadüfen buradan geçiyor olamazdı mesela, değil mi? Bir bebek mağazasında ne işi olurdu ki? Gözlerimi ona çevirdiğimde çatık kaşlarıyla bana baktığını ve beni her an yerden yere vurabilirmiş gibi büyük bir öfkeyle dolu olduğunu gördüm. Nedenini merak ederken buldum kendimi. Ve çok geçmeden de sordum. "Senin ne işin var burada?"

"Şüphelendim ve sizi takip ettim."

"Şüphelendin ve bizi takip ettin?" diye tekrarladım şaşkınca. Ardından tek bir mimiğin dâhi can bulmadığı yüzüne bakarken, sinirlenmeye başladığımın ayrımına vardım. Bizi takip etmişti! Ve üstüne üstlük hiç utanıp sıkılmadan bunu söyleyebiliyordu, öyle mi? Neler oluyordu Allah aşkına? Ne yapmaya çalışıyordu?

"Peki, söyler misin Batın, neden yaptın bunu? Bizi neden takip ettin?"

Bunu sormamla, kaşları, sanki mümkünmüş gibi daha çok çatıldı. Ve soruma cevap vermek yerine, kendi sorusunu dillendirdi. Şaşkınlıktan az kalsın bana dilimi yutturabilecek olan o sorusunu!

"Hamilesin Başak. Değil mi?"

"Bunu da nereden çıkardın?" diyerek sesimi yükselttim. Kekelememiş olsam, belki birazcık inandırıcı olabilirdim. Ama gerçekten, en ufacık bir şansım dâhi yoktu artık.

"Nereden mi çıkardım? Sizi takip ettim diyorum Başak! Saatlerdir buralardayım. Arkadaşınla aranızda geçen konuşmaları, Kıvanç hakkında söylediklerinizi, bebek hakkında konuştuklarınızı... Hepsini duydum! İnkâr etmenin hiçbir anlamı yok."

Yardım ister gibi sağıma soluma bakındım. Ne yazık ki Asude ortalıkta görünmüyordu. Batın'la olan bu saçma savaşıma, tek başıma göğüs germek zorundaydım. Yalnızdım!

Çenemi ve omuzlarımı dikleştirdim önce. Sonra da bakışlarımı sertleştirdim ve apaçık bir öfkeyle baktım gözlerine. El mahkûm, "Evet, hamileyim," diye kabullendim. Sonra da büyük bir dirençle karşı çıkmaya başladım. "Ama bunun seni ilgilendirdiğini sanmıyorum. O gece beni uyardın, evet. Sağ olasın. Seni dinlemem gerekiyordu ama bir şeyler oldu ve dinlemedim. Evet, büyük bir yanlış yaptım ve şimdi bunun sonuçlarına katlanacağım. Ama sen, buralara kadar boşuna zahmet etmişsin Batın. Çünkü gerisi seni hiç mi hiç ilgilendirmez. Lütfen bir daha karşıma çıkma!"

Söylemek istediklerimin hepsini söyleyebilmiş olmanın rahatlığıyla arkamı dönmüşken, koluma dolanan parmaklarını hissetmem gecikmedi. Kolumu nazikçe sarmalamıştı, evet. Ama yine de elimde olmaksızın sinirlenmiştim. Bu denli uzatması, yersiz geliyordu. Hem de çok yersiz!

"Benimle gel, Başak. Konuşmamız gereken şeyler var."

"Hayır, konuşmamız gereken hiçbir şey yok. Bırak kolumu!"

"Var! Benimle gelmek zorundasın!"

"Değilim, diyorum. Bırak kolumu!"

Nihayet isteğimi yerine getirip kolumu bıraktığında, derin bir nefes verdim. Kurtulduğumu sanıyordum ama henüz kurtulamadığımı gösterircesine karşıma dikilmişti bu sefer de. Ve dudaklarını araladığında, az öncekinden çok daha sakin görünüyordu.

"Canını acıtmak istemiyorum, Başak. Amacım kesinlikle bu değil. Ama dediğim gibi, konuşmamız gerek. Buradan çıkıp sakince oturup konuşalım. Duyman gereken şeyler var. Bak lütfen, rica ediyorum."

Üslubunun yumuşaması karşısında, benim de gardım iner gibi oldu. Derin bir nefes alırken, "Ne konuşacağız?" diye sordum.

"Önce buradan çıkalım."

Bu ısrarı karşısında gözlerimi devirmeme ramak kalmışken, "Tamam!" diyerek kabullendim. Sinirden kendi kendime mırıldanmayı da es geçmiyordum tabii. "Çıkalım madem. Ne konuşacaksak artık..."

Önden geçmemi işaret ettiğinde derin bir iç geçirip yürümeye devam ettim. Peşimden geldiğini hissederken, Asude'ye haber vermeden çıkıyor olduğumuz aklıma gelince duraksadım. Heyecanla arkamı dönüp içeri koşturacakken, Asude'nin görüş alanıma girmesiyle ona seslendim. Kasanın önündeydi. Aldıklarını ödeyip elindeki poşetlerle ayakta dikilirken etrafına endişeli gözlerle bakınıyordu. Muhtemelen beni arıyordu. Daha sesli bağırdım bu yüzden. "Asu! Buradayım!"

Sonunda sesimi duyurabilmeyi başardığımda, gözleri anında beni buldu. Aramızdaki onca mesafeye rağmen, gözlerindeki rahatlamayı buradan bile görür gibi oldum. Ben mutlulukla gülümserken, o tam aksine kızgınlıkla baktı. Sonra da Batın'ı fark etmiş olacaktı ki, zaten büyük olan gözleri kocaman oluverdi. Elindeki poşetlerle koşturarak yanımıza gelirken, Batın'ın homurtularını elimden geldiğince duymazdan gelmeye çalıştım.

"Neler oluyor burada? Allah aşkına Başak, neden haber vermeden çıkıp gidiyorsun? Ayrıca..." Susup Batın'a döndü. Ona şöyle bir baştan aşağı baktıktan sonra, memnuniyetsizce yüzünü buruşturdu. "Bunun ne işi var burada? Bugün karşımıza ikinci çıkışı! Takıntılı falan mı yoksa?" Fısıldadığını sansa da, tıpkı benim gibi Batın da işitmişti bu soruları. Yüzünü buruşturması ve karşılık vermek için dudaklarını aralaması, bunun bir kanıtı niteliğindeydi.

Onun konuşmasına fırsat tanımaksızın araya girdim. "Bence bir an evvel oturup konuşalım Batın! Sabahtan beri dışarıdayım ve gerçekten yoruldum. Eve gidip dinlenmek ve bebeğimle yalnız kalıp kafa dinlemek istiyorum."

Asude'nin ağzı bir karış açık kalsa da, Batın'ın başını sallayarak onaylaması üzerine mağazadan çıktık. Alışveriş merkezinin yemek katında olduğumuz için sakin bir masa seçip oturduk. Ben derhal arkama yaslanırken, Asude elindeki poşetleri düzene sokmakla meşgul oldu bir süre. Poşetin çıkardığı hışırtılar kesilinceye kadar da, Batın'ın yüzündeki buruşukluk hiç kaybolmadı. Ne zaman ki Asude işini bitirdi, Batın o zaman *şükürler olsun* dercesine bir bakış atıp konuşmaya başladı.

"Aç mısın Başak? Bir şeyler sipariş edebiliriz eğer istersen."

Asude'yle göz göze geldik bu anda. *Ne yapmaya çalışıyor bu*, der gibi bir bakış attığında, cevabı ben de bilmediğim için suskun kaldım. Bunun yerine Batın'a döndüm. "Evde yeriz biz. Sen sadece yapmak istediğin konuşmayı yap Batın. Lütfen gerisiyle ilgilenme."

"Peki," diye onayladı. Sesi gergin geliyordu kulağa ve yüzünde de oldukça düşünceli bir ifade hâkimdi. Sebebini merak ediyordum. Özellikle de hamile oluşumun kendisini ne diye bu kadar ilgilendirdiğini! Hiç şüphesiz, en merak ettiğim şey buydu.

Merakımın yüzde yüzünü yansıttım bakışlarıma. Ve bu bakışlarımla döndüm Batın'a. O da sanki bunu yapmamı bekliyormuş gibi, hafifçe gülümseyip dudaklarını araladı. "Hamile olduğunu ne zaman öğrendin?"

Sorusunu sakince cevaplayabilmek adına derin bir nefesle doldururken ciğerlerimi, Asude benim kadar sakin kalmayı başaramayıp patladı. Üstelik elini sertçe masaya vurmaktan da geri durmayarak! "Allah aşkına, sen kim oluyorsun da Başak'ın hamile oluşuyla bu kadar ilgilenip ona hesap sorabiliyorsun?"

Korkuyla döndüm ona. Sakin olmasını söyleyecektim ki, son anda vazgeçtim. Hiç akıl kârı bir iş olmazdı çünkü bu. Gözlerinde öyle büyük bir öfke vardı ve bu öfkeyle öyle bir bakıyordu ki Batın'ın gözlerine, korkuyla yerime sinmem bir oldu. Batın'la karşı karşıya oturmaları ve ikisinin çaprazında oturup aralarında kalmış olmam da, benim imtihanımdı sanırım.

Batın'ın da gözleri aynı öfkeyle ışıldarken, bize doğru biraz daha yanaştı. Ve gözlerini Asude'nin gözlerinden bir an olsun ayırmadan cevapladı.

"Kim oluyorum biliyor musun?" dedi önce, fazlasıyla küçümseyici bir bakış atmayı da ihmal etmeyerek. Ardından büyük bir ciddiyetle devamını getirdi. "Başak'ın karnındaki bebeğin öz be öz amcası oluyorum! Asıl sen kim oluyorsun da, bana hesap sorabiliyorsun?"

Batın'ın bu söyledikleri beni kocaman bir şaşkınlık çukuruna boğazıma varıncaya kadar batırırken, kalbimin şaşkınlıktan, korkudan ve belki daha nice duygudan sebep sıkıştığını hissettim. Soluklanmaya çalışırken bir elim kalbime, diğeriyse karnıma gidiverdi. *Tamamen istemsizce...* Her türlü şeyi duymaya hazırlamıştım kendimi. *En kötüsüne, en şaşırtıcısına, en aşılmazına...* Ama en uç sebep olarak, Kıvanç'ın çok yakın bir arkadaşı olduğunu söyler diye beklemiştim. Ama bu... Çok daha kötüsü, çok daha şaşırtıcısı, çok daha aşılmazıydı. Babasına bir ömür boyu bebeğinin varlığından söz etmemeyi planlarken, karşıma şimdi, bebeğimin öz amcası çıkmıştı. *Üstelik hamile olduğumu kendi ağzımla itiraf ettiğim öz amcası...* Nasıl çıkacaktım şimdi bu işin içinden?

Gözlerim Asude'ye kaydığında, onun da benden aşağı kalır bir yanı olmadığını gördüm. Ve bu, mümkünmüş gibi daha kötü etkiledi beni. O bile bu haldeyse, kim her şeyin yolunda gideceğine inandıracaktı beni?

6. Bölüm

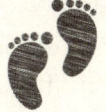

Hayaller - Hayatlar

Biz insanlar doğar, düşe kalka bir şekilde büyür, geçen seneler boyunca da belirli bir olgunluğa erişirdik. Sonra bazen yaşadığımız hayat bizi tatmin etmediği için, bazen de yaşadığımız hayattan biraz daha iyisini istediğimiz için hayal kurmaya başlardık.

Hayal kurmak, geleceğe dair atılan ilk olumlu adımdı bana kalırsa.

Ben, bu ilk adımı çok önceleri atmıştım. *Hemen hemen altı yedi yaşlarımdayken...* Babamın oldukça başarılı bir savcı oluşu ve benim her daim onu örnek alışım, ister istemez hukuk alanında hayal kurmaya itmişti beni.

Kendimi, küçüklüğümden beri, o çok havalı bulduğum avukat cübbesinin içinde adliye koridorlarında koşturur vaziyette hayal edip durmuştum. Sonra büyüdükçe daha da genişlemişti hayallerim. Daha bir ayrıntıya girer olmuştum. *Mahkeme salonlarına kendimden emin biçimde girişimi, haksıza karşı her daim haklıyı savunuşumu, işimi yaparken bir an bile korkmayıp her daim dik duruşumu...* Bunları da eklemiştim hayal heybeme.

Ve tabii hayallerimi gerçekleştirme konusunda en büyük adımları atacağım mekânı da katmıştım hesaba... *Babamın da mezunu olduğu İstanbul Üniversitesi'ni...* Gerçekten öyle çok emek vermiştim ki! Âdeta dişimi tırnağıma takmış ve sonucunda da hayallerime giden yoldaki ilk durağıma yerleşmeyi başarmıştım.

Peki, sonra ne mi olmuştu?

Bir bir yıkılmıştı hepsi. Domino taşları misali birer birer devrilmişlerdi üzerime. *Kurduğum bütün hayaller, bu hayallerin gerçekleşebilmesi adına verdiğim bütün emekler...* Hepsi yerle bir olmuş da, altında kalmıştım sanki! Üstelik kendi kendi ellerimle yıkmıştım bu hayalleri.

Hepsini yıkmış olmam yetmezmiş gibi, bir de anne adayı olduğumu öğrenmiştim yakın bir zamanda. Sonra kendimi, daha büyük bir mutsuzluğun içinde buluvermiştim. Kendi canımın bir parçası olan bebeğimi aldırmayı dâhi istemiş ama Asude'nin etkileyici konuşmalarından sonra bunu yapacak gücü de bulamamıştım kendimde. Tam yaşanan bunca şeye rağmen her şeyin güzel olacağına, güzel günlerin muhakkak geleceğine kendimi inandırmaya başlamıştım ki, yine olan olmuştu işte. Yine kapımı çalmıştı talihsizlik!

Gerçekten, her seferinde bir çıkmazda buluyordum kendimi. Her seferinde tam *'bitti, artık düzlüğe çıktım'* diyor ama çok geçmeden başka bir çıkmaz sokağa dalıyordum sanki. Daha çok başındaydım ama şimdiden yorulmuştum. Bunalmıştım! Resmen, hayaller ve hayatlar ayrımını yaşar olmuştum. *Hayaller bir yerdeydi, hayatlar bambaşka bir yerde...* Batın'ın gözlerine aval aval bakarken, aklımdan film karesi misali geçen düşünceler bunlardı.

"Başak? Canım, iyi misin?"

Asude'nin endişeyle bir bütün halini alan sesi... Sırf onu daha fazla endişelendirmemek adına silkinmeye çalıştım. Bir nebze de olsa kendime gelebildiğimde yavaşça salladım başımı. *İyiyim,* dercesine. Sonra ona hiçbir şey söylemeden Batın'a döndüm. Kısık gözleri, merakla sabitlenmişti üzerime.

Boğazımı temizledim ve yerimde doğrulurken olabildiğince ciddi durmaya çalıştım karşısında. Kıvanç'ın abisi olduğunu öğrendiğim saniyeden bu yana, artık pek de güvenilir gelmiyordu gözüme. *Her an gidip ona her şeyi anlatabilirmiş gibi...* Ki muhtemelen yapacaktı da. Ve benim buna, bir şekilde engel olmam gerekiyordu.

"Üzülerek söylemeliyim ki, Kıvanç'ın abisi oluşun benim için hiçbir şey ifade etmiyor Batın."

"Ne demek şimdi bu?" Öfkeli bir tınıyla sormuştu bunu. Haksız olduğunu söyleyemezdim ama bunu yapmaya mecburdum.

"Şu demek..." dedim, beni bile şaşırtan sakinliğimle. "Bebeğimin üzerinde babasının hakkı olmadığı gibi, senin de hiçbir hakkın olmayacak."

Sözümü bitirdiğimde, ilk tepkiyi gözleri verdi. Bahsi geçen göz bebekleri, büyüyebildiği kadar büyüdü. Çok geçmeden de yumruklarını sıktığını gördüm. İşte şimdi, gerçek anlamda öfkeli görünüyordu. Belki kulak kesilsem, birbirine bastırdığı dişlerinin gıcırtsını dâhi işitebilirdim...

"Sen ne söylediğinin farkında mısın?"

Bu hali beni birazcık ürkütse de, belli etmemeye gayret ederek konuştum. "Evet," dedim. "Gayet farkındayım."

"Kafayı mı yedin sen? Karnındaki bebeğin amcası olduğumu söylüyorum sana! Yeğenimin üzerinde nasıl bir hakkım olmadığını söylersin? Ne saçmalıyorsun?"

Bebeğimden, *yeğenim* diye söz etmesi, ister istemez etkisi altına aldı beni. Onu benden ve Asude'den başka birinin daha sahiplendiğini görmek, buna şahit olmak o kadar güzel bir histi ki! Yine de ciddiyeti elimden bırakmaksızın konuştum, lanet olsun ki bunu yapmak zorundaydım.

"Bebeğime amcalık yapmanı, onu sahiplenmeni çok isterim, Batın. Yanlış anlama. Fakat eğer dilediğin buysa, yerine getirmen gereken bir şartım var," dedim. Tek kaşı merakla havaya kalktığında derin bir nefes alarak devam ettim. "Eğer Kıvanç'a bu bildiğinden söz etmezsen yeğenini istediğin kadar görebilir, istediğin kadar yanımızda olabilirsin. Tek şartım bu!"

"Ne?" derken hem şaşkın hem de kızgın göründü gözüme. "Benden nasıl böyle bir şeyi isteyebilirsin? Kardeşimden, baba olacağı gerçeğini gizleyeceğim öyle mi? Aklın alıyor mu bunu?"

"Gayet de alıyor!" dedim, onun aksine sakince. "Ama diyorsan ki bunu yapamam, o halde yeğenini de asla göremezsin."

"Sen beni tehdit mi ediyorsun?"

"Hayır," dedim, *ne münasebet* dercesine bir bakış atarak. "Tehdit falan yok. Benimki sadece bir uyarıdan ibaret Batın, hepsi bu."

"Uyarı?" Bunu kendi kendine tekrarlarken alayla güldü. İlerleyen saniyelerde de alayın yerini kızgınlık aldı ve kaşları git gide daha çok çatıldı. "Kardeşimden böyle bir şeyi gizleyemem Başak! Ne olursa olsun, baba olacağını bilmeye hakkı var."

Kalbim korkuyla teklerken, Asude'nin elini elimin üzerinde hissettim. *Yanındayım* dercesine sıktığında ise, yalnızca bundan güç alabiliyormuşum gibi, sanki tek enerji kaynağım oymuş gibi dudaklarımı aralamayı başardım. "Söyler misin Batın, Kıvanç'a baba olacağını söylediğinde ne olacak? Baba olmaya dünden razıymış gibi gece hayatını gerisinde bırakıp bana ve bebeğime mi koşacak? Eğer böyle olacağının teminatını verebiliyorsan bana, git söyle! Yemin ederim ki, engel olmam sana! Ama eğer ki, sen de benim gibi Kıvanç'ın bunu katiyen kabul etmeyeceğini düşünüyorsan, yalvarırım sus. Bırak gizli kalsın. İstemedikten sonra, bırak bilmesin baba olacağını! Ne olur ki Batın, bilmese ne kaybederiz?"

Batın, bu sözlerimin üzerine düşünür gibi çenesini kaşırken, süratle devamını getirdim. "Bak, Batın. Ona söylediğimizde bebeğini istememesinin yanı sıra, onu aldırmamı da isteyecek benden. Bebeğimi ortadan kaldırabilmek adına elinden geleni ardına koymayacak. Böyle olacağını en az benim kadar sen de biliyorsun! Ve inan bana, yeni çıkacak bir savaşa daha gücüm yok benim. Daha bugün bebeğimin bende kalmasını seçtim zaten! Daha bugün, ilk defa köprüler kurdum onunla! Lütfen başka bir savaşın içine daha sokma bizi. Görmüyor musun? Bizim adımıza her şey yeterince güç zaten! Başımıza bir yeni savaş daha çıkarırsan, pes ederim, adım gibi biliyorum bunu. Kıvanç'a istediğini verip, bebeğimi bu sefer gerçekten aldırabilirim. Bu yüzden sana yalvarıyorum Batın, lütfen bu bildiğini gizli tut. Kıvanç'la savaşmaya gücüm yok benim! Yanımızda ol, yeğenine amcalık et, inan ki bu kadarı bize yeter. Yemin ediyorum ki yeter Batın! Gerisine gerçekten ihtiyacımız yok bizim!"

"Ama..." diyecek oldu ki, bu sefer de Asude girdi devreye. *Fazlasıyla sert bir şekilde.* "Bak, seni tanımam etmem. Ama Başak'ı kendimden bile iyi tanırım ben! *Aklından neler geçtiğini, bir sonraki hamlesinin ne olacağını, neyi yapmak istediğini ve istemediğini...* Hepsini doğru tahmin ederim! Ve az önce söyledikleri de kesinlikle blöf falan değil. Gerçekten de gidip bu bebekten Kıvanç'a bahsedersen, Başak vazgeçer! Ve ben, yeğenim için Başak'ı bu kadar zor ikna etmişken, her şeyi yıkıp geçmene izin vermem! Ben kardeşimin ikinci bir yanlışa daha düşmemesini isterken, sen bir hiç uğruna kardeşine gerçekleri anlatmayı istiyorsun. Aramızdaki fark bu işte! Ve bana kalırsa bu yalnızca bencillik!"

Biraz daha sakin olsa, belki her şey daha güzel olabilirdi. Ama Asude'den böyle bir şeyi zaten beklemediğim için üzülmüyor ya da şaşırmıyordum.

"Az önce asıl sen kim oluyorsun dedin ya bana, şimdi söyleyeyim kim olduğumu. Sen bu bebeğin ne kadar amcasıysan, ben de o kadar teyzesiyim işte! Ve eğer senin abilik gururların yüzünden Başak yanlış bir karar alıp da yeğenimden vazgeçecek olursa, işte sen o zaman gör hesap sormayı!" Kısa bir süre duraksayıp soluklandı Asude. Sonra gerekli olan enerjiyi toplayabilmiş gibi devam etti. "Böyle bir şey olursa, sevdiğim her şeyin üzerine yemin olsun ki, seni doğduğuna pişman ederim! Ya yeğeninin sağlığı için susup yalnızca paşa paşa amcalığını yaparsın ya da hiçbir şey öğrenmemişsin gibi kendi yoluna gidersin. Sakın aklından başka bir ihtimal daha geçmesin!"

Asude tam gaz konuşmaya devam ederken, gerisini dinlemedim. Daha doğrusu dinleyemedim! Yapabildiğim tek şey, başımı önüme eğmek ve dudaklarımdan kaçma konusunda epey ısrarcı olan hıçkırıklarımın esiri olmaktı. İçli içli ağlamaya başladığım esnada, ellerimin kavrandığını hissettim. Asude'nin eli olmadığına emin olduğuma göre, Batın'ın elleriydi bunlar.

Yavaşça kaldırdım başımı. Tahmin ettiğim gibi Batın'ı karşımda bulduğumda ve dahası, göz göze geldiğimizde bana gamzelerinin eşliğinde gülümsediğini gördüm. Yumuşamış gibi görünüyordu. "Hiç kontrole gittin mi Başak? Yeğenimin sağlık durumu ne alemde, bilmek isterim."

Gözlerimden süzülen iki yaştan hemen sonra cevapladım onu. "Henüz fırsat bulamadık. Dedim ya, daha bugün bende kalmasını seçtim. Ama en yakın zamanda mutlaka gideceğiz. Eğer istersen sen de bizimle gelebilirsin."

"Tabii ki geleceğim!"

Aldığım bu cevapla çok daha mutlu olurken, tıpkı onun gibi içten gülümsedim. "Sevinirim."

"Beraber mi kalıyorsunuz siz?"

Yalnızca birkaç saniye için omzumun üzerinden dönüp Asude'ye baktım. Gözlerinin içine bakarak gülümsedikten hemen sonra ise, "Evet," dedim Batın'a. "Aynı evde kalıyoruz."

"Peki, tam olarak nerede oturuyorsunuz?"

"O barın iki sokak arkasında."

"Anladım," derken düşünceli görünüyordu. Bir süre suskun kaldı ve sonra düşündüklerini dile döktü. "Ben de o civarlarda oturuyorum aslında. Ama daha yakın bir ev tutmam şart gibi görünüyor. Sen ne dersin?"

Memnuniyetle gülümsedim. "Eğer senin de istediğin buysa, bunu ben de çok isterim Batın. Yakınımızda oluşunun iyi hissettireceğine eminim."

Başını sallayıp onaylarken, kısa bir süre içinde yine düşüncelere daldı. Kardeşine bu gerçeği söylememeyi kabul etmiş oluşu, onun adına alınması gerçekten zor olan bir karardı. Kabul ediyordum bunu. Ama bir an evvel atlatabilmesini dilemekten başka bir şey de gelmezdi elimden. Çünkü olması gereken de buydu.

"Bizim karşı dairemiz boş ya, Başak. Oraya taşınabilir işte."

Asude'nin sunduğu bu fikir -her ne kadar Batın'ı tamamen yok sayarak sunmuş olsa da- kulağa oldukça güzel geliyordu. Ve bir o kadar da mantıklı! Heyecanla konuştum bu yüzden. "Evet, Batın! Bizim karşı dairemiz boş. Yani, Asudelerin dairesi oluyor aslında. Geçen yıl ailelerimizle birlikte İstanbul'daydık. Bu yıl onlar İzmir'e döndüğü için o daire boş kaldı. Anlayacağın, oraya taşınman harika bir fikir!"

"Kirasını ödemem şartıyla olursa tabii ki olur." Bunu dile getirirken direkt olarak Asude'ye bakmıştı. *Diğer bir deyişle, kendisine bakmamak adına keçilere taş çıkaran bir inatla direnen arkadaşıma...*

"Kiraya falan gerek yok. Nasıl olsa böyle bir şey söz konusu olmasaydı, o daire boş kalacaktı..."

"Kirasını ödemem şartıyla, dedim!"

Yeni bir tartışmanın içerisine girmemeleri adına araya girecektim ki, Asude benden önce davranarak konuştu. "Aman tamam be! Öderse ödesin. Nasıl olsa para benim cebimden çıkmayacak. Sahi, bana ne ki?"

"Ben de aynen böyle düşünmüştüm! Sana ne ki?"

Kavga edecekleri bana göre kesinlik kazandığından, süratle devreye giriverdim. "Artık evlere gitsek mi diyorum? Çok yoruldum ve dinlemek istiyorum!" Sonra heyecan içerisinde Batın'a döndüm. "Ayrıca sana sormak istediğim çok şey var. Mesela... Kıvanç'la kardeşsiniz ama bambaşka hayatlar yaşıyorsunuz. Sen paranı çıkarmak adına barmenlik yaparken; o, gününü gün edebiliyor. Öncelikle bunu merak ediyorum. Ve bir de, madem onun kardeşisin, neden bana o gece söylemedin bunu? Bu ikisinin de cevabını çok merak ediyorum ama sakin kafayla dinlemem lazım."

Hafifçe gülerken, "Gidelim o halde," dedi. "Sen biraz dinlenirsin önce. Sonra da merak ettiklerini anlatırım. Tamam mı?"

"Tamamdır!" dedim heyecanla ve derhal kalktım yerimden. Garip bir heyecan hissediyordum içimde. Bebeğimin hiçbir zaman babası olmayacak olsa da, bir amcası olacağındandı bu heyecanım. İçim içime sığmıyordu kaç dakikadır. Ama bir şekilde kendime ve boyumdan büyük heyecanıma söz geçirmek için çabalıyordum. Ne kadar başarılı olabildiğimse kesinlikle meçhuldü.

Tam bu büyük mutluluğum ve heyecanım eşliğinde yürümeye başlayacaktım ki, Asude'nin şişik burnuyla karşı karşıya gelerek duraksamak durumunda kaldım. Ah, gözlerinde hâkim olan bu bakışın anlamını gayet iyi biliyordum! Evet evet, apaçık bir kıskançlıkla bakıyordu şu anda. Beni Batın'dan kıskanmıştı, öyle mi? *Onunla bir süreliğine de olsa ilgilenmeyip tüm ilgimi Batın'a yönlendirdiğim için...*

İçimden koca koca kahkahalar atsam da, dıştan yalnızca hafifçe gülümsemekle yetindim. Ah, gerçekten çekilecek çilem vardı! *Bir yandan minik bebeğim, bir yandan koca bebeğim...* Beni düşünen yok muydu yahu?

"Güzel annem benim! Bana kıyamayıp beni bırakmadığın için sana çok teşekkür ederim. Sana söz veriyorum, asla pişman olmayacaksın!"

Gözlerim yeni bir sabahı selamlarken memnuniyetle gülümsedim bir süre. Yine onu görmüştüm işte: *Kızımı!*

Bebeğimi aldırmaktan vazgeçtiğim günden bu yana *-yani tamı tamına bir haftadır-* bir kız çocuğu rüyalarıma konuk olup duruyordu. Önce güneş kadar sarı ve boyu kadar da uzun olan saçları selamlıyordu beni. Sonra yavaşça gözlerini aralıyor ve tıpkı Kıvanç'ın mavileri kadar mavi olan gözleriyle gözlerimin içine bakıyordu. En sonunda da adımlarını bana doğru atıyor ve yanıma geldiğinde, elini yanağıma koyup bu cümleleri fısıldıyordu kulağıma. *O büyüleyici sesiyle...*

Tüm bunlardan etkilenmemek, gerçekten imkânsızdı. Ve ben de tabii ki bu imkânsızı başaramayarak, her yeni sabaha etkilenmiş bir şekilde uyanıyordum. Sonra da tıpkı şimdi yaptığım gibi, elimi karnımın üzerinde okşar gibi gezdirip bebeğimle uzun uzun konuşuyordum. "Keyfin yerinde mi kızım?" diye soruyordum mesela. *Şimdi olduğu gibi.*

Evet, gördüğüm bu rüyalardan sebep, artık *kızım* diyordum ona. Kızım demek geliyordu içimden. Asude ve Batın, bunun için her ne kadar kızsalar da bana *-ki aynı fikirde oldukları tek konu buydu-* umursamıyordum. Belki kız değildi. Ama kızım diye sevesim geliyordu işte. Elimde değildi ki!

Batın demişken... Kıvanç'la kardeş olmaları fazlasıyla garip geldiğinden, bundan tam bir hafta öncesinde derin bir sorguya çekmiştim onu. Ve aslında hiç de öğrenmeyi istemeyeceğim şeyleri öğrenmiştim. Tıpkı Kıvanç gibi, Batın da anne babasından yakınmıştı bana. O da Kıvanç gibi, anne ve babasının kesinlikle bu sıfatları hak etmediğini, dadılarla büyüdüklerini ve belirli bir olgunluğa eriştiğinde *-yani üniversiteyi kazandığında-* onlardan kopmayı kendisinin seçtiğini anlatmıştı. Söylediğine göre, ailesiyle üç yıldır görüşmüyordu ve bu üç yıl boyunca da kendi ayaklarının üzerinde durabilmek için sürekli olarak çalışıp duruyordu. Kıvanç'ınsa, sorumsuz biri olduğundan böyle bir riski göze alamadığını ve sırf parasız kalmamak uğruna ailesiyle arasındaki o incecik bağı da koparmadığını anlatmıştı. Bu açıklama, ikisinin nasıl bu denli farklı hayatlar yaşadığını ortaya seriyordu.

O gece, bana neden Kıvanç'ın kardeşi olduğunu söylemediğini sorduğumda ise, tatmin edici bir cevap verememişti Batın. Sadece o an için bunu söyleme gereği duymadığını söylemiş ve oraya gelip de Kıvanç'a o gözle bakan her kızı, bu şekilde uyarmaya çalıştığını anlatmıştı bana. Diğer kızlar ne yapmıştı, bilmiyordum. Ama ben, Batın'ın uyarısına kulak asmamayı seçerek büyük bir yanlış yapmıştım.

Yine de pişman olmamın hiçbir şeyi değiştirmediğini artık anladığımdan, son günlerde bir nebze de olsa iyiydim. Bunda, kızıma git gide daha çok bağlanışımın payı olduğu kadar, Asude ve Batın'ın ilgisi de etkiliydi. Benimle ve yeğenleriyle öyle güzel ilgileniyorlardı ki, bazen ilgilerini gösterebilmek adına çocuk gibi kavga ettikleri bile oluyordu. Ah hayır, burada ufak bir düzeltme yapmam gerekiyor: *Bazen değil, birbirlerini gördükleri her an kavga ediyorlardı onlar!* Kavgalarından her ne kadar sıkılıyor da olsam, elimden geldiğince suskun kalmaya çalışıyordum. Ama daha ne kadar sabredebilirdim, gerçekten bilmiyordum...

"Sen söyle kızım," dedim ve karnımı tekrar okşamaya başladım. "Ne yapacağız biz, bu kavgacı teyzen ve amcanla? Sence nasıl yola getirebiliriz onları?"

Bir süre sustum. Sanki söylediği bir şey varmış da, ona dikkat kesiliyormuşum gibi... Sonunda "Öyle mi diyorsun?" dedim, sesime büyük bir şaşkınlık tınısı ekleyerek. "Birbirlerini sevmeleri için hain planlar düzenlemeliyiz yani, öyle mi? Ah, ne kadar da akıllıca bir fikir bu! Aferin benim güzel meleğime!"

Kızımla konuşmamı bölen şey, telefonumun zil sesi oldu. Arayan Asude'ydi. Derhal cevaplandırıp kulağıma götürdüm. "Uyandın mı canım?"

"Evet yeni uyandım. Sen ne yapıyorsun?"

"İlk dersten çıktım şimdi. Kantinde oturuyorum işte öyle. Neyse. Yaptın mı kahvaltını?"

"Daha yeni uyandım dedim ya Asu, kalkmadım bile yataktan."

"Kalk o zaman! En sevdiğin kahvaltılıkları koydum, hepsi bitecek onların!"

Sıkıntıyla nefesimi tutup yanaklarımın balon misali şişmesini sağladım. Her sabah aynı konuşmalar dönüyordu aramızda. O kadar çok şeyi yediğimde midemin bulanmaya başladığını söylesem de, bir türlü laf anlatamıyordum. Ve görünen o ki, anlatamayacaktım da.

Bu yüzden pes edercesine "Tamam," dedim. Ama bu bile durdurmadı Asude'yi. "Sen iki canlısın kızım. Dikkat edeceksin yediğine, içtiğine. Hep ben mi söyleyeceğim sana bunları?"

"Haklısın Asu. Söz, bir daha olmayacak."

Neyse ki ben alttan alınca daha fazla üstelemedi. Bunun yerine çok daha güzel bir şey söyleyerek beni heyecanlandırdı. "Hem eğer o tabağındakileri bitirirsen, bir iki saate çok güzel bir sürpriz yapacağım sana."

"Ne sürprizi?"

"Adı üstünde sürp-riz!" diye heceledi, anlamakta zorluk çekiyormuşum gibi. "Şansını zorlama ve sabırlı ol bakalım. Şimdi kapatmam gerek, öptüm. Ama en çok yeğenimi!"

Telefondan *dıt dıt* sesi ulaşırken kulağıma, yüzümü buruşturmadan edemedim. *Öpmüş-müş. Ama en çok yeğenini!*

Yorganı üzerimden itip ayağa kalkarken, elim tekrar karnımı buldu. "Görüyorsun, değil mi kızım? Sen geldin diye benim pabucum nasıl da dama atıldı? Ama olsun, beni kimseler sevmese bile olur meleğim. Yeter ki seni sevsinler!"

Üzerimdeki pijamayı değiştirmek amacıyla dolabımın karşısına geçtim. Kapaklarını sonuna kadar araladığımda, sabırsızca içine doğru bakındım. Bir yandan da kızımla konuşmaya devam ediyordum. "Sence ne giyelim anneciğim? Sana da sıcak olduysa eğer, ince bir şeyler giyelim diyorum ben. Ne dersin?" Gülümseyerek bakınmaya devam ederken, gözüme ilişen üç tişört sonrası, gülümsemem aniden sönüverdi. Kıvanç'ın tişörtleriydi bunlar. *O gecenin sabahında, dolabından aşırdığım tişörtleri.*

Boğazım düğüm düğüm olurken, kendimle büyük bir savaşın içine girişim de gecikmedi. Aylardır oradalardı. Uzanıp bir kez bile almamıştım hiçbirini. Ah tamam kabul! Hamile olduğumu henüz öğrenmediğim günlerin birinde almış, üstüne üstlük koklamıştım da! *Sanki çok değerli birine aitmiş gibi...*

Boğazımın düğümlenmesi gibi gözlerimin dolması da gecikmezken, bu hain düğümlerin izin verdiği ölçüde konuşmaya çalıştım. "Bunlardan birini giyelim mi anneciğim?"

Parmaklarımın ucunda yükselip hepsini bir çırpıda ellerimin arasına aldım. Üçünü de ayrı ayrı inceledim sonra. En üstteki siyahtı ve üzerinde büyük beyaz harflerle *"GAME OVER"* yazılıydı. *Nasıl da bizi anlatan bir tişörttü ama...* Burukça gülümsemekten alıkoyamadım kendimi. Sonrasında da hızla diğerine geçtim. Bu seferki de siyahtı ve üzerinde yine beyaz harflerle, "*Sarhoş Değilim, Sadece Kafam Güzel*" yazılıydı. Alayla büktüm dudaklarımı. Kesinlikle Kıvanç'ı anlatan bir tişört değildi bu! Bana kalırsa Kıvanç, sarhoşların en önde gideniydi! Bunu da es geçip sonuncusuna geldiğimde, bu tişörtü diğer ikisine kıyasla çok daha giyilebilir buldum. Tıpkı Kıvanç'ın gözleri gibi mavi renge sahipti bir kere. Ve üzerinde yalnızca **Superman** logosu vardı. Herkesin üzerinde gördüğümüz şu meşhur tişörtlerden yani.

Üzerimi çıkardım ve kararımdan caymamak adına tişörtü olabildiğince süratle giydim. Ne diye giymeyi istemiştim, en ufacık bir fikrim dâhi yoktu. Ve sorgulamaya yeltenmeyecektim de. Bunun yerine, bana birçok şeyi unutturan ve beni anladığına inandığım günlük kardeşime koştum. Çekmecemin en uç kısmına sakladığım pembe defterimi çıkarırken dâhi, gülümsememe mâni olamadım. Yalnızca birkaç gündür edinmiş olduğum, yeni hobimdi bu. Asude ve Batın okuldayken canım fena halde sıkıldığı için böyle bir meşgale bulmuştum kendime. Böylelikle geçmişte günlük tutanlarla, *işi gücü yok mu bunun* diyerek dalga geçişimin cezasını yavaş yavaş ödemeye başlıyordum sanırım. Ama böyle cezaya can kurbandı doğrusu! Neticede keyif aldığım, yadsınamaz bir gerçekti.

Elime kalemi aldığımda, hep yaptığım gibi gözlerimi yumdum önce. Sonra akışına bıraktım ve aklımdan her ne geçiyorsa onu yazdım. *Bir kez olsun sansürlemeden, üzerinde düşünmeden...*

Aylardan yine eylül, günlerdense salı.

Ben yine bildiğin gibiyim aslında, günlük kardeş. Değişen bir şey yok bende. Gitmem gereken bir okulum varken yine evdeyim. Çünkü midem bulanıyor. Ve yine çünkü, hamileyim... Cinsiyeti ne bilmiyorum hâlâ, ama senin de bildiğin gibi **kızım** *diyorum artık ona. Böylesi mutlu ediyor beni. Kızım dedikçe, içim içime sığmıyor sanki! Şayet erkekse, umarım ki alınmıyordur bana. Sence alınıyor mudur? Ay yok canım! Erkek adamın alındığı nerede görülmüş, değil mi?*

Ve biliyor musun günlük kardeş? Artık kafaya da takmıyorum bazı şeyleri. Sanırım ki, bu iyi bir haber! Hem bu saat-

ten sonra kendimi değil, bebeğimi düşünmeliyim, öyle değil mi? Canımı sıkacak karamsar şeyleri kafamdan atıp mutlu olmaya odaklanmalıyım. Sadece onun için... O mutlu olsun diye, kendimi es geçmeliyim artık! Yapabilirim bunu, değil mi? Hem annelerin yapamayacağı şey mi olurmuş canım? Evet evet. Bir zahmet yapayım!

Sıkıldığımda, bir kenara bıraktım kalemi. Yazdıklarımı şöyle bir okuduğumda ise, daha beter burun kıvırdım. İnsanda hiç mi yazma yeteneği olmazdı yahu? Bu ne biçim günlük tutmaktı böyle? Kendime şiddetle teessüf ederken, günlüğümü çekmecemin derinliklerine saklayıp yatağımdan kalktım. Mutfağa doğru harekete geçtiğimde, en ufacık bir lokmayı dâhi ağzıma sürmeyi istemediğimi fark ettim. İşin doğrusu ben değil, midem istemiyordu bunu. Yedikçe daha çok bulanıyor gibi geliyordu.

Yine de el mahkûm, tabağın içindekilerden biraz biraz atıştırdım. *Birkaç zeytin, birkaç çatal peynir ve biraz reçel...* Ben bu kadarının kâfi olduğunu düşünsem de, Asude benimle aynı fikirde olmadığı için papaz olacağımız kesindi. Varsın, olalımdı. Ama gerçekten daha fazlasını yiyecek durumda değildim. Zaten var olan mide bulantım, şiddet bulmaya başlamıştı bile.

Bir süre salona geçip de koltukta kıvranmaya başlamışken, telefonum da çalmaya başladı. Bu sefer arayan Batın'dı. Çağrısını cevaplandırdığımda, mümkün olduğunca stabil bir sesle konuşmaya çalıştım. Endişelenmesini istemiyordum.

"Nasılsın Başak?"

"İyiyiz." dedim, z harfine ayrı bir vurgu yaparak. Artık Asude'nin de dediği gibi, iki canlıydım. "Sen okulda mısın hâlâ?"

"Evet ama şimdi çıktım. Yanınıza geliyorum da, gelmeden önce arayıp bir şey lazım mı diye sorayım dedim."

"Yok hayır," dedim. "Bir şey lazım değil."

"Yalnız mısın peki? Asude yanında mı?"

Kaşlarım çatılırken cevapladım. "Hayır, okulda o. Karşılaşmadınız mı hiç?"

"Hayır, hiç ilişmedi gözüme."

Sesindeki kinaye ve *ilişmedi gözüme* kısmındaki umursamaz tınısı, neredeyse güldürecekti beni. Sanki eşyaydı da, ilişecekti... Ah sahiden de kedi-köpek gibiydiler ve ben, onlarla nasıl başa çıkacağım konusunda hiçbir fikre sahip değildim.

Düşüncelere daldığım için başka bir şey söylemediğimde, "Peki o zaman," diyerek beni daldığım yerden çıkardı Batın. "On beş-yirmi dakikaya kadar orada olurum. Şimdi kapatıyorum."

"Tamamdır amcası, görüşürüz."

"Görüşürüz."

Telefonu kapadığımda, midem sanki bunun sinyalini almış gibi şiddetle fokurdadı. Bir kez daha yerimde kıvranırken, mümkün olduğunca düşünmemeye, bir nevi aslında var olanı reddetmeye çalıştım. Bu taktiğim başlarda işe yarasa da, süresi maalesef ki uzun vadeli olmadı. Yalnızca dakikalar sonunda geri geldi. Daha fazla karşı çıkamayacağımı idrak ettiğimde ise son süratle banyoya koşacaktım ki, zamansız çalan kapı bütün planlarımı altüst etti.

Gelen nasılsa Batın olmalıydı. Geçerken kapıyı açar, sonra da banyoya koşardım. Nasılsa kapımız, banyoya giden yolun üzeriydi. Bu plan dâhilinde önce kapıya doğru hareketlendim. Olabildiğince süratle.

Ulaşır ulaşmaz kapı koluna abandım. Saniyeler içerisinde kapıyı sonuna dek araladığımda ise, sabırsızca konuşmaya başladım. Her an, midemde ne var ne yoksa boşaltabilme gibi iğrenç bir kapasiteye sahiptim çünkü. "Batın sen içeri geç. Ben..." diyordum ki, karşımdaki kişinin Batın'la uzaktan yakından alakasının olmadığını görerek sustum.

Şaşkınlıktan ağzım, yer çekimine itaat edercesine aşağı doğru bir karış açılırken, ne söylemem gerektiğini bilemiyordum. Merak ettiğim tek bir şey vardı aslında: *O da, nasıl ve neden burada olduğuydu...*

7. Bölüm

Hâlâ Seviyorum

"Sarp?"

Adı, zorlukla dökülmüştü dudaklarımdan. Çünkü şaşkındım. *Olabilecek en üst seviyede hem de!* Hatta öyle ki, şaşkınlığım yüzünden olduğum yerde kalakalmıştım öylece. Onu görmeyeli neredeyse iki yıl oluyordu ve şimdi birdenbire karşıma çıkmış oluşu, hak verirsiniz ki şaşırtmıştı beni.

Bir şey söylemedi. Tek yaptığı, kaldığı yerden gözlerimin içine bakmaya devam etmek oldu. Neyse ki bu çok da uzun sürmedi ve bir an sonra hareketlendiğini gördüm. Daha ne olduğunu anlayamadan kendimi kollarının arasında bulduğumda, gözlerimi yumdum ve bana beslediği sevgiyi anımsadım.

Küçüklüğümden beri, etrafımda dolanıp dururdu Sarp. İzmir'de, aynı mahallede büyümüştük, ailelerimiz birbirini tanır ve severdi. Sonra, aynı okullarda eğitim görmüştük. Benden iki yaş büyük olduğu içinse, lisedeki son iki yılımı rahat geçirmiştim. *Rahat, diyordum.* Çünkü sizi deli gibi sevmesine rağmen, sizin kendisine karşı aynı hisleri besleyemediğiniz biriyle aynı ortamları paylaşmanız iki tarafın da canını yakıyordu. Son iki yıldır canımın yanmıyor oluşuna alışmıştım. Fakat şimdi yeniden karşımda oluşu ve gözlerime aynı güzel aynı sevgi dolu bakışı eşliğinde bakıyor oluşu, kalbimi tıpkı eskisi gibi sızlatmıştı. *Olabilecek en derin yerden...*

Sonunda geri çekildiğinde sormak istediğim tonlarca şey olmasına rağmen, daha fazla tutamazdım kendimi. Midem acıyla kasılırken elimi ağzıma götürdüm ve yarı yarıya anlaşılan kelimelerimi bir araya getirip konuştum. "Sen salona geç Sarp, ben birazdan geleceğim."

Ardından bir an bile beklemeden koştum. *Banyoya doğru.* Kapıyı açıp da kendimi klozetin başına atıncaya kadar, akla karayı seçtim. Fakat sonunda başardım. Midemdeki çoğu şey klozetin derinliklerine doğru giderken, defalarca kez öğürdüm. Hatta öyle ki, ara ara nefesim dâhi kesilmişti.

Tam bitti sanıp geri çekileceğim sırada, midem bunun aksini kanıtlarcasına bir kez daha kasıldı ve başım yine klozete doğru gitti. Kendi çıkardıklarım sanki mümkünmüş gibi midemi biraz daha bulandırırken, belimi sarmalayan bir kolu hissetmem de gecikmedi. Dönüp bakamıyor olsam bile, Sarp olduğunu biliyordum. Diğer koluyla da, önüme dökülen saçlarımı geriye çekmişti. Beni bu iğrenç anımda yalnız bırakması gerekirken, kendisinden beklenenı yapıp yanımda bitmişti. Belimi saran kolu, *buradayım* diye haykırıyordu sanki. *Buradayım ve hep burada olurum!*

Sonunda midem bu kadarı boşaltımı yeterli bulmuş olacaktı ki, nefes nefese geri çekildim. Sarp da benimle birlikte çekildi. O ayağa kalkıp lavaboya doğru giderken, utançla önüme eğdim başımı. Böyle bir şeye şahit olmasını kesinlikle istemezdim.

"Utanma benden." Fısıltısından hemen sonra, elleri de ulaştı bana. Çenemi nazikçe kavrayıp yukarı kaldırdı ve göz göze gelmemizi sağladı. Sonra biraz öncesinde lavabonun başına gidip ıslatmış olduğu elleriyle, yüzümü narince sildi. "Utanacağın bir şey yok!"

Alakasız da olsa, "Neden buradasın?" diye sordum. Sormam gerekiyordu. Çünkü fazlasıyla merak ediyordum.

"Senin için."

Cevabı netti. Aldığım bu cevap sonrası, onunla konuşurken her zaman olduğu gibi boğazımın düğüm düğüm olması gecikmedi. O düğümlerin açılmasını beklersem daha çok beklerdim. Bunu bildiğim için konuşabildiğim kadar konuşmayı seçtim. "İki yıl geçti, Sarp! Bu iki yıl hâlâ mı değiştirmedi bir şeyleri?"

Güldü. Bunu beklemediğimden daha büyük bir merakla baktım gözlerine. Tıpkı Kıvanç'ın gözleri gibi mavi olsalar da, onun gibi gelmiyorlardı işte. Kahretsin ki, onlara baktığımda aynı hisler doğmuyor, aynı heyecan yeşermiyordu içimde!

"Tabii ki değişen şeyler oldu," dedi kısa bir süre sonra.

Hevesle sordum. "Mesela?"

Sana eskisi kadar bağlı değilim, demesi adına dualarımı sıralamaya başladım. Artık benim yüzümden acı çeksin istemiyordum! Beni unutup başkasına gönlünü kaptırması ve hak ettiği gibi mutlu olmasıydı tek temennim. Çünkü Sarp, benim için değerliydi. *Kırılmasından korkacağım kadar değerli...*

"Mesela... Artık daha çok seviyorum seni, Başak! İki yılın değiştirdiği tek şey bu oldu sanırım. Bakma bana öyle. Evet, hâlâ seviyorum seni işte. Ama dediğim gibi eskisinden daha çok! İnan bana, elimde değil bu. İnan bana, engel olmaya çalıştım. Ama olmuyor! Tek bir anım bile seni düşünmeden geçmiyor Başak."

Hayal kırıklığıyla düştü omuzlarım. Sarp'sa, bu yıkılmışlığımı fark etmemiş ya da görmezden gelirmiş gibi devam etti, *her kelimesinde daha da yara almama sebep olan konuşmasına*. "Sırf hedefinin İstanbul Hukuk olduğunu bildiğim için ve kazanacağına da adım kadar emin olduğum için, hiç istememe rağmen tercihlerimde en üst sıraya yazdım orayı. Anlayacağın, iki yıldır seni bekliyordum! Daha da artan sevgim ve üzerine eklenen özlemim ve heyecanımla... Nihayet geldin Başak! Fazla bekledim ama sonuna geldin işte."

Şaşkınlıkla kaldırdım başımı. *Ah yoksa...* Kalbim, korkunun en belirgin yan etkisiyle teklerken konuştum. "Çabuk şaka yaptığını söyle bana! Sırf benim amacım orası diye kendi hayallerine kıymadığını söyle bana Sarp!"

"Sen de biliyorsun ki Başak, benim bu dünyada hayalini kurduğum tek şey sensin!"

Artık ikimiz de bağırıyorduk. *Boğazıma boncuk boncuk dizilen yumrular, bunun sonucunda akmaya başlayan gözyaşlarım, derin bir hayal kırıklığına uğradığım için düşen omuzlarım, sancıyan kalbim...* Hiçbiri zerre kadar umurumda değildi. Ama Sarp'ın böyle bir şey yapmış oluşu... İki yıldır beni, burada bekliyor oluşu... Fazlasıyla umurumdaydı! Çok uç şeylerdi bunlar! *Asla yapmaması gereken uç şeyler...* Ama görünen o ki, yapmıştı. Buna değmememe rağmen yapmış, kendi hayallerine kıymıştı! Çünkü adım gibi biliyordum ki, istediği tek bölüm inşaat mühendisliğiydi.

"Ne yaptın sen?" dedim, olanca güçsüzlüğüyle çıkan sesim eşliğinde. "Ne yaptın Sarp! Değdi mi şimdi? Söylesene!"

"Pişman değilim ve olacağımı da hiç sanmıyorum."

Kendinden emin bir biçimde verdiği bu cevap sonrası, bir yaş daha süzüldü yanaklarımdan aşağı. Hâlâ inanmak istemiyordum. *Sırf beni daha fazla görebilmek uğruna hiç istememesine rağmen İstanbul Hukuk'u seçişine mi yanmalıydım, yoksa benim, bir süre sonra okul kaydımı donduracak oluşuma mı?*

Büyük bir yıkılmışlıkla kendimi yere bıraktım. Sırtımı, banyonun soğuk mermerine yaslarken, sessiz sessiz ağlamaya devam ettim. Hayallerini, bana beslediği sevgisi uğruna bir kenara fırlatmıştı. Ve benim, bunu hâlâ aklım almıyordu! Hangi erkek yapardı ki bunu? Hangi kız uğruna, kendi hayallerini gerçekleştirebilecekken hepsini birden çöpe atmayı seçerdi? *Üstüne üstlük, kendisine karşı aynı hisleri beslemeyen bir kız uğruna!*

Küçük bir hıçkırık kaçarken dudaklarımdan, dürtülerime engel olamayarak onunla öfkeyle konuştum. Bir yandan da hıçkıra hıçkıra ağlıyordum. "Hamileyim Sarp! Duydun mu? Hamileyim! Uğruna hayallerinden dâhi vazgeçtiğin, sevmekten bir an olsun vazgeçmediğin o kız hamile! Şimdi ne yapacaksın, ne hissedeceksin bakalım, gerçekten merak ediyorum."

"Hamile olduğunu zaten biliyorum."

Sakince vermiş olduğu bu cevaba karşılık olarak, iri iri oldu gözlerim. "Nasıl yani?"

"Asude'yle konuştum. Çoğu şeyi anlattı bana. Senin anlayacağın, bilmem gereken şeyleri biliyorum Başak."

Gözlerim kısılırken, şüpheyle sordum. "Ve tüm bu bildiklerine rağmen buradasın?" Bir sorudan çok, onay bekleyen bir cümleydi aslında bu. Çünkü burada olduğunu bilmeme rağmen, idrak etmekte güçlük çekiyordum.

"Evet, buradayım," dedi ve içten bir şekilde gülümsedi. Sonra biraz daha yaklaştı bana. *Ellerimi avuçlarının arasına alıp, gözlerimin içine bakabileceği kadar.* "Üzülmediğimi söylersem yalan söylemiş olurum Başak. Hatta üzülmek, o anki hislerimi açıklayabilecek yeterlilikte bir duygu değil... Asude bana hamile olduğunu söylediğinde, tam anlamıyla kahroldum diyebilirim. Dünyam başıma yıkıldı sanki o an. Başta reddettim, inanmak istemedim. Uzunca bir süre şaka yaptığını söylemesini bekledim... Ama hayır, tüm duyduklarım apaçık gerçekti. Bu yüzden yalnız kalıp, bu gerçeği sindirmeye çalıştım kendimce. Ve yalnızca iki saat sürdü bu! İki saatin sonunda sana beslediğim hisler her zamanki gibi ağır bastı. Nihayet karşına çıkabilecek olmaksa, neredeyse heyecandan öldürecekti beni. İşte o an anladım ki, senin hakkındaki hiçbir şey, hatta senin yaptığın en uç şey dâhi, beni senden soğutamaz ya da uzaklaştıramaz! Bu yüzden buradayım ve eğer izin verecek olursan, yanınızda olmayı her şeyden çok istiyorum!"

Yanınızda... İkinci çoğul şahsı kullanarak bebeğimle beni kast ediyordu! Bunun farkına vardığımda elimde olmaksızın gülümsedim. Beni bebeğimden ayrı tutmayıp bizi bir bütün olarak görmesi ve bu da yetmezmiş gibi *yanınızda olmayı her şeyden çok istiyorum* demesi, garip bir şekilde iyi hissetmemi sağladı. Ama yine de kabul edip etmeyeceğimi bilmiyordum henüz. Ona karşı bir şeyler hissetmezken onu böylesine ciddi bir olayın içine dâhil edebilir miydim? Düşünmem gerekiyordu. *Hem de uzun uzun...*

"Bilemiyorum," dedim dürüstçe. "Bu konuşmanla beni gerçekten etkiledin Sarp, yalan değil. Ama sen de biliyorsun ki..."

"Evet," diyerek sözümü yarıda kesti. "Bana karşı bir şey hissetmediğini gayet iyi biliyorum Başak!" Doğru tahmin etmişti. Acı da olsa, tam olarak bunu söylemeyi planlamıştım. "Ama ben seni öyle çok seviyorum ve yanınızda olabilmeye öyle çok razıyım ki! Sen beni sevmesen de olur. İnan ki, olur! Ama yeter ki izin ver de, etrafınızda olabileyim. Lütfen bu kadarını çok görme bana."

Bunları söylerken bir eli yanağımı bulmuş ve narince okşamıştı. Aynı zamanda, zarar vermek istemezcesine de yavaştı. Başımı önüme eğerken, fısıltı halinde çıkan sesimle konuştum. "Ben... Birazcık zaman istiyorum. Düşüneyim, olur mu?"

"Olur," deyiverdi anında. "Kararını verinceye dek beklerim ben. Ama lütfen iyi düşün, olur mu?"

Sorusuna yanıt vermeyi es geçerek "Teşekkür ederim Sarp," demeyi seçtim. "Sen gerçekten çok iyi bir adamsın."

Gülümsediğini görür gibi oldum. Tam olarak yüzüne bakmadığım içinse, emin olamadım. Bu sırada tekrar konuştu. "Hadi kalk, odana götüreyim seni. Burada oturmaya devam edersen üşüteceksin."

Ona hak verir vermez kalkabildiğim kadar hızla kalktım yerimden. Ben kalkar kalkmaz Sarp beni kendisine çekti ve yürümeme yardımcı oldu. O kadar çok oturmuştum ki orada, bacaklarım uyuşmuştu resmen. Bu yüzden yardım etmesi, fazlasıyla yerinde olmuştu doğrusu.

"Hangi oda seninki?"

"Koridorun sonuna gelmeden bir önceki. Sağ tarafta."

"Tamamdır."

Böylelikle beraberce odamın yolunu tuttuk. Sarp kapıyı açtığında ve içeri girdiğimizde, etrafın dağınıklığı yüzünden kendimden utandım. Fakat Sarp, aldırış ediyormuş gibi gözükmüyordu. Aksine kocaman gülümseyen suratıyla etrafına gülücükler saçıp duruyordu. Bu haliyle, tabiri caizse çocuklar gibi şendi.

"Hadi, yat bakalım."

Yatmam için açmış olduğu yorganıma bakıp gülümsedim önce. Ardından yatağa süzülüverdim. Sarp'sa hiç vakit kaybetmeden üzerimi örtüp bana kocaman gülümsediğinde, gözlerimi yummak konusunda pek bir aceleci davrandım. Midemdekileri çıkarmış olmanın yanı sıra, Sarp'la o zorlu konuşmayı yapmış olmak da epey yormuştu beni. Bu sebeple bir an evvel uykuya dalacağımı biliyordum. Ki çok geçmeden bunu gerçekleştirdiğimde de, dudaklarımdan dökülen son sözler, bir kez daha "Teşekkür ederim," olmuştu.

Sarp'ın karşılığını ise yarım yamalak işitmiştim. Ama sanki, "Tatlı rüyalar prenses," demişti.

Emin değildim...

Batın'dan

Başak evde yalnız olduğu için olabildiğince hızlı yürümeye gayret ederken, aklım yine bağımsızlığını ilan edercesine Kıvanç'a kayıp duruyordu. Benim, sorumluluklarının asla bilincinde olmayan, hatta sorumluluk kelimesinin ne demek olduğunu sorsan cevap dâhi almayacağım serseri kardeşimin bir bebeği olacaktı. Kıvanç akılsızı, teorik olarak baba olacaktı! Ah, sonunda bu da olmuştu işte.

Bu gerçekle yüz yüze gelişimden bu yana, yalnızca bir hafta geçmişti. *Yalnızca* diyordum. Ama bu bir hafta, hayatımın en sancılı bir haftası olmuştu hiç şüphesiz. Kardeşime bu gerçeği söyleyemediğim her saniye, daha şimdiden cayır cayır yanmaya başlayan vicdan azabıma yeni yeni odunlar eklenmişti. *Ona birazcık güvensem, bebeğini kabul edeceğine birazcık inansam, ne Başak durdurabilirdi beni, ne de onun süpürgesiz cadı olan arkadaşı Asude...* Ama kahretsin ki, haklılardı işte! Kıvanç bu gerçeği kabul etmedikten sonra ve üstelik bu bebeğin aldırılması adına her şeyi yapacağını bilirken, söylemenin bir anlamı yok gibi görünüyordu. Çünkü Başak'ın da dile getirdiği gibi, kesinlikle yeni bir savaşa daha gücü yoktu. Dolayısıyla yeğenimi riske atmamak adına susmam gerekiyordu. *Ama sözümü yerine getirip susacak olmam, tam anlamıyla uslu duracağım anlamına da gelmiyordu...*

Düşüncelerim öyle derindi ki, adımlarımın beni apartmanın önüne kadar getirdiğinin farkına daha yeni varıyordum. Dış kapıya tırmanan merdivenleri çıkmaya başlayacakken, son anda durdum. *Süpürgesiz cadıyı gördüğümden.*

Sokağın diğer tarafından geliyordu ve henüz fark etmemişti beni. Garip bir biçimde neşeli görünüyordu. Garip diyordum çünkü bu bir haftalık süreçte hiç böylesine, hatta bunun yarısı kadar bile neşeli görmemiştim onu. Gözlerimin kısılmaya başladığı esnada, beni fark etmesi bir oldu. Böylelikle dudaklarındaki geniş gülümsemesi anında yerle yeksan oldu. Bana öfkeli bakışlar atmaktan da geri durmazken, bu çocukça hareketleri yüzünden gözlerimi devirecektim. *Neredeyse...*

Yalnızca birkaç saniye içinde yakınıma geldi. Yüzüme bile bakmayıp merdivenleri tırmanışa geçtiğinde, "Sana da merhaba," diye alayla konuştum ve hemen ardından ben de ilk adımımı attım.

"Annem yabancılarla konuşmamam gerektiğini öğütleyip durmuştu vakti zamanında. Demek ki bugünler içinmiş..."

Bu sefer gözlerimi devirmekten kendimi alıkoyamadım ve bariz bir şaşkınlıkla sordum. "Çocuk musun sen?"

Bunun üzerine hışımla döndü bana. Gözlerinden alevlerin çıktığına şahitlik ettiğimde yalan yok, *söylemese miydim acaba* diye düşünmedim değil.

"Neysem neyim. Sana ne? Bundan sonra benimle, Başak veya yeğenim dışındaki konular hakkında konuşmanı yasaklıyorum Batın. Bitti!"

Bu esnada apartmana girmiş, hatta asansörü beklemeye başlamıştık bile. Demek ki neymiş? Öfke en çok bacaklara yarıyormuş...

Alayla konuştum. "Ben de seninle konuşmaya çok meraklıyım ya sanki!"

"İsabet olmuş!"

Asansör bulunduğumuz kata geldiğinde, Asude'ye hiçbir öncelik tanımaksızın geçtim. Hemen peşimden o da geldiğinde, sinir bozucu mırıltısını işitmiştim. Ki zaten işitmem için elinden geleni ardına koymamıştı. "Bayanlara öncelik görgü kurallardandır."

Aynı sinir bozucu tınıyı takınarak cevapladım. "Kesinlikle katılıyorum. Bayanlara öncelik verilmesi gerekir. Ama süpürgesiz cadılar bu kategoride yer almıyor ne yazık ki..."

"Ne! Süpürgesiz cadı, öyle mi?" diye bağırdığında, kulaklarımı kapamamak adına büyük bir çaba sarf ettim. Bu sırada ellerini de beline yerleştirmekten geri durmamış, öfkeli gözlerini alaycı gözlerime dikmişti. "Unutma ki, oturduğun dairenin sahibiyim! Eğer laflarına dikkat etmezsen, korkarım ki yüzde yüz zam politikasını uygulamak durumunda kalacağım Batın Koçarslan!"

Yüzde yüz zam mı, dedim içimden. Ne kadar da gaddarca bir uyarıydı ama! *Tam da kendisine yaraşırdı yani...* İçim öfkeyle köpürse de, dıştan gayet sakin gözüktüm ve yine alayla verdim cevabını. "Bak sen!" dedim önce. "Başında kiraya dâhi gerek yok diyen kız ne hale gelmiş böyle? Ah şu kahrolasıca hırs! Görüyor musun, neler de yaptırıyor insana..."

Göz bebeklerinin yalnızca saniyeler içerisinde büyümesine ve eş zamanlı olarak göz kapaklarının seğirmesine tanıklık ettim. İçimden zafer kahkahalarını atsam da, dıştan sakin gözükmeye kaldığım yerden devam ettim.

Bu sırada neyse ki asansör durmuş ve ikimiz de süratle terk etmiştik kabini. *Onunla ne daha fazla aynı havayı solumaya tahammülüm vardı ne de iğneleyici laflarına karşılık vermeye çalışmakla uğraşmaya mecalim...*

İkimizin adımları da Başak'la birlikte kaldıkları daireye doğru yöneldi. Kapının önündeki ayakkabıyı görmemse, aniden duraksattı beni. "Birini mi bekliyordunuz?"

"Evet," cevabını verdiğinde yine iğneleyiciydi sesi. Aldırmamaya gayret ederek sordum. "Kimi?"

"Söylesem tanıyacaksın da sanki!"

Sonrasında da karşılık vermeme dâhi fırsat tanımadan içeri girdi. Hangi ara anahtarını çıkarmış, hangi ara kapıyı açmıştı, fark edememiştim bile. Nefesimi sıkıntıyla dışarı üfleyip aralık bıraktığı kapıdan içeri girdim. Koridor boyunca koşar adımlarla ilerlediğini gördüğümde ise, aynı süratle peşine düştüm. Kimin geldiğini fena halde merak ediyordum ve içimden bir ses, hoş biriyle karşılaşmayacağımı söylüyordu nedense.

Bu sese mümkün olduğunca kulak asmayarak ilerledim. *Ta ki Başak'ın odasına kadar gidip, Başak'ın yanı başında Sarp'ı görünceye kadar...* Asude, *söylesem tanıyacaksın sanki* demişti. Fakat bal gibi de tanıyordum! Yakından tanıdığımı söyleyemezdim ama aynı fakülte ve aynı sınıfta olmanın getirdiği bir tanışıklık da yok değildi. Şimdiye kadar pek konuşmuşluğumuz olmasa da, dıştan baktığımda bana her zaman itici gelen biriydi Sarp. Fakat şimdi bu bahsini ettiğim iticiliğinden eser yoktu! Ne her zaman olduğu gibi asıktı suratı ne de ciddi bakıyordu... Aksine yüzü her zamankinin tam aksine gülüyor ve bakışlarından da farklı bir yumuşaklık akıyordu. Başak'ın yatağının yanına bir sandalye çekmişti. Ve bir eli, hemen yanı başında uyuyan Başak'ın elindeydi. Diğer eli ise saçlarının arasında.

Şahit olduğum bu manzara, elimde olmaksızın öfkelendirdi beni. Başak'ın yanında olup elini tutması gereken asıl kişi, kardeşimdi. Bunun için Başak'ı da, Asude'yi de suçlayamazdım belki. Ama istemsizce suçluyordum işte. Başak'ın yanında ille de bir adam yer alacaksa, bu adamın kardeşimden başka bir adam olmasına razı gelmezdim. Ben madem ki kardeşime gerçeklerden söz etmiyordum, o zaman onlar da duyarlı davranmak zorundalardı. Evet evet. Bu kadar da uzun boylu değildi!

Dişlerimi öfkeyle birbirine bastırdığım esnada, Asude'nin Sarp'a sıkıca sarıldığını gördüm. Sonrasında da, "Erken gelmişsin Sarp. Başak'a sürpriz yapacağımı söylemiştim ama resmen ben yokken gerçekleşmiş oldu!" dediğini duydum.

Sarp'sa hafif bir tebessümle karşılık verdi Asude'ye. "Duyduklarımı sindirmem sandığımdan da kısa sürdü, ondan erken geldim."

"Neyse olsun, iyi yapmışsın," derken keyifli görünmesi dikkatimi çekti. "Salona geçelim mi Asu? Başak yeni uyudu, bizim yüzümüzden uyanmasın."

"Haklısın. Hem daha rahat konuşmuş oluruz."

"Kesinlikle."

Sessizce gülüşerek yanıma doğru gelirlerken, dişlerimi hâlâ hunharca birbirine bastırmak meşguliyetindeydim. Bu adamın Başak'la olan ilgisini çözünceye kadar da, muhtemelen aynı işle meşgul olacaktım.

"Batın?"

Sarp'ın şaşkın sesini duymamla, düşünce alemimden sıyrılıp ona döndüm. Nihayet karşı karşıyaydık. *Kozlarımızı paylaşabileceğimiz kadar karşı karşıya...*

"Sarp?" dedim. Ama sesim onunkine kıyasla şaşkın olmaktan çok, alaycıydı.

"Neden buradasın?"

Sinir bozucu bir gülüş attım ortaya. Gülmeme neden olan şey, bu soruyu sorması gereken kişi ben iken onun sormuş olmasıydı. *Âdeta bir pişkin gibi.*

Bu nedenle sorusuna yanıt vermek yerine, aynı soruyu sormayı yeğledim. "Asıl sen neden buradasın?"

Omuzlarını silktiğini gördüm. Ardından olanca sakinliği ve kendinden eminliğiyle cevaplandırdı beni. "Senin burada ne işin olduğunu hâlâ anlayamadım ama her neyse. Benim burada olma sebebimse, Başak. Şu saatten sonra o nerede ise, ben de oradayım."

Artık yalnızca dişlerimi değil, yumruklarımı da sıkıyordum. Şu raddeye gelmişken sakin kalabilmek gerçekten zor olmaya başlamıştı.

"Bana bak, Sarp! Başak'la aranda nasıl bir bağ olduğu konusunda en ufacık bir fikrim bile yok. Ama Başak'ın karnındaki bebeğin amcası olma sıfatıyla sana sadece şunu söylüyorum: Başak'tan da, yeğenimden de uzak duracaksın!"

Yaptığım bu ikaz sonrası Sarp şaşkınlıkla bir adım gerilerken, işaret parmağıyla beni gösterdi. "Sen?" dedi önce. Ardından yutkunup devamını getirdi. "Sen bebeğin amcası mısın?"

"Evet, ta kendisiyim!"

Aldığı bu cevapla, kaşları çatıldı. Ve az öncesinde geriye doğru attığı adımın yerine, ileri doğru iki adım atıp tam karşımda bitti. Gözlerini gözlerime diker dikmez de beni baştan aşağı yadırgayıcı bir bakışla süzdü. "Bir başka deyişle, Başak'ı bu hale getiren o itin kardeşisin?"

Sarsıcı bir öfkeyle yapıştım yakasına. Boğazını sıkmaya yeltenecekken, son anda engel olmasını bildim kendime. "Ağzından çıkanı kulağın duysun! Kardeşim hakkında böyle konuşamazsın."

"Yoksa ne olur?"

"Seni mahvederim!"

Dakikalardır iki yanımda sıktığım yumruklarımdan birini gözünün ortasına geçirmeyi planlıyordum ki, tam da bu sırada aramıza giren Asude bütün planlarımı altüst etti. Bir elini Sarp'ın, diğer elini de benim göğsümün üzerine yerleştirdikten sonra "Beyler!" diye sesini yükseltti. "Sakin olup kendinize gelir misiniz lütfen? İçinde bulunduğunuz bu ortam, güzel bir yaşam alanı. Sandığınız gibi, ring falan değil!"

Asude'nin bu çağrısıyla sakinleşebilmek bir yana dursun, kıyısından dâhi geçemedim bunun. Tam aksine, dişlerimin arasından tıslarcasına konuştum. "Bana, Başak'la arasındaki bağı anlat Asude!"

Adını duymasıyla bana dönmesi bir oldu Asude'nin. Gözlerini kırpıştırdı önce. Ardından derin bir nefesi ciğerlerinde depo etti, sonra dudaklarını yavaşça araladı ve yalnızca ikimizin duyacağı bir sesle açıklamaya başladı. "Sarp bizim çocukluk arkadaşımız sayılır. Aynı mahallede büyüdük. Küçüklüğünden bu yana, Başak'ı deli gibi sevdi ve ondan hiçbir zaman vazgeçmedi. Yani Başak'a ve bebeğe en ufacık bir zararı dokunacak biri değildir. Bu yüzden sakin olsan iyi edersin."

"Nasıl sakin olmamı bekliyorsun? Kardeşime söylediğini duymadın mı?"

"Duydum," derken omuzlarını silkti. "Ve ona katılmadığımı söyleyemem."

Beni çileden çıkaran söylemler, tam olarak bunlardı işte. Zaten şu bir haftadır Kıvanç'a sürekli hakaret edip duruyordu, şimdi bir de Sarp'a hak verdiğini söylemesi... Tuzla biber olmuştu sanki. Dışarıdan nasıl görünüyordum, hiçbir fikrim yoktu. Ama içimde öyle büyük fırtınalar kopmaya başlamıştı ki, eğer o fırtınalara yenik düşecek kadar iradesiz biri olsaydım, en iyi ihtimalle Asude'yi saçlarından tuttuğum gibi duvara yapıştırırdım. *Fakat çok şükür ki ne bu denli iradesiz bir adamdım ne de öfkelensem dâhi, karşımdakinin bir bayan olduğunu unutacak kadar hayvan...*

Bunu yapamasam da, çok daha kötüsünü yaptım. Gözlerinin içine öfkeyle değil, bariz bir hafife almakla baktım. *Sen kimsin ki*, dercesine... Sonra da sözlerimin darbesini bırakıverdim ortaya. *Büyük bir keyif alarak hem de.* "Değer verdiğim her şeyin üzerine yemin olsun ki Asude, kardeşim hakkında ağzından çıkan bu kötü ithamlara ve tabii bir de Sarp'ı buraya getirme kararına köpekler gibi pişman olacaksın! Hem de çok yakında! Kendini buna hazırlasan iyi edersin."

Bazen fiziksel olarak oluşturamadığınız bir etkiyi, yakıcı sözleriniz aracılığıyla oluşturabiliyordunuz. Bu da, böyle anlardan biriydi işte. Fiziksel olarak bir zarar veremesem de, yalnızca kelimelerimin oluşturduğu birliktelikle darmaduman etmiştim onu.

Asude'nin yüzündeki düşüşe anbean şahitlik eden gözlerimin, bütün vücuduma baştan aşağı bir zafer hazzını tattırması oldukça kısa sürdü. Sonra arkama bile dönüp bakmadan terk ettim orayı. Asude arkamdan sayamadığım kadar çok kez, "Batın dur, sakince oturup konuşalım! Bekle lütfen!" diye seslenmişti ama hiçbirine kulak asmamıştım. Hatta ve hatta peşimden koşturmuştu ama oturduğum daireye geçer geçmez kapıyı suratına kapamıştım. Bundan sonraki dakikalarda bile, kapının ardından uzun uzun yalvarmıştı bana ama o yokmuş gibi davranmam zor olmamıştı. *Ne de olsa, o da bu bir haftalık süreçte ben yokmuşum gibi davranmıştı. Yanında ben varken dâhi, kardeşime etmediği hakaret kalmamıştı!*

Şimdi, Kıvanç'a gidip her şeyi bir bir anlatacağımı düşünüyordu muhtemelen. Zaten böyle düşünmesini istediğim için yapmıştım o konuşmayı. Ama hayır. Kıvanç'a hiçbir şeyi anlatmayacaktım. En azından şimdilik! *Başak'ın gerçekten iyi ve yeğenimin de gerçekten sağlıklı olduğuna emin oluncaya kadar...*

Daha başka planlarım olmadığını da söyleyemezdim ama. Az önce yaptığımsa, Sarp'ın varlığını bir tehdit olarak algılayıp bu planları birazcık daha öne çekmek ve Asude'nin içine derin bir korku salmak olmuştu, o kadar. Ve zerre kadar pişman değildim!

O süpürgesiz cadı, bunu çoktan hak etmişti. Bana kalırsa, iyi bile dayanmıştım!

8. Bölüm

Irmak Değil, Başak!

"Kendini bu kadar sıkma, Sarp. İşlerini hallet. Yarın görüşürüz nasılsa."

"Evet, öyle olacak gibi görünüyor ne yazık ki." Sesindeki hüzün beni hafifçe gülümsetti, bu sırada devam etti. "Minik prensesi sev benim yerime. Kendine de ona da iyi bak."

Tebessümümün yerini hafif bir gülüş alırken, "Tamam," diyerek onayladım. "Sarp abisinin sevgilerini de ileteceğim muhakkak."

"Öyleyse anlaştık!"

Memnuniyet içerisinde, "Anlaştık," dedim. Hemen sonrasında da, "Görüşmek üzere Sarp," diyerek konuşmamıza noktayı koyan taraf oldum ve aynı karşılığı Sarp'tan da aldığımda çağrıya bir son verdim. Telefonumu koltuğun herhangi bir köşesine bırakırken, dudaklarımdaki gülümseme varlığını muhafaza ediyordu. Sarp'ın aradan geçen iki yıldan sonra karşıma çıktığı o günden bu yana, neredeyse bir hafta geçmişti. Geçen bu bir haftalık sürecin neredeyse her anında yanımda, daha doğrusu yanımızda olmuş ve beni, kendine hayran bırakmayı başarmıştı. Bugünse halletmesi gereken işler olduğundan gelemiyordu ve bunun için duyduğu üzüntüyü uzun uzun anlatıp durmuştu. Sahiden de, türünün örneklerine kıyasla çok başka bir adamdı...

"Başak, gitmemiz şart mı ya?"

Asude'nin sabahtan beri kaçıncı olduğunu sayamadığım serzenişini bir kez daha duyduğumda, nefesimi sıkıntıyla dışarı üfledim. Batın, bizi akşam yemeğine çağırmıştı. Ama hanımefendi hazretlerimiz, gitmememiz adına elinden geleni ardına koymuyordu. Muhtemelen benim bilmediğim bir olay geçmişti aralarında. *Asude'nin, Batın'ı görmek dâhi istemediği türde büyük bir olay...*

Yine de, tüm bu isteksizliğine rağmen öyle güzel görünüyordu ki! Bu güzel görünümüyle *istemem, yan cebime koy* havasını verir gibiydi. *Üzerindeki kot tulumu ve içinden giydiği siyah tişörtü, başının tepesinde topuz yaptığı karamel tonundaki tamamen doğal saçları, yeşilin en koyu tonundaki gözlerini açığa çıkarırcasına çektiği kalem ve hafifçe sürdüğü allık...* Her şeyi o kadar yerinde ve güzeldi ki, hayranlık dolu bakışlarım eşliğinde bir süre süzdüm arkadaşımı. Ardından bu hayranlığımı tam anlamıyla dile getirdim. Fakat içerisine biraz da olsa kinaye eklemekten geri durmayarak...

"Güya gitmek istemiyorsun Asu. Ama şu haline bir baksana! Resmen afet olmuşsun. Söylesene, Batın için mi hazırlandın bu kadar?"

"Batın için mi?" diye, âdeta cırladı. Kulaklarımı kapama isteğiyle dolup taşsam da, ben daha bu dileğimi yürürlüğe koyamadan tekrar cırlamaya başladı. "Batın ve için, ha? Bu birbirinden alakasız iki kelimeyi nasıl yan yana kullanırsın Başak? Bir de sonuna, soru eki ekledin ya, pes! Dünyada bana sorup sorabileceğin en son soru bile değildir be bu!"

"Bak sen!" dedim alayla. Fena halde kaşındığımın bilincinde olsam da, hoşuma gitmişti bu sohbet. "Nedenmiş o?"

"Batın kadar ukala bir adamla işim olmaz da, ondan!"

"Batın ve ukala? Bu birbirinden alakasız iki kelimeyi nasıl olur da yan yana kullanırsın Asu?" Son sorumla âdeta taklidini yapmıştım ve işte bu sefer kesindi beni öldüreceği.

"Sen gerçekten kaşınıyorsun ama!" dedi, ellerini beline yerleştirerek. "Şimdiye kadar ayağımın altına almadıysam seni, bil ki, karnında taşıdığın yeğenime olan sevgimden!"

Daha fazla kaşınmamam gerektiğini fısıldayan beynime hak verdiğimde, omuzlarımı silkerek yerimden kalktım. "Neyse," dedim, konuyu kapatmak için ilk sağlam adımı atarak. "Bir an önce geçelim de, yemekler soğumasın."

"Ama ben gerçekten gelmek istemiyorum Başak! Gitmeyelim, olmaz mı?"

Atabildiğim en sert bakışımdan attım ona. Kaşlarım süratle çatılırken, "Aranızda kötü bir şey mi oldu Asu?" diye sordum, belki milyonuncu kez.

Asude de milyonuncu kez olduğu gibi, yine gözlerini kaçırdı. "Hayır Başak. Ne olabilir ki?" Böyle diyordu hep. Ama inanmıyordum açıkçası. Çok büyük bir ihtimalle, tıpkı şüphelendiğim gibi, kötü bir şey olmuştu. Ama benim inatçı arkadaşım, sorun her ne ise bunu bana anlatmamak konusunda epey ısrarcı davranıyordu.

"Madem bir sorun yok, o halde gidiyoruz," dedim, karşı çıkamayacağı kadar kesin bir dille. O da el mahkûm geldi benimle. Adımlarını isteksizce attığını görsem de, görmezden gelmek her zaman en iyi çözüm olmuştu ve ben de bu sefer, bu çözüme başvurmuştum.

Evden çıkıp kapıyı da arkamızdan kilitledikten sonra, Batın'ın dairesine ulaşmak zor olmamıştı. Karşılıklı oturuyor olmamız gerçekten güzeldi. Zili çalıp kapının açılmasını beklerken, Asude'nin kaşlarının hâlâ çatık olduğunu görebilmiştim. Batın'a neden bu denli tepkili olduğunu anlamaya çalışıyor ama bir türlü başaramıyordum. Anlatmadığı takdirde elimden bir şey geleceğini de sanmıyordum.

Düşüncelerimden uzaklaşmamı sağlayan şey, kapının açılması oldu. Batın'ı karşımızda bulduğumuzda, günlerdir biraz da asık olan suratını şimdi gülümser halde bulmak istemsizce beni de gülümsetmişti. Şu bir haftalık süreçte, Sarp'ın varlığından rahatsız olduğunu anlamak zor olmamıştı benim açımdan. Şimdiyse Batın'ı gülümseten şey, belki de onu görmeyecek olmaktı. Kim bilir?

"Hoş geldiniz kızlar."

"Hoş bulduk," diyerek öne çıktım. Saniyeler sonra bana sıkı sıkıya sarılmasına karşılık verirken, arkamızdan gelen ayak seslerini duymamla meraklı geri çekildim.

Sarı bir kafa, bir çift mavi göz ve üzerinde o gece aşırdığım tişörtlere benzeyen gözlerinin rengi kadar mavi bir tişört... Geri çekilmemle, beni selamlayan şeyler tam olarak bunlar olmuştu işte. Beynim, karşımdaki adamın Kıvanç olduğunu haykırsa da, yaralı kalbimin buna inanası gelmiyordu. İnanası gelmiyordu, yanlış bir söylemdi aslında. *Doğrusu, inanmayı istememesiydi!*

Rüya mı görüyordum acaba? Evet, gerçek değildi belki de bu karşımdaki. Olamaz mıydı yani? Zaten bu son üç aydır, rüyalarıma girip durmuyor muydu?

Ben kendimi apaçık bir şekilde kandırmaya devam ederken, Kıvanç olduğu konusunda henüz yüzde yüz emin olamadığım o adamın adımlarını bana doğru attığını fark ettim. Heyecandan nefes dâhi almayı unuturken, *Allah'ım bana yardım et* diye dua etmekten de geri durmadım. Ne yapacaktım şimdi? Eğer gerçekten oysa karşımdaki, bundan sonraki adımlarımı neye göre atacaktım? Peki, karşımdaki bu adamın, Kıvanç olmasını mı isterdim yoksa olmamasını mı? Bunun cevabını dâhi net olarak veremediğim için, belki de kendimden nefret etmeye başlasam en doğrusu olacaktı...

Tam karşımda durduğunda, onun Kıvanç olduğuna artık emindim. Mavinin en güzel tonundaki gözlerini ve bu alaycı gülüşünü nasıl tanımazdım ki? Unutmam mümkün müydü sahi? Boğazımda oluşan yumru nefes almamı daha da zora sokarken, bir de üzerine bacaklarımın titremeye başlaması bana hiç de yardımcı olmuyordu. Sahi, bu eve adımımı attığım andan beri, bana yardımcı olan ne vardı ki?

"Beni bu fıstıklarla tanıştırmayacak mısın abi?"

Kıvanç'ın kulağımı dolduran o büyüleyici sesini ve yalnızca onu ağzına yakışan *fıstık* kelimesini de duyduğumda bacaklarımın titreyişi mümkünmüş gibi biraz daha şiddet buldu. Korktuğum tek şey, beni taşıyamayacak hale gelmeleriydi.

Ama dikkatimi çeken bir şey vardı ki, o da, beni hatırlamadığı gerçeğiydi. Bir gecesini birlikte geçirdiği kızı hatırlayamayacak kadar aptal oluşunu beklememiştim doğrusu. Ya da... Her gece başka bir kızla beraber olduğu için mi hatırlamamıştı acaba? Bu da üzerinde durulması gereken, olası ihtimallerden biriydi tabi...

Batın'ın bu sırada asılan suratını fark ettiğimde ise, kaşlarımı çatarak onu izledim. Sahi, ne yapmaya çalışıyordu? Bana verdiği sözü çiğneyerek Kıvanç'ı karşıma çıkarmış oluşu, ona olan güvenimin eriyip gitmesine neden olmuştu şu son saniyelerde. Fakat neyse ki, Kıvanç beni hatırlamamıştı da, bir sorun çıkmamıştı. Ama ya hatırlamış olsaydı? İçten içe bunu düşünürken buldum kendimi... Hatırlamasını ister miydim acaba? Yoksa böylesi gerçekten daha mı iyiydi?

Kısa bir süre sonunda Batın, bizi Kıvanç'a kısaca tanıttıktan sonra içeri geçmemizi söylemiş ve kendisi de mutfağa doğru yol almıştı. Asude, Kıvanç adını duyduğunda gözlerini kocaman açmış, şaşkınlığını bir nebze üzerinden atabildiğinde de bakışları nefrete doğru kaymıştı. Ancak ona uyarıcı bir bakış attığımda kendisine bir çekidüzen verip, bakışlarını Kıvanç'tan çekmişti.

Batın'ın söylediğini yapıp salona geçip oturduğumuz andan beri ise huzursuzdum. Bunda, Kıvanç'la sürekli olarak göz göze gelişimizin ve beni, özellikle de bir bölümü açıkta kalan bacaklarımı süzercesine attığı bakışların etkisi yadsınamazdı. Dizimin hemen üzerine gelen elbisemi, bilmem kaçıncı kez aşağı çekiştirirken, sinirimden patlamama ramak kalmıştı. Bu hareketimin onu yine gülümsettiğini görmekse, kendimi sakin olmaya zorlamama büyük bir darbe vuruyordu.

Sonra cesaretimi topladım ve olayları aydınlatmak istercesine gözlerine çevirdim gözlerimi. Gözlerinin içine bakarken, doğru olanı bulmaya çalıştım o uçsuz bucaksız maviliklerin arasında. Beni tanımamış mıydı sahiden? Bu bir yandan iyi bir şeydi. Tıpkı istediğim gibi, bebeğimin babası olacağını bilmeyecekti. Ama... Bir yandan da kötüydü işte. Onun gözünde ne kadar değersiz biri olduğumu gözler önüne seriyordu. *Lanet olsun ki, kalbimin sıkışmasına neden olacak kadar acı vericiydi, onun gözünde bir değerimin olmaması...*

Bir an sonra bunun, bebeğimin, babasını ilk görüşü olduğu aklıma düştü. Bir şeyleri hissetmesini bekler gibi karnımın üzerinde birleştirdim ellerimi. Kıvanç'ın bu yöne bakmamasını fırsat bilerek "Bak, baba burada kızım. Yanımızda..." diye mırıldandım. Yalnızca saniyeler sonra karnıma aniden giren bir krampla iki büklüm olduğumda, kızıma babasını tanıtmanın pek de iyi bir fikir olmadığını anlamıştım. Babasını sevmemişti belki de. Kim bilir?

Kramp olduğunu düşündüğüm ama üst üste iki kere daha tekrarlanması sonucu, kendimce tekme olduğuna karar kıldığım bu acı sonrası yüzümü buruşturmak yerine kocaman gülümsedim. Gülümseyişim sırıtmaya doğru yol alırken, Asude'nin meraklı bakışlarını fark ederek heyecanla ona döndüm ve fısıltıyla konuştum.

"Sanırım yeğeninden tekme yedim Asu! Eğer hissettiğim bu şey psikolojik değilse, kesinlikle tekmeydi!" Eğer bu bir çeşit tekmeyse, bebeğimin ilk tekmesini babasının yanında yemiş olmam da güzel bir ayrıntıydı. En azından bir tane *ilkimizde* yanımızdaydı, diyebilecektim ileride...

Asude en az benim kadar heyecanlı bir sesle, "Ben de hissetmek istiyorum!" dediğinde, hiddetle karşı çıktım bu fikre. "Hayır Asu! Sakın elini karnıma götürme, olur mu? Kıvanç bize bakıyor çünkü..." diye fısıldadığımda, yüzünü görmesem de kaşlarını çattığına emindim. "Bu herif, resmen Allah'ın en büyük cezası bize! Ümüğüne yapışmamak adına kendimi ne kadar zor tuttuğumu bilemezsin Başak."

"Sakin ol lütfen."

Teselli edilip sakinleştirilmesi gereken kişi benken, resmen rolleri değiştirmiştik. Burun kıvırıp ayağa kalkarken, "Birazdan geleceğim. Lütfen yanlış bir şey yapayım deme," diye uyardım. Salonun çıkışına doğru ilerlerken Kıvanç'a bir an olsun bakmadım ve mutfağa doğru emin adımlarımla ilerlerken derin bir nefes aldım.

Sorulması gereken bir hesabım vardı, öyle değil mi?

~~~

Mutfağa girdiğimde Batın'ı salatayı hazırlarken bulmuştum. Salonla mutfak arasındaki mesafe fazla olduğundan rahatça konuşabileceğimiz en iyi yer de burasıydı neyse ki. Her ne kadar kendime engel olmaya çalışsam da, "Sen ne yaptığını zannediyorsun?" derken sesimi yükseltmekten alıkoyamamıştım kendimi.

Bu soruma karşılık, dönüp bakmadı bile. Ayaklarımı yere vura vura yanına kadar gittikten sonra kolundan tutarak kendime çevirdim onu. "Bana söz vermiştin Batın!" diyerek konuşmaya devam ettiğimde, sesim çatallaşmış, çünkü ağlamama ramak kalmıştı. "Neden yaptın bunu? Konuşsana!" Omuzlarından ittirmeye başladığım sırada, hiç de zorlanmadan kollarımdan tutup beni kendinden uzaklaştırmasını bilmişti. Erkeklerin, biz kızlara karşı hep güçlü olan taraf olmalarından nefret ediyordum.

"Kardeşim o benim! Bilmeye hakkı olduğunu düşündüm. Ama... Gördüğün gibi hatırlamadı seni! Hatırlamasını bekledim, o kadar istedim ki ama o lanet olası beyni sarhoşken gördüğü kimseyi hatırlamamakta kararlı. Yıllardır olduğu gibi!" diyerek içindekileri bir bir döktükten sonra kendisini tezgâhın arkasında duran bar taburelerinden birine atmıştı.

Yanındaki bar taburelerinden birine oturmayı her ne kadar istesem de, buna cesaret edemiyordum. Çok yüksekti çünkü. Sakardım ve tıpkı o geceki gibi düşebilirdim. Bu sefer yalnızca kendim değil, bebeğim de zarar görebilirdi. Bu yüzden ayakta dikilmem daha mantıklı bir seçenekti.

Bir yandan da Batın'dan duyduklarımı irdelemekle meşgul ettim kendimi. Demek, Kıvanç sarhoşken gördüğü kimseyi hatırlamıyordu, öyle mi? Yani bu sadece benim için geçerli değildi o zaman. Bu iyi bir şeydi sanki. Tek değersiz olan ben değildim o halde... O gecenin sabahı yanımdan ayrılırken de tek bir kez bile yüzüme bakmamış oluşu, beni hatırlamamasının doğal olduğunu gözler önüne seriyordu. Ve ben hâlâ, neden o sabah yüzüme bakmadığını merak etmekten kendimi alıkoyamıyordum. Oysaki o sabah, yüzüme bakabilmesi için nelerimi vermezdim ki? Ama şimdi, *iyi ki* diyorum. *İyi ki bakmamış!*

"Hem ben, yanında olduğum sürece Kıvanç'la karşılaşabileceğini söylemiştim sana. Buna engel olamayacaktık Başak ve ben de bu süreci biraz daha hızlandırdım sadece. Ama bir halta yaramadı maalesef ki. Kıvanç'ın o boş beyni, seni hatırlayacak kadar gelişmemiş çünkü!"

Batın'ı ilk defa böylesine sinirli görüyordum. Elinde olsa gidip öz kardeşini, gözünü bile kırpmadan öldürecekmiş gibi bir ruh halindeydi sanki. O kadardı ki hatta, ne söyleyip de onu sakinleştirmem gerektiğini kestiremiyordum.

"Ama merak etme Başak. Ben sadece bu kadarına karışırım. Sana verdiğim bir söz olduğunu biliyorum. Benim salak kardeşim, seni hatırlamayarak bütün planımı yerle bir etti. Ama bundan sonrası için sözümü tutacağıma emin olabilirsin. Senin ve yeğenimin sağlığı için."

Duyduklarım karşısında içimde derin bir rahatlama hissi oluşurken, minnettar kalmış bir sesle "Teşekkür ederim Batın," diye mırıldandım. "Elinden geleni yaptın sen. Lütfen kendini suçlama artık."

Başını sallayarak "Öyle yapacağım," dediğinde gülümsedim. Aklıma gelen ani düşünceyle gülümsemem daha da yayıldı yüzüme. "Biliyor musun Batın? Eğer hislerimde yanılmıyorsam ya da başka bir şeyi buna yormuyorsam, yeğenin bugün ilk defa tekmeledi beni!"

Az önce sinirden kavrulan yüzünü, tatlı bir gülümseme kapladı bir anda. Dudaklarının kenarında oluşan gamzeleri izlemeye koyulduğumda, hiç olmadığı kadar neşeli çıkan sesi beni kendime getirdi. "Sahi mi? Ne zaman oldu?"

Heyecanla sorduğu bu soruyu ben de aynı heyecanla cevaplamaya giriştim. "Birkaç dakika önce. Tam da ona babasının yanımızda olduğunu söylüyordum!" dediğimde kendime lanetler savurmam da gecikmedi. Yine bu konuyu mu açmıştım ben? *Hay benim dilime!*

Neyse ki tahminlerim aksine yüzü düşmemiş, daha da kocaman gülümsemişti. "Babasını sevmemiştir. Haklı tabii," dediğinde ister istemez gülümseyişine eşlik ettim ben de. Elini karnıma koyup önümde dizlerinin üzerinde eğildiğinde, "Baban yanında olmayacak diye üzülmeyesin sakın. Öyle baban olacağına hiç olmasın daha iyi be miniğim!" demişti. Ama yüzünde öyle gizli bir hüzün vardı ki, sanki ağzından çıkan her bir kelimenin tam aksini söylüyordu.

Yine de, "Böyle şeyler söyleme Batın!" dedim sakince. Sonra uzanıp ellerini tuttum. "Babası hakkında ben bile böyle şeyler söylemezken, amcasının bunları söylemesi doğru mu sence?"

Bir süre söylediklerimin üzerinde düşündükten hemen sonra ayağa kalktı. Gözlerimin içine bakmaya başladığında, geniş bir gülümseme dudaklarını çevreledi. "Senin yerinde bir başkası olsaydı, asla böyle düşünmezdi. Yeğenimin annesi olacağın için ne kadar mutlu olduğumu bilmeni isterim Başak."

Bu sözleri benim de kocaman gülümsememi sağlamıştı. "Ben de kızımın amcası olacağın için çok mutluyum Batın," diyerek söylediklerine eşlik ettim. Gerçekten de bebeğimin amcası oluşu beni fazlasıyla mutlu ediyordu.

"Kız olmayacak Başak! Bak, görürsün. Erkek olacak benim yeğenim! Sonra amcasıyla beraber maçlara gidecek. Hiç susmadan bağıracak tribünde..." diyerek, daha öncesinde birkaç kez daha dinlediğim hayallerini anlatmaya başladığında, elinden tutup çekiştirerek susturdum onu.

Daha yememiz gereken harika yemekler vardı sonuçta. Ve açlıktan guruldayan karnım, bunu bana hatırlatan bir alarm gibiydi âdeta. Kızımın teyzesi, amcası ve babası ile birlikte yiyeceğim ve gecenin sonunda neler olacağını deli gibi merak ettiğim bir akşam yemeği...

━━⋅⋄⋅━━

Batın'ın bizim için donattığı, mükemmel ötesi masaya hayranlıkla bakarken, hâlâ ne yiyeceğime karar verememiş olmanın sıkıntısı vardı üzerimde. Bunda, Kıvanç'ın payı da büyüktü aslında. Neden mi? Batın'la mutfakta yaptığımız konuşma sonrasında salona gitmiştik. Ve o dakikadan itibaren, mavilerini üzerimde hissediyordum. Aslında bu yeni bir şey de değildi. Eve adımımızı attığımızdan beri bakıyordu bana! Daha doğrusu bacaklarıma ve V yaka olduğu için biraz açıkta kalan boğaz kısmıma.

"Beğenmedin mi Başak?"

Batın'ın kaşlarından birini havaya kaldırarak sorduğu soruyu, başımı iki yana sallayarak cevapladım önce. Ardından bununla da yetinmeyip sözlü olarak açıkladım. "Her şey çok güzel görünüyor. Hangisinden başlayacağıma karar veremedim sadece," diyerek gülümsedim, içten bir şekilde.

Gülümseyerek tabağına geri döndüğünde, artık bir şeylerden başlamam gerektiğinin farkına vararak yeşilliklerle bezenmiş salatalığa uzandım. Kıvanç'ın bedenimi göz tacizine aldığını düşünmemeye çalışarak çatalımı salataya batırdım. Salatayı ağzımda evirip çevirirken, sırtımdan aşağı bir ter damlasının süzülüp gittiğini hissettim. Karşısında olmak bile heyecandan boncuk boncuk terler dökmeme neden oluyordu. Elimi, kolumu nereye koyacağımı bilemez hale sokuyordu beni.

Masamızda oluşan bu derin ve huzurlu sessizlik güzel gözükmüştü gözüme. Normalde sessizliği ve sessiz ortamları hiç sevmezdim ama şimdi böylesi çok daha iyiydi. Ellerim bile titremeye başlamışken, sesimin titrememesi imkânsızdı çünkü.

Titreyen ellerime rağmen, silip süpürmekten geri durmadığım tabağıma gururla baktıktan sonra Batın'a yardım etmek amacıyla kalktım yerimden. Önümdeki boş tabaklarımı, Asude'nin tabaklarının üzerine koyduktan sonra mutfağa yönelmek için salondan çıktım. Bu sırada Batın önüme geçerek sert bakışları eşliğinde suratıma bakmaya başlamıştı.

Bir anlam veremediğimden gözlerimi kırpıştırarak sordum. "Bir şey mi oldu Batın?"

"Masayı toplamak sana mı kaldı? Geç otur içeri. Sinirlendirme beni!" diyerek tabakları elimden aldı. Hızlı adımlarla yanımdan ayrılırken şaşkın gözlerle arkasından bakakaldım. İki tabak taşımakla bebeğimi düşürmezdim herhalde...

Derin bir iç çekip tekrar salona girdiğimde, Asude'yi masayı toplarken, Kıvanç'ı ise televizyonun karşısına kurulmuş bir vaziyetteyken bulmuştum. Şaşırdığımı söyleyemezdim. Fakat yine de gözlerimi devirmeden edememiştim. Boş koltuklardan birine geçip otururken, Asude ve Kıvanç arasındaki bol voltajlı gerilimi hissettim. Asude o kadar sert bakıyordu ki, Kıvanç'ın yerinde olsaydım korkudan altıma etmem işten bile olmazdı herhalde. Bu kız, sinirli olduğu zamanlarda gerçekten de korku filmlerinden fırlamış korkunç karakterleri andırıyordu. *Hatta belki daha fazlasını.*

Asude üst üste koyduğu yığın halindeki tabaklarla salondan çıktığında, huzursuzca kıpırdandım yerimde. Kıvanç'la dört duvarın arasında yalnız kalma fikri, kulağa hiç de hoş gelmiyordu doğrusu. O geceyi hatırlamama yardımcı olmaktan başka bir halta yaramıyordu mesela...

Bu huzursuzluğumu fark ettiğinden midir bilinmez, televizyonu kapatıp bana doğru döndü Kıvanç. Suratındaki -ona çok yakışan- çarpık gülümsemesini saatlerce seyretmeyi deli gibi istesem de, böyle bir şansımın olmadığını gayet iyi biliyordum. Bu gerçek, her dakikada bir kafama balyozla vuruluyordu âdeta. *Unutmamı engellemek istercesine...*

"Arkadaşın çok itici. Nasıl anlaşabiliyorsunuz?"

Bunu söylerken, yüzünün girdiği komik şekil, istemeden de olsa gülümsetmişti beni. Asude şimdi burada olsaydı, en iyi ihtimalle terliği kafama yerdim herhalde. Yüzümdeki gülümsemeyi hızla sildikten sonra, başımı önüme eğdim. Az önce Kıvanç'a güldüğümden Asude'ye ihanet etmiş gibi hissediyordum şimdi.

Bundan kurtulmak istercesine başımı iki yana salladım. "Asude, bulunmaz bir arkadaştır. Hatta arkadaştan öte, kardeştir benim için. Yani, itici falan değildir."

Gözlerini devirip arkasına yaslanırken, bakışlarının ilgi odağına yine benim bacaklarım yerleşmişti. Aslında... O kadar da güzel sayılmazlardı ama geldiğimizden beri, o kopmayasıca gözlerini ayıramamıştı bir türlü.

"Her neyse. Arkadaşını kötülemeyi bir kenara bırakıyorum öyleyse. Asıl konuşmak istediğim konu, daha farklı," dediğinde nefesimi tutarak konuşmasına devam etmesini bekledim. *Daha farklıdan kastı ne olabilirdi ki?*

"Benim bu gece dışarı çıkmam gerekiyor Irmak," dediğinde, nefesimi sıkıntıyla dışarı üfleyerek "Başak!" diye düzelttim onu. Daha adımı bilmekten bile acizdi, beyefendi. Lanet olasıca beynini alıp duvara sürtmek istiyordum.

Uyarımı dikkate almayıp kaldığı yerden konuşmasına devam etti. "Senden istediğim şey, Batın'ı oyalaman. Yapabilirsin, değil mi Irmak?"

"Öncelikle şu konuda anlaşalım," dedim, kendimi sakin olmaya zorlarken. "Adım Irmak değil, Başak!"

Bembeyaz dişlerini gözlerime sokarcasına gülümsedikten hemen sonra, "Ha Irmak, ha Başak..." dedi. "Son iki harfi aynı işte. Hem ne fark eder ki? Gayet de uyumlu bence." Ah! Ona bir şeyleri anlatmaya çalışmak bile başlı başına bir aptallıktı. Ve şükürler olsun ki, erkenden farkına varabilmiştim bunun.

"Ne yapmam gerekiyor?"

Sevinç parıltılarını mavilerinin her yerinde görebildiğimde, büyük bir imrenme hissiyle baktım onlara. *"Bundan sadece birkaç ay öncesine kadar ben de böyle gülümsüyordum Kıvanç! Tâ ki sen benden saflığımı alana kadar..."* demek istiyordum ama tabii ki diyemiyordum.

"Anlarsın ya, gece beni bekler," derken gözlerinden birini kırpmıştı. Sadece bu hareketi bile beni yumuşatmaya yetecek güçteydi. Ne kadar da zavallıydım ama! "Sen sadece evden çıkana kadar Batın'a gözükmememi sağla, bana yeter."

Ruhsuzca başımı salladım. Bundan aylar önce yanında başka kadınları görmek beni ölümüne mutsuz ederken, şimdi gitmesi için önünü açacaktım resmen. Garipti ama bu konuda yapabileceğim hiçbir şey de yoktu. Elimden bir şey gelmezdi.

Kapının önüne varıncaya dek, ikimiz de tek kelime etmedik. Sessiz olmaya özen göstererek kapıyı yavaşça açtığında, içimde bir şeylerin kopup gittiğini hissettim yine. *Tıpkı o sabah yüzüme bakmadığında olduğu gibi...* Sesimi çıkarmayıp yalnızca onu izlerken, spor ayakkabılarını da giyinip tekrar yanıma geldi. "Bu iyiliğini hiç unutmayacağım Irmak! Borcumu en yakın zamanda ödeyeceğim, merak etme," deyip yanağıma sıcacık öpücüğünü kondurmasıyla afalladım. Hâlâ adımı öğrenemeyişine mi, yoksa yanağıma kondurduğu öpücükle karnımdaki kelebeklerin varlığını hatırlatmasına mı yanacağımı bilemeyip en sonunda her ikisi için de karalar bağlarken buldum kendimi.

Tekrar içeri doğru yol alırken, Batın ve Asude de mutfaktaki işleri bitirmiş olacaklardı ki, bana doğru geliyorlardı. Gülümsemeye elimden geldiğince özen gösterip yanlarından geçerek salona girdim. Kendimi en yakın koltuğa bıraktığımda, Batın'ın gelip de beni sorgulamaya başlamasını bekledim.

"Kıvanç nerede?"

Ve bingo! İşte başlamıştık.

Elimden geldiğince umursamaz görünmeye çalıştım. Aldığım bu büyük yarayı saklayacak ve bir şekilde, kendim aşacaktım. "Dışarı çıktı az önce."

"Nereye gittiğini söyledi mi?"

"Ah, sence nereye gitmiş olabilir Batın?" dedim alayla. "Gece onu beklermiş. Aynen böyle söyledi!"

Söylediklerimden sonra başı önüne eğildi. Sanki utanması gereken oymuş gibi... Bu halinden rahatsız olduğumdan, "Lütfen başını kaldırır mısın Batın?" diye rica ettim. "Utanması gereken sen değilsin."

"Başak ben... Gerçekten böyle olsun istemezdim."

"Biliyorum," dedim ve içimden geldiği gibi gülümsedim. "Üzme kendini."

"Keşke elimde olsa..."

Bir süre daha konuştuk. *Kıvanç dışında çoğu konu üzerine...* Batın'la ben gayet güzel bir biçimde sohbet edebilmişken, Batın ve Asude ikilisi bunu bir türlü başaramıyordu. Aynı fikirde oldukları konularda bile tartışacak bir şey bulabilmeleri, bütün bir akşam boyunca onları hayranlıkla izlememi sağlamıştı. Başımda şapka olsa, karşılarına geçip onu bile çıkarırdım, o derece hayran kalmıştım.

Nihayet Asude'yle birlikte evimize geçebildiğimizde ise, ikimiz de yorgun düşüp yataklarımıza atmıştık bedenlerimizi. Fakat fazlasıyla uykum olmasına rağmen, bir türlü uykuya dalma konusunda başarılı olamıyordum. Sağa dönüyordum olmuyordu, sola dönüyordum olmuyordu. Koyunları sayıyordum yine olmuyordu. En sonunda pes edip ayaklandım. Ayaklarım beni mutfağa götürürken, amacım su içmekti.

Mutfağımıza girmeme ramak kala, dışarıdan gelen bağrışma sesleriyle ansızın duraksadım. Gözlerim kısılırken bir an için tereddüt etsem de, dayanamayıp kapıya yaklaştım. Merceğe gözümü dayadığımda, Batın'la Kıvanç'ı görmüştüm. Buradan görüp yorumladığım kadarıyla, oldukça hararetli bir kavgaya tutuşmuşlardı sanki. Daha çok Batın bağırıyor ve yine o vuruyordu. Bunda, Kıvanç'ın ayakta duracak halinin olmayışı da etkiliydi pek tabii... Ne yazık ki, bu halini oldukça iyi hatırlıyordum. O gece de aynı böyleydi işte. *Yürüyemeyecek kadar sarhoş...*

Bir şekilde onlara müdahale etmezsem bebeğimin daha doğmadan yetim kalması an meselesiydi doğrusu. Daha sonra bu düşündüğüm şey için kendi kendime güldüm bir süre. Sanki bebeğine babalık edecek göz vardı da onda, böyle saçma detaylara takılıyordum boşu boşuna...

Ama yine de, ciddi ciddi bir şeyler yapmam gerektiğinin farkındaydım. Kızımın babasız kalacak olmasını çoktan geçtim, Batın kardeş katili bile olabilirdi bu haliyle. Ve bebeğimin amcası olması dolayısıyla, buna kesinlikle göz yumamazdım.

Kilidi çevirip kapıyı süratle açarken, aralarına nasıl bir giriş yapmam gerektiğini hesaplamaya çalışıyordum...

9. Bölüm

Umut Etmek

Hesabı doğru düzgün yapamayıp âdeta yumrukların arasında kendime yer bulduğumda "Durun!" diye bağırdım. Sesimden, saf bir korku akıyordu. "Dursanıza! Ne yapıyorsunuz?"

Batın ciddi anlamda burnundan soluyordu ve bu haliyle, Kıvanç'ı her an öldürebilirmiş gibi duruyordu. Sonunda da işaret parmağını ona doğru doğrultup tükürürcesine konuşmaya başladı. "Beni sürekli utandırıp duruyor. Yetti artık!"

Kıvanç'a karşı bir kez daha atağa geçeceğini anladığımda, hiç düşünmeden önüne attım kendimi. Önünde olursam, vuramazdı. Sonuçta karnımda yeğenini taşıyordum ve bana zarar vermek, yapacağı en son şey olurdu.

"Çekil aradan Başak!" diye hafifçe sesini yükselttiğinde kararlı bir edayla başımı iki yana salladım. O da bu kararlılığımı görmüş olacaktı ki bir süre sonra gözlerini devirip geri çekildi. Kıvanç'a dönerek "Ne halt yersen ye!" diye bağırdığında, Kıvanç tam bir aptal gibi kıkırdamıştı arkamda. Bu adamın nasıl bu kadar rahat olabildiğini anlamıyordum. Ve içimden bir ses, hiçbir zaman da anlayamayacağımı, bu yüzden boşuna uğraşmamam gerektiğini söylüyordu. Dirseğimi sert olmasını umarak karnına geçirdim. Şu durumda Batın'ın daha çok sinirlenmesi, isteyeceğim en son şey bile olmazdı. Kısa ve heyecanlı bir bekleyişin ardından Batın, kardeşine sert bakışlar atarak dairesine doğru yol aldı ve kapıyı da bakışları kadar sert bir biçimde kapattı. Gördüğüm kadarıyla, sinirlendiği zamanlarda gözü birçok şeyi görmeyen insanlardan biriydi Batın. Derin bir nefes verip tekrar

Kıvanç'a döndüğümde teselli etmek istercesine elimi omzuna koydum. *Ta ki yüzündeki ona has olan sırıtışını görene kadar...*

Ah, resmen uslanmaz bir aptaldı bu adam! Batın'ın ona bu şekilde bağırıp çağırması hiç mi canını sıkmamış, hiç mi üzmemişti onu? Buna benzer sahnelerin aralarında her zaman tekrarladığını düşünecek olursak, etkilenmemiş olması normaldi belki de, kim bilir?

Elimi sanki elektrik akımına uğramışım gibi, omzundan hızla çektim. Madem üzülmemişti, teselliye de ihtiyacı yoktu o halde. Hem ille de teselli arıyorsa, yanından geldiği kızdan bulabilirdi bu teselliyi, bende değil!

Bu sırada merdivenin ilk basamağına oturduğunu gördüm ve gözlerimi kısarak ne yaptığını anlamaya çalıştım. "Ne yapıyorsun orada Kıvanç?" diye sordum, bitmek tükenmek bilmeyen merakıma yenik düşerek.

"Gördüğün gibi oturuyorum Irmak."

'*Hay ben senin Irmak'ına!*' diye bağırmak istesem de, dilimi dişlerimin arasında sıkıştırıp kendime hâkim olmayı başardım.

"Abimin beni eve alacağını mı sanıyorsun? Ölür de, yine almaz o keçi kılıklı!" derken sanki çok komik bir şey söylemiş gibi kahkaha atmıştı. *O sarı kafasını alsam ve duvara sürtüp kıvılcım çıkartsam ne kaybederdim ki acaba?*

Bunu yapamayacağımın bilincinde olduğumdan dişlerimi birbirine bastırarak arkama döndüm. Ne diye yardım etmeye çalışıyordum ki? Hayatımı berbat eden o değil miydi sanki? İçimdeki, haklı olmasına rağmen bastırmak istediğim ne idüğü belirsiz bir ses ise '*Kendi salaklığın yüzünden bu haldesin Başak!*' diye haykırıyordu. Ki haksız da sayılmazdı. Kendi yanlış tercihim yüzünden bu haldeyim. Yani ille de bir günah keçisi arıyorsam, bu tam anlamıyla bendim!

Beynim -*yani buram buram mantık kokan organım*- onu burada bırakıp içeri girmemi söylese de; kalbim -*yani mantıksızlığın dibine vurmuş olan o aciz organım*- ona yardım etmem gerektiğini söylüyordu. İkisiyle büyük bir kavgaya tutuşmuşken, sözcükler bağımsızca çıktı dudaklarımdan.

"Hadi kalk da, bize gel bari."

Bu beklenmedik teklifim üzerine, gülümsemesinin bir anda yüzüne oturduğunu gördüm. Yerden kalkmasına yardımcı olabilmek için de ellerimi uzattım. Benden destek alarak ayağa kalktığında nasıl bu denli ağır olabildiğini düşünmekle meşguldüm. Ayağa kaldırana kadar resmen canım çıkmıştı! Aralık bıraktığım kapıdan içeri girerken, ağırlığını bana vermesi yürümemi daha da zorlaştırıyordu. Tek elinin belimin kıvrımında oluşunu ise, elimden geldiğince düşünmemeye çalışıyordum.

Uzun uğraşım ve kocaman yorgunluğumdan sonra, onu nihayet yatağın üzerine bırakmayı başardım. Nefes nefeseyken, Asude'nin bu yaptığımı öğrendiği takdirde beni kıtır kıtır keseceği düştü aklıma. Korkuyla dudaklarımı ısırdım. Bir an önce bu odadan çıkıp, hiç kullanmadığımız üst kattaki odalardan birine gitmem gerekiyordu. *Tıpkı, sabah erkenden buraya inip Kıvanç'ı şutlamam gerektiği gibi.* Sahiden de başıma büyük bir bela almıştım!

Yanından ayrılmak amacıyla ilk adımımı atmıştım ki, kolumu tutup engel oldu bana. Gözlerimde biriken merak kırıntılarıyla ona döndüğümde, muzipçe sırıtan suratıyla karşıladı beni.

"Korkma, yemem seni. Hadi, yanıma gel!"

Elimde olmaksızın heyecandan titreyen vücuduma en içten lanetlerimi savururken, karşısında kararlı durmaya çalıştım. *Elimden geldiğince...* Yine uygun ortamı bulan mantıklı beynim ve mantıksızlığın dibine vurmuş kalbim savaşmaya başlamıştı bile!

Ama bu sefer, neyse ki beynimin tarafını tutarak iradeli olmayı başardım. "Olmaz."

"Lütfen ama!"

Küçük bir çocuk gibi dudaklarını büzüştürmesi her ne kadar tatlı gözükse de gözüme, bir kez daha "Hayır," dedim kararlılıkla.

Tam bu iradeli hallerim için kendimi tebrik etmeyi planlıyordum ki, kolumdan tutup beni kendine çekmesiyle kendime karşı beslediğim bütün gururumu kursağımda bırakması bir oldu. Dilimin ucuna kadar gelen çığlığımı son anda tutmayı başarsam da, sesimin dehşet içerisinde çıkmasına mâni olamamıştım. "Ne yapıyorsun sen? Kafayı mı yedin?"

"Ne yapmışım?" derken, sanki ne yaptığını bilmiyormuş ya da farkında değilmiş gibi kaşlarını çattı. Umursamazca omuzlarını silkti ve beni zorla kollarının arasına çekerken gülümsemeye kaldığı yerden devam etti. Oluşmasında büyük pay sahibi olduğu bu yakınlığımızdan sebep, traş losyonuyla karışmış parfüm kokusunu aldım. Tam gözlerimi yumup bu güzel kokuyu daha çok içime çekecektim ki, beraberinde alkolün iğrenç kokusunu da aldığımda kusacak gibi oldum. Az önce alkol dışında aldığım o güzel kokuyu içime çekebilmek için her şeyimi verirdim ama işin içine bu berbat koku girdiğinde o kadar da pozitif olamıyordum açıkçası. Hamileliğim, beni daha da hassaslaştırmış olmalıydı.

Başını boynumun girintisine yasladığını hisseder hissetmez, yapabildiğim tek şey nefesimi tutmak oldu. Bana bu kadar yakın oluşu laf dinlemez kalbimi de etkilemiş olacak ki artık her saniyede bir göğüs kafesime çarpan kalp atışlarımı daha bir rahatlıkla duyabiliyordum.

Belirli bir sürenin sonunda, *ben daha kendime gelememişken*, başının tamamını boynumdan çekmese de biraz geri çıkarak yüzüme baktı. Gözlerimizin buluştuğu daha ilk saniye, "Çilek..." diye mırıldandı. Bunun üzerine sanki mümkünü varmış gibi, daha hızlı atmaya başladı kalbim. *Kendisine fazla gelen bir adrenalinle dolup taştığı için.* Heyecanımın her geçen saniye katlanarak arttığını hissederken, gözlerini yumduğunu gördüm. Sonra, tekrar mırıldandı. "Kahretsin ki, çok tanıdık kokuyorsun!"

Heyecandan, dilimin damağıma yapışması saniye şaşmadı. Yutkunabilmek adına elimden geleni ardıma koymazken, düşüncelere dalıp gitmem zor olmadı. Ne yani, beni hatırlamıyordu ama kokumu hatırlıyordu, öyle mi? Tabii, *çok tanıdık kokuyorsun* cümlesiyle kast ettiği kız ben isem! Neticede her gün başka başka kızlar... Ah, her neyse!

Sakince cevaplamaya çalıştım. "Bana özel üretilen bir parfüm değil, sonuçta. Herkesin çilekli parfümü olabilir, değil mi?" Kelimeleri zor olsa da bir araya getirmenin mutluluğuyla hafifçe tebessüm ettim sonra. Kendimden böyle bir performansı beklemediğim açıktı.

"Haklısın." Beni onaylamasıyla gözlerimi tekrar ona çevirdim. "Yine de çok güzel kokuyorsun! Çileği çok severim."

İçimden, *biliyorum* diye geçirsem de, sesli olarak söyleyebildiğim tek şey "Teşekkür ederim," oldu. Bilmenize rağmen susmak, bildiklerinizi yutmak o kadar zordu ki!

Bir an sonra, gözlerimi tekrardan gezintiye çıkardım yüzümde. Gözleri, yine dikkatimi çeken ilk şeydi. Fakat bu sefer orada oyalanma iznini vermedim gözlerime. Bunun yerine, yüzünü karış karış incelemeyi seçtim. *Sanki bu büyüleyici çehresiyle ilk kez karşı karşıya geliyormuşum gibi.* Sarıyla kahve arasında kesin bir karar veremeyip ikisinin ortasında kalmış saçları, gür kirpiklerinin çevrelemiş olduğu hafif çekik mavileri, çarpık gülüşün etkisiyle kıvrılan dudakları, keskin çene hatları, buna tam bir tezat oluştururcasına pürüzsüz görünen yanakları, hafif geniş olan alnı ve çok daha fazlası... Bir kez daha büyüsüne dalıp gittiğimde, sonsuza kadar bu pozisyonda kalabilmeyi istediğimi fark ettim. *Kucağımda yatan dünyalar güzeli bebeğimizi okşarken, diğer yandan da onun dünyalar yakışıklısı babasının gözlerini izler dururdum. Büyük bir sevgiyle bakardım ikisine de. İmkânım olsa, sonsuza kadar...* Bundan daha çok gerçekleşmesini istediğim bir hayal olabilir miydi benim için? Hiç sanmıyordum!

Bu can yakıcı güzellikteki yüzüne öyle fena dalıp gitmiştim ki, gözlerinin dudaklarımın üzerinde gezindiğinin farkına daha yeni varabiliyordum. Gözlerimi kaçırırken, heyecan yüzünden kuruyan dudaklarımı ıslattım.

Tam da bu sırada, "Beni delirtmek istiyorsun sanırım," dedi ve kendi gibi büyüleyici olan kahkahalarından birini salıverdi. Kafası yerinde değildi, evet. Ve bunu anlayabilmek için bu işin ustası olmak gerekmiyordu.

"Öyle bir amacım olduğunu da nereden çıkardın Kıvanç?"

"Dudaklarını izliyorum ve sen onları ıslatıyorsun, öyle mi?"

Beni silkinip kendime getiren soru, tam olarak buydu işte. Ben, aklı ve fikri tutkularından başka hiçbir şeyde olmayan bu adamı gayet saf duygularla izlerken; o, bana bunları söyleyerek gerçek dünyaya iniş yapmamı sağlamıştı. Kıvanç Koçarslan, böyle bir adamdı işte! Ve önüme çıkan her olay, bana bunu kanıtlayıp duruyordu. *Unutmamı engellemek ister gibi...*

Kaşlarım süratle çatılıp, kalbim acıyla sızlarken, "Çabuk kalk yanımdan!" dedim.

"Anlamadım."

Gerçekten de anlamadığını haykırırca çıkıyordu sesi. Sıkıntıyla nefesimi dışarı üfledim ve anlayabilmesi için tane tane açıkladım. "Yanımdan kalk ve şu camın önündeki koltuğa git, Kıvanç!"

"Ne yani?" diye sordu, kaşlarından biri yukarı kalkmıştı. "Birlikte uyumayacak mıyız?"

"Sana bunu düşündüren şeyin ne olduğu hakkında hiçbir fikrim yok!" dedim sertçe. "Ama hayır! Tabii ki de birlikte uyumayacağız. Kalk çabuk! Yoksa korkarım ki, seni yanımdan uzaklaştırmak için yataktan atmak durumunda kalacağım."

Pörtleyen gözleriyle gözlerime bakmaya başladığında, bu şaşkın halinin ne denli tatlı gözüktüğünü düşünmemeye çalıştım. Düşünürsem biliyordum ki, vazgeçerdim. Vazgeçer ve beni kollarının arasına almasının beni dünyanın en mutlu insanı yaptığını söyler hatta daha da ileri gidip gururumu ayaklarımın altında ezerek beni bırakmaması için ona yalvarırdım. Bunların olmasını istemediğimden bir kez daha silkindim ve ruhsuz çıkan sesimle, "Git!" dedim.

Nihayet dileğimi -*aslında sahici olmayan dileğimi*- gerçekleştirdiğinde, kesinlikle mutlu falan değildim. O karşı konulamaz çekiminden uzaklaştığım için rahatlamıştım, evet. Ama mutluluğun kıyısından dâhi geçmiyordum! Yanımdan uzaklaşması, saçma bir şekilde, bu dünyada sanki bir başıma kalmışım gibi berbat bir hissin içinde boğulmama yol açmıştı.

Yalpalayan adımlarıyla koltuğa gitmeyi başardığında ise rahatlayarak derin bir nefes vermiş ve ışığı kapadıktan hemen sonra da onu daha fazla görüp de canım yanmasın diye, ona sırtımı dönmüştüm. Artık Kıvanç'la değil, duvarla göz gözeydim. *Aman ne güzeldi!*

Uyumak için âdeta debelenmeye başladım sonra. Bir kez daha. Koyunları saymaya ikinci turdan devam ederken ve elli altıncı koyunu çitten atlatması için ikna etmeye çabalarken, Kıvanç'ın sesini duymam, zaten veremediğim dikkatimi tamamen altüst etti.

"Bu geceyi sayende hiçbir kıza dokunamayarak kapamışken, bir de beni koltukta uyumak zorunda bıraktığına gerçekten inanamıyorum!"

İlk iş olarak kaşlarım çatıldı. Söylediklerine bir anlam veremesem de *sayemde hiçbir kıza dokunmaması* kısmının ilgimi çekmediğini söylersem yalan söylemiş olurdum. Ne yapmıştım, sahiden bilmiyordum. Ama her ne yapmışsam iyi ki de yapmıştım!

Garip ve kesinlikle anlamlandıramadığım bir heyecanla tekrar ona döndüğümde sordum. "Neden? Ben ne yaptım ki?"

"Şu giydiğin elbise sayesinde açıkta kalan bacakların var ya, aklım onlarda kaldı bütün gece. Resmen hiçbir kız çekemedi dikkatimi!"

Söylediği bu sözler üzerine, hem koca bir öfke doldurdu içimi hem de hemen peşinden geliveren koca bir mutluluk... *Bacaklarım gözüne girsin*, diye bağırmak içimden gelen şeylerin başını çekse de, *sayemde bu gece hiçbir kızın dikkatini çekmeyişi* ise beni bir şekilde sakinleştirmiş, üstüne de uzun bir süre için gülümsetmeyi başarmıştı...

Uykumun sonuna geldiğimde, gözlerimi büyük bir itaat örneği sergileyerek zerre kadar mızmızlanmaksızın açtım. Yattığım yerde gerinirken, bir elim her sabah olduğu gibi karnımın üzerindeki yerini buldu. Kızıma, babası hemen yanı başımızdaki koltukta yattığı için sessiz bir "Günaydın" demek ile yetinmek zorunda kaldım. Sıradan bir sabah olsaydı şayet, kızımla uzun uzun konuşurdum. Ama Kıvanç'ın yalnızca birkaç santim ilerimizde olduğunu hesaba kattığımızda, bu sabahın oldukça olağanüstü bir sabah olduğu anlaşılıyordu.

Ve onun gözleri yumulu bu hali, istemsizce o malum sabaha götürdü beni. Masumiyetimi saatler öncesinde yitirip, uyandığımda yanımda onu bulduğum o sabaha... *O sabah da ilk uyanan ben olmuştum. Her şeye rağmen, tıpkı şimdiki gibi onu hayranlıkla izleyen, onu izlerken gülümsememe engel olamayan ve sonrasında da yüzüme dâhi bakmadığında, bulutların yukarısına kurduğum tahtımdan süratle aşağı düşmüşçesine yitik hale gelen...* Bunlar beni tanımlıyordu işte.

Beni yine hayal kırıklığına uğratacağını adım kadar iyi bilmeme rağmen, ona bakmaktan ve onu doyasıya izlemekten alıkoyamıyordum kendimi. Neden böyle oluyordu, neden engel olamıyordum kendime, bir fikrim yoktu. Tek bildiğim, onu karşımda gördüğüm daha ilk saniyede, geri dönüşü olmayan bir biçimde sevmeye başladığımdı.

Yerimden kalkıp yanına giderken, dün gece uyumadan hemen önce söyledikleri düştü aklıma. *Beni mutlu eden o sözleri...* Ama muhtemelen sarhoş olduğundandı ve şimdi asla öyle mutlu etmeyecekti beni. Omzuna dokunmakta tereddüt etsem de, bunu gerçekleştirmekten de geri durmadım. Uyanması ve bir an evvel gitmesi gerekiyordu buradan. *Mümkünse, Asude kendisini görmeden!*

"Kıvanç, uyan!"

Uzun uğraşlarımın sonucunda uyandırmayı başarabildiğimde, kendisine gelmesi epey uzun sürmüştü. Ağrıdan çatladığını söylediği başını tutarken, yüzünde sahiden de acı çeken bir ifade hâkimdi. Ve ilerleyen saniyelerde, etrafına ve bana kısık gözleri eşliğinde baka baka nihayet nerede olduğunu kavramayı başarmıştı. Bense, hiç vakit kaybetmeden ve mümkün olduğunca da olağan bir sesle konuşmuştum onunla. "Buradan bir an önce gitmen gerekiyor Kıvanç. Ne kadar hızlı davranırsan o kadar mutlu olurum."

Bu sözlerimle, o günü anımsadım ister istemez. Bilinçaltıma yerleştiği için mi söylemiştim acaba bunları? *"Akşam döndüğümde seni burada görmezsem sevinirim."* Tam olarak böyle söylemişti, değil mi? Böyle söyleyerek kalbimi paramparça etmiş ve kırıkları toplamayı bir kenara bırakın, kırıkların farkına dâhi varmadan çekip gitmişti o sabah...

"Dıştan bakıldığında misafirperver gibi duruyordun oysaki! Ne kadar da fenaymışsın Başak!"

Şaşkınlıkla baktım.

"Adımı nihayet doğru söyleyebildiğin için nasıl teşekkür edeceğimi bilemiyorum bak şimdi!"

Bu tepkim üzerine uzun ve neşe dolu bir kahkaha patlattı. Bu kahkahası içimde bir yere dokunurken, belli belirsiz gülümsedim. Hemen ardından olanca ciddiyetiyle konuşmaya başladığında, sözlerine kulak kesildim. "Karşılığında güzel bir kahvaltı alırsam ödeşebiliriz bence."

Düşünürcesine duraksadım. Kısa bir süre için. Ve sonrasında ona bir kez daha *hayır* deme gücünü kendimde bulamayarak, "Birazdan gelirsin o zaman," dedim. İçimden, aldığım bu karar yüzünden Asude'nin beni öldürmemesi için dualarımı da çoktan sıralamaya başlamıştım. Sonra yavaşça doğruldum ve kapıya doğru hareketlenmek adına arkamı döndüm. Kıvanç'ın bileğime dolanan parmakları bana gidiş iznini bahşetmediğinde ise, derin bir nefesi ciğerlerimi depo ederek döndüm. "Bir şey mi var?"

"Sadece..." dedi ve duraksadı. Kısmış olduğu gözlerinin eşliğinde bakıyordu gözlerime. "Benim bu kanepede uyumamda senin bir parmağın var mı, diye soracaktım."

Dudaklarındaki gizli tebessümü fark ettiğimden, elimde olmaksızın ben de gülümsedim. "Tabii ki benim parmağım var! Yanımda uyumana izin vermeyen bendim."

"Demek öyle! O halde daha dikkatli bakmalıyım sana..."

"Anlamadım," dedim, ki gerçekten de anlayamamıştım. Neyi kast ediyordu?

"*Daha dikkatli bakmalıyım sana,* dedim. Çünkü yirmi yıllık ömrümde beni reddedebilen tek kız olma başarısını gösterdin! Gerçekten tebrik ederim."

İçimden içli içli, "*Seni pek de reddetmiş sayılmam be Kıvanç! Eğer reddetmiş olsaydım karnımda bebeğini taşıyor olmazdım...*" diye geçirsem de, dıştan sahte bir gülümseme takınmakla yetindim. Çünkü bu denli öz güveni yüksek oluşu, *hatta öz güvenden ziyade egosunun bu denli tavan yapmış oluşu* karşısında gerçekten ne diyeceğimi bilemiyordum. Bu durumda, yorumsuz kalmak en iyisiydi belki. Fakat bu gibi durumlarda kendimi tutma konusunda pek başarılı bir insan değildim ne yazık ki...

"Tebrik edilecek bir şey yok. Yanımda yatmana izin vermediğim için kesinlikle pişman değilim. Yine olsa yine izin vermezdim... Kendine büyük bir güven duyuyorsun hatta ileri gidip ukalalık bile yapıyorsun. Fakat iş karşındakine bu güveni vermeye gelince, kesinlikle aciz görünüyorsun. Daha ilk günden çok iyi tanıdım seni! Sen, adım kadar eminim ki, güvenilmez bir adamın tekisin!"

İçimdekileri kısmen de olsa yüzüne vurabildiğim için, fazlasıyla mutlu ve huzurlu hissettim kendimi. Ve karşılık vermemesi adına terk edebildiğim kadar süratle terk ettim odamı. Adımlarım beni mutfağa doğru götürürken, kalbim resmen boğazımda atmaya başlamıştı. Ah, neler söylemiştim öyle! Tabii ki pişman değildim. Ama sözlerimi bitirdiğim anda yüzünde oluşan o şaşkın ifade, adım kadar emindim ki, günlerce bırakmayacaktı peşimi. Bozuk bir plak gibi dönüp duracaktı zihnimde. Öfkem geçtiğinde de, her bir kelimem için üzülecektim kesin. *Belki de onu kırdığım için...*

Mutfağa girdiğimde, dudaklarıma sahte bir tebessüm kondurmayı unutmamıştım. Zira Asude, ruh halime pek bir dikkat ediyordu. Hazırladığı masa görüş alanıma girdiğinde, her sabah olduğu gibi bu sabah da döktürdüğüne kanaat getirdim. Benden söylemesi, bu kızı alan yaşayacaktı! Ama Asude'yi elimden almak kesinlikle kolay olmayacaktı. Onu isteyen bütün erkekleri tek tek gözlemden geçirip müthiş seçici davranacaktım. *Sırf evlenmesin de, ömrünün sonuna kadar benimle kalsın diye...*

Tek eksiğin, kuş sütü olduğu masamıza otururken "Günaydın," dedim.

Asude gülümseyerek bana döndü. "Günaydın güzellik!" Acaba Kıvanç'ı burada gördüğünde de böyle neşeli olabilecek miydi? Korkuyla dudaklarımı ısırırken, başımı önüme eğdim. İmkânım olsa, bir kaplumbağa misali kabuğuma dâhi çekilirdim!

"Sofraya bak be! Kim hazırladı bunları?"

Kıvanç'ın şen şakrak çıkan sesi mutfağı doldurduğunda dişlerimin arasında olan dudağımı daha sert ısırdım. Acımıştı ama umursadığım söylenemezdi.

Asude'nin delici bakışları anında üzerimde gezinmeye başlarken, mümkün olduğu kadar ona bakmamaya çalışıyordum. Bunun yerine Kıvanç'a dönerek ve az önceki konuşmamızı tamamen es geçmeye çalışarak, neşeyle konuştum. "Asude yaptı hepsini. Arkadaşım diye demiyorum ama harika yemekler yapar," diyerek Asude'ye yağ çekmeyi de ihmal etmedim. Belki bu, biraz da olsa sinirlerini yatıştırırdı, ha?

Asude de yanımıza gelip oturacakken kapı çalmıştı. Ayakta olduğu için kapıyı açma görevi de ona kalmıştı, böylelikle. Geçen birkaç saniyenin ardından Batın'ın içeri girmesiyle, "Hoş geldin!" diyerek selamladım onu.

Batın'dan "Hoş buldum," karşılığını aldığımda ise peynir dilimimi kemirmeye son sürat devam ediyordum. Farklı bir kahvaltı olacağı kesindi. Asude'nin sinirden gerilen suratı da, bunun kanıtı niteliğindeydi. Sabah sabah bu iki kardeş yüzünden sinirleri altüst olduğu için bütün gün aksi davranacaktı kesin. Ve bunu düşünmek bile yeterince canımı sıkıyordu.

Ben kara kara bunları düşünürken, Asude tam da tahmin ettiğim gibi keyifsiz bir sesle, "Size afiyet olsun," diyerek kendi tabağını tezgâhın üzerine bıraktı.

Batın arkasından "Okula mı?" diye seslendiğinde, dişlerinin arasından "Evet!" cevabı çıkmıştı.

Aralarında bundan önceki günlerde ne yaşanmıştı, bilmiyordum. Ama bu sevimsiz soğukluk canımı fena halde canımı sıkıyordu. Konuşmaya devam ettiklerini fark ettiğimde, düşüncelerimin önünü keserek onlara dikkat kesildim.

"Ben bırakayım seni."

"Yürümeyi seviyorum ben! Gerek yok."

"Arabam yok zaten, Asude. Beraber yürüyebiliriz."

"Seninle yürümektense yalnız yürümeyi tercih ederim!"

Aralarında geçen bu komik diyaloğu dudaklarımı ısırarak takip ettim. Kıvanç'ın da benden aşağı kalır yanı yoktu.

Batın söylene söylene yerinden kalkarken koşar adımlarla Asude'nin peşinden gitmişti. Belli ki, her ne yaşanmışsa kendi adına bir şeyleri düzeltmek istiyordu. Ama bunu başarabilmesi için sabırlı olmaya ihtiyacı vardı. Çünkü Asude, kendisine yapılan bir yanlışı kolay kolay affeden bir insan değildi.

İkisinin de çıkıp gitmesi sonucu, Kıvanç'la baş başa kalmıştık. *Aman ne güzel!*

Tabağımdaki zeytinlerle oyalanmaya çalışıyordum. Amacım vakit kazanabilmekti. Konuşmaya başlayacaktık elbet, ama bunu olabildiğince geciktirmeye çalışıyordum.

"Kuşlar bugün okulu asacağının bilgisini uçurdular bana."

Gülümsememi bastırarak cevap verdim. "Yanlış bilgi uçurmuşlar. Bugün kendimi gayet iyi hissediyorum ve okula gitmek için fazlasıyla heveslıyim!"

Kaşlarını çatarak *emin misin* dercesine baktı. Şımarık bir kız çocuğu gibi alt dudağımı sarkıtıp, ağır hareketlerle başımı aşağı yukarı salladım.

Düşünürcesine çenesini kaşıdıktan sonra muzip ifadesi eşliğinde suratıma baktı. "Peki, kaçta alabilirim seni okuldan?"

Bu -*tatlı*- ısrarına ve *anlayabildiğim kadarıyla flörtleşme çabasına* karşı daha fazla direnemeyeceğimi anladığımda, pes ettim. "Seçmeli dersime girmesem de olur sanırım. Yani bugün iki dersim var o zaman. Tahminen bir gibi çıkmış olurum."

"Tamam, o zaman. Kalk hazırlan da, bırakayım seni," dediğinde başımı sallayıp ayaklandım.

Mutfaktan çıkarken, konu o olduğunda bir kez daha iradesiz davrandığım için yüzümü buruşturmadan edemedim. Neden dün geceki gibi kararlı duramamıştım ki karşısında? İtiraf etmeye pek yanaşmasam da, yaptığı bu tatlı ısrarlar sonucu içimde *bize dair* bir umut yeşerdiği için falan mı yoksa? Ah...

Giyeceğim kıyafetleri özenle ama bir o kadar da hızlı bir şekilde seçmeye çalışırken, yüzümde engel olamadığım gülümsemelerimden biri vardı yine. Evet. Bir türlü engel olamıyordum onlara! Umut etmek güzeldi, iyiydi ve istemsizce mutlu ediyordu... Ve bu umudumun boşa çıkmaması adına dua etmekten başka, elimden bir şey gelmiyordu.

Ansızın durup elimi karnımın üzerine yerleştirdim. Karnımı narin hareketlerle okşamaya başladığımda, "Sen de babayı sevdin mi kızım?" diye sordum. Tabii, otuz iki diş sırıttığımı da es geçmemek gerek...

Kızımdan aldığım cevap ise... Okkalı bir tekme olmuştu sanki!

Ah!

10. Bölüm

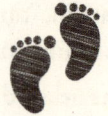

Belki Bir Dahaki Sefere?

"Evet, anne. Asude de iyi," diye konuşmaya devam ederken, Sarp'ın görüş alanıma girmesiyle gülümsedim. Annemle yaklaşık yarım saattir konuşuyorduk. Normalde olsa asla bu kadar uzatmazdım. Ama gerçekleri öğrendiklerinde beni evlatlıktan reddedeceklerini bildiğimden, kızları olmaya devam edeceğim bu son günlerimin tadını çıkarmak, seslerini olabildiğince çok duymak istiyordum...

Annem, her zamanki sevecen sesiyle "Selamımı söyle," dediğinde, düşüncelerimin arasında bitap düşmüş de olsam, sanki beni görecekmiş gibi başımı salladım. "Olur, anneciğim. Söylerim."

"Tamam, güzel kızım. Kendinize iyi bakın. İkinizi de çok öpüyorum." Gözlerimi yumdum ve sonra, öpücüklerini yanaklarımda hissetmiş gibi huzurla gülümsedim. Bundan belki aylar sonra değil öpücüklerine, sesini duymaya dâhi hasret kalacaktım.

Bu gerçeğin zihnimden geçmesi sonucu, kalbimde çok ince bir sızı hissettim ve sonrasında, sesimin titremesine mâni olamadım. "Tamam anne. Ben de sizi öpüyorum. Babama selam söyle."

Ardından titreyen parmaklarımla güç bela görüşmeyi sonlandırdım ve elimden geldiğince gülümseyerek Sarp'a döndüm. Tekrar karşıma çıktığı günden beri, yalnızca dün görüşememiştik. Fakat itiraf etmem gerekirse, bu bir günlük yokluğu bile kötü etkilemişti beni. Bana ve özellikle de kızıma olan ilgisi, burnumda tütmüştü, yalan değil.

Hiç beklemediğim bir anda beni kollarının arasına çekip sıkı sıkı sarılması sonucu afalladım. Ardından kendimi toparlayabildiğim kadar toparlayıp bu sıcak kucaklayışına karşılık verdim. Fakat onun kadar içten olamadığımı bildiğimden, dudaklarımın sıkıntıyla büzüşmesi gecikmedi. Beni böylesine masum seviyor oluşu, garip hissettiriyordu. *Gerçek olamayacak kadar garip ve bir o kadar da güzel...*

Sarp'ın değil de, Kıvanç'ın mı beni böyle sevmesini isterdim acaba?

Zihnimden geçen soru, kendi kendime kızmama neden oldu. Başımı iki yana sallayıp kendi düşüncelerimden kurtulmaya çalıştım. Ve bir insan, kendi kendinden ne kadar kurtulabilirse, ben de ancak o kadar kurtulabildim... Ah! Neden aklımın bir köşesinde her zaman Kıvanç olmak zorundaydı ki? Neden kazığı çakmış gibi, bir türlü çıkıp gitmiyordu oradan?

Sarp neşeli bir tonlamayla "Sizi çok özledim!" dediğinde, anca kendime gelebildim. Bu sırada elini karnımın üzerine yerleştirdi ve sevimli bir biçimde gülümserken konuştu. "Ama en çok seni özledim, minik Başak."

Elimi, elinin üzerine yerleştirip, içtenlikle verdim karşılığını. "Kızım da seni özledi, Sarp. Nasıl yolunu gözledi bir bilsen!"

"Kız olduğunu öğrenmeden, ona kızım diye seslenmen doğru değil. Ya erkekse ve ona kızım dediğini hissederek sana darılıyorsa?"

Bu uyarısı üzerine, kaşlarım istemsizce çatıldı. "Beni duyabilmesi mümkün mü sence?"

"Bence mümkün," cevabını verirken arkasına yaslandı. Kendinden emince söylediği bu şey düşünme pozisyonuna girmeme neden olurken, o da gülümseyerek izliyordu beni. Haklı olabilirdi. Ama yine de *kızım* demek istiyordum!

Sarp'a buram buram inat kokan bu fikrimi söylemeyi planlıyordum ki, içten gülümsemesinin solduğunu fark ettim ve merakla bakmaya başladım. Gözlerini kısmış bir biçimde arkama bakıyordu. Süratle arkamı döndüğümde, Batın'ın otuz iki diş sırıtan çehresiyle karşılaştım. *Böylelikle Sarp'ın yüzündeki o sert ifadenin nedeni de gün yüzüne çıkmış oluyordu...*

Batın, elinde kahvesiyle yanımıza otururken, etrafıma bakındım. Asude'yi göremeyince de tekrar ona dönerek sorgulayıcı bakışlarla bakmaya başladım. Evden birlikte çıkmışlardı ve o zamandan beri görmemiştim arkadaşımı. Birazdan kalkıp gideceğimi de hesaba katarsak, şimdi onu görmem gerekiyordu. İçim rahat etmezdi yoksa.

Batın'ın kolunu cimcikleyerek, bana dönmesini sağladım. "Asu nerede? Ne yaptın arkadaşıma?"

Bu hareketime karşılık kızarttığımı tahmin ettiğim kısmı ovalamaya başladı. Hemen ardından omuz silkip yanıtladı. "Ne yapacağım be? Daha doğrusu ne yapılabilir ki ona? Yılanı bile kendine dokundurtmayacak kadar ürkütücü bir arkadaşın var. Tam bir süpürgesiz cadı!"

Batın'a çaktırmadan gülümsedim. Asude'nin Batın'ı nasıl deli ettiğini tahmin bile edemiyordum. Ama her şeye rağmen sonuna kadar arkasındaydım da.

Masanın üzerindeki bir karış kalınlığındaki kitabımı kolumun altına sıkıştırmayı başardıktan hemen sonra ayağa kalktım. Sarp'ın sorgulayıcı bakışlarıyla karşılaştığımda ise, "Başka dersim yok," diye açıklamada bulundum fakat detaya girmedim. Çünkü Kıvanç'la buluşacaktık ve bunun, onu üzmesini kesinlikle istemiyordum.

Beni, başını sallayarak onayladı. Son bir kez daha gülümseyip yanlarından ayrılacakken, Batın'ın bir anda söyleyiverdikleri az önceki bütün iyi niyetimi yerle bir etmişti. "Kıvanç seni okulun önünden alacakmış Başak. Haberin olsun!"

Bunu bilerek yaptığına dair bahse bile girerdim. *Sırf Sarp duysun, Kıvanç'la buluşacağımı öğrenip üzülsün diye...* Yoğun bir hüzünle düşerken omuzlarım, Sarp'ın şaşkın fakat bir o kadar da hayal kırıklığına uğradığını haykıran gözlerine daha fazla bakamayacağımın ayrımına vararak hızlı adımlarla yanlarından ayrıldım. Kaçarcasına bir süratle kendimi fakültenin dışına attığımda, nefes nefeseydim. Fakat yine de, şimdi daha rahat olduğum su götürmez bir gerçekti. *Temiz hava, her zaman her şeye iyi geliyordu. Âdeta bir ilaçtı...*

Sarp'ın o anki bakışlarını zihnimden uzaklaştırabildiğim kadar uzaklaştırmaya çalışırken, adımlarımı okulun çıkışına doğru atmaya başladım. Kıvanç'ın gelmesini beklerken, okulun hemen yanındaki kafede oturup, benim ve dolayısıyla da kızımın içini ısıtacak bir çay içebilirdim.

Beşinci çay bardağımı bitirdiğimde, ne gelen vardı ne de giden...

Bir bardak çay içme niyetiyle girmiş olduğum bu kafede, beşinci çay bardağımı bitirmiş ve hemen hemen bir saatimi doldurmuştum. Kıvanç tarafından ekildiğimi her ne kadar kabullenmek istemesem de, atalarımızın da dediği gibi *görünen köy kılavuz istemezdi*, değil mi?

Evet. O köy görünüyordu görünmesine -*hem de net bir biçimde görünüyordu*- fakat ben, ısrarla o lanet kılavuzu istiyordum. Daha sade bir deyişle, kabullenmek istemiyordum işte!

Çok uzun bir zamandır soğuğun iliklerime kadar işlediğini hissediyor ama hislerimi reddetmek adına da elimden geleni ardıma koymuyordum. Ne diye kafenin dış kısmındaki bir masayı seçmiştim, bilmiyordum... *Muhtemelen, Kıvanç geldiğinde birbirimizi kolay bulabilelim diye.* Ama az önce de belirttiğim gibi, ne gelen vardı ne giden. Bundan çok daha kötüsü, gelmeyenden ufacık bir haber dâhi olmayışıydı! İnsan gelemese bile haber vermez miydi bir şekilde?

Şu bir saatlik süreç içerisinde aldığım ders, Kıvanç'a bir daha asla güvenmemem gerektiği olmuştu. Aldığım bu derse ne kadar sadık kalacağımsa ne yazık ki meçhuldü. Çünkü söz konusu o olduğunda, ben, ben olmaktan çıkıyordum sanki... Nefesimi bezgince dışarı üflerken yerimden yavaşça kalktım. İçeri girip hesabı ödedikten hemen sonra da ruhsuz adımlarım eşliğinde kafeyi terk ettim. Kaplumbağaları kıskandıracak kadar yavaş yürüsem de, neyse ki çok geçmeden fakülteye yakın olan otobüs durağına vardım ve arkamdaki reklam panosuna sırtımı yaslayıp bineceğim otobüsü beklemeye koyuldum. Eve gidecek olsaydım, yürürdüm. Çünkü evimiz okula gerçekten de yakındı. Ama kafamı dağıtmaya ihtiyacım vardı. Ve alışveriş yapmanın bunun için birebir olduğunu düşünüyordum. Kendim için değilse bile, miniğim için birkaç şey alabilirdim belki.

Kıvanç'ın gür çıkan sesi kulağımda yankılanmaya başladığında, kendi kendime kızdım. Artık hiç olmadık yerlerde sesini de mi duyduğumu sanmaya başlamıştım? Kara sevdaya tutulup da kafayı sıyırmak dedikleri, bu olsa gerekti.

"Ah, bir dakika hanımefendi! Sizi bir yerden tanıyorum sanki!"

Sarı bir kafa, bir çift mavi, muzipçe sırıtan bir surat ve ukala bakışlar... Hepsi bir bütün oluşturucasına bana doğru yaklaşırken, hayal olup olmadığını anlamak için gözlerimi defalarca kez kırpıştırdım. Kıvanç olduğunu düşündüğüm adam arabasından indi ve saniyeler sonra karşımda dikildi. Boyu benden fazlasıyla uzun olduğu için başımı kaldırmak zorunda kalıyordum ama şu anki sorunumuz tabii ki de bu değildi.

"Ben sizi tanımıyorum ama!"

Kollarımı göğsümde birleştirdim. Sinirden kendiliğinden çatılan kaşlarımı, sanki mümkünmüş gibi biraz daha çattım. Başımı başka bir tarafa çevirerek, gözlerimi bir noktaya sabitledim. Bu yaptıklarım kızgınlığımı anlatmam için yeterli şeylerdi, değil mi?

"Özür dilerim. Seni biraz beklettim sanırım."

Elini çenemin altına koyduğunda, ürperdiğimi hissettim. Az önce içime işleyen soğuk da neydi bunun yanında? Asıl soğuğu şimdi yaşıyordum ben! Gözlerimi sıkıca yumup, üzerimde uyguladığı bu etkiden sıyrılmaya çalıştım. *Ama nafileydi!*

Çenemin altına koyduğu elini yukarı doğru kaldırarak, göz göze gelmemizi sağladı. Gözlerine bakmak dâhi beni bir mum misali eritmeye yeterken, yutkunmaya çalıştım. *Sanki mümkünmüş gibi.*

Görünen o ki, şimdiye kadar hiçbir erkeğe yüz vermeyip, gördüğü hiçbir erkeği bu derece etkileyici bulmayan ben, şimdi bunun günahını çekiyordum. Özellikle de Sarp'a yüz vermeyişimin cezası olsa gerekti bu.

Büyük bir suç ve o suçtan daha da büyük olan bir ceza.

"Biraz mı beklettin?" derken alayla gülümsedim.

"Tamam, haklısın. Çok beklettim seni. Ama buluşmamız için ayarlamam gereken şeyler vardı," dediğinde tek kaşımı havaya kaldırdım, *ne gibi şeyler* dercesine. O ise bu bakışıma aldırış etmeyip, ellerimi avuçlarının arasına hapsetti. Ne yapmaya çalıştığını bilmiyordum ama bu yaptığı hiç de iyi hissettirmiyordu doğrusu.

Dehşet içinde, "Donmuşsun!" diyerek sıcacık nefesini ellerime üflemeye başladığında, daha çok buz kesti içim. Ama farkına bile varmadı. Hafifçe gözlerini kısmış bir biçimde işine o denli yoğunlaşmıştı ki, hiçbir şeyin farkına varamayacağı ortadaydı.

Sonra, aklına aniden gelmiş gibi, aceleyle konuştu. "Arabaya binelim. Daha da üşüyeceksin yoksa." Ve sonra, bana fikrimi, kendisiyle gelmeyi isteyip istemediğimi dâhi sormadan beni son model spor arabasının yanına sürükledi.

Gerçi fikrimi sorsaydı da sonuç değişir miydi? Emin değildim...

Dışarıda yemek yemeyi seven insanlardan olmuştum hep. Hele ki, ailecek, İzmir'in huzur verici mavisine karşı yemek yediğimiz bir restoran vardı ki, ne denli güzel olduğunu anlatmam mümkün değildi.

Şimdi de Kıvanç'la böyle bir yerdeydik işte. Ara ara hemen yan tarafımızdaki Boğaz'ın eşsiz manzarasına dalıp gidiyordum. İzmir'de gittiğimiz restoran çok daha lüks bir yerdi. Siyah deri koltukları, siyah ahşap masaları ve mürdüm tonlarında yere kadar uzanan perdeleri gözümü kamaştıran başlıca şeylerdi.

İzmir'de gittiğimiz yere göre bir artısı daha vardı buranın. Boğaz'ın huzurlu mavisinin yanında, bir de Kıvanç'ın hırçın mavilerini izleyebiliyordum. Doya doya izleyebildiğimi pek söyleyemezdim ama *buna da şükür* demekten başka ne gelirdi ki elimden?

"Beğendin mi?"

Sorusu üzerine gözlerimi, gözlerinin sonsuz maviliğinden çekmeyi güç de olsa başardım. Başımı aşağı yukarı sallarken, hayranlık akan sesimle "Evet, çok güzel," demeyi de ihmal etmedim. Tabağımdaki balığın adını bile bilmiyordum. Sadece Kıvanç'ın tavsiyesi olduğu için yemiştim ve tahmin ettiğimden çok daha memnun kalmıştım.

"Beğeneceğini söylemiştim," diyerek gülümsediğinde, Batın'ınkiler kadar geniş olmasalar da, bana göre onunkilerden çok daha büyüleyici olan gamzelerini gözüme sokmuştu. *Ah, seni aptal şey! Gözlerine bakınca bile heyecandan burkulan midem, o gamzelerini görünce ne yapmazdı ki?*

Başımı kaçarcasına bir hızla tabağıma çevirdiğimde, çaktırmadan derin nefesler almaya da çalıştım. Bu kadar heyecanlı olmamın bir nedeni de, bu koskoca restoranda sadece ikimizin oluşu olabilirdi. Kıvanç'ın beni bekletişinin sebebinin de bu olduğunu öğrenmiştim zaten. Ayarlaması gereken şeyler, burasıyla alakaymış ve bu yüzden uzun sürmüş.

Böylesine lüks bir yeri, bizim için kapatmış olması ise beni aptal aptal gülümsetmeye yetiyordu. Bunun için ödediği miktarı ise mümkün olduğunca aklıma getirmemeye çalışıyordum. Ama mutlu olmamı sağlamak için böylesine büyük şeylere yeltenmesine gerek yoktu ki! Onun o ufacık bir gülüşü dâhi beni dünyanın en mutlu insanı yapmaya yeter de, artardı. Zaten sırf bu gülüşü daha çok görebilmek adına, gidip durmamış mıydım o bara? *Tam yedi gün boyunca!*

Çatalımı tabağımın kenarına bırakıp, beyaz kumaş peçeteyle dudaklarımı sildim. Sonrasında arkama yaslandım ve derince bir iç geçirip onu izlemeye başladım. Sanki bunu yapmamı beklermiş gibi o anda kafasını kaldırmış ve bana sorgularcasına bakmıştı. "Bitirmedin ama."

"Doydum çünkü. Çok güzeldi ama daha fazla yersem midemin kaldırabileceğini pek sanmıyorum."

Açıklamam karşısında gülümsedi. Aynı sıcak gülümsemeyle karşılık verdim. Ardından ellerimi çenemin altına koyup, kolumu da masaya dayadım. "Bir şey sormak istiyorum, Kıvanç."

"Seni dinliyorum."

"Neden getirdin beni buraya? Böylesine büyük bir şey yapmana gerek yoktu ki! Üstelik daha yeni tanıştık," dediğimde alay edercesine gülümsedi. *Sora sora bunu mu sordun,* dercesine.

"Sen benim için büyük bir şey yaptın ama."

"Ne yapmışım?"

Gülümsemesi yüzünü aydınlatırken açıkladı. "Dün gece gaddar abimin yumruklarından kurtardın ya beni. Daha ne yapacaktın? Ah tabii bir de yanında yatmama izin verseydin on numara beş yıldız olacaktı ama neyse."

Bu cevabı beni istemsizce gülümsetirken, bir yandan da şaşırtmıştı. Bir insan, sadece bunun için böylesine lüks bir restoranı kapattırır mıydı? Ultra zengin olan insanlar böylelerdi demek ki. Ve bu, beni ister istemez rahatsız ediyordu. Böyle lüks şeylere gerek yoktu. Mutlu olmak için illa ki para mı dökmek gerekiyordu? Bu kanıdan ciddi anlamda nefret ediyordum.

Tabağına geri döndüğünü fark ettiğim anda onu kaygısızca izlemeye başlamıştım ki, yanımıza gelen garson kız bütün hevesimi kursağımda bırakmıştı. Ayrıca, geldiğimizden beri Kıvanç'ı kesip durduğunu fark etmediğimi falan mı zannediyordu? Evet, belki saftım ama o kadar da değil!

"İstediğiniz başka bir şey var mı, Kıvanç Bey?" Atkuyruğu halindeki siyah uzun saçlarını parmağına dolayarak cilve yapıyordu aklı sıra. Bu kadar ucuz davranmasına ne gerek vardı?

Kıvanç'ın cevabı netti. "Hayır, şimdilik yok."

Kızın yüzü asılırken, benim yüzümdeki mutluluk kırıntıları ise genişleyip yere damlayacak kadar fazlalaşmıştı.

"Emin misiniz?" Daha fazla yüzsüzlük yapmayıp çekip gideceğini umarken, bunun aksini yapmış ve ucuzluğunu bir kez daha gözler önüne sermişti. Yüzünü, Kıvanç'ın yüzüne yaklaştırarak sormuştu, bu kinaye kokan sorusunu. Öyle ki, burunları birbirine değiyordu neredeyse!

Heyecan ve biraz da korku içinde Kıvanç'ın vereceği tepkiyi bekliyordum. Ama beklediğim tepki, suratında oluşan çarpık gülümseme değildi kesinlikle! Kızı terslemesini hatta başımızdan kovmasını beklemiştim umutla. Ama Kıvanç yine Kıvançlığını göstererek, beni hayal kırıklığımla, kendisini de bu yılışık kızla baş başa bırakmıştı. Kızın telefon numarasını aldığını gördüğümde ise, hatlar benim için çoktan kopmuştu. Gözlerimde biriken yaşları gerilere itmek için tavandaki ihtişamlı avizelere diktim gözlerimi. Fakat bu çabam herhangi bir sonuç vermeyince, başımı, yanımdaki boylu boyunca uzanan camın gerisine diktim. Boğaz Köprüsü'ndeki hiç şaşırtmayıcı trafiği, köprünün hemen altında hırçınlaşan dalgaları ve denizin üzerinde nazlı nazlı salınan birkaç gemiyi cam kırıklarını andıran gözlerimle izledim bir süre.

Kalbim, Boğaz'daki trafik kadar sıkışmış bir vaziyetteydi. Ve ben de, denizin hırçınlaşan dalgaları gibi bir o yana, bir bu yana savrulup duruyordum. Gelgitler yaşıyordum kısacası. Ve uzun bir süre daha bu gelgitleri yaşamaya devam edeceğimi iyi biliyordum.

Bundan yalnızca birkaç dakika öncesine kadar Kıvanç'a, uygun bir zaman yakalar yakalamaz bebeğimin babasının o olduğunu söyleme kararını aklımda tartmıştım mesela. Terazinin ağır gelen kefesi söylememden yana olmuşken, şimdiyse durumlar çok başkaydı. Şu davranışından sonra bunu yapmayı istediğimden emin değildim. Uzun lafın kısası, en başa dönmüş ve bu fikri, saniyesinde atmıştım zihnimin derinliklerinden. Kıvanç Koçarslan bu dünyada, baba olmayı ve aynı zamanda sevgime de sahip olmayı hak etmeyen ilk adamdı. Öyle bir liste oluşturulursa şayet, hiç zorlanmaksızın ilk sırayı çekerdi.

Kendi kendime acıyla gülümserken, içimde açılan yepyeni bir yara vardı artık. *Yine, Kıvanç'ın neden olduğu fakat yine bunun farkına dâhi varamadığı bir büyük yara daha...* Bu esnada, benden cevap bekleyen bir kalbim olduğunu hatırlayıverdim. Ve bu aptal, söylenen ve yapılan her şeye anında kanan, yani tam anlamıyla saf olan organımı avutmak adına, aklıma gelen en güzel avuntuyu sessizce söyleyiverdim.

Belki bir dahaki sefere, ha? Belki bir dahaki sefere, karnımda onun bebeğini taşıdığımı söylerim. Ama şimdi değil! Gözlerim bu olaya şahit olmuşken, aptal kalbimden geçeni yapmanın sırası değil şimdi. Evet. Üzgünüm ki bu akşam, mantığımı dinlememin sırası!

11. Bölüm

Canı Gönülden

Her insanın mutlaka, mutsuz olduğu, en dibe battığını düşündüğü, hatta ve hatta düştüğü yerden hiçbir zaman kalkamayacağına emin olduğu zor dönemleri olmuştur hayatında. Derecelendirme yapılacak olursa, hepsi birbirinden farklıdır elbette. Kimisinin kaderi hiçbir zaman yüzüne gülmemiş ve hep mutsuz olmuştur. Kimisi ise, çoğunlukla mutludur ve yalnızca arada bir rastlamıştır mutsuzluğa...

Benim hayatımı ele alacak olursak -*çok şükür ki*- ikinci seçenek geçerliydi çoğu zaman. Mutsuzluk gerçekten de arada bir rastlamıştı bana. Hayatımın büyük bir çoğunluğunda mutlu olmuş, dertleri kendimden mümkün olduğunca uzak tutmuştum. *Ta ki, üç dört ay öncesine kadar...* Yanlışlarla dolu o geceden sonra, bana neredeyse hiç uğramamış olan kara bulutlar, bir bir gelmişlerdi üzerime. Öyle ki, başımın üzerini âdeta mesken edinmişlerdi kendilerine!

Ama her kara bulutlu geçen günüme rağmen bugün, hayatımda hiç olmadığım kadar mutluydum! *Neden mi?* Gitgide daha çok sevdiğimi ve aynı ölçüde bağlandığımı hissettiğim bebeğimi,-*ultrasonda da olsa*- ilk kez görme şerefine erişecektim de, ondan! Deliler gibi mutlu, bir o kadar da heyecanlı ve merak doluydum.

Günler öncesinde Sarp'ın önerisi üzerine bu hafta sonu doktora gitmeyi planlanmıştık. Daha doğrusu bütün plan ona aitti. Bana sadece kocaman bir gülümseme eşliğinde bunu hevesle kabul etmek düşmüştü. Randevuyu halletme işi ise, Asude'ye düşmüştü. Yaptığı konuşmayla, bebeğime kıymaktan beni caydıran Gülşen Hanım'ı görecek olduğum için de ayrı bir heyecanla dolu olduğumu atlamamam gerekir tabii. Adım kadar emindim ki, gelecek ve yaşayacak olduğum bütün kötü ve zor günlere rağmen, Gülşen Hanım'a da mutlak bir minnet besleyecektim.

Üzerimi giyinme işini hızlıca bitirdiğimde, neredeyse koşar adımlarla odadan çıktım. Bizi salonda bekleyen Sarp'ın yanına gittiğimde direkt sordum. "Asude hazır değil mi hâlâ?"

"Hayır, daha çıkmadı odasından."

Dudaklarımı büzerek yanına oturdum. Bu yaşımıza kadar hep bekleten ben olmuştum. Buluşacağımız zamanlarda bir kez olsun, hazırlanması biten ilk kişi ben olmamıştım. Ama şimdi... Farklıydı işte! Heyecanın, insana neler yaptırdığının bir kanıtıydı işte bu!

Kısa süren ama bana bir ömrü andıran bekleyişimizin bittiğini, Asude'nin bize doğru yaklaşan ayak sesleri haykırdı. Ayağa fırlayarak ve elimi belime yerleştirerek tepkimi ortaya koydum. "Nerede kaldın sen?"

"Ne? Sen benden erken mi hazırlandın? Yoksa ben rüya falan mı görüyorum?"

"Hayır," dedim gururla sırıtırken. "Bu sefer geçtim seni!"

"Yeğenimi bir an önce görmeyi istediğimden, seni tebrik etme işini sonraya bırakıyorum Başak."

"Aynı şekilde ben de! Bir an önce çıkalım!"

Evi büyük bir süratle terk ederken, derin derin nefesler alıp vererek kendime gelmeye çalışıyordum. Hiç kimse ihtimal vermese de, belki bugün cinsiyetini bile öğrenebilirdim bebeğimin. Asude, yaptığı araştırmaların ışığında bunun için erken olduğunu ve boş yere ümitlenmemem gerektiğinin altını defalarca kez çizmiş olsa da, aptal kalbime söz geçirme konusunda sınıfta kalmaktan vazgeçmiyordum bir türlü.

Hastaneye girdiğimiz andan itibaren, yalnızca ellerim değil, bütün vücudum heyecanımdan nasibini almış gibi baştan aşağı titriyordu. Bundan dakikalar sonra, haftalar öncesinde bebeğimi aldırmak için girdiğim o odaya, bu sefer onunla tanışma amacıyla girecektim! Garipti ama zaten hayat, gariplliklere gebeydi...

Bu en özel günümde Batın'ın da yanımda oturuyor oluşu, beni içten içe mutlu ediyordu. Sarp'la birbirlerinden hoşlanmadıkları ve bizim de onunla geleceğimizi bildiğinden dolayı o bizden daha önce gelmişti hastaneye. *Yanına ulaşır ulaşmaz kollarımı sıkıca boynuna dolamış ve "İyi ki geldin!" demiştim. Verdiği karşılık ise, o an beni neredeyse ağlatacaktı fakat bir şekilde kendime engel olmasını bilmiştim. "Ne sanmıştın Başak? Bu özel günde, seni ve yeğenimi sahipsiz bırakacağımı mı?"*

Bu güzel sözleri karşısında, boyumdan büyük bir minnetle bakmıştım ona. İyi ki, kardeşine benzemiyordu. İyi ki, Kıvanç gibi umursamaz değildi. Ve iyi ki, bizim yanımızdaydı! Bunlar için ne kadar şükretsem azdı...

Sarp'ın çağrısını işitmemle, düşünce âlemimden süratle sıyrılarak kendime geldim. Bu sırada Batın'ın delici bakışlarına maruz kalmış olsak da, şimdilik üzerinde durmamayı tercih edecektim. Sadece birkaç dakika sonra bebeğimi göreceğim gerçeği varken ortada, kimsenin ya da hiçbir şeyin canımı sıkmasına izin vermeyecektim. *Özellikle de, Kıvanç Koçarslan'ın aklıma giriş kapılarını kapatmıştım bugün! Onu, yemekte olanları hatırlamak, bu özel günümü layıkıyla mahvedebilirdi ama dediğim gibi, aklıma giriş kapılarının hepsini teker teker kapamıştım bugün.*

Başta çekimserce odasına girdiğim doktorum Gülşen Hanım, beni gülen gözleriyle ayakta karşıladığında bütün çekingenliğim uçup gitmişti. Sevimli doktorum, önceki karşılaşmamızı yok sayarcasına beni öyle bir ilgi yağmuruna tutmuştu ki, boynuna atılıp nefessiz kalıncaya dek ona sıkıca sarılmamak adına kendimle savaş veriyorum. Hafif tombul, al yanakları, çok hafiften kırışan yüz hatları, kahve gözleri, ensesine varan kıvırcık saçlarıyla öyle güzel görünüyordu ki, geçen sefer geldiğimde bu güzelliğini nasıl fark edemediğimi merak ettim.

Güzel ve doğal bir sohbetin hemen ardından, boydan boya beyaz örtüyle örtülmüş olan hasta yatağına uzandığımda, ellerimdeki titreme daha bir şiddet bulmuştu. Asude yanıma gelip dizlerinin üzerinde çöktüğünde, heyecanımı yatıştırmak istercesine uzanıp, elimi avuçlarının arasına aldı ve kuvvetle sıktı. Heyecanımı dindirmek istercesine yapıyordu bunu fakat kendi elleri de en az benimkiler kadar şiddetle titriyordu. *Ben, bebeğimi göreceğim için heyecanlıydım; o da, yeğenini...*

Gülşen Hanım, cihazın hemen önündeki, oldukça şık görünen kırmızı sandalyesine oturduğunda nefesimi tuttuğumun dâhi farkına varamadım. Karnımı açmamı söylediğinde, Asude koşmuştu yardımıma. Gülşen Hanım ise boşta kalan diğer elimi tutarak, "Sakin olmaya çalış," demişti. Yumuşacık sesi eşliğinde. Ardından bana doğru eğilmiş ve erkekleri bu sohbetin mahremiyetine almayarak, sadece benim ve Asude'nin duyacağı bir sesle fısıldamıştı. "Sana o gün de söylemiştim Başak. Her an yanında olacağım. Bir doktor, bir abla ya da bir anne... Sen beni nasıl görüyorsan o sıfatla! Ve sana söz veriyorum, her şey güzel olacak."

Minnetle gülümsedim. "Umarım öyle olur."

"Olacak!"

Göz kırpıp önüne döndüğünde karnıma, daha öncesinde yalnızca filmlerde ve dizilerde gördüğüm o garip jeli narin hareketlerle sürmeye başlamıştı. Sürme bitirdiğinde ultrason cihazını da eline almıştı ki, Batın'ın bu esnada söylediği şey ortama bir bomba misali düşüvermişti.

"Biraz daha beklememiz mümkün mü acaba? Birisi daha gelecek de."

Batın'ın sesiyle Gülşen Hanım, başını benden tarafa çevirmişti. O bana merakla bakarken, ben de aynı bakışlardan Batın'a atmaya başlamıştım. Kast ettiği bu birisinin Kıvanç olma olasılığı yüzde kaçtı acaba?

"Kimmiş bu birisi?" Karmakarışık duygular beni ustalıkla kendi içlerine çekerlerken, gerçekten ne düşünmem gerektiğini bilemiyordum. Batın'ın Kıvanç'ı çağırması, ona olan güvenimin sarsılmasına yol açardı sanırım. Ama bir yandan da, bebeğimizi ilk kez göreceğimiz bu özel günde, her şeye rağmen yanımızda olması iyi hissettirebilirdi. Emin değildim.

Tahmin ettiğim gibi, "Kıvanç," cevabını verdi, Batın. "Merak etme. Sadece senin hastanede olduğunu ve acilen gelmesi gerektiğini söyledim, o kadar."

Gözlerimi kısarak önüne döndüğümde, içten içe sevinmediğimi söylersem *Pinokyo* olma yolunda ilerlemiş olurdum. Benim için özel olan bu günde yanımda olacaktı. Hem o akşam yemeğinden beridir, onu tamı tamına beş gündür görmüyordum. Ve kahretsin ki, ille de itiraf etmek gerekirse özlemiştim! Birlikte çıktığımız akşam yemeğinde o garson kızla olan münasebetleri sonucu, ona kızgın olduğum için aradan geçen beş günü onu görmemek için ondan saklanarak geçirmiştim. *Sanki suçlu olan benmişim gibi.*

Başlarda Kıvanç gelecek diye duyduğum heyecan, yerini hayal kırıklığıyla harmanlanmış bir üzüntüye bırakırken, nefesimi dışarı üfledim. Dakikalardır bekliyorduk ama yoktu. Bu durumda onu beklemenin de bir anlamı yoktu.

Hafiften de olsa titreyen sesimle, "Biz başlayalım, Gülşen Hanım. Sizi de çok beklettik zaten," dedim.

"Eğer gelecek kişi önemli biriyse, biraz daha bekleyebiliriz Başakcığım."

"Hayır," dedim, cevabım bana bile ağır gelirken. "Önemli biri değil. Aksine, varlığındansa yokluğunu tercih edeceğim biri!" Ah, gereğinden fazla iddialı ve bir o kadar da yalan kokan bir cümleydi bu! Söylerken bile canım yanmıştı ama şimdilik, canımın yanmasını elimden geldiğince görmezden gelecektim. Batın'ın hüzünle dolup taştığına emin olduğum suratını da görmemek adına başımı direkt olarak yan tarafımdaki ekrana çevirdim. *Bebeğimi göreceğim ekrana!*

Bundan yalnızca dakikalar önceki elle tutulur, gözle görülür heyecanım, bir anda yok olmuştu sanki. Kıvanç her şeyi mahvettiği gibi, bu en mutlu günümü de mahvetmeyi de başarmıştı...

Karnımın üzerinde gezinen cihaz beni huylandırsa da, sesimi çıkarmamak adına dudaklarımı birbirine bastırdım. Nihayet bir şeyin düşüncelerimi dağıtmış olması güzeldi. Ve yalnızca saniyeler sonra cihazdan gelen sesler, düşüncelerimi tamamen dağıtmasının yanı sıra, eski heyecanımı da geri kazandırmıştı bana. *İnanması çok güçtü ama resmen bebeğimin kalp atışlarını duyuyordum!*

Ah! Bu tahmin ettiğimden, hayallerimin gidebildiği en uç noktadan bile güzeldi. Bebeğimin varlığını işte şimdi tam anlamıyla hissediyordum. İliklerime kadar derler ya, şu saniyelerde hissettiklerim de aynen öyleydi işte. İliklerime varıncaya dek hissediyordum onu. Bendeydi, benimdi! Ve ben onun, büyük bir yanlışın altına imzasını atmış olsa da, her şeye rağmen onu kucağına almayı isteyen annesiydim. Minik annesi!

İçimden kopup gelen, önlenemez heyecanımla sordum. "Cinsiyetini öğrenemez miyiz peki?"

Bir yandan da ekrandaki görüntüye bakmaya çalışıyordum. Gri ve siyah renginin harmanlandığı ekrana bakarken elimde olmaksızın yüzüm buruştu. Doktorlar bu görüntüye bakarak, bebeklerin durumunu, kaç haftalık olduğunu ya da en önemlisi cinsiyetini nasıl anlayabiliyorlardı? Gerçekten garip geliyordu kulağa.

"Henüz kesin bir şey söylemem için erken, Başak," dedi gülerek ve sonra açıkladı. "Buradaki gelişiminden gördüğüm kadarıyla bebeğimiz on altı-on yedi haftalık. Cinsiyetinden tam emin olabilmemiz içinse, birkaç hafta daha bekleyelim."

"Çok teşekkür ederim!"

Sıcak bir gülümsemeyle karşılık verdiğinde, zaten şişik olan yanakları daha da şişmiş ve kahve gözlerinin önünü kaplamıştı. "Bebeğin gelişimini ise gayet iyi gördüm. Sağlıklı beslenmeye dikkat et. Aç bırakma kendini," diyerek burnumu sıktığında bir kez daha hayran kaldım ona. Bir doktor ancak bu kadar tatlı olabilirdi herhalde.

"Ben bu konuda şikâyetçiyim Gülşen teyze! Hiçbir şey yememek için benimle savaş veriyor resmen!"

Asude'ye en sert bakışlarımı atıp sinirle gözlerimi devirdim. İspiyonculuğun da bu kadarı fazlaydı ama!

"Aa sakın bir daha duymayayım böyle şeyler! Güzel güzel besleneceksin ki hem sen hem de bebeğin sağlıklı olabilsin." Tatlı mı tatlı doktorumun bu tatlı uyarısı karşında başımı salladım. Tatmin olmuş bir ifadeyle gülümsedikten hemen sonra, "Telefonum Asude'de var. Bir sorunla karşılaşacak olursan, saat kaç olursa olsun ara beni. Anlaştık mı?"

"Anlaştık! Gerçekten çok teşekkür ederim Gülşen Hanım!"

"Ne demek Başak, görevim. Kontrolleri de aksatma sakın."

"Kesinlikle aksatmayacağım!"

"Peki, o halde. Ben, şimdi bir ameliyatım olduğu için gitmek zorundayım. Kendinize ve bebeğe iyi bakın."

"Siz de."

Gülümseyerek odadan çıktığında, Asude karnımın üzerindeki jeli peçete yardımıyla sildikten sonra gözleriyle ayağa kalkmamı işaret etti. Güçlükle yerimde doğrulurken, Sarp'ın uzattığı ele tutunup ayağa kalkmayı başardım. Suratındaki büyülenmiş ifade dikkatimi çektiğinde ise hayranlıkla baktım ve fısıltı halinde çıkan sesimle sordum. "Ne oldu Sarp?"

"Hayatımda hiç bu kadar güzel ve huzur veren bir ses duymamıştım. Sanırım onun etkisindeyim hâlâ."

Gözlerimi kısarak ne dediğini anlamaya çalıştım. "Hangi ses?"

"İşte bu ses," dedi ve avuçlarının arasındaki telefonunda bir tuşa bastı. Odanın içerisini az önce duyduğumuz sesler -*yani bebeğimin kalp atışları*- doldurduğunda, gözlerimin dolduğunu hissettim. Bebeğimin kalp atışlarını kayda almıştı, öyle mi? Bunun benim için ne denli değerli olduğunun bilincinde miydi acaba?

Ani bir duygu yoğunluğuyla boynuna atıldım ve o an içimden geldiği gibi sıkı sıkı sarıldım. Konuşmaya başlamıştım başlamasına ama sesim bir fısıltıdan farksızdı. "Ne söyleyeceğimi bilemiyorum Sarp. Gerçekten çok teşekkür ederim! Yanımızda olduğun için!"

"Asıl ben teşekkür ederim Başak." Sımsıkı sarmış olduğu kollarını, yavaşça belimden çekti ve kendi de bir adım geri çekilerek yüzüme baktı. "Yanınızda olmama izin verdiğin için."

Tam ağzımı açıp başka türlü övgülere geçecekken, Batın'ın sinirli ve bir hayli gür çıkan sesi beni duraksatmıştı. Hastane koridorundan geliyordu ses. Korku ve merakla yerimden kalktım ve sesin geldiği yöne doğru yürüdüm. Batın'ın Kıvanç'ı duvara yapıştırmış ve yakasına yapışmış olduğunu gördüğümde şaşırtıcı da olsa, hiçbir tepki vermedim. *Veremedim*! Batın, geç kaldığı için aklı sıra ona bağırıp çağırıyordu. Ama bu, bir işe yaramayacaktı ki! Geri getirmeye yetecek miydi, birkaç dakika öncesini? Hatta aylar öncesini?

Karnımda taşıdığım bebeğim uğruna -*hem de Kıvanç'ın haberdar olmadığı bebeğim uğruna*- kavga etmelerine göz yumamazdım. Bu düşünce eşliğinde konuştum.

"Dur Batın!"

Asude ve Sarp'ın da yardımlarıyla Batın'ı nihayet zapt edebildiğimizde dakikalar geçmişti. Asude en sonunda bu hengâmeden sıkılmış olacaktı ki, Batın'ı nasıl bir hırsla çektiyse artık, Batın'ın tişörtünden gelen yırtılma sesini hepimiz duymuştuk.

Kıvanç'ı hastaneden çıkarma görevi ise ne yazık ki bana düşmüştü. Günler boyunca köşe bucak kaçtığım adam, şimdi karşımdaydı işte! *Acaba şimdi de kaçabilir miydim?* düşüncesi aklımda şekil bulmaya başladığı sırada hayallerimi suya düşüren şey, Kıvanç'ın tok sesi olmuştu.

"Ben doğru mu anladım şimdi? Sen... Gerçekten de hamile misin, Başak?"

Sorusuyla, vücudumdaki bütün organlar işlevlerini yitirip bir anda durmuşlardı sanki. Beynime, acilen kendime gelmem gerektiğinin sinyalleri verirken hiç ümidim yoktu ama çok şükür ki fazla geçmeden bu dileğim yerine getirilmişti.

"Evet," demiştim sonra. Dümdüz çıkması için büyük bir çaba sarf ettiğim sesimle. "Hamileyim."

⁂

Kıvanç'ın ısrarları üzerine gelmiştik buraya: Eminönü sahiline.

Her daim insan seline maruz kalan bu sahil, bu sefer hiç de huzurlu hissettirmiyordu. Normalde olsa, hiçbir şey yapmasam bile denizi, her yirmi dakikada bir iskelelere yaklaşan vapurları, vapura yetişmek için koşturan, yüzlerinden endişeleri okunan insanları, bunların tam aksine gayet sakin bir biçimde halat atan gemicileri, vapuru ağır aksak terk eden yolcuları ve onların tam aksine, kapılar açılır açılmaz büyük bir telaşla vapura koşturan yeni yolcuları izler, bir nebze de olsa huzur bulurdum. Ama şimdi bu alışılagelmiş manzaralar bile huzur vermiyordu. Havanın kasvetli olduğu da yoktu. Sanırım tek kasvet, kalbime oturmuş olan koca hüznümdü. Ve bu, beni mutsuz etmeye yetiyor da artıyordu. Ah, kimi kandırıyordum ki? Gelecek dakikalarda güzel şeyler olmayacağı hissiydi aslında, bana tüm bunları yaşatan...

Sahilin, otobüs duraklarına yakın olan yerinde boş bulabildiğimiz bir banka oturmuştuk. Hamile olduğumu söylediğim andan beri, Kıvanç'ın suratında yeşeren ifade, başta kocaman bir şaşkınlık ve yanına serpiştirilmiş olan bir öfkeydi aynı zamanda. *Dalgalar halinde üzerime yağdırmaya başladığı, benimse fazlasıyla garipsediğim bir öfke...* Bir de bebeğin babası olduğunu öğrense, kahrından şuracıkta ölürdü herhalde! Bu aptalca fikir *-tıpkı kendi gibi-* aptalca gülümsetmişti beni. Ağlanacak halime gülüyordum resmen!

"Bu yaşta anne olacak olman sence doğru bir karar mı?"

Hastaneden beri bıçak açmayan ağzı, sonunda açılmıştı. *Güzel bir biçimde olmasa da.* Yüzümü ona dönmeden karşımızdaki denize bakmaya devam ettim ve sonrasında, kendimden emince konuştum. "Onu istiyorum, Kıvanç! Bir yanlış yapmış olsam da, onu her şeyden çok istiyorum! Ayrıca... Anne olmak sandığın kadar kötü bir şey değil bence."

"Ah, öyle mi? Benim annem, diğer anneler gibi değildir. O yüzden bilmemen gayet normal!"

Verdiği bu karşılık sonrası, alt dudağımı dişlerimin arasına alıp ısırdım. Büyük bir pot kırmıştım. Kendisiyle hiç ilgilenmeyen annesini ona hatırlatmak, isteyeceğim en son şey olurdu ama yapmıştım işte. "Özür dilerim..."

"Özür dilemeni gerektirecek bir şey yok ortada!" diye bağırdığında elimde olmadan titredim. Sinirlendiği zamanlarda abisi gibi, hiçbir şeyi gözü görmeyen insanlardan mıydı acaba?

Aramızda kısa ama bir o kadar da huzurlu olan bir sessizlik oluştuğunda, içimde tuttuğum nefesi dışarı üfledim. Dayanamayıp başımı kaldırdım ve endişeli gözlerle Kıvanç'a baktım. Gözlerini, kendi gözleri kadar mavi olan denize dikmişti. Suratındaki ciddi ifade, onun gibi biri için çok yabancıydı. Ve kesinlikle eğreti duruyordu. Bense, neden böyle suskun olduğunu anlayamıyordum. Derken, beni duymuş gibi bir anda konuşmaya başladı.

"Bunca yıldır hiçbir kız aklımı meşgul etmedi benim! Genelde ben bütün kızların aklını meşgul etmişimdir." Sustu ve dalga geçer gibi güldü bir süre. Sonra devam etti. "Ama lanet olsun ki, seni düşünmekten alıkoyamıyorum kendimi! Abimin elinden beni kurtardığın ve yanına yatmamı kabul etmediğin o geceden sonra... O zaman da söylediğim gibi, bir dişi tarafından ilk kez reddedildim! Ve bu başta koymuş ve şaşırtmış olsa da, sonradan saçma bir şekilde memnun etti beni. Seni yakından tanımayı istedim ve ilk adım olarak o akşam yemeğini ayarladım. Ve gariptir ki o akşamdan sonra seni günlerdir göremeyişim, değişik hissettirdi."

Söyledikleri karşısında ne söyleyeceğimi şaşırmış bir halde etrafıma bakındım. *Sanki söylemem gereken şeyler etrafımda bir yerlerdeymiş gibi*. Soğuktan mı, yoksa heyecandan mı titrediğini anlamadığım ellerimi montumun cebinde gizledim.

"Benden kaçmaya çalıştığının farkındayım," dediğinde ise gözlerimi kırpıştırdım. Sandığımdan daha da akıllıydı anlaşılan. "Seni daha yakından tanımayı istiyorum!"

Bu itiraf sonrası, şaha kalkan bir at misali kalp atışlarım hızlandı. Fakat devamında dile getirdiği cümle, hiç beklenmedik bir anda kafaya inen bir balyoz darbesi misaliydi.

"Ama karnında taşıdığın... Bu şey varken, hayatta olmaz!"

Hayatımda en mutsuz, en çaresiz, en acınası durumda olduğum anı sorsalar, hiç düşünmeden bu anı söylerdim muhtemelen. Kıvanç bana ilgi duyduğunu hatta beni yakından tanımayı istediğini söylüyordu. Fakat karnımdaki bebeğim var olmaya devam ettiği sürece *-üstelik ondan bebek bile değil, şey olarak bahsediyordu-* olmaz deyip kestirip atıyordu.

Kendimi sakin olmaya zorlarken sordum. "Ne demek istiyorsun?"

"Bu şey varken, olmaz diyorum işte!" Bunu ikinci kez dile getirmesi yetmezmiş gibi, bir de karnıma iğrenircesine bakmıştı. Bu bakışını ömrüm boyunca unutmayacağıma adım gibi emindim. Bebeğime iğrenerek bakmıştı. *Babası olduğu bebeğe!*

Ellerim istemsizce karnımın üzerine gitti ve bebeğime siper olurcasına karnımın etrafını sardı. "Senin için ondan vazgeçeceğimi mi zannediyorsun?"

Karşılık vermeyeceğini anladığımda, içimde yanıtsız kalan ve beni yiyip bitiren son bir soruyu sormak için dudaklarımı araladım. "Sormak istediğim bir şey var Kıvanç."

"Dinliyorum."

Dudaklarımı aralamadan hemen önce, derin bir nefes aldım. Ciğerlerimi ferahlatmakken amacım, daha beter yanmalarına neden olmuştum. Ama önemli değildi. Şimdi tek önemli olan bu soruyu sorma cesaretini göstermem ve alacağım cevabı sakince beklemeye koyulmamdı.

"Merak ediyorum, Kıvanç. Sırf bunun için soracağım hatta! Eğer bu bebeğin babası sen olsaydın, yine de böyle mi düşünürdün? Yine de ona sahip çıkmaz mıydın yani?"

Benim için kilit olan soruyu sormayı başarmıştım. Nefesimi tuttuğumda, vereceği cevabı beklemeye koyulmuştum. Sanki asırlardır bu soruyu sormak için kıvranıyor ve asırlardır bu cevabı bekliyor gibiydim.

"Söz konusu, babasının kim olduğundan çok, ona verilmesi gereken ilgi!" İtiraf etmek gerekirse, böylesine mantıklı bir cümle kurmasını beklemiyordum ondan. Merakla, devamını getirmesini bekledim. "Ama bu ilgiyi verecek kişi ben değilim, Başak! Çünkü hayatım boyunca ne annemden annelik gördüm, ne de babamdan babalık... Kendi görmediğim bir şeyi, ona veremem değil mi?"

Boğazımda oluşan yumruyu düşünmemeye çalışarak, başımı aşağı yukarı salladım. Hipnoz olmuş gibiydim. Ya da kanım çekilmiş gibi. Aslında kısacası, konuşamıyordum işte.

Bebeğimize babalık yapacağını hiç düşünmemiştim zaten. Sadece bazı uykusuz geçen gecelerimde hayal etmiştim, o kadar. Ve hayali bile öylesine güzeldi ki! *Gerçekleşmeyeceği kesinleşmiş olan uç bir hayal.*

Bacaklarımın titremesine inat, ayağa kalkmasını bildim. Gözlerimde biriken yaşlar görüşümü bulanıklaştırsa da, yine de yürüyebilecek gücü kendimde buldum. Etrafımdakilere çarpmamak içinse, çimenlerin üzerinden yürümeyi tercih ettim. Otobüse binebilsem kâfiydi. Gerisinin bir şekilde üstesinden gelirdim.

Kıvanç'ın kolumdan tutup durdurmasıyla derin bir iç çekerek başımı yere eğdim. Onun için döktüğüm *-ve bunun kaçıncı olduğunu bilmediğim-* gözyaşlarımı görmesine gerek yoktu. Tek bildiğim şey, döktüğüm bu gözyaşlarının kesinlikle son olmadığıydı. Sürekli onu düşünecek, kalbim ince bir sızıyla sızlayacak ve ağlamakla geçecekti bütün bir ömrüm. Bu kısır döngüye mahkûmdum artık!

"Seni eve bırakayım..."

"İstemez!" deyip kolumu ellerinin arasından sertçe çektim. Tekrar yürümeye başladığımda, o da inat eder gibi tekrar durdurmuştu beni. Fakat konuşmasına fırsat tanımadan konuşan ben olmuştum. "Bebeğimi istemeyen, ona iğrenerek bakan birinin hayatımda yeri yok! İstersen bir gün beni Mecnun'un Leyla'yı, Romeo'nun Juliet'i ya da Kerem'in Aslı'yı sevdiği gibi sev. Ama ettiğin bu sözlerden sonra bunun benim için hiçbir kıymetinin olmayacağını bilesin! Ayrıca, bir daha karşıma çıkmasan çok iyi edersin!"

Kükremeyle eşdeğer olan bağrışlarım herkesin dikkatini çekmiş olacak ki, etrafımızdan geçip giden insanların kısa süreliğine de olsa gözlerini üzerimize diktiğini hissedebiliyordum. Ama ne onlara seyir keyfi verdiğim bu gösteriden dolayı pişmandım ne de sarf ettiğim sözlerin büyüklüğünden...

Sonrasında karşılık verme fırsatını dâhi tanımayıp, hızlı adımlarla ayrıldım yanından. Epey uzaklaştığım kanısına vardığımda ise olduğum yerde durdum ve derin nefesler alarak kendime gelmeye çalıştım. Kesin bir dille hayatımdan çıkmasını söylemiştim. O an, bunu söylerken içimde bir şeylerin kopup gittiğini inkâr edemezdim. Çünkü inkâr edemeyeceğim kadar büyük ve bir o kadar da sarsıcıydı... Fakat kesinlikle mecburdum ve pişman olduğum da söylenemezdi. En azından şimdilik!

Anne ve babasının kendisine göstermediği ilgi yüzünden onu suçlu tutamazdım tabii ki. Ailesi yüzünden bu haldeydi. Bu yüzden hiç tanımasam bile, en çok onlara kızgındım!

Yine de her şeye rağmen, Kıvanç'ın hayatımdan çekip gitmesini istiyordum. Üstelik girdiği kadar hızlı bir şekilde çıkmasını istiyordum! Bundan böyle, karşıma çıktığı her an kalbimin acıyla sıkışmasını, nefesimin soluk borumda tıkanıp kalmasını istemiyordum. Vücudumun bağımsızlığını ilan ederek baştan aşağı titremeye başlamasını da istemiyordum. Ya da gözlerinin o sonsuz maviliğine dalıp gitmeyi ve aslında var olmayan bir huzuru orada bulduğumu sanmayı da istemiyordum. Hiçbirini istemiyordum işte! Tek isteğim, hepsinden sonsuza dek kurtulabilmek ve artık güneşli günlere kucak açabilmekti.

Tüm bunların ve daha nicesinin yerine, sadece bebeğime odaklanmak istiyordum! Bir an önce onu kucağıma alıp kokusunu içime çektikten sonra, *-onu dünyaya getirebilmek uğruna-* yaşadığım ve yaşayacağım bu acı günleri unutabilmeyi istiyordum.

Canı gönülden!

12. Bölüm

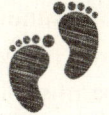

Belediye Çukuru

Asude'den

"Batın'ı da çağırsak mı acaba?"

Başak'ın beni hedef alarak sorduğunu bildiğim bu saçma soruya karşılık, kaşlarım alnımın ortasında bir yerde kavuştu. Batın'la hiç anlaşamadığımızı en iyi o biliyordu ama bilmek, bazen yeterli olmuyordu anlaşılan.

Dayanamayıp "O ağzını yırtarsam görürsün gününü, Başak!" diye tısladığım anda, beklediklerei buymuş gibi Sarp'la kahkahalara boğulmuşlardı. İkisini de boğazlamak çok cazip olsa da, kendime hâkim olmasını becerebilecek kadar iradeli bir insandım. Neyse ki...

Sevgi teyzenin yanıma oturduğunu fark ettiğimde ise ister istemez gülümsemiştim. Sevgi teyze, Başak'ın teyzesiydi ve yaklaşık üç haftadır bizimle kalıyordu. Yanımızda kalışı, beni inanılmaz bir biçimde rahatlatıyordu. Çünkü böylelikle, Başak'la aynı anda okulda olmadığımız zamanlarda aklım onda kalmamış oluyordu.

Sevgi teyze, üç hafta öncesinde çat kapı geldiğinde, eve daha ilk adımını atar atmaz Başak'ın artık bir nebze belirginleşmeye başlayan karnını fark etmiş, sonrasında ikimizi de karşısına oturtmuş ve salonda oradan oraya volta atarken Başak'a saatlerce, hiç yorulmadan bağırıp çağırmıştı. En sık sorduğu soru, *bunu nasıl yapabildin* olmuştu. Başak kem küm ettiğinde daha çok sinirlenmiş ve vermeye çalıştığı cevapları dâhi dinleyecek sabrı göstermemişti. Ki, kimse haksız olduğunu söylemezdi. Eğer Başak haklı olsaydı, kimsenin ona bu şekilde davranmasına izin vermezdim zaten. Ama gelin görün ki, haksızdı ve bu da, elimi kolumu bağlayan bir sebepti.

Sevgi teyze saatler süren sorgusunun ardından Başak'ın ağlamaktan kan çanağına dönen gözlerini nihayet fark etmiş ve daha fazla dayanamayıp yeğenini bağrına basmıştı. Duygusal yönü ağır basmayan beni bile, ağlatmayı başarmışlardı o an. Başak'ı sımsıkı sarmalayıp, saçlarını dakikalarca öpmüştü Sevgi teyze. O an o kadar mutlu olmuş, Başak adına o kadar çok sevinmiştim ki! Ailesinden biri yanında olmayı seçmişti! Bu kişinin annesi ya da babası olmasını dilerdi belki ama teyzesiyle yetinmeyi de bilmeliydi. Çünkü annesi ve babasının, Başak'ın hamile olduğunu öğrendiklerinde yanında olacaklarını hiç sanmıyorduk. Ama umarım beklediğimiz gibi çıkmaz ve Başak'a her şeye rağmen kol kanat gererlerdi...

Kapının çaldığını işitmemle, sızlanarak yerimden kalktım. Gelenin Batın olduğunu tahmin etmek hiç de zor değildi. Çünkü birlikte yapmamız gereken bir ödev vardı ve bugün için sözleşmiştik. Çok anlayışlı(!) Sedat hocamız, bugün bütün birinci sınıflara oldukça zor bir ödev vermişti. *Sanki vize ve final derdimiz bize yetmiyormuş gibi...* Bu ödevlerin iyi olması içinse bizi üçüncü sınıf öğrencileri ile eşleştirmişlerdi. Ve gelin görün ki, talih yine bana gülmemiş, tam tersine *Asude yandın sen kızım* diyerek bana tepeden kıs kıs gülmüştü. Evet evet. Eşleştiğim kişi, Batın'dı!

Kapıyı açtığımda başı yere eğikti. Uzadığı için daha da kıvırcıklaşan saçlarının bukleleriyle daha fazla karşı karşıya kalmamak içinse bakışlarımı süratle kaçırdım.

Geçebilmesi için kenara çekildim, alaycı bir yüz ifadesiyle teşekkür eder gibi gülümsedi. Teşekkürünü dile dökemeyecek kadar ukala oluşu karşısında, sinirden tüylerimin diken diken olduğunu hissetsem de, bir şey demedim.

Peşinden, bütün sinirimi de yanıma alarak salona girdim. Başak'ın yanına oturmuş, yeğeniyle konuşmaya başlamıştı bile. Her zaman yaptığı bir şeydi bu. İçeri girer girmez Başak'ın yanına gidiyor ve belki dakikalar boyunca yeğeniyle tatlı tatlı konuşuyordu. Ve belki, bir tek bu zamanlarda gözüme batmıyordu. *O kadar sevecen ve gerçek bir amca gibi oluyordu ki, insanın buna kayıtsız kalabilmesi...* Ah, her neyse.

"Anneyi üzmüyorsun, değil mi miniğim? Bak, eğer üzüyorsan külahları değişiriz."

Söylediği bu tatlı cümleler karşısında gülümsememek adına, her defasında dudaklarımı sıkı sıkı birbirine bastırmam gerekiyordu. Gülümsediği zamanlarda dudağının kenarında oluşan çukura bakmamak içinse, kendimle savaşıyordum resmen! Evet, dudağının kenarındaki gamzesinin oldukça harika olduğunu söylemeden edemezdim. Ama ben bu gamzesine gamze değil, *çukur* demeyi tercih ediyordum. Hatta bazen ileri gidip, *belediye çukuru* ithamında bulunduğum bile oluyordu. Bu, kendimi o gamzeden soyutlayabilmek adına ürettiğim tek çözümdü. *Tatlı çukuru olan tatsız Batın!*

"Yarın kaçta gidiyoruz doktora?"

Batın'ın sorusu üzerine Başak, düşünürcesine ensesini kaşıdı. "Öğleden sonra ikide."

Batın, başını onaylarcasına salladıktan sonra önüne döndü. Ama kararsız görünüyor gibiydi. Söylemek istediği bir şey var da, söyleyemiyordu sanki.

"Ben diyorum ki... Kıvanç da bizimle gelse?"

Ve sonunda dayanamamış, baklayı ağzından çıkarmıştı. Haftalardır Kıvanç'tan köşe bucak kaçıyordu. Yüzünü dâhi görmemek için, olağanüstü bir çaba sarf ediyordu. Çünkü Başak'ın anlattığına göre, Kıvanç aptalı, Başak'ı hamile olduğu sürece istemediğini açıkça söylemişti.

"Hayır, Batın!" Başak'ın sesi, tam da tahmin ettiğim gibi netti. "Onu yanımda istemiyorum!"

Aldığı bu cevapla, Batın'ın yüzündeki gülümsemenin soluşu fazlasıyla barizdi. Bu gerçeği kardeşinden her ne kadar saklamak istemese de, Başak'a verdiği bir söz vardı ve bunu tutmak zorunda olduğunun bilincindeydi. Aslında bana kalırsa da, Kıvanç'ın baba olacağını bilmesi gerekiyordu. Yani bu konuda Batın'a içten içe hak veriyordum. Ama ne zaman bu konuyu açmaya yeltensem, Başak beni bir şekilde tersliyor hatta konuşma fırsatı dâhi vermeden kaçıyordu. Tek söylediği, *"Bu konuda arkamdan iş çevirecek olursan seni silerim Asude!"* idi. Ki zaten, onun istemediği bir şeyi yapmazdım. Ben sadece ona yol gösterir, kendimce doğru olan şeyleri onun da görmesini sağlamaya çalışırdım. Ama böylesine önemli bir konuda son karar tabii ki ona aitti.

"Bana kalırsa, Batın haklı. Sonuçta Kıvanç bu bebeğin babası ve nasıl olsa ileride bir gün babası olduğunu öğrenecek. Şimdiyse, cinsiyetini öğrenirken yanında olması gerektiğini düşünüyorum." Sarp'ın söyledikleri ortama bir bomba olup düşerken, herkes şok içerisinde ona bakıyordu. "Hatta bana kalırsa, baba olacağını şimdiden söylemelisin ona. Bilmeye hakkı yok mu sence?"

Dudaklarından dökülen her bir sözcükten mantık akıyordu âdeta. Ama beni asıl şaşırtan şey, Başak'ı bu derece seven bir adamdan bunları duyabilmekti. Sarp'ın yerinde bir başkası olsa eminim ki, değil bunları, çeyreğini bile söylemezdi. Hatta sevdiği kadının yanına öyle bir adamı bir daha asla yanaştırmaz, eline geçen bu fırsatı hakkıyla değerlendirmeye bakardı. Ama Sarp öyle basit bir adam değildi işte! Karakterinin kalitesini her daim konuştururdu.

Başak ve Batın'ın bakışlarına bakılacak olursa, gerçekten de şaşıran tek kişi ben değildim. Batın'ın Sarp'tan hoşlanmadığını gayet iyi biliyordum. Fakat an itibariyle, Sarp'a attığı minnet dolu bakışları, Sarp'ın ne kadar doğru bir iş yaptığını gözler önüne seriyordu.

Tüm bunlara rağmen Başak'ın kararlılığı değişmedi. "Bu konu hakkında karar verecek kişi benim. Tabii, eğer izin vereceksiniz! Lütfen bir daha bu konuyu açmayalım, olur mu?"

Hiçbirimiz bir karşılık vermezken, Sevgi teyze her zamanki gibi komik olan yorumlarından birini, sarsılmaz bir ciddiyetle yaptı. "Sen bu akılla fazla yaşamazsın kuzum."

Teyzesinin bu iltifatına karşılık gözlerini devirmekle yetindi arkadaşım. Göz göze geldiğimizde, *adam olmazsın sen* der gibi başımı iki yana salladıktan hemen sonra ayağa kalktım. "Bir an önce şu ödevi bitirelim bence."

Batın'ı hedef alarak söylediğim bu sözlere, cevap gecikmemişti. O da peşimden ayaklandığında adımlarımı biraz daha sıklaştırıp odama ulaştım. Açık olan kapıdan içeri girerken derin bir nefes almayı da ihmal etmedim. Arkamdan gelirken, sanki bana inat ağırdan alıyormuş gibiydi. Ah evet, kesinlikle çekeceğim vardı bu adamdan! Ama benim de adım Asude'yse *-ve eğer gerekirse-* anasından emdiği sütü burnundan getirecektim…

"Kemal Türkoğlu..."

Babamın adını mırıldandığını fark ettiğimde, başımı şaşkınlıkla kaldırdım. Elinde tuttuğu pembe çerçeveyi gördüğümde ise kaşlarımın çatılmasına mâni olamadım. Elindeki, İzmir'de ailecek pikniğe gittiğimizde çektirdiğimiz bir fotoğraftı. *Annem, babam ve ben.* Ve az önce babamın adını mırıldanmıştı. İyi ama nasıl? Nereden tanıyor olabilirdi ki?

"Babamı nereden tanıyorsun sen?"

"Kemal Türkoğlu'nu tanımayan bir hukuk öğrencisi var mıdır ki?" Bu bir sorudan çok, kesinliği ortada olan ve muhatabına alayla yaklaştığı belli olan bir cümleydi. Ve bunu dile getirirken, şimdiye kadar kendisinde hiç görmediğim bir şekilde kocaman gülümsemişti de.

"Babam iyi bir hâkimdir. Ama bu kadar meşhur olduğunu bilmiyordum doğrusu."

Tatlı çukuru tekrardan *ben buradayım* diye haykırırken bakışlarımı kaçırmamak için epey bir direnmem gerekmişti. "Senin baban benim idolüm Asude!" dediğini duymamla, dudaklarım kocaman bir 'o' şeklini almıştı. Ben şaşkınlığımı üzerimden atamazken, o devamını getirmişti. "Sendeki bu hukuk aşkı da babandan mı geliyor yoksa? Onu örnek aldığın için mi bu bölümdesin?"

"Aslında... Pek sayılmaz."

"Nasıl o zaman?"

"Babamın iyi bir hâkim oluşu beni etkileyen önemli bir sebepti tabii ki. Ama böyle olmasaydı da, hukuk okumayı isterdim," diyerek kendimce mantıklı bulduğum açıklamamı sundum ona.

Gülümsedi ve bu sefer de kendisi anlatmaya başladı. "Babanı bundan dört sene önce görmüştüm. Bizim şirkete dava açan biri vardı. Baban, davacı olan adamı haklı bulmakla kalmayıp şirketimize tonla ceza yağdırmıştı. O gün babamın nasıl deliye döndüğünü hatırladıkça, hâlâ gülerim." Uzun konuşmasını nefesimi tutarak dinledim. Babam hakkında düşündükleri beni mutlu etmişti. "Başka bir hâkim olsa belki bu kadar ceza vermezdi. Neticede Koçarslan Holding, bu ülkenin sayılı şirketlerinden biri. Ama baban, adaletli olanı yapmıştı. İşte benim, hukuk okumaya karar verdiğim gündü o gün."

Duyduklarım karşısında gülümsemem daha da katlanarak artmıştı. Bu bölümü hedeflemesinde babamın büyük bir payı oluşu beni gülümseten nedendi.

"Bir gün tanıştırabilirim sizi," dedim aniden. Ardından hızla düzelttim. "Yani, eğer sen de istersen tabii!"

Ela gözlerinin bir anda parladığına şahit oldum ve saniyeler içerisinde heyecanla atıldı. "Deli misin sen? İsterim tabii ki!"

"Peki, o zaman." Ayağa kalkıp çalışma masamın yanına gittim sonra. Çıkardığım birkaç parmak kalınlığındaki kitaplara bakınca bir iç geçirdim. "Şu ödeve başlayalım mı artık? Bir an evvel bitsin istiyorum."

Gözlerini tekrar bana diktiğinde yüzündeki gülümseme bir miktar eksilmişti. Onun da benim gibi, bu saçma ödevle uğraşmak istemediğini görebiliyordum. Ama gel gör ki, mecburduk. Daha çok ben mecburdum tabii! Ödev benimdi ne de olsa.

Yanımdaki boş sandalyeye oturur oturmaz kitapları ona doğru ittim. *Medeni Hukuka Giriş* dersi için babamın verdiği kitaplardan biriydi bu. Bu ödev için yararlı olacağını düşünüyordum.

"Benim yanımda daha iyi bir kaynak var," deyip kitabımı bana doğru itti. Ve oluşan boşluğu, kendi getirdiği kitapla doldurdu.

Gözlerimi öfkeyle kısarak baktım ona. "Bu kaynaktan yapalım Batın!"

"Yardım aldığın kişi benim, Asude! Bu durumda ben ne istersem o olacak!"

Beni zıvanadan çıkaran sözler tam da bunlardı işte. Sedat hocanın isteği yüzünden ondan yardım alıyordum. Ama pek tabii, tek başıma da yapabilirdim. Bu şekilde artistlik yapmasına gerek yoktu. Gözlerim sürekli tek bir yanlışını tararken, elime böyle bir koz vermiş olması da, kesinlikle onun aleyhineydi. Çünkü ben de tıpkı onun gibi aniden sinirlenen insanlardandım.

"Senin yardımın olmadan da yapabilirim. Hatta daha güzel yaparım!"

"Kendine bu kadar güvenmezsen iyi edersin çömez!"

Dişlerimi birbirine bastırarak sinirlerime hâkim olmaya çalıştım. Ama lanet olsun ki, başarılı olamıyordum. "Çömez falan değilim ben!

Birinci sınıf olabilirim ama okulun ortamına senden daha iyi adapte olduğumu biliyordum. Küçüklüğüm mahkeme koridorlarında babamın peşinde koşturmakla ve eve geldiğinde de elindeki dava dosyalarını birlikte incelememiz şeklinde geçti! Yani, senden çok daha tecrübeli olduğuma eminim. Bu durumda üzgünüm ki, çömez olan sensin!"

Alaycı bir kahkaha attıktan sonra başını da aynı alaycı tavırla aşağı yukarı salladı. Tırnaklarımı avucumun içine geçirdiğimde aklımdan geçen tek bir düşünce vardı. *Bu tırnaklarımı avucuma geçirmek yerine, yanağının kenarındaki o sinir bozucu çukura geçirebilirdim.* Hem böylece, hırsımı almış olurdum!

Sıkıntıyla mırıldandım. "Seninle eşleşecek kadar şanssız bir insan olduğumu bilmezdim."

"Hah! Ben sanki sana çok meraklıydım da! Komşu oluşumuz yetmiyormuş gibi, bir de bu lanet olası ödev çıktı başıma! Senden ne kadar uzak kalmayı dilesem, o kadar dibimde bitiyorsun!"

Hiçbir sözünün canımı yakmaması gerekirken, nedenini bilmediğim bir biçimde canım yanmıştı. Onun dibinde bitmeye meraklı değildim. Lanet olasıca şartlar, bunun gerçekleşmesi için şanslarını zorluyordu sadece, o kadar. Ayrıca öyle bir surat ifadesiyle dile getirmişti ki bunları, uğursuz bir diken gibi hissetmiştim kendimi. *Hiç olmaması gereken yerde çıkan bir diken.* Ona karşılık verebileceğim etkili bir cümle arıyordum ki, telefonla konuşmaya başladığını fark ederek vazgeçtim. Zaten bu sözünün üzerine söyleyebileceğim bir söz de yok gibi duruyordu. Canım yandığında ya da bir şeye üzüldüğümde, konuşacak takati dâhi bulamaz oluyordum kendimde. Nadir de olsa, pes ediyordum. Bu da, o anlardan birisiydi işte.

"Tamam Melda. Geliyorum hemen."

Telefonu kapatıp bana döndüğünde tuttuğumu daha yeni fark ettiğim nefesimi yavaşça dışarı üfledim.

"Sen kendi bildiğin gibi yap ödevini. Sedat hocayı da dert etme. Ben yapmayı istemediğimi söylerim," dedikten hemen sonra, ağzımı açmama fırsat tanımadan çıkıp gitmişti. Peşinden gidip kafasını kırma isteğimi dizginlemeye çalışırken, avuçlarıma geçirdiğim tırnaklarım canımı yakmaya başlamışlardı bile.

Kapının kapanma sesi geldiğinde, ben de öfkemi kontrol edemeyeceğimi anca dakikalar sonra anlayabilmiş ve bir hışım çıkmıştım odamdan. Başak ve Sevgi teyzeyle oturup güzel bir sohbetin içinde kendime yer bulabilir ve bu şekilde öfkemi bertaraf edebilirdim. *Belki...* Öyle olmasını umut etmekten başka bir çarem yoktu.

Salona girdiğim ilk anda, Kıvanç'la Başak'ı yalnız yakalamıştım. Kıvanç'ın burada ne işi olduğu sorusuyla ilgilenmeyi şimdilik başka bir kenara atıp beni fark edebilmeleri adına boğazımı sesli bir biçimde temizlemiştim. Kıvanç bu sırada Başak'a doğru eğilmişti ama geldiğimi fark eder fark etmez ikisi de başlarını kaldırmış ve şaşkınlıkla bakmışlardı bana.

Bense istifimi hiç bozmamış, aksine zafer kazanmışçasına gülümsemiştim. "Böldüm sanırım?"

"Evet, aynen öyle yaptın!"

Kıvanç'ın dişlerinin arasından verdiği cevaba karşılık umursamazca omuzlarımı silktim ve hiç vakit kaybetmeden adımlarımı hızlandırdım. Kısa bir sürenin sonunda, aralarındaki boşlukta kendime *-zorla-* yer açarak oturduğumda, Kıvanç'ın öfkeli bir iç geçirdiğini işittim. "Koskoca salonda başka yer mi yok da, buraya oturdun? Yoksa amacın bana eziyet etmek falan mı?"

Sorduğu soruya karşılık, alaycı bir gülümseme takınmam gecikmedi ve sonrasında da tamamen yapmacık bir tınıyla konuştum. "Evet, amacım sadece sana eziyet etmek!"

Bu cevabı verdiğim anda, Başak dirseğini karnıma geçirmişti ama umurumda olduğunu söylenemezdi. Aklı sıra, onu bu hale getirdiği için Kıvanç'a böyle gıcıkça davrandığımı sanıyordu. Evet, bunun da payı vardı tabii. Ama şu durumda olay biraz daha farklıydı...

Şu anda Kıvanç'la atışıyor olmanın bir diğer sebebi, onun da *Koçarslan* soyadını taşıyor olmasıydı. Evet. Batın yüzünden, *Koçarslan* soyadından nefret eder olmuştum. Ve bu nefret, dinecek gibi değildi. Aksine, her geçen gün bu nefretime yeni bir çentik atıp duruyordum...

Tüm bunları açık yüreklilikle dile getirmeye karar verdiğimde, tekrar Kıvanç'a döndüm. "Sana eziyet ediyorum ve etmeye de devam edeceğim. Çünkü sen de bir Koçarslan'sın Kıvanç! Ve benim yeni felsefem ne biliyor musun?"

"Bilmiyorum. Ama gözlerinden böyle alev topları çıkarken, sanırım merak da etmiyorum..."

Omuz silktim, yine de söyleyecektim. "Koçarslan kütüğüne bağlı kim varsa dünyada, başarabildiğin kadar canından bezdir!"

Yeni felsefemi açıkladıktan hemen sonra, histerik bir kahkaha atmaktan da geri durmamış, daha doğrusu *duramamıştım*. Ki bu, sinirlerimin bozulduğundan başka bir şeyi kanıtlamıyordu. Ah!

Melda kimdi?

Dakikalardır aklımda dönüp duran fakat bir şekilde gerilere atabildiğim bu soru için, artık yapabileceğim hiçbir şey yoktu.

O kalın kafalı, marul saçlı, yanağında kocaman bir belediye çukuru taşıyan ve ukalalığı kendi boyundan büyük o adamla ilgili hiçbir şeyin beni zerre kadar ilgilendirmemesi gerekiyordu. Ama gerekenin gerçekleşmediği ortadaydı. Görünen tam olarak şuydu ki, hislerimle büyük bir fikir çatışmasının içine düşmüştük... Hangimizin galip geleceği ise, gerçekten meçhuldü.

13. Bölüm

Heyecan

Hayatımın şimdiye kadarki büyük bir kısmı heyecandan uzak, sessiz sakin geçmişti. Sadece sınavlara girerken küçük bir heyecan duyar ve onu da, kalemi elime alıp ilk soruyu çözmemle kolayca atlatırdım. Bunun dışında kalbimi yerinden sökebilecek kadar büyük olan bir heyecanla karşılaşmamıştım. *Ta ki Kıvanç'ı karşımda gördüğüm ilk ana kadar...*

Hayallerimizde resmettiğimiz bir beyaz atlı prensimiz vardır ya hani... Benim hayallerimi süsleyen beyaz atlı prensim, tam olarak Kıvanç'tı. *Ne bir eksik ne bir fazla...* Bu sebeple, onu karşımda gördüğüm ilk anda, onun hayatıma girmesi kadar, *heyecan* kelimesinin de hayatıma girmesi bir olmuştu. Bu kelimenin tam manasıyla tanışma fırsatını o an yakalamıştım. Yüksek dozda mutluluk ve şaşkınlık bütün damarlarımdan vücuduma bulaşıcı bir hastalık gibi yayılmış ve hiç dinmeyen bir titreme meydana getirmişti. Şimdi bile o an yaşadığım heyecanı anbean hatırlayabiliyorum. Öleceğimi dâhi düşünmüştüm!

Fakat şimdi yaşadığım heyecan ise çok daha farklıydı. *Merakla karışık, olabildiğince güzel ve içimi yiyip bitiren tatlı bir heyecan...* Dakikalar sonra, bebeğimin cinsiyetini öğrenecektim! Daha ötesi olabilir miydi bunun?

Uzandığım beyazlar içerisindeki dar uzun yatağın üzerinde, rahat olduğum söylenemezdi. Bir an önce bebeğimin cinsiyetini öğrenip buradan uçarcasına çıkmak istiyordum. Bu sırada Gülşen Hanım, karnıma o hiç hoşlaşmadığım jelimsi şeyi sürerken, yine dudaklarımı birbirine bastırmam gerekmişti.

En sonunda karnımdaki işini bitirip gülümseyen gözleriyle bana döndü. "Hazır mısın Başak?"

Sorusu üzerine yutkundum. Hazır mıydım? Bunu ben bile bilmiyordum ki!

"Hazırım!"

Bebeğimin kalp atış sesleri odayı doldurduğunda, Kıvanç'ın tepkisini inceleyebilmek adına gözlerimi hızla açtım. Evet, o da buradaydı. Yanıma gelmiş ve benimle bir şey konuşmak istediğini söylemişti. Asude böldüğü için doğru düzgün konuşamamıştık. Ama konuşmak istediği şeyin ana fikri, bugün bizimle birlikte buraya gelmeyi istemesiydi. Bunu neden istemişti, bilmiyordum. Ama o böylesine beklenmedik bir taleple gelmişken karşıma, reddetme gibi bir olasılığım asla yoktu.

An itibariyle, sağımda kalan ekrana öylesine dikkatli bir biçimde bakıyordu ki, dayanamayıp ben de başımı çevirdim. Hiçbir şey belli olmuyordu. Önceki gibi, siyah ve gri renklerini ayırt edebiliyordum sadece. Sis şeklinde gördüğüm o buğulu şey, benim bebeğim miydi yani?

"Bebeğin cinsiyetini bu ekrandan mı göreceksiniz?" Kıvanç daha fazla dayanamamış olacak ki, Gülşen Hanım'a bu soruyu yöneltmişti. Gözlerindeki şaşkınlık ifadesi, neredeyse kıkırdamama sebep olacaktı.

"Evet, bu ekrandan göreceğim."

Kıvanç'ın aklı bu işe yatmamış olacak ki, tekrar merak içinde atıldı. "Nasıl olacak o iş? Bu ekranda gri toz bulutlarından başka bir şey göremiyorum ben!"

Gülşen Hanım aynı sevecen ve sakin halinden ödün vermeyerek cevap verdi. "Bu konuda uzman olmadığın için sen göremezsin tabii ki."

Kıvanç tekrar ağzını açacaktı ki, Batın kısık bir sesle araya girerek onu susturmasını bildi. "Bir sussana oğlum! Senin yüzünden öğrenemedik bir türlü," dediğinde, Kıvanç omuzlarını silkerek karşılık verdi. "Bu kadın kandırıyor bizi. O ekrandan ne görebilir ki? Kendi tahminini söyleyecek sadece, demedi demeyin."

Aralarındaki bu atışmaya gülümsemekle yetindim. Gülşen Hanım bana döndüğünde suratında kocaman bir gülümseme hâkimdi. "Senin içinden geçen ne Başak? Kız mı, yoksa erkek mi?"

Derin bir nefes aldım öncelikle. "Kız diye düşünüyorum ben. Hatta rüyalarıma bile giriyor."

Batın başını iki yana sallayarak bana karşı çıktı. "Görürsün Başak, erkek olacak!"

Gözlerimi kıstım. Ardından bir çocuk gibi davranarak ona dil çıkartıp önüme döndüm. Aslında kız ya da erkek olması önemli değildi. Klişe olacaktı ama sağlıklı olması yeter de artardı. Ama kız olsa fena olmazdı tabii. Küçüklüğümden beri bir kızımın olmasının hayalini kurmuştum hep. *Bari bu hayalim gerçekleşsin* diye geçiriyordum içimden...

"O zaman tahmininde haklı olduğunu söyleyebilirim Başak!"

Gülşen Hanım'ın dudaklarının arasından çıkanlar, başımı döndürmeye yetecek kadar güzeldi. Asude sımsıkı tuttuğu elimi biraz daha sıktı. Şaşkınlık içerisinde sordum. "Kızım mı olacak?"

"Evet, bir tanem! Tıpkı sana benzeyen cadı bir kızın olacak!" Bu haykırışının ardından kollarımı boynuna doladım. Gözlerimden süzülen yaşlar omzuna dökülürken, buna aldırış etmeyip daha çok, daha şiddetli ağladım.

Bir kızım olacaktı!

Rüyalarımda gördüğüm gibi, benimki gibi sapsarı saçları, babasınınki gibi mavi gözleri, teyzesininki gibi minik burnu ve amcasının gamzeleri gibi tatlı gamzeleri olan bir kızım olacaktı. Ah. İçi içine sığmamak dedikleri bu olsa gerekti!

Asude'nin ardından Sarp'ın da tebriklerini kabul ederken, aptalca sırıtmaya devam ettim. Batın yanıma geldiğinde zafer kazanmış bir edayla kocaman gülümsedim. "Kız olacağını sana söylemiştim!"

"Siz kadınların altıncı hissinin kuvvetli olduğuna şu dakikadan itibaren inanıyorum."

Dediği gibi, muhtemelen kuvvetliydi altıncı hislerimiz. Neden olmasındı ki? Erkekler kadar basit bakmıyorduk biz hayata. Ayrıntılara dikkat eden ve önem veren bir yapımız vardı ki, asıl farkı da bu oluşturuyordu.

"Madem ki yeğenim kız olacak, o zaman şimdiden gözümü açık tutmalıyım."

"Anlamadım. Neden ki?"

"Annesi gibi güzel bir kız olacağından, etrafında pervane olan erkekleri savurabilmek için tabii ki! Ah, hele bir yaklaşsınlar benim yeğenime, beyinlerini uçururum hepsinin!"

Batın ciddi olduğu zamanlarda alnında ince bir çizgi oluşuyordu, ki bu bahsettiğim çizgi şu anda tam da orada duruyordu. Onun ciddiyetle söylediği bu şeylerse, benim kahkahalarla gülmemi sağlıyordu. Kıvanç koridora çıkıp Gülşen Hanım'la konuştuğu için bizi duyması imkânsızdı. Bu yüzden rahatça konuşuyorduk ya zaten.

Dikkatle doğrulup ayağa kalktım. Birkaç adım kadar ilerlediğimde ise Kıvanç'ın Gülşen Hanım'a sorduğunu duyduğum sorular, dudaklarımı kemirmeme neden olmuştu. Ah, neredeyse gülecektim!

"Az önce kendi tahmininizi söylediniz, öyle değil mi? O ekrana bakarak kız olduğunu nasıl anlayabilirsiniz ki? Bu gerçekten çok saçma!"

"Bu, biz jinekologlar için çocuk oyuncağı! Bu konuda uzmanlaşmış insanlarız."

Kıvanç'ın ısrarla sorduğu sorulara, Gülşen Hanım usanmadan cevap veriyordu. Onun yerinde ben olsaydım, bu kadar sakin davranamayabilirdim. Batın kısa bir süre sonra olaya müdahale ederek kardeşini Gülşen Hanım'ın yanından çektiğinde, memnuniyetle gülümsedim. Ardından ben vardım yanı başına. Tatlı doktoruma, en içten duygularım eşliğinde teşekkürlerimi ilettikten ve onunla güzel bir sohbetin içinde kendime yer bulduktan sonra, vedalaşma faslına geçiş yaptık.

Hastane koridorundan çıkışa ilerlerken ise, kalbim hâlâ boğazımda atıyordu. Sevincimi nasıl yaşayabileceğimi bilemiyordum. Bütün olumsuzluklara, yanlışlara, olmazlara rağmen, kısmetse aylar sonra anne sıfatına erişecektim. Hem de bir kız annesi olma sıfatına...

Kıvanç'tan

"Alışverişe gitmek istediğini söylediğinde bebek mağazasına geleceğimizi düşünmemiştim Başak."

"Bebeğimin cinsiyeti belli olduğu için ona bir şeyler almak istiyorum. Eğer sıkılacaksan sen git, ben yalnız başıma bakabilirim."

Ah, tabii ki sıkılacaktım! Hastaneden çıktıktan hemen sonra, hepimize yüzünü dönmüş ve alışverişe gitmek istediğini söylemişti. Ben de dünden razı bir biçimde hemen atılmıştım. Sarp denen o adamdan önce davranmak, gerçekten paha biçilmez bir duygu olmuştu. Ne diye Başak'ın etrafında böyle pervane olduğunu da anlayabilmiş değildim zaten. Bebeğin babası olduğunu zannetmiyordum hatta bundan emindim. Öyle olsaydı bunu bir şekilde belli eder, bana karşı ağırlığını mutlaka ortaya koyardı. Ama bunu yapamadığına göre bebeğin babası o değildi. Gerçi Başak'ın bu yaşta anne olmayı isteyecek kadar deli olduğunu gördükten sonra, kalan ayrıntılar çok da ilgimi çekmiyordu.

Düşüncelerimle yoğunlaştığım sırada, benden epey uzaklaştığını fark ettim. "Beklesene beni!" diye seslendim arkasından.

Tüm aksi tavırlarıma rağmen bana sıcacık bir gülümseme yollayıp önündeki rengârenk bebek kıyafetlerine geri döndü. Ah!

Bir bebek -*üstelik doğmamış bir bebek*- için bu alışverişe çıktığıma hâlâ inanasım gelmiyordu...

Elindeki pembe minik elbiseyi bana doğru çevirdiğinde, kahkaha atmamak için dudaklarımı ısırmam gerekmişti. Ancak iki elimin boyu kadar minik olan elbiseye gülümseyerek baktım. Sahi, bu kadar minik mi oluyordu bebekler? Emin değildim. Hayatımda bebek görmüşlüğüm mü vardı benim?

"Sence nasıl?" diye sorduğunda, sesi öylesine heyecanlı çıkmıştı ki, bir an için duraksadım. Yaşadığı heyecan ve mutluluk, sesine bile yansıyordu. Anne olmaya bu kadar çok mu heveliydi yani? Çıldırmamak elde değildi gerçekten.

"Güzel," dedim, onun tam aksine tekdüze çıkan sesimle. Ses tonum onu memnun etmemiş olacak ki, önüne dönmesi gecikmedi. İstekli olmayı ben de isterdim ama gerçekten elimde olan bir şey değildi bu.

Yalnızca birkaç saniye sonra, yanımıza genç bir adamın yaklaştığını fark ettim. Yakasındaki karta bakılırsa, bu mağazanın satış elemanlarından biriydi. Başak'a sorularıyla yardımcı olmaya başladığında ise, elimde olmaksızın gözlerim kısılmıştı. Bir insanın nasıl biri olduğunu anlamam için gözlerine bakmam yeterliydi. Ve bu çocuğun gözlerinde görebildiğim tek şey, arzuydu. *Tıpkı benimki gibi...*

Başak'ın yanında ben varken, bu amaçlarla ona bakıyor olmasına canım sıkıldığından daha fazla dayanamayıp, Başak'a biraz daha yanaştım. Tek kolumu arkasından dolayıp onu kendi bedenime yasladım sertçe. Çenemi omzuna yaslayarak, ilgili gözükmeye çalışarak sordum. "Beğendiğin bir şey var mı?"

Başta şaşkınlıkla irileşen gözlerine bakarken, gülmemek için dilimi ısırmam gerekmişti. "Evet, bunu beğendim mesela." Elindeki turuncu, minicik elbiseyi salladı. Yakasında kalpli boncuk işlemeleri olan elbise karşısında gözlerimi devirmemek adına epey çaba sarf ettim. Seksi olmadıktan sonra güzel olması ne işe yarardı ki?

İçimdeki, her daim gerilere itmeye çalıştığım ses, *"Seni geri zekâlı seni! O minik bir kız kıyafeti sadece!"* diyerek bana aklınca kafa tuttuğunda, boş vererek omuzlarımı silktim. Ve tam bu sırada, Başak'ın karnının üzerine koyduğum elimde bir baskı hissedince merakla baktım. Görünürde bir şey yoktu ama az önce bir baskı hissettiğime emindim!

Başak heyecanla "Tekmeledi! Ah, bu sefer eminim. Bu kesinlikle bir tekmeydi!" diye haykırdı. "Hissettin, değil mi Kıvanç?" Bir yandan gülümsüyor, bir yandan soruyordu. "Nasıl bir histi sence?"

Sorusu karşısında afalladım. Söyleyecek bir şey bulmak güçtü nedense. Çünkü tarif edilmesi zor bir his gibi gelmişti. Tek kelimeyle, değişikti. *Attığı bir tekmesi sayesinde, orada bir canlı olduğuna emin oluyordunuz. Küçücük, daha gelişimini tamamlayamamış bir canlının hareketini karnınızda hissediyor ve bu değişik şeyin adına tekme diyordunuz. Ve en kötüsü de, değişik hissettiren bu şeyi, herhangi bir kalıba koyup da anlatamıyordunuz...*

Etkilendiğimi belli etmemek adına boğazımı temizledim. "Saçmaydı," deyip ellerimi karnının üzerinden zor da olsa çekmeyi başardım. "Evet, saçmaydı yalnızca. Bir şey hissetmedim!"

Dudakları hayal kırıklığıyla büzülürken, gözleri hafiften de olsa dolmuştu sanki. Yine de hiçbir şey söylemeyip önüne döndü. Onu kırmış olduğumun farkındaydım. Bu olayın üzerinden dakikalar geçtikten sonra bile, benimle doğru düzgün konuşmaması bu tezimi doğruluyordu. Sadece sohbet başlatabilmek amacıyla sorduğum gereksiz sorulara cevap veriyor, ardından tekrar bana sırtını dönüyordu ve bu kısır döngü sürekli olarak tekrarlanıp duruyordu.

Birkaç parça daha seçtiğinde, nihayet yanımızdaki sülük çocuk da başka müşterilerin yanına gitmişti. Bu kocaman mağazada Başak önde, ben arkada yürürken bir anda durmasıyla ona çarpmaktan son anda sıyrılabilmiştim.

Az önce baktıklarının aksine daha büyük yaşlar için olduğu belli olan bir elbiseye bakıyordu şimdi. Eline aldığı elbisenin üst kısmı düz siyahtı, yalnızca birkaç boncuk işlemesi vardı. Açık pembe etekleri ise kabarık, balon etek türündeydi. Eteklerinin üzerinde gümüş rengindeki taşlarla resmedilen çilekle güzel bir uyum sağlanmıştı. Her şeyiyle tam şirin bir kız elbisesiydi işte.

Gözlerimi minik elbiseden ayırıp Başak'a baktığımda, az önce yaşadığımız tatsızlıktan bu yana ilk defa gülümsediğine şahit olup, mutlulukla konuştum. "Bence çok güzel. Almayacak mısın yoksa?"

"Hayır," cevabını aldığımda, kaşlarımı çattım. Ben bile sevmiştim bu elbiseyi! Neden almıyordu ki? Sorumu duymuş gibi, saniyeler sonra konuştu. "Altı yaş elbisesi çünkü. Daha kızım doğmadı bile!"

"Büyüdüğünde giyer işte!"

"Hele bir doğsun da, gerisini o zaman düşünürüm."

Bakışları gibi soğuk olan sesi, beni çıldırtmaya yetiyordu. Neden bu kadar çok alınmıştı ki? Sadece fikrimi söylemiştim ben! Gerçi, gerçek fikrim değildi! Âdeta avuçlarımın arasına atılan o tekmeden etkilenmiştim ama kişiliğime aykırı olan bu şeyi, ona itiraf edemezdim.

Kıvanç Koçarslan, anne karnındaki minik bir bebeğin tekmesinden etkilenmişti öyle mi? Hah! Kim inanırdı ki bu saçma şeye? Daha ben bile kendime inanamazken...

Benden epey bir uzaklaştığını gördüğümde, elbiseyi bir çırpıda elime alıp bir kez daha inceledim. Gerçekten şirin olduğuna kanaat getirdiğimde, direkt olarak kasanın yolunu tuttum. Az önce seçtiği bütün kıyafetler de oradaydı zaten. Kasaya vardığımda hepsinin fiyatını ödeyip, ikimizin de beğendiği pembe-siyah elbiseyi hediye paketi yapmalarını istedim. Görevli işine bitirdiğinde başımı teşekkür edercesine salladım ve koca koca poşetleri elime alıp Başak'ın yanına doğru yürümeye başladım.

Sonrasında da tıpkı az önceki gibi arkasından sarıldım ona ve çenemi omzuna dayayıp konuşmaya başladım. "Bunları eşekliğimin bir özrü olarak kabul eder misiniz acaba?"

Önce iri gözleriyle bana, ardından da elimdeki poşetlere baktı. Saniyeler sonra kaşlarını kızar gibi çattığında, bu sefer ne aptallık yaptığımı düşündüm ama aklıma hiçbir şey gelmedi. Uslu davrandığıma emindim oysaki!

"Lütfen bana bunları ödediğini söyleme!"

"Ödedim!"

Elini saçlarının arasına daldırıp sertçe çekti ve ardından acı çekiyormuş gibi inledi. "Bunu yapmanı söyledim mi ben sana?"

"Söylemen mi gerekiyordu?"

"Evet!"

Artık ikimiz de bağırıyorduk. Fakat olaya biraz daha ılımlı yaklaşmam gerektiğini anlayıp derince bir nefesi çektim içime. Narin, kırılgan ve duygusal bir kızdı Başak. Bunu anlamıştım ve bu durumda sakin olmam, onun için yapabileceğim en güzel şey olurdu.

"Tamam. Hata yaptım mı bilmiyorum. Ama yaptıysam özür dilerim. Ben sadece seni mutlu etmeyi istemiştim, o kadar." Yavru kedi bakışlarımı yüzüme oturtmaktan da geri durmamıştım. Bu, her zaman işe yarıyordu. İstediğim zamanlarda böyle davranıp karşımdakini bir şekilde etkilemeyi başarıyordum. Ki zaten karşımdakini etkileyebilmek, uzmanlık alanıma dâhildi.

Benimle konuşmama ısrarına devam ettiğinde, elimi yanağına koydum. Başparmağımı dudağına yakın yerlerde gezdirmeye başladığımda, huylanmış olacak ki, kaçmaya çalıştı. Ama buna izin vermeyip daha çok yaklaştım ona. İlk defa bir kız böylesine etkiliyordu beni! *Hatta daha doğrusu, ilk defa bir kız etkiliyordu beni!*

En önemlisi de, benim için kızların artık ikiye bölünür olmasıydı hiç şüphesiz. *Tek gecelikler ve Başak olmak üzere...* Beni nasıl bu kadar etkisi altına aldığını bilmesem de, beni ona iten bir şeyin olduğuna adım kadar emindim. Sürekli onun yanında, yakınlarında buluyordum kendimi. Bunun açıklaması üzerine kafa yormaktansa, akışına bırakmak daha doğru geliyordu. Ve her daim o kadar masum görünüyordu ki gözüme, bunu izah edecek bir kelimenin var olduğundan şüpheliydim. Açık yeşil gözleri, küçük bir kız çocuğuymuş gibi savunmasız bakıyordu çoğu zaman. Bazen dokunsan ağlayacak gibi oluyordu, bazen de dünyanın en mutlu insanıymış gibi sürekli gülümseyip duruyordu. İkinci seçenek çok daha güzeldi tabii ki! Çünkü gülümseme eylemi, kimseye yakışmadığı kadar yakışıyordu ona. Gülümsediği zamanlarda, etrafına saçtığı neşeden nasiplenmeyi sever olmuştum. *Üstelik daha onu gördüğüm ilk günden beri*!

"Neyse, önemli değil. Sanırım ben de fazla tepki verdim," deyip burukça gülümsediğinin farkına vardığımda, aynı şekilde karşılık verdim. Elimdeki poşetleri alıp içindekilerini üstünkörü inceledi. Bir iki poşetten sonra, içinde hediye paketi olan poşete bakmış olacaktı ki, gözlerinin şaşkınlıkla irileştiğine şahitlik ettim.

"Açsana."

Başını sallayarak hediye paketini çıkardı. Hızlı ama dikkatli bir biçimde açtı. Elbiseyi dışarı çıkardığında, suratında oluşan şaşkınlık ifadesini sırıtarak izlemeye devam ediyordum. Onu böylesine mutlu edebildiğimi görmek, çoğu şeyden daha güzel gelmişti gözüme. Çapkınlık yapmaktan bile güzeldi mesela. Bu şaşırtıcı gerçeği, daha sonra düşünmek üzere beynimin ücra köşesindeki herhangi bir rafa kaldırdım.

"Çok teşekkür ederim Kıvanç." Bunu dile getirip kollarını boynuma doladığında, sabahtan beri yapmak istediğim şeyi yaptım. Neyi mi? *Çilek kokusunu doya doya içime çekerken gözlerimi huzurla yummayı...*

"Önemli değil. Beş altı yaşına gelince giyer artık," dedim gülerek.

"Çok şirin olacak bunun içinde!" Elindeki elbiseye bir kez daha hayran gözlerle baktı. Bu heyecanına ortak olabileceğim kadar değişmediğimi bildiğimden yalnızca izlemekle yetindim onu.

Bu sırada aklıma gelen dâhiyane fikirle konuştum. "Alışverişten nefret eden bir insan olarak, ben de bir hediyeyi hak ettim sanırım?"

Kaşlarını çatarak bir süre söylediklerim üzerine düşündü. "Söyle bakalım, ne istiyorsun?"

Yalandan esnedim ve "Çok uykum geldi!" diye mırıldandım. Biraz daha yanına sokulduğumda, birbirine yaklaşan bedenlerimizden dolayı ürktüğünü gözlerinden anlayabiliyordum. "Benimle uyuyacak şanslı bir kız arıyordum."

"Bakma öyle ve aramaya devam et o halde. Çünkü bahsi geçen o kız ben değilim!"

"Yanılıyorsun, Başak," dedim ve bir adım daha attım. "O kız sensin!"

"Sana inanacak kadar güvenilir bulmuyorum seni. Ayrıca... Seninle uyumayı istediğimi falan mı düşünüyorsun?"

Gözlerini kaçırması bile, yeterli bir cevaptı aslında. Bal gibi de istiyordu. "Lütfen!" dedim inatla. Ve sonra, saçlarının arasına daldırdım ellerimi. "Yalnızca bir kez bile olsa, yanında uyumayı istiyorum! Bana o izni vermediğinden beri..."

"Kendin de itiraf ettin. Bu isteği takıntı haline getirmişsin, o kadar!"

Artık sert çıkmaya başlayan sesimle, "Hayır!" dedim. Sonrasında derin bir nefes alarak, sakince konuşmaya çalıştım. "Takıntı falan değil. İlk defa bir dişinin yanında, sadece masumca uyumayı istiyorum Başak! Lütfen nedenini sorma çünkü inan ki ben de bilmiyorum. Sadece istiyorum. Hepsi bu!"

"Ama..."

"Şş," dedim ve başparmağımı dudağının hemen üzerine koyup, tamamen susmasını sağladım. *Kendisi konuşursa vazgeçer, ben konuşursam ikna olurdu.* Adım gibi emin olduğum bu gerçek üzerine, daha büyük bir ısrarla baktım gözlerine. "Yalvarırım Başak! Yalnızca bir kere."

Gözlerinde yepyeni, öncesinde hiç görmediğim minik parıltılar patlak verince, bir an bile durmadım. Eğildim ve onu bir çırpıda kucağıma aldım. Ben bunu yapar yapmaz dudaklarının arasından minik bir çığlık kaçıverdiğinde mutlulukla gülümsedim.

"Taşıyabileceğine emin misin?"

Sorusu üzerine alayla gülümsedim. "Vücudumun her köşesinden fışkıran kasları görmedin herhalde? Boşuna değil ya bunlar!"

"Sanırım haklısın. Onlar bugünler için varlar! Ama yine de yürümeyi tercih ederdim."

"Şu anda senin tercihini değil, benim kararımı uyguladığımız için ne kadar mutlu olduğumu bilemezsin!"

"Sen de ne kadar gıcık olduğunu..."

"Ah bak işte, buna katılmadan edemeyeceğim!"

"İnsanın kendini bilmesi de güzel tabii..."

Etrafımızdaki insanlar merakla dönüp bize bakarlarken, hiç aldırış etmeyip yürümeye devam ettim. Hem Başak'ı, hem de poşetleri taşımak biraz sıkıntılıydı ama zayıf olduğu için çok da zorlandığım söylenemezdi.

Kilosunun azlığına bakacak olursam, hamile olduğu ihtimali aklımın ucundan dâhi geçmezdi herhalde. *Ama bugün tam avucumun üzerine atılan tekme, hamile olduğunu haykırır nitelikteydi. Hani şu, garip bir biçimde beni etkisi altına alan tekmeden bahsediyorum.*

Evet. *Ultrason cihazının ekranında gri toz bulutu halinde görünen ve o ekrana bakılarak cinsiyeti konusunda bir karara varılabileceğine hâlâ inanmadığım o minik şeyin attığı garip tekme, beni sersemletmişti nedense...*

14. Bölüm

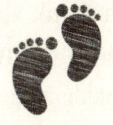

Minnet

Asude'den

Her zaman hızdan yana olan ve hızlı hareket eden biri olmuşumdur. Kendimi Başak'la kıyaslayacak olursam, o kaplumbağa, bense çita falan olurdum herhalde. O halde, neden şimdi hızlı hareket edemiyordum? Neden ne giyeceğim konusunda bir türlü karar veremiyordum? Aylar sonra babamı görecektim. Onu bekletmek, isteyeceğim en son şey bile olmazdı ama heyecanlıydım ve bu da elimi ayağıma dolandıracak kadar kuvvetli bir etkiye sahipti. Birlikte yemek yiyecektik ve yiyeceğimiz yemekte Batın da bize eşlik edecekti. Babamla tanışmak için can attığını öğrendiğimden onu da davet etmiştim. İyi yapıp yapmadığımı yemeğin sonunda görecektim ama umarım ki, pişman olacağım bir sonuç çıkmazdı.

Devasa gardırobumla dakikalar süren bakışmamızın ardından, seçimimi açık mavi kot tulumumdan yana kullandım. Öncelikle içime kısa kollu beyaz bir tişört giyindim. Seçtiğim tulumu da hızla üzerime geçirdiğimde, geriye bir tek saçlarım kalmıştı. Tepede sıkı bir atkuyruğu yaptıktan sonra önden birkaç saç tutamını serbest bıraktım. Çantamı da omzuma asıp uçarcasına bir hızla odamdan çıktığımda nefes nefese kalmıştım. Ama Batın'ın çenesini çekmekten daha iyi bir şeydi bu!

Salona doğru yol alırken, koridorun diğer ucunda Başak'ı görmemle duraksadım. Hemen ardından kaşlarımı çatarak yanına vardım ve ellerimi belime yerleştirdim. Evet, sorgu vaktiydi! Çünkü bundan birkaç dakika öncesinde Kıvanç'la birlikte uyuduklarını görmüştüm ve o tablo, beni deli edebilmek için oldukça yeterli gözükmüştü gözüme.

"Nihayet uyanabildiniz, Başak Hanım!"

Kinaye dolu sözlerime karşılık omuzlarını silkti. Uykusunu aldığı belli olsa da, gözlerinden ruhsuzluk akıyordu sanki. "Kızımın babasıyla birlikte uyumasını çok görme bana!"

Kendini bu saçma yollarla haklı çıkaracağını sanıyorsa gerçekten yanılıyordu. Eğer ki gerçekten kızının babasıyla uyumasını istiyorsa, o halde ilk iş olarak babası olacak o adama bir kızı olacağını söylemeliydi, değil mi?

"Kemal amcaya mı gidiyorsun?"

Sorusu üzerine kendime geldiğimde, yavaşça başımı salladım. Gözlerinden bir hüzün dalgası geçerken, az önceki sinirimi bir kenara bırakıp gülümseyebilmek adına kendimi zorladım. Başak'a kıyamamaktan, bazen ciddi anlamda nefret ediyordum!

"Üzülme Başak. Hem... Ben babama biraz çıtlattım olayı."

Yeşil gözlerinin etrafını saran şaşkınlıkla bakmaya başladı suratıma. Gülümseyerek açıklamaya giriştim. "Evet, hamile olduğunu söyledim. Bilirsin, babam seni çok sever. Telefonda pek bir şey söyleyemedi ama yüz yüze geldiğinizde elbet ki çok kızacaktır. Ama sonunda da dayanamayıp kollarını açacaktır sana."

Söylediklerim karşısında yüzünde zoraki olduğu apaçık belli olan bir gülümseme oluştu. Evet. Babam, beni sevdiği kadar Başak'ı da severdi. *Tıpkı Başak'ın babasının da beni sevdiği gibi...* Aile üyelerimiz epey yakın arkadaşlardı ve biz de doğduğumuz günden bu yana kardeş gibi büyümüş, daha doğrusu büyütülmüştük. İlk adımlarımızı beraber atmıştık. İlk kez beraber düşmüş ve ilk kalkışlarımızı da beraber yapmıştık. Kısacası her şeyin ilkini beraber yaşamıştık ve kısmetse her şeyin sonunu da beraber yaşayacaktık. Hayata dair, en büyük dileğim buydu!

Başak'a olan sevgimi anlatmaya kalkışsam, hiç şüphesiz ki kalın kalın ciltler oluşurdu. En ufak bir şey için canı yansa, sanki benim canım yanmış gibi gelirdi.

Uzun lafın kısası, bu hayatta canımdan çok sevdiğim ve kendimden çok değer verdiğim nadir insanlardan biriydi o. Ve ben, şartlar ne olursa olsun, onu tek bir saniyesinde bile yalnız bırakmayacak, her adımında yanında olacaktım.

Batın'ın serzenişleriyle geçen bunaltıcı bir yolculuğun ardından, nihayet babamla buluşacağımız restorana gelebilmiştik.

Bana yaşattığı bütün olumsuz dakikaları silip atmak istercesine başımı iki yana salladım. Az sonra babamı görecektim ve şu anda Batın, gerçekten de düşünmem gereken en son şey bile değildi. Tek önceliğim, şu kapıdan içeri süzülebilmek ve sonrasında da babamın kollarına atılabilmekti.

Bu isteğimin ilk aşamasını, neredeyse koşar adımlarla gerçekleştirdim. Restoran kapısından içeri süzüldüğüm anda adımlarımı biraz daha sıklaştırırken, bir yandan da etrafıma bakınıyordum. Neredeydi bu adam?

Batın'ın hiç beklemediğim bir anda beni kolumdan tutup çekmesiyle afalladım. Gözlerim irileşirken, sinirimin tavan noktasına ulaşması da gecikmedi. Kolumu böylesine sıkı tutarken neyi amaçlıyordu? Morartmayı falan mı?

Amacını ancak babamı karşımda görebildiğimde anlamıştım. Ben bile babamı bulamazken, o şak diye bulmuştu. Şaşırmayı bir kenara bırakarak, babamın davetkâr bir biçimde iki yana açılan kollarına büyük bir iştahla atıldım. Ve aylar sonra bu tanıdık güçlü kollar bedenimi sıkı sıkıya sarmalarken, doyasıya gülümsedim. Birkaç dakika boyunca da kollarımı sırtından çekmedim, aksine daha sıkı sarıldım. Batın'ın tam arkamızda yer edindiğini hissettiğimde ise, hiç istemeyerek de olsa geri çekilmek zorunda kaldım.

Benim onları tanıştırmam gerekirken, onlar saniyeler içerisinde tanışma işlemine girişmişlerdi bile. Büyük bir dertten kurtulduğumdan, arkamdaki turuncu sandalyeyi çekip rahatça oturdum. Çantamı çıkardım ve masanın üzerine bıraktım. Bu sırada bir yandan da babamı incelemekle meşguldüm. En son gördüğümde var olan göbeği, şimdi biraz da olsa erimiş gibiydi. Saçlarının arasında fazlalaştığını fark ettiğim beyaz saç tutamlarına ise, gereğinden fazla gülümseyerek baktım. O tek tük beyazların, var olan siyahlarıyla güzel bir uyum oluşturdukları tezini savunurdum hep. Babamsa bu sıra dışı fikrime gülüp, *"Benimle dalga mı geçiyorsun sen kız?"* diye tatlı tatlı azarlardı beni.

"Benim canım kızım nasılmış bakalım?"

Yanımdaki sandalyeye oturur oturmaz kolunu omzuma atarak beni kendisine çekti. Başımı göğsüne yasladığımda huzur içinde gözlerimi yumdum. "İyiyim baba," cevabını zoraki verdim. *Evet. İşin açıkçası, konuşmak istemiyordum. Tek istediğim, burada uykuya dalabilmekti sadece.*

"Demek üçüncü sınıfsın delikanlı..."

"Evet, efendim." Batın'ın sesi, şimdiye kadar hiç duymadığım bir biçimde kadifemsi bir yumuşaklıktaydı.

"Güzel."

Belirli bir zaman dilimi sessizlikle geçildiğinde bir şekilde araya dâhil olup, konuşacak konular üretmem gerektiğini anlamıştım. Çünkü ikisi de konuşacağa benzemiyordu. Batın heyecanlandığı için konuşamıyordu; babamsa konuşacak konu bulamadığı için.

"Annem nasıl baba?" diyerek ortamdaki suskunluğu neşe dolu sesimle bozdum. Babam, masanın üzerindeki elimi avuçlarının arasına aldıktan sonra konuşmaya başladı. "Gayet iyi kızım. Birkaç güne o da gelecek. Ama sakın bildiğini belli etme ona. Sürpriz yapacakmış."

Bugün aldığım ikinci güzel haberdi bu! İlki, yeğenimin kız olacağını öğrenmemdi tabii ki. Başak gibi cadı bir kız daha çıkacaktı başıma. Bir an önce sağlıklı bir şekilde aramıza katılmasından başka bir şey dilediğim yoktu!

Ben susunca, şaşırtıcı bir biçimde babamla Batın yeni bir konuşmanın içinde bulmuşlardı kendilerini. Batın, babamı neden ve ne zaman sevdiğini anlatıyordu. "Evet, Levent Koçarslan babam olur. Belki hatırlarsınız, bir davada Koçarslan Holding'e bayağı yüklü para cezası vermiştiniz. Mahkeme salonunda olduğum o gün, sizi çok sevmiş, etkilenmiş ve hedefimi o anlarda belirlemiştim."

Batın, babama karşı oluşan sevgisinin mazisini anlatırken, babamın kaşları tam da tahmin ettiğim gibi çatılmıştı. "Babana vermiş olduğum o yüklü para cezası seni sevindirmişti yani. Doğru mu anladım delikanlı?"

"Babamla aram pek iyi değildir. Uzun zamandır birbirimizin yüzünü dâhi görmüyoruz. Ama tüm bunları bir kenara bırakırsam, o sonucu zaten hak ettiğini düşünüyordum. Bu yüzden size saygı duydum ve o günden itibaren hukuka karşı bir ilgim oluşmaya başladı."

Babam, çattığı koyu kaşlarını ve kıstığı gözlerini eski haline getirip omuzlarını dikleştirdi. Bu konuşmadan memnun kalmadığını görebilmek hiç de zor değildi benim için. Ailesiyle arası kötü olan gençleri yadırgardı hep. Batın da bu gençlerden biri olduğu için, muhtemelen ona da aynı gözle bakıyordu şimdi.

"Ailene sırtını çevirme evlat. Sonra pişman olursun ve iş işten geçer," diyerek nasihat vermeye başladığında ağzım kulaklarıma varana kadar gülümsedim. Nasihat verme işinden anlamazdı ki babam! Karşısındaki ona ters bir tepki verirse sinirlenir hatta o ortamı terk bile edebilirdi. Kendini nasihat değil de, emir verir gibi gördüğü içindi sanırım bu.

Batın yavaşça başını sallayıp, "Haklısınız efendim," dediğinde, tuttuğum nefesimi çaktırmadan üfledim. Neyse ki karşı gelmemişti.

"Duyduğum kadarıyla Başak'ın bebeğinin amcası oluyormuşsun."

Babam, konuya balıklama dalış yaptığında boğazımı temizlemem gerekmişti. Batın'ın benimle buluşan ela gözleri dudağımı dişlememe neden olurken, kaçıncı kez yaptığımı bilemeyerek tekrardan nefesimi tuttum.

"Evet, doğru duymuşsunuz efendim."

"Bak, evlat! Başak'ın yaptığı şeyi savunmuyorum. Savunulacak bir tarafı da yok zaten. Çok kızgınım hatta daha da kötüsü kırgınım ona. Ama kızarım, kırılırım, yine de sırtımı çevirmem! Çünkü Başak'ı kendi kızımdan ayırt etmem! Babası neyse, ben de oyumdur Başak için. Dolayısıyla onu üzecek her şey beni de üzer. Bu yüzden sana söyleyeceğim tek bir şey var!" diye uzun bir konuşma yaptıktan sonra kısa bir an duraksadı. "Kardeşinin yaptığı gibi onu üzme, olur mu? Kızıma da, torunuma da iyi bak. Elinden geldiği kadar göz kulak ol onlara. Aksi takdirde çok fena hesabını sorarım!"

"Merak etmeyin efendim. Bir an bile gözlerimi üzerlerinden ayırmayacağım. Sorumluluğumun bilincindeyim ve amca olabilmek için fazlasıyla heveslyim."

"İşte buna sevindim!"

Babamın gözlerinin dolduğunu fark ettiğimde, içimde bir şeylerin kopup gittiğini hissettim. Bu dokunaklı konuşması, itiraf etmem gerekirse beni bile duygusallaştırmıştı. Özür dileyerek aceleyle yerimden kalktım. Titreyen bacaklarımı ve ellerimi kontrol altına almaya çalışarak minik ve dikkatli adımlar attım. Masadan yeteri kadar uzaklaştığımı düşündüğümde, gözlerimden yanaklarıma süzülen yaşları parmaklarımın ucuyla sildim. Birkaç kez burnumu çekerek kendime gelmeye çalıştım.

Aradan geçen birkaç dakika sonunda, etrafımdan geçen insanların bana garip bakışlar atmaya başlamasıyla, daha fazla burada dikilmemem gerektiğini -*geç de olsa*- anladım ve bacaklarıma yürümeleri için komut verdim. Kızaran gözlerimin eski haline geldiklerini ümit ederken, yüzüme sahte bir gülümseme oturttum.

Tekrar masaya döndüğümdeyse, babamı yalnız buldum. Yerime geçerken ilgisiz gözükmeye çalışarak sordum. "Batın nerede?"

"Az önce çıkması gerekti. Selda..." Duraksadı ve bir süre çenesini ovaladı. Bir şeyi düşünür gibiydi. "Ya da... Melda da olabilir. Her neyse işte! Biriyle konuştu ve gitmesi gerektiğini söyledi kızım."

Melda... Şu geçen sefer de arayan ve hemen ardından Batın'ın yanına gitmesini gerektirdiği gizemli kız.

Nedenini bilmediğim bir şekilde yüzüm düşerken, aldırmamaya gayret ederek önüme döndüm. Babamın benim için sipariş ettiklerini yemeye başladığımda, her ne kadar çabalasam da bir türlü gerçek anlamda gülümseyemiyordum. *Lanet olsun sana Batın! Sana da, kim olduğunu anlayamadığım o Melda denen kıza da lanet olsun!*

"Hayırdır Asu? Yüzün asıldı sanki birden?"

Babamın imalı çıkan ses tonuna karşılık boğazımı temizledim. Gözlerimi kırpıştırırken sertçe karşı çıktım. "Ne alakası var baba? Gayet mutluyum ben bir kere!"

"Öyle olsun bakalım," diyerek yemeğine döndü. Bıyık altından gülümsediğini görsem de, sesimi çıkarmadan yemeğimi yemeye devam ettim. Batın'a karşı ilgi duyduğumu falan düşünüyor olamazdı, değil miydi? Olmayan bir şeyi düşünmemesi gerekirdi çünkü!

"Bebeğin cinsiyeti bugün belli olacaktı, değil mi Asu?"

"Evet, baba. Bugün belli oldu."

"O zaman söyle bakalım. Kız dedesi mi olacağım yoksa erkek dedesi mi?"

Kısa bir an düşündükten sonra, başımı olumsuzca iki yana salladım. Bu müjdeyi veren ben olmayacaktım. Elimdeki çatalı bırakarak başımı yavaşça kaldırdım ve göz kırptım. "Bunu Başak'ın ağzından duymalısın baba. Sürprizi bozmak istemem!"

Başak'tan

Hamileliğimi öğrendiğim günden bu yana hiç bu kadar mutlu olduğum bir anı hatırlamıyorum. Çünkü öyle bir an olmamıştı. Ama şimdi... O kadar mutlu ve huzurluydum ki, bunu kelimelere dökebilmek bile imkânsız geliyordu.

Ayrıca, nasıl mutlu olmazdım ki? Kemal amcanın güçlü kolları arasındayken, mutlu olmama gibi bir seçeneğim var mıydı? Babam gibi sevdiğim, babam kadar değer verdiğim bir insandı o. Ve şimdi, bana olan tüm kızgınlığına ve kırgınlığına rağmen, yanımda olacağını söylemişti. Benim için öyle değerliydi ki bu! Öyle ilaç gibi gelmişti ki!

"Asu!"

Kemal amcanın gür sesi, büyük salonumuzun içinde yankılandı. Asude babasını ikiletmeden, üzerindeki komik önlüğüyle mutfaktan çıkıp yanımıza geldi. Teyzemle birlikte saatlerdir mutfaktalardı ve eminim ki, harika şeyler yapıyorlardı.

"Efendim baba?"

Üzerindeki pembe ayıcıklı önlüğü çok mu aramış acaba, diye düşünmeden edemedim. Ama hemen sonrasında, ayıcıklara karşı olan takıntısını hatırladığımda gülümsedim. Küçüklüğünden beri odası baştan aşağı, her boydan ayıcıklarla doluydu. Gerçi şimdi de öyleydi de, neyse...

"Batın'ı ara da, gelsin. Bugün erkenden kalktı, pek konuşamadık."

Kemal amcanın söyledikleri, Asude üzerinde tam anlamıyla soğuk bir duş etkisi oluşturmuş gibiydi. İrileşen gözlerine bakarak anlayabiliyordum bunu. Şaşırdığı olaylarda her zaman verdiği bir tepkiydi bu. Kendiliğinden iri olan gözlerini daha irileştirerek bakardı. Ardından şaşkınlığını üzerinden atmayı başarır başarmaz kaşlarını çatardı. *Şimdi olduğu gibi...*

"Çağırmasam olmaz mı baba? Hem... Melda'yla işleri vardır belki." Asude'nin söyledikleri üzerine gözlerimi kısarak baktım. Ama sanki özellikle bakışlarını benden kaçırıyormuş gibi, başını başka bir yöne çevirmişti. *Melda kimdi ki?*

"Kıskançlık mı yapıyorsun kızım sen?"

"Hayır, baba. Ne alakası var? Hem onun nesini kıskanacakmışım ki ben?" Ama o kadar çok heyecanlanmıştı ki söyledikleri hiç de inandırıcı gelmiyordu kulağa. *Ah, benim saf arkadaşım!*

"O zaman ara da, gelsin kızım! Kızdırma beni!" Kemal amca olaya son noktayı koyduğunda, Asude'ye kalan tek şey gözlerini devirmek ve babasının emrine itaat etmek olmuştu...

❧❧❧

Biz sadece Batın'ın gelmesini beklerken, sürpriz yumurtadan çıkma misali Kıvanç ve Melda da gelmişti. Batın, hepimize tek tek Melda'yı tanıtırken, kuzeni olduğunu belirtmeyi ihmal etmemişti. Asude'nin yüzünün aldığı şekli ise hayatım boyunca unutmayacağıma emindim! Başta şoka girmiş, ardından da mutlu olduğunu gözler önüne sererecesine sırıtmıştı. Her ne kadar bu yüz ifadelerine kahkaha atmayı istesem de, şaşırtıcı bir biçimde kendime hâkim olmasını bilmiştim. *Neyse ki!*

Kemal amca ile Batın, çok geçmeden derin bir sohbetin içinde bulmuşlardı kendilerini. Kıvanç ise sanki aramızda değilmiş gibiydi. *Soyut bir cisim gibi. Ya da görünürde somut olsa da, tamamen etkisiz bir eleman olan bir heykel gibi.*

Can sıkıntısıyla bakışlarımı Melda'nın üzerinde gezdirmeye başladım. Melda, daha çok Batın'a benziyordu. Kıvanç'la uzaktan yakından alakaları yok desem yeriydi. Batın'ın Kıvanç'tan başka kardeşinin olmadığını bilmesem, Melda'yla kardeş olduklarını düşünebilirdim hatta. Batın'ınki gibi kahve tonunda bir saç rengine sahipti. Tek fark, bir ton daha koyu oluşuydu. Göz rengi ise, Batın'ın elasına göre biraz daha açık kalıyordu. Fiziğine gelecek olursam, kısaca *kusursuz* demekle yeterince açıklamış oluyordum sanırım...

Göz göze geldiğimizde, sanki bir suç işliyormuşum gibi alt dudağımı dişlerimin arasına aldım. Ardından bu davranışımın saçma olduğunun ayrımına vardım ve dudağımı serbest bıraktım. Zoraki bir gülümseyişi yüzüme oturttuğumda, hiç beklemediğim sıcak bir tavırla yanıma kadar gelmişti. *Tek bir gülümseme bile ne kadar büyük adımlar atmaya yol açabiliyordu...*

"Batın senden çok bahsetti Başak. Seninle tanışabildiğime çok mutluyum," diyerek bana sarıldığında, neye uğradığımı şaşırdım. Asude'nin gerilen suratı görüş alanıma girdiğinde ise başımın dertte olduğunu anlamış oldum. Ne kadar da kıskanç bir arkadaşım vardı ama!

Her ne kadar şu an Asude'yi yadırgıyor gibi gözüksem de, bu konuda birbirimizin aynısıydık aslında. Gerçi, birbirimizi kıskanmanın yanlış bir tarafı da yoktu. Her arkadaş birbirini kıskanabilirdi. Bizim arkadaştan çok daha öte olduğumuzu göz önüne alırsak, bu çok daha doğal bir durumdu. Birbirimizi bizden başka kimseyle paylaşamıyorduk.

"Öyle mi? Ne güzel! Ben de seninle tanıştığım için mutlu oldum, Melda," diyerek zorlukla gülümsedim. Aslında gayet tatlı bir kıza benziyordu fakat Asude'nin bizi dikizleyen bakışlarının altındayken pek rahat olduğum söylenemezdi.

Melda'nın samimi sorularına karşılık, elimden geldiği ölçüde ben de aynı samimiyetle cevaplar vermeye çalıştım. Bu konuda ne kadar başarılı olduğumu bilmiyordum ama önemli olan, çabalamış olmamdı.

Kemal amca ile Batın, aralarındaki *hukuk* temalı derin sohbeti sonlandırmış olacaklardı ki, Batın ayaklanmıştı. Melda da onunla birlikte kalkarken, Kıvanç hiç istifini bozmadan koltukta yayılma işlemine devam etmişti. Ah! Bir insan nasıl bu kadar rahat davranabilirdi ki?

"Kalksana Kıvanç!"

Batın'ın bu çağrısına karşılık omuzlarını silkmekle yetinmişti. "Siz gidin, ben biraz daha kalacağım."

Normal bir zamanda olsak, bu davranışı beni mutlu ederdi belki. Ama Kemal amca yanı başımızdayken ve sert bakışları yüzünde hâkimken, hiç de mutlu etmiyordu açıkçası.

Ben ve Kıvanç dışındakilerin misafirleri uğurlama faslından yararlanmanın tam vaktiydi sanırım. Kıvanç'a kaş göz işaretleriyle odama geçmesini anlattım. Başını salladığını gördüğümde, hızlı ve büyük adımlar atarak, uzun koridorumuzun ilerisindeki odama vardım. Kıvanç'ın da birkaç saniye sonra içeri girmesiyle, kapıyı arkamızdan kapatıp, içimde tuttuğum nefesi dışarı verdim.

Bu sırada *-bugün, birbirimize sarılarak uyuduğumuz-* yatağımın üzerine oturmuştu. Gözleri üzerimde gezinirken, dudakları çapkınca kıvrılmıştı. Bu tavrıyla beni nasıl heyecanlandırdığının ya da ne denli sinirlendirdiğinin farkında bile değildi.

"Bu kadar rahat davranmasan olmaz mı Kıvanç? En azından Kemal amca buradayken yapma bunu. Çok göze batıyorsun!"

Çileden çıkma ihtimali taşırcasına söylediğim bu sözlerin, onda oluşturduğu etkiyi görebilmek için başımı hafifçe kaldırdım. Gözlerini kısarak bana oturduğu yerden bakıyor ve hiç de etkilenmişe benzemiyordu. Zaten ne bekliyordum ki? Beni dikkate almasını falan mı?

"Benim yapım bu, Başak! Herkes gibi beni değiştirmeye çalışırsan kaybeden yalnızca sen olursun!"

Sesinin yükselen tonuyla söylediği bu sözler üzerine boğazımda oluşan yumruyu itebilmek için sertçe yutkunmam gerekmişti. Bana ilk kez bağırmıştı ve itiraf etmem gerekirse, bu gerçekten de canımı fena halde yakmıştı.

İçimde kopan fırtınaları belli etmemeye çalışarak, tıpkı onun gibi bağırdım ben de. *İçimdeki öfkeyi kusmak istercesine...* "Seni değiştirmeye çalıştığım falan yok, tamam mı!"

Hiçbir zaman bunu denememiştim ki ben. Onu değiştirmeye çalışmak, kalkışacağım en son şey olurdu. Ayrıca onu değiştirmeye çalışsaydım, çoktan bir bebeği olacağından bahsederdim mesela. Ve onu değiştirebilme ihtimalim olduğunu bilseydim eğer elimden geleni ardıma koymazdım. Ama değişmeyeceğini adım gibi biliyordum.

"Hem... Neyi kaybedecekmişim ki? Benim kaybedecek hiçbir şeyim yok, Kıvanç! Artık, uğrunda hayallerimi ezip geçtiğim kızımdan başka kaybedeceğim hiçbir şey yok hayatımda!"

Söylediklerimin onda oluşturacağı tepkinin, yüzünü buruşturması olacağını tahmin etmemiştim. Ama yaptığı şey, tam olarak bu olmuştu! Bunca söylediğim şeye rağmen, yalnızca yüzünü buruşturmakla yetinmişti! *Düşüncesiz* kelimesinin sözlükteki karşılığı *Kıvanç* olmalıydı. Çok daha öz ve aynı zamanda açıklayıcı olurdu.

"Karnındaki o şey yüzünden bu haldeyiz, Başak! Sana yakın olabilmemi engelleyen tek şey o!"

İkinci kez karnıma iğrenircesine bakması, gözlerimin yaşlarla dolup taşması için yeterli bir sebepti. "Anlamıyorum!" diye bağırıp, saçlarımı parmaklarımın arasına doladım ve sertçe çekiştirdim. "Kızımın sana ne zararı var Kıvanç? Neden ona böyle, nefret edercesine bakıyorsun?"

"Çünkü nefret ediyorum! Ve evet, saymakla bitmeyecek kadar çok zararı var! O olmasa, bizim adımıza her şey daha kolay olabilirdi!"

Zihnimde bir tek, *nefret ediyorum* kısmı bozuk bir plak misali dönüp dururken başım da şiddetle döndü. Düşecek gibi oldum. Kızımın babası, kızımdan nefret ediyordu! Ve bu öyle ağırdı ki, kaldırabileceğimden emin değildim... *"Seni lanet olasıca adam! O senin de kızın!"* diye bağırmayı istesem de, buna bile değmezdi.

Uzunca bir sessizlikten sonra gayet sakin bir sesle devam etti. "Ben şimdiye kadar bir tek kıza bağlı kalmadım, Başak. Ama kabul, sen aklımı karıştırdın. Hâlâ daha karıştırıyorsun! Bundan saatler önce sana sarılarak uyudum ve etkilenmediğimi söyleyemeyeceğim. Ama bunun olmasına, beni daha fazla etkin altına almana izin vermeyeceğim! Karnında böylesine büyük bir sorumluluğu taşıdığın için yapmayacağım bunu! Çünkü bir bebeğin sorumluluğu altına girmek, hiçbir kız için yapmayacağım bir şey. Senin için bile!"

Duyduklarım karşısında pes edercesine başımı aşağı yukarı salladım. Zaten *"biz"* olamayacağımızın bilincindeydim ve bu söyledikleri beni daha çok ikna etmekten başka bir işe yaramamıştı. Ki, kabullenmekten başka yapabileceğim ne vardı ki?

Onun zehirli sözcüklerini her defasında akıtmasına izin veriyor, sonra da çekip gidişini izlemekten başka bir şey yapmıyordum. Aradan günler, hatta bazen yalnızca saatler geçtiğinde de sanki o sözcükleri sarf eden o değilmiş gibi karşıma çıkmaktan geri durmuyor, bunu yaparken gocunmuyordu. Bense onu neden yine geldin diye sorgulamıyor, sadece geldiği için mutlu olma iznini veriyordum kendime. Sonrasında beni tekrar hüzne boğacağı gerçeğini atlayarak... Ama bu sefer böyle olmayacaktı. Bu sefer, beni daha fazla üzme iznini ona vermeyecektim!

Bu düşüncelerimin ışığında, "Git!" dedim. Hatta demekten öte, bağırdım. "Defol git Kıvanç!"

Bu isteğime ne sözleriyle karşı geldi ne de hareketleriyle... Kapıyı çarpıp çıktı sadece. Ve o bunu yapar yapmaz ben de gözyaşlarımın yanaklarımdan aşağı süzülüp gitmelerine izin verdim. Ağzımda biriken tuz tadı artmaya başladığında, hıçkırıklarımı bastırabilmek için yorganımı dişlerimin arasına alıp sertçe ısırdım ve gözlerimi yumdum. İçimde biriken ve her geçen gün beni daha da içten fetheden hüznü söküp atmaya ihtiyacım vardı artık. Bunun tek yolu, beni anlayabilen birinin yanında olabilmekti. Bu ani kararımla, yorganı üzerimden çekip ayaklandım. Sarsak adımlarımla odamdan dışarı çıkmayı başarabildiğimde, soğuk duvara sürüne sürüne yürümeye çalıştım. Duvarın soğukluğu içimi ürpertirken, ellerimle karnımı sarmaladım.

Asude'nin odasının önüne geldiğimde, açık olan kapıdan başımı uzattım. Kemal amcayla birlikte birbirlerine sarılıp uykuya dalmışlardı. Bu güzel görüntüyü, gözlerimde tekrardan birikmeye başlayan yaşlarla izledim. Babamla bir daha asla böyle uyuyamayacak olmanın verdiği ağırlıktan dolayı akıyordu belki de gözyaşlarım. Bilmiyordum!

Sessiz bir iç geçirerek geri çekildim. Başta teyzemin yanına gitmeyi düşünsem de, bu fikirden vazgeçmem fazla zamanımı almadı. Benim yüzümden günlerdir yeterince yoruluyordu zaten.

Batın'a da gidemezdim. Kıvanç'ın orada olmadığına emindim çünkü muhtemelen soluğu yeni kızların yanında alacaktı. Ama Melda'nın orada olup olmadığını bilemezdim. Bu durumda, geriye tek bir seçenek kalıyordu.

Her anımda yanımda olacağının sözünü veren, beni kendinden bile sakınırcasına masum seven Sarp Suaderoğlu.

∽∽∽

Evden çıkmadan önce giydiğim monta rağmen, fazlasıyla üşümüştüm. Soğuk, âdeta iliklerime varıncaya dek işlemişti. Şu an istediğim tek şey, biraz olsun ısınabilmekti.

Dış kapının yanındaki isimlerde, Sarp Suaderoğlu yazısını bulmam neyse ki fazla zamanımı almamıştı. İlk çalışta açmış olmasının verdiği mutlulukla kapıyı bütün gücümle itip, kendimi hızla içeri ve hemen ardından da asansör kabinine atmıştım. Beşinci kata geldiğimizin sinyalini veren uyarıcı sesi duyduğumda ise, bedenimi süratle dışarı çıkarmıştım. Sarp, daire kapısının başında beklerken, gelenin ben olduğumu gördüğü an koşarak gelmişti yanıma. O telaşlı bir biçimde gözlerimin içine bakarken, en acınası sesimle "İçeri girebilir miyim Sarp?" diye sormuştum.

Sonucunda da buradaydım işte. Sarp'ın salonundaki koltuklarından birinde.

Bu sırada Sarp, üzerime polar battaniye örtüp yanımdaki boşluğu doldurdu ve soğuktan buz kesen ellerimi avuçlarının arasına aldı. Verdiği tepki, kocaman bir şaşkınlıktan ibaretti. "Donmuşsun sen Başak!" Ellerime sıcak nefesini ardı ardına üflerken, sessizce beklemeyi yeğledim.

"Ne oldu sana?" Yüzümü sıcacık ellerinin arasına aldığında ürperdiğim için geri çekilmeye çalıştım. Buna izin vererek ellerini birazcık gevşetti. "Neyin var Başak? Korkutuyorsun beni!"

Kahve gözlerinin altındaki endişe kırıntıları, burnumun sızlamasına sebep oluyordu. Beni önemseyen ve böylesine seven bir adamın olduğunu görmek, fazlasıyla güzeldi. Ona bu sevgisi sayesinde minnettar olduğumu belli edebilmek adına, içimden geldiği gibi önce gülümsedim, ardından da sımsıkı sarıldım.

"Konuş benimle, Başak. Yalvarırım bir şey söyle!" diye sesini yükselttiğinde, sesindeki çaresizlik tınısı beni mahvediyordu. Ona bakınca kendimi görür gibi oluyordum çünkü. *Ben Kıvanç'a karşı çaresizdim, o da bana karşı...* Hayat neden bu kadar acımasız olmak zorundaydı ki? Sarp'ın sevgisine karşılık verip mutlu olsam ve onu da mutlu etsem fena mı olurdu? Neden aptal kalbim, ille de Kıvanç diye atmak zorunda hissediyordu kendini?

"Kızını hiçbir zaman istemeyecek Sarp!" Bunu dile getirdikten hemen sonra, hıçkırıklara boğuldum. Başımı omzuna gömdüm ve o da bunu beklermiş gibi, saçlarımı okşamaya başladı. Bir yandan da kendi fikrini dile getirdi. "Baba olacağını bilmeye hakkı var Başak. Bunu ona yapamazsın."

Lanet olasıca! Neden bir kez olsun, bana Kıvanç'ı kötülemiyordu ki? *"Senin ve kızın için doğru adam benim Başak!"* demesi gerekirken; o her defasında, bozuk bir plak gibi *"Kıvanç'ın bir kızı olacağını bilmesi gerek. Bunu ondan saklamakla yanlış yapıyorsun Başak,"* deyip duruyordu.

En sonunda dayanamayıp bir anda patlayıverdim. "Sen beni ne biçim seviyorsun Sarp? *Sizin için en doğru adam benim*, demen gerekirken, şu söylediklerine bir bak!"

Bunu söylememle, dudaklarında hafifçe belirginleşen gülümseyişin altında yatan sebebi merak etmiyor değildim. "Sana bunu söylemeyi, seni omuzlarından tutup sarsmayı istemiyor muyum sanıyorsun?" Hüzünlü bir gülümseme belirdi dudaklarında. "Ama bunu yaparsam kızına haksızlık etmiş olacağım, Başak. Babası ben değilim çünkü. Emin ol, bunun olmasını her şeyden çok isterdim! Ama elimden bir şey gelmez. Kızın bir gün, her şeye rağmen babasını isteyecek. O gün gelip çattığında ne sen durdurabilirsin onu, ne de ben. Bu yüzden şimdiden bir şeyleri rayına oturtman gerek! Bunları söylerken içimin nasıl cayır cayır yandığını tahmin bile edemezsin. Ama doğrular bunlar!" Duraksayıp derin bir nefes alırken, büyülenmiş bir biçimde dinliyordum onu. Konuşmasına devam etmeden hemen önce elini karnıma götürdü ve narin hareketlerle okşadı. "Seni her ne kadar seviyor olsam da Başak, bu masum kıza bu kötülüğü yapamam! Lütfen sen de yapma."

Konuşmasına son noktayı koyduğunu belli ettiğinde, gözyaşlarım, daha yeni kuruyan yanaklarımı tekrar ıslatmaya başladı. Görüşüm bulanıklaşırken mırıltıyla konuştum. "Teşekkür ederim Sarp."

Eli yanağımda gezinirken gülümseyerek başımı omzuna yasladım. "Kararımın değişeceğini sanmıyorum ama düşüneceğim... Peki, bu gece burada kalabilir miyim?"

"Tabii ki, kalabilirsin. Gel hadi!" dedi coşkuyla ve ellerimden tutup, ayağa kalkmama yardımcı oldu. Geniş koridorunda attığımız birkaç adımın ardından, bir odanın kapısını açarak beni içine yönlendirdi. Sonra hemen kapının yanındaki yatağa, dikkatle oturmamı sağladı ve ardından eğilip çoraplarımı çıkardı. Montumu da üzerimden sıyırıp yorganı açtığında, mahcubiyetle baktım gözlerine. Bu bakışımı görmezden gelip alnıma masum bir öpücük kondurdu. "İyi geceler, prenses."

Ancak tebessüm edebildim, tüm bunlara karşılık olarak. Sarp odadan çıkıp kapımı çekerken arkasından bir müddet daha minnetle bakmaya devam ettim. Başka ne yapabilirdim ki zaten? Benim gibi birine verebileceğinin en üstünde değeri ve sevgiyi veriyordu. Ve bu, ister istemez minnetle dolup taşmama sebebiyet veriyordu!

15. Bölüm

Irmak

Göz kapaklarımın açılmasıyla birlikte yeni bir günü selamlarken, sıkıntıyla derin bir iç geçirdim. Kötü geçeceğine emin olduğum bir gün daha beni bekliyordu. Böyle olumsuz düşündükçe, bütün organlarım sanki bulundukları yer onlara küçük geliyormuş gibi istemsizce kasılıyorlardı. Bu yüzden düşünmemek en iyisiydi. Akışına bırakmalıydım. Kendim için değilse bile, kızımın sağlığı için yapmalıydım bunu.

Dakikalar geçip de boş boş uzanmaya devam ederken, kapının tıklatıldığını duydum. Olabildiğince hızlı bir biçimde yerimde doğrulurken "Gel!" diye seslendim. Sarp, yüzünden hiç eksik olmayan gülümsemesinin eşliğinde odaya girdiğinde, elindeki büyük beyaz tepsi dikkatimi çekmeyi başarmıştı.

"Rahat uyuyabildin mi bakalım?"

"Evet, çok rahat uyudum Sarp. Bana kapını açtığın için bir kez daha teşekkür ederim."

Elindeki beyaz tepsiyi önüme bırakırken kendisi de gelip karşıma oturdu ve teşekkürümü duymazdan gelerek neşeyle sordu. "Yemeyi düşünüyor musun, yoksa ben mi yedireyim?"

Sorduğu soru üzerine bir müddet gülümsedim. Ardından peçetenin üzerine yerleştirmiş olduğu çatalı elime aldım. Önümde gerçekten bir sürü seçenek vardı ve ben hangisinden başlamam gerektiğini kestiremiyordum. Önce kızarmış ekmeklere mi saldırmalıydım yoksa sucuklu yumurtaya mı? En sonunda pes ederek çatalımı zeytine batırdım ve dikkatle ağzıma götürdüm. Bir yandan da konuşmaya devam ediyordum ama ağzımdan çıkanların pek anlaşılır oldukları söylenemezdi.

"Bugün işin yoksa beraber okula gidelim mi?"

Okula gitmem ve kaydımı dondurmam gerekiyordu artık. Bu işi annem ve babamın kulağına gitmesin diye fazlasıyla ertelemiştim ama artık gerçek engellerle yüzleşmenin vakti gelmişti.

"Olur, gideriz," dediğinde burukça olsa da gülümsemişti. Neden bunu istediğimi anlamıştı muhtemelen. Bense sormadığı için ayrı bir mutlu olmuş ve kahvaltıma kaldığım yerden devam etmiştim.

Sarp'la okuldaki işimi çok kısa bir sürede halletmiştik. Gözlerimden her saniyede bir süzülen yaşları gizlemeye çalışmasam her şeye daha iyi olabilirdi aslında. Bütün gençliğimi harcayıp kazandığım İstanbul Hukuk'taki kaydımı kendi isteğimle dondurmuştum, öyle mi? Seneler öncesinde bana böyle bir şey yapacağımı söyleseler asla inanmaz ve güler geçerdim herhalde. Böylelikle bu hayatta, *asla yapmam* dememek ve bir şeyi deli gibi istememek gerektiğini öğrenmiştim Ben, İstanbul Hukuk'u deli gibi istemiş, hayvan gibi çalışmış ve nihayetinde kazanmıştım. Ama şimdi... Bebeğim için *-bir süreliğine de olsa-* vazgeçmem gerekiyordu. Bunu onun için yapıyor olmak, beni bir nebze sakinleştirmeye yetiyordu neyse ki.

Başımı cama yasladığım esnada, evimizin olduğu sokağa girdiğimizin farkına vararak emniyet kemerimi çıkardım. Sarp'a dönüp bugün kaçıncı olduğunu bilmediğim teşekkürümü ettiğimde, baygın bakışlarıyla bakmıştı bana. "Teşekkür etmekten ne zaman vazgeçeceksin acaba?"

Başlara doğru sert çıkarmak için özen gösterdiği sesi, sonlara doğru yine o bilindik *-yumuşacık-* halini almıştı. Yüzünde oluşan gülümsemeye karşılık ben de gülümsedim. "Sanırım hiçbir zaman! Gerçekten, iyi ki varsın Sarp!"

Söylediklerimden sonra, suratında hâkimiyet kuran gülüşü anlatabilmem imkânsızdı. Koyu mavi gözlerinin bile içleri parlamıştı bir anda.

"Gelsene sen de," dedim, son bir kez daha ısrarda bulunarak. Okuldan çıktığımız andan beri bize gelmesi için resmen yalvarıyordum ama bugün bizi rahatsız etmek istemediğini söyleyip duruyordu. Kemal amcanın evimizde oluşundan dolayı çekindiğini anlayabiliyordum. Ama çekinmesini gerektirecek bir durum olmadığını anlamayan da O'ydu.

Başını iki yana salladığında, dudaklarımı büzdüm. "Peki, sen bilirsin. Sonra görüşürüz o zaman."

"Görüşürüz."

Arabadan inip, sıklaştırdığım adımlarım eşliğinde açık olan apartman kapısından içeri girmemle, Sarp'ın, arabasının çalışan motorunu duymam aynı ana denk geldi. İçeri girene kadar beklemişti beni. Sadece bunun bile beni etkilemesi gerekirken, aptal kalbim hâlâ Kıvanç diye atmaya devam ediyordu. *Ah, keşke eskisi gibi mantığını kullanarak yaşayabilen bir kız olabilseydim...* O zaman bu kadar zor olmazdı hiçbir şey. O zaman mutlu olurdum! Ama mantığımı kullanmayı bırakalı çok olmuştu maalesef ki. Kıvanç'ı gördüğüm o ilk andan sonra, hiçbir zaman söz sahibi olmayan kalbim devreye girmişti artık.

Asansör yerine merdivenleri kullanmayı tercih ettim. Yukarı çıkana kadar bildiğim birkaç duayı okudum. *-Başta Asude olmak üzere-* ev halkının uyanmamış olmasına duacıydım.

Dairemizin bulunduğu kata adım attığımda derin bir nefes almam gerekmişti. O kadar çok yorulmuştum ki olduğum yere yığılabilirdim bile. Merdivenin korkuluklarına tutunarak ayakta durmaya çalıştım.

"Başak!"

Kıvanç'ın sesini duymamla başımı kaldırmam bir olmuştu. Yüzündeki meraklı ifadeye bir anlam veremesem de, elimden gelen tek şey gözlerimi devirmek olmuştu. Tek bir kıza bağlı kalamayacağını duyduğum andan beri, ondan nefret etmek için kendime işkenceler uyguluyordum.

"Nereden geliyorsun sen?"

Anlam veremediğim bu saçma sorusunu duymazdan gelerek, kapının önüne kadar yürüdüm. Zili çalacağım sırada Asude'nin karşımda bitmesiyle gözlerimi kırpıştırdım. Öyle bir süratle açmıştı ki kapıyı, korkmuştum!

"Seni aptal seni!"

Asude kolumdan tuttuğu gibi beni içeri sürüklerken, sessizce beklemekte kararlıydım. Ona haber vermeden gecenin bir köründe hangi cehenneme gittiğimi soracaktı. Ki sonuna kadar haklıydı.

Beni koltuğa fırlatırcasına oturttuğunda parmaklarımla oynamaya başladım. Mümkün olduğu kadar göz göze gelmemeye çalışacaktım. Yoksa bu öfkesiyle, o iri gözleri beni içine alıp bir lokmada yutabilirdi. Bu saçma fikir aklımdan geçerken, kıkırdamadan edemedim.

"Komik olan bir şey var da, ben mi göremiyorum Başak?" Bağırarak sorduğu bu soruyla, anında yerime siniverdim. "Nasıl endişelendiğim hakkında bir fikrin var mı senin?"

Başım suçlu edasıyla önüme eğilirken, bunu inkâr etme gibi bir niyetim de yoktu. Sadece birazcık kafa dinlemeye ihtiyaç duymuş ve Sarp'ın yanında almıştım soluğu. Buraya kadar hiçbir sorun yoktu ama tabii ki Asude'ye haber vermem gerekiyordu. Yani, haklıydı.

"Özür dilerim. Ben sadece... Üzgündüm, o kadar," dedim, bu sırada gözlerimin dolmasına lanet ederek. Yanıma oturduğunda kısa bir duraksamanın ardından kollarıyla beni sıkıca sardı. Nihayet yumuşamıştı. "Üzgünken benim yanıma gelmeliydin Başak!"

"Uyandırmak istemedim. Çok güzel uyuyordunuz babanla."

"Bir daha böyle bir şey olursa uyandır! Sarp'a gitmene kızmadım, sadece haber vermemiş olman sinirime dokundu. Çok endişelendim senin için!"

"Sarp'a gittiğimi nereden öğrendin?"

"Camda bekliyordum. Arabasını gördüm."

Anladığımı belli edercesine başımı salladım. Alt dudağımı ısırdım sonra ve aklıma gelen soruyu korkmuş bir tınıyla sordum. "Kemal amca çok kızdı mı peki?"

"Teyzen bir yalan uydurmuş neyse ki. Yoksa işin yaştı hanımefendi! Hem zaten babamın da erkenden çıkması gerekti, işi varmış"

İşte şimdi gülümsemem, tekrar yüzümdeki yerini bulmuştu. Bu işten de sıyrıldığıma göre rahatlamamam için hiçbir sebep yoktu artık.

Bir Yanlış Kaç Doğru?

Asude'nin kolları arasında uyuma fikri, şu an o kadar cazip geliyordu ki gözüme, bunun için biraz daha yayılıp alanımı genişlettim. Başımı boynunun girintisine yasladığımda gülümsediğini belli belirsiz hissetmiştim. Bunu yaptığımda huylandığını biliyordum. Ve bu sayede insanı mayıştıran o harika kokusunu da rahatlıkla alabiliyordum. Arkadaşım diye demiyorum ama parfüm konusunda gerçekten de zevklidir kendileri... *Ve bana parfümünün markasını söylemeyecek ve parfüm kutusunu dâhi benden gizleyecek kadar da bencil!*

"Huylanıyorum Başak! Çekilsene şuradan ya!" Çoktan gülme krizine tutulduğu için, daha çok yumuldum boynuna. Burnumu boynuna sürttüğümde o harika kahkahası daha da şiddetlenmişti.

"Ne yapıyorsunuz siz?"

Başımı hızla Asude'nin boynundan çekip Batın'ın sesinin geldiği yöne baktım. Batın ve Kıvanç ayakta dikilmiş, bize garip bakışlar fırlatmakla meşgullerdi. Asude'nin yaptığı gibi yüzüme anında ciddi bir ifade takınmakla işe başladım. Bundan böyle Kıvanç'a, gülümsememi bile haram edecektim. Hak etmiyordu.

"Oturuyorduk işte öyle," diye bir şeyler zırvaladım.

Asude ise yerinde rahatsızca kıpırdanarak sordu. "Siz nasıl girdiniz ki içeri?"

"Sevgi teyze açtı kapıyı. Sonra da sanırım Başak'a kızgındı ki hemen geçti içeri," diyerek cevapladı Batın. Ardından sanki aklına daha yeni gelmiş gibi heyecanla bana döndü. Benimse aklım, teyzemin bana kızgın olabileceği ihtimaline kaydı. Ne dese haklıydı kadın ama bir şekilde alacaktım gönlünü. Şimdilik bir kenara bıraktım ve gözlerimi tekrar Batın'a çevirdim. Ne söyleyeceğini ben de onun kadar heyecanla beklerken, biraz daha gülümseyerek gamzelerini görücüye çıkardı. Ve böylelikle kızımın, gamzeler konusunda amcasına çekmesini diledim bir kez daha.

"Bugün minik Başak'a isim bakarız diye düşünmüştüm."

Duyduğum bu şeyle ağzım kulaklarıma varana kadar gülümsedim. Heyecanla Asude'ye döndüğümde onun da benden aşağı kalır yanı olmadığını görmek, beni daha da heyecanlandırmıştı. Bebeğimin cinsiyetini öğrendiğim günden beri, yatmadan önce sürekli ona isim düşünüp duruyordum. Ama hiç içime sinen bir isim bulamamıştım şimdiye kadar. Bunu birlikte düşünme fikri ise, gayet hoş geliyordu kulağa.

Sevinçle ellerimi birbirine çırptım. "Bence harika bir fikir!"

"Size diyorum, Ahu olsun işte!"

Asude'nin kaçıncı kez yaptığını sayamadığım bu ısrarına karşılık hepimiz aynı anda gözlerimizi devirmiştik yine. Hepimiz kızım için harıl harıl isim aramıştık ama son bir saattir sonuç tam anlamıyla koca bir hüsran olmuştu. Kıvanç da dâhil olmak üzere herkes, bana isim beğendirebilmek için çırpınıyordu ama ben hepsine burun kıvırıp duruyordum. En sonunda teyzem benim isim beğenmeyeceğimi anlayıp *"Seninle ne yapacağız biz?"* diye yakınarak masadan kalkmıştı bile. Ki zaten, önemli bir konu olduğu için yanımızdaki yerini almıştı. Yoksa o siniriyle hayatta gelmezdi...

Değişik olmasını istediğimden değildi hiçbir ismi beğenmeyişim. Değişik olması gibi bir takıntım yoktu yani. Sadece, kızımın bir ömür boyu taşıyacağı ismin güzel olması kadar, özel de bir şey olmasını istiyordum, o kadar. Ama anlaşılan o ki, piyasada böyle bir isim mevcut değildi. Ya da biz bulamıyorduk.

"Aksevil nasıl?"

Kıvanç'ın bu saçma isim önerisine karşılık yüzümü buruşturdum. Böylelikle bu, şimdiye kadarki en kötü isim önerileri arasında ilk sıraya yerleşmişti. Yaklaşık beş dakika öncesinde söylediği *Altaç* isminden sonra tabii!

Batın umursamaz bir tavırla ve sadece merakını giderebilmek için "Anlamı neymiş?" diye sorduğunda, Kıvanç gözlerini kısarak telefonunun ekranındaki yazıya baktı. "Ak tenli ol ve sevil; akça pakça sevilen kimse."

"Salak mısın oğlum sen? Başka isim mi kalmadı piyasada?"

"Ben ne yaptım şimdi ya?"

Bir kez daha nefesimi sertçe dışarı üfleyerek önüme döndüm. Hem Kıvanç'ın önerdiği isme, hem de aralarındaki tartışmayaydı bu tepkim. Bu iş, internet sitelerindeki isim sözlüklerine bakılarak yapılacak bir iş değildi ki! Hem sitelerde öyle saçma isimler vardı ki, hangi ebeveyn bu isimleri bebeğine koyardı diye düşünmeden edemiyordum.

En sonunda daha fazla katlanamayarak oturduğumuz masadan kalktım. Az ilerideki koltuklarımızdan birine kendine attım. Gerçekten de zor ve yıpratıcı bir işti bu. Karar vermesi değildi zor olan, çünkü ortada karar verebileceğim kadar bol seçenek yoktu. Onca isim arasından bebeğime yakışacak en değerli ismi bulabilmekti zor olan!

Asude yanıma oturduğunda omzuma dokundu. Yumuşacık sesiyle "Ara verelim mi canım?" dediğinde onaylarcasına başımı salladım. Beynimin içinde o kadar çok isim dolanıyordu ki, uzun bir süre kafamı dinlemem şarttı.

Batın da diğer yanıma oturmuştu. İkisine de bakıp gülümsedikten sonra başımı geriye atıp gözlerimi yumdum. Kıvanç'sa hâlâ masadan kalkabilmiş değildi. Elindeki telefonunu bir an olsun bırakmadan bakmaya devam ediyordu. Neden burada olduğunu bile anlayabilmiş değildim henüz. Dün gece bana söylediği onca ağır laftan sonra tekrar buraya gelmesi gerçekten saçmaydı.

"Gökselen nasıl?"

Kıvanç'ın heyecanlı bir sesle bize seslenişi üzerine, çaktırmadan gülümsedim. Bulduğu isim öncekiler gibi garip olsa da, sesindeki heyecan tınısı hoşuma gitmişti.

Bu sırada Batın, kardeşinin bulduğu isim üzerine yine yüzünü buruşturdu. "Gökselen ne be? Gökdelen gibi, o ne öyle?"

En sonunda Kıvanç da pes etmiş olacak ki, o da yanımıza geldi. Bunu gördüğümde yüzümdeki gülümsemeyi silerek ciddi bir ifade takınmaya çalıştım ama başarılı olduğuma pek sanmıyordum. Anında ciddi tavır takınabilme konusunda Asude'den ders almanın vakti gelmişti sanırım. Bu işin ustasıydı benim arkadaşım!

"Bence Ahu gayet iyi, Başak. Bir daha düşün," diyerek kaldığı yerden ısrarlarına devam etti Asude. Sırf kendi ismini andırdığı için Ahu ismini sayıklayıp duruyordu başından beri. *Yeğenimle isimlerimiz kafiyeli olmalı hatta istersen aynı bile olabilir* demişti.

"Ahu ne ya? Oldu olacak senin ismine yakın olsun diye Ahude koyalım, ne dersin?"

Batın'ın bu sert çıkışı üzerine alt dudağımı ısırdım. Kesin yine kavga çıkacaktı. Ben onların kavgalarını görmekten bıkmıştım ama onlar kavga etmekten bıkmamışlardı hâlâ! Bu ne yaman bir çelişkiydi böyle?

"Sana ne oluyor be? Karışmasana sen benim söylediklerime!"

Başlamıştık işte! Tam ortalarında oturuyordum ve olası bir kavgada aralarında ezilme tehlikesi altındaydım. Birkaç gün öncesinde bunu uygulamalı olarak yaşadığımdan -evet, ciddi ciddi ezmişlerdi beni- oturduğum yerden kalkmayı akıl edebildim bu sefer.

Kıvanç'a en uzak olan tekli koltuğa geçip oturdum. Bakışlarımı da onun olduğu tarafın tam aksine çevirdim. Benim için böylesinin çok daha iyi olacağını biliyordum artık. Ondan uzak durmak -ya da en azından ondan uzak durmaya çalışmak- benim için olabileceklerin içinde en iyisiydi.

Hiç beklemediğim bir anda ellerimin sıcacık avuçların arasına alınmasıyla irkildim. *Kıvanç'tı.* Önümde dizleri üzerinde eğilmişti ve gözlerimin içine bakıyordu. Şaşkın gözlerle avuçları arasına hapsettiği ellerime bakarken, yutkunmamak için kendimle büyük bir savaş içerisine girdim. Neyi amaçladığı hakkında tek bir mantıklı fikrim bile yoktu. Gerçi Kıvanç gibi birinden mantıklı bir şey beklenmeyeceği için, benim de bu konuda mantıklı bir fikrimin olmaması yadırganacak bir durum değildi.

Fısıltı biçiminde çıkan sesiyle, "Irmak," dedi bana. Kaşlarımı çatarak baktım suratına. Beni tanımaya başladığı ilk günlerde adımı bir türlü öğrenemeyip, bana sürekli Irmak deyip durmuştu. *Yine adımı unutmuş olabilir mi,* diye düşünmeye ve kızgınlıkla dolmaya başladığım sırada bir kez daha "Irmak," diye mırıldandı. "Sence de çok güzel bir isim, değil mi?"

Söylemeye çalıştığı şeyi kavradığımda, elimde olmaksızın kocaman gülümsedim. Adımı unutmamış olması bile gülümsememi sağlayacak kadar geçerli bir sebepti benim açımdan. Onun karşısında o kadar acınacak duruma geliyordum ki onunla ilgili en ufacık bir şeye bile aptal aptal sırıtırken buluyordum kendimi.

Yüzümdeki sırıtışın silebildiğim kadarını sildim önce. Ardından başta tereddüt etsem de, sonrasında dayanamayıp gözlerimi gözleriyle buluşturdum. Ciddi olup olmadığını görmeye ihtiyacım vardı sadece. Kızımızın ismini seçerken, *itiraf etmek zor olsa da* onun da fikrini almak önemliydi benim için. Şimdiye kadar güzel bir isim önerisinde bulunmadığı içinse dikkate almamıştım ama şimdi gayet güzel olduğu kadar özel bir isimle karşıma çıkmıştı.

Irmak.

Emin olabilmek adına, sordum. "Irmak, gerçekten de güzel bir isim mi sence?"

Bugün onunla kurduğum ilk diyalogdu bu. Dün gece söyledikleriyle kalbimi ne kadar kırdığını anlayabilmesi için tek kelime etmemiştim. Ama bu önemli bir konuydu. Kırgınlığımı bir kenara atıp konuşmamı gerektirecek kadar önemli!

"Şimdiye kadar konuştuklarımız arasında en iyisi! Bir kız için en ideal isimlerden biri bence."

Her yerinden mutluluk akan ses tonumla "Tamam, öyleyse," dedim. "Adı Irmak olsun kızımın!"

İçimden, *kızımızın* diye düzeltmeyi ihmal etmemiştim tabii...

Bu haykırışım Asude ve Batın'ın da ilgisini çekmiş olacaktı ki, birbirlerine laf atmayı bir kenara bırakıp bize dönmeyi başarmışlardı. Evet, şimdiye kadar kavga ettikleri doğruydu. Onları rahat bıraksak, hiç durmadan günlerce kavga edebilme potansiyeline sahiplerdi.

"Irmak mı?"

Asude'nin merakla sorduğu soruya karşılık sevinçle başımı salladım. "Evet, teyzesi. Yeğeninin adı Irmak olacak!"

Sevincimi paylaşmaya çalıştığım sırada karnımda hissettiğim soğuklukla ürperdim. Merakla başımı karnıma eğdiğimde, hayal bile edemeyeceğim bir görüntüyle karşılaşmıştım. *Kıvanç'ın elleri karnımın üzerindeydi!*

Tişörtümü ne ara yukarı sıyırdığına ya da ne ara karnıma dokunduğuna dair hiçbir fikrim yoktu. Bildiğim bir şey varsa o da, şu anda şok geçiriyor olduğumdu. Hayalim gerçek olmuştu resmen! Kıvanç, kızımıza ilk defa bu kadar yakındı ve sırf bu bile, nefes almayı unutmama neden oluyordu.

Karnıma iyice eğildiği sırada nefesimi tutarak bekledim. Dudaklarının hareket ettiğini görebilsem de, fısıltıyla konuştuğundan dediklerini anlayamıyordum. Merak iyiden iyiye bütün vücudumu etkisi altına aldığında, Kıvanç da ancak kafasını kaldırıp bakabilmişti bana. Sadece ben değil, Batın ve Asude de meraklı ve bir o kadar da heyecanlı gözlerle izliyorlardı bizi.

"Adını beğendiğini söyledi."

"Kızımla mı konuştun sen?" dedim gülerek. *"Kızınla mı konuştun sen?" dedim içimden de...*

"Evet, konuştum," diyerek karşılık verdi, tıpkı benim kadar içten gülümseyerek. Deniz mavisi gözlerinde oluşan boncuk şeklindeki minik parıltılar, ister istemez büyülüyordu beni.

"Yasak mıydı yoksa?"

"Hayır, tabii ki de yasak değil!"

"İyi o zaman."

Tişörtümü indirip karnımın üzerini tamamen örttükten sonra ayağa kalktı ve karşımda dikildi. Zaten benden uzun olan boyu, şimdi çok daha uzundu.

Ellerini ceplerine soktuktan sonra tekrar bana baktı. "Affettin mi beni?" Bunu söylerken alt dudağını küçük bir çocuk gibi sarkıttı ve bu, beni istemsizce gülümsetti. Şu an o kadar tatlı gözüküyordu ki gözüme, tek istediğim boynuna atlayabilmekti. Tıraş losyonuyla karışmış alkol kokusunu içime çekebilmeyi bile özlemiştim. Sinirim ve kızgınlığımın üzerine, daha bir gün bile dolmamıştı. Ona böylesine alışmış olmamın hiç hayra alamet olmadığını biliyorum ama bazı şeyler vardır ki, elinizde değildir. Bu da, tam olarak öyle bir şeydi işte!

"Affetmiş sayılırım," deyip kendimi naza çekme girişimlerine başladım. Ama buna aldırış etmemiş olacak ki, beni bir hamlede kucağına almıştı bile. Dudaklarımı ısırıp olası bir çığlığı önlediğimde, Asude benim yerime çığlık atmıştı bile.

"Seni aptal, düşüreceksin arkadaşımı!"

Arkamızdan bağırsa da, Kıvanç kendinden bekleneni yaparak Asude'yi takmayıp yürümeye devam etti.

Kulağıma eğilerek "Arkadaşın tam bir cadaloz!" dediğinde, gülümsüyordu.

Boynuna sarmış olduğum ellerimden birini kaldırıp ensesine hafifçe vurdum. "Asude hakkında düzgün konuşman konusunda seni uyarıyorum Kıvanç!"

"Peki, bundan sonra daha dikkatli olurum Başak Hanım! Siz nasıl isterseniz!" derken, çoktan gelmiştik bile. Bir eliyle belimi tutup ayağını hafifçe yukarı kaldırdı. Ayağından destek alarak beni dengede tuttuktan sonra Batın'ın daire kapısını, cebinden çıkardığı anahtarla açtı. Anahtarla işi bittiğinde cebine sıkıştırdı ve beni tekrar kucağına alıp yürümeye devam etti.

Etraf karanlık olduğundan beni hangi odaya götürdüğünü kestirememiştim. Işıkları açmadan evvel, beni yatağa bıraktı. Henüz yanıma yatmamıştı ve zaten çıkardığı hışırtı seslerinden üzerindekileri değiştirdiğini anlayabiliyordum.

İşini bitirip yanıma uzandığında, sanki görebilecekmiş gibi işaret parmağımı havada salladım. "Uslu duracaksın Kıvanç! Yaramazlık yaparsan gerçekten giderim!"

"Denemeye çalışırım!"

Kollarını etrafıma dolayıp bana sıkıca sarıldığında, enseme değen burnu beni fena halde huylandırdığı için kıkırdamaya başladım.

"Huylanıyorum ama!" diyerek sızlanırken, bir yandan da kahkaha atıyordum. Birbirine tezatlık oluşturan bu iki şeyi aynı anda yapmamı sağlıyordu ve bana kalırsa bu, hiç de şaşırtıcı değildi. Çünkü her zaman yaptığı bir şeydi bu.

Beni mutlu ediyordu. Bazen sayesinde dünyanın en mutlu insanı bile olabiliyordum. Ama bunun yanında çoğu zaman da üzüyor hatta ağlatabiliyordu. Bu kısır döngünün sonsuza kadar böyle devam edeceğini bilsem de şimdilik akışına bırakacaktım sanırım.

Düşüncelerimden sıyrılabilmemi sağlayan, beni düşüncelere daldıran kişi oldu: Yani, Kıvanç.

"Tatlı rüyalar Başak ve onun minik versiyonu olan Irmak!"

"Sana da tatlı rüyalar Kıvanç!"

"Ah öyle tatlılar ki, sorma gitsin..."

Kinayeli sesi karnına dirseğimi geçirmeme sebep olurken, beyefendi hazretlerine düşen şeyse, pişkin kahkahalarını sunmak olmuştu bana. Ama iyi ki de olmuştu! Kahkahalarını işitmek dâhi beni hayata bağlayan yegâne şeylerden biriydi.

16. Bölüm

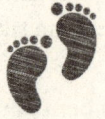

Öfke, Nefret, Hayal Kırıklığı

Kıvanç, uyumadan hemen önce tatlı rüyalar dileğinde bulunmuştu ve bilinçaltım bunu algılamış gibi, kızımı konuk etmişti rüyama. Bense bunun, *anlatılmaz yaşanır* mutluluğuyla, yeni sabaha gözlerimi aralamıştım.

Kısa bir sürenin ardından başımı Kıvanç'a çevirmek hatırıma düştüğünde, kendisinden önce kollarını görmüştüm. *Beni ahtapot misali sarmalayan kollarını.* Bacaklarından birini de bacaklarımın üzerine koymuştu. Dışarıdan bakan birisi benim değil de, onun hamile olduğunu düşünebilirdi. *Düşüncesiz kelimesinin tanımlayıcısı olduğu kadar, rahat kelimesinin de eş anlamlısı kesinlikle Kıvanç'tı.*

Güç bela da olsa eğilip -*kendime bunu ne diye yaptığımı sorgulama fırsatı tanımadan*- burnunun ucunu öptüm. "Hadi, kalk artık!"

"Biraz daha..." Mırıltısı bile, boğuktu. *Uykulu olduğunu haykırırcasına.* "Ama güzel bir öpücük verirsen uyanabilirim belki," dediğinde her ne kadar kaşlarımı çatsam da, gülümsememe de mâni olamamıştım. Onun yanındayken hep iki tezat duyguyu aynı anda yaşamıyor muydum zaten? *Aşk ve nefret, sevinç ve hüzün, sakinlik ve öfke gibi...*

Elimden destek alarak biraz daha üzerine eğildim. Yeni çıkmaya başlayan sakallarının üzerine minik bir öpücük kondurup geri çekildiğimde, kaşlarını çattığını görmüştüm. Dudaktan bir öpücük beklemişti muhakkak ki ama o kadar da uzun boylu değildi.

Nihayet yattığı yerde doğrulmayı başarmıştı bu sırada. Tam buna gülümsemiştim ki, kolunu omzuma attığı gibi beni kendine çekmesiyle afalladım. Ancak hemen sonra, dünden hevesli bir biçimde başımı kaslı göğsüne yaslayıp, gözlerimi bir süreliğine yumdum.

"Rahat uyuyabildin mi?"

"Evet." Sesim gereğinden fazla mutlu çıkıyordu ve bunun farkına varmak, beni memnun etmişti. Onun yanındayken mutlu olabilmem güzeldi. Ve bugün, bütün günümü onun yanında geçirmek istiyordum. *Onun kolları arasında olabilmeyi, kokusunu içime çekebilmeyi ve onunsa, kızına olabildiğince yakın olmasını...* İstediğim şeyler, bunlardan ibaretti artık!

"Film izleyelim mi Kıvanç?"

Bana döndüğünde suratının asıldığını görüp kaşlarımı çattım. Muhtemelen reddedecekti. Yavru kedi bakışlarını yüzüme kondurup, mırıltı halinde çıkan sesimle ekledim. "Lütfen!"

"Babamın yanına sonra da gidebilirim sanırım."

Aldığım bu olumlu karşılıkla, otuz iki diş sırıtarak baktım suratına. Kollarımı boynuna doladım sonra ve başımı omzuna yasladım. Bunun üzerine, daha sıkı sarılıp daha çok kendisine çekti beni. Bakışlarında gerekli tekinliği göremeyip aksine kocaman tehlike çanlarının çaldığını duyumsarken, geri çekilmeye çalıştım. Fakat tabii ki izin vermedi. Beni bırakmaya hiç niyeti yokmuş gibi başını iki yana salladı ve her ne kadar sinirlensem de, onun adına oldukça klasik bulduğum ve ona fazlasıyla yakıştırdığım muzip sırıtışını takındı.

"Hangi filmi izliyoruz peki?" demesiyle gözlerimi kırpıştırdım. Ona bu kadar yakın olup gözlerinin içine bu denli mesafesiz bakıyor olmak, bana iyi gelse de, kalbime hiç de iyi gelen bir şey değildi. Yutkunmaya çalıştım ve sesimin titrememesi adına her şeyi yaparak konuştum. "Aklımda bir film var aslında."

Karşımızdaki siyah koltuğun üzerinde gördüğüm dizüstü bilgisayara atıldım sonra. Kıvanç'a yanıma gelmesini işaret ettiğimde, ben çoktan bilgisayarı açmıştım. Aklımda, bizim durumumuza benzer kurgusu olan bir film vardı. Tamam, kabul. Kurgunun tam anlamıyla bizim durumumuza benzediğini söyleyemezdim ama başroldeki karakterin Kıvanç'a fazlasıyla benziyor olduğu gerçeğini de göz ardı edemezdim.

"Aklındaki filmin hangisi olduğunu sorabilir miyim acaba?"
"Şimdi görürsün. Sürpriz!"

Şu an ona bakmıyor olsam da, gözlerini devirdiğini hayal edebiliyordum. Onu, verdiği tepkileri tahmin edecek kadar tanıdığıma inanıyordum artık... En sonunda tüm düşüncelerimi bir kenara bırakıp, karşımda beliren arama motoruna filmin adını yazdım ve altyazılı filmleri her zaman izlediğim sayfayı bularak tıkladım. Kıvanç, kafasını iyice ekrana yapıştırmıştı. Hatta bu yüzden filmi başlatamıyordum. "Bilgisayarın içine girmeyi düşünmüyorsun, değil mi Kıvanç?"

"Nasıl bir film olduğunu bilmem gerek. Tanıtımı okuyorum!" dediğinde, kaşlarımı çatarak okumayı bitirmesini bekledim. Nihayet sarı kafasını ekranın önünde çekebildiğinde de memnuniyetle gülümsedim.

"Başımıza Gelenler."

İzleyeceğimiz filmin adını kendi kendine mırıldandığında, gülümseyerek araya girdim. "Beğeneceğine eminim!"

Kıvanç -*tanıtımı okuduğundan olsa gerek*- gözleri kısık bir biçimde bakıyordu ekrana. Filmin konusunun hoşuna gitmesini beklemiyordum zaten. Benim için önemli olan, film bittiğinde vereceği tepkiydi... Romantik komedi türünde bir filmdi bu. Hani şu, sevimli çiftleri izlerken hem kıskandığımız hem de bazı sahnelerinde gülmekten gözlerimizden yaşlar geldiği o sempatik filmlerden bahsediyorum!

Her şey, bir yaşındaki Sophie'nin anne ve babasının trafik kazasında ölmesiyle başlıyordu... Filmin baş karakterleri, ölen Alison ve Peter çiftinin yakın arkadaşları Holly ve Eric idi. Bu iki karakter arkadaşlarından kendilerine emanet kalan Sophie'ye sahip çıkıyordu. Tabii bir parantez açmak gerekiyor burada: *Mecburen*! Sophie ile aynı çatı altında yürütmeye çalıştıkları -mecburi- birliktelik, biz izleyicileri hem kahkahalara hem de bazen de olsa, gözyaşlarına boğuyordu...

Başroldeki Eric'i Kıvanç'a benzettiğim için bu filmi ona izletmek istiyordum aslında. Eric de Kıvanç gibi kız düşkünü, çapkın bir karakterdi. Yani, bebek büyütmekle uzaktan yakından alakası olmayan bir adam da diyebilirdik. Ama en yakın arkadaşından kendisine kalan emanete sahip çıkabilmek için elinden geleni yapmıştı.

Belki -düşük bir ihtimal de olsa- Kıvanç da bu filmi izledikten sonra,

Irmak'ı bir öcü gibi değil de, neşe kaynağı gibi görür ve sevmek için, en azından çabalardı. Tıpkı Eric'in Sophie'ye zamanla alışması ve onun sayesinde olgunlaşıp, ona gereğinden fazla değer vermesi gibi...

Neden olmasındı ki? Her şeye, bütün olumsuzluklara ve 'asla olmaz'lara rağmen, umut etmek güzeldi.

Filmin son sahnesine geldiğimizde, Kıvanç'ı sıkıntıdan patlar vaziyette görüp dudaklarımı büzdüm. Benim ikinci izleyişim olmasına rağmen, gözlerimi tek bir an bile kırpmadan izlemiştim. Ama o, ilgilenmemişti bile. Ah, çok pardon! Yiğidi öldür, hakkını yeme demişler... Öpüşme sahnelerinde gözlerini iri iri açıp, pür dikkat izlemişti!

Sinirlenerek sekmeyi kapattım. Sophie'nin yürümeye başladığı sahneyi ya da ikinci yaş partisini keyifle izlemedikten sonra, gerisini izlemesine de gerek yoktu. Hak etmiyordu bile.

"Niye kapattın Başak? Ne güzel öpüşüyorlardı işte."

Yaptığı yorumla iyice zıvanadan çıkarak sert bakışlarımla ona döndüm. Bir insan anca bu kadar duygusuz olabilirdi herhalde!

"Koskoca filmde tek dikkat ettiğin şey öpüşme sahneleri miydi yani?"

Sanki çok mantıksız bir şey söylemişim gibi baktı bana. Ardından kıstığı gözlerini eski haline getirdi ve umursamaz bir tınıyla başladı. "Hayır, tabii ki de dikkat ettiğim tek şey öpüşme sahneleri değildi Başak. Beni hiç tanıyamamışsın sen!"

Söylediği şeyler üzerine yüzümde yine bir umut parıltısı baş gösterdi. Belki de o küçük bebeğin ne kadar tatlı olduğunu söyleyecekti şimdi. *Ya da Irmak'ın da, en az Sophie kadar tatlı olacağına inandığını...*

"Birlikte oldukları sahne, bütün öpüşme sahnelerine bin basar! Gerçi hemen kesmişler ama idare ederdi işte."

Umduğum şeyle bulduğum şey arasında kocaman bir fark vardı, öyle değil mi? Bu fark, Kıvanç'ca bir farktı ve muhtemelen ben, hiçbir zaman bu farkı aşamayacaktım. Her zaman aştığımı sanıp daha çok umutlanacak ama sonunda bir arpa boyu kadar bile yol alamadığımı gördüğümde, tekrar yere çakılacaktım. Evet. Gerçekten de boşuna umut edip duruyordum.

Elimi saçlarıma attım ve diplerinden tutup sertçe çekiştirdim. Kısık bir şekilde inledikten sonra da ayağa kalktım. İçimdeki şeytan, Kıvanç'ın ağzını yüzünü dağıtmam konusunda beni fena halde kışkırtmaya başlamıştı. Ah evet, kesinlikle bunu yapmalıydım!

Koltuğun üzerindeki telefonuma eğildiğim sırada, "Bence biz de o sahneleri canlandırmalıyız Başak. Ne dersin?" demesiyle, dilimin ucuna kadar gelen bütün hakaretleri güçlükle yutkunabildim. Resmen şansını zorlamaktı bu yaptığı.

Telefonumu cebime sıkıştırmamın ardından, daha fazla sabırlı olamayarak patladım. "İlle de, yapmak istediğin buysa kızlar seni bekler, Kıvanç! Gidersin herhangi bir bara ve bir kız ayarlarsın elbet! Yapmadığın iştir sanki!"

Gözlerimden biriken yaşlarım, akıp gidebilmek uğruna büyükçe çırpınırlarken, bir an önce buradan çekip gitmem gerektiğinin bilincindeydim. Bu istekle kapıya doğru hamle yaptım fakat kolumdan tutmasıyla duraksadım. Daha doğrusu duraksamak mecburiyetinde kaldım. Öyle bir sıkmıştı ki hayvan, elinin altındaki kısmın moraracağına adım gibi emindim. Öfkeyle başımı kaldırdım. "Bıraksana kolumu!"

"Neye sinirlendin ki bu kadar? Ben başka kız istediğimi mi söyledim sana?" Kendini sakin kalmaya zorladığı, gerilen kaslarından belli oluyordu. Ve buna rağmen, benim sinirimi sorguluyordu!

"Neden sinirlenmeyecekmişim ki? Filmde dikkatini çeken tek şeyin, o saçma sahneler olduğunu söylüyorsun!"

Gözlerini kırpıştırarak söylediklerimi idrak etmeye çalıştı bir süre. Ardından az öncekinden çok daha sakin bir tonda konuştu. "Bu filmi, o küçük cadı için mi izledik yoksa?"

"Küçük cadı mı?"

"Şu küçük kızdan bahsediyorum işte! Sophie miydi, neydi?"

"Ah! Irmak'ın da en az o kız kadar tatlı olacağını söylemeni beklemiştim, tamam mı? Ama konuşmamızın başında senin de söylediğin gibi, ben seni gerçekten de hiç tanıyamamışım Kıvanç!" Sözlerime görünür bir nokta koyup, gözyaşlarımı itebildiğim kadar gerilere itebilmek için gözlerimi hızla kırpıştırdım. Karşısında ağlamayacaktım.

Kapı kolunu sertçe indirdim ve kendimi odadan dışarı attım. Seri adımlarımın eşliğinde dış kapının önüne vardığımda, burayı da hızla açtım. Arkamdan geldiğini bana yaklaşan ayak seslerinden anlayabiliyordum. Ve dıştan sussam da, içimden avaz avaz bağırıyordum. *Gelme, seni lanet olası! Gözyaşlarımı görmeni istemiyorum, sana karşı güçsüzüm ama buna şahit olmanı istemiyorum artık!*

Bana kısa bir süre içerisinde ulaşmayı başardı. Bileğimin üzerinde hissettiğim parmaklarını koparma isteğimi bastırarak, mecburiyetle ona döndüm. Bu sırada bizim dairenin önünde varmıştık. Yapmam gereken tek şey, zile basmaktı şimdi. Ama beni engelleyen bir şey vardı. *Kendi içimde bir yerlerde! Onu dinlemem konusunda beni zorlayan herhangi bir şey!*

"Irmak'ın o kız kadar cadı olacağını düşünmüyorum da, ondan söylemedim!"

Kaşlarımdan birini kaldırarak baktım gözlerine. Yalan söylüyordu, bir şekilde sıyrılmaya çalışıyordu. Ama bu söylediklerine kendisinin bile inanmadığı o kadar barizdi ki!

"Yalancı!"

Bu ithamın üzerine hiçbir söylemedi. Yani, karşı gelmedi. Yalnızca içten bir şekilde gülümsedi ve itiraz etmeme dâhi fırsat tanımaksızın beni kollarının arasına hapsetti. Çenesini başımın üzerine yasladı ve çok geçmeden, saçlarımı öpücük yağmuruna tuttu. Gözlerim kendiliğinden kapanırken, söylediklerinin gerçek olmasını her şeyden çok isteyen yanım, bir kez daha gafil avlanmış oldu. Bir kez daha burkuldu hatta bir kez daha kırıldı her bir yanı...

"Teklifim hâlâ geçerli Başak."

Kulağıma fısıldadığı bu saçma ve komik olan cümleyi bir kenara koyarsam, yalnızca sesi bile uyuşturmaya yetiyordu beni. Organlarımın üzerinde bir karınca sürüsü dolanıyor gibi bir histi bu. Kalbimin tepkisiyse, çok daha büyük oluyordu! O yanımda olduğu süre boyunca, mısır tanelerinin tencerenin içerisinde her yana patlayışı kadar hızlı atmaya başlıyordu. Bir an bile durmaksızın...

"Ahlaksız tekliflerinle ilgilenmiyorum!" karşılığını verip, zor olsa da kollarının arasından sıyrıldım. Dudaklarını küçük bir çocuk gibi büzdüğünde ise, elimde olmadan bir süre öylece bakakaldım.

"Dudaklarımla ilgilenmediğini de söylemeyeceksin, değil mi?"

Alelacele gözlerimi kaçırdım. Nereden vurması gerektiğini o kadar iyi biliyordu ki...

Ve sonraki saniyelerde dudaklarının dudaklarımın üzerine kapadığını hissettiğimde, her şey bir uçurumun tepesinden aşağı yuvarlandı sanki. Yani her şey, kısa bir anlığına da olsa önemini yitirdi... Hem çok tanıdık hem de bir o kadar yabancıydı sanki bu teması. Tıpkı hem çok güzel hem de bir o kadar kötü olması gibi! İrademi kısıtlayıcı hatta tamamen sınırlandırıcı bir etkisi vardı. Bundan nasıl kurtulacağımı bilememek, en kötüsüydü!

Dudaklarını nihayet geri çekebildiğinde domatesi andırdığına emin olduğum suratımı gizlemek adına başımı onun aksi tarafına çevirip, zile uzandım. Mavi gözlerinin üzerimde gezindiğini net bir biçimde hissediyordum ve bu da heyecandan boncuk boncuk terlememe yol açıyordu.

Sertçe yutkunduktan sonra rahatsızlığımı apaçık ortaya koyarak söylendim. "Bakmasana öyle!"

"Nasıl bakıyorum ki?" Benim sesimin aksine, onun sesi tamamen eğlenir gibi çıkıyordu. Ki eğleniyordu da. Nefesimi bezgince dışarı üflediğimde, tekrar konuştu. "Etkilenmediğini söyleme sakın. Ve ne yalan söyleyeyim Başak..." Duraksadı, devamını deliler gibi merak etsem de, elimden geldiğince umursamaz görünmeye çalıştım. "Ben, sandığımdan çok daha fazla etkilendim!"

İşte şimdi, asıl büyük bombardımana tutulmuştu kalbim. *Ah, sahiden de etkilenmiş miydi?*

Yalan söyleyip söylemediğini anlamak ister gibi gözlerine bakacaktım ki, Asude'nin kapıyı açtığını fark ederek hiç istemeyerek de olsa ona döndüm. Aklımda hâlâ Kıvanç'ın, *etkilendim* dediği kısım dönüp dururken, başka bir yere dikkatimi verebilmek oldukça zordu. Oysaki o ana takılı kalmayı ne çok isterdim...

"Nerede kaldın Asu?"

"Anca açabildim işte."

Sesi, titrek çıkmıştı. Başımı tam anlamıyla kaldırıp gözlerimi gözlerine diktim ve dikkatimi vererek baktım. Yüzü, tabiri caizse kireç gibiydi. Büyük bir endişe dalgası anında etrafımı sararken, korkuyla dolup taşmış sesimle sordum. "Bir sorun mu var, ne bu halin?"

Yüzünü ellerimin arasına almıştım bu sırada. Bakışlarını kaçırdığında, endişem katlanarak artmıştı. "Bir şey söylesene Asu!"

"Salona git Başak!"

Nihayet bir şeyler söylemesinin mutluluğuyla geri çekildim. Neden salona gitmem gerektiğini sormak istesem de, merakımdan sebep buna yeltenmedim bile. Yüzünü çevreleyen ellerimi hızla çektim. Hemen ardından temkinli adımlarımla salona doğru yürüdüm. Kıvanç da en fazla iki adım gerimden geliyordu ve arkamdaki varlığı bile, beni sebepsizce rahatlatmaya yetiyordu.

Salondan içeri adımı atmam ve başımı kaldırıp etrafıma bakmamla, karşımda bulduğum kişiler beni büyük bir şok dalgasının en içine atmışlardı. Dudaklarım kocaman bir 'o' şeklini almaya başlarken, dizlerimin bağı çözülmüştü sanki. Zangır zangır titriyorlardı ve ben bu halimle, her an yere kapaklanacakmış gibi hissediyordum kendimi. Hamileliğimde beşinci ayımın içerisinde olduğumdan, karnımda iyice belirginleşmeye başlayan şişkinlik dikkatlerini çekmiş olmalıydı ki, yüzüme bile bakmıyorlardı. Gerçek olduğundan emin olmak istercesine, ikisinin de bakışları karnımda sabitlenmişti.

İkisinin de gözlerinde, içeri adımımı attığım saniyeden bu yana, öfke, nefret ve en çok da hayal kırıklığını içinde barındıran bakışlar hâkimdi. Ki haklılardı da. Yerden göğe kadar haklılardı hem de!

Onlar tek kelime edemezken "Anne?" ve "Baba?" diyebilmiştim sadece. Sorarcasına... Ancak ne bir cevap gelmişti ne de yüzlerindeki ifadeler değişmişti.

17. Bölüm

Şimdilik Sadece Bana İnan

Dişlerim büyük bir hızla birbirine çarparken, dudaklarım da benzer şekilde tepki veriyordu. Bu titreyiş biraz daha sürecek olursa dişlerim kökünden sökülebilir ve dudaklarım patlayabilirdi.

Başımı önüme eğerek boğazımı temizlemeye çalıştım. İkisinden de çıt çıkmamıştı şimdiye kadar. Fırtına öncesi sessizliğin bu olduğunu düşündüm anlarda, ilk konuşan annem oldu. Konuşmaktan, sesini bize duyurmaktan ziyade, daha çok kendi kendine mırıldanır gibi bir hali vardı. "Bunun için mi büyüttüm ben seni? Bunun için mi bugünlere getirdim?"

Sarf ettiği cümleler bir ok gibi kalbime saplanıp kalırken, saçma bir şekilde içimde yeşeren acının hafiflemesi için bekledim. Yeşermiş haliyle bile, beni böylesine etkileyebiliyorsa, ilerleyen evrelerde neler olacaktı kim bilir?

Koşarak yanına varıp, güzel gözlerinin etrafında biriken yaşları silmek istesem de, yapamıyordum. Ne yanına gidecek cesaretim vardı ne de bunu yapmaya yetecek yüzüm ve gücüm...

Annemin durumu böyleyse babam ne düşünüyordu peki? Anneme göre bana her zaman çok daha yakın davranan, hatta kimi zaman *"Ben kızına deli gibi aşık bir babayım!"* diyen ve bununla hep gurur duyduğunu söyleyen babam, şimdi ne düşünüyordu kızı hakkında? Hâlâ kızına aşık mıydı, yoksa bu aşk öfkeyle karışık bir nefrete mi dönüşüyordu hızlıca? Acı bir şekilde sonuçlanacak olsa da, kafamda dönen soruların cevaplarına ulaşmak istiyordum. Bu yüzden başımı hafifçe kaldırdım. Bir gün babamın gözlerinin içine bakmaktan korkacağım aklımın ucundan dâhi geçmezdi. Ama şimdi korkuyordum işte! Gözlerinde en ufacık bir nefret kırıntısı görmekten, buna şahit olmaktan deli gibi korkuyordum. Babamın sırt çevirişine dayanamazdım. Farklıydı o! Güç kaynağımdı benim. Yanımda olduğunu hissedersem ayağa kalkabileceğimi ve bütün zorluklara karşı göğüs gerebileceğimi biliyordum. *Aksi olursa da hiçbir zaman iyi olmayacağımı, hep bir yanımın eksik kalacağını bildiğim gibi...*

Bana baktığında, her daim parıldayan gözlerine umutla baktım. Ama bu sefer parlamıyordu o sonsuz mavilikler! Aksine göz bebeklerinin etrafını büyük bir alev topu çevrelemiş gibiydi. Turuncu alevler, hastası olduğum o maviliği ele geçirmişlerdi sanki. Bununla kalsa yine iyiydi! Bir de üzerine, *sanki bu bakışları beni yeterince yaralamamış gibi*, zehir zemberek sözlerini de söyledi.

"Nasıl yaptın bunu bize? Biz senin için her türlü fedakârlığı yapmışken, sen nasıl oldu da bizi sırtımızdan bıçaklayabildin Başak? Başımızı nasıl önümüze eğdirdin? Bu mudur senin bize teşekkürün?"

Bu, babamın, bana karşı sesini ilk defa böylesine yükselttiği bir andı. Normal şartlarda onu sinirlendirsem bile, bir şekilde sakin kalmaya zorlardı kendini. Ama şimdi buna ihtiyaç duymuyordu. Haklıydı da. Kendimi savunacak halim de yoktu, savunulmayı gerektiren bir tarafım da...

"Ben... Böyle olsun istemedim baba. İnan bana, böyle olsun istemedim."

Sesim öylesine güçsüz çıkmıştı ki, duyulup duyulmadığından bile emin değildim. Şu anda tek dileğim, yerin dibine girmek ve bir daha oradan çıkamamaktı.

"Neyini eksik tuttuk da, bu yaşında böyle bir işe kalkıştın? Cevap ver bana!"

"Hiç... Hiçbir şeyimi eksik tutmadınız baba. Ben..."

"Baba deme bana! Baban falan yok senin bundan sonra!"

Bağırışıyla gözlerimi sıkıca yumdum. Bunların bir kabustan ibaret olmasını nasıl da isterdim ama... Boğazımda oluşan düğümleri açmanın bir yolu yok muydu sahi? Gözlerimden süzülen tuzlu yaşlar bile yanaklarımı acıtıyorlardı sanki...

"Karnındaki bebeğin babası olmayacağı gibi, senin de baban olmayacak artık!"

Öylesine kötü bir durum içerisindeydim ki, kelimelerin tek görevi kifayetsiz kalmalarıydı artık... Babam gözüyle işaret verdiğinde, annem peşinden hareketlenmişti. Ve bunu yaparken, bana attığı *kendine iyi bak kızım*, anlamını taşıdığına adım kadar emin olduğum bakışını, ömrüm boyunca unutmayacağıma emindim. Bana ne kadar kızgın olsa da, beni düşünmekten de alıkoyamıyordu kendini. Annelik böyle bir şeydi sanırım? Ben, söz konusu Irmak olduğunda, neler yapacaktım acaba?

Düşüncelerimi şimdilik bir kenara bıraktım ve kararlı adımlarla peşlerinden ilerledim. Asude'nin beni durdurma çabalarına karşılıksa, onu sertçe itip yanından geçmeyi başardım. Koşar adımlarla kapıya vardığımda, ani bir cesaretle babamın koluna uzandım ve çekiştirdim.

Yüzünü tekrardan bana çevirdiğinde, gözlerindeki alevler birkaç odun birden atılmış gibi daha da artmıştı sanki. Bunun beni korkutması gerekiyordu belki ama korkmayacaktım. Bu yüzden işe, omuzlarımı dikleştirip güçlü gözükmeye çalışarak başladım.

Ne var ki aniden bastıran ağlamam, bütün güçlü durma pozlarımı silip atmıştı. "Her çocuk hata yapar. Ve yaptığım hatayı da kesinlikle savunmuyorum baba. Ama... Yalvarırım size, arkanızı dönüp gitmeyin bana! Yanımda olmanıza ihtiyacım var. Hatta şimdiye kadar hiç olmadığı kadar ihtiyacım var baba!"

"Biz değil, sen bize arkanı döndün Başak!"

Onun da gözleri, benimkiler gibi yaşlarla doluydu. Dudaklarının titremeye başladığını fark ettiğimde, hıçkırıklarım daha da şiddetlenmişti.

"Ve eğer bunu yapmazsam, içimdeki öfke de nefret de hiçbir zaman azalmayacak," dediğinde kastettiğini şeyi anlayamadığımdan, merak içinde baktım gözlerine. Ardından suratıma bir anda inen sert tokadı, bana oldukça güzel bir cevap oldu.

Yediğim bu sert tokadın etkisiyle de, kendimi yerde buldum. Şok içerisinde elimi yanağıma götürdüğümde, anlatamayacağım kadar keskin bir acı hissettim bedenimde. *Hem fiziksel hem ruhsal olarak...* Yere kapaklanırken karnımı mümkün olduğunca korumaya çalışmıştım ama öyle bir sancı saplanmıştı ki, acıyla inlemeden edemedim. Irmak'a bir şey olmuş olabileceği fikri ise, beni deli gibi korkutmaya başlamıştı bile. Ah ama, bu sancı da neyin nesiydi böyle?

Başımı güçlükle yerden kaldırdığımda, elimi yanağımın üzerinden çektim. Kızardığına emin olduğum yanağımla daha sonra da ilgilenebilirdim. Öfkeli ama daha çok şaşkın olan bakışlarımı babama çevirdiğimde, Kıvanç'ın babamın yanı başına gittiğini görmüştüm. Ve tam bu sırada, hiç beklemediğim bir şekilde babamın suratına yumruğunu geçirdiğinde, bana kalan tek şey gözlerimi irileştirerek izlemek olmuştu onları. Annem tıpkı az önceki gibi büyük bir çığlık kopartırken -*evet, babam bana vurduğunda da böyle haykırmıştı*- teyzem onu sakinleştirmeye girişmişti.

Olanları korku dolu gözlerle izlerken, Asude de her zamanki gibi benim yanımdaki yerini almıştı. Ellerimi avuçlarının arasına aldıktan sonra beni kendisine çekti. Başımı göğsüne yaslatıp, olanları görmemi engellediğinde burukça gülümsedim. Bu manzarayı görmemek benim için çok daha iyiydi şu anda.

Babamın evi inleten sesi bir kez daha duyulduğunda, alt dudağımı dişlerimin arasına alıp ısırdım. "Sen kim oluyorsun da, bana vuruyorsun? Bebeğin babası mısın yoksa?"

Bu sorudan sonra olaya bir şekilde müdahale etmem gerektiğini anlayıp, Asude'nin kolları arasından çıktım. Gözlerimi direkt olarak babama çevirdim ve bağıra bağıra konuştum. Şu an hem suçlu hem güçlü konumundaydım belki ama elimden başka bir şey gelmiyordu. "Bu seni ilgilendirmez, tamam mı? Hem artık babam olmadığını söyleyen sen değil miydin?"

İlk baştaki kadar olmasa da, sancım vardı ve bu beni fazlasıyla zorlamaya başlamıştı. Babama bağırıp çağırırsam buradan bir an önce giderdi ve ben de böylelikle dinlenip kendime gelebilir ya da hastaneye gidebilirdim. Evet. Artık tek düşündüğüm, kızımdı. Ailemin bana sırt çevirişi bile birkaç dakika öncesindeki kadar kötü gelmiyordu gözüme. Belki de yediğim dayaktandı bu. Canımı öyle çok yakmıştı ki...

Babam, şaşkınlığını üzerinden attığı ilk anda onaylarcasına başını salladı. Kıvanç'ın yumruk attığı burnunun kanadığını fark ettiğimde, başımı yere eğdim. Bana vurduğu için kırgındım belki. Ama onun canının acıması, isteyeceğim en son şey bile olmazdı.

Babam, hayal kırıklığıyla karışmış gergin sesiyle son sözlerini mırıldandı. "Hayatının geri kalanına biz olmadan devam edeceksin Başak! Sakın seni affedeceğimizi düşünme." Ardından annemi de yanında sürükleyip, yanımızdan ayrıldı.

Yaptığım bu şeyin bir cezası olacağını az çok tahmin etmiştim zaten. Babamın, beni güçlü kollarının arasına alıp *'seni affettik'* demesini hiç beklememiştim ki zaten. Ah tamam, kabul. Hep bunun hayalini kurarak yaşamıştım şu son birkaç ayı. Bana sırtını dönmeyeceklerini düşünmeye çalışarak hep bir şekilde mutlu etmiştim kendimi. Ama şimdi... Domino taşlarının devrilmesi misali, yerle bir olmuştu hayallerim ve umutlarım.

Hıçkırıklarım, büyük bir gürültü oluşturarak sessizlikte yankılanırken, derin nefesler almaya çalışıyordum. Ama olmuyordu işte! Bir türlü kendime gelemiyordum! Almaya çalıştığım nefesler, boğazımda takılıp kalıyor ve beni sonu gelmeyen öksürük krizlerine sürükleyip duruyordu.

Teyzemin bana uzattığı su bardağını elime almaya çalıştım anda, yaşlarımdan dolayı görüşüm bulanıklaştığı için bardak elimden kayıp parkeyle buluştu. Hıçkırıklarım dışında çıkan bu kırılma sesine karşılık refleksle gözlerimi kıstım.

Cam parçalarından beni süratle uzaklaştıran kişi ise Asude olmuştu. Kolları belime sarılmıştı ve beni bir cenin pozisyonuna alarak sımsıkı sarmalamıştı.

Dudağımdan küçücük bir hıçkırık daha kaçarken, ciddi derecede anlaşılmaz çıkan sesimle diyebildiğim tek şey, "Sancım var!" olmuştu.

Kıvanç'tan

Başak'ı çok kısa bir süre içerisinde hastaneye götürmüş, dakikalarca kapının ardında beklemiş ve neyse ki sonunda da içimiz rahat bir şekilde geri dönmüştük. Sancısı olduğunu söylemişti ama doktorun söylediğine göre bu, doğuma birkaç ay kala sıkça yaşanan kasılmalardandı. Yani, o uyuz babasının attığı tokatla pek bir alakası yokmuş. Fakat yine de, bundan sonra daha dikkatli olmasını gerektiği söylenmişti Başak'a. *Hatta eğer mümkünse, gerekmediği sürece yataktan kalkmamasının ve dinlenmesinin hem kendisi hem de bebeği için daha iyi olacağı da söylenmişti...*

Başak da bu yüzden, eve geldiğimizden beri yatağından çıkmıyordu. Neyse ki, yatağı iki kişilikti de, rahatlıkla sığabiliyorduk. Başımı ona çevirdim ve yumuşacık saçlarıyla oynamaya başladım. Homurdanmasına zerre kadar kulak asmayarak, saçlarını parmaklarıma dolamaya devam ettim.

Sonunda da daha fazla dayanamayarak, "Irmak da iyiymiş işte. Neden konuşmuyorsun hâlâ?" sorusunu yönelttim.

Beni duymazdan geldiğinde derin bir iç geçirip, ellerimi ensemin altında birleştirdim. Gözlerimi yumup, gayet ciddi bir tonlamayla söylendim. "Bir ihtiyacın olursa uyandır!"

Tam uykuya dalacağım sıralarda, yumuşacık sesini duymamla bu isteğimi rafa kaldırdım. Ama gözlerimi açmaksızın dinlemeye koyuldum.

"Keşke her şeyi anlatabilmek kolay olsaydı... O zaman ortada hiçbir sorun kalmazdı."

Neyden bahsettiğine dair bir fikrimin dâhi olmadığını anlamam fazla uzun sürmemişti tabii ki. Gözlerimi aralamadan, merakla sordum. "Neyi anlatsan sorun kalmazdı Başak?"

Cevap gelmeyince gözlerimi aralayıp tepkisini inceledim. Gözleri şaşkınlıkla irileşmiş ve sanki ne yapacağını bilemezmiş gibi etrafına bakınmaya başlamıştı. *Sanki sorduğum sorunun cevabı etrafımızda bir yerlerde saklıymış gibi...*

Çenesinden tutup bana bakması için zorladım ve "Bir şey sordum Başak!" diye tekrarladım. Bakışlarını kaçırmaya çalışıyordu ve bu beni daha çok meraklandırıyor, aynı zamanda da sinirlendiriyordu. Sabrımın taşmasına ramak kala, derin bir nefes aldım. Konuşmayacağını anladığımda ise, "Sonra konuşalım en iyisi," deyip kestirip attım.

Kırık sesiyle seslendi peşimden. "Nereye gidiyorsun?"

Sorusunu yanıtsız bırakarak kapıya yöneldim. Odadan çıkmadan son olarak da, "İyi geceler!" dedim.

Onu arkamda bu şekilde bırakmayı kesinlikle istememiştim ama sakladığı şeyi fazlasıyla merak ediyordum. Benimle alakalı mıydı bilmiyordum ama bir şekilde öğrenecektim.

En sonunda *yakında çıkar kokusu* diye mırıldanıp, isteksiz adımlarımla yürümeye devam ettim.

Başak'tan

Kıvanç çıkıp gittiğinden beri içimde tarifi imkânsız bir huzursuzluk hâkimdi. Uyuduğunu sandığımdan kendimce bir şeyler zırvalamıştım. Ama evdeki hesabım çarşıya uymamış ve Kıvanç'a yakalanmıştım.

Neyse ki, gerçeği apaçık bir şekilde dile getirmemiştim de, anlayamamıştı. Ama ben, ona neyden bahsettiğimi söylemediğim için kırıldığını çok net anlamıştım.

Bir kez daha derinden iç çektiğimde, Asude daha fazla dayanamamış olacak ki sıkıldığını belli edercesine sesini yükseltti. "Yeter artık Başak!"

Özür dilercesine başımı önüme eğdim. Ailem tarafından evlatlıktan reddedilmiştim ve Kıvanç da bana kırılıp gitmişti. Bunların hepsi üzülmem ve kendimi yıpratmam için yeterli sebepler gibi görünüyordu. Bugün aldığım tek iyi haberse, Irmak'ın iyi oluşuydu. Çok şükür ki, babamın tokadından kendimi koruyamasam da onu korumayı başarmıştım. Ki önemli olan da O'ydu.

Batın, açık olan spor kanalına yoğunlaşmışken dikkatini çekebilmek adına boğazımı sesli bir şekilde temizledim. Bir gözü televizyonda, bir gözü bende olmak üzere hafifçe benden yana döndüğünde gülümsedim. Erkeklerdeki bu maç hastalığının sebebini merak etmiyor değildim.

"Sence Kıvanç'a söylemeli miyim artık?" Sorumla birlikte, televizyonu ve diğer her şeyi bir kenara fırlatırcasına gözlerini tamamen benden yana çevirmişti. Ve yüzünün sevinçle aydınlandığını gördüğümde, alt dudağımı dişlerimin arasına almıştım. "Yani... Kabul eder mi sence kızını?" Evet, bunu ciddi ciddi düşünür olmuştum. Çünkü annem ve babamdan sonra, kaybedebileceğim bir şey kalmamıştı. Ne olacaksa olsundu artık!

"Sana karşı bir şeyler hissettiği kesin. Başta çekimser bakacaktır ama sonradan kabulleneceğine eminim." Bu içten açıklaması üzerine teşekkür edercesine başımı salladıktan sonra, Asude'ye döndüm. "Sen ne düşünüyorsun Asu? Söylemeli miyim?"

O da Batın gibi gülümsedikten sonra, "Bence tam zamanı! Söylemeden nereye kadar götürebilirsin ki?" demişti. Batın'la ortak fikirde oldukları nadir konulardan biri olarak tarihe geçecekti bu anlar. Birbirleriyle o kadar çok zıtlaşıyorlardı ki, aklıma istemsizce *Büyük aşklar, nefretle başlar* klasiği geliyordu...

Bütün cesaretimi topladığıma emin oldum. "Tamam, o zaman. Arıyorum şimdi."

İkisi de sözleşmiş gibi aynı anda gözlerini bana çevirdiler ve şaşkınca suratıma baktılar. Ama konuşan Asude oldu. "Telefonda mı söyleyeceksin?"

Başımı salladım. "Yüz yüzeyken söyleyemem. En iyisi telefonda halletmek! Hem ne olacak ki? Ha yüz yüze, ha telefonda..." Ani verdiğim bu kararla, sehpanın üzerindeki telefonuma uzandım. Şarjımın bitmek üzere olduğunu gördüğümde alt dudağımı sarkıttım. Ama sonra bunun daha iyi olduğunu düşünerek gülümsedim. Şarjım bitiyor diye söyleyeceklerimi daha hızlı söyleyip, çabucak kurtulabilirdim bu zorlu işten!

Kıvanç'ın numarasını bulduktan hemen sonra, heyecanla "Bana şans dileyin!" dedim ve derin bir nefes aldım. En az benim kadar heyecanlı görünüyorlardı.

Hâlâ vaktim var diyerek kapatabileceğimi düşünürken, telefonun açılma sesini duymamla kilitlenmem bir oldu. Ah, nasıl söyleyecektim şimdi? Nereden başlamam gerekiyordu ki? Bir an önce söyleyip kurtulmak, belki de her zamanki gibi yine en iyi çözümdü.

Bu fikre güvenle dayandım ve "Sana merak ettiğin şeyi anlatacağım Kıvanç! Ama ne olur, sözümü kesmeden dinle beni!" dedim,

Asude'ninki kadar olmasa da, otoriter sayılabilecek bir sesle. Hemen sonrasında da, söylemek istediklerimi bir çırpıda söyleyiverdim. "Irmak... Senin kızın Kıvanç. Babası sensin! Böyle bir şeyin nasıl ya da ne zaman olduğunu sorma. Şimdilik sadece bana inan ve Irmak'ın senin kızın olduğunu bil, yeter!"

Kalbim göğüs kafesimden fırlayacakmış gibi şiddetle atarken, bir derin nefes daha çektim içime. Son olarak, "Şimdi bana ne düşündüğünü söyle lütfen," dedim. Cevap vermesini beklemeye koyulmuştum ki, telefonumun kapanış sesini duyarak sinirle inledim. Lanet olasıca şarjım, tam da bitecek zamanı bulmuştu!

Ah, her neyse... En azından söyleyeceğimi söylemeye yetecek kadar zamanım olmuştu ve buna da şükürdü. Artık *baba* olacağını biliyordu. Üzerimden kalkan koca bir öküz ağırlığındaki yükten dolayı, kendimi tüy gibi hafif hissediyordum.

Pilates topunu andıran, kocaman karnıma rağmen hem de!

18. Bölüm

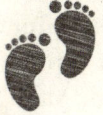

Senden Nefret Ediyorum!

Üzerimden kalkan koca öküzün şerefine, aptalca sırıtıyordum saatlerdir. Asude ve Batın ise birlik olup, Kıvanç'ı bir kez daha aramam gerektiği konusunda bana yalvarıyorlardı. Ama hiç de kolay şeyler geçirmediğimden, buna yetecek gücü bulamıyordum artık kendimde... Ailem tarafından evlatlıktan reddedilmiştim ve böyle bir günde Kıvanç'ı arayıp baba olacağını söylemiştim. Tam tepkisini öğreneceğim anda şarjım bitmişti ve ne yalan söyleyeyim, bu benim için gayet iyi bir bahane olmuştu. Henüz Kıvanç'ın *"Benden baba olmaz,"* ya da *"İstemiyorum,"* tarzındaki cümlelerini duymaya hazır değildim. Yeterince kötü şeyler geçmişti başımdan ve bugünlük bu kadarı yeter de, artardı.

Batın'ın elindeki telefonu bana uzattığını fark ettiğimde, geri çekilmeye çalıştım. Kardeşiyle bir kez daha konuşmam için beni resmen zorluyordu. Bu kadarını yapacağını beklemediğimden hazırlıksız yakalanmış, dolayısıyla da telefonu elinden almak mecburiyetinde kalmıştım. Kıvanç'ın sesi duyuluncaya dek, ikisine de sert bakışlarımı atmayı ihmal etmemiştim. Bu bakışlarımın onları korkutması gerekirken, ikisi de aksini gerçekleştirip pişmiş kelle gibi sırıtmışlardı karşımda.

"Bir şey mi oldu abi?"

Kıvanç'ın uykulu sesini duyduğumda, küçük bir nefes doldurdum ciğerlerime. "Benim, Kıvanç," dedim, sesimi tanıyabilmesi için tane tane konuşarak.

Birkaç saniyelik duraksaması, bana bir ömre bedel gibi gelmişti. Neredeyse telefonu kapatmayı bile düşünmüştüm. Ama neyse ki

bunu düşündüğüm an, hattın ucundan sesi tekrar bana ulaşmıştı.
"Bir sorun mu var Başak?"

Sesi, yanımdan ayrılırken bana donukça bakan gözleri kadar mesafeliydi. Engel olamadığım bir ağrının gelip de kalbime saplandığını hissettim. Birkaç saat öncesinde yaptığımız telefon görüşmesi hakkında düşüncelerini dile getirmesi gerekmiyor muydu? Yoksa... Bilmezden gelmeyi mi tercih edecekti?

Kaybedecek bir şeyim olmadığını, zaten her şeyimi -ailemi- kaybettiğimi kendime bir kez daha hatırlattım ve sordum. "Bir şey söylemeyecek misin Kıvanç? Telefonda söylediklerim hakkında?"

Aramızda tekrar bir sessizlik oluştuğunda, Asude'yle Batın'ın merakla bana baktıklarını görmüştüm. Onlar da en az benim kadar heyecanlıydılar.

"Telefonda mı? Ne zaman konuştuk ki biz seninle?" Kısa bir bekleyişin ardından tekrar konuşmaya başlamasıyla dikkat kesildim söylediklerine. "Pelin açmış olmalı..." Daha çok kendi kendine mırıldanır gibi olduğundan, sesini duymakta güçlük çekmiştim. Sonrasında yaptığı aptallığın farkına varmış olacak ki, anında kapamıştı çenesini.

Pelin... Kıvanç'la birlikte, lüks bir restoranda yediğimiz akşam yemeğindeki şu garson kız... Hani şu, Kıvanç'ın yanında benim olduğumu görmesine rağmen, yüzsüzce yanımıza gelen ve bu da yetmezmiş gibi Kıvanç'ın numarasını isteyen... O akşam ona duyduğum nefret ne kadarsa, şimdi katlarca fazlasını besliyordum içimde. Anlattığım her şeyi duymuştu! Hamile olduğumu, Kıvanç'ın bir kızı olacağını biliyordu.

Şu şartlar altında beni çok ilgilendirmese de, bir sorun daha vardı ortada. Kıvanç yine bir kızla beraber olmuştu. Hem de benim yanımdan ayrıldıktan hemen sonra! Bu durumların hepsine bakıldığında, çıkardığım tek bir sonuç vardı: *Eşekten bile adam olurdu ama Kıvanç'tan asla!*

Gözlerimi yumup, başımı geriye attım ve boğazımda oluşan kördüğümün, bir an önce çözülebilmesini diledim. Nefes almamı zorlaştırıyordu. Ben her şeyi itiraf ettiğim için rahatlayıp deli gibi mutlu olmuşken, onun başka bir kızın yanında olduğu ve hatta bu kızın bütün itiraflarımı duyduğunu öğreniyordum. Sahiden, bundan daha kötü bir senaryo olabilir miydi?

Kalan son güç kırıntılarımı bir araya topladım ve onlarla sımsıkı sarılırcasına dik durmaya çalıştım. Telefonu duvara fırlatmamın hemen öncesinde, dudaklarımdan belli belirsiz bir cümlenin firar etmesine izin verdim. "Karşıma çıktığın güne lanet, sana da yazıklar olsun!"

Batın'dan

"Şimdi daha iyi mi?"

Endişe içerisinde sorduğum soruyla eşzamanlı olarak, Asude kendisini koltuğa bırakıp nefesini sertçe dışarı üfledi. Bezmiş ve aynı zamanda yorulmuş gibi bir hali vardı. "Daha iyi sayılır. Arada bir Kıvanç'a küfrediyor, o kadar. Sevgi teyze yanında."

Başımı geriye atıp seslice inledim. Bundan yalnızca saatler önce, Başak'ın Kıvanç'a her şeyi söylediğini kendi kulaklarımla duymuş ve o an kelimelerin dâhi kifayetsiz kalacağı bir mutluluk yaşamıştım. Ama benim it kardeşim, yine kendisine yakışanı yapmış ve her şeyi berbat etmişti. *Mutluluk uçup gitmiş, yerini de uçsuz bucaksız bir öfkeye teslim etmişti.* İçimde barınan bu öfkeyle ne bulduysam parçalamak istiyor ama kendime hâkim olmam gerektiğini de biliyordum. Üstelik öfkelenecek biri varsa, bu kesinlikle Başak'tı. Gözlerinde oluşan hayal kırıklığını gördüğüm andan beridir kendimi inanılmaz derecede kötü hissediyordum zaten.

"İyi misin Batın?"

Asude'nin korku ve meraklanmış sesini duyduğumda gözlerimi yavaşça araladım. "Sence iyi miyim?"

"Pek iyi göründüğünü söyleyemem."

"İyi değilim!"

Hatta hiç bu denli kötü olduğum bir an hatırlamıyordum. Küçük bir çocukken anne ve babamdan ilgi beklercesine bakan dolu dolu gözlerimle ya da babamın karşısına geçip, *"Artık sizin yüzünüzü görmek istemiyorum!"* diye bağırdığım anlarda bile bu kadar üzülmemiştim. Çok yakında dünyalar tatlısı bir kız bebeğinin amcası olacaktım. Ama benim aptal kardeşimin, bundan haberi olmaması, sevincimi dâhi doya doya yaşamama engel oluyordu. Bense, omzuma kondurulan bu ağır yükten bir evvel kurtulmak istiyordum ama elimden hiçbir şey gelmiyordu! Başak'a verdiğim bir söz vardı çünkü. Hem Kıvanç bunu öğrenecekse bile benden değil, Başak'tan öğrenmeliydi. Ama o ne zaman cesaretini toplasa, Kıvanç kendinden beklenen itliği yapıyordu. *Tıpkı bugün yaptığı gibi.*

Ben düşüncelerimle boğuşmamı sürdürürken, Asude de çalan kapı ziliyle hareketlenmişti. Adımlarını hızlandırmaya gerek duymadan, gayet sakin tavırlarla kapıya doğru ilerledi. Kapıyı açtığı anda ise olan olmuştu. Asude'nin bütün soğukkanlı tavırları bir anda yıkılmış ve avazı çıktığı kadar bağırmaya başlamıştı.

"Sen hâlâ hangi yüzle gelebiliyorsun buraya? Başak seni görmeyi istemiyor, tamam mı? Defol git!"

Asude sadece bağırmakla kalmayıp, sert olduğunu düşündüğüm yumruklarıyla kardeşimin göğsüne darbelerini indiriyordu. Normal bir zamanda olsak, kardeşimi bu süpürgesiz cadı Asude'den kurtarmaya çalışırdım belki. Ama şimdi, kılımı kıpırdatasım dâhi gelmiyordu. Hatta büyük bir keyifle izliyordum bu manzarayı... Dakikalar ilerlemeye devam ederken, Kıvanç'ın kaçma girişimleri her defasında sonuçsuz kalıyor ve Asude tarafından daha ağır yumruklarla ya da tekmelerle cezalandırılıyordu.

Kıvanç'ın kurtulamayacağını anlayıp benden yardım istemeye başlaması üzerine ise psikopatça sırıtarak karşılık verdim. "Hak ettin!"

Bana yavru köpek bakışları atmaya başlamıştı ki bu bakışlarına hiçbir zaman dayanamayacağımı adı gibi biliyor olmalıydı. Küçüklüğümüz, ailemizin bizimle ilgilenmelerini, bizi sevmelerini beklemekle geçmişti. Bir zaman sonra da bu ilgiyi ve sevgiyi görmeyeceğimizi anlayıp, birbirimizle yetinmeyi bilmiştik. Ve abi olduğumdan, benim sorumluluğum çok daha büyük olmuştu. Kıvanç, en ufak bir şeye üzüldüğünde veya bir şeye canı sıkıldığında hep benim yanımda almıştı soluğu. Ben de her zaman elimden geldiğince kol kanat germiştim ona. Şimdiki gibi yavru köpek bakışlardan atmayı da hiçbir zaman ihmal etmemiş, böylelikle istediği her şeyi kolayca yaptırmıştı. Çünkü ona kıyamayacağımı adı gibi biliyordu!

İçimde bir yerlerde beni dürtükleyen bu merhametli ve tanıdık duygularımın etkisiyle, yanlarına doğru ilerledim. Yalnızca saniyeler içerisinde Asude'yi biraz sert bir hareketle kenara ittiğimde, sırtını arkadaki dolaba çarptı. Afallamış bir ifadeyle suratıma bakmaya başladığında, bunu elimden geldiği kadar görmezden gelmeye çalıştım.

"Beni bu cadalozdan kurtardığın için teşekkür ederim abi. Bu iyiliğini asla unutmayacağım!" Kıvanç bunları haykırır haykırmaz yanımızdan ayrıldığı gibi Başak'ın odasına koşmaya başladı. İşi hiç de kolay olmayacaktı. *Tıpkı benim de şu anki durumumun müthiş zor olacağı gibi!* Koçarslan kardeşler olarak, neden bu evdeki kızlardan bu kadar çok çekiyorduk acaba?

Asude, bu sefer beni gerçekten öldürecekmiş gibi bakıyordu. Bu bakışları karşısında güçlü durduğumu gösterebilmek için çenemi ve omuzlarımı dikleştirdim. İtiraf etmek gerekirse, yanıma doğru gelirken yavaştan attığı iki adım bile, kendime olan güvenimi yerlere sermişti. Çenesi benimkinden daha dik olsa da, dudaklarının bariz biçimde titrediğini görebiliyordum.

"Üzerimde güç gösterisi sergilemek de neyin nesi? Kendini ne sanıyorsun sen?" Bu kükremesinden sonra, ona hak verdiğimi gösterircesine başımı salladım. "Ama benim de adım Asude ise, bunun altında kalmam Batın!" Suratındaki her bir nokta, sinirden kasılmıştı sanki. Koyu yeşil gözleri de bu modaya uyarak, titremeye başlamışlardı. Belki de bunlar biraz sonra ağlayacağının işaretleriydi...

"İşte bu da benim güç gösterim!"

Sözünü bitirmesiyle, yanağımda sert bir tokadın patlaması aynı ana denk geldi. Elinin ağırlığından mıdır, yoksa bunu beklemediğimden midir bilinmez, kendimi birkaç adım geri sendelerken buldum. *Haklı olduğu için sesimi çıkarmadan otursam, en iyisini yapmış olurdum sanırım. En azından bir posta daha dayak yememiş olurdum.*

Ona karşı tavırlarımın çoğunun yanlış olduğunu biliyordum. Hepsi için ondan teker teker özür dilemem gerektiğini bildiğim gibi! Ama normalde hiç ortalarda gözükmeyen gururum, söz konusu o olduğunda sürekli merkezde oluveriyordu.

Başak'tan

"Üzülme sen kuzum!" diyerek bir kez daha saçlarımı okşadı teyzem. Kıvanç'la yaptığım telefon görüşmesinden sonra gerçek anlamda bir sinir krizi geçirmiştim ve beni sakinleştirmeyi başaran kişi, teyzem olmuştu. Şimdi de yanımdan ayrılmamayı kendine ilke edinmiş gibi kararlı gözüküyordu.

"İyiyim ben teyze. Yoruldun sen, git dinlen hadi!" dedim, kalan son gücümle. Tahmin ettiğim üzere başına iki yana sallayıp, saçlarımı öptü tekrar. "Sen beni dert etme, kuzum. Ben iyiyim."

Gözlerimi kısarak baktım ona. Belki bir işe yarar da, gider diye. Ancak bu bakışımdan hiç etkilenmediği gibi, üstüne bir de kaşlarını çatarak baktı bana. Beni kendi halime bırakacağı falan yoktu. İşe, uyku moduna geçebilmek için gözlerimi yumarak başladım. Aklımda dönüp duran ve beni kemiren düşüncelerim eşliğinde nasıl uykuya dalacağımı bilmesem de, kızımın sağlığını düşünmeli ve biraz olsun dinlenmeliydim.

Fakat ben tam bunu fiile dökmeye hazırlanırken, kapının sertçe açıldığını duymamla gözlerimi açmam bir oldu. Ağrıdan zonklayan başımı güçlükle kaldırdığımda, karşımda Kıvanç'ı görmüş olmanın şaşkınlığıyla duraksadım. Hemen ardından kaşlarımı çattım ve ellerimi iki yanımda yumruk yaptım. "Git buradan! Yüzünü görmeye bile tahammülüm yok!"

O kadar çok bağırmıştım ki, ses tellerim daha şimdiden acımaya başlamışlardı bile. Bana doğru birkaç adım attığında, gözlerimden süzülen yaşları umursamadan tekrar bağırdım. "Defol git diyorum sana!"

Teyzem de yeni bir sinir krizi geçirmemden korkmuş olacak ki, bütün gücüyle Kıvanç'ı itip, benden uzak tutmaya çalışıyor fakat Kıvanç'ın yapılı vücudu teyzemin darbelerinden etkilenmişe benzemiyordu. Zaten bir zaman sonra da teyzeme tamamen karşı koyup, bana yaklaşmaya başladı. Bunun farkına vardığımda ne yapacağımı bilemez bir halde etrafıma bakındım. Masamın üzerindeki kitaplarımı gözüme kestirdiğimde anında hareketlendim. Birkaçına uzandıktan sonra, hepsini birden Kıvanç'ın üzerine fırlattım. Bunu beklemediğinden mavileri bir anda iri iri olmuşlardı. Bir yandan elleriyle başını siper etmeye çalışıyor, bir yandan da durmam için bağırıyordu ama bu odadan çıkmadığı sürece elime geçirdiğim her şeyi kafasına atmakta kararlıydım. Bütün kitaplarımı kafasına attığımda, atacak başka şeyler bulabilmek amacıyla etrafımı tekrar taradım. Günlüğümle göz göze geldiğimde derin bir iç geçirdim. Birkaç gündür günlük kardeşimi de ihmal ediyordum. Ama tabii ki, şimdi kafa yoracağım bir şey değildi bu.

Kıvanç'ın bu esnada bana iyice yaklaştığını gördüğümde, heyecanla elime aldığım ilk şeyi kafasına fırlattım. Fırlattığım şeyin, porselen süs eşyası olduğunu ise ancak parkelerle buluşan porselen kırıkları sayesinde anlayabilmiştim.

Ve tabii bir de, Kıvanç'ın kafasından yere damlayan birkaç kan damlasıyla...

∽∼∘∽∼

Kendini acındırabilmek için dakikada bir kafasına atılan beş dikişi gösteriyor, ardından da elinden oyuncağı alınmış küçük bir çocuk gibi alt dudağını sarkıtıyordu. Kaseti başa sararcasına dikişlerini işaret ettiğinde, ben de umursamaz bir edayla, belki milyonuncu kez omuzlarımı silktim. "İyi oldu sana!"

"Önce Asude cadalozu dövdü beni. Sonra sen kırdın kafamı! Canım gerçekten çok acıyor be Başak."

"Umurumda olduğunu mu sanıyorsun?" Ne yalandı ama! Beyin kanaması geçirme ihtimalinin aklımdan şöyle bir geçmesi bile, kaynar suların kalbimden aşağı dökülmesi gibi bir his oluşturmuştu o anlarda. Yine de umursamazca devam etmeye gayret ettim. "En iyisi Pelin'in yanına git de, dikişlerini öpe öpe iyileştirsin seni. Nasıl olsa benim yanımdan kalkıp onun yanına gitmek hobin olmuş!"

Dudaklarını normal haline getirip, kaşlarını çattı. Sanki suçlu benmişim gibi söylediklerime sinirlenmişti şimdi de. "Tamam, haklısın. Gitmemem gerekiyordu ama sana sinirliydim, canım sıkkındı. Ayrıca her insan hata yapar! Ama başından beri söylediğim gibi Başak, onunla yatmadım! Aklımı öyle bir meşgul ediyorsun ki, senden başka kimse giremiyor sınırlarıma!"

"Telefonun neden ondaydı o zaman?"

"Onda değildi. Barda unutmuşum, diyorum. Ve sen bana inanmak zorundasın! Çünkü her türlü pisliği yapacak biriyim ama değer verdiğim insanlara asla yalan söylemem! Ve sana, sandığından çok daha fazla değer veriyorum."

Son cümlesini tamamen duymazdan geldim. *Çünkü umut etmek yoktu artık. Umut etmeyi arzu etmek dâhi yoktu!* Pes edercesine omuzlarımı düşürdüm ve işin içinden çıkamayacağımızı idrak edebildiğimde de, boş verircesine "Neyse," dedim. "Bu konu hakkında ne daha fazla konuşmak istiyorum ne de senin konuşmanı. Kapatalım!"

Sertçe söylediğim bu sözler üzerine, tavrımı gayet net bir biçimde ortaya koymanın haklı ama buruk gururunu yaşıyordum. Eğer o bara gitmemiş, hatta dahası *-söylediklerinin doğru olduğunu varsayarsak-* o telefonunu orada unutmuş olmasaydı, baba olacağını öğrenmiş olacaktı şimdi! Bunu düşündükçe çıldırıyordum.

"Irmak doğana kadar bir daha asla seni üzecek bir şey yapmayacağım. Doğuma kadar her anında yanında olup, seni mutlu edeceğime söz veriyorum!"

"Irmak doğana kadar mı?" Bu da ne demek oluyordu şimdi?

"Ancak o zamana kadar yanında durabilirim diye düşündüm."

Hayal kırıklığımı gizlemek adına gözlerimi kaçırdım ve sesimin, elimden geldiğince tekdüze çıkmasını sağladım. "Olabilir tabii. Irmak doğduktan sonra sen yoluna bakarsın, ben yoluma."

Söylediklerimi es geçip, kararsız bir yüz ifadesiyle bana bakmaya başladığında, kaşlarından birini havaya kaldırmıştı. "Sen... Pelin'e ne söylemiştin telefonda?"

Alay edercesine gülümsedim. "Söylediklerimi anlatmadı mı sana?"

"Seninle konuştuktan sonra, yani buraya gelmeden önce onu aradım. Ama önemli bir şey söylemediğini söyledi." Öfkeme yenik düşmemek için, tırnaklarımı avuç içlerime bastırdım. Kıvanç'ın baba olması önemsiz bir şey miydi? Allah aşkına, bundan daha önemli ne vardı?

"Ama ben öyle düşünmüyorum. Seni, kafama dikiş atılmasına neden olacak kadar sinirlendirdiğime göre önemli bir şey için aramışsın demektir," dediğinde, suratına aval aval baktım. Kıvanç'ın ağzından böylesine mantıklı şeyler duymanın şaşkınlığıydı bu.

"Hayır, önemli bir şey değildi. Daha doğrusu, öğrenmeyi hak edeceğin bir şey değildi!"

Alnı kırıştı. Kısa bir anlığına sessiz kaldı ve sonrasında kendinden beklenilmeyecek bir ciddiyetle sordu. "Ne demek oluyor bu?"

Ben de, benden beklenilmeyecek kadar rahat bir tonlamayla karşılık verdim. "Sadece hak etmiyorsun demek oluyor Kıvanç. Gerisini sorma. Çünkü aynı şeyleri bir daha asla anlatmayacağım!"

Aniden bastıran uykum yüzünden kendimi bir an önce yatağa atmak istiyordum ve bu isteğimi gerçekleştirebilmek adına ilk engeli aştım. Yani, dikkatle ayağa kalktım. Deliksiz bir uyku çekerek bugün yaşadığım her şeyi aklımdan silebilmeyi istiyordum. *Biz insanoğlu, uykuyu nasıl bir ilaç olarak görüyorduk, bilmiyordum. Ama diğer tüm ilaçlara kıyasla, en etkili ilaç olduğu da su götürmez bir gerçekti...*

İçimi ürpertecek kadar soğuk olan duvarlara sürüne sürüne odama doğru yol almaya başladım. Yürümeyi bir kenara bırakın, ayakta durmaya yetecek gücüm bile yoktu aslında. *Tükenmiştim.* Tek bir gün içerisinde hem de!

Bir an sonra, Kıvanç'ın elini belimde hissettim. Bu pozisyonumuza itiraz etmeyi istesem de, kendimi o kadar bitik hissediyordum ki, konuşmaya dâhi mecalim yoktu. Bu yüzden başımı Kıvanç'ın omzuna yasladım. O sevilesi kokusu burun deliklerimden içeri yol alırken, bunu sindirebilmek adına derin bir nefes aldım. Bu sayede can yakıcı kokusu ciğerlerime daha çabuk ulaşmıştı.

Odama girdiğimizde, yatağıma yatabilmemde bana yardımcı oldu. Başımı yastığımla buluşturabildiğim ilk anda, süratle gözlerimi yumdum. Ancak gözlerimi yummuş olmam, yanıma kadar geldiğini hissetmeme engel değildi. Neyse ki yanıma yatmaya yeltenmemişti.

Uykuya dalmadan hemen önce, kendimi zorlayabildiğim kadar zorladım ve yüksek sayılabilecek bir sesle bağırdım. "Senden nefret ediyorum Kıvanç!"

Karşılık vermeden hemen önce, saçlarımı okşamaya başladığını hissettim. "Yorma kendini, çilek kokulum! Kafamdaki dikişler bunu yeterince kanıtlıyor zaten!"

Sesi, acı acı geliyordu kulağa. Pişmanmış gibi... Buna tepki olarak -sanki suçlu olan benmişim gibi- kalbimin sızlamaya başlaması da saniye gecikmedi. Evet. Benim sayemde o kaz kafasına beş dikiş atılmıştı! Ama keşke beynine de birkaç dikiş atabilmenin bir yolu olsaydı. İşte o zaman her şey daha güzel olabilirdi. Özellikle de Irmak ve benim için...

19. Bölüm

Pasta

Asude'den

"Kolay gelsin!"

Başımı, temize çekmeye çalıştığım notlardan kaldırıp Sarp'a baktım. Saatlerdir her yerini ezberlediğim bu kantinde yazı yazmakla meşguldüm. "Kolaysa başına gelsin!"

"Ben almayayım ya!"

Gülümseyişine eşlik ederken arkama yaslandım. "Otursana."

Saniyeler içerisinde oturup kahvesinden bir yudum aldıktan sonra o da arkasına yaslandı. Kaşlarından birini havaya kaldırdığında, meraklı bir ifadeyle sordu. "Başak kontrole gitmeyecek mi?"

"Bilmiyorum. Aslında günlerdir doğru düzgün yatağından çıkmıyor bile."

Hamileliğinde neredeyse yedinci ayına girmişti arkadaşım. Kolay bir hamilelik geçirdiğini söylemek, pek doğru olmazdı. Aklında sürekli Kıvanç'a söylemek isteyip de söyleyemediği o gerçek dolanıp duruyor ve onu istikrarlı bir biçimde rahatsız ediyordu. Pelin meselesinden beri *-yani hemen hemen iki aydır-* aralarından su sızmıyordu ama Başak yine de ona tam anlamıyla güvenemediğinden susuyordu. Bu gidişle Kıvanç'ın baba olacağından ve Irmak'ın da babasının kim olduğundan haberi olmayacaktı. Başak şimdi bunları düşünemiyordu. Ama böyle yapmaya devam ederse, ileride pişman olacağı kesindi. Ne zaman bu konuyu açıp onunla sakin bir biçimde konuşmaya çalışsam, bir şekilde konuyu değiştirmeyi başarıyordu. Haliyle benim de tepem atıyor ve her defasında kavga ediyorduk. Bu yüzden ben de elimden geldiği kadar bu konunun bahsini açmamaya gayret ediyordum. *Haftada üçe indirmiştim en azından!*

Karşımdaki sandalyenin ani bir hızla çekilmesi sonucunda oluşan tiz ses yüzünden yüzümü buruşturdum. Bu tip seslerden oldum olalı nefret ederdim. Gözlerimi kırpıştırarak sesin sahibine çevirdim gözlerimi. Ah, nedense hiç şaşırmamıştım!

Suratımdaki gülümsemeyi silerek başladım işe. Batın'ın bulunduğu ortamlarda gülmeyi hatta tebessüm etmeyi dâhi yasaklamıştım kendime. Bu kararı alalı çok oluyordu aslında. Üzerinden yaklaşık iki aylık bir zaman dilimi geçmişti. *Yanağına tokadı geçirdiğim o günden bahsediyorum*! Bunu hak etmişti, yani kesinlikle benim suçum değildi. Ama işin doğrusu, içten içe pişmanlık duymadan da edememiştim...

"Biraz konuşabilir miyiz Asude?"

Başımı ondan tarafa çevirmeye bile tenezzül etmeden, oldukça soğuk bir sesle sordum. "Ne konuşacakmışız? Önemsiz bir şeyse vaktim yok!"

"Önemli!" diye kükrercesine bağırdı. Yine aynısını yapıyordu işte, aptal! Ona ne derece kızgın olduğumu bilmesine rağmen, yanlış üzerine yanlış yapıp adının karşısına koca koca çentikler attırıyordu.

Sarp'ın elini elimin üzerinde hissetmemle başımı ona çevirmem aynı ana denk gelmişti. "İzin verirsen, ağzını burnunu kırabilirim." Suratındaki gülümseme ise şaka yapıyor olduğunun bir kanıtı olarak oradaydı sanki. Zaten Sarp gibi adamlar kavgadan dövüşten hoşlanmazdı ki!

"Gerek yok. Ağız burun kırma işlerine bayılırım ben!" diye fısıldadım. Beni onaylarcasına başını salladı ve oturduğu sandalyeden kalkmadan hemen önce yanağıma minik masum bir dost öpücüğü kondurdu. "Bir sorun olursa arkadaki masadayım. Çağırman yeterli."

Kulağıma fısıldadığı şeyler üzerine dayanamayıp kıkırdadım. Hemen ardından bunun için kendime kızmayı da ihmal etmedim. *Aptal ben! Batın buradayken ne diye gülüyorsun ki sen?*

Düşüncelerimden sıyrılmamı sağlayan şey, Batın'ın gözlerimin önünde salladığı eli oldu. Gözlerimi kırpıştırarak hayal dünyamdan sıyrılıp gerçek dünyaya dönmeye çalıştım. Bunu başardığımda Batın'ın başta bulanık olan görüntüsü şimdi daha netti. "Hayallere daldın bakıyorum da. Tek bir öpücük bile seni bu hale getiriyormuş demek!" Başta gür ve kendinden emin çıkan sesi, sonlara doğru oldukça kısık çıkmıştı. Daha çok kendi kendine konuşuyor gibiydi aslında. Ayrıca... Ne öpücüğünden bahsetmişti şimdi bu?

"Her neyse," deyip dirseklerini masaya dayadı ve bana biraz daha yaklaştı. Tıraş losyonunun kokusu burnumun ucunu sızlatıyordu. Burnumu kaşımayı istesem de saçma olacağını düşünüp kendime engel olmasını bildim. Bunun yerine bütün dikkatimi konuşmalarına vermeye çalıştım. Ama dudaklarını araladığı her an, gözlerim ister istemez dişlerine kayıyordu. Siyahiler kadar parlak beyaz dişlere sahipti ve bunun sırrını merak etmiyor değildim. Oysaki dişlerimi her öğünden sonra hatta boş zamanlarımda bile gidip fırçalıyordum. Ama benim dişlerim onunkiler kadar beyaz değillerdi!

Ah, haydi ama Asu! İtiraf et ki, yalnızca dişlerine değil dudaklarına da bakıyorsun.

Hayır. Dudaklarına baktığım falan yoktu! Eğer bakıyor olsaydım, alt dudağının üst dudağından biraz daha kalın olduğunu, sinirlendiği zamanlarda alt dudağını kemirdiğini, gülümsediğinde dudaklarının kenarlarında bir sürü gamze çukurları oluştuğunu ya da bazen çarpık bir biçimde gülümsediğinde dudaklarının sol kısmının biraz daha aşağıda kaldığını bilirdim mesela. Öyle, değil mi?

Tüm bunlar üzerine kendimi yuhlamaktan geri durmadım. Başka ne bilecektim acaba? Adamın dudaklarının anatomisini çıkarmıştım resmen!

"Dinleyecek misin beni?"

Başımı iki yana salladım ve kısaca, "Dinliyorum," dedim.

Nefesini dışarıya üfledikten sonra, "Sonunda!" diye mırıldandığını duymuştum ama duymazdan gelmem ikimiz için de daha iyi olurdu. Ben de böyle yaparak kollarımı göğsümün üzerinde kenetleyip dinleme pozisyonuna geçtim.

"Başak'ı ikna etmemiz gerek. Doğuma iki ay kaldı ve Kıvanç hâlâ hiçbir şeyi bilmiyor."

"Ben zaten Başak'la konuşmaya çalışıyorum. Ama istemiyor işte! Güvenemiyor Kıvanç'a."

"Başak'la konuştuğuna emin misin?"

"Ne demek emin miyim? Yalan söyleyecek halim yok ya!"

"Yalan söylüyorsun demedim sana. Onunla ikna edici bir biçimde konuştuğuna emin misin diyorum? Bak, bu mesele hafife alınmayacak kadar önemli!"

Bana akıl vermesine mi, yoksa karşısında aptal biri varmış gibi tane tane konuşmasını mı sinirleneceğime karar veremediğimden, ikisine birden sinirlendim. Ki, bu hiç de iyi bir seçim olmadı. Ama beni sinirlendirmek konusunda o kadar başarılıydı ki Batın, bir araya geldiğimizde mutlaka bir şeye sinirlenirken buluyordum kendimi.

Sana değişik duygular hissettiren ilk erkek olduğu için ona sinirleniyorsun. Bu yüzden ondan nefret etmeye zorluyorsun kendini Asude, bunu inkâr edemezsin!

"Ciddi bir biçimde konuşmalısın Asude. Zaman kalmadı!"

"Neyin ne olduğunu biliyorum! Bana akıl vereceğine, önce kardeşin olacak o umursamaza akıl ver!"

"Kardeşime akıl vermediğimi nereden biliyorsun?"

Derin bir iç geçirip önümdeki notlarıma eğdim başımı. Daha çalışmam gereken tonlarca sayfa vardı ve Batın'ın saçmalıklarıyla uğraşmak yerine bunları bitirmeliydim. Başımı kaldırmadan, tıpkı onun gibi tane tane konuştum. "Tekrar konuşmaya çalışırım. Ama beni dinleyeceğini hiç sanmıyorum."

"Denemen bile yeterli benim için!" dediğinde, gülümsediğini hisseder gibi oldum. Ama ben başımı kaldırana kadar gülümsemesi silinip gitmişti bile. Ufacık izleri kalmıştı sadece. Dudaklarının yanlarındaki gamze çukurlarından birkaç tanesini yakalayabilmiştim. *Aman ne güzel!*

"Asude Türkoğlu'yu tanıyor musunuz acaba?"

Arkamızdan gelen tanıdık bir ses düşüncelerimden sıyrılmamı sağlayan şey oldu. Ağzım kulaklarıma varana dek gülümseyip, şaşkınlığımı tamamen bir kenara atarak ayaklandım. Bunu yaparken o kadar hızlı ve heyecanlı davranmıştım ki, masanın üzerindeki notlarım iki seksen yere serilmişlerdi.

"Selim!" Onu ne kadar özlediğimi ona sarılınca daha iyi anlamıştım. *Selim, Sevgi teyzenin oğluydu. Yani Başak'ın anne tarafından olan tek kuzeni!*

"Çok kilo almışsın sen!"

Ona nasıl şaşkın bir halde baktıysam artık, bu halime kahkahalarla güldü. Sonrasında da kolunu omzuma atıp beni kendine çekti ve diğer eliyle de saçlarımı karıştırdı. Tekrar masaya döndüğümüzde Batın'ın rahatsız edici bir bakışla bizi izlediğini gördüm. Bu adam neden en ufacık rüzgârdan nem kapmak zorundaydı? Ona tepkisizce baktıktan sonra kendimi sandalyeye bıraktım. Selim de gelip çaprazımdaki sandalyeye oturunca gülümsedim.

Batın'la Selim, birbirlerine bakarlarken -*gözlerini kısarak birbirlerini süzmelerinden bahsediyorum*- derin bir nefes alıp bu bakışmaların son bulmasını bekledim. Nihayet Batın bundan vazgeçmiş olacak ki, ayağa kalkmıştı. Sandalyesinin arkasına astığı koyu kahve deri ceketini üzerine geçirirken, mümkün olduğunca göz göze gelmemeye çalışıyordum. En sonunda kafasını kaldırıp bana baktığında yutkunmamak adına fazlaca direndim. Böylesine sert baktığında, insanın altına edebilecek kadar ürkmesine neden oluyordu. Ah, tabii ki altıma etmemiştim ama zor tuttuğumu itiraf etmeliyim.

"Bu çocuk ergen falan mı? Yoksa sevgilin mi de, kıskandı öyle?"

Selim'in söyledikleri üzerine düşünürken buldum kendimi. Batın neden beni kıskansındı ki? Saçmalığın daniskasıydı bu!

Sana attığı sert bakışları neyin nesiydi o halde?

Buna verecek bir cevap bulamayıp -*daha doğrusu üzerinde düşünmeyip*- gözlerimi devirdim. Tekrar Selim'e döndüğümde sakince verdim karşılığını. "Yanlış anlamışsın sen. Batın'la benim aramda öyle bir şeyin olmasının mümkün olmayacağı gibi, beni kıskanması da mümkün değil!"

Ama hemen ardından kendimi, "*Öyle bir şeyin olmasını ister miydim? Batın'la beraber olmayı ve Batın'ın beni kıskanmasını?*" sorusuyla boğuşurken bulduğum da bir gerçekti.

⁓⁓⁓

Selim'le birlikte eve doğru yürümeye başladığımızda yüzüme çarpan rüzgâr, şimdiden üşütmeye başlatmıştı beni. Neyse ki, evle fakülte arasında uzun bir mesafe yoktu. Buna bir kez daha şükrettikten sonra Selim'e döndüm. "Çok bekletmedim, değil mi?"

"Hayır. Kantindeki kızları kesip durdum zaten ben de." *Erkek milleti işte*, diye haykırmak istesem de genelleme yapıp bütün erkeklerin günahını almak istemiyordum. Yalnızca bu yüzden koca çenemi kapalı tuttum.

Evimizin önüne geldiğimizde "İşte burası!" dedim, yorgun çıkmasına engel olamadığım sesimle. Selim başını sallayarak önden yürüdü. Dış kapının açık olmasından faydalanarak hiç beklemeksizin girdik. Selim biraz tedirgin görünüyordu. Başak'a kızgın olduğunu tahmin etmekse zor değildi. Yorum yapmak yerine, asansör kabinine girer girmez beşinci kat butonuna basmayı tercih ettim.

Asansör durana dek ikimiz de sessizdik. Dairemizin bulunduğu kata adımımızı attığımızda Selim'in duraksadığını fark edip kısık gözlerimle ona döndüm. "Neden durdun Selim?"

"Ben... Yapamayacağım sanırım. Başak'a çok kızgınım ve sinirlerime hâkim olamayabilirim."

Yanına gidip destek olmak istercesine elimi omzuna koydum. "Biliyorsun ki, Başak'la kardeş kadar yakınsınız. Bu durumda onu affetmek zorunda olduğunu da bilmelisin. Desteğe ihtiyacı var, Selim. Hem de hiç olmadığı kadar!"

Söylediklerime karşın buruk bir şekilde gülümsedi ve başını sallayarak beni onayladı. Bunun üzerine fikrini değiştirmemesi için hızlıca anahtarlarımı çıkardım çantamdan. Aynı hızla kapıyı açıp, hâlâ tereddütle bakan suratına içeri girmesi yönündeki işaretimi verdim. Başını sallayarak arkamdan içeri girdi. Adımlarını öylesine yavaş atıyordu ki, Başak'la karşılaşmayı mümkün olduğunca geciktirmeye niyetli gibiydi. İkisi için de zor bir karşılaşma olacaktı. Selim yurt dışında okuduğu için, Başak'ın hamileliğinden ancak haberdar olmuştu. Ben de kantinde oturduğumuz süre boyunca ona olanları daha ayrıntılı bir biçimde anlatmıştım. *Batın'ın, Irmak'ın amcası olduğundan bahsetmiştim mesela. Irmak'ın Kıvanç gibi sorumsuz bir babası olduğundan da. Ve Başak'ın ailesi tarafından kötü bir şekilde reddedilmesinden de.* Selim, belki de en çok bunu anlatırken sinirlenmişti. Eniştesine küfretmesine müsaade etmemiştim ama içinden neler saydırdığını az çok tahmin edebiliyordum. Eniştesinden Başak'a attığı tokadın hesabını soracağını söylemişti. Teyzesine *-yani Başak'ın annesine-* de kızgındı.

Ne olursa olsun kızlarını sahiplenmeleri gerektiğini söylemişti ama şimdi o, bunu yapmaya çalışırken zorlanıyordu. Sertleşen yüz hatlarından bunu anlamak zor değildi.

"Biz geldik!" diye bağırdım, anahtarları masanın üzerine bırakırken. Montumu çıkarıp askılığa astıktan sonra Selim'in montunu da benimkinin hemen yanına astım. Bu sırada Başak oldukça yavaş ve temkinli adımlarla yanımıza geliyordu. Bu haliyle daha yeni yürümeye başlayan minik bir kız çocuğunu andırıyordu. Ellerini, burnuna kadar gelen karnının önünde zar zor birleştirdikten sonra şaşkın bakışlarıyla bize baktı. *Daha doğrusu Selim'e...* Gerçekliğini idrak etmeye çalıştı. Çünkü gerçekten de beklemediği bir şeydi bu. Kısa bir an duraksadı, ardından sessizce yutkundu. Ürkek adımlarıyla kuzenin yanına ilerledi. Tam karşısında durduğunda, onu kucaklamasını bekler gibi buğulu gözlerle baktı bir müddet. Selim ise bu sırada gözlerini başka bir noktada sabitlemişti. Başak'la göz teması kurmaktan özellikle kaçınıyordu sanki. Başak'ın gözlerinde biriken yaşları görüp de yumuşamaktan korkuyordu belki de. Kim bilir?

"Selim... Konuşmayacak mısın benimle?"

Selim cevap vermek yerine salona geçmeyi tercih etti. Bunun üzerine, Başak'ın yanına giderek sanki hiçbir şey olmamış gibi neşeyle koluna girdim. Elimi karnını üzerine koyup, narin hareketlerle okşadım. "Bugün ne yaptı benim yaramaz miniğim? Üzdün mü anneyi?"

Başak'ın hafiften tebessüm ettiğini gördüğümde hedefime ulaşmanın mutluluğuyla ben de gülümsedim. "Hadi içeri girelim!"

"Yok, ben odama gideyim en iyisi. Selim'i daha fazla sinirlendirmesem iyi olacak."

Gözlerine ani bir biçimde düşen hüzün, bana da bulaşıyordu her zamanki gibi. Başak'ın üzülmesine dayanamıyordum işte! O üzüldüğünde, dünyanın en mutsuz insanı ben oluyordum sanki. Ama bu duygularımı çoğunlukla içimde yaşadığımdan, onu ne kadar çok sevdiğimi bilmiyordu belki de.

Başak adımlarını geriye doğru atmışken, Selim'in gür sesi duyuldu. "Buraya gel!"

Gülümseyerek Başak'ın koluna girdim tekrar. Yürümesine yardımcı olabilmek için ağırlığını tamamen bana vermesini sağlayıp elimi arkadan beline doladım. Yüzünde hem sevinç hem de biraz da korku mevcuttu. *Olması gerektiği gibi yani.* Korkmaması gerektiğini söyleyemiyordum. Çünkü Selim'in siniri aşılamayacak kadar yüksek bir duvar gibiydi. Ne kadar tırmanırsanız tırmanın, o duvarı aşmanız imkânsızdı çoğu zaman.

Birlikte salona girdiğimizde Başak'ı tekli koltuklardan birine oturttum. Ben de Selim'in yanına geçip oturduğumda ona sakin olması gerektiğini belirten bakışlardan attım. Onaylarcasına başını sallamıştı ama sakin olamayacağını hepimiz biliyorduk.

"Memnun musun bu yaptığından? Yakıştı mı sana?" Bağırmasıyla zaten sert olan yüz hatları, şimdi daha da iyice keskinleşmişti.

"Özür dilerim..." dedi Başak, gözlerinden aşağı süzülen yaşlar eşliğinde. Bütün dünyaya dönüp, sesimi duyurmak istiyordum. *"Artık kardeşimi ağlatmayın!"* diye. Başak'ın ağlamasına dayanamıyordum. Yüzünün düşmesine dâhi tahammülüm yoktu!

Bu düşünceler ışığında, bağırarak araya girdim. "Yeter artık!" Beni sinirlendirmemeleri gerektiğini ne zaman anlayacaktı bu insanlar? Sinirlendiğim zamanlarda ben bile kendimden korkardım ve şimdi söz konusu Başak iken, kimse benim susmamı bekleyemez veya isteyemezdi. "Eğer Başak'a nutuk atmaya kalkışacaksan, Başak aynı şeyleri birkaç kişiden daha dinledi. Ve şimdi bunları bir kez daha duymak istemediğine de eminim. Eğer sen de aynı şeyleri söyleyip Başak'ı üzeceksen, kapı orada!"

O kadar bağırarak konuşmuştum ki, boğazım yanmıştı. Sevgi teyze de benim bağrışlarımı duymuş olacak ki, yanımıza kadar koşarak gelmişti. Yüzündeki telaşlı ifadeyi yerle bir eden şey ise, Selim'i görüşü olmuştu. Oğlunun yanına koşar adımlarla gittikten sonra sıkıca sarılmış ve onu ne kadar özlediğine dair uzun bir konuşma yapmıştı.

Başak'ın bir köşede sessizce akıttığı gözyaşlarına şahit olup oturduğum yerden kalktım. Yanına gittiğimde yüzünü avuçlarımın arasına aldım ve sevgimi sesimle aktarırcasına konuştum. "Hadi odana götüreyim seni!"

Ellerinden tutup yerinden kalkmasına yardımcı oldum. Bana attığı bakışın anlamını fark ettiğimde kaşlarımı çatıp "Bakma öyle!" dedim. "Yapmam gereken şeyi yapıyorum ben. Minnet duymana gerek yok!"

Burukça gülümsediğinde, çok daha sıkı sarıldım ona. Salondan çıkmaya birkaç adımımız kalmıştı ki, Selim bir anda karşımızda bitmişti. Kollarını Başak'ın omuzlarına dayadığında nefesimi tutarak bekledim. Tek bir sert sözünde yumruğumu suratına geçirmeye hazır bir biçimde bekliyordum yerimde. Ama düşündüğümün aksine gülümsedi ve Başak'ı kollarının arasına alıp sıkıca sarıldı. "Ne yanlış yaparsan yap, yanındayız prenses!"

Yaklaşık iki koca saatin sonunda nihayet pasta yapma işini bitirebilmiştim. Annem sayesinde birçok yemeği yapmasını biliyordum ama daha öncesinde hiç kendi başıma pasta yapmaya kalkışmamıştım. Buna rağmen çok da kötü bir deneyim olmamıştı. Başak'la Selim özlem giderirken güzel bir pastanın, zaten güzel olan ortamı daha da güzelleştireceğini düşünmüş ve işte böylelikle kollarımı sıvamıştım. Bol çikolata parçacıklı pastamı, buzdolabına yerleştireli yarım saat oluyordu. Bu geçen sürede ben de mutfakta oturmaya devam etmiştim. Sanki buradan ayrılırsam pastama bir şey olabilirmiş gibi düşündüğümden, resmen tetikteydim.

Teoman'ın kulaklarımda yankılanan huzur verici sesini kendimce tekrarlamaya devam ederken, kulaklığımın çekip çıkarılmasıyla afalladım. Öfkeyle arkamı dönerken bir yandan da söylenmeye başlamıştım bile. "Hiç komik değil Başak! Bu yaptığın..."

Konuşmaya devam edecektim ki, karşımdakinin Batın olduğunu görmemle duraksadım. Ardından açık olan çenemi kapadım ve umursamazca önüme döndüm. "Başak odasında," diyerek onu bilgilendirdiğimde başını sallayıp karşıma oturdu. Kaşlarımı çatma isteğimi bastırmaya çalıştım.

"Başak için gelmedim."

"Kıvanç da henüz gelmedi. Bugün dersi varmış sanırım." Umursamaz Kıvanç'ımızın da okuduğu bir okul vardı ve ben bunu daha yeni öğreniyordum. Aslında doğaldı. Hiçbir zaman okula gittiğini görmemiştim ki! Özel bir üniversitede, babasının zoruyla işletme bölümünde okuyormuş beyefendi. İleride babasından kalan şirketin başına geçebilmek için tabii ki!

"Dersi olduğunu biliyorum. Onun için de gelmedim." Demek kimse için değil de, öylesine gelmişti. O zaman içeride oturabilirdi, değil mi? Buraya gelip benim kendime özel kurduğum huzuru neden bozuyordu ki?

"Ne dinliyordun?"

Sorusu üzerine afalladım. Ardından hızlı bir şekilde kendimi toparlayıp "Teoman," dedim. Kekelediğimi saymazsak gayet güzel bir biçimde cevap vermiştim.

"Hangi şarkısı?"

"Senden Önce Senden Sonra."

"En güzel şarkılarından biridir," diyerek yorumda bulunduğunda ben hâlâ bir karış açık olan ağzımı kapamaya çalışıyordum. Batın'la yaptığımız ilk doğru düzgün konuşmaydı bu! Tarihe geçmemiz an meselesiydi belki de.

"Evet, öyle," diyerek destek çıktığımda gülümsedi. Ardından yine neşeli bir biçimde "Pasta mı yaptın sen?" diye sordu.

Nereden anlamış olabilirdi ki? Tezgâhı, masayı, yerleri berbat etmiştim belki ama işim bittikten sonra her yeri güzelce temizlemiştim. Şu an tek bir malzeme bile dışarıda değildi hatta. Cevap vermeden önce boğazımı temizledim. "Evet. Peki sen nereden anladın bunu?"

Tekrar gülümsedi ve bana biraz daha yaklaştı. "Olduğun yerde kal!"

Gülümserken kısılan gözleri dikkatimi dağıtmaya yetse de, tepkisiz durmayı başardım. Elini kaldırıp yanağıma yerleştirdiğinde kendimi ne kadar sıksam da gözlerimi irileştirmeden edemedim. Başparmağını dudağıma yakın bir yere bastırıp bir müddet sonra aşağı doğru çekti. Önce elindeki çikolata lekesine, ardından da gözlerine şaşkın ifadelerle baktım. Ne yani, yanağıma bulaşan çikolata ve birazcık da kremadan mı anlamıştı pasta yaptığımı? Ah! Ne kadar da aç bir insandım ben böyle!

"Malzemeden kaçırdın demek?" derken keyifle arkasına yaslanmıştı. Bir domates kadar kırmızı renge bürünen suratımı gizlemek için başımı telefonuna eğdim. Dosyalarıma girip çıkarken ne diyeceğimi bilemez bir haldeydim. Sadece yanağım değil, bütün vücudum alev alıyordu! Ve bu büyük bir haksızlıktı! Alt tarafı başparmağı -*hatta o bile değil*- başparmağının ucu tenime değmişti. Sırf bunun için bütün vücudumun alev almasına gerek yoktu ki. Küçük, masum bir dokunuştan ibaretti yalnızca.

Sadece bu bile seni bu kadar heyecanlandırdıysa, senin daha çok çekeceğin var Asude!

Yüzümü buruşturarak kollarımı göğsümde kenetledim. "Malzemesinden kaçırdığım pastamı tatmak ister misin peki?"

"Bir an hiç sormayacaksın sanmıştım," demesiyle gülümseyerek yerimden kalktım. Buzdolabına büyük bir özenle yerleştirdiğim pastayı tezgâhın üzerine bırakırken, dudaklarımda nedenini bilmediğim fakat her yeri kapladığını çok iyi bildiğim kocaman bir gülümseme vardı. Çekmeceden bir bıçak aldım ve Batın için büyük bir dilim kestim. Kestiğim pasta dilimini, dolaptan çıkardığım servis tabağına özenle yerleştirdim. Son olarak da, çekmeceden bir çatal alıp tabağın kenarına bıraktım.

"İçecek bir şeyler de ister misin?"

"Hayır, gerek yok."

Tabağı önüne bıraktığımda pastamı bir süre inceledi. Nefesimi tutmuş bir biçimde ne söyleyeceğini beklerken gülümsediğini görüp rahatladım. "İtiraf etmek gerekirse... Harika görünüyor."

"Umarım bitirdikten sonra, tadı için de aynı şeyi düşünürsün."

Başımı kaldırıp baktığımda Batın'ın pastayı bitirmiş olduğunu görerek duraksadım. En fazla iki dakika geçmişti ve o, bu süre içinde pastayı silip süpürmüştü, öyle mi? *Erkeklerin meşhur boğazı,* diye geçirdim içimden.

"Ellerine sağlık. Çok güzel olmuş," derken henüz yutamadığı lokma yüzünden sesi boğuk çıkmıştı.

"Afiyet olsun."

Yanağına bulaşmış olan çikolatayı fark ettiğimde ise, sinsice gülümsedim. O da benim durumuma düşmüştü! Ee atalarımız boşuna dememiş, *gülme komşuna gelir başına* diye... Zafer kazanmış gülümsememi anında yüzüme kondurdum. "Dudağının kenarına çikolata bulaşmış!"

Uyarım üzerine kaşlarını çatarak elini dudağının kenarına götürdü. Kıkırdamalarımın arasından konuşmaya çalıştım. "Orada değil, Batın. Sağ tarafta!"

Yönlendirişim üzerine eli, yanağının sağ tarafına gitti. Ama parmaklarının gezindiği yer, yanlış yerdi. Çikolatanın bulunduğu yer biraz daha aşağıda kalıyordu. "Aşağıda Batın, aşağıda!"

Kaşlarını çattıktan sonra parmaklarını yanağından çekti. Elini elimin üzerinde hissetmemle gözlerimi açmam bir oldu. Merak dolu bakışlarım eşliğinde ona döndüm. Bu sırada elini bileğimin üzerine koydu.

"Sen sil hadi!"

Başta duraksadım. Ardından kendimi sakin olmaya zorlayarak fakat hiç de başarılı olamayarak, heyecandan titreyen ellerimi dudaklarının kenarına yaklaştırdım. Başparmağımı, birkaç dakika öncesinde tıpkı onun yaptığı gibi yanağına bastırdım. Sanki dokunsam parçalanacak olan değerli bir heykelmiş gibi narin davranıyordum Çikolatayı tek hamlede yerleştiği yerden aldığımda, tebessüm etmeye çalıştım ama nafileydi! Bütün vücudum kaskatı kesilmişti ve şu durumda nefes alabildiğim için şükretmem gerekiyordu.

Batın'ın eli ise bileklerimin üzerindeydi hâlâ. Kalan gücümün son parçalarını da bu uğurda harcadım fakat buna rağmen fısıltıdan farksızdı sesim. "Sildim."

"Biliyorum."

Anlam veremesem de, aptal gibi gülümsedim. "O zaman ellerini bileklerimden çekebilirsin bence?"

Daha yeni farkına varmış gibi bileklerinin arasında duran ellerime baktı. Başını *özür diler* gibi sallayıp, ellerini yavaşça çekti. Aramızdaki bu yakınlık, vücudumun her bir noktasının alev almasına yol açmıştı sanki. O geri çekilirken vücudumdaki ısı da yavaş yavaş düşüyordu. İkimiz de nihayet kendi yerlerimize çekilebildiğimizde birbirimize bakmamak için özel bir çaba harcıyor gibiydik.

Çalan kapı zilini duyduğumda, Batın'ın ayaklandığını hissettim. "Ben bakarım," diye belirttiğinde, başımı robotmuşum gibi mekanik bir hareketle sallamakla yetindim. Gözlerim başparmağımdaki kurumuş çikolata lekesine kaydığında bakışlarımı kaçırmaya çalıştım ama dürtülerimin esiri olduğumdan tekrar baktım. Ve sonra, tamamen istemsizce parmağımı dudağıma götürürken buldum kendimi. Parmağımdaki çikolatayı tattığımda ve gözlerimi bu süre içerisinde yumduğumda, tadının ne kadar güzel olduğuna takılıp kalmıştım. Ah! İlk pasta deneyimim için gerçekten de güzel olmuştu!

Batın'ın izlerini taşıyor diye güzel gelmiş olmasın?

20. Bölüm

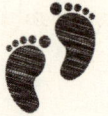

Fazladan Zaman

Meşhur Çin işkencesi nasıl oluyordu bilmiyorum ama son günlerde bana göre en büyük işkence buydu: Yarım dünya karnımla yürümeye çalışmak!

Binbir zorlukla banyoya varıp kendimi klozetin üzerine bırakabildiğimde, hâlâ aynı sözler dönüp duruyordu zihnimde.

"Dediğim gibi Başak'ın abisi sayılırım. Ve artık buradayım. Irmak'a babalık yapmayı kabul eden biri varsa aranızda, bu saatten sonra Başak'ın yanında ancak o durabilir!"

Selim'in sözleriydi bunlar. Bundan dakikalar önce dudaklarından dökülmüş ve beni beynimden vurulmuşa döndürmüştü. Bu sözlerinin Kıvanç ve Sarp'a yönelik oluşu ise, çok daha kötü hissettirmişti. İkisi de şaşkınlıkla bir Selim'e, bir bana bakmışlardı. Sarp'ın gözlerindeki isteği görmemek imkânsızken, Kıvanç'ın ifadesiz duruşundan ise ne düşündüğünü çözebilmek imkânsızdı... Birbirine tamamen tezat iki insan olduklarını her fırsatta gözüme sokup duruyorlardı.

Bense tüm bunlar fazla geldiğinden, kulağına eğilmiş ve "Sakın tek bir kelime daha etme Selim! Beni rezil ediyorsun!" diye fısıltıyla konuşmuş, hemen sonrasında da salonu terk edebileceğim en yüksek hızda terk etmiştim. Daha geldiği ilk günden terör estirmesine gerek yoktu. Ama anlaşılan o ki, aynı fikirde değildik.

Salondan çıkmaya yeltendiğim sırada da Kıvanç'ın öfkeli bakışlarıyla burun buruna gelmiştim. Evet, buradan çıkardığım sonuç şuydu ki, herkesin öfkesini üzerime kusmak gibi bir mecburiyeti vardı ve bunu yapmaktan bir kez olsun geri durmuyorlardı... Kıvanç'ın alnına doğru kalkan kaşları, *beraber uyumayacak mıyız yani*, der gibiydi o an. Bundan önceki günlerde her gün birlikte uyuduğumuzu hesaba katarsak, sinirlenmekte haklıydı belki de. Ama elimden bir şey gelmezdi. Selim gelmişti ve Kıvanç'ın hüküm sürdüğü saltanat da işte buraya kadardı!

Klozetin üzerinden kalkıp aynanın karşısına geçtim. Oyalana oyalana elimi yüzümü yıkarken *duş alsam ne güzel olurdu* diye düşünüyordum ama banyo yapmak bile o kadar tehlikeli geliyordu ki gözüme... Derin bir iç çekip başımı geriye attım. En sonunda şu durumda bunu yapacak cesaretim olmadığına kanaat getirip sadece dişlerimi fırçalamakla yetindim. Her gün duş alan ben, şimdi bundan korkar hale gelmiştim. Annemin, '*İzmir'in suyunu bitirdin, çık artık!* tarzındaki seslenişleri kulağıma çalındığında burukça gülümsedim. O zamanlar annemi takmazdım ama şimdi tam da onun istediği gibi sık sık banyoya giremiyordum.

"Ne diye oflayıp pufluyorsun sen?"

Kapıyı açıp da içeri giren Asude'yi görmemle gülümsedim. "Duş almak istiyordum ama cesaretsizin tekiyim. Irmak'a bir şey olur diye içim içimi kemiriyor resmen!"

Kaşlarını çatıp "Ben ne güne duruyorum burada aptal?" dediğinde afalladım. Yaslandığı kapı pervazından çekilip arkasından kapıyı kapattı ve kilitlemeyi de ihmal etmedi. Şaşkın bakışlarımla, ne yapmaya çalıştığını anlamak için gözlerimi bile kırpmadım. Çamaşır makinemizin yanında duran minik sandalyeyle birlikte yanıma geldi. Suratındaki kocaman sırıtış dikkatimden kaçmamıştı. Sandalyeyi küvetin içine yerleştirip sıcak su tarafını açtı. Su, küveti doldururken kaşlarımı çattım. "Aklımdan geçen şeyi yapmayacağını söyle bana."

Yanıma geldi ve seri bir şekilde gömleğimin düğmelerini açmaya başladı. Bir yandan da kendi üzerini çıkarmakla meşguldü. "Senin aklından ne geçtiğini bilmiyorum Başak çünkü maalesef ki müneccim değilim. Ama benim aklımdan çok tatlı şeyler geçiyor!"

Beni küvetin içine yerleştirdiği sandalyeye dikkatle oturtup, pantolonumu sıyırmaya başladığında gözlerimi irileştirdim. Ciddi ciddi bana burada da yardımcı olacaktı, öyle mi? Ah, benimle bu kadar çok ilgilenmesi, üzerime bu kadar çok titremesi, o kadar iyi geliyordu ki...

Ben düşüncelerimle boğuşurken o çoktan atletimi de üzerimden sıyırmıştı. Yaşlarla dolan gözlerimi kırpıştırdım. Ağlamamalıydım ama her bir hareketi, her bir sözü hatta bazen tek bir bakışı bile beni öyle bir duygusallaştırıyordu ki... Şu anda önünde neredeyse tamamen çıplaktım ve şaşırtıcı bir biçimde rahatsız değildim. Tek rahatsızlığım, ona yük olduğumu düşünmemdi, o kadar.

"Asu..." derken sesim öylesine titremişti ki, gözlerimi dolduran yaşlar da bir an sonra yanaklarımdan süzülüp küvetteki suya karıştılar.

Sesimdeki titreyişi ve gözlerimden süzülen yaşları görse de görmezden gelmeyi seçti. Onun üzerinde sadece pembe iç çamaşırları vardı ve bu sevimli hali istemsizce gülümsetti beni. "Hatırlıyor musun Başak? Küçükken hep, birlikte banyo yapardık. Suda yüzen civcivlerimiz, ördeklerimiz falan da olurdu yanımızda. Annelerimizi başımızdan savana kadar huysuzlanır, sonra doyasıya eğlenirdik suyun içinde!"

"Hatırlıyorum tabii ki."

"O zamandan bu yana tek fark ne biliyor musun Başak?" Merakla tek kaşımı havaya kaldırdım ve devam etmesi için başımı hafifçe salladım. "O zamanlarda küvetin yarısını kaplamıyordun!" Haykırışından sonra sesli kahkahalarından birini attı. Kaşlarımı her ne kadar çatmak için çabalasam da gülümseme mâni olamadım. Dil çıkardığım anda, ayağa kalktı ve küvetin yanındaki şampuanıma uzandı. Sadece parfümüm değil, şampuanım ve duş jelim de çilek aromalıydı. Çilek kokusu dört bir yanımı sararken gözlerimi huzurla yumdum. Kokuyu daha da içimde hissettikçe, Kıvanç'ın neden çilek kokusunu bu kadar sevdiğini bir kez daha anladım.

Saçlarımı köpükleme ve sonrasında da durulama işini hallederken bir şarkı mırıldanıyordu. Hangi şarkı olduğunu anlayamadıysam da büyüleyici sesini dinlemeye devam ettim. Hukuk okumak istemeseydi, muhtemelen konservatuvara gitmesi konusunda onu çokça tehdit ederdim.

Kırmızı lifimi omuzlarıma sürtmeye başladı. Konuşmak iyi hissettiriyordu ama sustuğumuzda kendimi kötü hissediyordum. Asude de mırıldandığı şarkıyı kestiğinden ortamda rahatsız edici bir sessizlik hâkimdi. Sıra karnıma geldiğinde lifi o kadar narin hareketlerle dolaştırdı ki, bu gıdıklanmama -*dolayısıyla da kahkaha atmama*- yol açtı. Sadece okşuyor gibiydi. O da en az benim kadar korkuyordu. Eh, ne de olsa teyze, anne yarısıydı değil mi? Kısa bir duraklamanın ardından Asude'nin Irmak için anne yarısı değil de, olsa olsa ikinci öz annesi olacağına kanaat getirdim. Kızımı benim kadar sevecek olan tek kişiydi belki de!

Vücudumdaki köpükleri durularken yaptığı işten gocunur bir hali yoktu. Aksine fazlasıyla mutlu görünüyordu. Duş başlığını yerine astıktan sonra küvetin dışına doğru bir adım attı. Kendi bornozuna sarılıp, tekrar yanıma geldi. Elini uzatıp sandalyeden kalkmama yardımcı olduktan sonra da adımımı atarken "Yavaş!" diye uyardı. Başımı sallayıp dediği gibi yavaşça ayağımı kaldırdım. Bacağımı hafifçe yukarı kaldırmam bile nefesimi kesmeye yetmişti. Bunun için önce birkaç saniye durup nefes alış verişlerimin düzene girmesini bekledim. Ardından başımı kaldırıp Asude'ye *iyiyim* anlamında tebessüm ettim. Elindeki bornozumu dikkatli bir şekilde üzerime geçirdiğinde tekrar minnet dolu bakışlarım eşliğinde baktım. Sonra da dayanamadığımdan mıdır, yoksa gözyaşlarımı saklamak için midir bilinmez, kollarımı sıkıca boynuna dolarken buldum kendimi. Derin iç çekişlerim duyulurken saçlarımı okşayıp, *her şeyin geçeceğini* söyledi.

❦

"Isınabildin mi?"

Başımı aşağı yukarı sallarken tebessüm ettim. "Evet, sıcacık burası."

Son olarak dizlerinin üzerinde önümde eğildi ve pijama altımı da giydirip doğruldu. "İşte bu kadar! İstediğin başka bir şey var mı?"

"Sadece yaptığın pastadan tatmak istiyorum, o kadar."

Tepki vermediğinde merakla başımı kaldırıp yüzüne baktım. Gözlerinde oluşan durgun ifade beni daha da meraklandırmıştı. "Neyin var Asu? Yoksa beceremedin mi?" diyerek işi şakaya vurmaya çalıştım. Belli ki bir şey olmuştu.

Derin bir iç çekip yanıma oturdu. "Hayır, yaptım. Hatta çok güzel oldu. Ama..."

"Ama ne?"

"Batın... Sürekli aklımı mikser gibi karıştırıp duruyor. Hatta bizim mikser bile karıştırma konusunda bu kadar iyi değil!" diye saçmaladığında gözlerimi kısarak yüzünü inceledim. Alt dudağını aşağı sarkıtmış ve yüzünü göremeyeceğim şekilde başını önüne eğmişti. Neler olmuştu da Asude bu hale gelmişti? Batın'ı karşıma alıp bu konuda ciddi ciddi konuşmanın vakti gelmişti belki de...

"Yine nasıl üzdü seni?"

"Hayır, bu sefer üzmedi. Sadece karnımda sessiz sedasız yaşayan bütün hayvanların çıkış kapısını araladı, o kadar."

"Karnında yaşayan hayvanlar mı? Ne saçmalıyorsun sen Asu?"

"Anlasana işte Başak! Heyecanlanınca karnımda kelebekler uçuştu derler ya hani, benim karnımda ise bütün hayvanlar cirit atıyor!"

Kaşlarımı çattım ve sıkılmış bir sesle "Baştan anlatsana şunu!" dedim.

Anlatırken suratı renkten renge, şekilden şekle girmişti. Batın'ın dudağındaki çikolatayı çekip aldığı kısmı anlattığında ise, sırıtışım yüzümde genişlemiş, ellerimi heyecanla birbirine çırpıp durmuştum. Küçük bir çocuktan farkım yoktu ama duyduklarım o kadar mutlu etmişti ki beni, engel olamıyordum.

"Aşk bacayı sarmış, hı?" dedim, başım Asude'nin dizlerindeyken. Başıma yavaşça vurdu. "Kapa çeneni! Aşkla meşkle ne işim olur benim?"

"Büyük konuşuyorsun Asu! Batın'ın kollarında olduğun zamanlarda bu sözlerini sık sık hatırlatacağım sana." Bunu der demez başımı dizlerinden kaldırdım ve paytak adımlarımla yürümeye başladım. Odasından çıkarken arkamdan savurduğu küfürleri işitmiş ve kahkaha atmamak için dudaklarımı ısırsam da kıkırtılarıma mâni olamamıştım.

Odama girip kapıyı arkamdan kapattıktan sonra ise kahkahalarımı serbest bıraktım. Kendi kendime uzunca bir süre güldükten sonra, günlük kardeşime kavuşma amacıyla dolabımın kapaklarını ardına kadar açtım. Karşılaştığım manzara karşısında ise, çığlık atmamak için kendimi epey sıktım.

"Kıvanç?" Korku doluydu sesim.

Sırıtarak başının üzerine gelen elbiselerimden tek bir hareketle kurtuldu. Dolabımdan çıkmak için dışarı doğru bir adım attığında, ben de bir adım geri çekildim. "Selim seni burada görürse öldürür. Vaktimiz varken kaybol çabuk!"

"Merak etme. Sen salondan çıktıktan hemen sonra, Asude'yle plan yaptık. Selim'e senin yanında kalacağını söyleyecek, anlayacağın buraya gelmez."

Bariz bir rahatlıkla yatağıma doğru hareketlenirken, onun aksine korkudan titremekle meşguldüm. Yorganımın altına girdiğinde seslendi. "Gelsene!"

Ürkek adımlarımla gittim. Kolumdan tutup beni yanına çektiğinde ise gözlerimi kıstım. "Selim öğrenirse ne olacak?"

"Arkadaşın cadaloz falan ama bu sefer bir işe yarayacak işte. Sakin ol."

Sırıtan suratına sinirle baktım. "Asu hakkında düzgün konuşman konusunda seni son kez uyarıyorum!"

Omuzlarını silkip belime sardığı kollarını biraz daha sıktı. Burnunun ucunu boynuma sürttüğünde, ellerimle çarşafımı sertçe sıktım. Huylanıyordum ve o da bunu bilmesine rağmen bana her defasında işkence çektiriyordu. "Hımm... Kıvanç bunu beğendi!" dedi sonra. "Çilek kokusu daha da yoğun çünkü."

"Az önce duş aldığımdan! Asude yardımcı oldu. O çok iyi bir dost, Kıvanç. Hatta bulunmaz bir kardeş benim için!"

"Yardıma ihtiyacın olduğunu bilseydim ben de yardım edebilirdim," derken kendine has sapıkça sırıtışı yüzüne oturmuştu bile. Aynı zamanda sitem eder gibi bir hali vardı. Kaşlarımı çatarak omzuna vurdum. "Saçma sapan konuşmasan iyi edersin."

"Hayır, çok ciddiyim. Ondan daha güzel çitileyebilirdim," dediğinde suratımın girdiği domates kırmızısı rengini gizleyebilmek için başımı göğsüne gömdüm. Kokusu burun deliklerimden içeri girip kalbime -*evet, kesinlikle kalbime*- doğru yol alırken gözlerimi sıkıca yumdum. Sadece kokusu bile beni bu duruma getirebiliyordu işte...

"Kapat şu konuyu!" dedim, sert çıkmasına özen gösterdiğim sesimle. Hâlâ biraz nemli olan saçlarımı parmak boğumlarının arasına doladığında nefesimi suratına üfledim. Dudaklarını hafifçe araladı ve üflediğim nefesi içine çeker gibi derince bir nefes aldı. Bense gözlerimi kırpıştırarak izledim onu. Her bir hareketi beynime heyecandan ölmem gerektiğinin sinyallerini verirken, sakin olmam nasıl beklenebilirdi ki?

Düşüncelerimin iç dünyasında fazla boğuşmuş olacaktım ki, Kıvanç'ın *-ağırlığını bana vermeden-* üzerime çıktığını daha yeni fark ediyordum. Sessizce yutkunmaya çalıştım ama bunu yaparken nefesim boğazıma kaçmış ve bu da beni öksürüklere boğmuştu. Dudaklarımın üzerini soğuk parmaklarıyla kapayıp fısıldadı. "Sessiz ol."

Başımı onaylarcasına sallamaya çalıştım ama sadece çalışmakla kaldım. Üzerimde Kıvanç'ın oluşundan ve kollarımı iki yanımda kenetlemesinden de olabilirdi tabii... Kulağıma eğildiğinde, nefesimi belki milyonuncu kez tuttum. Saçlarımı kulağımın arkasına sıkıştırdığında tenime çarpan nefesiyle gülümsediğini hissettim. Saniyeler sonrasında kulak memenin üzerine kondurduğu öpücük ise vücut ısımı tavan noktaya ulaştırmaya yetmişti. Havale geçirme tehlikem var mıydı acaba? Bunun olası ve Irmak'a zarar verici bir ihtimal olduğuna kanaat getirdiğimde art arda nefesler alıp sakinleşmeye çalıştım.

"Seninle daha ileri gitmek istiyorum."

Fısıltısı, bedenimde soğuk bir duş etkisi yaratırken yutkunmaya çalıştım. Boğazımda oluşan yumru buna engel olsa da yılmayıp bir kez daha denedim. Ardından benden beklenilmeyecek kadar sakin bir sesle "Hamile bir kadına böyle ahlaksızca tekliflerle gelinmesi çok ayıp! Bunun aklının ucundan bile geçmemesi gerekirdi," dedim ve gülümsememek için olağanüstü bir çaba sarf ettim.

Söylediğim şeylere yüzünü buruşturdu, aynı zamanda alnı da kırışmıştı. Memnun kalmadığı her halinden belliydi ama onun bitmek tükenmek bilmeyen arzularını tatmin edecek değildim! Bunu aylar önce yapmıştım ve şimdi de karnımda onun kızını taşıyordum. Ve bir yenisine daha niyetim yoktu.

Tekrar yanıma uzandığında rahatlayarak derin bir nefes verdim. Kollarını belime sarıp beni kendine bastırdığında bunu yaptığı için içten içe ona teşekkür ettim. Bu yolla yüzümdeki kızarıklığı da rahatlıkla gizleyebiliyordum. Saçlarımın üzerine kondurduğu birkaç öpücük beni kendime getirmeyi başarmıştı. Gülümseyerek geriye çekilip suratına baktım. "Yarın öğleden sonra dersin var mı?"

"Maalesef," derken suratı bir anda asılmıştı. Babasının zoruyla okuduğunu bildiğimden tepkisini doğal karşıladım. "Neden sordun ki?"

"Yarın alışverişe gidecektim de, belki bana eşlik etmek istersin diye?"

Kocaman sırıttı. "Yırttım desene o zaman!"

Bu tepkisine karşılık gözlerimi devirdim. "Ben de Sarp'la giderim o zaman." Ağzımdan çıkanı kulağım duyduğunda alt dudağımı dişlerimin arasına alıp ısırdım. Amacım kesinlikle onu kıskandırmak ya da bunu yapabilmek için Sarp'ı kullanmak değildi. Öylesine çıkıvermişti ağzımdan. Gerçekten istediğim bu olduğu için!

Kıvanç tam da tahmin ettiğim gibi kaşlarını çattı. "Yarın ikide alırım seni. Fazla bekleteyim deme sakın!"

Sözlerini bitirir bitirmez gözlerini yumdu. Hiç beklemediğim bir şekilde az önceki patavatsızlığım işe yaramıştı. Buna içten içe kahkahalar atsam da, dıştan tamamen sakin bir görüntü vermeyi başardım.

Kıvanç'la geçireceğimiz fazladan bir zamanımız olacaktı yarın. Ve sırf bunu düşünmek bile, kocaman sırıtmamı sağlayacak kadar etkiliydi.

21. Bölüm

Kızımız

"Anne!"
Elimdeki dava dosyalarını bir kenara bırakıp güzeller güzeli kızıma döndüm. Sarı saçları beline kadar geliyordu neredeyse. Mavi gözleri ise, nazar boncuğu misaliydi. Küçücük burnu, pembe dudakları ve yanakları... Hepsi o kadar ölçülüydü ki! Her zamanki gibi ona bakmalara doyamazken koşarak yanıma geldi ve yanımdaki sandalyeye oturdu. İçimi ısıtan sıcacık gülümseyişiyle bana baktığında benden bir şey isteyeceği belliydi.

Ona cesaret vermesi için gülümsedim. "Evet meleğim, seni dinliyorum."

"Babam... Nerede anne?" Derin bir iç geçirdim. Bu soruyu duymaktan bıkmıştım artık. Daha doğrusu, kızıma verecek mantıklı bir cevap bulamamaktan... "Onu hiçbir zaman göremeyecek miyim ben? Arkadaşlarımın babaları hep yanlarında. Benim babam neden yanımda değil?"

Gözlerimin ağırlaştığını hissettiğimde başımı önüme eğip gözlerimde biriken yaşları sildim. Sonra, Irmak'a yapabileceğim, onun beni anlayabileceği bir açıklama bulmaya çalıştım ama sonuç yine hüsrandı. Senelerdir olduğu gibi...

Bu sırada yangın alarmına benzer bir ses duyuldu ve bu ses, benim kurtarıcım oldu.

Kan ter içinde kalmış bir şekilde doğruldum. Berbat bir kabusla güne başlamaktan daha kötüsü olabilir miydi? Kabusumda kulaklarımda yankılanan, yangın alarmına benzer sesi yine duymaya başladığımda etrafıma bakındım. Kıvanç'ın alarmıydı. Telefonuna uzanıp alarmı susturmakla işe başladım. Ardından geri çekilmeden hemen önce, üzerine doğru eğildim ve yanağına minik bir öpücük kondurdum.

Uykusunun ağırlığını bildiğimden minik öpücüklerimin işe yaramayacağını kendime hatırlatıp, onu sarsmaya başladım. Oluşturduğum büyük sarsıntılar sonucunda gözlerini kırpıştırarak suratıma baktı ve anlamsız bakışlar atmaya başladı. Her sabah aynı sahneler gerçekleşiyordu. Uyandığı ilk birkaç saniye komik bir şekilde kendine gelmeye çalışıyor ve ben bu sahneleri neşeyle izliyordum.

"Günaydın."

"Günaydın." Yerinde doğrulup sırtını yatak başlığıma yasladı.

"Hadi, kalk bir an önce! Hem dersin var hem de Selim'e gözükmeden çıkman gerek."

Sabah sabah bütün kötü haberleri ve olması muhtemel olasılığı hızlıca söylediğimde yüzü asılsa da, üzerindeki yorganı üzerime doğru iterek tembelce doğruldu. Ayaklarını yere sarkıttı ve uzun kollarını arkaya doğru iyice gerdi. Hatta öyle ki, parmakları az kalsın gözümün içine saplanıyorlardı. Ucuz kurtulmuştum!

Kalktığından beri belki onuncu kez esnedi. Sonra bu kadarını yeterli bulmuş olacak ki, nihayet ayaklandı. Eşofman altını, pantolonuyla değiştirdi. Tişörtünü de gömleğiyle. Saatini hızlıca bileğine bağlayıp, telefonunu cebine sıkıştırdı. Son olarak, çıkmadan önce yanıma geldi ve eğilip dudaklarıma kısa ama kendisinden beklenilecek etkileyicilikte bir öpücük kondurup aklımı başımdan almasını bildi. "Dersim bittiğinde gelirim. O zamana kadar hazır olursun herhalde?"

"Olurum!" dediğimde alay edercesine başını salladı ve dudaklarında can bulan o olağanüstü çarpık gülümsemeyle çıkıp gitti. Arkasından boş boş bakmak yerine, kısa bir süre içinde ben de yerimden kalktım. Daha doğrusu kalkmak için yeltendim. Ve bu sırada günlerdir yaşadığım kasılmaların bir benzeriyle olduğum yerde iki büklüm kesildim. Kasılma sıklıklarım o kadar çok artmıştı ki artık alışmıştım aslında. Sadece ilk anlar kötü hissediyordum.

Nihayet popomu nevresim takımımdan ayırmayı başardığımda, Selim'in hâlâ uyuyor olması için bildiğim bütün duaları sıralayıp çıktım. Dar uzun koridorumuzu mümkün olduğunca yavaş adımlarla tamamladım. Mutfaktaki bağrışları işitir işitmezse kaşlarımı çattım ve kısa bir duraksamanın ardından rotamı oraya çevirdim.

Girdiğimde, hiç de şaşırmadığım bir tabloyla karşı karşıyaydım. Asude'yle Batın aylardır yaptıkları gibi yine kavga ediyorlardı. Birbirlerine seslerini yükseltiyor, aynı zamanda da sert ve buzdan daha soğuk olan bakışlarından atıyorlardı. Ah! Daha dün yakınlaşmamışlar mıydı bunlar?

"Bana sesini yükseltme!" diye bağıran Asude'ydi ve elindeki tavayı, tehditkârca Batın'a doğru sallıyordu. *Eğer sesini yükseltirsen, bunu kafana yersin,* der gibi. Ki inanırdım da. Yiyebilirdi.

"Diyene bak sen! Asıl sen bana sesini yükseltme! Sonuçlarına katlanmak zorunda kalırsın yoksa."

Batın'ın tehditkâr sesi, Asude'yi daha da sinirlenmişti. Bunu kulaklarına varıncaya kadar kızarmasından anlamıştım. "Sen beni mi tehdit ediyorsun?"

Araya girme vaktimin geldiğini anladığımda, önlerine atıldım. "Lütfen yapmayın!" İkisi de birbirlerine son bir sert bakış daha atıp, kaşlarını çattılar. Ardından ikisi de aynı anda geriye çekildi ve birbirlerine sırtlarını döndüler. Batın burnundan soluyarak kendisini arkasındaki sandalyeye bırakırken, Asude de tezgâhın başına gidip bulaşık makinesinden çıkarttığı tabakları yerleştirmeye girişti. Bu tablo karşısında rahatlayarak derin bir nefes verdim ve kendimi Batın'ın hemen yanındaki sandalyeye bıraktım. Batın, oturmama yardım ettiğinden teşekkür edercesine gülümsedim ve gözlerimi üzerine sabitledim. Konuşmak istemediğini belli edercesine başını yere eğmişti. Neden hâlâ gitmediğine bir anlam veremiyordum ama böylesi daha iyiydi. Belki ilerleyen dakikalarda ortam yumuşar ve onları barıştırmanın bir yolunu bulabilirdim.

"Neden tartıştınız yine?"

Batın, başını eğdiği yerden kaldırdı ve gözlerimin içine bakıp fısıltıyla konuştu. "Uzun hikâye. Ama sanırım haksız olan taraf yine benim."

Gözlerini suçlulukla kaçırdı ve kısa bir an dönüp, Asude'ye baktı. Neredeyse bütün tartışmalarda haksız olan tarafın kendisi olduğunu kabul ediyor ve ortam sakinleşir sakinleşmez de pişman oluyordu. Senaryo hep aynıydı!

"Neden Asude'ye karşı birden parlayıp sonra yine aynı hızla sönüyorsun Batın?"

İkimiz de kısık sesle konuşmaya gayret ediyorduk. Gerçi Asude'nin duymayacağına emindim. O kadar dalgın ve üzgün gözüküyordu ki başka alemlerde olduğu ortadaydı. Hüzünle bir iç geçirip, tekrar Batın'a döndüm. Kararsız kalmışçasına yerinde rahatsızca kıpırdandı bu sırada. Bir sağa bir sola kaydıktan sonra derin nefesler aldı. Nereden başlayacağını ya da neyi anlatması gerektiğini kestiremiyor gibiydi. Destek olduğumu belirtircesine elimi omzuna koydum.

"İnan bana, bunun nedenini ben de bilmiyorum. Kendimi ona aniden sinirlenip sesimi yükseltirken buluyorum. Ardından sinirlerim yatıştığında da büyük bir pişmanlık dalgası bedenimi sarıyor ama iş işten geçmiş oluyor işte," deyip, gözleriyle Asude'nin suratındaki sinirli ifadeyi işaret etti.

Gerçekten de fazla sinirli gözüküyordu arkadaşım. Hatta biraz da hayal kırıklığına uğramış olmanın verdiği bir hüzün vardı sanki gözlerinde. Dün yaşanlardan sonra beklediği bu değildi tabii! Batın'dan daha güzel adımlar beklemişti ve bunu görememiş olmak onu hayal kırıklığına uğrattığı için üzmüş, sonra da çareyi sinirlenmekte bulmuştu muhtemelen. Kırılmıştı, bu çok netti. Ve kırılmak, kızgın olmaktan beterdi.

"Sizi barıştırabilirim?"

Batın kaşlarını kaldırarak *sence bu mümkün mü?* dercesine baktı. Aslında... Çok azıcık bir sürede gerçekleşmesi imkansızdı. Kolay kolay siniri geçmezdi Asude'nin. Hele de hayal kırıklığıyla harmanlanmış bir sinirse bu, geçmesi çok daha uzun sürerdi. Ama şansını denemekten kim zarar görmüş ki?

"Asu..."

"Sakın çeneni boşuna yorma Başak!" diye kükreyip mutfak sınırlarını terk ettiğinde omuzlarımı düşürdüm. Batın, *ben biliyordum* dercesine omuzlarını silktiğinde, öfkeyle tısladım. "Arkadaşımın gönlünü alacaksın! Vazgeçersen, kızımın amcası olduğunu bile hesaba katmadan öldürürüm seni!"

"Kıvanç ya, hadi denesene bir şeyler!"

"Senin için alışverişe geldiğimizi sanıyordum!"

Erkekler neden bu kadar zor olmak zorundaydı? Batın aracılığıyla, bir iki ay sonra doğum günü olduğunu öğrenmiş ve neyi sevip sevmediğini bilmediğim için onu alışveriş merkezine sürüklemiştim. Amacım, onun beğendiği herhangi bir şeyi satın almaktı. Böylelikle hediyemin güzel olup olmadığından endişe etmemiş olacaktım.

"Doğum günün için hediye almak istiyorum, seni aptal! İlla söyletmen mi gerekiyordu yani?" diyerek kaşlarımı çattığımda, o da aynı karşılığı verdi.

"İyi de, daha bir bir buçuk ay var!"

"Erken kalkan yol alır demişler!"

Kıvanç'ın doğum gününde -yani 24 Şubat'ta- gerçekleştirmek istediğim güzel planlar vardı. Kendi ellerimle hazırlayacağım güzel bir akşam yemeğinin ardından, bütün cesaretimi toplayacak ve baba olacağını söyleyecektim. Doğum gününde öğrenmesi daha özel ve daha güzel olacaktı. Hem gördüğüm kabusların, ileride bir gün gerçekleşmesini de gerçekten istemiyordum. Kızımın bana, *"Babam nerede anne?"* gibi sorular yöneltmesi canımı acıtırdı.

"İyi misin?"

Kıvanç'ın yüzümü ellerinin arasına aldığını fark ettiğimde hızla başımı salladım. Kötü düşüncelerime öyle dalmıştım ki derin nefesler alarak kendime gelmeye çalıştım. "Evet, iyiyim."

"Oturalım istersen?" deyip, cevap vermemi beklemeden koluma girdi. Beni, arkamızdaki alçak siyah bir koltuğa oturttuğunda gülümsedim. "Ben burada bekliyorum seni. İstediğin bir şeyi seç ve bana getir. Hediye seçme konusunda kötüyümdür, lütfen uğraştırma beni."

Kaşlarını çattı. Ağzını açmasına fırsat tanımadan hızla konuştum. "Çabuk ol! Selim evde değilken işimizi halledip eve dönmemiz gerek." En sonunda inadımı kıramayacağını anlamış olacak ki nefesini suratıma üfleyip ayaklandı. İleride tişörtlerin olduğu reyona doğru giderken sık sık arkasını dönüp bana baktı. Ben de gülümseyerek birkaç kez el salladım ve gözden kaybolduğunda sırtımı soğuk olmasına aldırış etmeden arkamdaki duvara yasladım.

Kıvanç dakikalar sonra siyah kabin kapılarından birinden çıkıp, yanıma doğru adımladı. Yaklaştıkça üzerindeki tişörtü daha net görebiliyordum. Siyah bir tişörttü ve üzerinde sarı kırmızıyla yazılmış koca bir S harfi vardı. Kısaca özetlemek gerekirse, Superman tişörtüydü! Hani şu, o geceden sonra, Kıvanç'tan bana -*Irmak haricinde*-kalan şeylerden biri. Daha da açık söylemek gerekirse, çaldığım tişörtlerinden biri! Üzerinde o tişörtün aynısını görmek beni şaşkınlığa uğratmıştı. Sessizce yutkunup, elimden geldiğince gülümsemeye çalıştım.

"Nasıl olmuş?"

Tam önümde durmuş, ona nasıl gözüktüğünü söylememi istiyordu. Lanet olsun, o tişörtün içinde inanılmaz derecede karizmatik duruyordu. Hayranlığımı gizlemeden yorumumu yaptım. "Tam senlik bir tişört ve içinde harika görünüyorsun!"

Artistçe gülümseyerek başını önüne eğdi ve hemen yanıma oturdu. "Aslında... Aynısı vardı bende. Ama hırsızın biri çaldı işte," derken sesi ifadesizdi. Hırsızdan kastı ben oluyordum, öyle mi? *Ah! Sen benim bütün gençliğimi çalmışken, ben senin bir -aslında üç- tişörtünü çaldıysam ne olmuş yani?*

"Hırsız mı?" diye sordum, şaşırmış rolüne bürünerek.

"Aslında... Beraber olduğum kızlardan biriydi. Ve sanırım giderken birkaç tişörtümü almış."

Ah! Olayı çok yanlış anlatıyordu. Kendisi o sabah bana -*yüzüme bakmadan*- dolaptan istediğim tişörtü alabileceğimi söylemişti. Çok iyi hatırlıyordum bunu! Sinirle dişlerimi birbirine bastırıp derin bir nefes verdim. "İzinsiz mi aldı?" İğneleyici bir tonda sormuştum.

"İstediği tişörtü almasını söylemiştim ama en sevdiğim tişörtlerimi alacağını bilseydim, asla söylemezdim!" dediğinde kaşlarımı çattım. Hafızası ileri derecede kıt olarak, beni hatırlamayıp kayıp tişörtlerini mi hatırlıyordu yani? Ah! *Senin de, tişörtlerinin de canı cehenneme Kıvanç Koçarslan!*

Tekrar iğneleyici bir tonlamayla konuştum."Her şeyi bu kadar net hatırlaman oldukça şaşırtıcı."

Gülümsedi ve mavilerini kırptı. "Konu tişörtlerimse eğer hiçbir şeyi unutmam!"

Gözlerimi devirdim. *Beni, sesimi, o geceye yaşadıklarımızı hatırlamayıp, sadece kokumu ve dolabından aldığım tişörtleri hatırlıyordu resmen!* Sabahleyin Asude'nin Batın'ın kafasına doğrulttuğu tavanın şu anda elimde olmasını nasıl da isterdim ama... Böylelikle o sarı kafasını bir güzel ezebilirdim!

"Kalkalım hadi!" dedim, bir nevi daha fazla düşünmeyi reddederek. Uzattığı elini kavrayıp, arkamdaki duvardan da destek alıp ayağa kalktım. "Tişörtü çıkar da, hediye paketi yaptıralım."

"Gerek yok," deyip koluma girdi ve beni yönlendirmeye başladı. Kasaya doğru ilerlediğimizi fark ettiğimde kaşlarımı çattım. Tişört üzerindeyken mi ödemeyi yapacaktım? Ah, yok artık!

Kasadaki bol gamzeli çocuk, bize gülümsediğinde ben de aynı karşılığı verdim. Sanki hissetmişim gibi göz ucuyla Kıvanç'a baktığımda, bize kaşlarını çatarak baktığını görmüş ve inanılmaz mutlu olmuştum. Kıskanılmak ve özellikle de sevdiğin kişi tarafından kıskanılmak çok ayrı bir duyguydu. *Herkesin ömründe en az bir kere yaşaması gereken güzel bir duygu...*

"Hoş geldiniz."

Gamzelerini gözümüze sokan çocuğa tekrardan gülümseyip, "Hoş bulduk," dedim. Kıvanç bir adım öne çıkarak çocukla aramızdaki iletişimi kopardığında aptal aptal sırıttım. Kasiyer çocukla kısa bir konuşmanın ardından sonunda derdini anlatabilmişti beyefendi. Çocuk, binbir zorlukla barkod okuyan cihazı Kıvanç'ın üzerindeki tişörtün etiketine tuttu. Kazasız belasız hallettiklerinde ise, gerekli parayı kasiyer çocuğa uzattım. Kısa bir işlemden sonra fişi bana uzattı ama ben daha elimi kaldıramadan Kıvanç atıldı ve fişi çocuğun elinden kaptığı gibi sertçe aldı. Uyuzca teşekkür ettiğinde, içimdeki sevinç kahkahaları almış başını gidiyordu.

Kolunu omzuma atıp beni alışveriş merkezinin dışına doğru sürüklemeye başladığında, itiraz etmedim. Bana oldukça yorucu gelen yürüyüşün ardından, kendimizi nihayet dışarı atmayı başardık. Bacaklarımda yürümeye yetecek takati bulamadığımda olduğumuz yerde duraksadım. Kıvanç meraklı bir ifadeyle bana döndüğünde, durumu açıkladım. "Yoruldum. Biraz otursak olmaz mı?"

Anlayışlı bir biçimde başını sallayıp beni bankların olduğu kısma götürdü. Ama ne yazık ki, bankların tek bir tanesi hariç hepsi doluydu. Yaşlı bir teyzenin oturduğu bank, *iki kişiyi daha üzerimde taşıyabilirim* diyor gibiydi. Kıvanç'ı dürterek o bankı gösterdim. Başını sallayıp beni onayladı ve yavaş adımlarla hedefe yürüdük. Bahsi geçen banka ulaştığımızda, sevecen çıkarmaya özen gösterdiğim sesimle sordum. "Oturabilir miyiz acaba?"

Pamuk gibi bembeyaz saçları olan tatlı tombul teyze, "Tabii ki!" diyerek bizi yanına buyur etti. Böylelikle ben teyzenin yanına oturdum, Kıvanç da benim yanıma. Oturur oturmaz derin bir soluk verdim. Hamileliğin en kötü yanı, çabucak yorulmaktı sanırım. En çok bundan çekmiştim! Ah, bir de hamileliğimin başındaki, hatırlamak dâhi istemediğim mide bulantılarım vardı tabii!

"Üşüdün mü?"

Kıvanç'ın kulağıma çarpan nefesi, içimi bir hoş etti. Kendi kendime gülümserken, "Hayır," dedim. "Çok soğuk değil."

Buna rağmen kaşlarını çatarak biraz daha yanıma sokuldu. Kollarıyla etrafımı sarmalayıp bana sımsıkı sarıldı. Sıcaklığı anında tenime işlerken, huzur içinde gülümsedim. Bu anda, *"Keşke bir ömür boyu böyle kalabilsek,"* diye geçirdim içimden. *Kıvanç, bana ve kızımıza böyle sımsıkı sarılsa ve bizi hiç bırakmasa...*

"Kız mı, erkek mi?"

Teyzenin sorusuyla hayal alemimden uzaklaşıp ona döndüm. Hafifçe gülümseyerek şiş karnıma bakıyordu. "Kız," yanıtını verirken, bundan duyduğum mutluluğu yansıtırcasına gülümsemeyi de ihmal etmedim.

"Ah ne güzel!" diye, neredeyse haykırarak karşılık verdi. Sonra burnunun ucuna kadar inen kırmızı gözlüğünün üzerinden bizi uzun uzun inceledi ve başını salladı. "Annesi ve babası gibi sarışın olacak desenize!"

Haykırışıyla yüzüm aniden asıldı ve dudaklarımı kemirmeye başladım. Teyze, kızımın babasının Kıvanç olduğunu varsayarak söylemişti bunları. Evet, kızımın babası Kıvanç'tı. Ama neticede o bunu hâlâ bilmiyordu ve herhangi birinden bunları duymak ona nasıl hissettirmişti? Asıl merak ettiğim buydu.

Başımı biraz korku ve çokça merakla ona çevirdim. Saçlarımı öpmekten başka bir tepki vermeyeceğini anladığımda ise omuzlarımı düşürdüm. Lafa karışmanın, daha doğrusu teyzenin sözünü düzeltmenin zamanı gelmişti sanırım.

"Aslında bebeğimin babası..."

"Evet, çok güzel bir kızımız olacak!"

Kıvanç'ın dudaklarının arasından dökülen bu sihirli cümle, bulutlarda uçuyormuşum gibi harika hissetmemi sağlamıştı. Bunu, durumu kurtarmak ve beni üzmemek için söylediğini bilsem de, yine de öyle hoşuma gitmişti ki, kelimelerle izah edemezdim. *Kızımız*, demişti! Bundan başka, dudaklarından dökülecek daha güzel bir kelime olabilir miydi? Hiç sanmıyordum! Bundan daha güzeli olamazdı işte. Böylesine sihirli bir kelime bir daha asla çıkmazdı ağzından!

Düşüncelerimin akışına kendimi fazlaca kaptırmışken, art arda derin nefesler alıp kendime gelmeye çalıştım. Ve sonra, Kıvanç'a dönüp mırıltıyla konuştum. "Teşekkür ederim." Beni bu durumdan kurtardığı için ona minnet duyduğumu sanacaktı belki. Ama minnettar kalışımın asıl sebebi, durumu kurtarması falan değil, yalandan da olsa *kızımız* deyişiydi. Birkaç saniye sürse bile Irmak'ı sahiplenişiydi!

Bana herhangi bir karşılık vermeyip, tekrar teyzeye döndü Kıvanç. Koluna daha sıkı sarıldım, başımı göğsüne gömdüm ve kalp atışlarına kulak kesilip huzuru bu ritimli seslerde bulurken, bir yandan da aralarında geçen tatlı sohbeti dinlemeye başladım.

Tatlı teyzemiz ciddi bir tavır takınarak, "Bu devirde kız çocuğu yetiştirmek zordur evlat! Önlemlerini şimdiden almalısın," diyordu.

Kıvanç'ın da teyze gibi ciddi bir tavır takınması uzun sürmedi. Omuzlarını dikleştirdi ve kollarıyla beni daha sıkı sarmaladı. "Haklısınız teyzeciğim. Bu devirde kız yetiştirmek çok zordur muhtemelen. Ne tür önlemler almamı önerirsiniz acaba?"

Sorduğu bu soru üzerine dayanamayıp kıkırdadım. Kıvanç ise kaşlarını çatarak, beni susmam konusunda uyardı, böylelikle derhal kapadım çenemi.

"Ne tür önlemler alacağın sana kalmış evladım! Ama böyle güzeller güzeli bir annesi varsa, kızın da elbet güzel olacaktır. Bu durumda peşinde dolaşacak erkekleri savuşturma görevi de sana düşüyor."

"Çok haklısınız efendim."

Teyze, memnuniyetle başını salladı ve ağır hareketlerle yerinden kalktı. Bize dönüp son bir kez gülümsedikten sonra, "Allah hakkınızda hayırlı olanı versin çocuklar! Bahtınız açık olsun!" dedi. Kıvanç da, ben de gülümseyerek teşekkür ettik kendisine. Çok değerli bir duaydı, en içten dileklerimle kabul olmasını diledim...

Teyze ağır adımlarla yanımızdan ayrılırken suratıma yapışmış olan gülümsemem, kesinlikle görülmeye değerdi. Kıvanç'ın, Irmak'tan *kızımız* diye bahsetmesi sevinçten yüreğimi hoplatmıştı resmen. Kısa süreliğine de olsa, ondan bunu duyabilmek paha biçilemez bir şeydi benim için.

Başımı çevirip gözlerinin içine baktım. Mavilerinin etrafını saran harelere dikkat kesildim. Mutluluğu gözlerinden okunuyordu. Evet, evet. O da en az benim kadar mutluydu!

Doğum gününde olacakları düşündükçe heyecandan kuduruyordum. Ama o günden sonrasıydı asıl önemli olan. Yani, baba olmayı kabul edip etmeyeceği... Neticede, Irmak'ın doğumuna kadar yanımda olacağını belirtmişti. Ama sonrasını hiç konuşmamıştık. Ne o açmıştı bu konuyu, ne de ben...

Ama bir şekilde yapmam gerekiyordu artık! Kızımı, babası yanımdayken büyütmek istiyordum. Kıvanç baba olabilecek olgunlukta değildi ama aylar öncesindeki gibi uçarı bir adam olmadığı da ortadaydı. Gece hayatı bitmişti mesela. Her gece başka bir kızla olma devri çoktan kapanmıştı. Bütün gecelerini benim yanımda geçiriyordu. Üstelik, uslu durarak! Sadece sarılıyor ve kokumu içine çekiyordu, o kadar. Kıvanç, şimdiki hallerini *"Senden Sonrası"* diye isimlendiriyordu ve bu da, önlenemez bir gurur hissine kapılıp gitmeme sebep oluyordu.

Elim, istemsizce karnımın üzerini buldu bu anda ve benim bile duymakta güçlük çektiğim bir sesle fısıldadım kızıma. *"Babanın seni öğrenmesine bu sefer çok az kaldı miniğim..."*

22. Bölüm

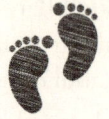

Gitme

Sevgili günlük kardeş,

Bugün, aylardan şubat, günlerden çarşamba. Takvim yaprakları ise, ayın 23'ünde olduğumuzu belirtiyor. Ah, evet evet! O büyük güne, yalnızca bir gün kaldı. Yarın Kıvanç'ın doğum günü! Ve evet, anladın sen ne demek istediğimi. Günlerdir sana bahsettiğim o konuşmayı yapmanın vakti geldi artık! Kıvanç nasıl bir tepki verir sence günlük kardeş? Biliyorum, bu soruyu da günlerdir hiç durmadan soruyorum sana. Ama ne olur, anlayıver beni. Heyecandan ne yaptığımı biliyor muyum sanki? Hem...

"Başak! Kalk hadi! Annem geldi!"

Heyecandan elimdeki kalemin hâkimiyetini kaybederken, "Ne?" dedim. "Gerçekten mi?"

"Evet! Seni bekliyor!"

Böylelikle fırladım yerimden. Asude'nin annesi *-yani Nazan teyze-* Irmak'ın cinsiyetinin belli olduğu zamanlarda gelecekti aslında. Fakat İzmir'de halletmesi gereken işler olduğunu söylemiş ve bu süreç, aylarca ileriye sarkmıştı. Bana kalırsa halletmesi gereken işler olduğundan değil, hamile olduğum gerçeğini sindirebilmek adına gelememişti. Ama benim için hiç fark etmezdi. Gelmişti ya, o yeter de artardı!

"Bu ne hal? Sumo güreşçilerine benzemişsin Başak!"

Ah! Beklediğim giriş, kesinlikle bu değildi. Girer girmez beni azarlamaya başlamasına ya da yüzüme bile bakmadan yanımdan geçip gitmesine kendimi hazırlamıştım oysaki. Tek kelime etmeden -*daha doğrusu edecek tek kelime bulamadan*- kendimi Nazan teyzenin kollarına bıraktım. O da buna beklermiş gibi kollarını anında bana sardığında, gülümsemem yüzümde -*dudaklarımı yırtmaya yetecek kadar*- genişledi. Saçlarımın arasında dolandırdığı elleri, sadece saç tellerimi değil, kalbimi de okşuyordu sanki. *Anne şefkati* denen şeyi uzun zamandır görmediğim için unutmuş sayılırdım. Ama şimdi, Nazan teyzenin kolları arasındayken, ne demek olduğunu hatırlıyordum.

Bir ahtapot kadar çok kola sahip değildim ama bir ahtapottan daha sıkı sarıldığım kesindi... Kollarımı kendime çektiğimde, birkaç kez öksürdü. Sonra, "Öldürecektin beni, değil mi?" diye homurdandı. "Seni hayırsız evlat, seni!"

İşaret parmağını gözümün önünde salladıktan sonra çantasını bir köşeye fırlattı. Asude'nin tam aksine deli doluydu, Nazan teyze. Dağınık, birazcık sorumsuz ve aşırı eğlenceli... Kendisini koltuklarımızdan birine atıp yerinde rahatça yayıldı. Kıkırdayarak yanına bıraktım kendimi. Asude ise annesine, '*Hiç büyümeyeceksin, değil mi?*' *d*er gibi bakıyordu. Haksız değildi. Nazan teyzenin büyümesi imkânsızdı!

"Karnın davul olmuş Başak!"

İşi şakaya vurarak, bu konuyu daha iyi bir şekilde konuşabileceğimizi düşünüyordu muhtemelen. Ben de seve seve ayak uydururdum o halde. "Evet, öyle oldu biraz. Ama hep kızın yüzünden! Ne bulduysa yedirdi bana!"

Asude'nin delici bakışları üzerimdeki yerini bulduğunda, hızla bakışlarımı kaçırdım. "Senin iyiliğin içindi aptal! Daha kaç kere konuşacağız bu konuyu?" diye haykırdığında omuz silktim. Haklıydı.

"Ah tamam, tamam! Kavga etmeyin!"

Nazan teyzenin haykırışı üzerine, gülümseyerek döndüm ona. "Kavga etmiyoruz ki. Unuttun mu Nazan teyze, her zamanki halimiz bu!"

Gözlerini devirdi ve sonrasında, başka bir konu açtı. "Adı Irmak olacakmış duyduğuma göre. İnsan, süt annesinin adını verir! Çok alındım vallahi."

"Babası önerdiği için hoşuma gitti. İstersen Nazan olur adı. Seni mi kıracağım be?"

Saçlarımı elleriyle geriye doğru itti ve alnıma öpücüklerini kondurup tekrar arkasına yaslandı. "Hayır, Irmak güzel bir seçim olmuş."

"Beğenmene çok sevindim!"

Sonra dakikalar süren, huzur dolu bir sessizlik oluştu aramızda. Bu sessizliğin hiç bozulmamasını istesem de, merak ettiğim şeyler vardı. "Nazan teyze?"

"Söyle canım."

"Annemle babam nasıl?"

Ve beklenmeyen sorum karşısında gelen bir anlık duraksama... Derin bir nefes aldı ve gayet önemsiz bir konudan bahsediyormuşuz gibi cevapladı. "İyiler canım. Hiçbir sorun yok."

"Peki... Benim hakkımda ne söylüyorlar? Eminim ki, konuşmuşsunuzdur annemle. Affedecekler mi beni?"

Gözlerini kırpıştırarak baktı. Karşımda resmen kıvranıyordu! "Aman, ne yapacaksın o zevksiz anneni? Benim kadar tatlı, şirin ve bir o kadar da cadı bir süt annen varken, ona mı kaldın sen?" diye şakıdı. Söylediklerine buruk bir gülümsemeyle karşılık verdim. Ardından dolmaya başlayan gözlerimi gizlemek adına başımı önüme eğip, gözlerimi dizlerime sabitledim. Yaşlarım birbiri ardına düşerken, defalarca kez burnumu çektim. Ağlamayı istemiyordum elbette. Ancak şartlar hiçbir zaman benden yana olmuyor, hep aleyhime işliyordu.

Bu sırada Nazan teyze, beni kendi halime bırakmaya dayanamamış olacak ki, yüzümü sıcacık ellerinin arasına aldı. "Ağlama güzelim!" dedi, yumuşacık çıkan sesiyle. "Gözyaşlarını kimse için akıtma! Evet, bir yanlış yaptın. Ama bunun sonuçlarına katlanmaya razı oldun. Bu yüzden bundan böyle, sadece kızını düşüneceksin! Geriye kalan hiçbir şeyi kafana takmayıp kızın için yaşayacaksın artık, tamam mı güzelim?"

Sorusunu yanıtlamak yerine duymazlıktan geldim. Bunun sözünü veremezdim çünkü. Ailemi tabii ki de kafama takacaktım. Beni affedecekleri günü *-eğer öyle bir gün varsa tabii-* sabırsızlıkla ve büyük bir özlemle bekleyecektim. Beni affetmeleri için çabalayacak, elimden ne geliyorsa yapacaktım. Belki... Torunları dünyaya geldiğinde, beni affederlerdi? Kıyamazlardı belki miniğime?

"Keşke annemin de senin gibi bu olanları sindirecek zamanı olsaydı," dedim, içimden geçenleri direkt söyleyerek.

"Anlamadım," dedi, Nazan teyze. Meraklı bakan gözlerine zorlukla gülümsedim. "Hamile kaldığımı öğrendiğin ilk zamanlarda gelmedin," dediğimde, suçlu bir edayla başını önüne eğdi. Ama benim amacım, onu suçlamak değildi ki!

Elimi çenesinin altına yerleştirdim ve bana bakması için elimi hafifçe yukarı kaldırdım. Gözlerimiz buluştuğunda, kömür siyahı gözleri hâlâ suçlu bakıyordu. Gülümsemek için kendimi zorladım. Bu, belki daha iyi hissetmesini sağlardı. "Seni suçlamıyorum ki ben!" dedim. "Sadece yaptığım bu yanlışı sindirmeye çalıştın sen. *Başak böyle bir şey yapmaz*, dedin önce. Sonra geleceğim dedin ama gelemedin, gönlün el vermedi. Sindirdin yavaş yavaş. Bana olan kızgınlığın, yaşadığın hayal kırıklığı bir nebze de olsa geçti ve şimdi buradasın. Ama annemin böyle bir şansı olmadı işte! Gelir gelmez karnımla karşılaştı. Sindirebilmesi için hiç vakti yoktu ki. Eğer olsaydı belki o da affederdi beni..."

Sözlerimi bölen şey, boğazımdan yukarı tırmanan hıçkırıklarımdı. Sözlerim havada asılı kaldığında, Nazan teyzenin güvenli kolları sardı bedenimi. Ve diğer bir tarafımdan dolanan Asude'nin kolları... İkisinin kolları arasında hıçkırarak ağlarken, bir gün ailemin beni affedeceğini fısıldadım kendi kendime. Sadece biraz zamana ihtiyaçları vardı. Nazan teyzenin kullandığından biraz daha fazla bir zamana...

İçimdeki Pollyanna'nın bu sefer doğruları söylüyor olmasını diledim. Başka bir darbeyi daha kaldıramazdım çünkü. O kadar güçlü olmadığımı adım kadar iyi biliyordum!

Televizyonda zevkime hitap eden bir şey bulamadığımda, günlüğüme uzandım. Kaldığım sayfanın arasındaki kalemi elime aldım ve bir müddet düşündüm. Kalemin arkasını dişlerime vurarak güzel bir ritim tutturdum ve yazmaya nereden başlamam gerektiğine karar verdim. Önce Nazan teyzenin evimizi şereflendirişini yazdım. Ardından Kemal amcanın da birkaç gün içinde yanımıza geleceğinden bahsettim. Bunları yazdıktan sonra, benim ailemin yanımda olmayacağını ise *-gözyaşlarım eşliğinde-* karaladım. Evet, karaladım diyorum çünkü gerçekten de karalama tarzında bir yazı olmuştu bu. Hüznümü akıtırcasına yazmıştım ve inci gibi güzel yazımın arasında sanki doktor yazısıymış gibi kötü durmuştu o satırlar.

Bunu umursamayarak bir sonraki satıra geçtim.

"Ben çıkıyorum Başak!"

Asude'nin sesini duyar duymaz günlüğün kapağını sert bir biçimde kapadım. Çıkan sesten ürkerek gözlerimi yumduğumda, Asude anlaşılmaz ifadelerle bakıyordu suratıma. Kaşları mı çatıktı onun?

"Bu garipliğinin nedenini sorardım ama dua et ki, acelem var," deyip ayakkabı dolabının kapaklarını ardına kadar açtı.

O anda, gözüm saate kaydı. Yelkovan neredeyse on ikiye dayanıyordu. Bu saatte ne gibi bir acelesi olabilirdi ki bu kızın? "Gecenin bir köründe nereye gidiyorsun?"

"Gelince konuşuruz!" deyip bana öpücük yolladı. Sorumu özellikle cevaplamadığını anladığımda kaşlarımı çattım. Arkasından seslenmeyi akıl edene kadarsa, o çoktan çıkmıştı.

Üzerinde siyah sporcu atleti ve altında siyah dar bir taytla, gecenin bir körü nereye gidiyor olabilirdi ki? İçim içimi kemirirken, telefonumun titreyişi dikkatimi dağıtmaya yetti. Uzanıp elime aldım ve *Kıvanç* ismini okur okumaz kocaman sırıttım. Geç kaldığı için laf atmak istesem de sesini duyar duymaz yumuşayacağımı biliyordum.

"Nasılsın fıstığım?"

Ah! Tam da tahmin ettiğim gibi... Kısacık iki kelimesi bile bütün vücudumu titretmeye yetmişti. Heyecanımı sesimden uzak tutmaya çalışarak boğazımı temizledim öncelikle. "İyiyim, ya sen?"

"Berbat!" dediğinde hafifçe gülümsedim. Neden o halde olduğunu anlamak benim için hiç de zor bir uğraş değildi artık. Yine babasının zoruyla şirkete gitmişti ve yine can sıkıcı toplantılardan birinde ya da kalın dosyaları düzenlemek için bir masanın başındaydı şu anda.

"Sıkma canını. Halledersin sen!" dedim, cesaret vermek istercesine. Ama an itibariyle, benim de omuzlarım düşmüştü. O gelecek diye akşamı büyük bir heyecanla beklemişken, gelemeyeceğini öğrenmek büyük bir hayal kırıklığı oluşturuyordu.

"Şu an yanında olmak ve sana sıkıca sarılıp seni çokça öpmek varken, burada lanet olasıca dosyalarla uğraştığıma gerçekten inanamıyorum!"

"Bu dünyada her şey istediğin gibi olmaz, Kıvanç Koçarslan!"

"Biliyorum," derken sesindeki ima için gözlerimi devirdim. Bana sahip olmaktan bahsediyordu aklı sıra... Bunu daha önce yapmış olduğundan habersiz oluşu ise çok ayrı bir ironiydi tabii. Ya da bana dokunan kişiye, *şanslı it demesi*, daha büyük bir ironiydi! *O şanslı iti bulursam kendi ellerimle gebereceğim!* demişti bir keresinde. Ve ben gülmemek için kendimi olanca gücümle sıkmıştım.

O şanslı itin kendisi olduğunu, yarınki akşam yemeğimizde öğrenecekti. Yüzünün alacağı şekli deli gibi merak ediyordum. En çok da vereceği tepkiyi tabii ki...

"Yarınki akşam yemeğini unutma sakın!

"Unutmam mümkün mü fıstığım? Bana kendi ellerinle yemek hazırlayacaksın! Baksana... Bunu çok sevdim ben!"

Gülümsememe mâni olmak imkânsızdı. "Ben de öyle. Umarım çok güzel bir akşam yemeği olur."

"Öyle olacağına eminim!"

Nihayet telefonu kapatabildiğimizde derin bir iç geçirdim. Kapatır kapatmaz sesine hasret kalmam ne kadar mantıklıydı? Onu uzun uzun düşünmek arzu ettiğim tek şey olsa da, aklım benden bağımsızca Asude'ye kayıp duruyordu...

⁂

Kapının yumruklandığına iyiden iyiye emin olduğumda, korkuyla yerime sindim. Gecenin bir köründü ve kapımız ardı ardına yumruk darbelerine maruz kalıyordu. Daha da kötüsü, Asude hâlâ dönmemişti. Evde benim dışımda yalnızca Nazan teyze vardı ve o da uyuyordu.

Korkumu kontrol altına almaya çalışarak gözlerimi bir süre yumdum. Kapıya vardığımda, parmak uçlarımda merceğe yükseldim. Karşımda hiç beklemediğim bir manzara vardı: *Asude ve yanında hiç tanımadığım bir adam.*

Parmaklarımı tekrar zeminle buluşturduğum anda kilidi çevirdim. Kapıyı açtığımda şaşkın bakışlarımı Asude'ye yönlendirdim. Yanındaki adam, Asude'nin omzuna kolunu atmıştı ve ikisi de kör kütük sarhoş gibi duruyorlardı.

Bir dakika bir dakika! Asude ve sarhoş olmak, ha? Aynı cümle içerisinde bile kullanmanın kulağa saçma geldiği iki kelimeydi bu!

"Neler oluyor Asu?" diye sordum, sert çıkarmaya özen gösterdiğim bir sesle. Başarılı olup olmadığımı ise bilmiyordum. Çünkü genellikle sert olan taraf, o olurdu. Gözümle yanındaki esmer adamı işaret ettim. "Ne halt yiyorsun sen?"

Omuzlarını silkti ve yanımdan geçmek için küçük bir adım attı. Yanındaki adam da suratındaki yayvan sırıtışla Asude'ye eşlik etti. Arkalarından pörtletmiş olduğum gözlerimle bakarken, aklımda yapabileceklerimin listesini dizayn etmeye çalışıyordum. Onları bir şekilde durdurmalıydım. Arkadaşım, benim yaptığımı yapıp, gözlerini yeni bir sabaha pişmanlıkla açmamalıydı. Ben bunları düşünürken, Asude'nin oda kapısının çoktan kapanmış ve kilidin dönme sesinin bana kadar ulaşmış olduğu gerçeği, yüzüme sert bir tokat gibi indi. Ah! Şimdi ne halt yiyecektim acaba? *Keşke Selim burada olmuş olsaydı*, diyerek derin bir iç geçirdim.

Öncelikle, aklımda dönüp duran kötü senaryoları bir kenara fırlattım. Belki de kötü bir şey yapmazlardı. *Tabii canım, o sarhoş halleriyle uslu uslu otururlar zaten. Tıpkı Kıvanç'la sizin o gece oturduğunuz gibi!*

Alt dudağımı dişlerimin arasına alıp ısırdım. Kıvanç da yoktu bu gece. Lanet olsun! Kendimi bu kadar çaresiz hissettiğim bir zaman dilimi olmamıştı sanırım.

Adımlarımı elimden geldiğince sıklaştırarak Asude'nin odasına ilerlemeye başladım. O kapının açılmayacağını mırıldanan kötümser seslere aldırmadan adımlarımı kararlı bir şekilde atmaya devam ettim. Bu sırada beynimin içerisinde yankılanan yeni bir fikir, bacaklarımı durdurmuştu. Batın'dan yardım isteme fikri neden şimdiye kadar aklıma gelmemişti ki? Evet, Asude'yle araları hâlâ kötü olabilirdi ama bu durumda yardımcı olurdu herhalde?

Kafamdaki soru işaretlerini bir kenara bırakarak, geldiğim gibi geri döndüm. Kapıyı aynı hızla açıp kendimi dışarı attım ve karşı daireye neredeyse koşar adımlarla ulaştım. Zili çalıp beklemeye koyuldum fakat bu bekleyiş, beni fena halde daralttı. Kapıyı yumruklamaya girişecektim ki Batın nihayet kapıda belirdi.

"Bir şey mi oldu Başak?" diye sordu, uykudan uyandığını belli eden boğuk sesiyle. Gözlerini ovuşturmaya başladı ve sonra ansızın durup endişeli bir sesle sordu. "Yoksa... Sancın falan mı var?"

"Hayır, benimle alakalı değil." Nefes nefese kalmış halde, "Asude," dediğimde, gözleri irileşti. "Ne oldu ona?"

"Tanımadığım bir adamla geldi eve. Ve ikisi de sarhoş." Duraksadım. Yüzündeki ifadeyi tarif edebilecek bir kelime yoktu. Vakit olmadığını kendime hatırlatarak, devam ettim. "Lütfen yardım et Batın!"

Başını salladı ve ışık hızıyla bizim daireye giriş yaptı. Peşinden ben de girdim. Kapıyı arkamızdan kapatıp, koridor boyunca hızlı adımlarla ilerledim. Batın, çoktan kapının önüne varmış hatta omuz atmaya başlamıştı bile. Kilitli kapının arkasından Asude'nin çığlığı duyulduğunda, korkum daha da katlandı. Bu sırada Batın'la göz göze geldik. Gözlerindeki öfkeyi, şimdiye kadar böylesine derin şekliyle görmediğime emindim. Bu kapı açıldığında, içerideki adama neler olabileceği konusunu düşünmek istemeyeceğimi fark ettim.

Batın en sonunda böyle olmayacağını anlamış olmalıydı ki birkaç adım geri çekildi ve koşar adımlarla tekrar kapının önüne geldi. Ama bir fark vardı! Bu sefer omzuyla değil, uçan tekmesiyle birlikte dalmıştı kapıya. Böylelikle kapı ardına kadar açılarak bize yol verdi ve biz de uçarcasına bir hızla içeri daldık. İkimizin de yaptığı ilk iş, Asude'yi incelemek oldu. Adamın, Asude'yi, duvarla kendi arasında sıkıştırdığını gördüğümde dudaklarım bir karış aralandı.

O da bizi gördüğünde -daha doğrusu Batın'ın ifadesini gördüğünde- korkmuş olacak ki, Asude'nin üzerinden çekildi. Dikkatimi o pisliğin üzerinden alıp, tamamen Asude'ye yöneldim. Korku içinde kalmış bir ifade hâkimdi yüzünde. Ve tir tir titriyordu. Görünen o ki, yavaş yavaş kendine gelmeye başlıyordu. Hiç şüphesiz bunda, yaşadığı şokun ve korkunun etkisi büyüktü...

Hemen yanına gidip kollarımın arasına aldım onu. İtiraz etmeden sevgiye muhtaç küçük bir çocuk gibi göğsüme yasladı başını. Hıçkırıkları odayı doldururken, "Geçti bir tanem," diye mırıldandım, yumuşacık sesimle. "Geçti."

Asude'nin neden böyle bir şeye bulaştığı hakkında mantıklı bir fikir üretmeye çalıştım sonra. Ancak belirli bir zaman sonunda, bir şey bulamadığımı fark edip düşünmeyi kestim. Belki de Batın'dan ümidini kesmişti ya da kafasını dağıtmak için bu yolu seçmişti. Bunu en kısa zamanda onunla konuşmayı beynimin bir köşesine kazıyıp, bedeninin etrafına sarılı olan kollarımı daha çok sıktım.

Bu sırada hıçkırıkları hız kazanmış, kollarımın altında titrer konuma gelmişti. Bir kez daha, "Geçti," diye mırıldandım ama beni duyup duymadığından bile emin değildim.

Batın, adamı bir güzel pataklarken, içimdeki sinirin biraz olsun azaldığını hissettim. İşte şimdi Asude'nin Kıvanç'a olan nefretini anlayabiliyordum. Hayatımı berbat ettiğini düşündüğü için Kıvanç'a kızgındı ki haksız da sayılmazdı.

Batın sert bir yumruğu daha adamın suratına geçirdiğinde yüzümü buruşturdum. Onun yerinde olmak istemeyeceğimi düşünüp bakışlarımı kaçırdım.

"Yalvarırım bırak artık!"

"Daha çok yalvaracaksın sen!"

Adamı yakasından tuttuğu gibi yerden kaldırdı. Odanın dışına sürüklemeye başladığında derin bir nefes verdim. En azından Asude daha fazla yıpranmamış olurdu. Zaten şok geçiriyor gibiydi. Batın'ın vahşice indirdiği yumruklara şahit olmaması onun için en iyisiydi.

"Kötü bir amacım yoktu ki benim. Sadece..."

Acı çeker gibi haykırışı üzerine gözlerimi sıkıca yumdum. Sakinleşebilmesi için onu bir kez daha kendime bastırdım ve saçlarını okşadım. "Kötü bir amacının olmadığını biliyorum canım. Sakinleş artık."

"Bana az kalsın dokunuyordu!" derken dudakları titremişti.

"Düşünme bunları şimdi."

Tam ağzını açıp bir şey söyleyecekti ki Batın'ın kükreyişi karşısında açtığı gibi kapamak zorunda kaldı. *Neyse ki, Nazan teyzenin uykusu ağır,* diye geçirdim içimden. Yoksa şimdiye kadar bin kez uyanmış olması gerekirdi.

"Ne işin vardı elin adamıyla? Ne halt yediğini sanıyorsun sen?"

Şok içerisinde Batın'ın suratına baktım. O ses neresinden çıkmıştı acaba? Asude'nin kollarımın arasında bir kez daha titremesiyle, olaya müdahale etmem gerektiğini idrak ettim. Fısıltıyla, "Ne kadar korktuğunu görmüyor musun Batın? Yapma lütfen," dedim.

Birkaç saniye boyunca gözlerini yumup bekledi. Kabullendiğini gösterircesine başını salladı ve gözlerini önce bana, ardından tekrar Asude'ye dikti. "Özür dilerim. Seni korkutmak istememiştim ama... Lanet olsun Asude! Bir kez daha soruyorum. Elin adamının senin odanda ne işi olabilir? Açıkla şunu!"

Arkadaşım kollarımın arasında titremeye devam ederken, yaşadığım sinirden dolayı benim de ellerim titremeye başlamıştı. Daha fazla katlanamayarak, "Defolup git Batın! Sakinleştiğin zaman gelirsin!" diye bağırdım.

Beni duymazdan gelerek yanımıza oturdu. "Bir şey söylesene!"

Üçüncü kez kükremişti ve benim sabrım sınırlarda bir yerde yüzüyordu. Tekrar ağzımı açıp bağıracaktım ki, Asude benden önce davrandı.

"Senin yüzünden hepsi! Senin yüzünden gittim o bara. Günlerdir konuşmuyoruz, yüzünü bile görmüyorum. Bugün izin günün olduğunu bilmiyordum ve seni görebilmek için gittim oraya, tamam mı? Başka bir amacım yoktu! Sonra..." deyip duraksadı. "Sonrasını biliyorsunuz işte." Batın'ın şaşkınlıkla aralanan dudaklarını görmezden gelip bağırmaya devam etti. "Senden nefret ediyorum. Hiç kimseden etmediğim kadar nefret ediyorum senden!"

Asude'yi şu konumda susturabilmenin mümkün olmayacağını biliyordum. Ama Batın'ın kolları, hızır gibi yetişti. Arkadaşıma sarıldığında, o açıldı mı bir türlü kapanmak bilmeyen koca çenesi kapanmış oldu...

Asude'den

Kahvenin acılığından dolayı yüzümü buruşturdum. Hayatımda hiç bu kadar acı bir kahve içmemiştim. Batın ise bu durumdan eğleniyor gibi görünüyordu. Sürekli suratıma bakıp -*şimdiye kadar gülümsemediği kadar*- gülümsüyordu bana. Bunun nedeni, yaptığım aptalca itiraftı tabii ki. Onu görebilmek için o bara gittiğimi kendi ağzımla itiraf etmiştim. Beni buna iten şeyse, Batın'ın gözlerinde gördüğüme emin olduğum kıskançlıktı. Beni kıskanmıştı ve bunu o kadar belli etmişti ki ben bile anlamıştım!

"Niye sırıtıp duruyorsun sen?" dedi, yanıma biraz daha sokulurken. Gözlerimi kaçırdım. Aynı yatakta uzanıyor olduğumuzu düşünmemeye çalışarak boğazımı temizledim. "Aklıma bir şey geldi de, ondan."

"Aklına gelen şeyi benimle paylaşmak ister misin peki?"

Düşünürcesine çenemi kaşıdım, sonra da başımı sağa sola salladım. "Hiç sanmıyorum."

"Mutluluklar paylaşıldıkça çoğalırmış ama!"

Gülümsememi bastırdım. "Pişman olacağın şeyleri isteme Batın."

"Pişman olmayacağıma eminim. Söyle hadi!"

Ona, *sen bilirsin* ya da *sen kaşındın* tarzındaki bakışlarımdan atıp omuzlarımı silktim. "Beni nasıl kıskandığını hatırladım da, ona gülüyordum."

"Kıskanmak mı?" deyip, içimi ısıtacak şekilde güldü. "Hiç de değil!"

Alaycı bir tonlamayla, "Adamın ağzını yüzünü o yüzden kırdın zaten," dedim. Bunları söyledikten hemen sonra kahkahalarıma engel olamamıştım ne yazık ki.

Fakat kendimi bir anda Batın'ın kollarında bulmamla kahkaha atmayı kestim ve ürkek tavırlarla başımı kaldırıp, ela gözlerine bakakaldım. Ciddi bakıyorlardı. Beni baştan aşağı süzdükten sonra kaşlarını çatarak konuşma başladı. "Sence... Üzerinde bunlar varken bara gitmek ne kadar doğru?"

Mantıklı bir cevap vermem gerekiyordu ama nutkum tutulmuştu sanki. Belki Batın'ın elleri açıkta kalan omzumun üzerinde gezinmiyor olsaydı, dudaklarımı aralayacak gücü kendimde bulabilirdim. Ama geçtiği her yeri yakan dokunuşları, dudaklarımı aralamama bile müsaade etmiyordu. Bir nevi hipnoz gibiydi bu!

"Karşı tarafı böylesine tahrik edecek şeyler giymemen konusunda seni uyarmam gerek sanırım!" dediğinde boğazımda bir düğüm oluştu. *Bir halat düğümü kadar sıkı bir düğüm.* Yutkunmamak için kendimi sıkabildiğim kadar sıktım. Karşısında bütün benliğimle birlikte eridiğimi bilmesine gerek yoktu. Gerçekten yoktu!

"Ve... Son olarak, eğer bu odaya bir daha benden başka bir adam girecek olursa..." derken, elleri bu sefer de sırtımda gezindi. "İdam fermanını imzalamış olursun, Asude Türkoğlu!"

Sözünü bu şekilde tamamladığında yutkunma ihtiyacımı daha fazla bastıramadım. Aksi takdirde boğulabilirdim! Rüyada falan mıydım ben? Eğer öyleyse bile, bitmesini hiç istemiyordum. Sonsuza kadar sürecek olan bir rüya olsa fena olmazdı mesela. Yeter ki bu şapşal hep yanımda olsundu... Bunun için sonsuza kadar uyumaya değer gibi geliyordu. Batın bana, birinden inanılmaz derecede nefret ederken, aynı zamanda o birini çok sevebileceğini de göstermişti. Ondan nefret ediyor ve aynı zamanda onu çok seviyordum. Bunun nasıl olduğuyla ilgili bir fikrim ve üzerinde düşünme isteğim de yoktu.

Başımı göğsüne yaslayıp gözlerimi yumarken, "Gitme," dedim, kesik ama anlaşılır çıkan sesimle. "Yanımda olmanı istiyorum!"

Gözlerinin içi güldü derler ya, aynen öyle bir havaya büründü. "Emin misin?"

Başımı salladığımda gülümseyip daha çok sokuldu yanıma. Saçlarım, Batın'ın öpücüklerinden nasibini alırken, sırıtışım yüzümde genişledi. *Aptal aptal sırıtmak* dedikleri, bu olsa gerekti. Kolları ve aynı zamanda kokusu etrafımı sarmalarken, kendimi hiç olmadığı kadar güvende hissettim. Aynı duyguyu babamın kolları arasındayken de hissettiğimi fark ettiğimde, Batın'ın benim için ne kadar değerli bir konuma geldiğini daha yeni idrak ediyordum. Hangi ara bu kadar değerli olmuştu ki gözümde? Daha hayatıma gireli altı ay kadar olmuştu oysaki. Aslında altı ay... Ne uzun, ne de kısa bir zamandı.

"Beni hiç bırakma olur mu?" Kelimeler, dudaklarımın arasından istemsizce dökülürken, bu gece Batın'a karşı fazla açık sözlü olduğumu düşündüm.

"Oradan bakıldığında tımarhane kaçkını gibi mi görünüyorum? Tabii ki de öyle bir aptallık yapmayacağım!" dediğinde büyülenmiş bir halde onu izledim. Kollarını kalçama yerleştirip beni daha çok kendisine çekti. İçimden *seni seviyorum Batın* diye geçirdim. Bu sefer gevezelik yapıp bunu da söyleme gibi bir niyetim yoktu. Bunu söyleyecek olan kişi O'ydu çünkü. Onun ağzından bunu duymadığım sürece ben de dillendirmeyecektim.

"Yeni bir sabaha gözlerimizi açtığımızda yine kavga edeceğimizi biliyorsun, değil mi?"

Sırıtarak sorduğu bu soruya karşılık olarak başımı salladım. "Evet, biliyorum."

"Bizi diğerlerinden farklı kılan şeyin bu olduğunu da biliyor musun peki?"

"Onu da biliyorum!"

"Birbirimize o kadar benziyoruz ki, bu yüzden sürekli tartışıp duruyoruz. Ve itiraf etmeliyim ki ben seninle tartışmayı bile seviyorum Asu!"

Bu, adımı ilk kısaltışıydı. Buna uzunca gülümserken, "Ben de öyle!" diye karşılık verdim. Eğildi ve alnıma uzun bir öpücük kondurdu. Alnıma bıraktığı sıcaklığı bütün vücuduma yayılarak ilerledi. Ve ben de bu sırada, *hep böyle mi olacak* sorusunu kendime sordum. Yakınlarımda olduğunda hep böyle heyecandan deliye mi dönecektim?

"Şimdiye kadar duygularımı itiraf edemediğim için beni affet," derken, dudakları boynuma değiyordu. Nefesim kesilirken, konuşmaya çabalamak yersizdi ama denemeden edemedim. "Affettim bile! Ama... Unutturma, yarın sabah bunun için seninle kavga edeceğim!"

Kahkahası kulaklarımda yankılandı. "Neden şimdi yapmıyoruz bunu?"

Resmen kışkırtıyordu beni! Aldırmamak en iyisiydi... "Çünkü şimdi yorgunum ve uyumak istiyorum!"

"Benim kollarımda?"

"Hı hı..." dedim duraksayarak. Sonra da yüzümü görmediği için şükrettim ve bundan cesaret alarak konuştum. "Evet, senin kollarında!"

23. Bölüm

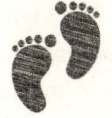

24 Şubat

Asude'den

Ömrüm boyunca hiçbir uykumdan böylesine zevk almamıştım. Rüyada gibi hissediyordum kendimi. *Görmeyi hiç beklemediğim, şimdiyse hiç bitmesini istemediğim bir rüyada.* Ben, Asude Türkoğlu, Batın'a olan ilgimi kendi ağzımla itiraf etmiştim ve her şey de bundan sonra art arda gerçekleşmişti.

İtiraf etmek gerekirse, mucizevi bir şeydi bu. İnanması güçtü. Ama yanımda uyuyordu işte! Sadece birkaç santimcik mesafe vardı aramızda. Yüzünü göremiyordum belki ama ona bakmaya yeltendiğimde yumulu olan gözlerini görebiliyordum. Uyurken fazlasıyla masumdu. Herhangi bir erkeğin olamayacağı kadar masum! Diğer erkeklerle Batın'ı kıyaslandığım için kendime kızdım sonra. Ama günün ilerleyen saatlerinde kavga edeceğimizi ve o sinir patlamalarımla onun hakkında bir sürü kötü şey düşüneceğimi de biliyordum.

Onu uyandırmamak için kesik kesik nefesler alıyordum. Dün gece benim yüzümden fazla uyuyamamıştı zaten. İstemsizce tekrar gülümsedim. O anları gözümde defalarca kez başa sarıp, aptal gibi sırıtıyordum. Benim gibi bir kızı, bir erkeğin böylesine etkisi altına alabilmesi oldukça garip bir durumdu aslında. Diğer kızlara kıyasla her zaman sert bir yapım olmuştu ve ben bununla hep gurur duymuştum. Hatta o kadar sert görünürdüm ki dışarıdakilere, lisede benimle ilgilenen erkekler önce Başak'a gelip dökerlerdi içlerini. Ve ben de her defasında hepsini reddederdim. Sanırım fazlasıyla inektim ve gönül işleriyle uğraşmaya bu yüzden yeltenmemiştim. Aslında şimdi de yeltenmezdim. Ama Batın sürekli yanı başımdaydı ve ister istemez gelişmişti her şey!

Belimin üzerindeki kolu hafifçe kıpırdadı. Daha sessiz nefes almam gerektiğini düşünüp ondan uzaklaştım. Bu sırada odamın kapısının açıldığını duydum ama başımı o kısma çevirmem mümkün değildi. *Düzeltiyorum, annemin, "Asude!" diye cırlayan sesi olmasaydı tabii...*

Başımı ani bir refleksle, ayak uçlarımızın hemen sol tarafında kalan kapıma çevirdim. Annem, üzerindeki sabahlığın askısını önden sıkıca bağlamış, saçlarını tepeden bir tokayla tutturmuş, sinirli bir ifadeyle suratıma bakıyordu. Ardından bakışları Batın'ın üzerinde gezintiye çıktı ve birkaç saniye sonra tekrar benim üzerimdeki yerini buldu. Sessizce yutkundum.

Annem, kaşları hâlâ çatıkken "Ne bu hal?" diye sordu. Annemin kaşları kolay kolay çatılmazdı. Benim tam aksimdi o!

"Sadece... Uyuduk anne. Yanlış bir şey olmadı. Bundan emin olabilirsin."

Kaşlarından birini neredeyse alnına değecek kadar havaya kaldırdı. "Hiç mi bir şey olmadı yani?"

Başımı olumsuz anlamda iki yana salladım. Kaşları hâlâ çatıktı ama buna rağmen tatmin olmuşa benziyordu. Gözlerini tekrar süzgeçten geçirme misali Batın'ın üzerinde gezindirdi. Bana, onu uyandırmam gerektiğini kaş göz işaretleriyle anlattığında bir kez daha yutkundum. Batın'ı uyandırdığımda ona en fazla ne söyleyebilirdi?

Kolları arasından çıkabilmek için bedenimi aşağıya doğru ittim. Amacıma ulaştığımda, bunun verdiği mutlulukla gülümsedim. Bağımsız hareket edebildiğim için Batın'a doğru yavaşça eğildim. Yumuşak çıkması için özen gösterdiğim sesimle, "Batın!" dedim. "Uyanman gerek!"

Annemin bakışları bir an olsun üzerimizden uzaklaşmış değildi. Batın'ın kayda değer bir tepki vermediğini görünce gözlerimi devirme isteğimi bastıramadım. "Uyansana Batın!" diyerek omuzlarından sarsmaya başladığımda, bir an durup ne kadar acımasız olduğumu düşündüm. Bir insan, bu tür işkencelere maruz bırakılıp mı uykusundan uyandırılmalıydı? Hele de bu işkencelere maruz kalan kişi, sevdiğim adamsa? Biraz daha yumuşak olmam gerektiğini anlamasına anlamıştım ama Batın da zaten gözlerini aralamıştı bu sırada. Gülümsemek için insanüstü bir çaba sarf ettim.

Boğuk ama çıkan karizmatik sesiyle, "Biraz daha Asu, lütfen..." deyip kolunu karnımın üstünden dolayıp beni tekrar yanına çekti. Normal bir zamanda olsak, bu teklifini kabul edip etmeyeceğini düşündüm. Sanırım... Kabul ederdim. Ama annemin burada olduğunu ve acele etmem gerektiği bilgisini hızlı bir biçimde beynime ilettim.

Bu sefer daha hızlı sarstım. "Uyanman gerek Batın!"

"Neden?" diye sordu, haklı olarak.

"Annem burada çünkü!"

Gözleri anında fal taşı gibi açıldı. Önce dikkatle bana baktı. *Söylediklerimi idrak etmek ister gibi...* Kafasında bir şeyler oluşunca anladığını belirtircesine başını salladı. Gözlerinde gördüğüm ifade korku muydu, telaş mıydı karar veremedim. "Annen de senin kadar sert midir?"

Sorduğu soru sinir hücrelerimi harekete geçirse de, aldırış etmedim. Fazla sinirli bir insan olabilirdim ama bunu onun ağzından duymak iyi hissettirmemişti. "Hayır, benim tamamen tersimi düşün işte," dediğimde rahatlamışçasına nefesini dışarı üfledi. Sandığı kadar sert bir kız değildim ki! Sadece belli başlı sınırlarım vardı, o kadar. Aslında her kızda olması gereken kesin sınırlar...

Bir kez daha fısıltı halinde, "Peki, çok mu kızgın bakıyor şu anda?" diye sordu. Gülümsedim. Annemden bu derecede çekinmesi hoşuma gitmişti açıkçası. Beni üzecek olursa, sahipsiz olmadığımı uygulamalı bir biçimde görmüş oluyordu böylelikle. Babamla da tanışmışlardı ve babamın ne kadar tatlı bir adam oluşunun yanında, bir o kadar da sert bir adam oluşuna şahit olmuştu. Kısacası güvendeydim!

"Hmm, pek sayılmaz," dedim, kısa bir duraksamanın ardından. "Ama eğer hemen şimdi kalkmazsan sinirlenebilir," dedikten hemen sonra başımı kaldırdım. Tahmin ettiğim manzarayla karşılaşınca kıkırdayıp tekrar Batın'a döndüm ve yarım kalan açıklamamı tamamladım. "Çünkü... Ayaklarını yere vurmaya başlamış bile. Bu kötüye işaret!"

Ağzımdan çıkan her bir kelimeyi dikkatle dinledi, ardından sözlerime itaat ederek hızla yerinde doğruldu. Yeni uyandığından, saçları birbirine girmişlerdi. Uzanıp o kıvırcıklarını düzeltme isteğiyle dolup taşsam da, irademe sıkı sıkı tutunup kendimi engelledim. Şu haliyle küçük tatlı bir erkek çocuğu kadar masum görünüyordu.

"Günaydın efendim."

Annem, Batın'ın üzerinde gezinen delici bakışlarının turunu nihayet bitirmişti. "Günaydın," dedi, gayet sertçe.

Batın, annemin bu kabalığına rağmen, dudaklarının kenarındaki çukurlarını ortaya çıkaracak şekilde gülümsedi. "Nasılsınız efendim?"

Batın, bulunduğumuz şu nahoş durumda bile saygıyı elden bırakmayacak kadar efendi bir çocuktu. Onun yerinde bir başkası olsa, annemin rahatsız edici imâlı bakışlarına karşılık bu kadar saygılı davranmayabilirdi belki. Bunun en basit örneği olarak Kıvanç'ı verebilirim sanırım. *Ne bir eksik, ne bir fazla...*

"Bundan çok daha iyi olduğum zamanlar vardı," derken, gözleriyle bizi işaret ediyordu annem. Utanç bütün bedenimi ele geçirdi ve önce yanaklarımın ısısının artmasına neden oldu. Yanaklarımda biriken ısı da, vücudumla iş birliği yaparak her bir hücreme yayıldı. Daha önce hiç bu kadar utandığım bir an yoktu ve anneme bunun hesabını ödetecektim! Benim böyle bir şeye izin vermeyeceğimi bildiği gibi, yanlış bir şey yapmadığımızı da adı gibi biliyordu. Ama tek amacı, Batın'ı köşeye sıkıştırıp onun ne denli saygılı bir çocuk olduğunu anlayabilmekti. Zamanında aynı şeyi Sarp'ın üzerinde denediği için biliyordum bunu. Başak'ı ne kadar sevdiğini ölçmek için onu böyle bir teste tabi tutmuştu. Bu deneme testinin içeriğinde, karşı tarafı sinirlendirecek sorular sormak ve bunun gibi daha birçok yıldırıcı şey vardı. Annemin Sarp konusunda vardığı sonucu Başak'a söylerken suratının aldığı şekli hiçbir zaman unutmayacağıma emindim.

Yüzünde kocaman bir gülümsemeyle Başak'a dönmüş ve *"Bu çocuk sana deli gibi âşık kızım. Bak, sana benden süt anne tavsiyesi! Kulaklarını aç ve beni iyi dinle, bu çocuk seni asla üzmez!"* demişti. Başak'sa bunlara aldırış etmeyip omuzlarını silkmiş ve önündeki test kitabına eğmişti kafasını. Ardından annemin sinirlenip Başak'ın kafasına attığı terliği de atlamamak gerek tabii...

Şimdiki zamana dönmemi sağlayan şey, annemin dirseğiyle kolumu dürtüşü oldu. Gözlerimi kırpıştırdım. Geçmişte yaşanan bu komik anıyı hatırlamak bir aptal gibi sırıtmama neden olmuştu. Başımı kaldırıp annemin suratına baktım. Kaşları az önceki gibi çatık değildi, ayaklarını da yere vurmuyordu. Batın'ın onu nasıl sakinleştirmiş olabileceğini düşünürken, ikisinin de tebessüm ettiğini gördüm. Ben geçmiş hatıralarla boğuşurken, onlar her şeyi tatlıya bağlamıştı yani, öyle mi? Vay canına!

Annem kapıdan çıkarken, "Geç kalmayın!" diye cırlamıştı.

"Nereye geç kalmayacağız?"

"Kahvaltıya," diye cevapladı, Batın.

Ayağa kalktım ve dolabımın karşısına geçtim. Üzerimdekilerden bir an önce kurtulma isteğiyle dolup taşıyordum resmen. Bu lanet şeylerle bara gitmiş ve üzerimde bunlar varken sarhoş olmuştum. Ve yine üzerimde bunlar varken o adam bana dokunmaya kalkmıştı! Beni duvarla kendi arasına sıkıştırdığı sahne bulanık biçimiyle aklıma düştüğünde, irkildim. Gözlerimi kırpıştırdım ve kendime gelebilmek için başımı hızla iki yana salladım. O anları hatırlamak istemiyordum. Kesinlikle!

"İyi misin Asu?"

Batın'ın yanıma kadar geldiğini kolumun üzerine yerleştirdiği eli sayesinde anlamıştım. Başımı kaldırdım ve *iyiyim* tarzında bir bakış attım. Pek inandırıcı olmamıştım sanırım. Çünkü bana bir gram bile inanmamış gözlerle bakıyordu. Nefesimi dışarı üfledim. İki adım atarak yanına vardım ve içimden geldiği gibi davranarak kollarımı boynuna sardım. Bu tavrıma şaşırmış olmalıydı. Sadece... Kollarının arasında güvende hissediyordum işte.

"Eğer aklın hâlâ dün gece yaşananlardaysa, içini rahatlatmak için söylüyorum..." deyip cümlesini yarıda kesti ve kollarını daha sıkı sardı. Heyecandan tüylerimin diken diken olduğunu hissedebiliyordum. Vücudum, uyuşmaya yakın bir durumdaydı. Bunun sebebi, Batın'ın dudaklarının ve aynı zamanda sıcak nefesinin kulağıma değiyor olmasıydı tabii ki.

"O adamla işim henüz bitmedi. Doğduğuna pişman edeceğim onu!"

Başak'tan

Hemen hemen her şey hazır sayılırdı. Batın'dan, Kıvanç'ın sevdiği bütün yemeklerin, tatlıların listesini almıştım. Ardından hiç vakit kaybetmeden en güzel aşçı kadrosunu etrafımda toplamıştım. Bu konuda teyzem ve Nazan teyzeden daha becerikliklerini bulamayacağıma emindim zaten. Teyzem zeytinyağlı yaprak sarmayı büyük bir özenle sararken, Nazan teyze de mücverleri kızartmıştı. Bunları yapmayı bitirdiklerinde, hemen ellerine bir başka iş tutuşturmuştum. Teyzem patlıcanlı pilav yaparken, Nazan teyze de tavuk sote yapmıştı. Ben de binbir zorluklara katlanarak mercimek çorbası yapmıştım, uzunca bir süre içinde... Asude de Kıvanç'ın doğum günü pastasını yaparken bana yardımcı olmuştu. Bunca emeğin sonunda istediğim tek şey, haftalardır aklımda kurguladığım konuşmayı akşam yemeğinde yapabilmekti. Kıvanç'a, bebeğimin babası olduğunu söylediğimde vereceği tepki beni korkutuyordu ama artık bir şekilde söylemem gerekiyordu. Öyle ya da böyle, bunu bilmeyi hak ettiğine karar vermiştim. Geç de olsa!

Son bir kez daha hazırlamış olduğum masaya baktım. Sadece masayı hazırlamak konusunda kimseden yardım almamıştım. Gözlerimi yumdum, ellerimi çenemin altında birleştirdim ve bu akşamın güzel geçmesini diledim. Kıvanç'la birkaç dakika önce konuşmuştuk ve bana, yolda olduğunu söylemişti. Trafik olduğu için gecikebileceğini de... Bunu düşünerek kendimi rahatlattım. İstanbul'un trafiği sayesinde fazladan birkaç dakikaya daha sahip olmuştum böylelikle.

Kendimi kanepelerden birine atmak için yeltenecektim ama masada eksik olan tek şeyi fark ederek duraksadım. Kıvanç'ın frambuazlı pastasının üzerine dikmek için aldığım mumları unutmuştum!

Burada daha rahat olacağımızı düşünüp masayı Batın'ın dairesinde donatmıştım ama mumlar bizim dairede kalmıştı. Derince bir iç geçirdim ve kapıya doğru yol aldım. *Keşke ışınlanabilmek mümkün olsa,* diye geçirdiğim sayısız anlardan birini daha yaşıyordum şimdi. Hamile olduğum süre boyunca en büyük isteğim bu olmuştu şüphesiz. *Kıvanç'ın Irmak'ı benimsemesini istememden sonra tabii.* İkinci sıraya rahatlıkla yerleşebilirdi ama.

Kapıyı açtığımda Kıvanç'la burun buruna geldik. "Ah, geçsene içeri!" derken, sesimi olabildiğince ifadesiz tutmaya özen gösterdim. Heyecanımı bu kadar erken belli etmezsem daha rahat bir akşam yemeği bizi bekleyebilirdi belki.

Elinde olduğunu fark etmediğim, kırmızı pakete sarılmış kırmızı gül demetini bana uzattı. Şaşkınlıkla baktım. "Benim için mi bunlar?"

Alay edercesine başını salladı. "Batın'a aldım da, onu göremeyince boşa gitmesin diye sana veriyorum işte!"

Dirseğimi karnına geçirdim ve kendime engel olamayarak kıkırdadım. Sırtını yasladığı duvardan beni baştan aşağı süzdü ve sırıttı. Üzerimde dizimin birkaç parmak altında biten koyu kırmızı bir elbise vardı ve pilates topu karnımla, güzel ya da daha ilerisi olmaktan çok uzak yerlerde yüzüyor hatta boğuluyordum!

Sırtını duvardan ayırıp yanıma gelmeye başladığını görünce ne yapacağımı bilemez bir halde etrafıma bakındım. Elini kalçama indirdi ve aramızdaki mesafeyi büyük ölçüde kapatarak yüzünü yüzüme yaklaştırdı. Burun uçlarımız birbirine değerken gözlerimi yumdum. Alnını alnıma bastırıp aramızdaki mesafeyi sıfıra indirdi ve dudaklarıma ulaştı. Ondan beklenilmeyecek kadar yavaşça öptü ve bu beni, daha da berbat bir hale soktu.

Geri çekilirken nefessiz kaldığımı hissettim. Bana yaklaştığı zaman nefesim kesiliyor ama benden uzaklaşırken de aynısı oluyordu.

"Çok özledim seni!"

Kadifemsi sesini kulağımın hemen kenarında hissettim. Bütün vücudum Kıvanç'tan gelen tepkilere aç gibilerdi ve herhangi bir tepki alınca da heyecandan garip şeyler yapıp beni zor durumda bırakıyorlardı. "Ben de öyle!" dedim, titrek çıkan sesimle. Sağ kolunu belime doladı ve bana sıkıca sarıldı. Başını boynuma gömüp orada soluklanırken, konuştu. "O dosyaların arasından hiç çıkamayacağımı sandım. Ama işte şimdi buradayım. Olmam gereken yerde!"

"Ben de burada olduğun için çok mutluyum Kıvanç."

Arkamıza doğru baktığını hissettim bu anda. Masayı gördüğü anda, "Neler hazırlamışsın böyle!" dedi. Ve tam bu anda, aklıma yıldırım hızıyla düşen fikirle heyecan atıldım. "Mumlar!"

Yüzüme anlamsız ifadelerle baktı önce. Açıklamaya giriştim. "Mumları evde unuttum, onları alıp geleceğim."

"Ne gerek var şimdi buna? Masada, romantizmi güçlendiren kırmızı mumlar olmadan da yemeklerimizi afiyetle yiyebiliriz," dediğinde çok saçma bir şey söylediği için yüzümü buruşturdum. "Yemekler için değil Kıvanç. Pastanın üzerindeki mumları unuttum!"

Doğum günü olduğunu daha yeni hatırlıyormuş gibi başını salladı. Gülümsedim. "Birazdan dönerim. Döndüğümde sana anlatacağım çok önemli şeyler var!"

"Benim de sana söylemem gereken bir şey var!" karşılığını verdiğinde, başımı salladım. Benimki kadar önemli olması imkânsızdı.

Arkamdan, "Pasta için de mumlara gerek yok Başak, hadi gel buraya! Hem daha seninle işim bitmedi ki! Doya doya öpemedim!" diye seslendiğini duydum ve elimde olmadan sırıttım. Benimle işinin bitmediğini bildiğimden kaçıyordum ya zaten. Mumlar bahanem olmuştu. Tek isteğim, üzerimdeki heyecanı biraz olsun atıp rahatlayabilmekti. Bunu başarabilmek içinse burada olmamam gerekiyordu.

Eve gireli epey uzun bir zaman olmuştu fakat ben hâlâ kendimi hazır hissetmiyordum. Nedenini bilmediğim bir huzursuzluk vardı içimde. Muhtemelen omuzlarımdaki bu ağır yükten bir an evvel kurtulmak istediğim için böyleydim.

"Sen hâlâ gitmedin mi Başak?"

Asude'nin sesini duyduğumda yavaşça döndüm. Tek kaşı havada ve elleri belindeydi. Derin bir iç geçirdim. "Gidiyorum şimdi."

Son bir kez daha aynadaki yansımama baktım. Suratım baştan aşağı kırmızı rengiyle bezenmişti, bunun dışında da göze batan bir şey yoktu zaten. Banyoda durduğum yaklaşık yarım saatlik zaman diliminde dişlerimi en az üç kez fırçalamıştım. Bununla kalmayıp makyajımı tazelemiştim ve maalesef ki yine hazırdım. Adımlarım beni banyonun dışarısına çıkardığında, derin nefesleri içime çekmeye çoktan başlamıştım. Bunlara ihtiyacım olacaktı az sonra.

Kapının önüne geldiğimde anahtarlığın üzerine koyduğum mumları elime aldım. Batın ve Asude, bana en içten dilekleriyle şans dilediler. Batın'ın gözlerindeki ışıltı ise, kesinlikle görülmeye değerdi. O kadar mutluydu ki şu anda, bunu anlatabilecek bir kelime henüz lügatta yoktu sanırım. Kıvanç'ın, Irmak'ı kabul edeceğine emindi ayrıca. *Keşke ben de onun kadar emin olabilseydim...*

Batın'ın çıkarken elime tutuşturduğu anahtarla kapıyı açtım. Böylelikle Kıvanç'ı da yormamış olacaktım. Ne de olsa sabahtan beri şirkette, işlerin başındaydı.

Kendimi içeri attıktan sonra serçe parmağımı halkasına doladığım anahtarlığı bir kenara bıraktım. Elimdeki mum paketini yemek masasının üzerinde bıraktım ve Kıvanç'ı görebilmek adına etrafa bakındım. Burada yoktu.

Muhtemelen odasındaydı beyefendi. "Kıvanç!" diye seslendim, odasının önüne vardığımda. Kapısı aralıktı. Başta tereddüt etsem de, ardından başımı hafifçe omzuma doğru kaydırdım. Kıvanç tam karşımda, sırtı bana dönük olacak şekilde dikiliyordu. Bu, şaşılacak bir şey değildi. Ağzımı bir karış açmamı sağlayacak bir şey de değildi!

Asıl beni şaşırtan, dilimi damağıma yapıştıran ve gözlerimin yuvalarından taşmasını sağlayan şey, çok başkaydı. Bambaşka!

Bel hizasına kadar uzanan siyah saçlarından tanıdığım kadarıyla Pelin'in, Kıvanç'ın kolları arasında olmasıydı. *Dip dibeydiler!* Ne yapmam gerektiğini bilmiyordum. Şu durumda yapabildiğim tek akıllıca şey, kapı pervazından destek almak oldu. Aksi takdirde dengemi sağlayamayabilirdim. Başım deli gibi dönmeye başlamıştı. Görüşüm bulanıklaşmış, nabız atışlarım da bir hayli artmıştı. Karnıma saplanan sancıyı da atlamamam gerekiyordu sanırım. Bunun iyi bir şeyin habercisi olmadığını tahmin edebiliyorum. Keskin bir acıydı!

Pelin'in eli, Kıvanç'ın sırtındaydı. Kıvanç'ın bedenini büyük bir arzuyla sımsıkı sarmıştı hatta uzun tırnakları Kıvanç'ın çıplak sırtına batıyordu. Bu sahnelere şahit olurken, bir de Kıvanç'ın suratını görmek istedim, gözlerinin içine bakıp *senden nefret ediyorum,* diye haykırabilmek için!

Ama sırtı bana dönüktü ve açıkçası şansımı zorlamak, istediklerim listesinde yer almıyordu. Buradan bir an önce çıkıp, ihanete uğramışlığın acısıyla baş başa kalmak istiyordum. Yüreğimde körüklenen acının dinmesi için uyumayı ve belki bir daha hiç uyanmamayı istiyordum. Ve en önemlisi de, bu denli bahtsız bir kız olduğum için ölmeyi istiyordum. Bugün için neler ummuşken, ne bulmuştum!

Sadece birkaç dakika sonra şimdiki yaptığını yapsa, hiçbir sorun kalmayacaktı belki de. Ben her şeyi itiraf etmiş olacaktım ve üzerimde taşımakta yükümlü olduğum bu ağır bir yük olmayacaktı. Ama lanet olası, yine bütün planlarımı altüst etmişti! Karşısına geçip kızımın babası olduğu için utandığımı söylemek isterdim ama gözlerimden akan yaşlar var olduğu sürece karşısında olmamak en iyisiydi. Güçsüz olduğumu kanıtlamak istemiyordum ki ben! Her şeye rağmen kızım için ayakta durmam gerekiyordu.

Peki, şimdi ne yapmam gerekiyordu o zaman? Kızımın iyiliği için böylesine sorumsuz olan babasını ondan bir ömür boyu saklayacak bir karar mı almalıydım, yoksa şahit olduğum bu manzaraya rağmen yine de bir kızı olacağını ona söylemeli miydim?

Maalesef ki bilmeye hakkı vardı. Hem kabusumun bir gün gerçekleşmesini istemezdim, öyle değil mi? Kızımın bana, babasının nerede olduğunu sormasını istemezdim. Kesinlikle!

Az önce şahit olduğum o iğrenç sahneye rağmen kızım için döndüm. Sadece onun için!

Bu sırada Kıvanç'ın elleri de beni kolumdan yakalamıştı. Hangi ara yanıma geldiğini bilmiyordum ama kaçmamı engellemek istercesine tutmuştu beni. Yüzüne bakmadım. Oysa ne hayaller kurmuştum ben bugünle ilgili... Ona baba olacağını söylerken mavilerinin içine aşkla bakacağımı düşünüp durmuş hatta kendi kendime bunun üzerinde alıştırmalar bile yapmıştım. Ama şimdi bulunduğumuz durum tam bir felaketti!

"Başak! Ne gördün bilmiyorum ama bana inanman gerek. Yemin ederim ki suçsuzum!"

Söylediklerini duymazdan gelerek konuşmaya başladım. "Açıklamanla ilgilenmiyorum. Sadece sus ve benim söyleyeceğim şeyi dinle!"

"Başak, lütfen!" Gözlerindeki ısrar beni mahvediyordu. Neyin açıklamasını yapıyordu ki bana? Görmüştüm işte onları! Pelin'i öpüyordu. Üstelik üstü çıplaktı! Şu durumda neyin bir açıklaması olabilirdi ki?

Patlama noktasına geldiğimi hissederek gözyaşlarıma süzülme iznini verdim. İşaret parmağımla tam arkasındaki masayı gösterdim. "Şuraya bir bak, Kıvanç! Senin için, bugün için ne kadar emek var orada, görüyor musun?" diye bağırdım. "Ve sen hepsini bir kalemde harcadın! Şahit olduğum bu manzaradan sonra, sana nasıl inanmamı bekliyorsun?"

Kıvanç'tan bir cevap bekliyordum ki, Pelin araya atıldı. Bozulan saçlarını omuzlarının arkasına attı. "Demek ki Kıvanç'ı eğlendiremiyorsun Başak. Bari aradan çekil de, başarabilenlere yol açılsın!" Gözlerindeki nefret kusan ifade, direkt karnıma doğru yönelmişti. Kıvanç'ın kızını taşıdığımı bildiği içindi bu nefret dolu bakışlar.

"Merak etme. Söyleyeceklerimi söyleyip sana yolunu açacağım!" dediğimde kaşlarını çattı. Her şeyi itiraf edeceğimi anlamıştı ve bu, daha da nefretle bakmasına neden oldu. Evet. Kıvanç'a baba olacağını söyleyecektim ama biz hiçbir şekilde bir aile olmayacaktık. Az önce gördüklerimle, Kıvanç'a güvenmemem gerektiği gerçeği bir kez daha suratıma bir tokat gibi inmişti çünkü. Bu saatten sonra bana yaklaşmasına bir daha asla izin vermezdim. Kızını kabul edecek olursa, onu istediği zaman görebilir, onunla vakit geçirebilirdi. Ama benimle asla!

"Kapa çeneni Pelin!" Kıvanç kükredi ve Pelin, korkmuş olacak ki, iki adım kadar geri çekildi. Kıvanç'sa tekrar bana döndü. "Başak, dinle beni!" Neden ona inanmak istiyordum ki? Neden kalbim hâlâ, *belki de doğru söylüyordur,* tarzında sakin sakin atıyordu? Neden yanaklarından süzülen yaşlar, kalbimi acıtıyordu?

Dudaklarımı gerçekleri söylemek amacıyla araladım. Bir kızı olacağını söyleyip, hemen ardından çekip gidecektim, vereceği tepkiyi dâhi beklemeden uzaklaşacaktım buradan. Evet, planım buydu.

"Kıvanç," dedim, kurumuş dudaklarımı araladığımda. Pelin'in bana küçümser bakışlarla baktığını görsem de aldırış etmedim. Kıvanç'ın Irmak'ı kabul etmeyeceğinden adı gibi emin, omuzları dik bir şekilde izliyordu bizi. Büyük bir keyif aldığı ortadaydı. Eğer burada olmasaydı belki ben de Kıvanç'a gerçekleri söylerken büyük bir keyif alacaktım. Ama her şeyi mahvetmişti. Şu anda hissettiğim tek şey, ihanete uğramışlığın acı sarsıntısıydı.

"Irmak..." diye söze başlayacak oldum ama dakikalardır içimde hafiften baş göstermeye başlayan sancı bir anda şiddetlendi. Son iki ya da üç aydır, sık sık kasılmalarım oluyordu ama böylesini hiç yaşamamıştım. *Olduğum yere mıhlanmamı sağlayacak kadar keskin bir sancıydı!*

Elimi karnıma götürdüm. Bu sürekli yaşadığım kasılmalardan biri değildi. Karnımın içerisinde bir şeyler dönüyor ve sanki dönen bu sert cisimler, her tur atışlarında büyük bir şiddetle karnıma vuruyorlardı. Dayanılması güç bir duruma geldiğinde sırtımı arkamdaki duvara yaslayıp gözlerimi yumdum. Her şeyin yolunda olduğuna kendimi inandıracak şeyler mırıldandım. Fakat gözlerimi açtığımda hiçbir şeyin yolunda olmadığını görebiliyordum. Ağrım geçmemiş, daha da kötüsü şiddetlenmişti.

Gözlerimden aşağı süzülen yaşları silme gereği duymadan başımı kaldırdım. Kıvanç'la göz göze geldiğimizde, bakışlarında gözle görülür bir endişeyi barındırıyordu sanki. Ne olduğunu anlamak istercesine bakıyordu. Ellerimi yumruk yaptım ve sanki yumruklarımdan güç alıyormuşum gibi tırnaklarımı daha da derine batırdım. Karnımdaki keskin acıdan dolayı tırnaklarımın acısını hissetmiyordum bile. Kendimi son bir kere daha sıktım. Konuşmam gerekiyordu, susamazdım artık!

"Kıvanç..." diye başladım söze. Ama bana bakmıyordu bile. Üzerine askılıktan bulduğu bir gömleği geçirdi ve düğmelerini iliklemekle uğraşmadı. Ne yapmaya çalıştığını anlamak istercesine suratına baktım. Yanıma gelip ellerimi tuttu. "Seni yetiştireceğim, tamam mı? Korkma sakın!"

Evet, artık bunun doğum sancısı olduğuna emindim. Kıvanç bile böyle düşünüyorsa, demek ki gerçekten de bu sancılar, saatler sonra Irmak'ı kucağıma alacağımın sinyalleriydi.

"Irmak senin..."

"Yorma kendini Başak!" diyerek, zar zor başladığım sözümü kesti. Ardından parmaklarımı dudaklarına götürdü ve tek tek öptü. "Arabanın anahtarını alıp geliyorum. Hemen döneceğim!"

Tek bir söz söylememe fırsat tanımadan koştu. Söylemem gereken şeyleri söyleyememiş olmanın verdiği rahatsızlık, sancılarımın daha da artmasına neden oldu. Acımdan kıvranacak hale geldim. Kıvanç'ın şimdiye kadar gelmiş olması gerekirdi ama her zamanki gibi anahtarlarını nereye koyduğunu hatırlamıyordu muhtemelen. Ve benim de, dayanacak gücüm kalmamıştı. Her an her şey olabilirdi ve bu durumda Kıvanç'ı bekleyemezdim. Kızım için bir şeyler yapmam gerekiyordu. Sırtımı, dakikalardır bana destek olan duvardan ayırdım ilk iş olarak.

Duvarlardan destek alarak kapının önüne kadar varmıştım. Kıvanç'ın, "Kahretsin! Nerede bu anahtarlar?" bağırışını duyabiliyordum.

Ben acımdan kıvranırken, Pelin binbir eziyetlerle hazırladığım sonraya oturmuş, yemekleri tatmaya başlamıştı bile. Kıvanç'la birlikte oturmamız gereken o güzelim masaya Pelin oturmuştu! Kırk yıl düşünsem böyle olacağı aklımın ucundan dâhi geçmezdi.

"Kabul et Başak, Kıvanç'ın o bebeği kabulleneceğini düşünmen büyük bir aptallıktı."

Ağzımı açıp dilimini ucuna kadar gelen küfürleri sıralamak istiyordum. Ama şu anda yapmam gereken en son şeydi bu. Buradan bir an önce çıkmalıydım. Yapmam gereken tek şey, karşı daireye kadar yürümekti sadece. Yapabilirdim!

"Daha şimdiden Kıvanç'ın dudaklarını özledim. Senin şu lanet olası kızın yüzünden ikimiz de bu zevkten mahrum kalıyoruz!" Ardından söylediği şeylerden sonra ise, neredeyse küçük dilimi yutacaktım. "Araba anahtarlarının klozetin derinliklerinde olduğunu biliyor muydun Başak? Yanlışlıkla elimden düşürdüm de az önce. Umarım Kıvanç'ın aklına, oraya bakmak gelir."

Duyduğum şeyler, sancılarımı daha da şiddetlendirirken nihayet kapı kolunu aşağı doğru indirebilmiştim. Bacaklarım beni ayakta tutamayacak kadar ağırlaşmışlardı. Her an yere yığılabilirdim ama kapıyla aramda sadece üç adımcık mesafe kalmışken olmazdı. Güçsüz yumruklarımla kapıya vurmaya başladım. Kesik çıkan sesimle "Asu!" diye bağırmayı denedim ama sesim de yumruklarım kadar güçsüzdü. "Batın!"

Ya beni duyamayacakları kadar meşguldüler ya da ben sesimi duyuramıyordum. En sonunda bacaklarıma itaat edercesine yere yığıldım. Ve ancak o zaman bacaklarıma kadar inen şeffaf renkli sıvıyı fark edebildim. Lanet olsun! Hemen şimdi hastanede olmam ve doğuma alınmam gerekiyordu. Ama ben hâlâ umutsuzca beni götürecek birini arıyordum. Bu kadar mı sahipsizdim?

Bir zaman sonra başım, paspasa düştü. Dudaklarım titriyor ve her bir titreyişte dişlerim sarsılıyordu. Hiç bu kadar korktuğum bir an olmamıştı. Irmak'ı kaybetme korkusuyla karşı karşıyaydım. Kıvanç'ın Irmak'ı öğrenmesinden çok daha önemli bir konuydu bu!

Irmak doğduktan sonra da Kıvanç ondan haberdar olabilirdi. Ama Irmak'a bir şey olursa bir daha böyle bir ihtimal kalmazdı bile. Bense, Kıvanç'a hayatı dar ederdim o zaman. Onun yüzünden bu haldeyim çünkü. Daha doğuma iki hafta vardı normalde ama birkaç dakika önce gördüğüm iğrenç manzara yüzünden sancılanmıştım. Hepsi onun yüzündendi!

Umudumu kaybettiğim şu saniyelerde, yaşlar gözlerimden dolu gibi akıyordu. Paspasımızın belirli bir yüzeyi epey ıslanmıştı. Benim tuzlu gözyaşlarımla...

"Başak!"

Başımı kaldırmak için çabalasam da, başarılı olamadım. Sarp'ın sesi hiç böylesine huzur verici olmamıştı benim için. Günlerdir gelmiyordu ama bundan daha iyi bir zamanlama olamazdı!

"Sarp..."

Kendi sesimi ben bile duyamadım ama bunun bir önemi yoktu. Yanıma eğildiğini uçları kıvrılan spor ayakkabıları sayesinde anladım. "Ne oldu sana böyle?" derken sesi dehşet vericiydi. Korkmuş muydu? Muhtemelen.

"Tamam, sakin ol!" deyip beni tek bir hamlede kucakladı. Başımı omzuna yasladım ve beni nasıl taşıyabileceğine kafa yormaya başladım. Bana kalırsa, taşınamayacak kadar ağırdım. Bir elini dizlerimin altına yerleştirdi, diğerini de boynumun hemen altına. Ona sıkı sıkı sarıldım ve gözyaşlarımın geri kalanını omzuna akıtmakta bir zarar görmedim. Asansöre yönelmediğini fark ettiğimde kaşlarımı çattım. Cevap gecikmedi. "Asansör bozukmuş. Yürüyerek çıkmıştım az önce."

Beş katı, kucağında ben varken nasıl inmeyi düşünüyordu ki? Bu, bana göre imkânsızdı. Peki, başka şansımız var mıydı? Maalesef ki, hayır. Ona güvenmekten başka şansa sahip değildim. Bu yüzden ona daha sıkı sarıldım.

Kıvanç'ın sesi arkamızda yankılandığında istemsizce ona çevrildi başım. Uçsuz bucaksız bir deniz kadar mavi gözlerini, derin bir hüzün perdesi kaplamıştı sanki. *Sarp'ın yerinde olmayı isterdim,* der gibi bakıyordu. Hepsi onun suçuydu!

Sarp'ın sesi, beni kendime getirdi. Kıvanç'a, "Asude'yle Batın'a haber ver. Aşağıda olsunlar bir an önce!" diye seslendi.

Kıvanç başını salladı ama robottan farkı yoktu. Gözleri buğuluydu, bakışları ise derin... Sarp'ın adımları, bir an sonra bizi birbirimizden uzaklaştırdı. Bu uzaklık sancılarımı körüklerken, çığlık atmamak için tırnaklarımı Sarp'ın sırtına bastırdım. Dişlerim de dudaklarımı kemirme görevi görüyordu bu sırada. Sarp'ın alnında biriken terleri elimin tersiyle sildim ve kulağına, "Bu iyiliğini hiç unutmayacağım Sarp!" diye mırıldandım. Her zaman, yardıma en muhtaç olduğum anda karşımda beliriveriyordu. *Hızır gibi.* İyi ki vardı!

Gülümsediğini gördüm ve sonra, büyük uğraşlarla arabasının arka kapısını açtı ve beni koltuğa yerleştirdi. Kapıyı kapatıp kendi koltuğuna koşarken, yeni fark ettiğim bir gerçek, beni hem şaşırttı hem de burukça gülümsetti. Normalde tesadüflere inanmayan ben, bu gerçek karşısında afalladım.

Bugün Şubat ayının 24'üydü. Asude ve Batın bu gece inatlarından vazgeçip bir araya gelmişlerdi. Sonra, Kıvanç'ın doğum günüydü bugün. Ve belki, saatler sonra kızımın da doğum günü olacaktı.

24 Şubat'ın anlamı böyle giderse katlanarak artacaktı. Ama şüphesiz en önemli anlamı, kızımın doğduğu günün tarihi olması olacaktı benim açımdan. Onu kucağıma aldığım ilk gün olması...

24. Bölüm

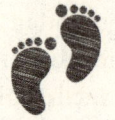

Mektup

Asude'den

Başak dizlerimin üzerinde aralıklarla inliyor, arada bir attığı kesik kesik çığlıklar da inlemelerine eşlik ediyordu. Terden sırılsıklam olan saçlarını okşayarak, her şeyin yoluna gireceğini mırıldanıyordum ama buna ne kadar inandığımı ben bile bilmiyordum. "Daha hızlı sürsene Sarp!" Başak'ın çığlığını bastıracak kadar yüksek bir sesle bağırdım.

Sarp, direksiyonu daha sıkı kavradı, parmak boğumlarının bembeyaz oluşundan anlıyordum bunu. "Elimden geleni yapıyorum Asu! Trafiği görmüyor musun?" diye bağırmasıyla afalladım. Sarp'ın ilk defa sesini böylesine yükselttiğine şahit oluyordum. Gözlerinin altı kızarıktı. Başak için endişelendiği her halinden belliydi.

Başak bir kez daha inleyip kucağımda kıpırdandı. Saçlarını okşadım. "Geçecek bir tanem. Dayan, az kaldı güzelim."

Dakikalar sonra hastaneye ulaşabildiğimizde Batın, kapımızı sert sayılabilecek bir hareketle açtı. Sarp da akıllıca davranıp doktorları çağırmıştı. Beyaz önlüklü birkaç doktor yanımıza gelirken biraz da olsa rahatladığımı hissettim. Ensemdeki ürperti kaybolmuştu mesela.

Başak'ı mümkün olduğunca dikkatle sedyeye yatırdılar. Geç kalmadığımızı umarak peşinden koştum. Sedyenin yanına vardım ve Başak'ın eline yapıştım. Elini dudaklarıma götürdüm ve üst üste birkaç kez öptüm. Yarı uyanıktı. Gözlerini aralamaya çalışıyor ama her denemesinde *çektiği acıdan olsa gerek-* başarısız oluyordu. Söylediklerimi algılamasını umarak, "Her şey yolunda hayatım. Sadece birkaç saat sonra Irmak'ı kucağına alacaksın, tamam mı?" dedim, güçlü tutmaya özen gösterdiğim sesimle. Ellerimiz ayrıldığında, doktorlar hızlı adımlarla Başak'ı benden uzaklaştırıyorlardı. Elimde olsa doğumda bile onu yalnız bırakmaz, elini tutup yanında olurdum!

Aramızda gitgide artan mesafe boğazıma koca bir yumrunun oturmasına neden oldu. Yutkunmaya çalıştım ama başarısız oldum. Ve kendimi, çaresiz bir halde yere bıraktım. Başak'ın yanımdan uzaklaşırkenki hali gözlerimin önüne geldi sonra. Dudaklarında buruk bir gülümsemenin belirtisi olan hafif bir kıvrılma belirmişti o anda. Sırf bu buruk gülümseme için bile Kıvanç'ı öldürebilirdim. Evet, bunu aklımın bir köşesinde tutmak en iyisiydi. En gözde köşesinde!

Bir saat...

Akrep yelkovanın üzerinde bir tam dönüşünü tamamlamıştı. Ama Başak'tan hâlâ haber yoktu. Bu kadar uzun sürmesinin doğal olup olmadığından bile habersizdim. Doğumunda son haftaya yaklaşırken bu konuda araştırma yapmayı aklıma koymuştum ama normal şartlarda Irmak'ın doğumuna daha iki hafta vardı. Ama Kıvanç faktörü yine kendisini belli etmiş ve her şeyi darmaduman etmişti. Ama bunun yanına kalacağını sanıyorsa yanıldığını bilmeliydi!

Batın'dan olanları dinlemiştim. Kıvanç'tan öğrendiklerini bana da anlatmıştı. Bir saat öncesinde Başak'la Kıvanç'ın evde yalnız olmadıklarını öğrenmiştim mesela. *Bir kız... Ve en önemlisi de, kızın adının Pelin olduğu...* Bu ismi hafızama kazımıştım ki zaten önceden de duyduğum bir isimdi... Fakat unutmamak adına beynime hapsettiğim bu bilginin üzerini sıkı ve güvenilir bir kilitle kapamıştım. İlerleyen zamanlarda işime yarayacak bir bilgiydi. Pelin'in nasıl bir kız olduğunu zamanında Başak'tan öğrenmiştim. O zaman da arkadaşımı üzmüştü. Ve nedense, bu akşam orada olmasının da bir tesadüf olmadığına emindim. Bir amacı vardı muhakkak. Her şeyi mahvetmek gibi!

Ancak birkaç saniye sonra başımı kaldırabildiğimde Sarp'ın yanımdaki varlığını hissedebildim. Kendimi zorlayarak gülümsemeye çalıştım. *O olmasaydı Başak çok daha kötü bir halde olabilirdi.* Beynimin içinde sürekli aynı fikir dolanıp duruyordu. Sahiden o olmasaydı ne olacaktı? Terasta Batın'la yediğimiz yemek yüzünden Başak'ın haykırışlarını duyamamış ve bize en ihtiyacı olduğu zamanda yanında olamamıştık. Ama Sarp yine hızır edasıyla koşmuştu. Âdeta bir *superman*'di. Başak'ın Kıvanç'a aldığı superman tişörtünün asıl sahibi kesinlikle Sarp olmalıydı, Kıvanç değil!

Kıvanç'ın tam da bu anda görüş alanıma girmesiyle ellerim titremeye başladı. Hiddetle ayağa kalktım. Yakalarından tuttuğum gibi sırtını duvara yapıştırdım. Normal bir zamanda bunu elbette ki yapamazdım. Ama şu an öylesine tepkisiz gözüküyordu ki, onu boğmaya kalkışsam bile kılını kıpırdatmayacak gibiydi. "Eğer Başak'a ya da Irmak'a bir zarar gelecek olursa seni öldürürüm!"

"Öyle bir şey olursa, senin yapmana gerek kalmadan ben kendimi öldürürüm zaten. Merak etme sen!"

Söylediklerinin yalandan ibaret olduğunu anlayabilecek kadar gerçekçi bir insandım. "Karşında çocuk mu var senin? Kimi kandırdığını zannediyorsun sen?"

"Emin ol, seni kandırmaktan çok daha önemli işlerim var Asude!" deyip yakalarındaki ellerimi lanetliymiş gibi üzerinden silkeleyip uzaklaştırdı. Sonra hemen arkamızda duran Batın'a döndü ve cebinden çıkardığı beyaz zarfı uzattı. "Bunu Başak'a ver!" Sonra da hızlı adımlarla yanımızdan uzaklaştı.

Batın, peşinden gitmek için hareketlendiğinde karşısına geçip onu durdurdum. Gözümle elindeki zarfı işaret ettim. "Önce şunu ver bana!"

Küçük bir çocuktan şeker saklayan bir ebeveyn havasına bürünüp zarfı geri çekti. İç cebine sıkıştırdı ve öfkeli bir sesle, "Çekil önümden Asu! Bu son şansımız olabilir!" dediğinde çekilmek yerine gözlerimi kısarak bakmayı tercih ettim.

"Hangi konudaki son şansımız?"

"Kıvanç'ın Irmak'ı öğrenmesindeki son şansımız!"

Tıslar gibi söylediği sözler üzerine kısa bir süre için düşündüm. Ben düşüncelerimle boğuşurken, *doğumhane* yazılı kısmın çift kanatlı kapısı açıldı. Heyecanla oraya döndüm, Batın'ı da dürtmeyi ihmal etmedim. Bir hemşirenin kucağında pembe battaniyeye sarılı bir bebek vardı. Yani... Bu Irmak mıydı şimdi? Başak'ın bütün zorluklara göğüs gererek dünyaya getirdiği Irmak?

Yeğenimi kucağıma almayı her şeyden çok istiyordum ama şimdi daha önemli bir konu vardı. Başak neredeydi? Onu ne zaman görebilecektim? Var gücümle koştum. Hemşirenin önüne geçtiğimde, nefes nefese kalmıştım. "Başak... O iyi mi?" Aldığım cevap kısık bir gülümseme olmuştu. "Annemiz de, bebeğimiz de gayet iyi. Zor bir doğum oldu ama ikisi de bunu atlatabilecek kadar güçlüydü," dediğinde hayatımda hiç olmadığı kadar mutlu hissetmiştim kendimi. Ve huzurlu...

"Ne zaman görebilirim peki?"

"Odaya çıkaracağız. Siz de birazdan görebilirsiniz."

Teşekkür edercesine başımı hafifçe eğdim. Gülümsedi ve telaşla hızlı ama dikkatli adımlar atarak yanımdan uzaklaştı. Arkasından minnet dolu gözlerle bakarken, *nasıl olur da Irmak'a bakmak aklıma gelmedi* diye yakındım. Fakat sonradan onu ilk gören kişinin Başak olması gerektiğine kendimi inandırarak rahatladım. Bunca sıkıntıya göğüs germişti ve kızını ilk gören de o olmalıydı!

Başak'tan

Yoğun baş ağrıma direnerek gözlerimi aralamaya çalıştım. Bunu başardıktan hemen sonra da, birkaç kez gözlerimi kırpıştırıp görüşümü netleştirmeye çalıştım. Klasik hastane kokusu burun deliklerimden içeri girip algılayabileceğim bir noktaya geldiğinde burnumu kırıştırdım. En son hatırladığım şey, ıkınmaya çalışıyor olduğumdu. Ve daha da önemlisi, bir bebeğin ağlama sesi.

Benim bebeğimin... Benim kızımın...

Düşüncesi bile aptalca sırıtmama yetmişti. Aylardır yaşadığım bütün olumsuzluklara rağmen kızımın dünyaya gelişi, bana âdeta ilaç gibi gelmişti. Daha onu görmemiş olmama rağmen hem de!

Yan tarafımda bir hareketlenme olunca başımı o yöne çevirdim. Asude'yi kocaman bir sırıtışla karşımda bulunca içimi kocaman bir mutluluk kaplamıştı. Yanımda olan, bir elin parmaklarını geçmeyecek kadar az insanı kaybetmek istemiyordum ve Asude de bu listenin en başında gelen isimdi. Bu dünyada gözüm kapalı güvenebileceğim ve bana benden bile daha yakın olan tek insandı.

"Nasılmış bakalım minik annemiz?" deyip yanıma oturdu ve ellerimi avuçlarının arasına aldı. Gözleri balon gibi şişmişti. Bu, çok ağladığının, çok sinirlendiğinin ya da büyük bir stres yaşadığının belirtisiydi. Bu seçeneklerin üçünün birden gerçekleşme olasılığı da vardı tabii.

"İyiyim. Sadece biraz... Başım ağrıyor," dedim. "Her neyse. Ne zaman kızımı göreceğim ben?"

Gülümsedi ve "Birazdan getirirler," dedi güven verircesine.

Derin bir iç çektim. Daha fazla sabredebileceğimi sanmıyordum. Bir an önce kızımı görmek, onunla tanışmak istiyordum! Aylardır karnımda olan ve beni sık sık tekmeleyen yaramaz kızımın burnunu da ısırmak istiyordum mesela. Ya da... Dudaklarımı minik ellerinin üzerinde gezdirip, parmak boğumlarını tek tek öpebilmeyi ve daha nicesini...

"Sen gördün mü peki?" diye sordum merakla.

"Hayır," diye cevapladı beni. "İlk sen gör istedim. Doğrusu buydu çünkü. Sen de böyle olmasını isterdin, yanılıyor muyum?"

Yeryüzünde, beni bu kadar iyi tanıyan bir başka insan daha yoktu kesinlikle! "Hayır, yanılmıyorsun."

Kapının açıldığını fark ederek yerimde doğrulmaya çalıştım. İçeri bir oda dolusu insan girmişti ama hâlâ görmeyi beklediğim insan ortalıkta yoktu. Zaten olmasını beklemem başlı başına bir hataydı. Kendime geldiğimden beri, Kıvanç'ı düşünmemek adına büyük bir çaba sarf ediyordum ama direnişim buraya kadardı anlaşılan.

Selim, elindeki çiçekleri kucağıma bıraktı ve bir adım geri çıkarak beni süzdü. "Karnın biraz inmiş..."

Kaşlarımı çattım. *Korkunun ecele faydası yok* lafını kendime hatırlattım ve kısa bir süre içerisinde elimi karnıma götürdüm. Birkaç saat önceki şişliği yoktu tabii ki. Ama yine de, hamile kalmamdan önceki kadar da inik değildi. Buna rağmen hamileliğimde sürekli yakındığım, hatta pilates topuna benzettiğim karnımı içten içe özlediğimi de hissettim. *Evet, daha şimdiden özlemiştim!* *Kızımı okşayabilmeyi, onunla konuşabilmeyi hatta belki de ondan sert tekmeler yiyebilmeyi...*

Odadaki varlığını şimdi fark ettiğim Batın'ın, yüzündeki gülümseme aldatıcıydı. Burukça gülümsüyordu. Barizdi, hoşuma gitmeyecek türde şeyler olmuştu yine. Bakışlarımı, süratle ondan kaçırdım. Teyzeme ve Nazan teyzeye bakınca duraksadım; ikisinin de gözlerindeki mutluluk parıltılarına doya doya bakmak istedim. Önce teyzemle, onun ardından da Nazan teyzeyle kucaklaştım. Birkaç saat içinde Kemal amcanın da yanımda olacağını öğrendiğimde, sırıtışım yüzümde genişledi. Babam gibiydi o ve babam yokken onun yanımda olması üzüntümü biraz olsun azaltırdı.

Bu sırada Sarp, elindeki çiçekle karşımda dikilmiş, bana tebessüm ederek bakıyordu. Burada olmamı, dolayısıyla da benim ve kızımın hayatını ona borçluydum. Onun sayesindeydi! Yanıma oturdu ve elimi avuçlarının arasına aldı. Mavi gözlerinde derin bir yorgunluk saklıydı. Beni beklerken her açıdan yorulduğunu düşündüm sonra. Onu endişelendirmiş olmalıydım.

"İyisin, değil mi?"

Ses tonu bile yorgun oluşunun izlerini taşıyordu. Bütün direnci tek bir saatte vakumla çekilmiş gibiydi. Nasıl böyle bir hale geldiğini merak ettim. Bu kadar mı çok endişelendirmiştim? Gözlerimi odadaki herkesin üzerinde tek tek gezdirdim. Ve çıkardığım tek sonuç, yaşayan bir ölüden farksız oluşlarıydı. Onlar bu haldeyken, benim bu halde olmama sebep olan Kıvanç'tan eser yoktu! Belki ne durumda olduğumu bile merak etmiyordu. Evet, eğer merak etseydi burada, yanımda olurdu. Bebeğimizi kucağıma almaya yaklaştığım şu dakikalarda beni yalnız bırakmazdı!

Ama tam da böyle yapmıştı işte. Yine ona en ihtiyaç duyduğum zamanda yanımda yoktu, ortadan kayboluvermişti. Buna bünyemin artık alışması gerekliydi ama alışmamakta kuvvetli bir direnç ortaya koyuyordu.

Kendimi gülümsemek için tekrar zorladım. Ama bu düşünceler beynimde dolanırken gülümsemek, dışarı çıkarılan macunun tekrar tüpüne yerleştirilmesi kadar imkânsızdı. "İyiyim Sarp. Ve sana nasıl teşekkür etmem gerektiğini bilmiyorum. Eğer sen olmasaydın..."

"Boş ver bunları," dedi suratında beliren sert bir ifadeyle. Sanki aklında kötü görüntüler belirmiş gibi başını sağa sola sallayıp kurtulmaya çalıştı. "Sen iyisin ya, başka hiçbir şeyin önemi yok benim için."

Bu kelimelerin her biri sırasıyla ruhuma işledi. Tenimde oluşan büyük ürpertiden dolayı tüylerimin diken diken olduklarını hissettim. Böylesine etkileyici konuşabilmeyi nasıl başardığına dair bir fikrim yoktu, tek bildiğim iyi hissettirdiğiydi.

Gözlerim Asude'yle buluştuğunda gülümseyerek ayağa kalktı. Elinde kırmızı kurdeleli bir toka olduğunu fark etmiştim. Hani şu, yeni doğum yapan annelerin başına takılanlardan... Yanıma geldiğinde elindeki kurdele biçimindeki saç bandını açtı. Saçlarımın arkasına ulaşıp orada ufak bir düğüm yaptı. Birkaç adım geri çekildi ve beni bakışlarıyla süzgeçten geçirdi, sonra da memnuniyetle gülümsedi. Nasıl göründüğümü merak ediyordum.

Tam ben, "Kızım nerede?" diye sızlanmaya başlayacağım sırada odanın kapısı açıldı. İçimi kaplayan büyük bir heyecanla öne doğru atıldım. Doktorumun, kucağında kızımı taşıyan hemşireyle birlikte içeri girdiğini gördüğümde nefesimin kesildiğini hissettim. Boğazıma, ne kadar yutkunursam yutkunayım geçmeyeceğine emin olduğum koca bir yumru oturdu... O kadar heyecanlanmıştım ki, duygularımı kelimelerle izah etmek hiç böylesine zor gelmemişti. Daha dünyaya geleli bir ya da taş çatlasa iki saat olmuş bir kız bebek vardı karşımda. Ve bu bebeği ben doğurmuştum. Onun annesi bendim!

Ah, bunları düşünmek bile nabız atışlarımın hiç olmadığı kadar artmasına yol açıyordu. Kan beynime ulaşmıyordu sanki! Görüşüm bulanıklaşmıştı. Onunla ilk karşılaşmamızı hep hayal etmeye çalışmıştım ama hiç hayallerimdeki gibi değildi. Hayallerimde böylesine heyecanlanmıyordum mesela. Ya da böylesine korkmuyordum... Evet, hayallerimin aksine şimdi korkuyordum. Ona layık olmayı beceremezsem diye! Her zaman olduğu gibi yine Asude mi yardımıma koşacaktı yani? Ah, hayır. Sonuçta onun da bir hayatı vardı ve dolayısıyla ona bağımlı olamazdım. Bir şekilde kimseye bağımlı olmadan, kendi ayaklarımın üzerinde durmamın vakti gelmişti artık. Asude, Batın, Sarp ya da en önemlisi kızımın babası -*adını bile anasım gelmiyordu açıkçası*- olmadan...

Evet, bunu başarabilirdim. İhtiyacım olan tek şey, bebeğimi kucağıma almaktı, o kadar. Bebeklerin kokularına bayılırdım ve her zaman büyüleyici bir etkiye sahip olduğunu düşünürdüm. Benim kızımın kokusu da beni büyüleyecek ve ben, büyük bir güç depolayacaktım. Kendisi gibi, kokusu da benim özel ilacım olacaktı.

Doktorum Gülşen Hanım gülümsedi ve beni baştan aşağı inceledikten hemen sonra konuşmaya başladı. "Tebrik ederim Başakçığım.

Güzeller güzeli bir kızın oldu sonunda! İnan, ben bile o kadar heyecanlıyım ki, seni daha fazla bekletmemek en iyisi olur sanırım."

Gözüyle genç hemşireye işaretini verdi ve hemşire de başını sallayarak onayladı. Kucağındaki minicik şeyi, benim kucağıma bırakırken neredeyse hıçkırarak ağlayacaktım. Dudaklarımı kemirmeseydim tabii! Dişlerimi her ihtimale karşı dudaklarımın üzerinden çekmedim. Hıçkırıklara boğulmak istemiyordum. Sadece kızıma sarılıp, kulağına onu ne kadar sevdiğimi ve ne olursa olsun onu asla bırakmayacağımı fısıldamak istiyordum.

Bütün dikkatimi, saniyeler öncesinde kollarımın arasında bırakılan kızıma verdim. Gözlerimden aşağı birkaç damla yaş süzülüp giderken, boğazım düğümlendi. Ah o kadar minik elleri vardı ki, onları tutarken hassas olmaya özen gösterdim. Bu ona, ilk dokunuşumdu ve bu gerçekten büyüleyiciydi! Ya kokusu? Ah, bunu anlatmaya kelimeler yetmezdi! Huzur kokuyordu bir kere. Mutluluk, güzel yarınlar, gülücükler kokuyordu kızım! Minik öpücüklerimi minik avucuna doğru yönelttim sonra. Pespembe bir teni vardı. *Minik yanakları, dudakları, burnu, parmakları, avuç içleri...* Her bir pembesini ayrı ayrı öptüm. Karşılık olarak huysuzlansa da, bir an olsun ara vermeyip öpücüklerimden nasiplenmesini sağladım. Aylarca beklemiştim ben onu! Geleceği günün, yeniden doğuşumun günü olacağını düşlemiştim hep. Evet, bugün ben kızımın babası gibi mavi olan gözlerini görüp, yeniden doğmuştum!

"Biraz da ben seveyim şu çirkini ya!"

Asude'nin tepemde cırlamasıyla sırıttım. Ne kadar heyecanlı olduğunu anlayabiliyordum. Ama kızımı bir saniye bile yanımdan ayırmak istemiyordum ki! Ama Asude'nin beni anlamayacağını bildiğimden mecbur bir şekilde başımı salladım. Irmak'ı dikkatlice yukarı kaldırdım ve teyzesinin kollarıyla tanışmasına yardımcı oldum. Kızım teyzesinin kollarında o kadar minik gözüküyordu ki! Odadaki herkes -*Batın hariç*- bebeğime odaklanmış durumdaydı. Hiçbiri çıtını çıkarmadan hayran hayran izliyordu kızımı. Odadaki tek ses, teyzemin hızlı hızlı "Aman nazar değmesin! Tü tü tü!" deyişiydi. Suratımdaki tebessüm eşliğinde onları izledikten sonra Batın'a çevirdim gözlerimi. Bu konuşmadan kaçışım olmayacağı için bunu bir an önce yapmak en iyisiydi.

Yanıma oturmasını işaret ettim. O da dediğimi yaparak oturdu. Ela gözlerini dolduran büyük bir hüzün dalgası vardı, bunu görmemek için kör olmak gerekirdi. Boğazımı temizleyip bana bakmasını sağladım. Gözlerini boşluktan ayırıp benim gözlerimle buluşturdu. İşte o anda boğazıma tekrar bir yumru oturdu. "Ben... Söylemeye çalıştım Batın. Ama... İstediğim gibi olmadı hiçbir şey. Onu... Pelin'le gördüm, öpüşüyorlardı..."

Cümlemi yarıda kesti. "Her şeyi biliyorum Başak. Üzme kendini. Elinden geleni yaptın sen!" *Ah, peki neden ben buna inanamıyordum acaba? Elimden geleni yapmış olsaydım Kıvanç burada olmaz mıydı?*

"Telefonunu verebilir misin? Her şeye rağmen, baba olduğunu bilmeye hakkı var. Bu sefer ne olursa olsun söyleyeceğim," dedim, şimdiye kadarki en kararlı ses tonumla. Ama bakışlarında garip bir durgunluk vardı. Bunun sebebini merak etmekten alıkoyamadım kendimi. Titrek bir tınıda sordum. "Ne oldu Batın?"

Başını olabildiğince ağır hareketlerle kaldırdı. Bunu özellikle yaptığını hissettim. Zaman kazanmaya çalışıyordu. Söyleyeceği şey her neyse, bunu duyduktan sonra mutluluğuma gölge düşeceğini hissettim.

"Kıvanç... Gitti Başak."

Dudaklarım titremeye başladı ve dişlerim de birbirine sürtünmeye. "Anlamadım," dedim. Sesim titrek, ses tonum ise öfkeliydi.

"Gideceğine dair bana bir mesaj bırakmış sadece. Ulaşmaya çalıştım ama telefonu kapalı. Olanlar için kendini suçlu hissettiği için uzaklaşmayı tercih etti muhtemelen."

Duyduklarımdan sonra aklıma, Kıvanç'ın birkaç ay önce söyledikleri geldi: *"Ancak Irmak'ın doğumuna kadar yanında kalabilirim Başak."*

Kısacası kendini suçlu hissettiği için değil, sorumluluktan kaçmak için gitmişti. Kendini suçlu hissetmiyordu yaşananlardan. Eğer öyle hissediyor olsaydı yanımda olurdu zaten. *Ama madem çekip gitmişti. O zaman ben de bir ömür boyu bu gerçeği ondan saklayarak yaşayacaktım. Zaten hak etmiyordu ki!*

"Nereye gittiğini biliyor musun peki?"

Cevap gecikmedi. Sıkıntılı bir halde elini ensesinde gezdirdi. "Bilmiyorum," dedi. Ardından ekledi. "Ama sana söz veriyorum, Başak. O it kardeşimi bulup karşına getireceğim."

Ne tepki vereceğimi bilemez bir halde başımı kızıma çevirdim. Asude teyzesi tarafından büyük bir iştahla öpülüyordu. Kendimi gülümserken buldum. Ben de kızımı öpmek için dayanılmaz bir istek duyuyordum şimdi. Kıvanç'ı aklımdan uzaklaştırabilmenin tek yolu da buydu. Tam kızıma ulaşacağım sırada, Batın elime bir zarf tutuşturdu. Gözlerimi *'bu ne?'* dercesine zarfın üzerinde gezdirdim.

"Kıvanç bıraktı," deyip ayağa kalktı. "Neyse, sen oku. Ben de yeğenimle oynamaya gideyim artık. Fazlasıyla geciktim zaten."

Suratındaki sırıtışla yanımdan uzaklaştı ve Asude'nin hemen yanına kuruldu. İkisi birlikte Irmak'la oynarken, mutlulukla izledim onları. Bebek, ikisinin de ellerine o kadar yakışmıştı ki!

Hemen ardından beni bekleyen beyaz bir zarfla göz göze geldim ve gülümsemem bir anda soldu, mutluluğum uçuverdi. Ne yazdığını merak ediyordum ama elim, açmaya bir türlü gitmiyordu. Korkuyordum. Yine üzülmekten, bir kez daha hayal kırıklığına uğramaktan! Ama bundan kaçışımın olmadığını da bildiğimden, açmadan önce derin bir nefesi ciğerlerime hapsettim.

İki saat öncesi Kıvanç'ın gözünden
Öncelikle hayırlı olsun Başak.

Ah, lanet olsun. Neden bu yazı işlerinde bu kadar berbattım? Alt tarafı bir mektup bırakacaktım ama kaz kafam durma noktasına gelmişti. Şu bomboş kâğıda -*mümkünse mantıklı olan*- ne karalayabilirdim ki? Hem de Başak'ın durumunu delice merak ederken! Hastanenin bahçesinde oturup bunu yapıyor -*yapmaya çalışıyor*- olduğuma inanamıyordum. Ben ne zaman bu kadar değişmiştim ki? Sorunun cevabı basitti: *Başak'la tanıştıktan sonra.*

Böylesine değişebileceğimi hayal dâhi edemezdim. Ama o tarifi imkânsız güçlü çekimi beni değiştirmişti. Bir kadın için mektup yazmaya çalışıyordum.

Ve ben o kadına, bugün -*yani doğum günümde*- evlenme teklifi etmeye bile karar vermiştim. Evet, ben Kıvanç Koçarslan, bir kadına evlenme teklifi etmeyi düşünmüştü. Üstelik hamile olan bir kadına!

Başka bir adamın bebeğine babalık yapmayı kabul edecek kadar etkisi altına almayı başarmıştı beni! Kendi bebeğim olsa, ona bile babalık yapmayı düşünmezdim normal şartlarda. Yani Başak'la tanışmadan önce fikrim tam da bu yöndeydi. Ama sihirli değneğini üzerime doğrultmuş, büyülemişti beni!

Bense, böylesine harika bir kadına zarardan başka bir şey vermemiştim. Benim yüzümden, olması gerekenden daha erken doğum yapmıştı. Sadece iki hafta erkendi ama sonuçta benim yüzümdendi! Ya da Pelin pisliği yüzünden mi demeliydim?

Tam üzerimi değiştirirken kapı çalınmıştı ve ben de Başak zannedip açmıştım. O sırada üzerimin çıplak oluşunun açıklaması buydu! Pelin'in odamda oluşunun açıklaması ise, bana Başak hakkında çok önemli bir şey söylemesi gerektiğini söylemesiydi. Başak'ın adını duyar duymaz onu içeri davet etmemiş olsam, şimdi bunlar yaşanmamış olurdu elbette. Ya da Pelin'in beni odama kadar sürükleyip dudaklarıma yapıştığı anın manzarasını Başak görmemiş olsaydı...

Bunların hepsinin suçlusu bendim. Bu yüzden isyan etmeye hakkım yoktu. Hakkım olan tek şey, Pelin'i öldürmekti belki de. Günü geldiğinde öldürmeyecektim belki ama öldürmekten beter edecektim onu. Ama şimdi biraz olsun uzaklaşmak en iyisiydi. Başak'ın mutlu olmaya ihtiyacı vardı! Ve benim ondan önceki lanet hayatım, buna izin vermiyordu. Onu üzecek o kadar çok şey vardı ki geçmişimde, o bunları hak etmeyecek kadar masumdu gözümde. Bu yüzden gitmeyi hak ediyordum ama onun, bu gidişin bir kaçış olduğunu düşünmesine izin verecektim sessizce. Başka çarem de yoktu zaten. Üzerime böylesine ağır bir suçluluk duygusu oturmuşken yanında kalamazdım. Kızıyla birlikte yeni bir sayfa açmaya ihtiyacı vardı. Bensiz, temiz ve üzüntünün eksik olduğu yeni ve güzel bir sayfa.

Ve şimdi yapmam gereken tek şey, önümdeki şu sayfaya karalamam gereken cümleleri bulmaktı. Gözlerimi yumdum ve başımı, sırtımı yasladığım duvara yasladım. İlham perilerim, Başak yanımda olmadığı zamanlarda beni terk ediyordu. Bunu idrak edebilmiştim artık. Başak yokken her şeyim eksikti. Lanet olsun! Neden bu kadar alışmıştım ki ona? Neden büyüsüne karşı koyamamıştım? Kadınlar karşında hiç bu denli aciz olmamıştım ki ben. Başka bir şey vardı muhtemelen. Bu çekimin başka bir açıklaması olması gerekiyordu!

Buna kafa yormanın yersiz olacağına kanaat getirip bakışlarımı boş kâğıda diktim tekrardan. İçimden geçenleri süslü kelimelerle birleştirmeme gerek yoktu ki. Olduğu gibi yazmalı ve Başak'ın iyi haberlerini aldıktan hemen sonra burayı terk etmeliydim. Arkama bile bakmadan. Çünkü eğer bir kez dönüp bakacak olursam gidemezdim. Artık o kadar güçsüz, o kadar aciz bir durumdaydım ki ona karşı, tarifi yoktu bunun...

Irmak'ı kucağına almış olmalısın. Umarım bir ömür boyu mutlu olursunuz Başak. Sana yaşattıklarım için beni affetmeni beklemiyorum ama üzgün olduğumu bil, yeter. Hiçbir şeyin göründüğü gibi olmadığını da...

Hayatına ben -yani artık bir bela- olmadan mutlu bir şekilde devam et, olur mu? Sanki ben hiç olmamışım gibi. Ben böyle yapacağım çünkü. Zaten Irmak'ın doğumuna kadar beraberiz demiştik, öyle değil mi? Şimdi ben de bu kararımıza uyup gidiyorum işte...

Yüzündeki gülümsemenin hiç solmaması dileğiyle... Minik cadıyı da öp benim yerime!

-Kıvanç

Yazdıklarımın acımasızlığını, mektubu bir kez daha okuduktan sonra anladım. Evet, acımasız olmuştu belki. Ama olması gereken de buydu. Başak beni ancak bu şekilde aklından çıkarıp mutlu olabilirdi.

Şimdi gitme vaktiydi. Sadece biraz zamana ihtiyacım vardı. Ve biraz olsun büyümeye, olgunlaşmaya... Başak kadar büyüdüğümü hissettiğim gün geri gelecektim! Kendimi onsuzlukla terbiye etmek zor olacaktı ama biraz daha değişmeye ihtiyacım vardı. Gözüm bir tek Başak'ı görmeliydi! Başak'ı ve kızını mutlu edebileceğime inandığım gün ne pahasına olursa olsun geri gelecektim... Ve o gün geldiğinde, beni affetmesi için her şeyimi önüne serecektim. Hiç bıkmadan ve usanmadan!

Bu akşam için özenle seçtiğim yüzüğü cebimden çıkardım. Evlilik teklifini yaparkenki en büyük yardımcım olacaktı kendileri... Ama olmamıştı işte, bugün olması nasip değildi demek ki. Kırmızı kadife kutuyu açtım ve yüzüğü çıkardım. Avucumun arasına aldım ve hüzünle göz gezdirdim. *Bir gün, mutlaka Başak'ın parmağındaki yerini bulacaktı bu yüzük...*

25. Bölüm

Anne Olma Meselesi

Irmak'ın *daha üç aylık olan beceriksiz annesiydim ben. O da benim daha üç aylık olan dünyalar güzeli kızım!*

Onun için birçok fedakârlığı gözüm kapalı gerçekleştirmiştim. Ama bu, şimdilerde beceriksiz bir anne olduğum gerçeğini değiştirmiyordu ne yazık ki. Daha kızımı uyutmayı bile beceremiyordum! Ya Batın amcasının omzunda uykuya dalıyordu ya da Sarp abisinin kucağında... Asude ve ben ise, yokları oynuyorduk! Irmak'ı uyutabilmek, ikimizin de beceri alanının dışında kalıyordu. Ya kızım keçi kadar inatçıydı ya da biz bu konuda gerçekten de beceriksizdik.

Irmak'ın dünyaya geldiği gün, annemi aramıştım. *Kıvanç'ın bıraktığı o berbat mektubu okuduktan hemen sonra...* Babam değilse bile annemin, Irmak doğduktan sonra beni affedebileceğine dair hep bir ümit beslemiştim içimde. Torununa dayanamayıp beni affeder, gelir diye düşünmüştüm. Ama gelmemişti! Ben ona, torununu uzun uzun anlatırken, o sessiz kalmıştı. Bütün söylediklerimi dinlemiş ama bana verdiği tek cevap, sessizlik olmuştu. Sadece telefonu suratıma kaparken konuşmuştu benimle. *"Benim senin gibi bir kızım yok!"* demişti.

Ben de o günden bu yana annemden nefret edebilmek adına türlü türlü bahaneler uydurmaya çalışıyordum. Ama hiçbiri ona duyduğum özlemin ya da ona duyduğum ihtiyacın önüne geçebilecek kadar güçlü değildi.

Bir de Kıvanç vardı tabii... Gidişinin ardından koca bir üç ay geçmişti. Batın harıl harıl nerede olduğunu ararken, ben olabildiğince sessiz kalıyordum. Rehberimde kayıtlı olmayan bir numara beni sürekli arayıp duruyordu, Kıvanç olduğuna emindim. İlk günlerde o olduğunu bilmeden açmıştım. Birkaç kez, sadece sesimi dinleyip kapattığını anladığımda bir daha çağrılarına cevap vermemeyi seçtim. Doğum yaptığım gün beni bırakıp giderken arkasına bile dönüp bakmamıştı. Şimdi benimle konuşmak istemesi ise tam bir maymun iştahlılıktı ve buna izin vermeyeceğimi bilmesi gerekirdi. Bundan sonra, -*kızımı mutlu edebilmek haricinde*- tek bir amacım vardı: *Onu unutmak. Kalbimden, aklımdan, hatıralarımdan söküp atabilmek!*

Bu isteklerimi gerçekleştirebilmemi engelleyen çok güçlü bir şey vardı önümde: *Kızımın gözleri. Ben Kıvanç'ın kızıyım* diye haykırıyordu o mavileri.

Okyanusun mavisini andıran gözlerinin beni ferahlatması gerekirken, bana Kıvanç'ı tekrar tekrar hatırlattığı için yakıcı etki bırakıyordu üzerimde. Bütün benliğimle yanıyordum! Terk edilmişliğin keskin acısını buram buram hissediyordum. Ama sesimi çıkaramıyordum çünkü böyle bir lüksüm yoktu. Susup oturmak ve Irmak'ın annesi olmakla yükümlüydüm sadece. Bundan tabii ki de gocunmuyordum ama acımı bile doyasıya yaşayamamanın verdiği ağırlık da oturmuştu sanki üzerime.

Kızımın mızmızlanarak yerinde kıpırdanmasıyla kendime gelip sırıttım. Aklımdan bu kadar olumsuz düşünce geçerken bile anında beni gülümsetmeyi başarmıştı. Tozpembe beşiğinin üzerine eğildim ve onu dikkatle kucağıma aldım. Beşikten benim yeni geniş yatağıma kadar her şey, Batın, Asude ve Sarp'ın fikriydi. Odamı ve odamdaki en ufacık eşyayı bile, bana ve kızıma göre dizayn etmişlerdi.

Kızımın başını omzumun üzerine yasladım. Böylelikle kokusunu daha derinden içime çekebilme fırsatına eriştim. Başımı hafifçe yana çevirip yanağına minik, masum bir öpücük kondurdum. Onu enerjim tükenene dek öpüp koklamak istiyordum ama yeni doktorumuz Şevval Hanım'ın bunu duyması halinde tepkisinin pek de yumuşak olmayacağını hayal edebiliyordum. Gülşen Hanım kadar tatlı olmasına rağmen, ara sıra sert duruşunu da gözler önüne seriyordu. Kızımın sağlığı için ilk birkaç ay boyunca onu, mümkün olduğu kadar öpmememiz ve mıncıklamamamız konusunda bizi gayet netçe uyarmıştı.

Bu kurala elimden geldiği kadar itaat etmeye çalışıyordum ama o kadar zordu ki! Bazen onu doyasıya öpmeyince bütün enerjimin koca bir hortumla çekildiğini hissediyordum. Öpünce ise işler değişiyordu.

Dünyanın en güçlü, en yıkılmaz insanı benmişim gibi hissediyorum. Dudaklarımı tenine değdirdiğim an, dünya duruyor ve her şey önemini yitiriyordu sanki. Kızıma karşı öylesine yoğun bir sevgi besliyordum ki anlatamazdım.

Odamızdan dışarı adımımı attığımda, Irmak'ın elleri burnumdaki yerini bulmuştu. Doğduğundan beridir elleri hiç rahat durmuyordu ki! Salona girdiğimizde elleri dudaklarımın kenarına indi. Annesinin yüzünü her gün keşfe çıkıyordu miniğim. Bense, yüzümün etrafında dolanan minik parmaklarını ısırmak istiyordum.

Batın'ı tek başına otururken buldum. Yüzü asık sayılabilirdi ama daha çok düşünceli gibiydi. Aklını kurcalayan düşüncelerin olduğunu görmek zor değildi. *Yine Kıvanç'la ilgili bir konu mu,* diye düşünmeden edemedim. Son günlerde, daha doğrusu son aylarda, saplantı haline getirdiği tek konu buydu: *Kıvanç'ı saklandığı delikten çıkarıp karşıma getirmek.*

Bu görevi kendine borç bilmişti. Ama benim açımdan buna gerçekten gerek yoktu. Kıvanç'ın zorla yanımda olmasındansa, hiç olmamasını yeğlerdim. En azından gururum daha fazla incinmemiş ya da vicdan mahkemem beni daha fazla yargılamamış olurdu.

"Ne düşünüyorsun sen öyle?"

Batın, bizim varlığımızı daha yeni fark etmiş olacak ki gülümsedi ve yerinde hafifçe doğruldu. Gözlerini Irmak'a diktiğinde biraz daha rahatlamış gibi göründü. "Hep aynı şeyler işte!" dediğinde kaşlarımı kaldırdım. *Hangi şeyler,* diye sorarcasına baktım. Omuzlarını silkerek kısa ve öz bir açıklama yaptı. "Asude."

"Kavga mı ettiniz?" diye sordum, Irmak'ı koltuğun en köşesine yavaşça bırakırken.

Umursamazca omuzlarını silkti. "Hayır, pek sayılmaz."

"Asude yine dar bir şey falan mı aldı da, ona sinirlendin yoksa?" Evet, böyle bir sorunları vardı. Batın, ondan beklemeyeceğim kadar korumacı ve kıskanç bir yapıya sahipti. Arkadaşımın buna dayanamayacağını ve sabrının son raddesine gelip ayrılacağını düşünmüştüm ama çok şükür ki beklediğim gibi olmamıştı. Batın'ın bütün bu sert, korumacı, saldırgan tavırlarına elinden geldiği kadar katlanmaya çalışmıştı ve çalışıyordu da. Batın'ı sevmese bunu asla yapmazdı!

"Hayır, öyle bir şey değil."

Kaşlarımı çattım. Başka ne olabilirdi ki? Aralarında yaşanan başka bir sorun gelmiyordu aklıma. Hepsi zaten ıvır zıvır şeylerdi. En sonunda pes edercesine omuzlarımı düşürdüm. "Peki, sorun ne o zaman Batın?"

"Sorun..." deyip duraksadı. Derin bir nefes aldı. "Asude'nin çekingenliği!" dediğinde *nasıl yani* iması taşıyan bir bakış attım. Omuzlarını silkerek açıkladı. "Bana karşı hissettiklerinden emin olamıyorum. Bunları normalde bir kız söyler, farkındayım. Ama Asu aklımı o kadar çok karıştırıyor ki böyle düşünmemek elimde değil!"

"Neden böyle düşünüyorsun peki?"

Ciddi bir yüz ifadesiyle, "Hiç yakın davranmıyor bana. Ben de haliyle, bana hissettiklerinden şüpheye düşüyorum," dedi. Ardından sanki çok önemsiz bir şeyden bahsetmişiz gibi elini havada salladı. *Boş ver* der gibi.

Ama nasıl boş verebilirdim ki bunu? Ben, Asude'nin Batın'a karşı hissettiklerinden emindim ve bu ilişkinin sürekliliği açısından Batın'ın da emin olması gerekirdi. "Asude, sana yanlış gelen bir şey mi yaptı?"

"Pek sayılmaz," diyerek kaçamak bir cevap verdi ama pes etmeye niyetim yoktu. "Benimle rahat konuşabilirsin. Neler olduğunu anlat hadi," diye cesaretlendirdim.

"Şu üç ay boyunca hiçbir kez, onu öptüğümde karşılık vermedi."

İçindekileri tek nefeste döktüğünde verdiğim ilk tepki, gözlerimi pörtletmek oldu. Sonra biraz olsun kendime gelebildiğimde olayın saçmalığını idrak ederek kahkahalara boğuldum. Evet, komik gelmişti. Çünkü Asude gibi bir kızdan, bir ilişkide bu kadar hızlı gitmesini bekleyemezdiniz...

Batın'ın öfkeli bir tonla, "Sağ ol ya, çok moral verdin gerçekten!" dediğini duyduğumda dilimi ısırıp kendimi durdurdum. "Özür dilerim. Ben sadece... Biraz komik geldi işte!"

"Komik mi? Bunun nesi komik Başak?"

Ciddiyetle açıkladım. "Bak, Batın. Sen Asude için ilksin! Yani ondan bu kadar aceleci davranmasını beklememeli, ona zaman tanımalısın."

"Üç ayın yeterli bir zaman dilimi olmadığını mı söylüyorsun şimdi?"

"Üç ay başka kızlar için yeterli olabilir belki. Ama Asude'yi başka kızlarla karıştırmaman gerektiğini öğrenmelisin. O bambaşka!"

Söylediklerimi sakince dinledi. Ardından önemli bir sonuca varmış gibi başını hafifçe aşağı yukarı salladı. "Haklısın sanırım. Biraz daha zaman tanımalıyım," dedi, rahatladığını belli eden bir tonda. " Ama elimde değil işte. Bu kadar yakınımdayken benden uzak olması canımı sıkıyor!"

Teselli etmek istercesine elimi omzuna koydum. Nefesini dışarı üfledi ve "Her neyse," deyip arkasına yaslandı. Tekrar Irmak'ın üzerine doğru eğilip onu öpmeye başladığında, gülümsedim. Amcasının yeni çıkmaya başlayan sakalları kızımın suratına batıyordu. Amcasının kıvır kıvır saçlarından huylanan kızım, söz konusu sakalları olunca bir tepki vermiyordu nedense. Hatta şu anki yüz ifadesinde mutluluğun hâkim olduğunu bile söyleyebilirdim. *Bir anlığına Batın'ın yerinde Kıvanç'ın olduğunu hayal ettim. Kızını doymak nedir bilmez bir şekilde öpüyor, öpüyor ve öpüyordu.*

Kafamda canlandırdığım bu güzel hayalin bir gün gerçekleşip gerçekleşmeyeceğini merak ediyordum. Ama cevap belliydi aslında. Bu hayal, hiçbir zaman gerçek olmayacaktı. Gerçeklikten o kadar uzak bir hayaldi ki, bunu kafamda canlandırabilmek bile zor gelmişti. Hayatın neden bu kadar acımasız olduğunu ya da neden bize hep acımasız yönüyle muamele ettiğini merak ettim. Nefesimi dışarı üflerken, gözüm boş bir noktada sabitlenmişti. Ta ki, Batın'ın elleri gözümün önünde sallanana kadar...

Gözlerimi kırpıştırdım. Sonrasında da gülümsemek için kendimi zorladım ama nafile! Suratım daha beter asılmıştı sanki. Mutlu rolü yapmaktan nefret ediyordum ve ne yazık ki bunu yapacak gücüm de kalmamıştı artık. Benim de bir dayanma gücüm vardı ve bunu son raddesine kadar hoyratça harcamaktan geri durmamıştım.

"Kıvanç'ın nerede olduğunu bulmaya çalışıyorum, biliyorsun. Canını sıkma lütfen." Bu sefer teselli etme sırası ondaydı. Elini omzuma koydu ve benimki gibi buruk bir gülümsemeyle suratıma baktı. Tek bir bakışımdan ne düşündüğümü anlayacak kadar beni tanır hale gelmişti. Bunun iyi mi, yoksa kötü mü olduğuna karar veremedim. İçinizde kopan fırtınaların, herkes tarafından bilinmesi sanırım pek de iyi değil gibiydi.

Bir Yanlış Kaç Doğru?

"Hayır!" diyerek karşı çıktım. "Benim keyfim yerinde zaten." Bunu söylerken inandırıcı olabilmek adına daha derinden gülümsemeye çalıştım. Ağzını açıp bir şey söyleyecekti ki çalan zil sesiyle duraksadı. İçimden, *tam zamanı* diye geçirerek ayağa kalktım ve biraz fazla neşeli sayılabilecek bir sesle, "Ben bakarım!" dedim.

Koşar adımlarla kapıya vardım. Karşımda Sarp'ı bulduğumda mutluluğumu gizlemeyerek kocaman gülümsedim. "Hoş geldin Sarp. Geçsene içeri!"

Geçmesi için yol verdim. Elinde bir poşet vardı ve poşetin içinde bir sürü oyuncak olduğundan adım kadar emindim. Aramızda Irmak'ı en çok şımartan O'ydu zaten! Irmak'ın en çok naz yaptığı da O'ydu belki de.

Sarp salona girdiğinde gözüne Batın'ın en uzağındaki koltuğu kestirip kendini oraya bıraktı. Araları en başından beri limoniydi ama asıl kavgalarını Irmak'ın doğduğu ilk haftalarda yapmışlardı. Irmak'ın kimliğini çıkarma konusu -*başta ben olmak üzere*- hepimizi bir hayli yıpratmıştı. Baba adı kısmının olduğu bölüm için Sarp'la Batın amansız bir savaşa girmişlerdi resmen. Sarp, istediğim takdirde Irmak'a ve hatta bana, soyadını seve seve verebileceğini söylemişti. Evet, bu bir nevi evlenme teklifiydi. Fakat ben o dönemlerde buna hazır olmadığımı adım gibi biliyordum. Neticede, daha Irmak'ı kucağıma yeni almıştım ve Kıvanç'ın çekip gidişinin acısını en ağır şekilde yaşıyordum. Bunları yaşarken, hiçbir şey olmamış gibi Sarp'ın teklifini kabul edemezdim. Ama bu, Sarp'ın ne kadar düşünceli olduğu gerçeğini de değiştirmezdi. Hiç kimse başka bir adamdan olan bir bebekle, onun ortada kalmış annesini kabul etmek istemezdi. Ama Sarp farklıydı!

Batın'ın bu olaylara karşı tutumu ise, aşırı sert olmuştu. Terör estirmişti resmen! Yeğenine, kendi kardeşinden başkasının babalık yapma fikri onu iğrendiriyordu sanki. Aynı zamanda benim, kardeşinden kendisine bir emanet olduğumu düşünüyor ve başka bir adamın bana ve kızıma yaklaşırken birkaç kez daha düşünmesi gerektiğini söyleyip duruyordu. Bütün bu bağırış çağırışın ardından alınan karar, kızımın kimliğinde baba adının karşısında amcasının adının yazması olmuştu.

Irmak Koçarslan... Kulağa hoş geliyordu, değil mi? Belki kimliğinde babasının adı yazmıyordu ama en azından babasının soyadını, *yani hak ettiği soyadını*, taşıyordu.

"Ee Irmak nasıl bakalım?" diye sordu Sarp, neşesini sesinden bile anlamak mümkündü ve Batın'ı tamamen görmezden geliyordu. Batın da onu.

"Çok iyi," derken, sesim neşeli çıkmıştı. "Aslında... Kalktığından beri pek bir mızmız. Bana kalırsa tek sorunu, Sarp ağabeyini çok özlemiş olması."

Sarp gözlerinin içine kadar gülümserken, Batın da çeşitli homurtular çıkartmakla meşguldü. "Yeğenimin öyle bir özlem çektiğini sanmıyorum Başak!"

Sarp'ın suratının asılmasını bekledim ama böyle bir şey olmadı. Hatta beklediğimin tam aksine, gülümseyerek yerinden kalktı ve Irmak'ı dikkatli bir hamleyle kucakladı. Bu sırada Batın'ın homurtuları, hırlamaya dönüşmüştü. Bir müddet sonra da bir aslan kükremesine dönüşmesinden korkmuyor değildim. Her şey olabilirdi. Öfkelendiği zamanlarda gözü hiç kimseyi görmeyen biriydi Batın. Bu özelliğinden içten içe korkmakla birlikte, bunu ona belli etmemek için de ayrı bir çaba sarf ediyordum.

Irmak'ı kucağına aldıktan hemen sonra benim yanıma gelip oturdu. İşaret parmağının ucunu kullanarak Irmak'ın burnuna dokunuyordu ve kızım her bir dokunuşta minik göz kapaklarını açıp kapıyor ve bizi sürekli olarak, sonsuz maviliğiyle selamlıyordu. Gözlerini sürekli olarak açıp kapamasına rağmen geri çekilmeye çalışmıyor olması, rahatsız olmadığını gösteriyordu. Sarp bir kez daha aynı hareketi tekrarladığında yüzünde beliren gülümsemeyi hayranlıkla izledim. Onun yerinde Kıvanç'ın olması gerekiyordu ama yoktu. Daha hangi cehennemde olduğunu bile bilmiyordum ki. O çekip gitmişken, neden ben onu kalbimden söküp atmakta bu kadar güçlük çekiyordum?

Cevap basitti aslında. *Ona sırılsıklam aşığım* dersem, bu ona hissettiklerimin yanında kısık bir mum ışığı kadar sönük ve dolayısıyla da etkisiz kalırdı. *Ona körü körüne bağlanmıştım,* demem daha doğru olurdu. Ona olan bağlılığım, elimi konumu bağlayacak nitelikteydi. Bir anda çekip gitmesiyle sadece kendi gitmemişti ki. Beraberinde ruhumu da yanında götürmüştü!

Neyse ki Irmak vardı da, biraz olsun tutunabiliyordum hayata. *'Ya Irmak da olmasaydı...'* ile başlayan cümleler bazen hep bir anda beynime akın ediyorlardı ama ben bir şekilde onları kovmanın yolunu buluyordum.

Sarp, burnunu Irmak'ın burnunun ucuna sürterken, fazla tatlı gözüküyorlardı. Kollarımı göğsümün hemen üzerinde kenetledim. Arkama yaslanırken Batın'la göz göze gelmemin verdiği stresle derin bir nefes almak istedim ama artık çok geçti. O kadar sert bakıyordu ki, bir an vücudumun düzensiz bir biçimde titreşime geçtiğini hissettim.

Buna sebep olan Batın'ın bakışları değildi aslında, bunu sonradan anlayabilmiştim.

Beni asıl korkutan, Batın'ın takındığı bu sert ifadenin, Kıvanç'ınki ile aşırı derecede benzer olmasıydı. Belki ben öyle görmeyi istediğim için olmuştu bu. İlk defa birbirlerine bu derece benzediklerine şahit oluyordum ve bu, beni büyük bir boşluğa sürüklemişti.. İstemediğim kadar büyük olan lanet bir boşluğun derinliklerine...

Asude'den

İçine beni atsanız, benim bile kaybolacağım kadar büyük olan çantamla boğuşuyordum resmen. Başka isim gücüm yokmuş gibi... Evet, zili çalabilirdim ama Irmak'ın uyuyor olduğu ihtimalini göz önünde bulundurmam gerekiyordu. Buna çok dikkat ediyordum. Çünkü inatçı genlerinin tamamını annesinden alan yeğenim, uyuma konusunda bir hayli zorluyordu bizi. *En azından Başak'la beni.*

Anahtarları çantamın dibinde bulduğumda, dilimin ucuna kadar gelen küfürleri gerilere itmek için epey bir uğraş verdim. Anahtarı dış kapının deliğine sokacağım sırada telefonum cebimde titreşti. Derin bir nefes verip anahtarı deliğe yerleştirme işinden caydım ve telefonumu hızla cebimden çıkardım. Kayıtlı olmayan bir numaraydı.

Telefonun karşısından gelen "Alo?" sesi tanıdıktı. Rahatsız edici bir biçimde tanıdık!

Gözlerimi yumdum ve sakin olabilmek adına, sadece birkaç dakika sonra Irmak'ı göreceğimi hatırlattım kendime. Irmak'ın, üzerimde öyle bir etkisi vardı ki, her şeyi silip atıyordu sanki. Ama şimdi, benim tatlı yeğenimin, hayırsız babasının sesini duymak hiç de iyi gelmemişti. *Hem de gördüğüm onca sıkıcı dersten ve yorucu bir market alışverişinden sonra...*

"Abin her yerde seni arıyor ve er ya da geç bulacak. Bu yüzden boşuna uğraşma ve çık ortaya! Eğer bunu geciktirmeye niyetliysen, sonuçlarına da katlanmak zorundasın demektir. Ve sonuçların hiç de iyi olmadığı konusunda seni uyarmalıyım Kıvanç."

Adı, dudaklarımın arasından dökülürken, tiksinti dolu bir ifadeyle yüzümü buruşturdum.

"Sadece zamana ihtiyacım var Asude. Emin ol, Başak'tan ayrı kalmak bana da ağır geliyor ama karşısına daha olgun bir şekilde çıkmam gerek."

"Peki, neden beni aradın o zaman?"

"Seni aramamam için çıkarılmış bir kanun mu var yoksa?"

"Kapa çeneni!" diye bağırdım. "Benimle dalga geçme."

Kısa bir sessizlik oldu. Ardından bu rahatsız edici sessizliği bozan o oldu. "Ben sadece... Başak'ı merak ettiğim için aradım. Uzun bir süredir telefonlarıma cevap vermiyor," dediğinde histerik bir kahkaha patlattım.

"Ses vermediğin için olabilir mi acaba?" dedim alaycı bir tınıda. "Bir düşünmelisin bence bunu!"

"Benim konuşmamdansa, onun sesini dinlemeyi yeğlerim. Konuşacak bir şeyim de yok zaten!" dedi meydan okurcasına. "Her neyse. O... İyi mi?"

"Bunun seni ilgilendireceğini sanmıyorum." Batın'a yardımcı olabilme düşüncesine sımsıkı sarılarak, ciddi bir sesle sordum. "Hangi cehennemdesin Kıvanç?'

Aldığım yanıt, suratıma kapatılan telefonun *dıt dıt* sesi olmuştu. Sırf bunun için bile onu bir kaşık suda boğabilirdim. Sinirlerime hâkim olmam gerekiyordu ama bu, bu dünyada en zorlandığım şeylerden bir tanesiydi. Derin derin birkaç nefesi içime çekerken, tırnaklarımı var gücümle avuçlarımın içine batırdım. Parmak boğumlarım, göze batacak kadar beyazlaşmıştı.

Anahtarları tekrar deliğe yerleştirmeyi denedim ama titreyen parmaklarım bana hiç yardımcı olmuyor hatta işimi bir hayli zorlaştırıyorlardı. Büyük uğraşlarım meyvesini verdiğinde kısık bir gülümsemeyle içeri girdim. Asansöre bindim. Düşüncelerimle büyük bir meşguliyet içindeyken nihayet asansör durdu ve ben de kendimi dışarı atma lüksüne sahip oldum. Kapımıza doğru yürürken az önce yaşananları, *Başak'a söylemem mi gerekiyordu yoksa hiçbir şey olmamış gibi yapmam mı*, ikileminde yüzüyordum. Kıvanç'a olan nefretimin birkaç basamak daha yukarı tırmandığını hissediyordum ve bu, mantıklı düşünme yetime büyük zarar veriyordu.

"Niye dikiliyorsun sen orada?"

Batın'ın bana doğru yaklaştığını ancak başımı yukarı kaldırınca fark edebildim. Belki Başak'a anlatamazdım ama Batın'ın bu olayı bilmesi gerekiyordu, ben böyle düşünüyordum en azından.

"Kıvanç beni aradı." Konuya balıklama dalış yaptığımın farkındaydım ama en basit yolu buydu. Lafı dolandıracak olursam, elime yüzüme bulaştırırdım.

Yüzünü önce şaşkınlık ifadesi bürüdü. Kaşlarını çattı, ardından gözlerini birkaç kez kırpıştırdı. Söylediklerimi idrak etmeye çalışır gibi sessiz kaldı. "Numarayı göstersene."

Telefonumu cebimden çıkardım ve Batın'a uzattım. Numaraya baktıktan sonra ağzının içinde bir küfür geveledi. Her ne kadar küfürden hoşlanmasam da, o, bu kadar sinirliyken sesimi çıkarmamam gerektiğini bilecek kadar onu tanır hale gelmiştim.

"Başak'ı aradığı numara değil!" Açıklaması üzerine anladığımı gösterircesine başımı salladım. "Her neyse. Yine de numarayı aldım, belki bir şeyler bulabilirim," dedi ve telefonumu bana geri uzattı.

Gülümsemek için kendimi zorlamam gerekti. Batın'ın da benden aşağı kalır yanı yoktu. O da kendini bir hayli zorladıktan sonra, dudaklarında ancak minik bir kıvrılma oluştu. Gitmek üzere harekete geçti, sonra aklına bir şey gelmiş gibi tekrar yanıma döndü. Dudaklarıma doğru uzanıp, hiç beklemediğim bir anda çok minik bir öpücük kondurdu.

Aylardır bunu yapıyordu ama ben, heyecandan ona karşılık bile veremiyordum. Sürekli zamanla hatası yapıyordum ve ben harekete geçmeye niyetlendiğimde Batın, ona karşılık vermeyeceğimi düşünüp geri çekiliyordu. Buna içerliyordum ama yapacak bir şeyim de yoktu ki. *"Şimdi karşılık vermeye hazırım, hadi gel öp beni Batın!"* diyemezdim ya.

Geri çekildiğinde yüzünde her zamanki gibi hayal kırıklığıyla dolu bir ifade vardı. Bu içimi acıtıyordu ama lanet olası gururum harekete geçmeme mâni oluyordu. Ortamdaki gerginliği azaltma niyetiyle, neşeli çıkarmaya özen gösterdiğim sesimle konuşmaya başladım. "Akşam gelecek misin?" Evet, itiraf etmem gerekirse, Batın'ın belime sıkıca sardığı kolları arasında uyumayı seviyordum, hem alışmıştım da.

"Bugün çalışma günüm. Unuttun mu?"

"Ah, doğru ya!" dedim, elimi enseme götürüp kaşıyarak.

İkimiz de konuşacak konu bulmakta zorlanıyor gibiydik. Hiç şüphesiz, Batın'a az önce yaşattığım hayal kırıklığının bunda payı büyüktü. Bunun ağırlığıyla çöken omuzlarım, pes edişimin göstergesiydi. Bu moral bozukluğuyla eve adım atmak istemiyordum. İçimden, *aptal gururumu gerilere atabilmenin bir yolu olsaydı keşke* diye geçirdiğim sırada, Batın'ın gülümsediğini gördüm. Hem de dudaklarının kenarlarındaki çukurlar meydana çıkana kadar...

"Erken gelmeye çalışırım. Telefonun açık olsun," deyip alnıma uzandı ve minik, masum bir öpücük kondurup geri çekildi. İşte böylesini, yani dudaklarıma değil de alnıma uygulamış olduğu dokunuşlarını daha çok seviyordum.

Asansöre binip gözden kaybolduğunda derin bir iç geçirdim. En azından birbirimize dargın ayrılmamıştık. Bu da bir şeydi değil mi?

Elimdeki varlığı beni rahatsız eden poşetlerimin, parmaklarıma uyguladığı baskıyı tekrar hissettim. Oysaki Batın yanımdayken varlıklarını bile unutmuştum. Üzerimdeki etkisinin, benim bile aşamayacağım kadar büyük olması beni korkutuyordu. Büsbütün ona bağımlı hale gelecektim muhtemelen. Başımı, düşüncelerimi silkelemek istercesine iki yana salladım. Şimdi, yapmayı istediğim tek şey, *Irmak'ı evire çevire öpmekti.*

İnsana bütün üzüntülerini, bütün sıkıntılarını unutturabilen tek şeydi o! Büyüleyiciydi. İşte şimdi, güzeller güzeli yeğenimin büyüsüne, kendimi bırakmanın tam zamanıydı. Aptal babasıysa, böylesine büyüleyici bir varlığa sahip olduğundan habersiz yaşıyordu hayatını. Eğer ilerde bir gün, Irmak'ın kendi kızı olduğunu öğrenecek olursa, kafasını duvarlara vurması gerekecekti.

26. Bölüm

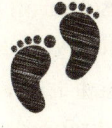

Ayıcık

"**G**ünaydın!" Batın'ın boğuk sesiyle kendime geldim. Silkelenip aklımdaki düşüncelere yol verdim. Irmak'la birlikte yavaş olmaya özen göstererek kendimi Batın'ın karşısındaki sandalyeye bıraktım. Irmak'ı masanın üzerine oturttuğumda arkasını dönüp amcasına baktı. Kollarını, *beni al* dercesine iki yana açtı. Batın'ın yüzünde kocaman bir gülümse belirdi ve dünden razı gibi Irmak'ı kucakladı. Kızım, kendince sevinç çığlıkları atarken gülümsemeden edemedim.

Minik ellerini, amcasının saçlarında, burnunda, sakallarında ve göz kapaklarının üzerinde gezdirdi. İkisi de karşımda gülümsüyor ve görünüşe bakılırsa eğleniyorlardı.

"Öpsene amcayı."

Batın yanağını Irmak'a uzatıyordu. Ama Irmak hiç oralı olmayıp amcasının bu haline sadece gülümsüyor ve kafasını geriye atıp kendince naz yapıyordu. Yedi aylık olmuştu ve şimdiye kadar bir tek beni öpmüştü. Bu unvanı, başkalarına kaptırmak istemediğime emindim.

Batın kaşlarını çatarak baktı Irmak'a. Böylelikle bir denemesi daha başarısızlıkla sonuçlanmıştı. Yenilgisini kabullenerek omuzlarını düşürdü ve Irmak'ın burnuna sesli bir öpücük kondurdu. Kızım huylanarak geri çekilirken, Batın'la ben kahkahalara boğulmuştuk bile.

Irmak bu halimizi ifadesiz gözlerle izledi. Ardından tamamen bana dönerek kollarını açtı. Bu tatlı isteğine tabii ki de kayıtsız kalmayacaktım. Oturduğum sandalyeden popomu hafifçe kaldırdım ve Irmak'a uzanıp onu kucağıma aldım. Kıkırdamaya benzer sesler çıkarttığında güneş sarısı saçlarını öptüm. Kollarımı minik beline dolayıp başımı hafifçe yere eğdim ve omzunun üzerinden kokusunu içime çektim. Hiçbir kire bulaşmamış masum kokusu burun deliklerimden içeri yol alırken, hayattaki en mükemmel kokunun ve huzurun bu olduğunu düşündüm.

Bu kokuyu içime çekebilmek için nelere katlanmamıştım ki ben? Ama şimdi arkama dönüp baktığımda, yaptığım hiçbir şey için pişman olmadığımı rahatlıkla söyleyebilirim. Evet, bir yanlış yapmıştım. Bunun sonucunda ailemi bile kaybetmiştim. Fakat çok daha büyük bir şey kazanmıştım.

Küçük bir meleğin annesi olmakla kutsanmıştım! Ama Kıvanç'tan ayrı kalmakla da lanetlenmiştim sanki, orası da ayrı bir meseleydi zaten.

Yine de, ailemi ve Kıvanç'ı kaybetmiş olmam bile, beni -*kelimenim tam anlamıyla*- mutsuz etmiyordu. Irmak'a sarılarak, onu öperek ya da kokusunu ta içime çekerek unutuyordum çoğu şeyi... *Ailemin bana sırt çevirişini ve Kıvanç'ın ani gidişini...*

"Asude'nin hediyesini aldım!"

Batın'ın tok sesiyle kendime gelerek başımı iki yana salladım. "Hediye mi? İyi de, Asu'nun doğum gününe daha bir hafta var."

"Biliyorum, erkenci davrandım. Ama bir an önce görmesini istiyorum."

"Ne aldın?" diye sordum. Kafasını, olumsuz anlamda iki yana sallayınca, omuzlarım düştü.

Irmak kucağımda hareketlendiğinde başımı ona doğru eğdim. Minik gözleri, gözlerimle buluşunca gülümsedi. Demek benim şımarık kızım, annesinin dikkatini çekmeye çalışıyordu... Bilmediği bir şey vardı, o da *bu dünyada artık dikkatimi çeken tek şeyin o olduğuydu!*

Dikkatli olmaya özen göstererek, kızımı yavaşça kucağımdan havaya kaldırdım. Bana doğru döndürdüm ve yüzlerimizin karşı karşıya gelmesini sağladım. Kısacık bacaklarını açmasına yardım edip onları iki yanıma yerleştirdim. Burnunun ucuna minik olmakla beraber ıslak bir öpücük kondurup geri çekildim.

"Haydi, anneyle konuş bakalım Irmak. Haydi anne de!" Kızımı yüreklendirmeye çalışıyordum ama *anne* demesi için daha uzun bir vakte ihtiyacımız var gibi görünüyordu.

"Bab-ba"

Ah, evet. Kızımın dudaklarının arasından dökülen ilk kelimelerden biri, baba olmuştu. Ne kadar da ironikti ama! Şimdiye dek, bir kez bile görmediği babasına -*umutsuzca*- sesleniyor gibiydi. Dönmesini benim kadar istiyor muydu? Babasının ne kadar sorumsuz biri olduğundan haberdar mıydı? Ya da... Onu hiçbir zaman istemeyeceğinden?

Elbette ki, yoktu. Kızımın hiçbir şeyden haberi yoktu. Yanında olmayan babasından ya da onu dünyaya getirebilmek için hayallerini ayaklarının altında un ufak eden annesinden... Hiçbiri hakkında tek bir bilgisi bile yoktu. Ve ilerleyen zamanlarda, bunları anlatmak bana düşüyordu. Kıvanç çekip giderken, arkasında yüklü görevler bırakmıştı omuzlarıma...

Sırf omuzlarıma bırakmış olduğu bu ağır yükler için bile, ondan nefret edebilirdim. Ama lanet olsun ki, edemiyordum işte. Deniyordum ama olmuyordu. Ne kalbime söz geçirebiliyordum, ne de aklıma...

Bunların sebebiyse, gayet netti aslında; üzerimde anlamlandıramadığım ve aşamayacağım kadar kuvvetli bir etkisi var Kıvanç'ın. Ama yine de, yaşadıklarımı, bana yaşattıklarını göz önünde bulundurup ondan nefret etmem için ne gerekiyorsa yapacaktım. Yapmak zorundaydım!

Asude'den

Telefonu cebime sıkıştırdım. Rüzgâr, omzumun üzerinde serbest bıraktığım saçlarımı uçuştururken, saçlarımı toplamayı akıl edemediğim için kendi kendime hayıflandım. Evden çıkmayı zor başarmışken, bunun aklıma gelmemesi doğaldı aslında. Sarp'ın, '*Pelin'i buldum. Adresi az sonra mesaj atarım*' mesajını gördüğümde, yerimden fırlamıştım. Batın'a yürüyüş yapacağımı söyleyip bulduğum ilk eşofman takımımı üzerime geçirmiştim.

Soğuk, iliklerime kadar işlerken, düşüncelerimi bir kenara savurdum. Mont giymeyi akıl edebildiğim için kendimi kısaca tebrik ettikten sonra, fermuarımı çeneme kadar çektim. Ellerimi montumun cebinde ısıtmaya çalışıyordum ama pek işe yaradığı söylenemezdi. Karşıma her halinden eski ve terk edilmiş olduğu belli olan, her yeri pas tutmuş koyu gri bir kapı çıktı. Kapının aralık olduğunu fark ettikten hemen sonra işaret parmağımın ucuyla kapıyı tiksinircesine iteledim. Büyük bir gıcırtı eşliğinde yavaşça açıldı ve ben bu sese karşılık gözlerimi kıstım.

İğrendiğim bu pis kapıdan mümkün olduğunca uzak durmaya çalışarak bedenimi büzüp içeri girdim. İki üç adım daha attığımda, Sarp'ı bir sandalyenin başında ayakta dikilirken buldum. Onu görmek, beni biraz olsun rahatlatmıştı. Doğru yerde olduğumu öğrenmenin verdiği cesaretle omuzlarımı ve çenemi dikleştirip yürümeye devam ettim. Sarp'ın karşısında dikildiği sandalyede bir kız oturuyordu. Bu kızın, Pelin olduğuna dair hiç şüphe yoktu!

Yüzüme en ölümcül olduğunu düşündüğüm sert bakışımı oturtmak, en fazla üç saniyemi almıştı. Başak'ın erkenden doğum yapmasına neden olmuş, dolayısıyla hem onun hem de yeğenimin hayatını tehlikeye atmıştı. Fakat hiç kimse, benim sevdiklerime zarar veremezdi. Eğer verecek olursa da, sonuçlarına katlanmayı göze almış olması gerekirdi!

Bütün kinimi gözlerimle kusmama neden olacak kadar uzun gelen bir süre boyunca bakıştık. Ağzını örten simsiyah banttan dolayı konuşamıyordu. Ama debelendiği ortadaydı. Oturduğu sandalyenin tahtalarına bağlanmış olan ellerini çekiştirmeye çalışıyor ama her denemesi, bileklerine daha çok baskı uyguladığından yüzünü buruşturmakla sona eriyordu.

Sandalyenin tam önünde durup dizlerimin üzerinde eğildim. İki parmağımı çenesinin hemen altına yerleştirdim. Ardından hiç beklemediği bir anda parmaklarımı, öyle sertçe yukarı kaldırdım ki, gözleri kocaman açıldı ve dolgun dudaklarının arasından minik bir inilti kaçtı. Hızımı alamayıp suratına sert bir tokat geçirdiğimde, yüzünde aylardır görmeyi arzu ettiğim acı dolu ifade oluşmuştu.

Başak'ı ve Irmak'ı tehlikeye atan, bu da yetmezmiş gibi Başak'ı çok sevdiği Kıvanç'ından, Irmak'ı da babasından ayıran bu kız, bana göre her şeyin en şiddetlisini hak ediyordu. Ve şimdi, istediğim gibi nefretimi kusabilirdim üzerine. Dilediğimi yapmakta özgürdüm!

Sağ yanağında beliren parmak izlerimi, uzunca bir süre keyifle izledim. Canı acımış olacaktı ki, tiz sesiyle acı bir feryat kopardı. Tiksinti duyduğum iğrenç sesi, bulunduğumuz bu boş deponun duvarlarına çarpıp geri döndü. Çenemi dikleştirdim ve sahte bir gülümseyişi yüzüme oturtup "Bağırmak için daha çok erken canım. Biraz daha sabretmen gerekecek bunun için!" dedim. Sesim, bana bile psikopatça gelmişti.

Parmaklarımı dudaklarının üzerini örten siyah bandın üzerinde gezdirdim. Bu banda rağmen çığlık atabilmesi ne kadar cazgır bir kız olduğunu kanıtlıyordu. Ama daha fazla bağırsın, daha fazla acı çeksin istiyordum. Yaptıklarından pişman olmasını hatta durmam için bana yalvarmasını istiyordum!

Bandı çekebildiğim en sert şekilde çektiğimde, tiz çığlığı tekrar depoyu doldurmuştu. Keyifle gülümsedim ama bana ettiği küfrü duyunca duraksadım. Canına mı susamıştı?

Artan sinir katsayılarıma kulak verip uzun siyah saçların parmaklarıma doladım. Gram acıma duygusu hissetmeden elimi sertçe aşağı doğru çektim. Bir kez daha çığlık attığında umursamadım ve elimi çekebildiğim en aşağı noktaya çektim. Elim neredeyse yerdeki kırılmış şişelere erişmişti.

Başak'ın doğuma giderkenki hali gözlerimin önünde bir an olsun gitmiyordu! Hele de o ve Irmak'tan gelecek iyi haberlerini beklediğimiz o bir saati hiç unutamıyordum. Doktorun en başında neden o kadar geç kaldığımızı sorarkenki ifadesini, bunun üzerine ne kadar gözyaşı döktüğümü, nasıl kendimden geçtiğimi... Bunların tek bir saniyesini bile aklımdan çıkarmıyordum! Ve bunların suçlusu tam karşımdaydı. İntikamımı almak beni rahatlatacaktı, buna emindim.

Saçlarına daha büyük bir istekle asıldım. Elleri bağlı olduğundan, yapabildiği tek şey çığlık atmak ve çeşitli küfürler etmekti. Ama bilmediği bir şey vardı. O bunları yaptıkça, benim ondan almak istediğim intikam daha da derinleşiyordu.

"Başak'ı sahipsiz zannetmiş olmalısın. Benim gibi bir arkadaşı olduğunu bilseydin, yine onu üzer miydin acaba?" diye bağırdım. Sonra da kendi cevabımı kendim verdim. "Tabii ki de üzmezdin. Ona yaklaşmazdın bile!"

Haklıydım. Eğer Başak'ın benim gibi bir arkadaşı olduğundan haberdar olsaydı, ona yaklaşmaya cesaret edemezdi belki de. Bunu daha önce yapmam gerekirdi. Başak'ın telefonda Kıvanç'a yaptığını düşündüğü itirafı Pelin'in duyduğu gün, işe koyulmalıydım! O gün karşına çıkıp, Başak'tan uzak durması gerektiğini kesin bir dille söylemeliydim! O zaman belki de bunlar gerçekleşmemiş olurdu. Kim bilir?

Boğazıma oturan yumrudan kurtulabilmek için sertçe yutkundum. Bunlar olası ihtimallerdi, öyle değil mi? Düşüncelerimin verdiği etkiyle, Pelin'in saçlarına bir kez daha asıldım. Diğer elimle de suratına sert bir tokat daha geçirdiğimde ancak bir nebze rahatlayabilmiştim. Saçına dolanmış parmaklarımı yavaşça çözdüm. Elimi kendime çekerken, avuç içimde birikmiş olan saç yumağına iğrenerek baktım.

Başımı kaldırdığım anda, Pelin'in korkuyla küçülen gözleriyle karşı karşıya geldim. Omuz silktim ve avucumda birikmiş saçlarını zafer kazanmışçasına gözünün önünde salladım. Yüzünde acı dolu bir ifade vardı şimdi.

Sarp'ın omzumu dürtmesiyle kendime gelirken, merakla ona döndüm. Şimdiye dek sesini çıkarmamıştı. Ama belli ki, artık durmam gerektiğini anlatmaya çalışıyordu bana. Ona hak vererek başımı salladım. Son bir kez daha döndüm ona. Parmaklarımı çenesinin altına yerleştirdim ve göz göze gelebilmemiz adına parmaklarımı yukarı kaldırdım. "Seni bir daha görecek olursam, inan bunlarla sınırlı kalmam! Adını bile duymayacağım, tamam mı?"

Ses tonumun sertliği beni bile korkutacak türdendi. Gözlerim kısıkken geri çekildim ve oluşturduğum manzarayı keyifle izledim. Tabiri caizse kendinden geçmişti. Başı omzunun üstüne düşmüş, gözleri kapanmıştı. Evet, bu kadarı yeterliydi benim için. Almak istediğimi almıştım. Pelin'in suratını da, Başak'ın o günkü surat ifadesine benzetebilmiştim. Bitkin, yalnız ve bir o kadar da çaresiz...

Sarp koluma girip beni dışarı yönlendirirken ellerimin titrediğini hissettim. Sarp, binmem için arabasının kapısını açtığında yarım yamalak gülümsedim. Kendimi koltuğa bıraktığımda başımı geriye atıp gözlerimi kapadım ve içimde tuttuğum derin nefesi yavaşça dışarı bıraktım. Kendimi aylar sonra ilk defa bu derece rahatlamış hissettiğimi fark ettim sonra. Omuzlarımdaki yük, oraya ait değilmiş gibi bir anda inmişti sanki. Rahat bırakmıştı beni.

"İyi misin?"

"İyiyim," dedim. "Ve bunun için... Teşekkür ederim Sarp!"
"Ne için?"
"Pelin'i bulma sözünde sadık olduğun için." Evet, belki yedi ay kadar sonra bulmuştu Pelin'i. Ama önemli olan, bulmuş olmasıydı.
"Senin için yapmadım Asu," dedi, gözünü yoldan bir an olsun ayırmayarak. "Biliyorsun, Başak'la ilgili olan her şeye burnumu sokmak gibi harika bir özelliğim var!"

❦

"Ben geldim!"
Montumu üzerimden sıyırıp askılığa asarken, kimseden ses gelmemişti. Kaşlarımı çatarak hol boyunca yürümeye devam ettim ve her daim açık olan salon kapımızdan içeri adımımı attım. Selim ve Başak yerde oturmuş, Irmak'ı gıdıklamakla meşgullerdi. Yeğenim, minik dudaklarının arasından çıkan kahkahalarını salonun içine bırakırken, gülümsemeden edemedim.
"Batın odanda seni bekliyor!"
Başak'ın bu ikazı sonrası, ağır adımlarla odamın önüne gittim ve kısa bir süre sonra içeri girdim. Batın'ı yatağımın üzerinde uzanır vaziyette bulduğumda alt dudağımı dişlerimin arasına alıp ısırdım. Kollarını birbirine kenetlemiş, sert bakışlarla bakıyordu. Sorgu vakti miydi yoksa?
Boğazımı temizleme ihtiyacı hissettim. Bakışlarındaki sertlik, gülümsediğinde yanağında oluşan çukurları unutturacak nitelikteydi. Babam dışında kimsenin karşısında ezilip bükülmeyen ben, söz konusu Batın olduğu zaman yelkenleri suya indiriyordum.
"Sarp'ın arabasında ne işin olduğunu anlatarak başlamaya ne dersin?"
Gözlerimi art arda kırpıştırdım. Bizi görmüş müydü yani? Bu kadarını elbette ki beklemiyordum ve bu sorusuyla boşluğa düşmüştüm. Hemen şimdi bir şeyler uydurmam gerekiyordu ama kilitlenip kalmıştım sanki.
"Cevap versene! Ne işin vardı onun yanında?" Kükremesiyle düşüncelerimi kovalamak zorunda kaldım. Sinirlendiği zamanlarda korkutucu olabiliyordu.

"Ben..." diye söze başlayacak oldum ama mantıklı bir yalan bulamadığım için çok geçmeden ağzımı kapamak zorunda kaldım.

"Sen ne?"

"Ben... Sarp'ın arabasından indim. Çünkü..." deyip duraksadım. Kaşlarını çattı, devam etmemi beklercesine gözlerimin içine baktı ama önce işimi sağlama almam gerekiyordu. Ciddi bir sesle, "Kızmayacağına söz verirsen anlatırım!" dedim. Başta itiraz edecek olsa da, sonradan onayladı. "Tamam, söz."

Dudaklarının arasından çıkan *-her ne kadar zoraki bir biçimde çıkmış olsa da-* bu iki kelimesine güvenerek tane tane anlatmaya başladım. Ben anlattıkça yüzü şekilden şekle giriyor, arada bir kaşlarını çatıyor, arada bir de belirsizce gülümsüyordu. Anlatacaklarıma sandığım kadar kötü bir tepki vermemiş olması beni ister istemez rahatlatmıştı.

"Ben Pelin'i benzetirken, Sarp da arkadan resimlerimizi çekmiş. Gelince bana da atacak," derken güldüm.

"Yine mi gelecek?"

"Bildiğin gibi her gün geliyor Batın!"

Gözlerini devirdi, ardından nefesini dışarı üfleyip beni kollarının arasına çekti. İtiraz etmeyip iyice kıvrıldım. Elleriyle önüme gelen saçlarımı kulağımın arkasına itti ve sonra da eğilip saçlarımı öptü. "Bir daha benden habersiz iş çevirme. Külahları değişmemizi istemiyorsan tabii!"

Başımı sallayarak onayladım onu. Konunun sakız gibi uzaması, isteyeceğim en son şey olurdu. Yorgundum ve ihtiyacım olan tek şey, birazcık dinlenmekti. Fakat aklıma gelen ani bir soruyla başımı omzundan kaldırdım. "Kıvanç'tan bir haber var mı?"

"Hayır, yok," derken, sesindeki bitkin ve biraz da çaresiz tınıyı sezebilmiştim. "Yurt dışındaki bütün dairelerimize, otellerimize tek tek baktırdım. Ama hiçbirinde yok!"

Sesindeki bitkinlik ve çaresizliğin yanına bir de öfke eklenmişti şimdi. Kıvanç'ı eline geçirecek olursa, öldüresiye döveceğine emindim. Tabii ona yardım etmeyi planladığımı da söylemeliyim değil mi? Pelin'e yaptığımın katbekatını Kıvanç'a uygulama hayallerim vardı. Arkadaşımı en çok üzen O'ydu ne de olsa.

Onu neşelendirebilmek adına yerimde iyice doğruldum. Ellerimi iki yana açarak haykırdım. "Neden Irmak'ı yemeye gitmiyoruz biz?"

Dudaklarında küçük de olsa bir tebessüm oluştuğunda ayağa kalkıp kapıya ilerledim. O da peşimden ayaklanırken, "Önce ben!" diye bağırdım. Fikri veren bendim ve Irmak'ı ilk yeme hakkı da bana düşüyordu.

Salondan içeri girerken bana yetişmişti. Bu yüzden kapıdan aynı anda geçmeye çalıştık. Kapı her ne kadar çift kanatlı da olsa, az kalsın sıkışma tehlikesi geçiriyorduk. Ezildiğim için yüzümü buruşturarak içeri adımımı attım. Ben düşüncelerim arasında boğuşurken, Başak bizi izleyip kahkahalara boğulmuştu bile. Irmak da annesine meraklı bakışlarıyla bakıyor, neden bu kadar çok güldüğünü anlamaya çalışıyordu sanki.

Batın, Irmak'ı kucaklayıp yanıma geldiğinde Irmak'ı kucağından aldım. Yeğenimin elleri burnumun üzerinde gezinmeye başladığında, kahkahalarımın şiddet bulması da gecikmedi. Eğilip minik burnunun ucuna birkaç öpücük kondurdum.

Tam, koltuklara ilerlemek adına arkamı dönmüştüm ki kocaman bir ayıcıkla burun buruna gelerek duraksadım. Oyuncak ayılara karşı bir zaafım vardı. Ve bunu bilen kişi sayısı çok azdı!

"Merhaba Asude anne." Batın, sesini değiştirerek kucağındaki ayıcığa dublörlük yapıyor ve ayıcığın kalın kahve kollarını sarsıyordu. "Ben senin doğum günü hediyenim!"

"İyi de, doğum günüme daha bir hafta var!"

"Beni avans olarak düşün. Gerçek hediyen bir hafta sonra senin olacak!"

Daha fazla dayanamayarak ayıcığıma doğru atıldım. Kollarımı açtığım esnada, Batın aramızdan onu çekti ve ona sarılmamı sağladı. Ayıcığı da kolundan tutup aşağı doğru sallandırıyordu. Diğer eli de belime inmiş ve beni kendisine çekmişti bile. "İyi ki doğdun hayatım!"

Sevinç çığlıklarımın içimde patlamasını sağlayarak gülümsedim. Kulağına, "Daha bir hafta var Batın!" diye fısıldadım.

"Yedi gün yedi gece kutlamak istiyorum belki! Olamaz mı yani?" derken sıcak nefesi tenime çarpıp hızla kalbime doğru yol aldı.

Ani ve üzerinde tek bir saniye bile düşünmek istemediğim bir kararla, parmak uçlarımda yükseldim ve kendimi Batın'ın dudaklarında buldum. Bu davranışım, daha ilk saniyeden yanaklarımın ısınmasını sağlamıştı ama artık geri dönüşü yoktu. Hep öpülen taraf olmuştum bu ilişkide. Hiç ilk adımı atmamıştım. Çünkü Batın, benim ilkimdi! Ve ilk olduğu için böyle şeyler fazla yabancıydı bana.

Sonrasında, geri çekilmek için kendimi zorladım. Ciddi anlamda! Ama buna ne Batın izin verdi ne de iradesiz bedenim... Ellerini yanaklarıma bastırıp beni daha çok kendine çekti. Ama tam bu sırada, Irmak'ın emekleyerek yanımıza geldiğini fark ettim. Batın'ın elinde tuttuğu ayıcığımın ayağından tutup kendine çekmeye çalışıyordu. İstemsizce gözlerim pörtledi. Şimdiye kadar odamdan çaldığı ayıcıkların haddi hesabı yoktu! Ama bu sefer izin vermezdim işte. Bu, Batın'ın hediyesiydi. Diğer ayıcıklarım gibi sıradan değildi.

Dudaklarımı zorlukla Batın'ın dudaklarından ayırdım ve Irmak'ın yanına çömelip, kendi boyundan büyük olan ayıcığımı çekiştirmeye çalıştım. Kısa bir süre sonra amacımı kavradı ve minik kollarıyla ayıcığıma daha sıkı yapıştı. Minicik kaşlarını çatması da cabasıydı!

Teyze-yeğen, amansız bir ayıcık kavgasına giriştiğimizde, Başak'ın kahkahaları salonumuzu doldurdu. Batın ise isyankâr bir yüz ifadesiyle bakıyordu suratıma. *'Bir ayıcık için benden ayrılman şart mıydı?'*

"Versene şunu Irmak ya! Bütün ayılarımı aldın zaten!" Teyzesi gibi inatçı olan yeğenim, ayıma resmen asılmış, bırakmamakta ısrar ediyordu.

"Hem ilk kelimen de teyze olmadı zaten! Küsüm sana! Ver şunu!" diye bağırdım, sanki beni anlayabilecekmiş gibi. Bağırmamdan olsa gerek, gözlerini yumup dudaklarını büzerek benden uzaklaştı. Emekleyerek Başak'ın yanına giderken, bir yandan da ağlıyordu. İçime büyük bir vicdan azabı köreklenmişti ama ağladığı zamanlarda yüzüme bile bakmadığını bildiğimden yerimden kalkmadım. Şu haliyle bir tek annesine giderdi haspam!

Başak onu kucağına alırken, kaşlarını çatarak baktı bana. "Cimri teyzeni boş ver sen meleğim. Ben istediğin ayıcığı alırım sana!"

Irmak'ın içini çekerek ağlayışları koridorda yankılanırken büyük bir suçluluk duygusuyla kalakaldım. Ayıcığımı da yerden alıp odama doğru yürümeye başladım. Az önce yaşananlardan sonra Batın'ın suratına bakmaya da hazır hissetmiyordum kendimi. Bunun için peşimden gelmemesini diledim ama dilediğim gibi olmadı. Ayak sesleri arkamda yankı bulurken gözlerimi yumdum.

Sonra, hiçbir şey söylemeden koca ayımı da yanıma alarak yatağa yerleştim. Yorganı çekip ayımı da yanıma yatırdım. Evet, bu sayede Batın'ın yanıma gelmesini de engellemiş oluyordum. Bir nevi kendi bindiği dalı kesmişti, benim çok akıllı sevgilim.

"Ne yani, o ayıyı yanında mı yatıracaksın?"

Surat ifadesi beni kahkahalara boğacak türdendi. Ama dudaklarımı birbirine bastırarak bu dürtülerime engel oldum.

"Yanına yatır diye almadım onu Asu!"

Öfkeli haykırışına karşılık dudaklarımı ısırdım bu sefer de. "Artık benim olduğuna göre nerede yatacağına ben karar veririm Batın!" diye üste çıktım, hiç utanmadan. Ve onu daha çok sinir etmek adına ayıma daha sıkı sarıldım.

"Senin yanın dışında her yerde yatabilir bence!"

"Bana bu ayıyı kıskandığını mı söylüyorsun şimdi?"

Sorumu duymazdan geldi ve hiç beklemediğim bir anda ayımı yanımdan çekip aldı. Yandaki koltuğa fırlattıktan hemen sonra da olağanüstü gülümsemesiyle bana döndü. İfademi ciddi tutmaya çalıştım ama başarılı olamayıp saf saf gülümserken buldum kendimi.

Yanıma kıvrıldığında bedenim anında buz kesmişti. Ellerini arkamdan dolayıp belimi sıkıca sarmaladı ve kulağıma eğilip, "O ayıyı bana tercih etmekle ne kadar büyük bir hata yaptığını anlayacaksın sevgilim!" diye fısıldadı. Bedenimin bu sefer de korkudan buz kestiğini hissettim.

Beni etkisi altında almayı ne güzel de başarıyordu öyle. Ama bunların cezasını elbet bir gün çekecekti!

27. Bölüm

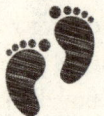

Adam Olma Yolunda Emin Adımlar

Kıvanç'tan

Uyuduğum yatakta, başka birinin varlığını hisseder gibi oldum. Bunun nedeni, belki de öyle olmasını istediğim içindi. Başak'ın yanımda masumca uyumasını özlüyordum. Onu doyasıya izleyebilmeyi, ona sarılmayı ve onu öpmeyi... Küçük bir umut parıltısıyla sırt çevirdiğim yan tarafıma döndüm. Başak. Ah evet, bu O'ydu. Peki ya, burada ne işi vardı? Nasıl bulabilmişti beni?

Ah, hayır. Burası benim kaldığım ev bile değildi. Burası Başak'la Asude'nin dairesiydi. Peki, o zaman ben nasıl gelebilmiştim buraya? Ne zaman onun yanına dönmeye karar vermiştim? Ya da geri dönecek kadar büyüdüğüme nasıl karar verebilmiştim?

Daha sonra bunları bir kenara bırakmayı tercih ettim. Beyin fırtınası yapmak yerine onu izleme fikri çok daha mantıklı geliyordu. Upuzun sapsarı saçları alnını işgal etmişti her zamanki gibi. Gülümsedim. Olabildiğince dikkatli olmaya özen göstererek serçe parmağımın yardımıyla saçlarını geriye ittim. Böylelikle yüzü daha çok meydana çıkmıştı şimdi.

Geri çekildim sonra. O uyanana kadar onu izleme hakkına sahiptim ve bu hakkımı gerektiği gibi iyi değerlendirecektim. Onu nasıl özlediğim hakkında bir roman bile yazabilecek kapasiteye sahiptim! Özlemi, her geçen gün daha da büyüyordu içimde. Bazen bununla başa çıkamayacağımı düşünüp pes etmeyi bile düşündüğüm zamanlar oluyordu. Ama yapamazdım. Büyüdüğüme inanmadan Başak'ın karşısına geçemezdim. Onu bir daha üzemez, hayal kırıklığına uğratamazdım. Bu konuda kesin kararlıydım.

Gözlerinin hafifçe aralandığını fark ettim bu sırada. Uyanıyordu. Ve benim bir an evvel buradan uzaklaşmam gerekiyordu. Beni görmemeliydi! Ama bir yanım da, beni bu yataktan kaldırmamak için büyük bir direnişe başlamıştı sanki. Ve ben de bu direnişe karşı gelemeyecek kadar güçsüzdüm. Gerçi ben, Başak söz konusu olduğunda her anlamda güçsüzdüm!

Gözlerini tamamen açtığında gülümsedim. "Günaydın Başak..."

Önce yeşil gözleri fark edilir oranda büyüdü. Ardından olayı biraz olsun idrak edebildiğinde gözlerini kısarak baktı gözlerime. Bu bakışları, dönüşüme sevinmediğini mi gösteriyordu? Muhtemelen...

Bensizliğe bu kadar çabuk alışabilmiş miydi yani? Düşüncelerimi kovalayıp dikkatimi tekrardan ona verdim. İfadesi aynıydı. Yeşil gözleri öfkeyle karışık bir nefretle bakıyordu gözlerime. Orada sevgiyi bulma isteğiyle yanıp tutuşurken, sertçe yutkundum.

Yanımda doğrulurken benden uzaklaşmaya çalışır gibi bir hali vardı. Yataktan kalktı ve odasındaki tekli koltuğa geçip oturdu. Benimle göz teması kurmaksızın konuşmaya başladı. "Ne işin var senin burada? Hani gitmiştin?"

"Ben..." diye söze başlayacak oldum ama boğazıma körüklenen koca bir yumru dudaklarımı aralamama mâni oluyordu. Bir kez daha denedim. Dudaklarım hafifçe aralanır aralanmaz konuşmaya giriştim. "Ben dayanamadım Başak. Sensizlik o kadar zordu ki..."

Alay edercesine gülümsedi. "Çekip giderken düşünemedin mi bunları?"

Artık yutkunmaya bile halimin kalmadığını hissettim. Demek bu kadar dolmuştu bana karşı. Demek bu kadar sinirliydi bana... Bunun ağırlığı altında ezilircesine omuzlarımı düşürdüm. Söyleyecek başka bir şey bulamadığımdan başımı yere eğip bekledim. "Büyümek için çekip gittim!" diyecek oldum ama bana inanmayacağını bilerek sustum. O anın şartları öyle olmasını gerektirmişti ve ben de gitmiştim...

Bir bebeğin ağlama sesi duyulduğunda başımı sesin geldiği yöne çevirdim. Başak çoktan pembe beşiğin yanına gitmiş ve kızını kucağına almıştı bile. Ve bu anda, gülümsedi. Bu gülümsemesinin kaynağı, minik bebeğiydi. İçten içe kıskandığımı hissettim onu. Ağlamasıyla bile annesini gülümsetmeyi başarabiliyordu.

Kucağındaki bebekle konuşmaya başladığında unutulduğumu hissederek sırtımı yatağın başlığına yaslayıp uzandım. Böylelikle Başak'ın yüzünü daha rahat izleyebilme olanağına da sahip olmuştum. Hiç değişmemişti. Göz altlarında biriken minik torbalar dışında tabii... Uykusuz kaldığı açıkça belli oluyordu. Yanında olmayı ve ona yardımcı olabilmeyi istediğimi fark ettim bu anda.

"Ah Irmak, hayır!" diyerek kahkahalarını koyverdiğinde, ister istemez gülümsedim. Demek benim önerdiğim ismi vermişti kızına.

Irmak, annesinin kolları arasından kurtulup dizleri üzerinde emeklemeye başladığında bakışlarımı ona çevirdim. O da gözlerini bana dikmiş, dikkatle beni izlemeye başlamıştı. Yerimde doğruldum ve bacaklarımı aşağı sarkıttım.

Ben bunu yapar yapmaz Irmak da ayaklarıma doğru hareketlenmişti, sanki bunu yapmamı bekliyormuş gibi. İki elini ayaklarımın üzerine koydu, yerden kalkmaya çalışıyor ama her denemesinde başarısız oluyordu. Tam ellerimi uzatıp onu kucaklama isteği duyduğumda, minik pembe dudaklarının arasından dökülen sözcükle duraksadım. Bir nevi donakaldım da denilebilir.

"Bab-ba!"

"Uyansana oğlum!"

Soner'in bağırışı kulağımda yankılandığında, gözlerimi aralamaya çalıştım. Başardığımda, nefes nefeseydim. Fazlasıyla garip bir rüya görmüştüm. Bundan öncekilere benzemiyordu hiç. İlk defa Başak bana bu derece soğuk davranmış ve yine ilk defa Irmak'ı görmüştüm. Bana baba deyişi ise tam bir saçmalıktı.

Belki de bilinçaltım yüzünden böyle bir rüya görmüştüm. Ne de olsa bundan sadece birkaç ay öncesinde Irmak'a babalık yapmayı bile kabul eder bir haldeydim. Pelin gelip her şeyi mahvetmeseydi, belki bunu gerçekleştirecektim bile.

Soner nefesini suratıma üfleyerek, "Şu kızı düşünme artık oğlum. Gel, dışarı çıkıp gönlümüzce eğlenelim... Eski günlerdeki gibi?" dediğinde, alay edercesine gülümsedim. Amacının beni mutlu edebilmek olduğunu biliyordum. Senelerdir tanıdığım yakın bir arkadaşımdı Soner. İngiltere'de bana, babasıyla birlikte en çok yardımcı olan kişiydi hiç şüphesiz.

İkisine de duyduğum minneti hiçbir şekilde izah edemezdim. Bana, İngiltere'nin en güzel ve en sakin kasabalarından birinde -*Southsea'da*- yaşama olanağı sunmuş, şimdi oturduğum evi ardına kadar açmışlardı. Southsea, kasaba olarak anılmasına rağmen gerek alışveriş merkezleri, gerekse eğlence mekânları yönünden -*normal bir kasabaya göre*- yeterince gelişmişti. Hele de bir sahili vardı ki insan orada zaman geçirdiğinde her şeyi unutabiliyordu. *Tabii, Başak konusunda bana bir gram olsun yardımcı olamadığını hesaba katmazsak...*

"Sen git oğlum. Benim yerime de eğlen işte!"

"Sensiz tadı çıkmıyor kızların. Kalk gidelim işte!" diye direttiğinde yanımdaki yastıklardan birini alıp kafasına fırlattım. "Defol git diyorum lan!" diye bağırdığımda oldukça sesli bir kahkaha attı ve bir an sonra koşar adımlarla evi terk etti.

Israrlarından kurtulmanın verdiği rahatlıkla nefesimi dışarı üfledim. Gördüğüm rüya aklımdan çıkmazken, telefonuma uzandığımı fark ettim. Buna bir anlam veremesem de, kendimi engellemeyi de denemedim. Tuş kilidini açmadan saate baktım. Gecenin beşiydi. Yani bu demek oluyordu ki, Türkiye'de saat yedi sularındaydı. Farkında olmadan rehbere girdiğimde, kararımı sorgulamaksızın Başak'ın numarasını tuşladım. Sesini deli gibi özlediğimi kendime hatırlatarak, parmağımı *çağrıyı kapat* tuşundan uzak tutmaya gayret gösterdim.

Bu saatte telefonunu açmayacağını, belki de derin bir uykuda olduğunu düşündüğüm sırada, telefonun açılma sesi kulaklarımı doldurdu. Heyecanlanmamak elde değilken, boğazımı temizleyip sakinleşmeye çalıştım.

"Alo."

Uykudan uyandığını belli eden boğuk sesi bana ulaştığında gözlerimi yumdum. Huzur dedikleri şey, buydu herhalde. Uzun zamandır bana uğramayan, yakınımdan bile geçmeyen şeyin adı... Ama şimdi, onun ağzından çıkan tek bir kelimeyi duymak bile, içten bir şekilde gülümsememi sağlamıştı.

"Sensin, değil mi? Neden arıyorsun beni Kıvanç? Madem arıyorsun, o zaman neden konuşmuyorsun? Amacın ne senin?"

Sesi sessiz olmasına rağmen bağırıyor gibiydi. Sessiz konuşmasının nedeni, evdekilerin, daha da önemlisi Irmak'ın uyuyor olmasıydı muhtemelen. Benim konuşmuyor olmamın onu sinir ettiğini biliyordum ama söyleyecek bir şey bulamıyordum ki. Telefonu açtığı anda kilitleniyordum, sesim kesiliyordu. Kıvanç Koçarslan olduğumdan şüphe ediyordum bazen. Resmen evrim geçirmiştim!

"Başak..." diye söze başladım mecburen. Eğer konuşmazsam telefonu suratıma kapatacağını biliyordum çünkü. Defalarca yaşamıştık bunu. Ama bu kadar erken kapatmasını, sesinden bu kadar erken kopmayı istemiyordum. Bunu, sadece birkaç dakikalığına bile geçiştirebilirsem benim için büyük bir kârdı.

Nefesimi dışarı üflerken, bir yandan da yarım bıraktığım sözümü tamamladım. Bir konuşmaya elbette "Nasılsın?" diyerek başlanırdı ama bu bizim oldukça saçma bir başlangıçtı. Yani, yanlış bir karar olmuştu.

"Nasıl olduğumu merak mı ediyorsun cidden? Çekip giderken de nasıl olacağımı düşünmüş müydün?"

Bunları söylerken sesi fazlasıyla alaycıydı. Hissettiklerinin böyle olduğunu üç aşağı beş yukarı tahmin etmiştim zaten. Sonuna kadar haklıydı da! Ama o, buzdağının görünen kısmını biliyordu sadece. Görünmeyen kısmı hakkında bir bilgisi yoktu. Ben o gün, onun iyi haberini alıncaya dek endişe ve sabırsızlık içinde beklemiş, iyi haberi aldıktan sonra gitmiştim. Ama bunu da bilmiyordu işte. Bilmesi için de çabalamayacaktım. Beni kötü bilmesi, benden nefret etmesi işime gelirdi. *Yeterince büyüdüğüme kanaat getirdiğim güne dek...*

"Anlaşmamız böyleydi Başak," dedim, bu soğukkanlılığıma ben bile şaşırarak. "Irmak doğduğunda aramızdaki her şey bitecekti. Bunun için beni suçlayamazsın!"

Bunları söylerken ellerimi yumruk yapıp gözlerimi sıkıca yummuştum. Gerçek değildi bunlar. Asıl gerçek, benim ona evlenme teklifi edeceğim ve Irmak'a babalık yapmayı kabul edeceğimdi! Ama henüz bunu bilmemeliydi. Zamanının geldiğini düşünene kadar bunu ona söylemeyecektim. *Yani büyüdüğümü hissettiğim ve onu gerçekten hak ettiğimi düşündüğüm ana kadar...*

"Hayatımdaki en büyük pişmanlığımsın Kıvanç! Senden nefret ediyorum!" dediğinde sözleri bir ok misali kalbime saptanmıştı. Bunları duymak berbat hissettirmişti. Ama hak etmiştim! Ben onca kötü şey söyledikten sonra onun bana iyi şeyler söylemesini beklemek aptallık olurdu.

Arkada bir ağlama sesi duyulduğunda, bunun Irmak'ın sesi olduğunu düşündüm. Sesi tizdi ama ısrarlı bir şekilde ağlıyordu. Annesi gibi güzel bir kız mıydı acaba? Rüyamda gördüğüm kadar?

Başak'ın sesini duyduğumda düşüncelerim beni süratle terk etti. "Kapatmam gerek. Senden çok daha önemli işlerim var!" Ardından bir şey söylememe fırsat tanımadan konuşmasına devam etti. "Ve sakın bir daha arama beni!"

Telefonun suratıma kapatıldığını haykıran *dıt dıt* sesi, kulağımda yankı buldu. Elimdeki telefonu sinirle duvara fırlattım. Telefonum, parçalara ayrılırken çıkardığı sesten hemen sonra parkelerin üzerindeki yerini buldu. Ağzımda bir küfür geveledim.

Başak'ın sesini işitebilmek için, yeni bir telefon almam gerekecekti. Yeni bir telefon, bolca para saçmak demekti. Para ise, çalışmak... Kısacası, Kıvanç Koçarslan'ın adam olma yolunda emin adımlarla ilerleyebilmesi için, acilen şimdikinden daha iyi bir iş bulup çalışması hatta ve hatta okuması gerekiyordu! Aman ne güzeldi...

Özel Bölüm

Irmak'ın Birinci Yaş Günü - 24 Şubat

Asude'den

Arkamı döndüğüm anda, çığlığı basmamak adına dudaklarımı birbirine bastırdım. Batın, karşımda ayı kostümüyle bana göz kırpıyordu. Ben daha şaşkınlığımı üzerimden atamamışken, görüş alanıma Irmak giriverdi. Amcasının boynuna atladığında, Batın sıkıca tuttu yeğenini. Amcasının kahve ayı postuyla örtülü kafasında elini gezdirirken, bir yandan da "Ayıcık! Tatlı ayıcık!" diye bağırıyordu.

Irmak'la en benzer noktamız, oyuncak ayıcıklara beslediğimiz sevgimizdi hiç şüphesiz. Bütün ayıcıklarımı sahiplenmesi sinirimi bozsa da, sessiz kalabilmek için kendimi sıkıyordum. Sonuçta o daha minicik bir bebekti! *Bugün bir yaşına basan bir bebek!*

Batın ayağa kalkarken Irmak'ı da kucakladı. Başak yanımıza gelip Irmak'ı almaya çalışırken, Irmak da avazı çıktığı kadar bağırıyordu annesine. "Hayıy! Ayıcık!"

Başak onu dinlemeyerek kucağına aldı ve bizden uzaklaştı. Gözlerimi tekrar Batın'ın gözleriyle buluşturduğumda kıkırdamadan edemedim. Bu haliyle gözüme o kadar tatlı gözüküyordu ki boynuna atlayıp sıkıca sarılmak isteğiyle dolmuştum. Fakat babamın burada, hemen arkamızda olduğunu kendime hatırlatarak geri durmaya çalışıyordum.

Dudaklarımı birbiri üzerine bastırarak, "Ne bu hal?" dedim. Gülümsediğini, dudaklarının üzerini örten kısmın kıvrılışından anlamıştım.

"Senin için!"

Uzanıp elimi sıkıca kavrayıp dizleri üzerinde eğildiğinde şaşkınlığımı gizleyemeyerek -*ya da buna gerek görmeyerek*- gözlerimi kocaman açtım. Bu halime kısaca tebessüm ettikten hemen sonra başını yere eğdi. Ne yapıyordu bu adam böyle? Yalnız olmadığımız ortamlarda ne kadar utandığımı bilmiyor muydu?

Elindeki tek taş yüzükle göz göze geldiğimde kalbimin bütün vücudumda atışa geçtiğini hissettim. Batın gülümseyerek benim tepkilerimi izliyor, avuçlarının arasındaki elimi sıkıyordu. Başını kaldırıp gözlerimin içine baktı. Nefesimin kesilmesine ramak kalmıştı. Tahmin ettiğim şeyi yapıyor olamazdı, değil mi?

"Lafı dolandırmadan direkt söyleyeceğim!" derken, başındaki ayı kafası kostümünü çıkardı. Başımı zar zor aşağı yukarı sallayabildiğimde gülümsedi. Gamzelerinin içine dalma hayalleri kurduğum sırada da konuştu. "Benimle evlenir misin Asu?"

Sorusuyla boğazımda koca bir yumrunun oturduğunu hissettim. Tahmin ettiğim şey buydu, evet ama bunu ondan duymak çok daha farklıydı. Elinde tuttuğu tek taş bana hafiften göz kırparken derin bir nefesi içime çektim. Herkesin gözleri bizim üzerimize kilitlenmişti. Bu bakışlar altında kendimi büyük bir baskının içinde hissediyordum.

Tüm bunlara rağmen, dudaklarımın arasından "Evet!" sözcüğü çıkıverdi. Bu sözcük bana ilk defa bu kadar yabancı, ilk defa telaffuzu bu kadar zor gelmişti. Yine de, Batın'ın yüzünde oluşan gülümsemeye değerdi. Henüz evlilik kavramından çok uzaktım ama sevdiğim adamın teklifini geri çeviremezdim ya! Hele de bu ayı kostümünün içerisindeyken asla!

Parmağımda hissettiğim soğukluk sonucu, gözlerimi o kısma çevirdim. Batın'ın elindeki yüzük, parmağımdaki yerini bulmuştu ve hissettiğim soğukluk da, yüzüğün metalinden akan soğukluktu. Yüzüğümle doya doya bakışamamışken kendimi bir anda kolları arasında bulmamla afalladım. Beni öyle sıkı sarmaladı ki, bir an boğulacağımı sandım.

"Seni seviyorum Asu!"

Batın'ın birkaç kez arka arkaya söylediği bu cümle, kalbime daha hızlı atma emrini verdi. Kalbim de bu emre itaat ederek anında daha hızlı atmaya başladı. Göğüs kafesime uygulanan bu baskıyı düşünmemeye çalışarak Batın'ın sarılışına ortak olmaya karar verdim. Ama tam da bu anda, nedenini anlayamadığım bir biçimde benden uzaklaştı.

Hemen karşımıza baktığımda babamın, Batın'ın yakasından tutup çekiştirdiğini gördüm. Annem ona engel olmaya çalışıyor, Batın'sa belli ki şok yaşıyordu. Bu hallerini izlerken kıkırdamadan edemedim. Irmak da amcasının peşinden koşturuyor, ayaklarına sarılıp "Ayıcık!" diye bağırıyordu. O kadar mutlu gözüküyordu ki, kollarımı göğsümde kenetleyip onu izledim. Ensesine kadar uzayan sarı saçları öylesine canlı duruyordu ki, onu kollarımın arasına alıp doyasıya öpmek istediğimi fark ettim.

Babam da Irmak'ın bu sevimli haline dayanamamış olacak ki, Batın'ın yakasını bırakıp minik torununa yöneldi. Gülümseyerek yanlarına gittim. Hemen sonra ellerimi birbirine çırparak, "Şu doğum gününü kutlayalım artık!" diye haykırdım. Sanki az önce evlilik teklifi alan kişi ben değilmişim gibi!

Salondaki herkes bana hak verircesine başını salladığında, Başak da elindeki yaş pastayla içeri girmişti. *Tam zamanlama* diye buna derdim ben!

Babamla annem, Irmak'ı, annesinin kollarına verdikten sonra bana baktılar. Annemin suratında mutluluk belirtilerinin birçoğu hâkimken, babamın yüzüyse tam aksine sirke satıyordu. Batın'ın bu ani evlenme teklifi, bu ifadesinin sebebiydi hiç şüphesiz. Böyle bir şeyi ben bile beklemiyorken, babamın bu tepkiyi vermesine şaşırmamak lazımdı. Beni ve Başak'ı sahiplenip kıskanmakta üzerine yoktu ne de olsa...

Irmak'ı ortadaki sandalyenin üzerine oturttuğumuzda, onun gözleri hâlâ amcasının üzerindeydi. Benim tatlı cadımın, ayıcıklara olan sevdası ne zaman bitecekti acaba? Bütün ayıcıklarımı onunla sahiplenebilirdim ama iş Batın'ı sahiplenmeye gelince orada dururdum. Onu kimselerle paylaşma gibi bir niyetim yoktu!

"Hadi kızım, üfle artık!"

Başak, Irmak'ın kulağına eğilip bunu fısıldadığında, Irmak'ın tepkisi annesinin yanağına sesli bir öpücük kondurmak oldu. İliklerime kadar kıskandığımı hissederken, Irmak misilleme yapar gibi bir kez daha pembe dudaklarını öne uzatıp annesini öptü.

Başak mutlulukla kıkırdarken bir yandan da konuşmaya çalışıyordu. "Hadi meleğim, mumu üfle. Bak böyle yapacaksın!" dedi ve dudaklarını öne doğru büzerek kızına nasıl yapılacağını anlatmaya çalıştı. Bu tatlı hallerini kendimden geçercesine izlerken, Irmak'ın bir anda pastanın üzerindeki tek mumu üflemesiyle kendime geldim. Minik nefesi yetmediği için bunu Başak'la birlikte yapmışlardı. Ama önemli olan o mumun sönmesiydi zaten. Bu hallerini izlerken ne kadar şanslı olduğumu bir kez daha anlamıştım. Böylesine harika bir kardeşe ve böylesine tatlı bir yeğene sahip olmak herkesin harcı değildi!

Irmak sevinçle minik ellerini birbirine çırparken, gözüm Zehra Hanım'la Levent Bey'in olduğu tarafa kaydı. Mumu üfleyen bu tatlı varlığın kendi torunları olduğunu bilmeden alkışlıyorlardı. Evet. Batın ve Kıvanç'ın anne ve babasıydılar. Batın bundan aylar öncesinde, Kıvanç'ın nerede olduğunu bildikleri düşüncesiyle yanlarına gitmiş ve o gün olan olmuştu. Anne ve babası, o günden itibaren Batın'ı bağrına basmıştı. Zaten ayrı kaldıkları üç yıl boyunca da, öğrendiğimiz kadarıyla Levent Bey'in bir gözü hep Batın'ın üzerinde olmuş, onu hep koruyup kollatmıştı. *Özlem, taşıması ağır bir büyüktü ve ne olursa olsun, gururu bir şekilde ezerdi.* Nihayet onlar da gurur denen mereti ezmiş ve geç de olsa aile olmayı başarmışlardı. *Bu sefer de Kıvanç'ın eksik olduğu bir aile!*

Bir de Samet vardı tabii. Batın ve Kıvanç'ın amcaoğlu olan, evlere şenlik Samet! *Başka bir deyişle, bir aralar Batın'ın sevgilisi olduğunu sandığım Melda'nın kardeşi olan Samet...* Samet, Levent Bey ve Zehra Hanım'ın aksine, Irmak'ın Kıvanç'ın kızı olduğunu biliyor, hatta meleğimizi "Junior Kıvanç!" diye seviyor ve çekip gittiği için kuzenine her fırsatta küfredip duruyor, geri döndüğünde ise onu öldüreceğinin vaatlerini veriyordu. Evet. Dediğim gibi, evlere şenlikti!

Herkes yerlerine geçip masadaki yemeklerden atıştırırken; Başak ve Sarp da bir köşede oturmuş, Irmak'ı yediriyorlardı. Ve Batın'a bakmadığım halde, gözlerinin benim üzerimde gezindiğini hatta gülümsediğini dâhi hissedebiliyordum.

Aradan belli bir zaman geçtikten sonra herkes yemeklerini bitirip ayaklanmıştı. Annemle babam, Levent Bey'in önerisi üzerine hep birlikte dışarı çıkmışlardı. Babam başta çekimser davransa da, -*her zamanki gibi*- annemin ısrarlarına dayanamayıp *tamam* demişti. Giderken Batın'a en sert bakışını attığını da özellikle belirtmeliyim sanırım...

Evde biz bize kaldığımızda, Batın'ın beni kolumdan tutup odaya çekmesi gecikmedi. Arkamızdan kapıyı kapattıktan hemen sonra, üzerindeki ayı kostümünün fermuarını bulmaya girişti. "Yardım etsen ölmezsin bence!" diye isyan ettiğinde, kıkırdadım. Başımı şımarıkça iki yana sallayıp kendimi yatağın üzerine bıraktım. Kollarımı göğsümde birleştirirken bir yandan da bilmiş edasıyla konuşmaya başladım. "Benimle uyumayı istiyorsan kostümünü çıkarmayacaksın!"

Kısa bir an duraksadı, ardından söze atıldı. "Pişerim ben bununla. Ciddi değilsin, değil mi?"

Bu şok olmuş haline gülmemek için insanüstü bir çaba harcadım. Başarılı olduğumda kendimi tebrik etmeye fırsat bulamadan Batın'ı cevaplamaya giriştim. "Çok ciddiyim. Eğer kabul etmiyorsan ben de bana aldığın ayıcıkla yatarım! Ama bak, değerimi bil. İlk teklifi sana yaptım!"

Sinirle soludu. Dayanamayıp gitmesini beklerken, yanıma geldiğini gördüğümde şaşırdım. Üzerindeki ayı kostümüyle yanıma uzandığında ise gözlerime inanamadım. Kollarını belime doladı ve burnu da ensemin üzerindeki yerini buldu. Gözlerimi kapayıp kendimi derin ve güzel bir uykuya teslim edeceğim sırada, odamın kapısının açılma sesi geldi. Ardından da Başak'ın sesi...

"Böldüğüm için üzgünüm gençler. Ama inatçı bir yeğeniniz var ve dakikalardır sizin yanınıza gelebilmek için gözyaşı döküyor."

Batın benden önce davranarak yattığı yerde doğruldu. Süratle kalktı ve derhal Irmak'ı kucakladı. Irmak'ın gözyaşları yüzünden ıslanan saçlarını kulağının arkasına sıkıştırdı ve geriye çekilip gülümsedi. "Şimdiye kadar getirseydin ya Başak. Bu kadar ağlamasına değer miydi yani?"

"Yalnız kalın istedim. Ama çok şımarık bir kızım var. İsteğini yine yaptırdı!"

Kaşlarımı çattım. "Batın haklı. Niye ağlatıyorsun ki bu kadar?"

Başak hüzünlü gözlerini gözlerime dikerek karşılık verdi. "Bu hayatta her istediği şeyin gerçekleşmeyeceğini bilmesi gerekiyor çünkü. Annesi gibi başına kötü bir şey gelince öğrenmesindense, şimdi öğrenmesi çok daha iyi!" Bunu der demez odadan çıkıp bizi büyük bir sessizlikle baş başa bıraktı. Batın'ın burnundan soluduğunu gördüm sonra. "O it kardeşimi bir elime geçirirsem var ya..."

Cümlesini tamamlayacağı sırada Irmak'ın kıkırdayışıyla kendine gelmişti. "Ayıcık amca!" Minik kollarıyla, ellerini ayı postunun üzerinde gezdirdiği her an kıkırdıyordu benim tatlı cadım! Amcası da bu ilgisine yüzde yüz karşılık verip, yeğeninin minik parmak boğumlarından başlayıp kollarına kadar büyük bir iştahla öpüyordu.

Bu hallerini izlerken yüzüm şekilden şekle girdi, uzun uzun kahkahalara boğuldum. Birbirlerini öpme yarışına girişmişlerdi yine. Onlar arasında hiç bitmeyen geleneksel bir yarışmaydı bu. Onları izlerken dalıp gittiğim sırada, Batın'ın sözleri beni kendime getirdi.

"Bizim de böyle tatlı bir kızımız olur, değil mi Asu? Hem... Irmak'a da kardeş olmuş olur!"

Sertçe yutkundum. Daha şimdiden bunları mı hayal ediyordu? Hayal etmekle de kalmayıp dillendiriyordu bir de! Ah.

Peki, benim hayalini kurmaya dâhi utanacağım bu şeyleri ondan duymak, ne diye bu kadar iyi hissettiriyordu o zaman?

Bunun cevabı, parmaklarımın arasından bana bakıp gülümseyen yüzükteydi sanırım. Bu teklifi kabul etmemin tek sebebi, her şeyin onda güzel olmasıydı. Benim hayalini kurmaya utandığım şeyleri onun ağzından duyduğumda mutlu olmam gibi...

Özel Bölüm 2

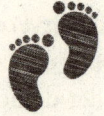

Onlar Erdi Muradına - 24 Şubat

Telefonu kapattığımda ellerimin titremesine mâni olamıyordum. Beklediğim bir şey değildi bu. Kıvanç'ın burada olduğunu öğrenmek iyi gelmemişti. Vücudum, tıpkı ellerim gibi şiddetle titriyordu. Bana uzun gelen bir zamanın sonunda onunla aynı şehirde bulunup onunla aynı havayı soluyor olmak, tek kelimeyle ifade etmem gerekirse garipti. Aynı zamanda kendime itiraf etmekte zorlansam da güzel ve bir o kadar da heyecan verici...

"Saçlarım seni bekliyor Başak!"

Asude'nin çağrısı üzerine kendime gelip ayağa kalkmaya çalıştım ama başarısız olacağımı anlayıp oturduğum koltuğa daha çok gömüldüm. Asude'nin saçları şimdilik bekleyebilirdi. Benim, bu şoku atlatmam gerekiyordu önce.

"Neyin var Başak?"

Asude'nin yanıma oturup, ellerimi avuçlarının arasına almasıyla kendime gelebildim ancak. Gözlerimi kırpıştırıp, "Sorun yok," demeye çalıştım. Gözlerimin ağırlaşmasından ötürü yaşlarla dolu olduklarını anlayabilmiştim. Ağlayacak olursam binbir zahmete katlanarak yaptığım makyajım mahvolacaktı. Düğüne en fazla iki saat kalmışken bunun olmasını istemezdim, öyle değil mi?

"Söyle!" diyerek direttiğinde bakışlarımı kaçırdım.

Aynasının önüne koyduğumuz sandalyenin yanına vardığımda, "Gelsene Asu! Bitirelim saçlarını," dedim, hiçbir şey olmamış gibi. Onu gördüğüm anda da bu soğukkanlılığımı korumak isterdim tabii ki. Ama beceremeyeceğim belliydi.

Asude oflana puflana yanıma geldi ve trip attığını belli edercesine yüzüme bakmadan sandalyesine oturdu. Topuzu bitmişti. Eksik olan tek şey, duvağıydı. Yatağın üzerinde boylu boyunca uzanan duvağı elime aldığımda, Asude de ayağındaki topukluyu çıkarmıştı. Ayakkabıları da gelinliği kadar sadeydi. Zaten Asude'den de böyle bir seçim beklenirdi! Ona kalsa uzun beyaz bir elbiseyle bile çıkabilirdi düğününe. Ama ben onun yerinde olsaydım, gösterişli bir gelinlik seçerdim muhtemelen. Sonuçta insan hayatında -*genellikle*- bir kere evleniyordu. O günün hatırına harika görünmeliydi! Gerçi Asude bu sade haliyle bile harika görünüyordu, o ayrı bir meseleydi.

Aynadaki yansımasını izledim bir süre. Omzunun belirli bir kısmını açıkta bırakan kalın güpürlü askıları ve boğaz kısmındaki hafif dekoltesi dışında, oldukça sade bir gelinlikti. Etekleri bile fazla kabarık değildi. Yerlere değen beyaz duvağını, birkaç dakika önce yapmayı bitirdiğim topuzuna sıkıca tutturdum. Duvağı, birkaç minik taştan ve sonlarına dikilmiş olan dantelden oluşuyordu. Dikilen dantel, gelinliğindeki dantelle aynıydı.

"Tamam, işte hazırsın!" diye haykırdım mutlulukla. Duvağını kaldırıp sağ omzuna koydum ve sağ tarafından aşağı sarkmasını sağladım.

Elindeki topuklusunu gözümün önünde sallandırıp, "İlk sıraya seni yazıyorum Başak!" diye bağırdı. Meleğimin yanına gidip onu kucağıma aldığımda, Asude'ye dönüp gözlerimi devirdim. Gelin ayakkabısının altına evlenmek isteyen kızların adı yazılırdı. Benim gibi isteksizlerin değil!

İlerleyen dakikalarda, Irmak'ın saçını da yaptım. Önce saçlarını maşaladım, ardından aralardan birkaç saç tutamını ördüm. Üzerindeki kabarık pembe, minik gelinliğiyle tam bir melek olmuştu kızım!

Kucağımdan kalkıp teyzesinin yanına koşturdu. Bugün, ikinci yaşına basmıştı. Zaten Asude ve Batın da, düğünleri için özellikle bugünü seçmişlerdi. *İki sene önce bugün bir araya geldikleri ve yine iki sene önce bugün Irmak aramıza katıldığı için ve Batın geçen sene bugün evlenme teklifini yaptığı için...* Resmen, hayatımızın dönüm noktasıydı 24 Şubat!

Asude topuklusunun altına yazdığı isimleri görebilmem için gözüme sokarcasına uzattı. Başta benim ismim yazılıydı, ardından da evlenmemiş birkaç kuzeninin... Gözlerimi devirip, "Evlilik düşünmediğim bir müessese," dedim.

Asude de beni taklit eder gibi devirdi gözlerini. "Niye düşünmeyecekmişsin ki? Ömrünün sonuna kadar onu bekleyecek değilsin ya Başak. Hem de Sarp gibi bir seçenek varken önünde..."

"Sonra konuşuruz bunları. Hem bugün beni değil, seni konuşacağız canım!"

Hararetle tartışırken, bu sırada içeri telaşlı bir yüz ifadesiyle giriş yapan Nazan teyzeye çevirdik gözlerimizi. Kapıyı öylesine sert ve hızlı açmıştı ki, korkudan elim ayağım titremişti. Yüzündeki telaşlı ifade, Asude'yi gördüğünde yerle bir oldu ve yerini, mutlulukla gülümseyen bir ifadeye bıraktı. Gözleri de anında dolu dolu oldu.

"Ne kadar güzel olmuşsun kızım!" derken elini kızının yüzünde gezdirdi. Büyülenmiş bir ifadeyle baştan aşağı inceledikten hemen sonra bana döndü. "Ellerine sağlık güzel kızım benim!"

Gülümsedim. "Ne demek Nazan teyze, lafı mı olur? Onun bana yaptıklarından değerli değil ya!"

Söylediklerim üzerine Asude kaşlarını çattı. Eğer biraz daha konuşacak olursam, yedi santimlik topuklusunu kafamda kırabilir gibi bakıyordu. Bana ve Irmak'a yaptıklarını ödeyemezdim kesinlikle. Ama bunu ne zaman söylesem omuz silkiyordu. *Sanki önemsiz şeyler yapmış gibi...*

Bunları düşünürken, Irmak'ın kapıyı çok hafifçe aralayıp dışarı çıkışını takip ettim. Gözlerimi kısıp ben de peşinden ilerledim. Kendimi dışarı attığımda Batın'la burun buruna gelmiştik. Heyecanla arkamdaki kapı koluna uzandım ve kapıyı hızla kapadım. Düğünden önce Asude'yi görmemesi gerekiyordu. Tamam, bu batıl bir inançtı ve Batın'ı kızdıracağı kesindi. Amacım da buydu ya zaten!

Benden önce Irmak atıldı olaya. "Teyzemi istiyorsan paya veyeceksin amca!"

Batın, Irmak'ın söylediklerini gözlerini pörtleterek dinledi. *Bu kız, böyle cümleler kurmayı nereden öğrendi* gibisinden bir bakış attı bana. Umursamazca omuz silktim. Dün gece Asude'yle birlikte, Irmak'ı bu konuda birazcık(!) örgütlemiş olabilirdik. Bu cümlelerin imzasını taşıyan asıl kişiler, bizdik yani.

Batın, gözlerini belirli bir noktaya sabitlediğinde nereye baktığını anlamak için kafamı çevirdim ben de. Şimdi, niçin transa geçmiş gibi baktığı anlaşılmıştı. Karşımda bütün güzelliğiyle duran Asude'yi gördüğümde kaşlarımı çattım. Biz burada ana-kız, Batın'ı soymaya çalışıyoruz ve o, dışarı çıkıyor öyle mi? Ah!

"Amca! Paya istiyoyum!"

Irmak bir kez daha o incecik sesiyle bağırdı ve bütün gözler ona çevrildi. Nazan teyze ve Kemal amca birbirlerine bakıp gülümsedi. Ardından Kemal amca, Irmak'a destek çıkmak adına, "Yürü be torunum! Kim tutar seni!" diye bağırdı.

Gözlerimi Batın'a çevirdim. Cebinden çıkardığı iki yüz liralık banknotu Irmak'ın avuçlarına bıraktığında gülümsedim. Bu sırada Batın'ın annesi ve babası da katıldı aramıza. Şaşkın gözlerle olanları izlediklerini fark etmem fazla uzun sürmedi. Onlara eğilip kısık bir sesle olayı anlattım. Gülümseyerek karşılık verip, oğullarının süt dökmüş kedi gibi olan halini keyifle izlediler. Aslında ikisi de o kadar iyi insanlardı ki, Irmak'ın onların torunu olduğunu söylemek istiyordum ama bir türlü dilim gitmiyordu.

Düşüncelerimden sıyrılıp önüne döndüğümde, Irmak'ın bana baktığını gördüm. İki yüz liranın yeterli olup olmadığını soruyor gibiydi. Başımı iki yana sallayıp, "Devam!" dedim.

Gülümseyerek önüne döndü meleğim ve avuçlarını tekrar amcasına yöneltti. Batın kaşlarını çatsa da, yeğeninin isteğini yerine getirerek iki yüzlük bir banknot daha çıkardı. Irmak'ın elinde duran dört yüz liraya baktım ve kaşlarımı çatarak başımı bir kez daha iki yana sallayarak onaylamadığımı belirttim. Batın renkten renge giren suratıyla, Irmak'ın eline bu sefer de yüz liralık bir banknot bıraktı. Kafasını kaldırırken, tehditkâr bir sesle sordu. "Bu kadarı yetmez mi Başak? Asude'yle evlendiğimizde neyle geçineceğiz? Arkadaşının aç kalmasını istemezsin diye düşünüyorum..."

Söylediklerine yarım yamalak gülümsedim. Asude de arkamdan kulağıma eğilip fısıltıyla konuştu. "Bence de Başak. Bu kadarı yeterli."

Kaşlarımı çatarak karşılık verdim ona. "Kimin tarafındasın sen? Kes bakayım sesini!"

Önüme dönerken, Irmak'ın elinde birikmiş olan beş yüz liraya baktım. Bir kızın evden çıkarılma parası olarak düşünüldüğünde gayet ideal bir paraydı. Ama söz konusu olan kız, Asude olunca işler değişiyordu işte. Asude'nin tek bir tırnağını bile karşılayamazdı bu beş yüz lira! O kadar değerliydi ki, Batın ne kadar önemli birini kendine eş olarak aldığını bilmeli ve buna uygun davranmalıydı.

"Bu da benden olsun madem!"

Duyduğum bu kadifemsi ses sayesinde, düşüncelerimden sıyrıldım. Kıvanç'ın uzun zamandır böyle yakından duymadığım sesi, süt dökmüş kedi gibi hissettirdi. Başımı kaldırıp yüzüne bakabilmiş değildim henüz. Ama benim dışımdaki herkesin ona baktığını hissedebiliyordum.

Görebildiğim tek şey, parayı Irmak'ın avuçlarına bırakırken görüş alanıma girmeyi başaran elleri olmuştu. Daha da önemlisi o eller, Irmak'ın elleriyle buluşmuştu. *İlk kez!*

Sırf bu bile hıçkırıklara boğulmama neden olabilirdi. Gelen yumruk sesiyle başımı ancak kaldırabildim yerden. Batın, Kıvanç'ın burnuna yumruğunu geçirmişti ama bundan yaklaşık yirmi saniye sonra birbirlerine bakıp kahkaha attıktan sonra sıkıca sarılmışlardı. Batın'ın, Kıvanç'ı ne kadar özlediğini bildiğimden, bu sahneyi tebessümle izledim.

Irmak'ın kolumdan çekiştirmesi yüzünden Kıvanç'ın, anne ve babasıyla olan ilk buluşma anını kaçırmıştım ama Zehra Hanım'ın titrek bir sesle, "Seni ne kadar özlediğimden haberin var mı?" dediğini duyabilmiştim. Gülümseyerek gözlerimi Irmak'a çevirdim. Elinde, son olarak Kıvanç'ın bıraktığı iki yüz liralık banknottan sonra toplam yedi yüz lira birikmişti. Eğer Kıvanç gelmemiş olsaydı, daha da ileriye gidebilirdim. Ama şu an buna ne durum müsaitti ne de beyin fonksiyonlarım. Kıvanç, herkesle tek tek selamlaştıktan sonra sıranın bize geldiğini biliyordum. Bakışlarının ağırlığı hissedilmeyecek gibi değildi.

Batın ve Asude kol kola önümüzden geçerlerken, "Geç kalmayın!" demişti Asude. *Gayet tehditkâr bir ses tonuyla.*

Herkes gittiğinde, yalnız kalmıştık. İkimiz de birbirimize sessizlikle cevap verir gibiydik.

"Uzun zaman oldu..."

Başımı ağır hareketlerle önümden kaldırdım. Mavileri o kadar yakınımdaydı ki, sırf bunun için bile ağlayabilirdim. İki yıl boyunca benden kaç kilometre uzakta olduğunu bile bilmediğim bu gözler, şimdi öylesine yakınlardı ki bana... Boğazımdaki düğümü çözebilmeyi umarak yutkunmaya çalıştım ama bunda bile başarılı olamadım. Sesimin tekdüze çıkması için çabaladım ama nafile! "Evet, öyle oldu."

Kıvanç'ın da bunu fark ettiğine şüphe yoktu. Gülümsedikten sonra Irmak'a yöneldi. Üzerindeki siyah takımın ütüsünü önemsemeyerek dizleri üzerinde eğildiğinde, Irmak da merakla onu izliyordu. "Merhaba. Sen Irmak olmalısın, öyle değil mi?"

Irmak, büyülenmiş gibi Kıvanç'a bakarken, bütün şaşkınlığını sesine yansıtarak sordu. "Evet. Sen neyeden biliyosun?"

"Bilirim ben!" deyip güldü Kıvanç. Ben, beni çıldırtan düşüncelerimle boğuşurken, Kıvanç yine tam karşımda durdu. Gözlerimiz buluştuğunda, "Tıpkı annesi gibi çok güzel bir kız!" dedi. Irmak'sa bunu duyduktan hemen sonra bacaklarımın arkasına geçip gizlenmeye çalıştı, bir yandan da kıkırdıyordu.

Bunun üzerine Kıvanç ekledi. "Ve annesi gibi utangaç!" Ardından attıkları kahkahalar bana ninni gibi gelirken, gözlerimi yumup anın tadını çıkarmaya çalıştım. *Baba-kız*, birbirlerini sevmişlerdi sanki.

Kahkahaların kesilmesiyle gözlerimi olabildiğince yavaşça açtığımda, Irmak'ın Kıvanç'ın kucağında olduğunu gördüm. Kalbim, kısa bir süreliğine de olsa atmayı bıraktı sanki. Nefes almak hiç bu kadar zor olmamıştı benim için. Onları böyle görebilmek için nelerimi vermezdim ki?

"Hadi gidelim!"

Kıvanç'ın çağrısına kulak asıp başımı salladım. Onlar önden ilerlerken, ben gerilerinde kalıp onları izlemeyi tercih ettim. *İkisi de gülüyordu ve gülüşleri birbirinin aynısıydı!*

Kıvanç arabayı durdurduğunda, Irmak ellerini birbirine çırparak "Sonunda!" diye bağırmıştı. Gülümseyerek ona doğru eğildim ve saçlarının üzerine minik öpücüklerimi ardı ardına bıraktım. Meleğim kıkırdayarak geri çekilirken, unuttuğu bir şey yeni aklına gelmiş gibi mavi gözlerini kocaman açtı. "Teyzemin gelinliğini!" diye haykırıp kapı koluna uzandı ve neredeyse uçarak arabadan aşağı atladı. Irmak, Asude'yle karşı karşıya gelmiş ve gelinliğinin kuyruğunu tutmaya girişmişti bile.

Kapı koluna uzandığım anda, "İçeride görüşürüz!" diye mırıldandığını duydum. Karşılık vermeyip indim. Kırmızı, upuzun halının üzerinde dikkatle yürüdükten sonra içeri girdiğimde, mekânın bir kez daha ne kadar ihtişamlı olduğunu düşündüm.

Düğünün yapılacağı salondaki boydan boya asılı, bordo renge sahip perdeler göz kamaştırıcıydı. Davetlilerin oturacağı masalar ise süt kahvesi tonundaki örtülerle örtülmüştü. Asude'yle Batın'ın oturacağı kısımsa ayrı bir dünyaydı zaten! Oldukça ihtişamlı bir masaydı ve salonun tam ortasında yer alıyordu. Etrafı incelemeyi bir kenara bırakıp gelin odasına doğru ilerledim. Aralık olan kapıdan içeri girdiğimde, neredeyse üç yıla yakındır yüzünü görmediğim biriyle karşılaştım.

Annemle!

Asude'nin düğününe geleceğini tahmin ediyordum tabii ki. Nazan teyze beni nasıl kızı gibi görüyorsa; annem de Asude'yi kızı gibi görüyordu. Ama böyle, aniden karşıma çıkması iyi olmamıştı.

Annem benim tam aksime, gözünü bir an bile ayırmadan inceledi beni. Özlem dolu bakışlarını görür gibi olmuştum. Ama umurumda bile değildi artık. Zor günlerimde yanımda olmamışken, şimdi olmasının da bir anlamı yoktu. İş işten geçmişti!

Irmak'ın çok yakınında bulunduğunu fark ettiğimde kaşlarımı çattım. Kızımın kolundan tuttuğum gibi dışarı sürüklemeye başladım. Bana sırt çevirenlerin şimdi bana ve kızıma yaklaşmaya hakları yoktu!

"Kolum!"

Irmak'ın haykırışına kulak asıp bileğine sardığım elimi gevşettim. Derin nefesleri art arda içime çekerken sakin olmaya zorladım kendimi.

Bu sırada Sarp'ın yanımıza gelişiyle nefesimi dışarı üflemem bir olmuştu. Hep, en ihtiyacımız olduğu zamanlarda yanımızda bitiyordu zaten. Hakkını asla ödeyemezdim!

Irmak'ı kucaklayıp yanaklarından öpmeye başladığında, Irmak da az önce olanları unutup kıkırdamaya başlamıştı. Sarp'ın ona olan sevgisi ve kızımın da Sarp'a olan sevgisi o kadar fazlaydı ki, hayran kalmamak elde değildi. Sarp'ın yeni çıkmaya başlayan sakalları, kızımın suratına batmış olacak ki geri çekilip kıkırdadı. "Bunlayı neden kesmiyosun Sarp abi? Beni gıdıklıyolay!"

Sarp muzipçe sırıtıp Irmak'ın burnunun ucunu öptü. "Sen istersin de olmaz mı hiç? İlk işim bunları kesmek olacak prenses!"

Aralarındaki diyaloğu sırıtarak takip ettim. Daha devam edeceklerdi ama bu sırada ışıkların bir kısmı söndü ve ileri uçta Asude'yle Batın göründü. Kol kola içeri girerlerken, salonda bir alkış tufanı koptu. İlk danslarını yapmak için piste çıktıklarında gülümseyerek izledim onları. *Birbirlerine o kadar yakışıyorlardı ve o kadar birbirleri için yaratılmışlardı ki!* İlk şarkı bitene kadar sadece onlar dans etti. İkinci şarkı başladığında davetliler de piste çıkıp dans etmeye başlamışlardı.

Sarp bana elini uzatıp, "Bu dansı bana lütfeder misiniz güzel bayan?" dediğinde gözlerimden süzülen yaşlara inat güldüm. Irmak kabul etmem için tezahürat yapmaya başladığında, Sarp ona dönüp göz kırpmıştı. Aralarındaki bu iş birliği göz yaşartacak türdendi.

Gülümseyerek, "Tabii ki beyefendi," dedim ve uzattığı eli tutup dansın edildiği alana doğru ilerlemeye başladık. Bu anda Kıvanç'ın yanımıza geldiğini hatta Irmak'ı kucağına aldığını görmüş ve heyecanla derin bir nefes almıştım. Sarp bir elini belime yerleştirip diğer eliyle de elimi sıkıca tuttuğunda, ona anca dönüş yapabildim. Çalan şarkının ritmine uyarak beni yönlendirmeye başladı. Uzunca bir süre birlikte dans ettik, Kıvanç'la Irmak'ın yanımıza geldiğini gördüğümde yine heyecanım üst seviyelere tırmanmıştı. Irmak, hâlâ babasının kucağındaydı ve kolları babasının boynuna sarılıydı. Kıvanç iyice yanımıza yaklaşıp Sarp'a sorusunu yönlendirdi. "Eşleri değiştirmemiz mümkün mü acaba?"

Kalbim, şaha kalkan bir at misali hızlanırken ne yapacağımı şaşırdım. Sarp karşısında Kıvanç'ı görmesiyle şaşırsa da başını salladı ve kollarını benden ayırdı. Yanımdan ayrılıp Irmak'ı kucakladığında *dur* diye bağırmak istedim ama yapamadım. Kıvanç gözlerini gözlerime dikip gülümsediğinde ise, bunu ne kadar özlediğimi fark ettim.

Eli belime yerleşince, dünya durmayı bırakmıştı sanki. Bir tek biz vardık. Biz ve dansımız!

Beni iyice kendine çektiğinde burnunun ucu boynuma sürtünmüştü. Nefes alış verişim istemsizce hızlanırken, ne yapacağımı bilemeyerek etrafıma bakındım. Neden herkes yerine oturmuştu ki? Pistte dans eden yalnızca iki çift vardı. *Birisi bizdik, diğeri de evlenen kumrularımız.*

Kulağına eğilip fısıltıyla konuştum. "Herkes oturmuş. Biz de mi otursak?"

Başını iki yana salladı ve beni daha çok kendine çekti. Birbirimize o kadar yakındık ki, kokusunu içime çekebiliyordum bile! *O tanıdık, o özlem duyduğum kokusunu...*

Şarkının bitmesiyle kendimi hızla geriye çekmem bir oldu. Lanet olsun! *Geri gelse bile hiçbir şekilde etkilenmeyeceğim* diyen bendim, şimdi heyecandan tir tir titreyen de bendim! Olabildiğince hızla uzaklaştım oradan. Salonun ilerisinde, gelin odasına çıkan koridora vardığımda durdum, sırtımı duvara yasladım ve bir müddet soluklandım. Kıvanç'ın etkisinden çıkabilmek için ne yapmam gerekiyorsa yapmaya hazırdım. Yeter ki, iki sene öncesinde yaşadığım hayal kırıklıklarını bir kaset misali baştan sarıp yaşamayayım!

"Neden kaçıyorsun Başak?"

Sesini işittiğimde, bezmiş bir ifade takındım. Öfkeli gözüküyordu ama öfkelenmesi gereken biri varsa, o da bendim! "Kaçmıyorum!"

"Kaçıyorsun!" diye direttiğinde, ani bir sinir patlamasının vücudumu kontrol altına aldığını hissettim. "Ne yapmamı bekliyordun Kıvanç? Hiçbir şey olmamış gibi kollarına atılmamı falan mı?"

Susmasıyla, sert olmadığına adım gibi emin olduğum yumruklarımı göğsüne geçirmeye başladım. "Eğer bunları yapmamı bekliyorsan yapmayacağım, tamam mı? Sana ihtiyacım varken beni terk edip gidişini de, giderken bıraktığın o insafsız mektubunu da unutmayacağım!"

Gözlerinin önünde son çırpınışlarımı da yaptıktan sonra derin bir nefes aldım. "Benden hiçbir konuda bir beklentin olmasın Kıvanç. Mektubunda da yazdığın gibi, herkes kendi yolunda ilerlesin!" dedikten sonra vereceği tepkiyi beklemeye gerek duymadan yanından ayrıldım.

Tekrar salona girdiğimde Asude ve Batın'ı salonun ortasında, pastanın önünde buldum. Derin bir nefes aldım ve gözlerimin kızarık olduğunu bilsem de umursamayarak onlara doğru yol aldım. Yanlarına vardığımda, katlarca uzunluktaki pastayı gördüm. İnanılmaz bir şeydi! İkinci katındaki iki minik mum dikkatimi çekmeyi başardığında, bunun anlamının düşündüğüm şey olup olmadığını sorguladım.

Bu sırada Batın, Irmak'ı kucaklamıştı. Böylelikle tahminlerimde yanılmadığımı da anlamış oluyordum. Bugün kızımın ikinci yaş günüydü! İkinci kattaki iki mumun anlamı da buydu.

Salonda bir kez daha alkış tufanı koptu. Batın otuz iki diş sırıtarak, "Üfle bakalım Irmak!" dediğinde kızım heyecanla öne doğru atılmıştı. Mumları üfledikten hemen sonra kafasını kaldırdı ve bana bakıp sırıttı.

Önce amcası öptü kızımı. "İyi ki doğdun fıstığım!"

Sonra da teyzesi. "İyi ki varsın tatlı cadım benim!"

Bu faslı sona erdirmek amacıyla aralarına girip Irmak'ı kucağıma aldım. Yüzlerce davetli pastanın kesilmesini bekliyordu. Ama anlaşılan o ki, bunu umursayan bir tek bendim. Asude ve Batın pastayı kesip birbirlerine ikram ettiler. Gözlerimden süzülmesine mâni olamadığım gözyaşlarımla bu güzel anı izledim.

Pastanın kesilmesinin ardından bir kez daha dans edildi ama bu sefer bu süreyi oturarak geçirmeyi tercih ettim. Bu süre içerisinde bir kez babamla, iki kez de annemle göz göze gelmiştim. Karşılık olaraksa büyük bir hızla gözlerimi kaçırmış hatta bununla da kalmayıp sırtımı dönmüştüm onlara. *Tıpkı onların bana yaptığı gibi...*

Düğünün bitiş anına kadar başımı dik tutmaya çabalamış ama başarısız olmuştum. Bugün epey bir yorulmuştum. Gözlerim kapanıyordu ve buna karşı koyabilmek oldukça zordu.

Birisinin beni dürtüklediğini hisseder hissetmez gözlerimi aralamaya çalıştım. Bulanık olan görüşüme rağmen karşımdaki kişinin kim olduğunu çözmeye çalıştım. Gözlerimi üst üste birkaç kez kırpıştırdığımda, Kıvanç olduğunu ancak idrak edebilmiştim. En son konuşmamızdan sonra mümkün olduğu kadar ondan uzak durmaya çalışmıştım ama şimdi yine karşımdaydı ve konuşmak istediğini belli eden bir bakışla bakıyordu suratıma.

Bakışlarımı kaçırmak amacıyla gözlerimi gerilere çevirdim. Asude'yle Batın, uzağımızdaydı ve bizi izliyorlardı. Irmak da yanlarındaydı. Ve geç olduğundan, bizden başka kimse kalmamıştı salonda. Pes ederek gözlerimi tekrar ona çevirdiğimde, ellerimi avuçlarının arasına alıp dudaklarına götürdü ve öptü. Sonra derin bir nefes alıp konuşmaya başladı. "Bak, Başak. Bundan iki sene öncesinde keyfimden gitmedim ben! Seni ve kızını hak etmediğimi düşündüğüm için gittim ve hâlâ daha aynı şeyi düşünüyorum."

Tepkisizliğimi elimden geldiğince korumaya çalıştım. O da çok geçmeden sözlerini devam ettirdi. "Olgunlaşmam gerekiyordu seni hak edebilmem için. Ve hâlâ bunun için çabalıyorum! Okulumun bitmesine iki yıl kadar kaldı. Adam olma yolunda büyük adımlar atıyorum."

Kahkahası içimi ısıtsa da, aklıma takılan bir şey vardı ve sormak zorundaydım. "Ne yani, yine mi gidiyorsun?"

Gözlerini kaçırdı, başını önüne eğdi. "Evet."

Cevabı üzerine sertçe yutkundum. Gitmesini beklemiyordum, temelli döndüğünü sanmıştım. "Gidiyorum ama zamanı geldiğinde döneceğim. Seni ve kızını hak ettiğim gün geldiğinde tek bir saniye bile beklemeyeceğim Başak!"

Söylediklerine histerik bir kahkaha patlattım. "Ya o gün gelene kadar ben seni bekleyemezsem? Ya başkasını seçersem? Bu ihtimalleri hesaba katmadığını söyleme bana!" Cidden, onu bekleyeceğim konusunda bu kadar emin miydi kendinden? Başkasını sevip onu unutacağım ihtimalini düşünmüyor muydu hiç? Bir insanın öz güveni ancak bu kadar zirvede olabilirdi herhalde! Ellerimi daha sıkı sıktı bu sırada, sanki bırakmayı hiç istemezmiş gibi... Ama tabii ki de, böyle bir saçmalığa kanmayacaktım.

"Bunları hiç düşünmedim. Çünkü beni sevdiğini biliyorum!" deyip parmak boğumlarımı teker teker öptü. Gözyaşı tanesi elime damladığında, kendimi daha fazla tutamayıp ben de ağlamaya başladım. Yeterince dayanmış, yeterince engel olmuştum kendime. Daha fazlasını yapacak güce sahip değildim.

"Benden başkasını sevemeyeceğini biliyorum Başak. Çünkü ben, sevginin ne demek olduğunu senden öğrendim. Ve insanın sevdiğinden ne yaparsa yapsın vazgeçemeyeceğini de!"

Kıvanç, ondan beklemeyeceğim kadar güzel cümleler kurarken, yanıt olarak başımı salladım ben de. Evet, insan kolay kolay vazgeçemiyordu sevdasından. Yaşayarak görmüştüm bunu!

"Şimdi senden tek bir isteğim var," dedi, bir yandan gözyaşlarımı elinin tersiyle silerken. "Ben gelinceye dek, benden başkasını sevme. Ne olur beni bekle!"

Hıçkırıklarımızın izin verdiği ölçüde konuşabiliyorduk birbirimizle. Kendimden geçmeye yakın bir vaziyetteyken, güçlükle mırıldandım. "Lütfen gitme Kıvanç. Sana... Anlatmam gereken... Şeyler var."

Zorlanır gibi başını iki yana sallayıp doğruldu. Alnıma eğilip, sıcacık öpücüğünü bıraktığında gözlerimi yumdum. Bileklerini tutup, "Lütfen gitme!" diye son bir kez daha çırpındım. Ama ellerimin arasından kurtulması onun için hiç de zor olmadı.

"Gitmek zorundayım. Adam olma konusunda yüzüp yüzüp kuyruğa gelmişken, vazgeçemem Başak! Kendimi tamamlar tamamlamaz döneceğim, söz veriyorum..." deyip geriye çekildi. Adımlarını geri geri atarken, dudaklarını kıpırdatarak konuştu. "Seni seviyorum!"

Hıçkırıklarım daha çok şiddetlenirken, Kıvanç da koşar adımlarla benden uzaklaşmaya başladı. Bunu yaparken zorlandığını yüz ifadesinden anlayabilmiştim. Ama ne önemi vardı ki zorlanmasının ya da zorlanmamasının? Neticede yine gitmeyi seçmiş, yine bizi arkasında bırakmıştı.

Bir de üstüne üstlük benden, onu beklememi talep ediyordu!

Her ne kadar *beklemeyeceğim* desem de şimdi içimden, adım kadar iyi biliyordum ki, iki senenin su gibi geçmesini iple çekecek kadar özlemle bekleyecektim!

28. Bölüm

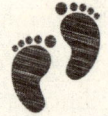

Geri Almaya Geldim!

"Dişlerini fırçaladın mı Irmak?" Kızım bana doğru koşarken, neşe içerisinde gülümserken buldum kendimi. Kollarını boynuma dolayıp bacaklarını belime sardı. "Evet anneciğim!"

"Aferin benim meleğime!" deyip alnına ödül olarak, kocaman bir öpücük kondurdum. Geri çekildiğimde suratının her yanında yayılmış olan gülümsemesini hayranlıkla izledim.

Saçlarımı parmaklarına dolarken en cici sesiyle sordu. "Bugün parka gider miyiz anne?"

"Çok isterdim meleğim ama..."

"Ama müvekkilinle görüşmen var, değil mi anne?" Cümlemi doğru bir şekilde tamamladığında hüzünle omuzlarımı düşürdüm. Leb demeden leblebiyi anlayan bir kızım vardı!

"Beni affedeceksin değil mi meleğim?" derken, gözlerime en masum bakışlarımı kondurdum. Başımı hafifçe yana eğdim ve bir nevi duygu sömürüsü yapmaya başladım. Normal şartlar altında duygu sömürüsünü yapan taraf anne değil de, çocuk olurdu. Ama bizde bu roller çoğunlukla değişiyordu.

"Affedebilirim belki!" derken, naz yaparcasına başını başka bir yöne çevirdi.

Heyecanla sordum. "Nasıl olacakmış o iş?"

"Doğum günümde bana güzel bir hediye alırsan..."

"İyi de, doğum gününe daha yedi ay var meleğim!"

Minik pembe dudaklarını öne doğru büzüp, yanaklarını şişirdi ve minik sarı kaşlarını da hafifçe çattı. "Olsun anne, sen şimdiden alabilirsin hediyemi!"

Başımı geriye atıp sesli bir kahkaha patlattım. Altıncı yaş gününe söylediğim gibi yedi ay kadar vardı ve benim şımarık kızım, hediyesini şimdiden istiyordu. *Hem de beni affetme şartı olarak*! Annesine rüşvet teklif edişini onu gıdıklayarak cezalandırmaya karar verdim. Bu yüzden öncelikle, arkamızdaki yatağa dikkatli bir şekilde yatırdım onu. Ardından tatlı itirazları sarsa da etrafımı, büyük bir hevesle işe koyuldum. Kendinden büyük kahkahaları etrafımızı sararken de mutlulukla gülümsedim.

Burnumu minik göbeğinden çektiğimde kahkahaları da yavaşça kesilmişti. Sırıtarak boy aynama doğru ilerledim ve dağılan saçlarımı gelişigüzel düzelttim. Irmak'la göz göze geldik bu esnada. Beni merakla açtığı irileşen o mavileriyle ve bir o kadar da kocaman bir sevgi parıltısıyla izliyordu. Ona sahip olduğum için, bir kez daha şükrettim içimden. Her yeni günüm, Allah'a, onu bana verdiği için şükretmekle başlıyordu zaten.

"Benim şimdi çıkmam lazım Irmak. Hatta geç bile kaldım!" Çantamı da elime alıp hızla doğruldum. Kızımı da kucakladıktan sonra kapıya doğru ilerlemeye ve ona açıklama yapmaya başladım. "Şimdi seni teyzene bırakacağım. Sonra akşam geldiğimde de hazırlanacağız. Çünkü Sarp abin bizi yemeğe çıkaracak."

Duyduklarından memnun kalarak sırıttı ve "Yaşasın!" diye bağırıp ellerini havaya kaldırdı. Bu şirin halini tebessüm ederek izledim. Sarp'a olan sevgisini kıskandığım bile oluyordu bazen. Ama hayran kaldığım zamanlar daha çoğunluktaydı.

Kilidi çevirip kapıyı açtım. Ayakkabılarımı giymek için Irmak'ı dikkatle kucağımdan indirdim. Ben ayakkabılarımla boğuşurken, o çoktan karşı dairemizin zilini çaldı bile. Batın karşımızda belirdiğinde, Irmak hızla amcasının kucağına atladı. Onlar birbirlerine sarılırlarken, gülümseyerek izledim bu tabloyu.

Irmak'ı kucağından indirdi ve yeğenini son bir kez daha kocaman öpüp yerinde doğrulurken, gülerek konuştu. "Hadi güzelim, Ahsen'in yanına git sen. Çok özledi seni!"

Irmak başını sallayıp koridor boyunca koştururken, onun yerinde olmayı istediğimi fark ettim. Ahsen'i iki gündür doyasıya sevemiyordum ve ciddi anlamda gözümde tütüyordu prensesim. Asude ve Batın'ın biricik kızları; benim de biricik yeğenimdi Ahsen. İki buçuk yaşındaydı. Asude'nin neredeyse evlenir evlenmez hamile kalışı, hiç şüphesiz en çok Irmak'a yaramıştı. Ahsen, onun en yakın arkadaşı olmuş ve böylelikle kızım yalnız kalmamıştı.

Asansöre yöneleceğim esnada, büyük adımlarıyla yetişti Batın. "Seni ben götüreyim," derken, ciddi bir sesle konuşması dikkatimden kaçmamıştı. Bu ses tonunu ne zaman kullansa, ardından Kıvanç'la ilgili bir şeyler söylüyordu.

Şimdiden canımın sıkıldığını hissederek asansöre adımımı attım. O da peşimden geldiğinde gözlerimi yumup derince bir nefesi ciğerlerime hapsettim. Gözlerimi olabildiğince yavaş açtığımda, Batın söze başlamıştı bile. "Babam, Kıvanç'ın yakın bir zamanda dönebileceğini söylüyor."

Tepkimi ölçmek istercesine, asansördeki ayna aracılığıyla gözlerimin içine baktı. Umursamaz gözükmeye çalışarak, alaycı bir gülümsemeyle karşılık verdim. Kıvanç'ın, artık ilgi alanım dâhilinde yer almadığını anlaması gerekiyordu. *İki yıl sonra geleceğim* diyen kardeşi, aradan üç buçuk yıl geçmesine rağmen gelmemişti. Ondan önceki iki yılı da saydık mı, toplamda beş buçuk yıl ediyordu. Ve bu süreye rağmen onu affedeceğimi sanıyorsa gerçekten yanılıyordu.

Kendimden emin bir ses tonuyla karşılık verdim. "Umurumda değil Batın. İster gelsin, ister gelmesin. Bu saatten sonra beni zerre ilgilendirmiyor!"

"Seni ilgilendirmiyor olabilir Başak. Ama Irmak'ı ilgilendiren bir durum olduğunu sen de biliyorsun," dediğinde, kaşlarımı çattım istemsizce. "Sürekli babasının nerede olduğunu sormuyor mu? Soruyor. Kendinize istediğiniz cezayı çektirin ama benim yeğenim bunların hiçbirini hak etmiyor!"

Ses tonunun yüksekliği karşısında gözlerimi kırpıştırdım. Bu kadar sert olması beni öfkelendirdiyse de, sesimi çıkarmamak için dudaklarımı ısırdım. Bir yerde haklıydı ama. *Bunu Irmak'a yaşatmaya hakkımız yoktu.* Ama ne yapmam gerektiği hakkında bir fikrim de yoktu.

Senelerdir kuvvetli bir rüzgârın etkisine kapılmış gibiydim. Rüzgâr beni oradan oraya savurup duruyor ama benim gıkım çıkmıyordu. Sesim kesilmişti sanki. Karşı koymuyordum hiçbir şeye.

Arabaya bindiğimizde ikimiz de sessizdik. Bu sessizlik canımı sıkmaya yetecek kadar uzun bir zaman daha devam etti. Ve ben, en sonunda dayanamayarak dudaklarımı araladım. Bilmesi gereken önemli şeyler vardı ve bu saatten sonra bunları ondan saklamam doğru olmazdı.

Derin bir nefes aldıktan sonra, "Sana söylemem gereken şeyler var Batın," diyerek söze girdim. Gözlerini yoldan çevirmedi ama başını sallayarak beni dinlediğini gösterdi. Başımı cama çevirip yolu izlerken, kısık çıkmasına mâni olamadığım sesimle konuştum. "Sarp... Bana evlenme teklifi etti."

Hiç beklemediğim bir anda yaptığı ani frenle öne doğru savruldum. Eğer emniyet kemerimiz takılı olmamış olsaydı, camdan dışarı savrulmamız işten bile değildi. Kalbim gümbür gümbür atarken, her şeyin yolunda olduğunu tekrarlayıp kendime gelmeye çalıştım. Bu süreç, biraz daha devam etti. Kendime gelmeyi başarabildiğimde başımı geriye atıp gözlerimi yumdum.

Tam, her şeyin yolunda olduğu konusunda kendimi kandırıyordum ki, Batın'ın gür sesiyle yerimden sıçradım. "Ne demek evlenme teklifi etti?"

Ona, sanki tımarhaneden kaçan bir deliymiş gibi baktım. Yadırgayıcı bakışlarımı üzerine almadığını belirterek kaşlarını daha çok çattı. Bu kadar öfkelenmesine akıl sır erdiremiyordum. Ömrümün sonuna kadar Kıvanç'ı bekleyeceğimi falan mı düşünüyordu? Ah, ne büyük bir yanılgıydı ama!

"Bak, Başak..." dedi benden önce davranarak. Sonra el frenini çekip, vücudunu tamamen bana döndürdü. "Ben sana verdiğim söz yüzünden, kardeşime baba olacağını söyleyememenin vicdan azabını yaşıyorum. Ve ben bu haldeyken, senin gidip de kardeşimden başka bir adamla evlenmene göz yummam. Bunu benden bekleme!"

Önüme döndüm. Mümkün olabildiğince göz teması kurmaktan kaçınıyordum. Çıldırmış gibiydi ve bu halinin aklıma kazınmasından korktuğum için bakamıyordum gözlerine. "Bu konuda seni anlayabiliyorum. Ama bencillik ediyorsun. Benim de hayatımı düzgün birisiyle birleştirip mutlu olmaya hakkım var Batın!" dedim, *düzgün* kelimesine özellikle vurgu yaparak.

"İyi de, Sarp'ı sevmiyorsun ki!" diye bağırdığında dişlerimi birbirine bastırdım. Bana bu şekilde bağırmaya hakkı yoktu. Ben sadece onun da bilmesi gerektiğini düşünüp anlatmıştım. Beni yönlendirmesini istediğim değil. Ayrıca kararımın olumlu olduğuna dair bir şey bile söylememiştim!

"Benim sevip sevmememin bir önemi yok, Batın. Kızım onu seviyor! Bana sürekli *keşke Sarp abi gibi bir babam olsa* dediğinden haberin var mı senin?" Boğazımın yandığını hissedince duraksamak zorunda kaldım.

Bana, beni anlamakta zorlanıyormuş gibi baktı uzunca. Kısa bir an için ikimiz de suskunluğumuzu koruduk. Az önce birbirimize bağırıp çağıran biz değilmişiz gibi... Elimin üzerine düşen birkaç damla gözyaşımı hissedince ağladığımın ancak farkına varabilmiştim. Batın'ın elinin omzumdaki varlığını da fark edişim, hemen hemen aynı ana denk gelmişti. Başımı milimetrik bir açıyla ona çevirdim. Amacım, ne yapmaya çalıştığını anlamaktı. Ağladığımı gördüğünden midir bilinmez, yüzündeki o sert ifade, biraz da olsa kayboldu.

Beni, koltuğun izin verdiği ölçüde, kendine çekip sarıldı. Kulağıma, "Şşt ağlama!" diye fısıldarken, onun sesinin de titrediğini fark ettim. Onun için de zor bir durumdu bu, kabul ediyordum. Ama benim haklı olduğum kısımlar da vardı ve hatta o kısımlar çoğunluktaydı!

Kendime hâkim olamayıp "Mutlu olmak istiyorum artık Batın!" diye haykırdığımda, kollarını daha sıkı sardı bedenime. "Kardeşinin yolunu gözleyerek kendimi kahretmekten yoruldum! Benim de mutlu olmaya ihtiyacım var. Eski beni istiyorum! Kıvanç'la tanışmadan önceki mutlu Başak'ı çok arıyorum! Ne olur anla beni!"

Bir müddet sadece hıçkırıklarım duyuldu arabada. Hıçkırıklarım, yavaş yavaş iç çekişlere döndüğünde kendimi biraz olsun rahatlamış hissettim. Bunları dillendirmek beni inanılmaz derecede rahatlatmıştı. *İçimde ne çok şey birikmiş demek*, diye düşünmekten alıkoyamıyordum kendimi.

"Tamam, sakinleş," dedi Batın. Kollarını bedenimden çektikten sonra geriye yaslanıp gözlerime özür dilercesine baktı.

"Haklısın. İstediğini yapmakta özgürsün ve bu kararı verecek olan da sensin. Ama... Ne olursa olsun, Sarp'la arandaki beraberliği onaylamıyorum. Kararı verecek olan sensin tabii ki ama ne olur bir daha düşün!"

O arabayı tekrar çalıştırırken; ben de onaylarcasına başımı salladım. Dediği gibi bu işi bir daha düşünecektim. *Enine boyuna!*

✦✦✦

Evin içinde, kulak tırmalayan tiz sesimle, "Sarp abin bekliyor Irmak! Çabuk olsana!" diye bağırırken, bir yandan da ceketimi giyinmeye çalışıyordum.

Saygıdeğer Irmak hazretleri beni deli etmekte kararlıymışçasına yavaş çekimde hareket ediyordu. Evin içinde bir o yana, bir bu yana koşuşturuyor, önümden her geçişinde de "Sadece beş dakika daha anne!" diye bağırıyordu. Ben de takdire şayanlık bir performans sergileyip sabırla hazır olmasını bekliyordum. *Çatık kaşlarım ve belime yerleştirdiğim kollarım eşliğinde tabii.*

"İşte geldim!" diye haykırdığında pembe montunu üzerine geçirmekle uğraşıyordu. Yanına gittim ve kollarını yerleştirmesine yardım ettim. Nazik kızım, bana başını hafifçe yana eğerek teşekkür etti ve önden yürümeye başladı. Hoplaya zıplaya kapının önüne vardıktan sonra kapıyı açtı. Ben de peşinden çıktıktan sonra kapıyı arkamızdan kilitleyip asansöre doğru ilerledim.

Zemin kat butonuna bastığımda, Irmak da konuşmaya başlamıştı. "Biliyor musun anne, bugün Ahsen yeni şeyler söyledi."

"Neler söyledi bakalım?"

Kıkırdayarak, "Bana *canım Irmak* dedi!" diyerek hararetli bir biçimde anlatmaya başladı. "Teyzem de, ben de çok şaşırdık. Sonra Ahsen'i hiç durmadan gıdıkladık!"

Anlattıklarına karşılık memnuniyetle gülümsedim. Asansör durduğunda kabinden de kapıdan da önce Irmak çıktı. Adımlarımı sıklaştırıp ben de peşinden çıktım. Irmak'la Sarp çoktan kucaklaşmış, birbirlerine sevimli sevimli bakmakla meşgullerdi. Gülümseyerek yanlarına gittiğimde, geç kaldığımız için Sarp'tan kısaca özür diledim. Önemli olmadığı konusunda direttikten sonra arka kapıyı açıp, Irmak'ı çocuk koltuğuna oturttu. Arabasında Irmak için aldığı bir çocuk koltuğu vardı. Babası olsa, ancak bu kadar ilgili olabilirdi herhalde!

Yolculuğumuz boyunca Irmak kendince bir şeyler anlatıp bizi gülümsemişti, bunun dışında ise sessizdik. Teklifine hâlâ bir cevap vermemiş olmamın ağırlığı altında ezilsem de, düşünmeye ihtiyacım vardı. Batın'ın söyledikleri aklımı daha da karıştırıp, çorba kıvamına getirmişti.

Arabanın durmasıyla, akşam yemeğimizi yiyeceğimiz restorana geldiğimizi anladım. Kemerimi çözüp arabadan dışarı çıktığımda, Sarp da Irmak'ı kucaklamıştı. Önden yürümemi işaret ettiğinde başımı sallayıp dediğini yaptım.

Her zaman geldiğimiz bu güzel restorana adım atarken, mutlulukla gülümsedim. Çalışanlarından, dekoruna kadar her şeyiyle o kadar şirin ve sıcak bir mekândı ki! Irmak'ın oynayabileceği bir oyun salonu da vardı ve bu yüzden önüne koyulan tabağı, ondan beklenilmeyecek bir hızda silip süpürüyor ve soluğu o salonda alıyordu. Geri kalan zamanda biz de Sarp'la oturup konuşuyorduk ama bu sefer böyle olmasını istemiyordum. Sarp'a hâlâ ne cevap vereceğimi bilemezken, karşılıklı oturma fikri pek iç açıcı gelmiyordu.

Her zaman oturduğumuz cam kenarındaki masamıza doğru ilerledik. Sarp, Irmak'ı yanıma oturttuktan sonra karşımıza geçip oturdu. Menüye bakma gereği duymadan yanımıza gelen garsona siparişlerimizi sıraladık.

Sonra Irmak, bana isteğini yaptırmak istediği zamanlarda yaptığı tatlı tatlı gözlerini kırpıştırdı. Ona dönüp, *yine ne istiyorsun*, diyen bir bakış attım. Gülümsedi. "Yemekler gelene kadar oyun salonuna gidemez miyim?"

Sarp'la aynı anda "Hayır!" diye bağırdık. Benim, yalnız kalmamamız için geçerli bir nedenim vardı. Peki ya, o neden bu kadar çok heyecanlanmıştı ki?

Irmak bu sefer de şaşkınlığından kırpıştırdı gözlerini. Bizden böyle bir tepki beklemediği için korkmuştu meleğim. Eğilip saçlarına minik bir öpücük kondurdum ve gülümseyerek baktım gözlerinin içine. Bir nebze sakinleşebildiğinde önündeki bardağı alıp birkaç yudum suyu kana kana içti. Tekrar arkasına yaslanırken, fısıltı halinde konuştu bizimle. "Tamam, gitmem."

Irmak'a, bu yüksek çıkan ses tonumuz için mantıklı bir açıklama yapmak adına Sarp'la aynı anda ağzımızı açtık. Sonra ben vazgeçtim... "Sen söyle," dedim, sıramı ona devrederek.

O da memnuniyetle gülümsedi ve gözlerini Irmak'a çevirdi. Masanın üzerinden uzanıp kızımın bembeyaz ellerini avuçlarının arasına aldı. Yüzündeki gülümseme bir nebze eksilmeden uzun uzun baktı ve sonra açıklamaya girişti. "Az önce birden bağırdığım için özür dilerim prenses!" Muzip bir sırıtış oluştu dudaklarında. "Senin de fikrini almak istediğimiz bir konu var. Bu yüzden oyun salonuna gitmeni istemedim."

Gözlerimi yumdum. Aklıma gelen şeyi yapıyordu, değil mi?

Bir hafta önce bana yaptığı evlilik teklifine cevaben, biraz daha düşünmek için zamana ihtiyacım olduğunu söylemiş ama önemli olan asıl şeyin, Irmak'ın fikri olduğunu da belirtmiştim. Bu yüzden o da şimdi Irmak'ın fikrini öğrenmeye çalışacaktı.

Sarp'ın, elinden geldiğince sakin kalmaya çalıştığı belliydi. Derin bir nefes aldı ve dikkatini tamamen Irmak'a yönlendirdi. "Ben... Birkaç gün önce annene evlenme teklifi ettim Irmak," diyerek kapsamlı açıklamayı yaptığında, çaresiz kalarak dudaklarımı kemirmeye başladım. Bu konuyu, Irmak'la karşılıklı konuşmayı yeğlerdim ama Sarp, bana bu fırsatı tanımamıştı.

Gözlerimi Irmak'a çevirdiğimde, hem şaşkın hem de mutlu bir ifadeyle baktığını gördüm. Bu teklife sevineceğini biliyordum zaten. Sarp'ı babası gibi görmeye dünden meraklıydı. Ellerini sevinçle birbirine çırpmaya başladığında, Sarp'ın da gülümseyerek kızıma eşlik ettiğini gördüm. Bir şey beni engelliyordu sanki. Sessizce onları izliyor, bu hallerini görüp mutlu oluyor ama bir türlü sevinçlerine ortak olamıyordum!

"Annenle evlenmeme izin verir misin prenses?"

Sarp, en can alıcı soruyu sormuştu. Kızımsa, tabii ki de izin verdiğini söyleyecekti. Nitekim öyle de oldu. Irmak, kocaman bir gülümseme eşliğinde heyecanla Sarp'a doğru koştu ve boynuna sıkıca sarılıp onu kabullendiğini gösterdi. Görüş alanım, gözlerimde biriken yaşlardan dolayı bulanıklaşmıştı, bu yüzden hiçbir şeyi net göremiyordum. Gözlerimin önüne bir sis perdesi inmişti sanki. Tıpkı -*Kıvanç yüzünden*- kalbime inen sis perdesi gibi...

İkisi de kafalarını kaldırıp bana baktıklarında, kaşlarını çattılar. Gözyaşlarım, bütün dikkatleri üzerime çekmeme neden olmuştu. Gülümsemeye çalıştım ama pek başarılı olduğum söylenemezdi. Cevap bekleyen gözlere karşılık, "Mutluluktan..." tarzında bir şeyler geveledim.

Ardından, Sarp'ın Irmak'a sorduğu gibi bir can alıcı soru sordum kendime. *"Gerçekten de mutluluktan mı ağlıyorsun Başak? Yoksa kendini koruma güdüsüyle söylenmiş, yalancı bir kelimeden mi ibaret bu?"*

━━━━❦❦❦❦━━━━

Sarp arabayı durdurduğunda, ona doğru döndüm. "Bu akşam için teşekkür ederiz."

"Teşekkür kabul etmediğimi öğrenemedin sen hâlâ," diyerek beni tatlı tatlı azarladığında, başımı salladım. "İyi akşamlar Sarp!"

Irmak benden önce arabadan inmiş, beni dış kapıda bekliyordu bile. Sarp'ın evlenme teklifini öğrendiğinden beri epey bir enerjikti hanımefendi. Yerinde duramıyor, oradan oraya koşturup duruyordu. Oyun salonunda saatlerce gönlünce eğlenmesine rağmen enerjisi, sanki yeni bir sabaha uyanmış bir çocuğun enerjisi kadar taze görünüyordu.

Anahtarı döndürüp kilidi açtığımda yine benden önce davranıp hoplaya zıplaya asansöre ulaştı. Ben de arkasından düşünceli bir edayla yürüdüm. Bir babaya duyduğu ihtiyacı anlayabiliyordum tabii ki. Sarp'ın, uygun olduğunu da adım kadar iyi biliyordum. Ama kendim hakkında tereddütlerim vardı. Sarp'ın bana duyduğu o derin hislerine karşılık verebilecek, onu mutlu edebilecek miydim?

Bu akşam da kesin bir cevap vermemiştim ona. Irmak'ın oyun salonuna gittiği ve bizim de yalnız kaldığımız bir zamanda, "İstediğin kadar düşünebilirsin Başak. Kararını sabırlar bekleyeceğimi bil ve rahat ol lütfen," demişti. Bu sözlerinin arkasına sığınarak, biraz daha düşünecektim sanırım. Çantamda, parmağıma takılacağı günü bekleyen o tek taş yüzüğü, birkaç gün daha bekletmekten zarar gelmezdi.

"Anne!"

Irmak'ın haykırışıyla ancak düşüncelerimden sıyrılabildim ve kendimi, durduğunu bile daha yeni fark ettiğim asansörün kabininden dışarı atabildim. Gözlerim, ilk iş olarak kızımı aradı. Telaşla yanına koşup, dizlerimin üzerinde eğildim. Bir şeyi olup olmadığını anlamak ister gibi yüzünü sağa sola çevirdim. Kayda değer bir şey yoktu. Böyle bağırmasını gerektirecek bir şey yoktu mu demeliydim yoksa?

"Ne oldu kızım? Neden bağırdın öyle? Nasıl korktuğumdan haberin var mı?" diye sorularımı bir bir sıraladığımda, beni dinlemiyormuş gibi başını iki yana salladı ve arka tarafımızda yer alan merdivenleri işaret etti gözleriyle. "Orada birisi yatıyor anne! Ölmüş olabilir mi?"

Başımı korkuyla arkaya çevirdiğimde, Irmak'ın söylediği sözleri destekleyici bir manzarayla karşılaşmıştım. Merdivenin en üst basamaklarından birinde boylu boyunca yere serilmişti birisi. Irmak'a olduğu yerde kalmasını sıkıca tembih ettikten hemen sonra, kapımızın yan tarafındaki merdivenlere doğru hareketlendim. Ürkek adımlarımla birkaç basamak tırmandım. Ona yaklaştığımda yüzü bana dönük olmasa bile, saçları ele vermişti kendisini. Yerde yatan bu adam, Kıvanç'tan başkası değildi!

Gözlerime anında akın eden yaşlara inat, doğruluğundan emin olmak istercesine elimi çenesine yerleştirip, yüzünü kendime çevirdim. O, insanı içine alan mavi gözleriyle burun buruna geldiğimde, tezimde haklı olduğum kanıtlanmış oldu. Gözüm, elindeki içki şişesine kaydığında ise neden bu halde olduğunu idrak edebilmiştim.

Şok dalgası beni baştan aşağı ele geçirse de, bir şeyler yapmam gerektiğinin bilincindeydim. Kalkması için omzunu dürtükleyeceğim esnada, bunu anlamış gibi göz kapaklarını aralamasıyla afalladım. Beni gördüğünde önce mavileri büyüdü, saniyelerin ardından da beni var gücüyle kendisine çekip sımsıkı sarıldı. Ancak o zaman, dudaklarımın arasından minik bir hıçkırık kaçtı.

"Sonunda geldin Başak!" demesiyle dilimin ucuna kadar gelen küfürleri zorlukla yuttum. O burada belki birkaç saat beni beklemişti;

ama ben onu senelerce bekliyordum! O birkaç saat için şikâyet ederken; ben, kendi köşeme çekilip sessizce oturuyordum. Aramızdaki bu farklar, sinir hücrelerimi harekete geçirdi ve beni süratle ondan ayırdı.

Gözlerime şaşkınlıkla bakarken, mırıltıyla konuştum. "Sen senelerce gelmedin aptal!"

Söylediğimi duymazdan gelmeyi tercih etti. "Sonunda büyüdüm Başak. Seni hak edecek kadar büyüdüm ve işte geldim!"

Gözüm, elindeki içki şişesine kaydı bu sırada. Biraz iğneleyici, biraz da alaycı bir sesle konuştum. "Gerçekten de çok büyümüşsün!"

Yerinde doğrulmaya çalıştı. "Cesaretimi toplayabilmek için içtim ben bunu! Aylardır seni uzaktan uzağa izliyordum ama bunun sayesinde ancak karşındayım işte!" derken elindeki şişeyi gururla kaldırdı. Söyledikleri karşısında kısa bir şok yaşarken, kendime gelebilmek adına epey bir çaba sarf ettim. Aylarca beni mi takip etmişti yani? Uzaktan uzağa? Ah, lanet olsun böyle işe!

Beni, hiç beklemediğim bir anda kucağına çekmesiyle küçük çaplı bir çığlık attım. Bu sırada Irmak'ın da bizi, büyümüş gözleriyle izlediğini fark edebilmiştim. Maalesef ki.

Burnumdan solurken sinirle sordum. "Ne yaptığını zannediyorsun sen?"

Beni bir kez daha duymazdan geldi. Burnunu tıpkı eski günlerdeki gibi boynuma sürterken, "Seni özledim!" diye mırıldandı. "Deli gibi özledim Başak!"

Tanıdık kokusu, burun deliklerimden geçip ciğerlerime doğru yol alırken gözlerimi yumdum istemsizce. İşte, beni alt eden o inanılmaz kokusu yine sarmalamıştı beni. Bu koku onda olduğu sürece, ona karşı gelmem o kadar zordu ki...

"Seni geri almaya geldim!" diye mırıldanırken, bana daha sıkı sarıldı. Sahiplenircesine sıkı! Engel olmaya çalışsam da, yapamıyordum. Kerpeten misali sıkmıştı bedenimi.

"Benim olanı almaya geldim Başak!"

29. Bölüm

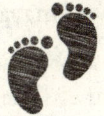

Hayallerimi Süsleyen Sahne!

"O adam kim?"

Bir çırpıda, "Arkadaşım!" dedim. Biricik sorgu meleğim kaşlarını çattıktan kısa bir an sonra duraksadı. Bir şey düşünüyormuş gibi gözlerini belirli bir noktaya sabitlediğinde, merakla onu izlemeye devam ettim. En sonunda unuttuğu bir şey aklına gelmiş gibi yerinde zıpladı. "Onu görmüştüm ben! Asude teyzemle Batın amcamın düğün fotoğrafında vardı o adam! Salonlarında asılı olan büyük fotoğrafta!"

Sertçe yutkundum. Sahiden bu kadar akıllı bir kızım olmak zorunda mıydı? Ah, neyse ki sadece fotoğrafı hatırlıyordu, kendisini değil! Bu da bir şeydi. Çünkü o gün tatsız şeyler yaşanmış ve ben, günün sonunu ağlayarak geçirmiştim. Irmak bu kısımları hatırlasaydı, babasına kin besleyebilirdi.

"Evet, Batın amcanın kardeşi o!"

Daha fazla soru istemiyordum. Elimdeki küçük tepsiyle salona ilerledim. Kıvanç'ın yanına oturduğumda dizini dürtükledim. Gözlerini olabildiğince yavaş açtığında, buz gibi çıkan dondurucu sesimle, "Şu kahveyi iç de önce kendine gel!" dedim.

Dediğimi yapıp kahvesine uzandı. Irmak da bu sırada salona girmiş, bize yakın bir koltuğa oturmuştu. Bize delici bakışlarından yolluyor, bir yandan da olan biteni çözmeye çalışıyordu.

"Şimdi biraz daha iyiyim. Konuşalım mı artık?"

Kıvanç'ın sorusunu duymazdan gelmeyi isterdim ama ikisinin de bakışları benim üzerimdeyken bunu yapmak çok zordu. Ciğerlerimin özlemle beklediği derin bir nefesi içime çektikten sonra, ona döndüm.

Az sonra yapacağımız konuşmayı, yapmaya hiç istekli değildim. Hatta elimden gelse, Kıvanç'ı yaka paça evimden atabilirdim bile. Ama Irmak yanımızdayken tutarlı davranmaya mecburdum ne yazık ki.

"Peki, konuşalım," dedim, isteksiz olduğumu belli eden bir sesle. Başını salladı. Hafifçe tebessüm ettikten sonra saçlarını karıştırdı, nereden başlayacağını kestirmekte zorlanıyor gibiydi. Sabırla bekledim.

Boğazını temizleyip "Sana iki yıl içinde döneceğimi söylemiştim," dediğinde, hem onaylarcasına hem de alay edercesine salladım başımı. İki yıl, demişti. Ama aradan üç buçuk yıl geçmişti!

"Öyle de olacaktı. Ama babam yüzünden gelemedim Başak!"

Levent Bey'in bu konuda ne gibi bir etkisi olabilirdi ki? Oğlunun dönmesini dört gözle bekleyen bir annesi varken, buna engel olabilir miydi ki? Sempatikliğiyle gönlümde taht kurmuş olmasına rağmen, Irmak'ın kendi torunu olduğunu söyleyemediğim Levent Bey?

"Okulum bittikten sonra, deneyim kazanırsın diyerek İngiltere'deki şirketin başına geçirdi beni. Kendince, ona haber vermeden gidişimin cezasını kesmiş oldu böylelikle."

Kısa bir anlığına söyledikleri üzerine düşündüm. Kıvanç'ın İngiltere'deki şirketlerinin başına geçtiğini duymuştum. Ama bunun, kendi isteğiyle gerçekleştiğini zannettiğim için hiçbir çağrısına cevap vermemiştim. Onu tamamen unutabilmeyi kendime bir görev bilip, bu yolda ilerlemiştim.

"Sana inanabilmeyi isterdim!" diye mırıldandığımda uzanıp ellerimi tuttu. Her ne kadar kaçmak istesem de, buna engel olup daha sıkı tuttu. Irmak'ın burada olduğunu kendime hatırlatıp bir kere daha gayret ettim. Ama sonuç farksızdı. Kaçabilmem imkânsızdı! Kafamı kaldırdığımda dudaklarının titreyişiyle karşı karşıya geldim önce. Öyle derin bakıyordu ki gözleri, yalan söylemesi imkânsız gibi geldi bir an...

"Mert adında bir kuzenim var. Amcamın oğlu. Amcam onu, babamsa beni piyon olarak kullanıyor. Buradaki şirketin başına geçecek olan kişiyi belirlemek için istedikleri gibi yönlendirip durdular ikimizi. Şimdi, babamın neden işletme okumamda bu kadar ısrarcı olduğunu anladın mı? İsteklerini abimde gerçekleştiremediğinden, ben yem oldum anlayacağın. Elim kolum bağlıydı."

"Peki, bunları neden Batın'a anlatmadın?"

Gülümsedi ama buruk bir gülümsemeydi bu. "Düğün günü çekip gittim ya hani, hâlâ kızgın. O da senin gibi, hiçbir çağrıma cevap vermedi. Ben de bir süre sonra aramaktan vazgeçtim. Gelemedim de. Gelirsem, biliyordum ki dönemezdim!"

"Peki, neden şimdi? Neden geldin?"

Az öncekinin aksine neşeyle gülümsedi. *Klasik Kıvanç gülümsemesi*, diye geçirdim içimden. "Sıra, en zor kısma geldi çünkü," dediğinde kaşlarımı çattım. "Nasıl yani?"

"Mert Amerika'da, ben İngiltere'de tecrübe edindim. Sıra, buradaki şirketin başına geçecek ismi belirlemeye ve aynı zamanda seni geri kazanmaya geldi. Anlayacağın savaş vakti!" diye haykırdı. *Büyüdüm*, demekte haklıydı sanırım. Beş buçuk yıl öncesinin Kıvanç'ıyla, bugünün Kıvanç'ı arasında dağlar kadar fark vardı. Büyümüş de, şirketin başına geçebilmek için kuzeniyle savaşıyordu. İnanılmazdı!

İkimiz de sessiz kalarak birbirimizi izledik bir süre. Ardından dudaklarımın arasından dökülen sözler, sessizliğimizi bölüp geçti. "Gerçekten de büyümüşsün sen..."

Gururla omuzlarını dikleştirerek sırıttı. "Ne sandın? Bu hale gelebilmek için az fırın ekmek yemedim!" Evet, ne kadar çok çabaladığı belliydi. Bakışları bile olgunlaşmıştı.

Gözlerimiz birbirine kilitlenmiş gibi, uzunca bir süre bakıştık. Tam kendime gelmiştim ki, Irmak'ın arkamızda belirdiğini gördüm. Ah, doğru ya! Ben onun yanımızdaki varlığını tamamen unutmuştum. Elinde tuttuğu sürahi de dikkatimi çekmeyi başardığında, ne yaptığını anlamak istercesine baktım. Benim geriye çekilmemle, Irmak'ın elindeki su dolu sürahiyi Kıvanç'ın başından aşağı dökmesi bir oldu.

Tiz bir çığlık atıp yerimde sıçrarken, elimi ağzıma götürdüm. Bunca zaman sessiz kalmasından anlamalıydım zaten bir şey yapacağını! Gözlerimi Kıvanç'a çevirdiğimde yüzünden ve tişörtünden aşağı damlayan su damlalarıyla ve titreyen bedeniyle karşılaştım.

"Irmak!" diye bağırdım. Gözlerini bana çevirdiğinde, yaptığından pişman olmayan dik bakışlarını sinirle süzdüm. "Çabuk odana git!

Bu yaptığının ne kadar yanlış olduğunu bilmiyor musun sen? O bizim misafirimiz! İnsan hiç misafirine böyle davranır mı?"

"O da sana sarılmasaydı o zaman!" diyerek benimle inatlaştı. "Ya Sarp abi görmüş olsaydı anne? Ne kadar da üzülürdü!"

Irmak'ın sözleri kalbime bir ok gibi saplanırken, yerimde donakaldım. Doğru söylüyordu. Sarp bu halimizi görmüş olsaydı ne kadar üzülürdü, kim bilir? Silkelenip kendime gelmeyi başardığımda Kıvanç'ın yanına ilerledim ve oldukça düz bir sesle konuştum. "Bekle, sana tişört getireyim."

Kalkıp odama ilerleyeceğim sırada, Irmak karşımda dikilip geçmemi engelledi. "Yaptığım yanlıştı, haklısın anne. Sen dur, ben getiririm," deyip odama doğru koşturduğunda derin bir nefesi dışarı üfleyip Kıvanç'ın yanına oturdum. "Irmak adına özür dilerim."

Başını iki yana sallayarak önemsiz olduğunu belirtti. Belli belirsiz gülümseyip önüme döndüm. Irmak'sa, elindeki tişörtlerle yanımıza vardı. Kıvanç'ın üzerine soğuk bakışlarını yönlendirerek sordu. "Hangisini giymek istersin?"

Gözüm, elindeki tişörtlere kaydı. Ah, hayır! Bunlar, seneler öncesinde Kıvanç'ın evinden aşırdığım tişörtlerdi. Heyecanla atıldım. Tişörtleri Irmak'ın elinden hızla çektiğimde, ikisinin de bakışlarının odak noktası konumuna yerleştim. Irmak'ın şaşkın ve Kıvanç'ın bir şeylerden şüphelenirmiş gibi attığı bakışlarının altında ezilerek, gayet yapmacık bir sesle, "Selim abinin tişörtlerini neden getirdin Irmak? Biliyorsun, tişörtlerini kimseyle paylaşmaz," dedim.

Sonra Kıvanç'ın yüzüne bile bakmadan, elimdeki tişörtlerle odamın yolunu tuttum. Yalanımı yemiş olmasını umarak gözlerimi yumdum.

Hazırladığım kahvaltı masasına son olarak da peynir kutusunu yerleştirip geriye çekildim. Kıvanç'ın gelişi, uykuma bile zarar vermişti. Gözüme bir gram uyku girmemişken ayakta durabilmek o kadar zordu ki!

"Bu mis kokuların kaynağı burası demek."

Gözlerimi mutfak kapısına çevirdiğimde, Kıvanç'ın ellerini cebine sokmuş vaziyetiyle yanıma yaklaştığını gördüm. Dün gece burada kalmasına müsaade etmiştim. Ama bu, ilk ve sondu. Bugün, gitmesi gerektiğini güzel bir şekilde dile getirecektim.

Çaprazımdaki sandalyeye oturuşunu izledikten sonra boğazımı temizleyerek ciddi bir ortam oluşturmaya çalıştım. Bu konuşmayı yapabilmek için böyle bir ortama ihtiyacım vardı çünkü.

"Sana söylemem gereken bir şey var Kıvanç," dedim ciddi bir tonda. Sarp'ın bana evlenme teklifi ettiğini bilmesi ve ona göre davranması gerekiyordu. Aklında hangi düşüncelerin dolanıp durduğunu bilmiyordum. Ama eğer bizden yana bir umudu varsa, derhal vazgeçmeliydi. Artık çok geçti çünkü! Hayal kurmanın değil, mantık çerçevesinde olaylara bakmanın zamanıydı.

Söyleyeceklerimin ciddiyetini kavramış olacak ki, en az benimki kadar ciddi bir surat ifadesiyle başını salladı. Dudaklarımı aralamıştım ki, telefonunun zil sesi beni durdurdu. Cebinden çıkarıp kimin aradığına baktıktan sonra, özür dilercesine bakıp yerinden kalktı. "Bunu cevaplamam gerek."

Cam kenarına doğru ilerledi. Konuşmalarından anladığım kadarıyla, konu şirketteki toplantıydı. Kıvanç, karşısındaki kişiye esip gürledikten sonra telefonu kapatıp cebine attı. Tekrar yerine oturduğunda, fazlaca sinirli olduğunu görüp sertçe yutkundum.

"Bir şey anlatacaktın sen?"

Başımı hızla sağa sola salladım. "Önemli değil. Sonra konuşuruz," *Sen nasıl istersen* dercesine başını sallayıp, hafifçe tebessüm etti.

Aramızda oluşan bu sessizliğin huzurlu kollarından inmek istemezken, sesiyle bir kez daha kendime geldim. "Dünkü tişörtler..." Eksiltili bir cümleyle giriş yapmıştı, devamını anlayacağımı biliyordu çünkü.

"Selim'in tişörtleri..." diyerek karşı atağa geçtiğimde, kaşlarını kaldırdı. "Öyle mi? Benim kayıp tişörtlerime çok benzettim de, ondan sordum."

"Tişörtler kişiye özel basılmıyor ya, aynılarından onda da var demek ki." Başını onaylarcasına salladığında çaktırmadan nefesimi dışarı üfledim.

"Günaydın anne!"

Irmak süratle bana koştururken, kocaman sırıttım. Kucağıma atlayıp, başını omzuma yasladı. Saçlarının üzerine minik öpücüklerimi kondururken, "Günaydın meleğim," diye mırıldandım. Güzel kokusu, insanı kendinden geçirecek kadar kuvvetli ve dayanılmazdı.

Geri çekilip suratımı inceledi, her zaman yaptığı gibi. Alnımı, burnumun ucunu, yanaklarımı ve son olarak da dudağımı öptükten sonra neşeli bir şekilde kıkırdadı. Ben de aynı şeyleri onun üzerinde tekrarlayıp mutlulukla gülümsedim. Kıvanç, bu halimizi gülümseyerek takip ediyordu.

Kızımı kucağıma oturttuktan sonra, "Hadi kahvaltımızı edelim!" dedim. "Sonra da Ahsen'i görmeye geçeriz hep birlikte."

Kızım, kendine özgü çeşitli sevinç nidalarını sıralayarak ellerini sevinçle birbirine çırptı. Kuzenini sevmesi çok güzel bir şeydi. Bir kardeşi yoktu ama kardeşi kadar sevdiği bir kuzeni vardı. Sessizliğin hâkim olduğu soframızda önümüzdekileri hızlıca bitirmenin telaşındaydık. *Bir an önce yesek de, gitsek* havası vardı her birimizde. Kıvanç'ın, şimdiye dek hiç görmediği yeğenini merak edebileceği düşüncesine kapıldım bir an. Belki de, bu yüzden bu kadar hızlıydı.

Çalan zille birlikte hepimiz kafalarımızı tabaklarımızdan kaldırıp birbirimize baktık. Kıvanç kendine gelirken, "Ben bakarım," deyip sandalyesini geriye itti ve ayaklandı. Hızlı adımlarla mutfaktan çıktığında, gelenin kim olabileceği konusunda fikir yürütmeye çalıştım. Dilediğim tek şey, Sarp olmamasıydı. Kıvanç'ın geldiğini bu şekilde öğrenmemeliydi!

Telaşla yerimden kalkarken, Irmak'ı yanımdaki sandalyeye oturtup, hemen geleceğimi ve tabağındakileri bitirmesini gerektiğini söyledim. Kıvanç'ın peşinden koşar adımlarla gittiğimde, gelenin Samet olduğunu görerek derin bir nefes verdim.

Samet'in Kıvanç'la karşılaşmasını meraklı gözlerle takip ettim sonra. Senelerdir, hep bu anı beklediğini söylüyordu Samet. Bana Kıvanç'ı ne kadar çok özlediğinden, onun kendisi için ne kadar değerli olduğundan, onu bir kuzenden ziyade kardeşi olarak gördüğünden bahsedip durmuştu.

Samet karşısında Kıvanç'ı görmesiyle, "Seni it!" diye bağırdı ve yumruğunu Kıvanç'ın suratına indirdi. Çığlık atmamak için dudaklarımı birbirine bastırdım. Kıvanç'ın yakasına yapışıp, sırtını sertçe duvara yapıştırdığında, ancak kendime gelebildim. Yanlarına gittiğimde, dudaklarımın arasından dökülen sözcükler belliydi. "Samet dur!"

Beni duymazdan geldi. "Hani kardeştik lan biz! İnsan hiç kardeşini arayıp sormaz mı?"

Kıvanç, sanki çok önemsiz bir şeyden konuşuyorlarmış gibi omuz silkti. Anlaşılan, yılların ondan koparamadığı tek şey, üzerine bir sülük gibi yapışmış olan sinir bozucu vurdumduymazlığıydı. "Kafa dinlemeye ihtiyacım vardı."

Samet burnundan soluyarak, "Başlarım lan senin kafana!" diyerek bir kez daha yumruğunu havaya kaldırdı. Ani bir kararla aralarına geçip inmesi olası yumruğu engelledim.

Saniyeler sonra Irmak koşarak Samet abisinin boynuna sarıldığında, bütün gerginlik bitti. "Seni çok özledim Samet abi! Nerelerdeydin?"

Irmak, Samet ağabeyinin saçlarını elleriyle tararken; Samet de gülümseyerek onu izliyordu. "Bikinili kızların yanındaydım cimcimem!" dedikten sonra çok harika bir şey yapmış gibi sırıttı. Ardından Irmak'ın yanağını sıkarken, "Şimdi de minik tatlı cimcimemin yanındayım!" dedi.

"Sensin o cimcime!" dedi Irmak, artık bu lakabı duymayı istemezmiş gibi. Hepimizin Irmak'a bir sesleniş biçimi vardı. *Ben meleğim diye sesleniyordum kızıma. Amcası fıstığım; teyzesi tatlı cadım; Sarp abisi prenses; Samet abisi cimcime; ve son olarak da Selim dayısı böceğim diye seslenerek şımartıyorlardı kızımı.*

Samet muzip bir sırıtışla, "Bunu hakaret olarak alıyorum!" dediğinde, Irmak bu cümleden pek bir şey anlamamış gibi gözükse de, gülümsemesi yüzünden silinmedi. Ardından aklına çok önemli bir şey gelmiş gibi hararetle konuşmaya başladı. "Biliyor musun Samet abi? Sarp abim, anneme evlenme teklifi etti! Yakında babam olacak!"

Bunu zerre kadar beklemediğimden sessizce yutkundum. Kıvanç'ın bakışlarının üzerime çevrildiğini hissetmek, üzerimde tarifi imkânsız bir baskı oluşturdu. Dişlerinin arasından çıktığı belli olan, tıslamaya benzer bir sesle konuştu. "Samet, siz Batınlara geçsenize!"

Başımı varla yok arası küçücük bir açıyla kaldırdım. Irmak karşı çıkmaya çalışır gibiydi bu fikre. Ancak Samet, onun itiraz etmesine fırsat tanımadan hızlı adımlarla yürüdü ve gözden kayboldular.

"Ne demek oluyor bu?"

Kıvanç'ın yersiz -*evet, gerçekten de yersiz*- olan bu kükremesi sonucu, korkumdan yerimde zıpladım. Sonra kendimi toparlayarak gözlerimi kıstım ve omuzlarımı dikleştirdim. Yirmi dört yaşındaydım ve bana kalırsa, hesap verme yaşını çoktan geçmiştim! Bu yüzden, "Duydun işte!" dedim, en az onunki kadar sert bir tonda.

Ellerini saçlarına daldırıp sertçe çekiştirdi. Derin bir inlemeyle başını kaldırdı ve gözlerimizin buluşmasını sağladı. Mavilerinin etrafında oluşan alev topu, görülmeyecek gibi değildi.

"Beni bekleyeceğine dair bana söz vermiştin!" diye bir kez daha kükrediğinde, gardımı düşürmemeye gayret ederek omuzlarımı dikleştirdim. Sonra tıpkı onun gibi bağırdım. "Ömrümün sonuna kadar seni bekleyemezdim ya! Ayrıca söz falan vermemiştim. Hadi vermiş olduğumu varsayalım, iki sene içindi o söz! Ama sen gelmedin ve hakkını kaybettin!"

Gözlerini kısarak baktı. *Haksız olduğum bir nokta varmış gibi...* "Neden gelemediğimi açıkladım! Elimde olan bir şey değildi!"

"Umurumda değil! Senin olmadığın süre zarfında beni ve kızımı mutlu etmeyi başaran birisi vardı. Ve artık onun da mutlu olması gerek!"

Son söylediklerimden sonra çenesini ovaladı. Ardından kendince bir sonuca varmış gibi başını kaldırdı. "Yani, onu sevdiğin için değil de, sizin için yaptıklarının bir bedeli olsun diye mi evleneceksin?"

Alay eder gibi söylediği bu sözlere karşılık, ben de aynı şekilde karşılık verdim. "Allah aşkına söyler misin bana, seni sevdim de ne oldu Kıvanç? Ne kazandırdın ki bana, üzüntüden başka?"

Son darbeyi vurmuş olmanın rahatlığıyla yanından seri adımlarla ayrıldım. Arkamda şoka uğramış bir Kıvanç bıraktığımın farkındaydım, söylediklerimden hiç pişmanlık duymuyordum. Karşı daireye geçip zili çaldığımda, kapıyı açan Asude olmuştu. Gülümseyerek sıkıca sarıldım arkadaşımın boynuna, o da aynı karşılığı verip sıkıca sarmaladı beni.

Geri çekilirken, "Nerede yeğenim?" diye sordum. Gözlerini devirdikten sonra, "Salonda," dedi kısaca. "Babasıyla ortalığı dağıtıyorlar yine. Deli Samet de yardımcı oluyor!"

Yarım yamalak gülümseyip neredeyse koşar adımlarla salonun yolunu tuttum. Miniğimi çok özlemiştim, kokusu resmen burnumda tütüyordu. Salona girer girmez gözlerim onu aradı. Yerde babasıyla cebelleşirken bulduğumda gülümseyerek seslendim. "Ahsen! Aşkım benim!"

Başını, babasının kolunun altından çıkarıp bana baktı. Tavşan dişlerini gözüme sokarak gülümserken, yine babasının kolunun altından kendine bir geçit bulup emekledi. Oradan uzaklaşınca ayağa kalkıp yanıma gelmeye başladı.

Paytak adımlarıyla yanıma gelmeyi başardığında, minik bedenini sımsıkı sarmaladım. O da benim gibi kollarını boynuna doladı. Saçlarının üzerini öperken, özlemimi sesime de yansıtarak, "Seni çok özledim ama ben!" diye haykırdım.

Geri çekilip yüzünü inceledim bir müddet. Babası gibi ela olan gözleri ve annesininki gibi koyu kestane renginde saçları vardı. Teni ise, benim ve Irmak'ınki kadar süt beyazıydı.

Ellerini dudaklarıma götürüp doyasıya öperken, Irmak'ın çatık kaşları eşliğinde bizi izlediğini fark ettim. Evet, Ahsen'i çok seviyordu. Ama yine de, kendisinden başkasına ilgi göstermem onu pek memnun etmiyordu. Yavaşça Ahsen'in yanından çekildim ve onu sevme sırasını, hemen arkamda dikildiğini fark ettiğim Kıvanç'a devredip kızımın yanına oturdum. Beni sıcak bir karşılamayla selamladı. Gülümseyerek yanaklarını öperken, gözlerim istemsizce Kıvanç'a kaydı.

Şimdiye kadar bir kez bile görmediği yeğenine, kendini affettirmek ister gibi bakıyor ve onu hayran kalmış bakışlarıyla izliyordu. En sonunda elini uzatıp "Ben hayırsız amcan!" diyerek kendini tanıttı.

Ahsen, amcasını affettiğini göstermek adına mıdır bilinmez, minik kollarıyla boynuna atıldı. Onların bu sevimli hallerini, Irmak gibi kıskanç gözlerle izledim. Ahsen'in mutluluğunu kıskanmıyordum tabii ki! Sadece, Kıvanç'la Irmak'ın birbirlerine bu denli yakın olamaması yüzünden üzülüyordum. *Irmak'la da böyle sarılmaları gerekiyordu...*

Kızım kollarımın arasında yayılıp kafasını göğsüme gömdüğünde, gözlerimi ona çevirdim. Güzel saçlarını okşayıp "İstersen uyu bebeğim?" diye öneride bulundum.

Başını iki yana salladı. "Eve gidelim mi anne?"

Kaşlarımı çattım. Daha yeni gelmiştik ve normal şartlar altında Irmak bu kadar erken dönmek istemezdi. Amcası, teyzesi ve kuzeniyle birkaç dakika daha fazladan zaman geçirebilmek için bana yalvarırdı hatta.

Gözlerimi, gözlerini sabitlemiş olduğu noktaya çevirdiğimde, nedenini rahatlıkla anladım. Gözleri, Kıvanç'la Ahsen'e takılıp kalmıştı meleğimin. Onları imrenen gözlerle izliyor, belki de oyunlarına dâhil olmak istiyor ama cesaret edemiyordu. Ne de olsa Kıvanç'la, yani babasıyla arası iyi değildi. Daha aralarında hiç başlamamış olan ilişkiye, babasının başından aşağı soğuk suyla dolu olan sürahiyi boşaltarak nifak tohumlarını serpiştirmişti kızım.

"Sen de gitsene yanlarına!" diye fısıldadım kulağına. Hızla başını sağa sola sallayıp daha sıkı sarıldı bana. *Sanki onu zorla göndermeye çalışacakmışım da, bana direnirmiş gibi...*

Kıvanç'la Batın'ın birbirlerine sarılışının ardından herkes derin bir nefes vermişti. Aralarında bir kavga çıkma ihtimali herkesi korkutmuş ama neyse ki beklenilen olmamıştı. Ortamdaki gerginliğin hafiflediği şu sıralarda, Kıvanç kalktığı yere oturdu ve Ahsen'le oynamaya devam etti. Yeğeninin karnına burnunu sürterek onu gıdıklıyor ve Ahsen de sevimli kahkahalarını bizlere ulaştırıyordu. Bütün ilgilerin Ahsen'e çevrilmiş olduğu şu sıralarda Irmak buna daha fazla dayanamamış olacak ki yüzünü bir kez daha göğsüme gömdü. Bu halini hüzünlü gözlerimle takip ettim. Onun da istediği gibi eve dönmemiz en iyisi olacaktı sanırım.

Tam yerimden kalkacakken, Kıvanç'ın sesiyle duraksadım. "Sen de gelsene Irmak!"

Kızım, başını heyecanla göğsümden kaldırıp Kıvanç'a döndü. Gözlerinde, olayı çözmeye çalışan bir bakış hâkimdi. Şaşkınca sordu. "Ne yapacağız ki?"

"Oyun oynarız. Olmaz mı?"

"Ne oyunu?" Hem gitmeyi istiyor hem de naz yapıyordu. Ah benim cadı kızım!

Kıvanç kaçamak bir cevap verdi. "Sen ne istersen!"

Sevinçle gülümseyip kucağımdan yavaşça indi. Kıvanç'la Ahsen'in yanına yürürken heyecanlı görünüyordu. Ahsen'le her gün oynuyorlardı ama Kıvanç'la ilk kez oynayacaklardı. Bunun merakı içerisinde olduğu kesindi.

Bu sırada Asude gelip, yanıma oturdu. Kolumu dürttü ve imalı sesiyle konuştu."Bakıyorum da, pişmiş kelle gibi sırıtıyorsun Başak Hanım!"

Cevapsız bıraktım bu imasını. O da üstelemedi neyse ki. Fakat çok geçmeden bir kez daha dürtükledi. "Ne zaman söyleyeceksin Kıvanç'a?"

Bu konu açılır açılmaz kalbimin hızlı çarptığını hissettim. "Bilmiyorum."

"Ne demek bilmiyorum? Artık saklayamazsın! Şimdiye kadar saklaman bile hataydı," dedi sert çıkan sesiyle.

Gözlerimi Irmak'a çevirdim. Mutlu görünüyordu kızım. Ardı arkası kesilmeyen kahkahalar atıyorlardı birlikte. Saatler boyunca gözümü bile kırpmadan onları izledim. Bu beni yormuş olsa da, Kıvanç'la Irmak'ın birbirine karışan kahkahalarını dinlemeye değerdi. Irmak yorgun düşmüş olacak ki, babasının dizlerine başını koyup uykuya dalmıştı bir süre sonra. Ahsen'se, o bitmek tükenmek bilmeyen enerjisiyle amcasının sırtına çıkıyordu hâlâ. Kıvanç'ın kaymaya başlayan gözlerini fark ettiğimde, ne kadar yorulduğunu anlayıp olaya el atmak amacıyla ayaklandım.

Ahsen'i amcasının sırtından alırken, "Uygun gelmedi mi senin?" diye sordum gülerek. Başını iki yana salladı. Asude kaşlarını çatarak yanımıza gelirken, kızını azarladı. "Azıcık sessiz olsana Ahsen! Ablan uyuyor, görmüyor musun?"

Ahsen'i kucağımdan alıp odasına götürürken bile söylenmeye devam ediyordu. Kıvanç da Irmak'ı kucağına almıştı bu sırada. Çok kısık bir sesle döndü. "Önden gidip kapıyı aç sen. Geliyoruz biz."

Başımı sallayarak dediğini yapmak üzere adımlarımı sıklaştırdım. Dairenin önüne geldiğimde, cebimden anahtarları çıkardım. Kilidi döndürüp kapıyı açtıktan sonra koşar adımlarla Irmak'ın odasına girdim. Şirin pembe örtüsünü açtığım sırada Kıvanç da kucağında Irmak'la odaya girmişti.

Irmak'ı yavaşça yatağına yatırdı. Dikkatli olmaya özen gösterdiği belliydi. Ardından hiç beklemediğim bir şeyi yapıp o da Irmak'ın yanına uzandı. Kızını, güçlü kollarıyla sarmalarken, "Ne rahat yatakmış bu!" diye mırıldandığını duymuştum.

"Burada mı yatacaksın Kıvanç?"

Alaycı sesiyle konuştu. "Ne o, senin yanında mı yatmamı isterdin?"

"Hayır, tabii ki de!"

"İyi. O zaman ben de sana benzeyen kızınla uyurum!" dedi, yarım yamalak gülümseyerek. "Senden daha sevimli olan kızınla!" diye bir eklemede bulunduğunda, istemsizce gülümsedim. *Kızını sevimli bulması iyi bir şeydi. Beni sevimli bulmasa da olurdu hatta daha iyi olurdu.*

Fısıltı halinde çıkan sesiyle *iyi geceler* diledi. Irmak'ı biraz daha kendine çektiğini gördüm sonra. Hayatımda, en mutlu olduğum an buydu hiç şüphesiz! Kızım, nihayet babasına kavuşmuş, onun kolları arasında yatıyordu. Yıllardır özlemini çektiğim, hayallerimi süsleyen sahne buydu işte!

Bütün gece onları izleyecektim. Bu karenin tek bir salisesini bile kaçırmayı göze alamazdım. Sırtımı onlara dönmeyip adımlarımı geri geri atmaya başladım. Koltuğun yanına kadar gittiğimde çömelip oturdum. Kollarımı göğsümde kenetledim ve her bir anı izlemek için gözlerimi olabildiğince çok açtım...

30. Bölüm

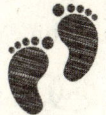

Senin Adını Kim Koymuş?

"Kıvanç'a gerçekleri söylemenin artık kaçınılmaz olduğunu biliyorsun, değil mi? En geç bu sabaha bu iş bitecek! Eğer bunu sen yapmazsan, ben yapacağım artık!"

Batın ses tonunu giderek sertleştirdiğinde, Asude boğazını temizleyerek uyarmıştı onu. Ama ben yadırgamıyordum bunu. Hatta Batın'a hak veriyordum bile diyebilirdim. Sonuçta aradan seneler geçmiş olmasına rağmen kardeşi hâlâ gerçeği bilmiyordu. Buna içerlemesi, artık bu durumun bitmesini istemesi hatta sinirlenmesi gayet doğaldı.

Utana sıkıla konuştum. "Haklısın Batın. Ama bana sadece iki gün kadarcık bir zaman tanısan olmaz mı?" Aklımda bir fikir vardı çünkü. *Kıvanç'la Irmak'ın birbirlerine yakınlaşmalarını sağlayacak bir fikir...*

"Hangi iki gününden bahsediyorsun sen Başak? Bu gerçeği kardeşimden yıllardır saklıyoruz. Yetmedi mi?"

Batın'ın kükremesine karşılık olarak Asude tekrar duruma el atıp Batın'a esip gürlerken, kendime gelip boğazımı temizledim. Benim yüzümden kavga etmelerini istemiyordum. Evlenmelerine rağmen, hâlâ oyuncaklarını paylaşamayan iki küçük huysuz çocuk gibilerdi zaten. Ömürlerinin sonuna kadar da -*bir nine ve bir dede olduklarında bile*- böyle olacaklarından emindim. Aralarındaki tartışmaya karışmama izin vermeden son sürat devam ettiler. Birkaç dakikanın sonunda ise, bağırmaktan helak olan ses telleri yüzünden, çenelerini kapatmak zorunda kaldılar.

Asude bana döndüğünde, suratında zafer gülümseyişi hâkimdi. Teşekkür edercesine başımı hafifçe yana eğdim. Bu sırada Batın, onay almak istercesine, "İki gün?" dedi.

Başımı hızla aşağı yukarı salladım. "Sadece iki gün!"

Kıvanç'tan

Göz kapaklarımı olabildiğince hafif araladım. Gözüme giren güneş ışıklarından kendimi savunmak adına elimi gözlerime siper ettim. Yerimde doğrulurken, Irmak'ın yanında yattığımı kendime hatırlatarak yavaş olmaya özen gösterdim.

Onu izlerken, gülümsediğimi fark ettim. Fakat başımdan aşağı boca ettiği bir sürahi dolusu soğuk suyu ömrüm boyunca unutmayacaktım! Uyurkense, bir melekten farksızdı. Başak'ın ona *meleğim* diye hitap edişi bundan olsa gerekti. Saçları alnına yapışmış, minik pembe dudakları da öne doğru uzanmıştı. Böyle giderse annesi kadar güzel bir kız olacağı kesindi.

Yanından kalkmayı başardığımda bir kez daha gülümseyerek baktım, minik Başak'a. Eğilip alnına yapışan saçları geriye doğru ittirdim ve açıkta kalan alnına -*tereddüt etsem de*- minik bir öpücük kondurmaktan geri durmadım. Kaşlarını hafifçe çatıp sırtını bana döndü. Uykusunda bile, bana huysuzlanmaktan geri durmuyordu minik cadı.

Odasından çıktıktan sonra kapısını yavaşça kapattım. Guruldayan karnımın sesini dinleyip mutfağa doğru giderken, Başak'ın aralık duran oda kapısı dikkatimi çekmeyi başarmıştı. Onunla uyumayı hatta onu uyurken izlemeyi özlemiştim ve şimdi, fırsat ayağıma kadar gelmişti. Geri tepmek olmazdı, değil mi?

Parmak uçlarımda yürüyüp içeri girdim. Bakışlarımı direkt olarak yatağına çevirdiğimde, orada olmadığını gördüm. Burun kıvırıp odadan gerisin geriye çıkacağım sırada, Başak'ın hiç beklemediğim bir anda arkamda haykırmasıyla afalladım. "Ne yapıyorsun sen bakayım?"

Sesi neşeli geliyordu, bundan cesaret alarak yavaşça döndüm. Dönmemle ağzımın kocaman açılması bir oldu. Üzerinde kırmızı bir bornoz ve saçlarını örten yine kırmızı bir havlu vardı. Bornozu fazla kısa olmasa da, gözüm ister istemez bacaklarına kayıyordu. Bu kılıkta karşımda durması, beynimin içinde tehlike çanlarının çalmasına neden oluyordu. Kendime gelebilmek adına boğazımı temizledim. Elimi enseme atıp bakışlarımı kaçırdım. "Hiç! Ben sadece uyandın mı diye bakmaya gelmiştim."

"İnansam mı acaba?" derken, eğlenir gibi bir hali vardı. Haklıydı da. Bir kadının odasına böyle sessizce giren bir erkeğin yaptığı bu açıklamaya kim inanırdı ki?

"Her neyse," deyip konuyu kapattığında gülümseyerek başımı kaldırdım. Başak da bu sırada havlusuyla saçını kurutmaya girişmişti. Saçlarından yere damlayan birkaç su damlasını yutkunarak izledim.

"Seninle bir şey konuşmam gerek," dediğinde, gözlerimi zorlukla ayırdım. "Konuşalım o halde."

"Şey... Aslında senden istediğim bir şey var benim. Kabul edip etmeyeceğini kestiremiyorum ama. Zor durumda kalmasaydım, inan istemezdim böyle bir şeyi..."

"Tamam, Başak. Sakin ol ve sadece ne istediğini söyle," diyerek lafını böldüm. Bu kadar heyecan yapmasına gerek yoktu. Onun için elimden gelen her şeyi yapardım, bunu anlaması gerekiyordu.

"İki günlüğüne burada olamayacağım. Sevgi teyzem biraz hastaymış da, ona bakmaya gideceğim. Biliyorsun, o benim her anımda yanımdaydı," dediğinde başımı salladım. Evet, tabii ki biliyordum. Başak'ın ailesinden sadece Sevgi teyzesi ve onun oğlu Selim, yanında olmuştu hamilelik döneminde. Ama buraya kadar anlattıklarının, benden isteyeceği şeyle ne alakası vardı, onu merak ediyordum.

"Ama Irmak'ı yanımda götüremem. Büyük teyzesini öyle görüp üzülmesini istemiyorum. Bu yüzden... İki günlüğüne Irmak'a sen bakabilir misin diyecektim."

Benden istediği şey karşısında ne yapacağımı bilemeyerek bakışlarımı kaçırdım. Çocuk bakmaktan ne anlardım ben? Daha yeğeniyle bile yeni tanışmış olan sorumsuz bir amcaydım.

"Asude'yle Batın'ın işi olmasaydı, senden istemezdim. Ama mecbur kaldım işte!" diyerek açıklamasına devam ettiğinde belli belirsiz salladım başımı. Ne diyecektim ben şimdi? Irmak'la aramız o kadar iyi değildi hem. Sadece birkaç saat iyi anlaşmıştık, o kadar. Ama o zaman diliminde yanımızda başta Ahsen olmak üzere bir sürü kişi vardı. İki gün boyunca yalnız kalabilir miydik?

Sessizliğimden bir şeyler anlamış olacak ki, başını salladı. "Tamam, neyse. Yine de teşekkür ederim," dediğinde, içimden lanetler savurdum kendime. "Ben de Sarp'tan rica ederim o zaman. Geri çevirmeyeceğine eminim," diye mırıldandığını duyduğumda ise, gözümdeki kas bile sinirden seğirmişti. Her bir haltta karşıma çıkması sinirime dokunuyordu.

"Tamam, ben bakarım Irmak'a. Sarp'a gerek yok!" Şu an doğru yapıp yapmadığımı bilmiyordum. Tek bildiğim, Sarp'a duyduğum aşırı nefretti.

Şaşkınlıkla gözlerini kırpıştırdı. "Emin misin? Eğer yapmak istemiyorsan anlarım. Yani..."

"Eminim!"

Bunu iyi bir fırsat olarak değerlendirdiğim takdirde bir sorun kalmazdı, değil mi? Neticede, sevdiğim kadının gönlünü almanın yolu, sevdiğim kadının kızına kendimi sevdirebilmek olmalıydı...

⁂

Dosyaları incelerken, bir yandan da gözümü Irmak'tan ayırmamaya çalışıyordum. Sıkıldığını fark edebiliyordum ama elimden bir şey gelmiyordu. Ben de sıkılıyordum işlerden ama meydanı Mert Efendi'ye bırakmaya da niyetli değildim.

Başak'a verdiğim sözü tutamayıp çok daha geç gelmiştim. *Babamın, deneyim kazanmam adına beni İngiltere'deki şirkette kalmam konusunda diretmesi yüzünden...* Bu kadar çok şeye -özellikle de Başak'ın özlemine- göğüs gerdikten sonra ise, buradaki yönetimi Mert'e bırakamazdım! Elimden gelenin en iyisi yapmak zorundaydım.

"Annem aradı mı hiç?"

Dudaklarını büzmüş, benden olumlu bir cevap bekliyordu minik cadı. Ama maalesef ki annesi henüz aramamıştı. "Hayır, aramadı."

Kendi gibi minik olan omuzlarını düşürüp nefesini dışarı üfledi. Ardından kollarını önünde birleştirip etrafa bakınmaya başladı. Bu sevimli hallerini, yüzümdeki geniş sırıtışım eşliğinde izledikten sonra tekrar önümdeki dosyalara döndüm. Mert'i alt edebileceğim bir projeyi, şirkete kazandırma peşindeydim. Böylelikle 1-0 öne geçecek ve aile üyelerimizden oluşan yönetim kurulunun gözüne girerek büyük bir avantaj sahibi olacaktım. Asıl sorun ise, İstanbul'a geldiğimden beri hiçbir iş adamıyla görüşmemiş olmamdı. Başak'a odaklandığım için gözüm ondan başkasını görmemişti. İki günlüğüne de olsa, gidişi bir nevi iyi olmuştu benim için.

Benim aylaklık ettiğim süre içerisinde, duyduğum kadarıyla birçok iş adamıyla görüşmüştü Mert. Amerika'da deneyim kazandığından, çevresi bir hayli genişti. Bu nedenle daha sıkı çalışmam gerekiyordu.

"Annemi arayabilir miyim?"

Irmak'ın utana sıkıla sorduğu soruya gülümseyerek karşılık verdim. İyi bir fikir olabilirdi bu. Bu sayede belki ben de konuşurdum Başak'la.

"Tabii ki arayabilirsin. Gel buraya!" Mutlulukla bana koşarken, uzattığım telefonu elimden aldı. Kısık bir sesle teşekkür ettikten sonra telefonunun kilidine dokundu. Tekrar gülümsedim ve başımı dosyalara gömmek üzere eğdim.

Birden telefonu sertçe masaya bırakmasıyla, ne olduğunu anlamak istercesine merakla yüzüne baktım. Bir şeye sinirlendiği belliydi. Kollarını önünde kenetlemiş, bana kızgın bakışlar atıyordu. Minik cadıyı sinirlendirecek yine ne yapmıştım acaba?

"Annemin resmi neden senin ekranında?" diye bağırdığında kulaklarımı tıkamak istediğimi fark ettim. Bu nasıl bir sesti böyle?

"Ben..." diyerek söze başladığımda, beni dinlemeyip koşmaya başladı. Peşinden gitmek için fırladım, neticede bana emanetti. Kendinden büyük adımlar ata ata neredeyse koridorun sonuna kadar gitmişti. Ama yine de, onu rahatlıkla yakalayabilmiştim. Seri bir hareketle kucağıma aldığımda, ayaklarını çırpmaya başladı. Kollarımı beline daha sıkı sardım ve etrafımızdaki çalışanların meraklı bakışlarına aldırmayarak tekrar odama doğru ilerledim.

Odama gireceğimiz sırada, Mert'in tam karşımda dikilmesiyle duraksamak zorunda kaldım. Irmak da çırpınmayı bırakıp başını omzumdan kaldırmıştı. Mert'e meraklı bakışlar atarken, ben de bakışlarımı Mert'e çevirdim.

"Ne istiyorsun yine?" diye sordum, bezmiş bir ses tonuyla. Sürekli karşıma çıkmasından nefret eder olmuştum. Ayrıca bu kat, bana aitti. Bu katta çalışanlar da öyle! Ama beyefendi, bunu anlamakta zorlanır gibi sürekli karşıma çıkıp duruyor, sinir hücrelerimi atağa kaldırıyordu. Çizilen belirli sınırları ihlal etmeyip kendi katında kendi çalışanlarıyla takılsa ölmezdi ya?

"Bakıyorum da, çocuk yapmışsın. Fazla hızlısın kuzen!" deyip ellerini siyah ceketinin ceplerine soktu. Gözlerimi devirdim. Omzundan ittirip kenara çekilmesini sağlarken, tehditkârca konuştum. "Dayak yiyeceksin bir gün. Adam gibi dur!" Kapıyı da arkamızdan büyük bir gürültüyle kapatıp, Irmak'ı kucağımdan indirdim.

İşaret parmağımı havada sallayarak, "Bir daha sakın kaçmaya çalışayım deme. Tamam mı?" diye sordum sakince. Cevap vermeyip az önce oturduğu koltuğa geçip oturdu.

Aradan belirli bir süre geçtiğinde konuşmuyor olduğunu fark edip başımı kaldırdım. Yaslandığı koltukta dertli dertli oturuyor, etrafına boş bakışlar atıyordu. Bu üzüntülü haline dayanamayıp dosyayı sesli bir biçimde kapattım. Çıkan gürültüden dolayı kafasını kaldırıp baktı. "Hadi bir şeyler yiyelim!" dedim ve kendimi, karşındaki tekli koltuğa bıraktım. "Ne yemek istersin?"

"Hamburger!"

"Annen izin veriyor mu hamburger yemene?"

Sorduğum soru karşında omuzlarını düşürdü, neşesi bir anda soldu. Başak'ın, söz konusu kızı olduğu zamanlarda fazla dikkatli davrandığını tahmin etmiştim zaten. Kendisinin fast food türü şeyleri sevdiğini biliyordum ama kızına yedirmiyordu demek. İmm... ortada büyük bir yanlışlık vardı. Bir hukukçuya yakışmayacak bir adaletsizlik yapıyordu Başak Hanım. Evet, şimdi vicdanımı rahatlattığıma göre, Irmak'a güzel haberi verebilirdim, değil mi?

"Annen burada olmadığına göre yemende bir sakınca yok bence," der demez, "Yaşasın!" diye haykırdı. Sesi o kadar mutlu geliyordu ki, gülümsedim ve telefonumu masadan alıp siparişlerimizi verdim. Sonra tekrar Irmak'ın karşısına geçip oturdum. Sohbet konusu bulmaya çalışıyordum ama becerebildiğim söylenemezdi. Tam da bu sırada, Samet içeri daldı ve beni büyük bir dertten kurtardı.

O içeri girer girmez, Irmak neşeyle şakıyıp Samet'in yanına vardı. Samet, Irmak'ın burnunu sıkarken muzipçe sordu. "Özledin mi beni cimcime?"

Irmak kaşlarını çatıp geri çekilmeye çalıştı. "Bıraksana burnumu Samet abi!"

Samet gülerek, "Niye? Sümüklerin fışkırır diye mi korkuyorsun yoksa cimcime?" dediğinde, Irmak bir kez daha kaşlarını çattı. "İğrençsin Samet abi!"

İkisi arasında geçen diyaloğu keyifle dinledim. Samet, Irmak'ı dizine oturtup saçlarını öptü. Bana dönerek, "Bizim itten bir haber var mı?" diye sordu.

İtten kastı, Mert'ti. Tamam, Mert'i ben de sevmiyordum. Hatta nefret ediyordum. Ama sonuçta Mert, onun abisiydi. "Düzgün konuş. Abin o senin!"

"Ne abisi lan? Ne faydası dokunmuş bana şimdiye kadar? Batın'ı abim, seni de kardeşim olarak görüyorum ben. O itse, hiçbir şeyim değil!"

Irmak korkuyla bakarken, Samet'e uyarıcı bakışlar attım. Başını sallayıp kalktı. Irmak'ı kalktığı yere oturturken, burnunun ucuna ıslak bir öpücük kondurdu. "Görüşürüz cimcimem!"

Kapıya doğru ilerlerken seslendim. "Kalsaydın ya biraz daha!"

"Yok, siz takılın işte baba-kız..." Cümlesini yarıda kesip sustuğunda, gözlerimi kıstım. *Baba-kız* da ne demekti? Irmak'la benim için mi demişti bunu?

"Ne alaka?" diye sordum sertçe. Bakışlarını benim dışımda her şeyin üzerinde gezindirip "Saçmaladım işte yine. Eee... Boş ver sen beni ya. Hadi görüşürüz kardeşim!" deyip, karşılık vermeme müsaade etmeden çıkıp gitti. *Beni, arkasında garip sorularla baş başa bırakarak...*

Yemeklerimizi bitirdiğimizde, Irmak gülümseyerek teşekkür etti bana. "Afiyet olsun," diyerek önümdeki peçeteye uzanıp dudaklarımı sildim. Başka bir peçete alıp Irmak'ın dudaklarını da sildikten sonra gülümseyerek arkama yaslandım.

"Sen... Gerçekten annemi seviyor musun?"

Hiç beklemediğim bir soru yönelttiğinde gözlerimi kaçırdım. *'Evet, seviyorum'* dersem, ne yapardı acaba? En fazla gözlerimi oyardı herhalde...

Ne cevap vereceğimi bilemez bir halde yerimde kıvrandım. Bu durumumu anlamış olacak ki, başını salladı. Hayran hayran, "Peki, en çok neyini seviyorsun annemin? Güneş sarısı saçlarını mı yoksa zümrüt yeşili gözlerini mi?" diye sorduğunda istemsizce gülümsedim. Minik cadı, ne de güzel tarif etmişti annesini!

"İkisi de güzel. Ama ben en çok, çilek kokusunu seviyorum annenin!"

"Sen annemi mi kokluyorsun?" diye bağırıp ellerini beline koyduğunda yutkundum. Ah, fazla ileri gitmiştim sanırım. Bu cadıya söylenecek şey miydi bu?

Korkuyla konuyu değiştirme yoluna gittim hemen. "Sinemaya gidelim mi Irmak?"

~~~~~

Güzel bir animasyon filmine girmiştik. Irmak başlarda her ne kadar gülüp eğlense de, sonlara doğru yorgun düşüp başını omzuma dayamış ve uykunun kollarına bırakmıştı kendisini. Kucağındaki patlamış mısır kutusunu alıp yanımızdaki boş koltuğa koydum. Annesini özlediği hakkında bir şeyler mırıldanıyordu. Ayıkken cadı, uyurken bir melekti kesinlikle.

Saçlarını elimle düzelttim. Mademki uyumuştu, daha fazla burada durmamıza gerek yoktu, değil mi? Irmak'ı daha sıkı kucakladım ve ayağa kalktım.

Sinema salonundan çıkmamızla derin bir nefesi üflemem bir oldu. Daha sonra adımlarımı sık ve bir o kadar da dikkatli atıp alışveriş merkezinin çıkışına vardım. Otoparka varacağım sırada uyandı. "Film bitti mi Kıvanç abi?"

"Hayır, güzelim. Ama uyuduğun için çıkarttım seni. Sonlarıydı zaten."

Başını hafice salladı. Arabanın arka kapısını açıp onu oturttum öncelikle. Kemerini bağladıktan sonra kendi yerime geçtim ve her zamankinden daha dikkatli bir biçimde kullandım arabayı. Kısa bir yolculuğun ardından eve gelebilmiştik. Kapıyı açtığım sırada uykulu sesiyle sordu. "Batın amcam ne zaman gelecek?"

Gözlerini abimin dairesine sabitlemiş olduğunu fark etmem fazla uzun sürmedi. Ayrıca uzun zamandır, yani geldiğim günden beri merak ettiğim bir şey vardı. Irmak neden Batın'a amca diyordu?

İçeri girip kapıyı arkamızdan kapattım. Onu odasına doğru götürürken, bir yandan da sorusunu cevapladım. "Birkaç gün sonra gelecekler."

"Of! Ama ben Ahsen'i çok özledim!" diye yakındığında istemsizce gülümsedim. Ben de özlemiştim, daha yeni tanıştığım güzel yeğenimi.

Irmak bir anda canlanmış gibi yatağında doğruldu. O, derince bir nefesi dışarı üflerken; ben de yanına oturdum. "Neden Batın'a amca diyorsun sen?"

"Bilmem," dedi, ellerini iki yana açıp dudaklarını büzerek. "Küçüklüğümden beri öyle sesleniyorum. O da öyle seslenmemi istiyor zaten."

Ağır ağır salladım başımı. Hiçbir şey kafamda oluşturduğum senaryo kadar saçma olamazdı. Bu saçmalıkları aklıma sokansa Samet'ti ve bu yüzden, karşıma çıktığı ilk anda sert bir yumruk yemeyi hak etmişti. *Baba-kız* da neydi?

"Uykum kaçtı benim. Ama masal anlatırsan hemen uyuyabilirim Kıvanç abi!"

"Masal mı? İyi de, ben masal bilmem ki!"

"Ama ben masal dinlemeden uyuyamam ki!" deyip, ben daha ne olduğunu anlayamadan ağlamaya başladı. Ne yapacağımı bilemez bir halde etrafıma bakındıktan sonra daha fazla dayanamayıp onu kucağıma çektim. "Şşt ağlama ama!" deyip saçlarını narin hareketlerle okşadım. Küçük bir kız çocuğu, bu durumlarda nasıl yatıştırılabilirdi ki?

"Annemi özledim!" der demez bana daha sıkı sıkı sarıldı. Gözyaşları omzuma dökülürken, ben de sımsıkı sarıldım ona.

"İlk defa mı ayrı kalıyorsun annenden?"

"Evet. İlk defa bırakıp gitti beni!" diye söylendi. Bu duruma sitem eder gibi bir hali vardı. Oysaki benim annem, her gün bırakıp giderdi küçükken. Bir an, karşımda kendi küçüklüğümün yansımasını görür gibi oldum. Ben de Irmak gibi ağlayıp zırlıyordum o zamanlarda. Abimse beni teselli etmeye çalışıp sürekli yanımda oluyordu. Anılar karşısında burukça gülümsedim.

"Şimdi bana kim masal anlatacak? Kimin saçlarıyla oynayıp uykuya dalacağım ben?" Başını göğsüme daha sıkı bastırıp saçlarının üzerine art arda öpücüklerimi sıraladım. Öyle hüzünlü bir tonda konuşmuştu ki, dayanamamıştım. "Annen hangi masalları anlatıyordu sana?"

Başını omzundan kaldırıp gözlerimin içine baktı. "Bir genç kızın yaptığı yanlışı ve bunun doğurduğu doğruları."

Verdiği cevap karşısında gözlerimi kıstım. Bu nasıl bir masaldı böyle? Düşünerek işin içinden çıkamayacağımı bildiğimden, en sonunda boş verip sordum. "Bugünlük de böyle olsun. Yarın yeni masal kitapları alırız birlikte. Olur mu?"

Başını mutlulukla sallayıp, "Olur!" diye haykırdı. Kollarını boynuma doladığında şaşkınlıkla kalakaldım. "Seni hiç sevmeyeceğimi düşünmüştüm. Ama sen çok iyi biriymişsin!"

Söylediklerine gülümsedim. Fakat yine benim konuşmama fırsat vermeyip kendisi konuştu. "Senin adını kim koymuş Kıvanç abi?"

Şu anki konumuzla uzaktan yakından alakası olmayan bu sorusuna karşılık merakla baktım. "Neden sordun?"

"Çünkü adın, Kıvanç Tatlıtuğ'un adıyla aynı! Ondan merak ettim." Dedikten hemen sonra kıkırdadı. Daha bu yaşta Kıvanç Tatlıtuğ delisi miydi yani? Gelecek nesil, nereye gidiyordu böyle!

"Babam." Ben bu cevabı verir vermez başını yere eğip, derin bir iç geçirdi. Birden niçin durgunlaştığını anlayamasam da, ben de aynı soruyu sordum. Muzip sırıtışım eşliğinde tabii... "Senin adını kim koymuş peki?"

Çok büyük bir ihtimalle, adını benim koymuş olduğumu bilmiyordu. Aklının ucundan bile geçmezdi. Ama tam da öyleydi işte. Adını ben koymuştum minik cadının!

Aynı hüzünlü ifadesiyle cevapladı. "Benim de adımı babam koymuş."

Aval aval baktım suratına. Kesinlikle beklemediğim bir şeydi! Nereden çıkarmıştı ki bunu? İç sesim, bu işte bir gariplik olduğunu ve bana saçma gelen o senaryolarımın doğru olabileceğini haykırırken, onu dinlememek için büyük bir çaba sarf ettim ve sakin tutmaya çalıştığım sesimle sordum. "Kim söyledi sana bunu?"

"Herkes öyle söylüyor!" dedi ve minik parmaklarıyla saymaya başladı. "Annem, Batın amcam, Asude teyzem, Sarp ağabeyim, Samet ağabeyim ve Selim dayım."

Güçlükle yutkundum. Bu, doğru olabilir miydi? Irmak'ın babası ben olabilir miy... Ah, hayır! Kulağa gerçekten de çok saçma geliyordu. Böyle bir şey olsaydı haberim olurdu kısmını geçtim, Başak'la birlikte olmamıştım ki ben! Yoksa çilek kokulu o kız o...

Zorlukla araladım dudaklarımı. "Peki, babanı hiç gördün mü Irmak?"

Gözlerindeki yaşları gizlemeye çalışarak, "Hayır," dedi. "Şimdiye kadar hiç görmedim. Ama görmeyi çok isterdim."

"Annen, baban hakkında bir şey söylüyor mu peki?"

"Hayır. Sadece ona çok benzediğimi ve onun şu anda yurt dışında olduğundan bahsetti."

Duyduklarım karşısında gözlerimi sıkıca yumdum. Yumruklarımı birbirine bastırarak, bunların hepsinin büyük bir tesadüf olduğuna kendimi inandırmaya çalıştım. Geçenlerde Irmak'ın giyinmem için getirdiği o üç tişört de, bu tesadüfün bir parçasıydı. Samet'in baba-kız yakıştırması da. Ve son olarak, Irmak'ın bu söyledikleri de!

Başak gibi çilek kokulu bir kız hatırlıyordum ama buna inanasım gelmiyordu. Öncelikli işim Başak'la konuşmak olacaktı. Irmak uyuduktan hemen sonra...

Yaklaşık bir yarım saat daha sohbet ettik. Bu süre içerisinde fazlasıyla gergindim. Onun, benim kızım olma ihtimali beni fazlasıyla geriyordu. Bunu istemediğimden değildi bu gerginliğim. Eğer gerçekten böyle bir şey varsa, benim bunu daha yeni öğrenecek olmamdandı! Ve daha sonrasında, hızımı alamayıp bunu benden saklayan herkese yapacağım kötü şeylerden, alacağım intikamlardan!

Uyuduğuna emin olduğumda, belime sardığı kolunu yavaşça kaldırıp yanından kalktım. Üzerini örttükten hemen sonra eğilip, alnına bir öpücük kondurdum. Kapısını arkamdan çektikten sonra koşar adımlarla üst kata, ardından da terasa çıktım. Az sonra benim neden olabileceğim yüksek desibellerden dolayı Irmak'ın uyanmasını istemezdim.

Telefonu elime alıp Başak'ın aradım. Birkaç çalıştan sonra nihayet açtı. Uykudan uyandığını haykıran boğuk tonuyla, "Kıvanç?" dedi önce. "Bir şey mi oldu yoksa? Irmak iyi mi?"

"Evet, gayet iyi. Uyuyor."

Sonra garip bir sessizlik oldu aramızda. Derin bir nefes alıp, konuşmaya başlayan taraf oldum. "Sana tek bir soru soracağım. Ve sen de, tek bir cevap vereceksin Başak. Ya evet ya da hayır! Tamam mı?"

"Tamam, seni dinliyorum."

Bir derin nefesi daha içime çekerek soracağım soruyu sormaya giriştim. "Irmak... Benim kızım mı?"

Bu cümleyi kurmak o kadar zor gelmişti ki, söyler söylemez ne kadar saçma olduğunu bir kez daha anlamıştım. Bunu sormam hataydı. Çünkü böyle bir şeyin olması mümkün değildi! Belki de bir yanımın böyle olmasını istemesinden, bu kadar çabuk gelin güvey olmuştum bu ihtimalin doğruluğuna. Aptal ben! Başak'tan sorduğum bu soru için özür dileyip telefonu kapatmayı düşündüğüm sırada, benden önce davranıp konuştu.

"S-sen nereden öğrendin bunu?"

Beklediğim tepki, bana bağırıp çağırmasıydı. *Nereden öğrendin* de ne demek oluyordu şimdi? Doğru muydu ki, nereden öğrendiğimi soruyordu?

Gerçek, beynime bir balyoz kadar sert bir iniş yaparken, dişlerimi birbirine bastırdım. Çene kaslarım bile kasıldı. Ne zaman beraber olmuştuk da, hamile kalmıştı? O, yüzünü hatırlayamadığım çilek kokulu masum kız, Başak mıydı yani?

Hayatımdaki en büyük şaşkınlığı yaşıyordum hiç şüphesiz. Donup kalmış, kilitlenmiştim sanki. Yine de zorlukla konuştum. "Hangi cehennemdeysen, derhal buraya gel! Geç kalacak olursan, ne beni ne de Irmak'ı bulursun!"

Telefonu suratına kapatıp sinirle yere fırlattım. Bu, Başak için heba ettiğim ikinci telefondu. Ama bu sefer dert değildi. Yenisini rahatlıkla alabilirdim.

Peki ya, kızımla kaybettiğim seneleri de rahatlıkla geri alabilir miydim?

Bunu düşünmemle, yere çökmem bir oldu. Lanet olsun! Tabii ki de böyle bir şansımız yoktu...

31. Bölüm

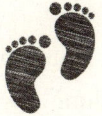

İşin Komik Tarafı

"**Hangi cehennemdeysen, derhal buraya gel! Geç kalacak olursan, ne beni ne de Irmak'ı bulursun!**"

Kapıyı ardına kadar açıp içeri gireceğim sırada, aklımdan geçen cümleler buydu. Evin içerisinde deli danalar gibi koştururken, Kıvanç'ın bu katta olmadığını idrak edebildim.

Irmak'ın odasının kapısı kapalıydı, uyuyordu meleğim. Evet, evet böyle olmalıydı. Böyle olması gerekiyordu!

Merdivenlere yönelip üst kata çıkmaya başladım. O kadar yorulmuştum ki -*hem zihnen, hem bedenen*- bir yere yığılmam an meselesiydi. Korkudan nefesim kesiliyor, başıma ağrılar giriyordu. Kalan son güç kırıntılarımı da toparlayıp birkaç basamak daha tırmandım ve sonunda zirveye ulaştım. Terasın açık olan kapısı dikkatimi çeker çekmez, o kısma yöneldim ve açık kapının arasından süzülüverdim. Sert esen rüzgâr saçlarımı uçuştururken, gözlerimi kısarak bakındım etrafıma.

Kıvanç'ı, sırtını duvara yaslamış, yerde oturur vaziyette buldum. Şükürler olsun ki, buradaydı! Rahatlama hissiyle nefesimi dışarı üfledim ve koşarak yanına gittim. Başı, önüne düşmüş, hareketsiz biçimde duruyordu. Yanına çömelip ellerine uzandım. Buz kesmişlerdi. Bu soğukluk karşısında ürpersem de çekilmedim. Başını çok ufacık bir açıyla kaldırıp baktı. Ardından tekrar önüne eğdi. Fısıltı halinde çıkan sesinden anladığım kadarıyla, "Neden bana söylemedin?" dedi.

"Ben... Söylemeye çalıştım Kıvanç. Ama..."

"Çalıştın mı? Neden ben baba olduğumu bilmiyorum o zaman?" diye bağırdığında, uzaklaştım yanından. Elinden bir kaza çıkabilecek kadar öfkeli görünüyordu ve işin açıkçası korkuyordum. Yüz hatları iyiden iyiye belirginleşmiş, mavi gözlerinden taşan koca bir ateş topu bir volkan gibi patlamaya başlamıştı sanki.

"İstemeyeceğini düşündüm. Ama yine de söylemeye çalıştım sana..."

"İstemeyeceğimi mi düşündün?" diye bir kez daha bağırdı. Burnumun ucu sızlamaya başlamıştı. Ağlamak istemiyordum ama buna ne zaman engel olabilmiştim ki şimdiye kadar?

Bir şeylere kafa yorarmış gibi gözlerini sımsıkı yumup düşünme pozisyonuna geçti. Ben de ancak bu sırada yanağına damlamış olan iki gözyaşı tanesini görebilmiştim. Ağlamış mıydı yani? Sahiden mi?

"Öyle bile olsa, bilmem gerekmez miydi? İstemesem bile, bunu bilmem gerekmez miydi Başak?"

Son bağırışından sonra dayanamayacak gibi olup hıçkırıklarımı serbest bıraktım. Zaten konuşmama izin vermiyor, sürekli bölüp duruyordu. Bir de şimdi kendini gösteren hıçkırıklarım, beni tamamen konuşamaz hale getirmişti. Ona karşı kendimi savunmak istiyordum, sonuçta bu yaşananların tek suçlusu ben değildim! Ama konuşamadığım her saniye, bunu kabulleniyormuş gibi bir görüntü veriyordum. Haklıyken, haksız konumuna düşmektense nefret ediyordum.

"Kıvanç..."

Beni dinlemek istemediğini gösterircesine kalktı. Gitmesine izin veremezdim. Bu konuşmayı daha fazla erteleyemezdik! Çıkan boğuk sesimle, "Gitme!" deyip arkasından sarıldım. Giderse, bir daha geleceğinin garantisini veremezdi hiç kimse. Bu yüzden engel olmalıydım. Mademki, Irmak'ın kendi kızını olduğunu öğrenmişti, o zaman kalmalıydı. *Bizimle!*

İçimi donduran buz gibi sesiyle, "Bırak!" deyip kollarımı itti. Benden kurtulup merdivenleri hızlı hızlı inerken, kaskatı kalmış bir halde arkasından bakakaldım.

Öylece...

Hiçbir şey diyemeden...

~ ∞ ~

Saatin kaç olduğundan habersiz bir halde yatağımda dönüp duruyordum. Kıvanç'ın gidişinden beri, bir o yana, bir bu yana dönüyordum. Neden uyuyamıyordum ki sanki? Ne beklemiştim sahiden? Kıvanç,

Irmak'ın kendi kızı olduğunu öğrendiğinde ona kol kanat gereceğini falan mı? Ah, tabii ki de bunu yapmazdı! Ne kadar değişmiş olursa olsun, ondan bu kadarını beklemek büyük bir hataydı.

Yattığım -*daha doğrusu yatmaya çalıştığım*- yerden doğruldum. Bu gece, uykunun bana haram olduğu belliydi. Madem uyuyamıyordum, kitap okurdum ya da günlerdir kapağını açmaya fırsat bulamadığım günlük kardeşimle dertleşirdim. Işığı açmaya yeltendiğimde, kapıma yaslanmış beni izleyen biri olduğunu fark ettim. Korkudan titrek çıktı sesim. "Kim var orada?"

Bu sırada ışıklar açtı. Oda aydınlandığında, karşımdakinin Kıvanç olduğunu görüp derin bir nefes verdim. Kıvanç'ın gözleri üzerimdeydi, sadece izliyordu. İfadesiz görünüyordu. Geri dönmesine bir anlam veremiyorken, ne konuşacağımızı merak ediyordum. Bu sefer beni sakince dinleyebilecek miydi? Bir anda ellerini duvara yaslamasıyla, onunla duvarın arasında sıkışıp kaldım. Bunun üzerine beynim tekrar heyecanlanmam konusunda emirler verdi ve kalp atışlarım bir kez daha hızlandı. Saatler öncesinde benden o kadar uzak duran, bana soğuk davranan Kıvanç, şimdi neden bu kadar yanıma sokuluyordu?

Bir elini yanağıma koydu ve baş parmağıyla sağ yanağımı okşamaya başladı. Hareketsiz durmaya özen göstererek sessizce bekledim.

"Senden... Her şeyi en baştan anlatmanı istesem... Yapar mısın Başak?"

Yüzüne bakmamaya gayret ederek başımı salladım. Acı çeker gibi bakıyordu ve ben bu bakışın aklıma kazınmasından korkuyordum. Belli belirsiz başımı salladım. Kollarını iki yanımdan çekip geçebilmem için yol verdi. Başım önümde, yatağa geçip oturdum.

Kıvanç da gelip tam yanıma oturdu. Ne olduğunu anlayamadan üzerime eğildiğinde gözlerimi kırpıştırdım. Sırtım, nevresimle buluştuğunda gözlerimi kaçırdım. Amacı neydi? Bunu anlamaya çalışırken, boynuma kondurduğu öpücükle kendime geldim. Ah! Neden beklemediğim şeyleri yapmakta bu kadar ısrarcıydı? Beni öpmesi yerine, sert bakışlarıyla karşıma geçip benden hesap sormasını beklemiştim oysaki. Tabii ki öyle olmadığı için memnundum ama bana bu şekilde yaklaştığı için de memnun olduğum söylenemezdi.

"Ne yapıyorsun?" Ses tonum bile, dokunuşlarından ne derece ürperdiğimi haykırıyordu.

Kafasını boynumdan çekip gözlerimin içine baktı. Mavileri birkaç saat önceki gibi alev topunu andırmıyordu. Boğuk çıkan sesiyle, "Sakinleşmek için tenine ihtiyacım var!" dediğinde sertçe yutkundum. Lanet olsun! Bunu dile getirmek zorunda mıydı?

Dudağıma yakın yerlere minik öpücükler kondururken, kendime gelip omuzlarından ittirdim onu. Bu kadar ileri gitmesine izin vermiş olmam bile başlı başına hataydı. Yüzünde güzel bir tebessüm oluştuğunu fark ettiğimde, yanaklarımdaki ısı daha da artmıştı. Utana sıkıla, "Sen sorsan, ben cevap versem olur mu? Nereden başlamam gerektiğini bilmiyorum çünkü," dedim.

Başını sallayarak onayladı ve ilk sorusunu dillendirdi. "Neden şimdiye kadar söylemedin bana?"

"Ben... Dediğim gibi söylemeye çalıştım! İnan bana, denedim bunu. Ama her defasında bir engel çıktı karşıma. Her defasında susmak zorunda kaldım. Şimdiye kadar söylemem gerekirdi, haklısın. Ama bütün suçu benim üzerime yıkamazsın, tamam mı?"

"Bütün suçu senin üzerine yıkmak istemiyorum. Bunun için bana açıklama yapmak zorundasın Başak! Ama lütfen mantıklı bir açıklama olsun."

Kaşlarımı çattım. Sorun değildi çünkü bende mantıklı açıklamadan bol bir şey yoktu. Ona açıklamaya çalıştığım her zaman, bir şeylerin bana engel olduğunu bilmeliydi. En çok da, o Pelin engelini!

"Baba olacağını söylemeye yeltendiğim her an başarısız oldum! Bunu sana yüz yüzeyken söyleyemeyeceğimi anladığımda, telefonla söylemeyi denedim." Gözlerinin içine baktım, tepkisini ölçebilmek adına. Gözlerini kısmış, beni dikkatle dinliyordu. "Söyledim de. Ama telefonu açıp da o gerçekleri duyan sen değildin! Pelin açmıştı. Kafana dikiş atılmasına sebep olacak kadar sinirlenmem de bundandı. Şimdi anladın mı?"

Bu sözlerimden sonra yüzünde hem şaşkınlığı hem de öfkeyi barındıran karmaşık bir ifade oluştu. Ellerini iki yanında yumruk yaptı. Başını kaldırdığımda gözlerimizin buluşmasını sağladı. Dayanamayıp boynuna atıldım. Kollarımla sıkıca boynunu sararken, bir yandan da konuşmaya devam ettim. "Sonra... Doğum gününde de denedim. O gün senin için hazırladığım masayı hatırlıyor musun? Sana gerçeği söyleyeceğim için o kadar özenmiştim!"

Onun da kollarını bel boşluğumda hissetmemle, hıçkırıklarımın artması bir oldu. "Pelin'le seni öyle gördüğümde... Canımın nasıl yandığını anlatamam sana! Buna rağmen söyleyecektim ama o sırada sancılarım başlamıştı, biliyorsun. Sonra da sen çekip gittin işte. Gerisini biliyorsun zaten!"

Sustuğum andan bu yana şefkatle saçlarımı narince okşuyordu ve bu, fazlaca rahatlatıyordu beni. *Kıvanç'ın Pelin'le öpüştüğünü gördüğüm o an, yaşadığım o keskin ihanet hissi ve ardından Irmak'ın gelişini haber veren can yakıcı sancılarım...* Hepsi aklımda bir bir tekrarlanırken gözlerimi sıkıca yumup bütün bunlardan sıyrılmak istedim.

"Pelin'le aramda göründüğü gibi bir şey olmamıştı o gün."

Alayla gülümsedim. Tabii ki de böyle söyleyecekti. "Dışarıdan bakıldığında hiç de öyle görünmüyordu Kıvanç..."

Gözlerini bir süreliğine yumdu. Ardından yavaşça açtığında çene kaslarının kasıldığı fark ettim. Gözlerini gözlerime dikti sonra. "Başka türlü göründüğünün farkındayım. Ama öyle değildi. Senin hakkında bir şey konuşması gerektiğini söyleyince, içeri aldım onu. Almaz olaydım!"

"Üstün çıplaktı," diyerek mantıklı bir yere parmak bastığımda, kaşlarını çatarak ifadesini ciddileştirdi. "Hatırlarsan işten gelmiştim Başak. Üzerimi değiştirdiğim sırada geldi eve." Bunu, bezmiş bir sesle söylemişti. Sanki bir şeyleri kanıtlamaya çalışmaktan yorulmuş bir duruşu vardı. Yine de devam etti.

"Bak, o zamanlarda güvenilir biri değildim, evet. Tam bir serseriydim. Ama yalancı değilim Başak! Karakterimde yalancılık kesinlikle olmayan bir şey! Hatalarım vardı ama yalan söylemek bunların içine dâhil değil. Bu yüzden bana inanman gerek!"

Sesi sonlara doğru yumuşacık çıkmıştı. Suratıma yalvarırcasına bakıyordu. Yalan söyleyen insan gözlerini kaçırırdı ama o tek bir an bile gözlerini kırpmadan bakıyordu. İster istemez gülümsedim. O da aynı tepkiyi verip beni kollarının arasına çekti. Kollarını bir kalkan gibi etrafıma doladığında gözlerimi yumup anın tadını çıkarmaya baktım. Kokusunun burun deliklerimden ciğerlerime doğru inişine müsaade edip daha çok sokuldum.

"Biliyor musun..." diyerek konuşmaya başladığında, saçlarımın arasında gezinen elleri de durmuştu. "O gün sana evlenme teklifi edecektim!"

Kaskatı kesildim. Az önce mutlulukla gülümseyen Başak gitmiş, yerine dünyanın en şaşkın insanı gelmişti sanki. "A-Anlamadım..."

Yüzü düştü onun da. Kollarındaki baskıyı artırıp daha sıkı sarıldı. Bırakmaya niyetli değilmiş gibi.

"Mumları almaya giderken, benim de sana söyleyeceklerim var demiştim ya. Evlenme teklifi edecektim işte! Irmak'ın babası olmayı istediğimi söyleyecektim, zaten babasıymışım! Yani, bizi Pelin'le o halde görmemiş olsaydın..." Cümlesini tamamlayamadı. Gerek de yoktu zaten. Bu sefer anlamıştım, taşlar yerine oturmuştu. Oturmamasını dilerdim!

Bana evlenme teklifi edecekti ama ben onları o şekilde görmüştüm. Sadece bir iki dakika sonra gitmiş olsaydım, görmeyecektim. Ve yanlış anlamalar silsilesi yüzünden, bunca yılımız ellerimizin arasından kayıp gitmeyecekti!

Bir anda irkildim. "Hayır!" diye inledim, duyduklarımı kabullenmeyi istemez gibi. Bu zamana kadar bütün suçu onda görüp, kendimi vicdan mahkememde yargılama gereği duymamıştım hiç. Ama bu duyduklarım her şeyi değiştirirdi! *Şu zamana kadar kendimce doğru bildiğim her şeyi!*

"Hayır Kıvanç! Yalan söylüyorum de! Lütfen..." Sesim sonlara doğru boğuklaşmıştı. Ben bile kendi söylediklerimi zar zor anlarken, Kıvanç'ın beni anlamamasına şaşmazdım. Ama öyle görünmüyordu. Beni kendine doğru çekip sakinleşmem için çabalaması bunu gösteriyordu.

"Ağlama fıstığım!" Alnıma sıcacık bir öpücük kondurdu. Hıçkırıklarım git gide şiddetlenirken, vücudum da aynı hızla sarsılıyordu. Böyle bir gerçekle yüzleşmek, bekleyeceğim en son şeydi. Kıvanç'ın bana evlenme teklifi edeceği kırk yıl düşünsem aklıma gelmezdi. Ama yalan söylemediğine de emindim. Dediği gibi, yalancı biri değildi o!

Başımı omzuna göndüm. Dudaklarım tişörtünün üzerinde olduğundan hıçkırıklarım kesik kesik çıkıyordu. Bir an sonra boynunu sararken buldum kendimi. Desteğe ihtiyacım vardı!

Kucağında hafifçe doğruldum. Dudaklarım titrerken, "Hepsi benim suçum!" dedim fısıltı halinde çıkan sesimle. "Senelerimizi çaldım!"

Bir kez daha saçlarımı okşadı. Ben de ürkek tavırlarla elimi kaldırdım, çenesindeki sakallarda gezdirdim parmak uçlarımı. Alt dudağımı dişlerimin arasına alıp, özlemini çektiğim yüzünü inceledim bir süre.

Daha da keskinleşen sert yüz hatlarının dışında aynıydı! Senelerin ona kattığı şeyler, olgunluk ve daha fazla karizmaydı.

Bu olağanüstülüğünü bir süre daha izledikten sonra, kolumdan aldığım destekle yerimde doğruldum. Sakallarının üzerine kondurduğum öpücükten hemen sonra bir kez daha derinden hıçkırdım. Başımı boynunun girintisine yaslarken, "Özür dilerim," diye mırıldandım güçsüz çıkan sesimle.

Saçlarımın üzerine minik öpücüklerini sıralarken, "Bütün suçu kendine yükleme Başak," dedi ciddi bir sesle. "Bunu yapmana izin vermeyeceğim?"

Verecek bir karşılık bulamadığımdan sustum. Kıvanç da bu konuyu kapamak istediğini gösterir gibi şakacı bir tonda konuştu. "Hem fena mı oldu yani? Düşünsene, o zamanlar benimle evlendiğini! Hem Irmak'ı hem de beni büyütmek zorunda kalırdın!"

Dudaklarımı zorlanarak araladım. "Evet, şimdi büyüyüp de geldin. Bunu hiç beklemesem de, başardın."

Gururlu bir edayla omuzlarını dikleştirdi. Kokusunu buram buram solurken, huzurla gülümserken buldum kendimi. Daha bunun yarım saat öncesine kadar, tüm yaşanmışlıklarımızın sonucunda, ondan nefret etmem gerektiğini düşünürken; şimdi onun kolları arasındaydım! *Hayat*, gerçekten de garip bir ortamdı. Asla yapmam, dediklerinizi yaptıran bir ortam!

⁂

Benim açımdan sorunsuz, hatta huzurlu diyebileceğim bir gecenin sabahına uyandığımda, başımı hafifçe yana çevirip Kıvanç'ı izledim. Mışıl mışıl uyuyordu.

Dün söylediklerinden sonra kendime gelebilmiş sayılmazdım. Pelin'le aralarında bir şey geçmemiş oluşu ve o gün bana evlenme teklifi edeceği gerçeklerini aynı anda duymak ağır gelmişti zayıf ve hassas olan bünyeme. Eğer söylediği gibi, sadece birkaç dakikacık daha geç gitmiş olsaydım yanlarına, şimdi evli olabilirdik. Ve bu sayede Irmak babasından ve babası da Irmak'tan haberdar olmuş olurdu... Ah, lanet olsun!

Tüm bunları enine boyuna düşündüğüm zaman ilk göze çarpan şey, kaybettiğimiz yıllardı hiç şüphesiz. Ama tüm bunlara rağmen, yine de

Kıvanç'ı seçmem o kadar zordu ki... Sarp'a ne olacaktı? Bunca yıl yanımızda olan, bizim için hayatını feda eden o masum insana ne olacaktı?

Ah, öyle bir karmaşanın içine sürüklenmiştim ki! *Aşağı tükürsen sakal, yukarı tükürsen bıyık* sözü, beni tanımlıyordu. Durumum gerçekten de içler acısıydı. Bir seçim yapmam gerekiyordu ve yapacağım bu seçim o kadar zordu ki! Sanki hayatımı bir anda bilinmezlik esir almış ve sis bulutları çöreklenmişti üzerime.

Oysaki bundan birkaç gün öncesinde Sarp'ın teklifini enine boyuna düşünmüş ve kabul etmenin en doğru karar olduğu sonucuna varmıştım. Ama şimdi her şey bir anda değişmişti. *Kıvanç'ın aklımı allak bullak eden o sözleriyle!*

"Günaydın fıstığım."

Kıvanç'ın açıkta kalan omzuma kondurduğu öpücük, bütün vücudumu elektrik akımına kapılmış gibi bir hisse sokarken, gözlerimi irileştirdim.

"Günaydın." Sesim, istediğimden bile daha soğuk çıkmıştı. Bunu o da fark etmiş olacak ki, kaşları çatıldı ve ne olduğunu anlamak istercesine gözlerini kıstı. Bakışlarından rahatsız olarak başımı çevirdim.

"Bir sorun mu var Başak?" Çatık kaşları üzerimdeki baskıyı katbekat artırırken, boğazımı temizleme ihtiyacı hissettim. "Ben sadece... Sarp'a ihanet etmişim gibi hissettim, o kadar."

Kaşlarını biraz daha çattı ve sanki dünyanın en berbat şeyini söylemişim gibi baktı. *Elinde olsa beni parçalara bölüp atabilecekmiş gibi sert bir ifadeyle.* "Sen ne söylediğinin farkında mısın? Sarp'la aranda bir şey yaşanmış gibi konuşma! Yaşanamaz da!" Son sözlerini inleyerek söylemişti resmen. Ve söyledikleri, ona acı vermiş gibiydi.

"Sarp'ın bizim için yaptıklarını göz ardı edemem Kıvanç. Bunu benden bekleme!" Sesim öylesine kısıktı ki, Kıvanç'ın işitmiş oluşundan bile şüpheliydim. Dudaklarımı kemirerek beklemeye koyuldum. Fırtına öncesi sessizliği yaşıyorduk sanırım...

"Sırf yaptıkları için minnettarsın diye evlenemezsin onunla, öyle değil mi?" diye sorarken, sesini mümkün olduğunca sakin çıkarmaya çalıştığı belli oluyordu. İki yanında sıktığı yumrukları, gerilen yüz hatları ve kasılan çene kaslarıyla bunu o kadar belli ediyordu ki!

Dudaklarımdan istemsizce "Irmak da çok seviyor onu!" cümlesi döküldüğünde, ellerimi derhal dudaklarımın üzerine siper ettim. Ama sonuç olarak, sarf ettiğim bu cümleyi Kıvanç duymuştu. Ah, lanet olsun! Irmak'ın kendi kızı olduğunu öğrenmişti ama ben bu gerçeğe hâlâ alışamadığımdan -*daha doğrusu rüya gibi geldiğinden*- salakça bir cümle kurup kalbini kırmıştım.

"Bu öğrendiklerimden sonra, Irmak'a benden başka bir adamın babalık yapmasına izin verir miyim sanıyorsun?"

"Haklısın Kıvanç. Ama..."

"Kapa çeneni!" diye bağırıp sözümü yarıda kesti. Korkuyla yutkundum. "Bu gece senin kokunu bu kadar yakından soluduktan sonra bir başka adamın sana yanaşmasına izin verir miyim peki? İyice düşün Başak!"

Ağzımı açacak oldum ama Kıvanç'ın aniden yataktan kalkmasıyla susmak zorunda kaldım. Sinirle volta atarken, dudaklarımı dişlerimin arasına alıp sakinleşeceği anı sabırla beklemeye koyuldum. Dün gece terastaki konuşmamızdan sonra, onu ikinci defa böyle sinirli görüyordum. Soluduğu havadan bile kızgın buharlar çıkıyordu sanki.

"Asla izin vermem!" diye bağırıp elini boy aynama geçirdiğinde, tiz bir çığlık attım. Başta kısa anlı bir şok yaşadığımdan yerimden kıpırdayamadım ama hemen sonra yerimden fırlayıp yanına koştum. Boy aynam paramparça olmuş, camları etrafa saçılmıştı. Bunlar önemsiz ayrıntılardı. Önemli olan ayrıntı, Kıvanç'ın elinden yere damlayan kan damlacıklarıydı.

Korkuyla atıldım. "Kıvanç!"

"Bu saatten sonra bir başkası olmaz, tamam mı? Bunu bana, bize yapamazsın Başak!" Beni duvarla kendi arasına sıkıştırıp alnımı alnına bastırdı. Nefesim kesildi.

"Ben sırf senin için baştan aşağı değişmişken olmaz! Lütfen... Bize bunu yapma!" diye mırıldanırken sesi öylesine güçsüz çıkmıştı ki! Sonra, yanaklarından süzülen iki damla yaş dikkatimi çekmeyi başardı.

Kıvanç Koçarslan ağlıyordu, öyle mi?

Şaşkınlığımı üzerimden atmaya çalışırken, sesimi ifadesiz tutmaya çalıştım. "Bunu sonra konuşuruz Kıvanç. Elin kanıyor! Müdahale etmeme izin ver."

"Umurumda bile değil, tamam mı?"

Derin bir nefes alıp inatla ellerine uzandım, parmaklarını parmaklarıma kenetledim ve gözlerimi sıkıca yumdum. "Biraz sakinleşsen?"

Parmaklarımı daha çok sıkmasıyla gözlerimi açmak zorunda kaldım. Mavilerinin etrafı kanlanmış gibi kızarıktı.

"Söz ver bana," dedi, yalvaran bir ses ve yalvararak bakan kanlanmış gözleriyle. Yutkundum. Kıvanç'ın, bir gün bana yalvaracağı nereden aklıma gelirdi ki? *Hem de onunla olmam için bana yalvaracağı?*

Dudaklarımı yaladım, oldukça kuru bir sesle "Söz," diye mırıldandığımda, suratında oluşan ifade görülmeye değerdi. Ağlamaktan kızaran gözlerini gözlerime dikti. Gülümserken gözleri kısılmıştı, çenesine yakın bir yerlerde küçücük bir gamzesi de beni sevgiyle selamladı. Ardından dudakları yukarı doğru kıvrıldı ve bedenini tamamen bedenime yasladı.

Burası nasıl birden bu denli sıcak olabilmişti acaba? Ah! Gözlerimi kırpıştırıp sarılışına karşılık verdim ben de. Elimden geldiğince...

Dudakları boynumdaki yerini bulacakken heyecanla atıldım. O kadar uzun boylu değildi! Her şeyin bu kadar çabuk ilerlemesi hayra alamet değildi. Hem Sarp'la konuşmadığım her saniye için kendimi dünyanın en kötü insanı olarak nitelendirmeye başlamıştım bile. Önce onunla konuşmalıydım ancak sonra akışına bırakabilirdim. Ama şimdi olmazdı.

Ciddi bir konuşmaya başlayacakmış gibi boğazımı temizledim. Dikkatini çekmeyi başardığımda, başını bana doğru çevirip gözlerimin içine baktı. "Eline bakacağım, biraz uslu dur!"

Muzip bir tonda, "Denemeye çalışırım," derken benimle eğleniyor gibiydi. Başımı iki yana sallarken, *eşekten adam olur, senden adam olmaz* imasını veriyordum ona. Beni anlamasını umarak...

Yıllardır bunun hayalini kurmuştum! Kıvanç'ın bir gün yanımıza geleceğini ve Irmak'ın babası olduğunu öğrenip bizimle olacağının hayali... Ve şimdi bu hayalim gerçekleşmişti ama buna inanmak o kadar zor geliyordu ki! Sanki büyüleyici derecede mükemmel bir rüyanın içerisindeydim de, en ufak bir sarsılmada uyanacak ve bütün büyü bozulacak gibi geliyordu bana. Diken üstündeydim kısacası.

"Niye gülümsüyorsun sen öyle?"

Kıvanç, kollarını arkamdan dolayıp belimi sıkıca sardığında ürperdiğimi hissettim. "Yoksa beni mi düşünüyorsun?" derken muzipçe sırıttığını hissedebilmek zor değildi.

Enseme kondurduğu öpücük, bütün tüylerimi ayağa kaldırırken gözlerimi irileştirdim.

"Başak?"

Birden ciddileşen sesi karşısında omzumun üzerinden dönüp kısa bir bakış attım. Kaşlarını çatmış olduğunu görünce, "Bir şey mi oldu?" diye sordum meraklanarak.

"Şey... Ben diyecektim ki..." derken zorlanıyor gibiydi. Konuşması için onu teşvik etme amacıyla tamamen ona çevirdim bedenimi. Gözlerini yumdu, kısa bir an bekledi ve gözlerini tekrar açtığında karşımda kararlı ifadesiyle bakan bir Kıvanç gördüm.

"Irmak hakkında bildiğim tek şey, adının ne olduğu." Bunları utana sıkıla söylemişti sanki. Bakışlarımı kaçırmak zorunda hissettim kendimi. Bu, üzerinde konuşmayı istemediğim ama konuşmak zorunda olduğumuz bir konuydu. Ağır ağır salladım başımı. Ne söylemem gerekiyordu bu durumda? Sözcükler bir bir sıralanıp dilimi ucuna kadar geliyordu ama hangilerini söyleyip hangilerini söylemememm gerektiğini bilemediğimden susuyordum. Keşke dilimin ucunda bir süzgeç olsaydı ve doğru cümleleri ayıklayıp Kıvanç'ın karşısına sunabilseydi...

"Bana yardım eder misin biraz? Yani, onun hakkında bilmem gereken şeyleri söylesen?"

Gülümsemek için kendimi zorlamam gerekmişti. Kızımın babası, kızını tanımaya başlıyordu. Bu çok ağırdı, çok kötüydü! Yine de duygularımı Kıvanç'a belli etmeden gülümsemesini bildim. "Mesela... En çok pembeyi sever!"

Biraz daha düşündüm. "Lunaparka gitmeye bayılır!" derken, gözle görülür bir gülümseme oluştu dudaklarında. Aklından bir şeyler geçtiği belliydi, ne olduğunu bilmesem de iyi bir şeyler olduğuna kalıbımı basabilirdim. Kızına yaklaşmak için elinden geleni yapacağa benziyordu. Tam devam edeceğim sırada sorduğu soruyla duraksadım. "Irmak'a anlattığın masal... Hani şu, bir genç kızın yaptığı yanlış ve bunun doğurduğu doğrular..." dediğinde gözlerimi irileştirerek baktım ona. Irmak, ona anlattığım masaldan mı bahsetmişti babasına? Ah, yanaklarım mı ısınıyordu?

Sesimi ifadesiz tutmaya çalıştım. "Evet, ne olmuş ona?"

Kaşlarını yukarı kaldırdı. "Bizimle alakası var mı diye soracaktım. Aklıma takıldı da."

Tuttuğum nefesi dışarı bırakırken "Evet," diye mırıldandım, neredeyse duyulmayacak güçsüzlükteki ses tonumla.

Eğleniyormuşçasına sırıttı. Buna bir anlam veremezken, üzerinde durmayı gereksiz görüp önüme döndüm. Bana doğru yaklaştığını gölgesinden algılayabilmek mümkündü. "Masalımızın neresinde kaldın? Bundan böyle ben de dinleyeceğim çünkü."

Çenemi içeriden ısırmaya devam ederken, "Evine gittiğimiz kısımdayım daha. Anlatmaya yeni başlamıştım," diye cevapladım. Yanaklarımdaki ısı bütün vücuduma yayılmış olacak ki, kendimi ateşler içindeymiş gibi hissediyordum.

"Harika!" diye şakıdı birden. Dudakları yukarı kıvrıldı. "Çilek kokulu, yara izleri olan ve aynı zamanda tişört hırsızı kızı senin ağzından dinlemek daha bir harika olacak sanırım!"

"Kokumu, çaldığım tişörtlerini hatta ve hatta yara izlerimi bile hatırlıyorsun ama yüzümü hatırlamıyorsun, öyle mi? Pisliğin tekisin Kıvanç!" Sessizce bağırmış, bunları dillendirdikten sonra ise, resmen inlemiştim sinirimden.

"Kişisel algılama fıstığım. Sarhoşken hep öyle!" Kaşlarımı çattım. Bunu söylemezsem çatlardım. "En azından sabahleyin bakabilirdin suratıma!"

İyice yanıma yaklaşıp yüzümü ellerinin arasına aldı. İsteğim dışında dökülen gözyaşlarım parmaklarını ıslatırken, sessizce iç geçirdim. Alnını alnıma yasladı ve ciddi bir sesle konuşmaya başladı. "O sabah yüzüne bakamadım. Çünkü... Benim olan ilk kızdın sen! Yatağıma giren ilk masum kız!" diyerek sesini yükselttiğinde yutkundum. "Suçlu hissetmiştim kendimi. Senin gibi masum bir kızı kendi kirimde boğduğum için!"

Açıklaması, dudak uçuklatacak türdendi. Böyle bir açıklamayı kesinlikle beklemiyordum. Yutkunmaya çalıştım ama başarısız bir deneme oldu. Elleriyle gözyaşlarımı sildi ve beni kendine çekip, çenesini başımın hemen üzerine yerleştirdi. "Ama itiraf etmem gerekir ki, bir yandan da hoşuma gitmişti. Tertemiz bir kızı kirletmiştim ama ilk defa birinin bana bu kadar ait olduğunu hissetmiştim o gece! O kızdan, *yani senden* sonra iki ay kadar kendime gelememiştim. Ve işin komik tarafı, beni darmaduman eden de senmişsin, kendime getiren de!"

Ah! Nasıl da beklemediğim kadar güzel sözlerdi bunlar! Yanaklarım az önceki ısısına tekrardan kavuşurken, başımı göğsüne yaslayıp gizlenmeye çalıştım.

"Anne!"

Irmak'ın sesini duyar duymaz Kıvanç'ın kollarının arasından sıyrıldım. Teyzemin hasta olduğu yalanını söyleyerek evden ayrılmıştım ve tamı tamına bir gündür yüzünü görmemiştim kızımı.

Irmak'ı kucağıma aldığım saniyeden itibaren yüzünün her bölgesini, kuru yer bırakmayacak şekilde çok öptüm. Sulu öpücüklerime gülümseyerek karşılık vererek boynuma daha sıkı sarıldı. "Seni çok özledim anne!"

"Biliyor musun anne, Kıvanç abiyle çok güzel zaman geçirdik!" dediğinde daha da memnun kalmıştım. İşe yaramıştı gidişim. Hatta dün gece, uyumadan hemen önce Kıvanç'ın anlattığına göre, Irmak'tan öğrenmişti gerçeği. Benim minik meleğim farkında olmadan babasına gerçeği söylemişti. Böyle olacağını tahmin etmemiştim ama benim söylememdense bu gerçeği kızından öğrenmesi daha özel olmuştu.

Kıvanç, beklenti içindeki ifadesiyle Irmak'a döndü. "Bugün de hep birlikte bir yerlere gideriz istersen? Annen de katılır bize!"

Irmak mutlulukla başını sallayarak bana döndü. Onay almak ister gibi bakıyordu. Dudaklarımı büzerek, "Ama duruşmam vardı bugün," deyiverdim. Irmak'ın omuzları anında düşerken, Kıvanç hâlâ gülümsüyordu. Aklında *hayır* diyemeyeceğimiz bir fikrin olduğu besbelliydi.

"Annenin duruşması bitince gideriz? Geç olması falan önemli değil."

"Yaşasın!" deyip ellerini birbirine çırparken, bir kolunu benim omzuma, diğer kolunu da babasının omzuna attı miniğim.

Evet, mutlu aile tablosu dedikleri bu olsa gerekti.

32. Bölüm

"Mutluluğa Kavuşmak İçin!"

"Bu kalsın, Kıvanç abi! Ben Teoman'ın şarkılarını çok seviyorum!"

Kıvanç, kızının bu tatlı heyecanından mı yoksa kızı hakkında yeni bir şey daha öğrendiğinden midir bilinmez, keyifle gülümsedi.

"Sevdim seni bir kere. / Başkasını sevemem. / Deli diyorlar bana. / Desinler değişemem. / Desinler değişemem..."

Irmak bağıra bağıra Teoman'a eşlik ederken kıkırdamama mâni olamadım. Asude gibi bir teyzeye sahipken Teoman'ı sevmemesi gibi bir ihtimal düşünülemezdi zaten.

Kıvanç'ın fısıltı halinde çıkan sesiyle, "Tam da bizi anlatan bir şarkı değil mi sence de?" demesiyle afalladım. O da Irmak'a eşlik etmeye başladığında yüzümdeki kocaman sırıtış eşliğinde onları dinledim. Irmak ciyak ciyak bağırırken, Kıvanç tam aksine sakin bir tınıyla söylüyordu. Gözlerini benden bir an olsun ayırmadan söylemesi üzerimde büyük bir baskı unsuru olsa da, elimden geldiğince taviz vermemeye çalışıyordum. Ama öylesine güzel söylüyordu ki, bu duru sesi karşısında içten içe eriyordum...

"Daha yolun başındasın. / Değişirsin diyorlar. / Oysa sana çıkıyor. / Bildiğim bütün yollar..."

"Acıktıysan yemek yiyelim önce?"

Kıvanç bunu Irmak'a hitaben sormuştu. Yanaklarımı şişirmemek için kendimi zor tuttuğum anlardan biriydi. Neden bana acıkıp acıkmadığımı sormuyordu? Üstelik zor bir davadan çıkmıştım ve gazi bile sayılabilirdim. Irmak başını iki yana sallayarak, "Hayır, acıkmadım henüz," dedi. Ardından bana dönerek, "Sen acıktın mı anneciğim?" diye sordu. *Ah, vefalı kızım benim!*

Otuz iki dişimin, otuz ikisini de göstererek gülümsedim meleğime. "Hayır, ben de henüz acıkmadım."

Ellerini birbirine çırparak, "Hadi o zaman bowling oynamaya gidelim!" deyip önden yürümeye başladı. Irmak'ın beş adımı, Kıvanç'ın bir adımına denk geldiğinden Kıvanç'ın kızına yetişmesi fazla zaman almadı. Onların bu hallerine içten içe seviniyor olmam, kendimi dışlanmış gibi hissetmeme engel değildi. Kollarımı göğsümde birleştirdiğim sırada aralarındaki konuşmaya kulak misafirliği ettim.

"Seni omzumda taşımamı ister misin?"

Meraklı bakışlarımı Irmak'a çevirdim. Afallamış gibiydi. Kısa bir an bunun üzerinde düşündükten sonra kendinden taviz vermeyi istememiş olacak ki, "Yorulmadım, teşekkür ederim," diyerek babasının teklifini nazikçe geri çevirdi. Oysaki bunu soran kişi Sarp olsaydı tek bir saniye bile düşünmeyip kabul ederdi. Ah, işimiz gerçekten de zordu!

Kıvanç'ın yüzü aniden düştü ama belli etmemek için zorlukla gülümsedi. Yanına gidip teselli edici sözler sarf etmeyi istesem de kendime engel olmam gerektiğinin farkındaydım. Kızıyla arasına girmeyecektim bugün. Zaten buna pek izin verecekmiş gibi de durmuyordu beyefendi. Alışveriş merkezinde bir müddet daha yürüdükten sonra neon ışıklarıyla aydınlatılmış bir tabelanın altında durduk. *Bowling* yazısı her saniyede bir yanıp sönüyordu. Soldaki boş oyun alanına gittik ve yan tarafında kurulu masanın etrafındaki sandalyelere oturduk. Irmak'la karşılıklı oturduğumuzdan yüzünde değişime uğrayan ifadelerini net bir biçimde görüp tartabiliyordum. Hemen çaprazımızda oynayan gruba dikkatle bakıyor, nasıl oynadıklarını çözmeye çalışıyordu. Devrilen lobutları gördüğünde gözleri irileşiyor, ardından tatlı tatlı gülümsüyor, bir yandan da hayret eder gibi gözlerini kırpıştırıp tekrar tekrar bakıyordu.

Kıvanç'ın yanında getirdiği ayakkabıları giyme işlemimizi tamamladığımızda Irmak elle tutulur, gözle görülür derecede bir heyecana sahipti. Benim de ilk oynayışım olacaktı ve açıkça söylemek gerekirse, kesinlikle kendimden yana umudum yoktu. Kıvanç'ın rahat tavırları ise, önceden birçok kez oynamış olduğunu açıkça belli ediyordu.

"Nasıl oynandığını öğretebilir misin Kıvanç abi?" diye sordu Irmak çekinerek.

Kıvanç'ın kısa bir anlığına da olsa, gözlerinden geçen şaşkınlığı yakalamıştım. Çok geçmeden kendini toparlayıp, "Öğretirim tabii!" dedi hevesle. Irmak'ın yanağını sıktıktan sonra da bana yöneldi ve sadece ikimizin duyabileceği bir sesle sordu. "Kızımızı gerçekten de hiç bowling oynamaya götürmedin mi yani? Ciddi misin?"

Sorduğu soruya karşılık kaşlarım çatıldı. Kıvanç ya bu ifademi fark etmedi ya da görmezden gelmeyi tercih ederek Irmak'ın yanına ilerledi. *Ah, anneliğimi mi sorguluyordu şimdi? Sırf bowling oynamaya getirmedim diye kötü bir anne mi oluyordum onun gözünde?*

Bugün sadece gülmeyi hedefliyordum ama Kıvanç gibi biri yanınızda olduğu zaman dengesizce hareketler sergilemeniz mümkündü. Sinirlerimi aniden hoplatma gibi üstün bir yeteneğe sahip olduğundan az önce yaşananları doğal karşılamaya çalıştım. Ama olmuyordu işte! Anneliğime en ufacık bir laf edilmesinden hoşlanmıyordum. Çünkü elimden gelenin en iyisini yapmaya çalışmıştım şimdiye kadar ve çalışıyordum da! Gerektiğinde en büyük hayalim olan hukuk fakültesindeki kaydımı dondurmuş, gerektiğinde de aileme dâhi sırtımı dönmüştüm. Ve bunlar gibi daha birçok fedakârlıkta bulunmuşken, en ufacık bir eleştiriyi kaldıramamakta haklıydım kendimce!

Kıvanç, Irmak'a topu nasıl atacağını öğretirken gözlerimi kısmış bir vaziyette onları izliyordum. Kıvanç, Irmak'ın hemen arkasına geçmiş ve onun boyuna gelecek şekilde dizlerinin üzerinde eğilmişti. Irmak'a topu nasıl tutacağını, hangi parmağını hangi deliğe yerleştireceğini gösterirken oldukça ciddiydi, yaptığı işi önemsiyor gibi bir hali vardı. Eski Kıvanç'ın asla bu kadar ciddi olamayacağını düşündüm kısa bir an. Geçen yılların üzerinde bıraktığı olağanüstü değişim, göz kamaştırıcıydı.

Irmak'ın topu kavramasını sağladı. Ardından ellerini Irmak'ın bileklerine indirip topu nasıl yönlendirmesi gerektiğini anlattı. Topu üç kere bir öne bir arkaya salladılar ve en sonunda bıraktılar. Kaç lobutun devrileceğini görmek için başımı öne doğru uzattım. Top yuvarlandı, yuvarlandı ve en sonunda on lobuttan yedisini devirdi. Babakız birbirlerine dönüp ellerini havaya kaldırdılar ve sertçe çakıştılar. Kıvanç karşısına çıkan fırsattan yararlanırcasına kızının yanağına bir öpücük kondurdu. Duvara sabitlenmiş ekranda isimlerimiz yazılıydı. Irmak babası sayesinde, daha şimdiden yedi puana sahipti. Şimdiyse sıra bendeydi ama yapabileceğimden emin değildim.

Küçük bir yerdi, evet. Ama bu küçük yeri dolduran epey bir insan vardı ve bu şartlar altındayken ensemden aşağı doğru inen sıcak ter damlacıklarının sayısı git gide artıyordu. Yine de etkilenmiyormuşum gibi görünmek adına omuzlarımı dikleştirdim ve kendimden emin adımlarla topların yanına ilerledim. Bu her yerinden öz güven fışkıran duruşumu, sadece mahkeme salonlarında müvekkilimi savunurken takınıyordum. *Hâkimin aklındaki soru işaretlerini yok etmek adına!* Lobutları hâkim gibi gördüğüm sürece sorun kalmazdı o halde...

Sırasıyla baş, işaret ve orta parmağımı deliklere yerleştirdim. Karşımdaki alanın uzunluğuna bir kez daha baktığımda öz güvenim gerilere kaçmaya başlamıştı ama aldırış etmeye niyetim yoktu. En azından yarısını devirmeliydim, değil mi?

Hızlı adımlar attıktan sonra çizginin tam gerisinde durup ellerimi arkaya doğru birkaç kez esnettim, ardından topu kavrayan parmaklarımı gevşettim ve topu bıraktım. Sandığımdan, daha doğrusu istediğimden daha yavaş bırakmıştım. Sonucu görmek istediğimden pek emin değildim, bu yüzden az önce parmaklarımın arasından çıkan mor topumu gözlerimi kısarak takip ettim. Top, kaplumbağaları bile kıskandıracak düzeyde yavaş yavaş yuvarlandı. Lobutların üzerine giderken son anda saf değiştirip kenardaki boşluğa kaydı ve tek bir lobutu bile deviremeden gözden kayboldu. Arkasından şok olmuş bir şekilde bakarken neden böyle olduğunu anlamaya çalışıyordum.

Derin bir nefes alarak çaresizce arkamı döndüm. Kızım başını yana eğerek hafifçe tebessüm ediyordu bana, *bir dahakine daha iyisini yaparsın anne* dercesine. Kıvanç ise tam aksine olası bir kahkahayı önlemek için dudaklarını kemiriyordu. Bu kadar komik olan neydi acaba? Hem bu benim ilk oynayışımdı ve böyle olması gayet doğaldı!

Kıvanç kasım kasım kasılarak yanımdan geçerken suratına sert bir yumruk geçirme isteğiyle dolup taştım. Eline en ağır topu aldığını fark ettiğimde gözlerimi devirme ihtiyacımı bastırmakla uğraşmadım. Oldukça karizmatik bir hareketle elindeki topu bir ileri bir geri salladı. Bu hareketi her tekrarlayışında tişörtünün altından kol kasları, bana *merhaba* deyip samimi bir edayla göz kırpıyorlardı.

Kıvanç, topu nihayet elinden çıkardığında başımı yine merakla öne uzattım. Top hızlı bir şekilde tam ortadan yuvarlanıyor ve lobutlara doğru yol alıyordu. Birkaç saniye içerisinde de bütün lobutları devirdi. Irmak'ın şaşkınlıkla irileşen gözlerini ve sonrasında hayran bir ifadeyle babasını alkışlayışını takip ettim. Kıvanç kızının bu tepkisini görünce gururlanma pozisyonuna geçti. Hah, tam bir artistti işte. Oscarlık bir artist!

Yan tarafımızdaki oyun alanındaki kızlar dönüp Kıvanç'ı tebrik ederlerken, ağızlarından akan salyaları net bir biçimde gözümde canlandırabiliyordum. Öyle bir cilve yapıyorlardı ki! Hele o dudaklarını gere gere konuşmaları yok muydu, bana istemsizce Pelin'i hatırlatıyorlardı... Kıvanç'sa *-neyse ki-* aradaki mesafeyi korumaya gayret ederek tekdüze bir sesle teşekkür etti hepsine. İşte, değiştiğinin bir kanıtı daha!

Sıra Irmak'a geldiğinde bu sefer tek başına atmak istediğini söyleyip Kıvanç'tan yardım istemedi. Irmak seçim yapmak için topların başına giderken, Kıvanç da benim yanımda bitmişti. Kulağıma eğilip, "Sen tebrik etmeyecek misin beni?" diye fısıldadı, muzip bir tonda. Nefesi kulağıma çarparken yutkunma ihtiyacı hissettim. Ardından umursamaz gözükmeyi umarak omuz silktim. "Gören de dünyanın en zor işini yaptın zanneder!"

Güldü. Dudakları hâlâ kulağımın çevresinde olduğundan, gülüşü içimi gıdıkladı. "Sana göre dünyanın en zor işi olabilir tabii. Ama benim için çocuk oyuncağı!"

Ben bir şey söyleyemeden dudağımın yakınlarında bir yere minik bir öpücük kondurup geri çekildi. Bu hareketinden sonra ciddi anlamda kaskatı kesilip olduğum yerde kilitlendim. Kıvanç ise gayet rahat ve soğukkanlı davranmayı becerebilmişti. Ah, tabii. Bu onun büyüteceği bir şey değildi ki. Ne de olsa hayatında sürüsüyle kızı elden geçirmiş biriydi o! Belki bu benim iliklerimi titreten öpücük, ona aşırı masum geliyordu...

Gözlerimi zorlanarak da olsa kızıma çevirdim. Saniyeler sonra arkasını dönmesiyle, göz göze geldik meleğimle. Bana gülümsedi ve elindeki topu bıraktı. Kıvanç, Irmak'a tezahürat yaparken topun kaç lobut devireceğine dikkat kesildim. Bende olduğu gibi, top bir anda saf değiştirip kenardaki boşluğa kaydı. Bunun üzüntüsü yüzüne anında yansımış olsa da dizlerinin üzerine eğilip onu teselli etmekle meşgul bir babası vardı.

Bundan sonraki atışlarda Irmak'ın sırası geldiğinde Kıvanç ona yardım ediyor, kendi sırası geldiğinde ise bilerek kötü atışlar yapıyordu. Toplam dokuz atış yapmıştık ve Irmak birinci sıradaydı. Kıvanç *-bilerek kötü atışlar yapmasına rağmen-* ikinci sıradaydı. Bense sonda sürünüyordum. Aman ne güzel! Baba-kız bir kez daha birlikte atış yaptılar ve tek bir lobut kaldı geride. Yanaklarımı şişirerek ayağa kalktım. Sıra maalesef ki bendeydi. En hafif toplardan birini seçerek parmaklarımı uygun deliklere yerleştirdim. Bakalım bu sefer kaç tanesini devirecektim? Bir mi, yoksa iki mi? Ah, ya da hiç mi?

Elimi geriye doğru birkaç kez esnettim. Ama bu esnada bileklerime değen parmaklar, beni durdurmaya yetmişti. Şaşkınlıkla omzumun üzerinden döndüm. Kıvanç, dudakları kıvrılmış, keyifli bir halde gülümsüyordu bana. Bileklerimi tutan elleri daha da sıkılaştı ve bana biraz daha yaklaşıp aramızdaki mesafeyi kapattı. Burnunun ucu enseme değiyordu ve bu, benim hafiften titrememe neden oluyordu.

"Sana yardım edeyim."

Kollarımızı hareketlendirdi ve kollarımız birkaç kez bir öne bir arkaya savruldu. En sonunda, "Şimdi!" dediğinde, yönlendirmesiyle topu elimden bırakıverdim. Top tam ortadan hızlı bir şekilde lobutlara doğru ilerlerken dudaklarımı kemiriyordum. Şu ana kadar dokuz atışta toplamda yedi lobut devirebilmiştim ve bu makus talihimi yenmek istiyordum. Kıvanç'ın yardımıyla olsa bile! Gözlerimi kırpmadan topu izledim ve bütün lobutların yerle bir olmasıyla şok geçirdim. İlk defa kendi sıramda on puanı birden haneme yazdırmıştım. Bunun sevinciyle dolup taştığımdan bir an sonra kendimi Kıvanç'ın kollarında buldum. Heyecandan sarılmıştım, bunu fark eder fark etmez de sıyrılmaya yeltenmiştim ama tabii ki başarısızdım. Öylesine sıkı sarmalamıştı ki bedenimi, nefes almakta zorlandığımdan tırnaklarımı tenine gömdüm en sonunda. Ani tepkim karşısında afallamış olacak ki kollarını gevşetti, ben de bu fırsattan yararlanarak kollarının arasından sıyrıldım.

Sıra Kıvanç'a geçtiğinde telefonum da eş zamanlı olarak çalmaya başlamıştı. Ekranda yazılı olan *Sarp* ismine hüzünlü gözlerle baktım. Ne diyecektim ben şimdi? Birkaç adım ilerledim ve bulunduğumuz yerden epey bir uzaklaştığımızı düşündüğümde olduğum yerde durdum. Ağzımın içi bir anda kurumuştu.

"Başak?"

Yutkundum. "Nasılsın Sarp?"

Karşı taraftan keyifli bir gülüş duyuldu. "Beni boş ver, sen nasılsın? Irmak nasıl?"

Her şeyden habersizdi ve bunu düşünmek bile beni mahvediyordu. Kıvanç'ın geri döndüğünü hatta kızı hakkındaki gerçekleri öğrendiğini nasıl anlatacaktım ona? Gerçi, kızı hakkındaki gerçekleri öğrenmiş olmasına sevinirdi. Çünkü Kıvanç'ın, kızından haberdar olması gerektiğini savunmuştu şimdiye dek.

"İkimiz de iyiyiz," derken sesim felaket derecede güçsüz çıkmıştı! "Ne zaman dönüyorsun?"

"İki güne kalmaz oradayım," derken sesi öylesine neşeli gelmişti ki gözlerimi sımsıkı yumdum. Benim için hayatını feda etmişti o! Sırf ben hukuk istiyorum diye hukuk okumuş, başka bir adamdan olan kızıma âdeta babalık yapmış ve her zora düştüğüm anda yardımıma koşmuştu. Bunlar basit şeyler değildi. Çoğu insanın yapamayacağı fedakârlıklardı! *Çoğu adamın bir kadına besleyemeyeceği kadar büyük bir aşktı bana beslediği aşk...*

"Sevindim."

"Şimdi kapatmam gerek, Başak. Kendinize iyi bakın. Prensesi öp benim yerime!"

"Tamam, öperim. Sen de kendine iyi bak!"

Yüzümü ellerimin arasına hapsederken, bu işin içinden nasıl sıyrılabileceğimi kara kara düşündüm.

"Ne diyor?"

Kıvanç'ın sesini duyar duymaz yüzüme siper ettiğim ellerimi çektim ve başımı kaldırdım. Yüzünde sert bir ifade hâkimdi. Ne yani, ben Sarp'la konuşurken yanımda mıydı? Duymuş muydu konuşmalarımızı? Ya da dinlemiş miydi demeliydim? Umursamaz gözükmeye çalışarak omuzlarımı silktim. "Döneceğini söyledi. İzmir'deydi." Açıklamamla, kaşlarını daha çok çattı. "Bunu söylemek için mi aramış yani?"

"Evet! Bunu söylemek için aramış, neden sordun?"

"Bir daha ararsa söyle, soracağı bir şey varsa bana sorsun bundan sonra!"

"Nedenmiş o? Asistanım falan oldun da, benim mi haberim yok?"

Gülermiş gibi homurdandı. Sorumu takmadığını göstererek ellerini ceplerine yerleştirdi ve yürümeye başladı. Peşine takıldım. Irmak'ın yanına vardığımızda, kızım bana doğru atıldı ve belime sımsıkı sarıldı. Gülerek saçlarını okşamaya başladığımda sordu. "Kiminle konuşuyordun anne?"

Kıvanç atılıp, benim yerimde yanıtladı. "Asude'yle konuşuyordu!"

Kaşlarım anında çatıldı. Yalan söylemesinin arkasındaki amacı görebiliyordum ama buna anlam vermekte zorlanıyordum. Görülen o ki, Sarp'ı kızından uzak tutmak istiyordu. Ama bu çok bencilceydi! Yıllarca yanımızda olan, Irmak'ın her şeyine koşan O'ydu ne de olsa. Ama bunu dillendirip de, Kıvanç'ın bir ip gibi gerilmiş olan hassas sinirlerini daha da germeye niyetim yoktu.

"Peki, ne zaman dönüyorlarmış tatilden? Ahsen'i çok özledim ben!"

"Bugün döneceklerdi canım. Hatta... Belki dönmüşlerdir bile."

"Yaşasın!" diye bağırıp önümüzden yürümeye başladı. Hoplaya zıplaya yürüyor, bir yandan da bağırıyordu, *"Ahsen'i göreceğim!" diye.* Ah, kuzenine olan bağlılığı beni gerçekten mutlu ediyordu. Aralarında, Asude'yle benimki kadar sımsıkı bir bağ oluşması en büyük dileğimdi.

Arabaya gidene kadar, daha yeni aklına gelmiş gibi beni teselli etmeye girişti meleğim. "Bir dahakine de sen birinci olursun anne!"

"Umarım canım."

Kıvanç'ın alışveriş merkezine girerken ki teklifini geri çeviren meleğim, yorgunluğuna yenik düşmüş olacak ki babasının teklifini bu sefer geri çevirmedi ve omuzlarındaki yerini buldu. Kollarını babasının boynuna dolayıp, çenesini de başına yasladı. Gözleri bir an sonra kapandı ve daha arabaya binmeden uykuya daldı.

Arabaya yerleştiğimizde, Kıvanç hareket eder etmez ısıtıcıyı açtı. Arabayı kullanırken arada bir başını çevirip bana baktığını fark ediyorum ama o bir şey söylemediği için ağzımı açmıyordum. En sonunda sessizliği bozan taraf o oldu. "Irmak'ın kimliği yanındaysa versene."

"Ne yapacaksın?"

Dünyanın en saçma şeyini söylemişim gibi gözlerini devirdi. "Baba adı kısmında değişiklik yapılması gerek, öyle değil mi?"

Boğazıma aniden kurulan yumruyu gerilere gönderebilmek amacıyla yutkundum ama başarısız bir eylem olmuştu bu. "Doğru. Ama bir şartım var!" dedim kuru sesimle. Gülümsemeye çalıştım ama dudaklarımın kıvrımları bile yeterince oynamadı. Konuşmayıp gözleriyle devam etmem gerektiğinin işaretini verince, "Aklında soru işareti kalsın istemiyorum," dedim sakince. Daha da meraklı bir ifadeyle yüzüme bakmaya başlayınca açıklamaya giriştim. "DNA testi yaptıralım istiyorum. Sonuçta... Yüzümü hatırlamıyorsun ve kızın hakkında aklında en ufacık soru işareti kalsın istemem."

Kaşlarını öyle bir çattı ki korkarak yerime sindim. "Aklımda soru işareti falan yok Başak! Ne saçma düşüncelerin var senin öyle! Test yaptırmaya gerek yok, her şey ortada!"

"Değil!" Benim de canım deli gibi o testi yaptırmamızı istemiyordu tabii ki. Ama önemli bir meseleydi bu. Mesela ben yıllar sonra bir kızımın olduğunu öğrensem, aklımda ufak tefek soru işaretleri kalabilirdi. Belki...

"Sen gerçekten farklısın Başak. Tanıdığım herkesten farklısın!"

Kaşlarımı çattım. Bu iyi bir şey miydi yoksa kötü bir şey mi? Merakla, "Nasıl bir farkmış bu?" diye sordum.

"Hiçbir kadın kendisinden böyle bir test istenilmesine bile katlanamazken, sen kendi isteğinle bu testi yaptırmamızı öneriyorsun," diyerek anlaşılır bir cümle kurdu. "Yine de istemiyorum. Her şey ortada ve bu test sadece zaman kaybı!"

Söyledikleri üzerine tebessüm ettim ama kararım kesindi. "O test yapılmadan kimliği benden alamazsın Kıvanç!"

Derinden bir iç geçirdi ve *seninle başa çıkılmaz* dercesine başını iki yana sallayıp beyaz bayraklarını dalgalandırdı. Zafer kazanmışçasına gülümsedim.

Dairemizin bulunduğu kata geldiğimizde, yorgunca gülümsedim. Tam anahtarı kilide yerleştiriyordum ki, arkamızdan Batın'ın sesini duymamla duraksadım. Başımı refleks olarak Kıvanç'a çevirdim, mavi gözleri alev alevdi. Batın'ı odak noktasına almış olan, kor bir ateşin yansıması gibiydi. Kıvanç, Irmak'ı benim kucağıma bırakırken, "İçeri girin siz. Geliyorum birazdan," dedi, itiraz istemeyen öfkeli bir tonda. Ardından ben tek kelime dâhi edemeden Batın'ın yakasına yapıştı.

"Nasıl benden gizlersin lan? Böyle bir şeyi kardeşinden gizlemek neden? Ne zorun var lan benimle?" Kıvanç delirmiş gibi sorularını yağmur gibi yağdırıyor ve her bir sorusunda Batın'ın suratında bir yumruk patlıyordu. Acilen müdahale etmeliydim. Ama önce Irmak'ı yatağına yatırmam gerekiyordu.

Kıvanç'ın az önce bizim için açtığı kapıya doğru yönelmiştim ki Irmak sayıklayarak gözlerini araladı. Yine rüyasında babasını görüyor olmalıydı. Buruk bir ifadeyle gülümsedim ve daha hızlı olmaya çalıştım ama hiç beklemediğim bir anda gözlerini tamamen araladı meleğim.

"Hadi uyu meleğim.." dedim yumuşacık sesimle.

Beni duymazdan geldi belki de gerçekten duymadı. Başını merakla kaldırıp omzumun üzerinden bakmasıyla, telaşlanarak adımlarımı sıklaştırdım. Amcasını bu halde görmesini istemiyordum. Hele de amcasını bu hale getiren kişi babasıyken!

"Amcam!" diye bağırdı ve beni sarsmaya başladı. "Amcama vuruyor anne! Bir şey yapsana!"

Gözlerimi dolduran yaşları yutmaya çalışırken çatallaşan sesimle, "Uyu sen Irmak. Halledeceğim ben!" dedim. Bunu kabullenip susmasını beklemiyordum tabii ki. Üzerime gelecek, neden Kıvanç'ı hemen şimdi durdurmadığım hakkında beni soru yağmuruna tutacaktı beni. Kapıyı arkamızdan kapatıp seslerin duyulmasını biraz olsun engelledim.

Irmak'ı odasına götürüp yatağına bıraktığımda, öfkeli gözlerle bakıyordu. Ama sadece uyuması gerekiyordu. *Asude çoktan müdahele etmiştir,* diye düşünerek kendimi rahatlatmaya çalıştım. Ama göğsüme yüklenmiş bir ağırlık vardı sanki! Kendimi nasıl teselli edersem edeyim, o yük hafiflemiyordu.

"Amcama gideceğim ben!" diye bağırdığında başımı iki yana salladım. Omuzlarından yavaşça ittirip yatağa yatmasını sağladım ve ben de hemen yanına kıvrıldım. Kollarımla incecik belini sarmaladım ve cennet kokan kokusunun büyüsüne kapılıp gözlerimi yumdum. "Hadi uyu meleğim!"

"Neden kavga ediyorlar?"

Sorusunu yanıtsız bırakmayı tercih ederek başka şeylerden bahsettim. "Bowlingte harika işler çıkardın bugün. Birinciliği gerçekten hak ettin!"

"O adamı buradan göndereceksin anne! Evimizde olmasını istemiyorum! Amcama vurdu!" Sesi sonlara doğru kısık çıkmıştı. Zaten yorgundu, güzel ve deliksiz bir uykuya daha fazla direnebileceğini sanmıyordum. Tahmin ettiğim üzere daha fazla direnememiş olacak ki kısa bir sürenin ardından kendisini uykunun güvenli kollarına bıraktı. Sabah kalktığında başımın etini yiyeceğini biliyordum. Üzerini örterken hem hızlı hem de dikkatli olmaya gayret ettim. Kıvanç hâlâ gelmemişti ve neler olup bittiğini deli gibi merak ediyordum. Odasından çıkarken kapısını arkamdan sessizce çektim. Koşar adımlarla kapımızın önüne gittim ve aceleyle kendimi dışarı attım. Kıvanç hâlâ Batın'a vurmaya devam ediyordu ama ilk vuruşları kadar sert değildi şimdikiler.

Asude ise ellerini beline yerleştirmiş bir vaziyette, başlarında dikilmişti. Kaşlarımı çatarak baktım ona. *'Neden bir şey yapmıyorsun?'* dercesine baktığımda omuzlarını silkti. Gözleriyle Batın'ı işaret etti ve öfkeyle başladı. "Beyefendi dövülmeyi hak ettiğini ve benim bu işe karışmamamı söyledi. Ben de keyifle izliyorum!" derken burnundan soluyordu. Hemen sonra, "Daha hızlı vurmalısın! Madem istiyor, daha sert vur Kıvanç!" dediğinde gözlerimi irileştirdim.

Kıvanç'ın yanına eğildim ve yumruk yaptığı elini tuttum. Önce öfkeyle baktı gözlerime, ardından elini sertçe çekip ayağa kalktı. Açık bıraktığım kapıdan içeri girdikten sonra da gözden kayboldu. Rahatlayarak nefesimi dışarı üfledim. Gözlerimi Batın'a çevirdiğimde, halinin içler acısı olduğunu gördüm. Dudağı ve kaşı patlamıştı, burnunda da iri damlalar halinde kanlar vardı. Bunlara rağmen gözlerindeki sevinç parıltıları ise görülmeyecek gibi değildi.

Kendimi daha fazla tutamayarak ağlamaya başladım. Hepsi benim yüzümdendi! Batın, bana verdiği sözden dolayı Kıvanç'a söyleyememişti. Bu suçluluğun omzuma yüklediği ağırlıkla yere çöktüm. Ama tam bu sırada Batın'ın neşeli çıkan sesiyle gözlerimi kırpıştırarak ona döndüm. "Çok sevindim öğrenmesine. İnan bana, dünyanın en mutlu insanı benim şu anda!" Birkaç kez öksürdü ve dudakları zorlukla kıvrıldı. Minik bir tebessüm oluşmuştu, kandan görünmeyen dudaklarında. Asude de yanımıza eğildi ve kocasının boşta kalan elini sıkıca tuttu.

"Hepsi benim yüzümden!" diyerek ellerimle yüzümü siper etmeye çalıştığımda, ellerimi çekmeye çalıştı. "Saçmalama Başak. Böyle düşünme. Git hadi içeri!"

Burnumu çektim. Tam da böyle düşünüyordum ama. İki kardeşin arasını bozan kişi olmuştum ve bu iğrenç bir şeydi. Ağzımda oluşan ekşi tattan kurtulmak istercesine yutkunmaya çalıştım. Ama sanki o tat dilime yapışmış, ömür boyu orada kalacakmış gibiydi.

"Ağlamasana artık! Bundan böyle üzgün görmek istemiyorum seni. Yeter artık be!" Asude'nin öfkeyle söylediği sözlerine karşılık burukça gülümsedim, çok geçmeden devam etti. "Yıllardır gerçekçi bir şekilde gülümsediğini görmedim, Başak. Başkalarını düşünmekten vazgeç ve mutlu olmaya bak artık! Eğer bir kez daha ağladığını görürsem çekeceğin var benden!"

Başımı hafifçe salladım. Söylediklerinde haklıydı. Evet, yıllardır tam anlamıyla mutlu olamamış, her şeyi içime atmıştım. Dolayısıyla içimde biriken koca bir çöp yığını vardı sanki. Bu çöp yığınını bir an önce atmam, kendimden uzaklaştırmam içinse Kıvanç'a ihtiyacım vardı. *Kıvanç'a ve kızıma...*

Elimin tersiyle gözyaşlarımı sildim. Ayağa kalkarken, "Aranızı bozduğum gibi düzelteceğim Batın. Söz veriyorum!" diye mırıldandım kararlı bir sesle. Asude ters bakışlar atarak, "Sadece kendini düşün demedim mi ben sana?" diye bağırınca istemsizce gülümsedim.

Kapıya doğru ilerlerken birkaç kez dönüp, omzumun üzerinden baktım Batın'a. Toparlanması birkaç günü alacağa benziyordu ama bunu önemsemiyormuş gibiydi.

Evin içinde hızlı adımlarla ilerlerken odamın kapısının aralık olduğunu gördüm. Kısa bir an duraksasam da, en sonunda girmeye karar verip adımımı attım. Kıvanç'ı yatağımda bulduğumda alt dudağımı dişleyerek ne söylemem gerektiğini düşündüm. Ellerini ensesinin altında birleştirmiş, öylece yatıyordu. Kararsız adımlarla yanına giderken, "Sakın bana onu savunma Başak. Kalbini kırmak istemiyorum!" dedi. Sesi öylesine donuktu ki! Derin bir nefes alıp yanına oturdum. Gözlerimi yumdum ve elimi yanağına yerleştirdim. O da elini, elimin hemen üzerine yerleştirdi. Baş parmağımla pürüzsüz tenini okşadım. Bu hareketimden hoşlanmış olacak ki dudakları hafifçe yukarı kıvrıldı. Odanın içerisi tamamen karanlıktı ama sokak lambasından gelen cılız ışık sayesinde Kıvanç'ın yüzündeki ifadeleri az çok seçebiliyordum.

"Bana verdiği söz yüzünden sana söyleyemedi Kıvanç. Batın'ın bir suçu yok."

"Bu mantıklı bir neden değil, bunu sen de biliyorsun!" derken sesi ifadesizdi ama gerilen yüz hatları, iyi şeylerin habercisi değil gibiydi. "O benim abim! Ne olursa olsun söylemesi gerekirdi!"

Kısa bir an duraksadı ama sonra tekrar devam etti. *Sanki zehrini kusuyormuşçasına...* "O güvendiğim tek insandı Başak! Ailesinden ilgi görmeyi bekleyen küçücük bir çocukken hep o sarılırdı bana! Her şeyin geçeceğini söyler, saatlerce bana sarılıp beni sakinleştirirdi. Büyüdüğümde de değişen bir şey olmadı. Hep yanımda oldu, her anımda! Ama şimdi... İhanete uğramış gibi hissediyorum. En güvendiğim insan bile bana gerçeği söylememiş! Ve inan bana, bu çok berbat bir his!"

Aramızda uzun bir sessizlik oluştu. Sessizliğin sonuna geldiğimizde ise, beni kendi yanına çekti ve sırtımı sert gövdesine yasladı. "Ben kızımın ilklerini kaçırdım Başak! İlk adımını atarken ki o sevimli halini, ilk kelimesini söylerken minik dudaklarının girdiği o şekli, ilk kelimesini duyduğunuz o büyülü anı kaçırdım! İlk ciyak ciyak ağlayışını, ilk gülümseyişini kaçırdım! Sebep her ne olursa olsun, babası olarak bu anları kaçırmamam gerekirdi!"

Hıçkırıklarım, önlerine kurduğum bariyeri yıkmak istercesine hızla boğazımdan yukarı yükseldiler. Onları her ne kadar geri tepmek istesem de, o kadar güçlü olmadığımdan dudaklarımın arasından küçük bir hıçkırık kaçıverdi. Kıvanç'ın sözleri öyle bir dokunmuştu ki bana, kendimi öylesine suçlu hissetmiştim ki!

Bir hırsız gibi... Kızımın, babasıyla geçirebileceği o güzel zamanları çalmıştım ben. Profesyonel bir hırsızın bile yapamayacağı bir hırsızlığa imza atmıştım!

Kıvanç'ın kolları, omuzlarımdan sarstı beni. Gözleri de sakin olmamı emredermiş gibi bakıyordu sanki. Hangi ara kendimden geçmiştim ben? Dışarıdan fark edilecek kadar hem de?

"Sakin ol bebeğim!" diyerek saçlarımı okşamaya başladığında anlamıştım olup biteni. Yanaklarımdaki ıslaklık ve dudaklarımın arasından kaçıveren hıçkırıklar ele vermişti beni. Ben kendimi, kendi vicdan mahkememde acımasızca yargılarken bunları fark edememiştim bile!

Beni biraz daha kendine çektiğinde başımı göğsüne yaslayıp derinden ağlamaya devam ettim. Göğsüm inip kalkıyor ve kalbim yaşadıklarımın acısıyla burkuluyordu. Kıvanç'ın teselli kokan bütün cümlelerini duymazdan gelerek oldukça uzun bir süre daha ağlamaya devam ettim.

Kıvanç alaycı sesiyle, işi şakaya vurmaya çalıştı. "Benim ağlamam gerekiyorken sen ağlıyorsun. Beni teselli etmen gerekirken, ben seni teselli ediyorum. Bu nasıl adalet? Bir de avukat olacaksın!" Bu halime rağmen hafif de olsa gülümserken buldum kendimi. "Sümüklerini de bulaştırdın zaten her tarafa!"

Bir kez daha gülümsediğimde, memnuniyetle başını salladı. "Sadece susalım ve birbirimize sarılıp uyuyalım, olur mu?" Ona itaat edercesine iyice yanına kıvrıldım. Evet, en iyisi uykuydu! *Uyumak her şeye iyi gelen tek şeydi belki de. Üzüntüye, yorgunluğa, öfkeye... Ve belki mutluluğa bile. Evet. Bir insan, mutluluğa kavuşmak için sadece saatler kaldığını bilirken, geçmesini beklediği saatleri öldürebilmek amacıyla uyuyabilirdi.*

O halde, mutluluğa kavuşmak için olsundu bu sefer ki uykumuz!

33. Bölüm

Bu Sefer Olacaktı!

Kıvanç'tan

Başak'ın can alıcı ve aynı zamanda can yakıcı kokusu.
Aklıma düşünce kokusunu solur gibi oldum ve bu hastalıklı düşünce beni bir an için gülümsetti. Gülümsememi devam ettirebilmek adına gözlerimi, kollarımın arasındaki bedenine çevirdim. Seneler öncesinde onu kendi kirime bulayıp masumluğunu çalmıştım. Ve işin kötüsü, bundan bihaber yaşamıştım. *Yedi koca sene!*

Üstüne üstlük onu kendime ait kılmakla kalmamış, ikimizden bir parça olan bebeğimize de hamile kalmasını sağlamıştım. Bu inanılmaz gerçeği ise, bugüne kadar kimse söylememişti bana. Onların yarı yaşına bile gelmemiş kızımdan öğrenmiştim baba olduğumu ve işin açıkçası, bu çok can sıkıcıydı. Dün *-sözde-* abim olan Batın'ı dövmek bile öfkemi yatıştırmaya yetmemişti. İçimi kasıp kavuran bir öfke vardı ve sanki her nefes aldığımda daha da yukarılara tırmanıyordu. Sadece Başak'ın yanındayken durulur gibi oluyordum. Halbuki o da suçluydu! Ama ona kızamıyor, bir türlü toz konduramıyordum.

Dudaklarımı alnına bastırdığımda bir şeyler mırıldanır gibi oldu, aldırmadan devam ettim. Onu öptükçe, ona sarıldıkça, onu izledikçe daha iyi fark ediyordum; ona duyduğum özlemin ne kadar büyük ve ne kadar can yakıcı olduğunu! Dudaklarının hafifçe aralanmasıyla sırıttım. Sonunda uyanabilmişti! Göğsüme yaslı elini çekti ve gözlerini ovuşturmaya başladı. Uyanmak istemediği belliydi ama pek de umurumda değildi açıkçası. Bel boşluğunda kendine yer bulan ellerimi kalçasına indirdim. Onun tarafından beklenmeyen bu hareketim karşısında gözleri anında irileşti. Bu hali, içimde kahkahalarla gülme isteği uyandırırken tepkisiz durabilmek adına dudaklarımı birbirine bastırdım. Zümrüt gözlerini saniyede bir kırpıştırıyor, hayretle yüzüme bakıyordu.

"Çeksene elini Kıvanç!"

"Nedenmiş o?" diyerek parmaklarımı daha çok gömdüm tenine. Aramızda kilometrelerce uzaklık olduğunu bilerek senelerce yaşadıktan sonra, şimdi bu denli yakınımda oluşunun güzelliğini tarif edebilmem imkânsızdı.

"Çünkü..." diye söze başladı ama devamını getiremediğinden dudaklarını gerisin geriye kapadı. Gözlerini kaçırmasından ve yanaklarının pancar gibi kızarışından, utandığını anladım. Bıyık altından gülerek sıkıca tuttuğum kalçasındaki parmaklarımı yavaşça gevşettim. Pancar yanaklarını şişiren nefesini dışarıya bıraktığında rahatladığını anladım ve sırıtışım yüzümde daha da genişledi. Bedeninde böylesine kuvvetli bir etki kurabildiğimi görebilmek güzeldi.

Sonra, "Irmak uyanmış mıdır?" diye sordum belli belirsiz kaşlarımı çatarak.

"Saat kaç ki?"

"On olmak üzere."

"Çoktan uyanmış hatta televizyonun başına kurulmuştur bile."

Başımı salladım ve kalkmak için hareketlendim.

"Çok üzerine gitme, olur mu? Ters tepebilir." Uyarısına karşı belli belirsiz başımı salladım. "Gelmemi ister misin?" diye seslendiğinde, "Gerekirse çağırırım seni," dedim.

Başak'ın dediği gibi çoktan televizyonun başına kurulmuştu minik cadım. Bir süre olduğum yerde, sırtımı duvara yaslayıp izledim onu. Çizgi filmi izlerken arada bir tebessüm ediyor, bazen kaşlarını çatıyor, bazen de korktuğunu belli edercesine mavi gözlerini irileştiriyordu. Öylesine masumdu ki! Hatta bu hikâyenin en masum karakteri O'ydu hiç şüphesiz. *En masumumuz ve en güzelimiz!* Yüzündeki mimikleri tatlı bir gülümsemeyle son bulurken, ben de sebepsiz yere gülümsüyordum. Aslında... Sebepsiz sayılmazdı. Kızım gülümsediği için gülümsüyordum ben de. O mutlu olduğu için.

Kızım.

O kadar garip geliyordu ki bu sözcük! Alt tarafı iki hece, beş harften oluşuyordu ama üzerine binen anlamlar o kadar kuvvetliydi ki! Ve bu ağırlığı yüklenmekse, artık bana düşüyordu. Omzuma daha yeni binen bu ağırlığa fazlasıyla yabancıydım ama alışabilirdim. Bir kızım olduğuna, baba olduğum gerçeğine alışabilirdim. Hah, kimi kandırıyordum? Bu kolay bir şey miydi ki, alışmam o kadar basit mi olacaktı? Derin bir iç geçirdim, ardından gözlerimi sıkıca yumdum. Her şeyin iyi olduğunu kendi kendime tekrar ediyordum ama buna inandığım söylenemezdi. Hiçbir şeyin iyi olduğu yoktu ama değiştirebilirdik! Bembeyaz bir sayfa açabilirdik birlikte. *Üzerinde hiçbir kötü anı izinin olmadığı bembeyaz, tertemiz bir sayfa.*

Kızımın yanına ilerlerken bacaklarım bana ihanet ediyormuşçasına geri geri gidiyordu, yine de direndim. Görüş alanına girdiğimde, gözlerini kocaman açarak kucağındaki cips paketini saklamaya girişti. Paketini küçük bir yastığın arkasına sakladıktan hemen sonra nefes nefese kalmış bir halde bana döndü. "Annemin uyanıp uyanmadığını biliyor musun?"

Sorusu üzerine belli belirsiz gülümsedim. *'Bütün bir gece annene sarılıp uyudum minik cadı, tabii ki de biliyorum.'* İçimden geçenleri dile getirmek isterdim ama yemiyordu açıkçası. Daha küçük bir kızdı ama tıpkı cadaloz teyzesi gibi asi bir duruşu vardı. Taktığım *minik cadı* sıfatını sonuna kadar hak ediyordu!

"Uyandı sanırım," dememle gözleri büyüdü, hemen ardından endişe parıltıları sardı göz bebeklerinin etrafını. "Cips yediğimi görürse bana ceza verir!" diyerek ağzını elleriyle kapadı. Bu korkusu karşısında ne kadar ciddi durmaya çalışsam da, başaramayıp güldüm. Ve bunu yapar yapmaz, beni oymak istercesine güçlü bir hiddetle bakan bir çift mavi gözle karşılaştım. Ah, gerçekten bravo bana! Kendimi affettirmeye gelmişken, her şeyi daha da berbat ediyordum.

"Ne gülüyorsun? Çok mu komik?"

"Hayır hayır. Başka bir şeye güldüm!"

Kaşlarını çatma işlemine bir son verdiğinde, üzerimdeki bütün baskı vakumla çekilmişçesine rahatladım. Küçücük bir kızın, *hem de kendi kızımın*, takındığı yüz ifadeleri neden bu kadar etkileyiciydi ki? Daha doğrusu, neden bu kadar ürkütücüydü? Omuzlarını silkip başını başka bir yöne çevirdiğinde, benimle muhatap olmak istemediğini belli etti. Gönlünü nasıl alacağımı bilmiyor olmam kötüydü. Onu hiç tanımıyordum ve bu da, 1-0 yenik başlamam demek oluyordu. Hatta dünyanın en iyi futbol takımına karşı antrenmansız maça çıkmak gibi bir şeydi bu!

"Konuşmuyor muyuz?" diye sordum, gülümseyerek ona bakarken.

"Konuşmuyoruz!" deyip minik kollarını önünde birleştirdi. "Amcama vurdun sen! Sakın bir daha konuşma benimle. Hatta evimizden git!"

Bu sert sözleri karşısında elimde olmadan sinirlendim. Dişlerimi öyle kuvvetle birbirine bastırdım ki kökünden sökülebilirlerdi bile. Başak'ın hemen arkamızdan gelen sesi, dehşet içindeymiş gibi çıktı. "Neler söylüyorsun sen kızım? Misafirimize saygılı olman gerektiğini bilmiyor musun?"

"O amcama vurdu anne! Bana onu koruma!" Irmak kendinden taviz vermeyerek içindeki bütün zehrini annesine kustu bu sefer de. Herkesin bu dünyada bir imtihanı olur derlerdi de inanmazdım. Benim imtihanım da, -*varlığından daha yeni haberdar olduğum*- kızımdı sanırım...

"Amcanla onun arasındaki bir konu bu. Seni ilgilendirmeyen şeylere karışma Irmak!"

Göz göze geldiğimizde minnettar bir ifadeyle gülümsedim. O da kısa bir anlığına tebessüm etti ve tekrar Irmak'a yöneldi. "Abi-kardeş aralarında çözerler meselelerini. Boyunu aşan meselelere burnunu sokma bir daha!"

Aralarındaki konuşmanın bittiğini ve itiraz kabul etmediğini gösterircesine sert bir ifadeyle baktı Başak ve kızımız bir anda yerine siniverdi. Başak'ın, Irmak üzerindeki otoritesini hayran gözlerle izledim. Acaba bir gün ben de minik cadıma karşı böyle otoriter olabilecek miydim? Doğruyu söylemek gerekirse hiç sanmıyordum... Başak kısa bir süre sonra yanıma geldi ve sadece ikimizin duyacağı bir sesle konuştu. "Hasta numarası yap. Hastalara asla kıyamaz, mutlaka işe yarayacaktır."

Gözlerimi kısıp anlamsız bakışlar attım. İşe yarayacağını pek sanmasam da, başımı sallayarak onayladım. Denemekten kimseye zarar gelmezdi.

"Ben çıkıyorum şimdi. Kıvanç'ı bunaltmadan usluca otur, tamam mı?"

Başak her ne kadar sesini yumuşatmaya çalışsa da Irmak başını başka bir tarafa çevirince sinirle soludu. Birkaç dakika sonra dış kapının kapanma sesi duyuldu ve Irmak da böylelikle başını hafifçe kaldırdı. Nefesini dışarı üflerken çok kısa bir süreliğine bana baktı. Suratında öyle bir ifade vardı ki sanki bana duyduğu nefreti haykırıyordu. *Hatta beni asla sevmeyeceğini, geldiğim gibi geri gitmemi istediğini de.* Bunun ağırlığından mıdır bilinmez, boğazımdan yukarı acı bir tat yükseldi. Bu tattan kurtulmak istercesine sertçe yutkundum fakat bunu yaparken öksürüklere boğuldum. Bir zaman sonra gereğinden fazla öksürdüğümden gözlerim sulandı. Bir yere çökme isteğiyle dolup taştım ama bunu gerçekleştiremeyeceğim ortadaydı. Elimi yumruk yapıp göğsüme sert darbeler indirdim. Ben kendime gelmeye çalışırken, Irmak'ın kolunu bana uzattığını gördüm. Elinde su dolu bir bardak vardı. Bardağı elinden kapar kapmaz tek seferde içtim. Boğazımdan aşağı yol alan su, zaten yanmakta olan boğazımı biraz daha yaktı. Ama yine de, saniyeler öncesine göre daha iyi olduğum ortadaydı. Ve bunu sağlayan, kızımdı.

Bardağı bırakırken, "Teşekkür ederim," dedim.

"Önemli değil," dedi gözlerini gözlerimle buluşturduğunda. Gülümsedim. Gözlerine bakmak bile aşırı derecede mutlu ediyordu beni. Tıpkı annesine bakarken yaşadığım mutluluk gibi!

Kaşlarını havaya kaldırıp, "Çok kötü öksürdün. Hasta mısın yoksa sen?" diye sorduğunda afalladım. Başak çıkarken ne demişti? *Hastalara asla kıyamaz, mutlaka işe yarayacaktır.*

Göz bebeklerim şaşkınlıkla büyüdü. Böyle bir fırsat ayağına gelmişken tepmek olmazdı. "Evet," dedim, sesimi isteğim dâhilinde bitkin çıkartırken. "Çok hastayım Irmak!"

Merakla birkaç adım attı ve iyice yaklaştı. Parmak uçlarında yükselip boyuma yetişmeye çalışıyordu, işini kolaylaştırmak adına koltuklardan birine attım kendimi.

Irmak da gelip yanıma oturduğunda gözlerimi yumdum. Bitkin rolü yapmam gerekiyordu. Belli belirsiz inledim. "Ah çok kötüyüm!"

"Neyin var? Boğazın mı acıyor? Yoksa ateşin mi var?"

Kızımın bu şaşırtıcı ilgisi karşısında neredeyse ağlayacaktım. Duygusal bir yapım olsaydı şimdiye kadar çoktan ağlamıştım herhalde!

"Boğazım!" dedim aceleyle. Panik yapmıştım ama sorusuna cevap verebilmiş olmanın verdiği mutlulukla belli belirsiz gülümsedim.

"Boğazım ağrıdığında annem bana hep limonlu bal yapar. Bekle burada, ben de sana yapayım! Çok iyi gelir!"

Koltuktan aşağı zıplayıp yere indi. O bunu yaparken, onu endişeli gözlerle izlediğimi fark ettim. Ben de tıpkı diğer babalar gibi çocuğum için endişelenmiştim! Bu doğru yolda olduğumu gösteriyordu, değil mi?

"Ben gelene kadar sen uzan!" deyip omuzlarımdan itti beni. En sonunda kızıma teslim olup, uzanır pozisyona geçtim. Üzerime kalın bir örtü örttü. Çene hizama kadar çekip heyecanla "Ben hemen geliyorum!" dedi ve koşmaya başladı. "Üzerini açtığını görürsem iğne yaparım ha, ona göre!"

Sırıttım. Şu an kendisini Başak, beni de Irmak olarak gördüğüne emindim. Bunlar Irmak hastalandığında Başak'ın kullandığı klasik replikler olmalıydı.

Dakikalar birbirini kovalarken gözlerimi yummaya çalıştım. Ama olmuyordu! Irmak'ı merak etmekten kendimi alıkoyamıyordum. Nerede kalmıştı? Daha fazla sabredemeyip "Irmak!" diye seslendim. Yerimden kalkmaya da giriştim ve Irmak'ın uyarısına rağmen örtüyü bir kenara ittim. Tam da bu sırada görüş alanıma girdi kızım. Elinde tuttuğu kaseyi dikkatle taşımaya çalışıyordu. Uzun uzun baktım ona. Masum ifadesine, saf güzelliğine...

"Ben sana üstünü açma dememiş miydim? Madem beni dinlemedin, o zaman sana iğne yapacağım!" diye beni azarlarken kaseyi sehpanın üzerine bırakmış, ellerini belinde toplamıştı. Dudaklarım hafifçe yukarı kıvrıldı ama sonra hemen kendime gelip ifadesiz durmayı başarabildim. Beni kolumdan çekip kalkmama yardımcı oldu ve yanıma oturdu. Sonra sehpanın üzerinde koyduğu kaseyi kucağına aldı. "Kendin yiyebilir misin yoksa ben mi yardım edeyim?"

Tabii ki de kendim yiyebilirdim. Ama bunu bilmesine gerek yoktu, değil mi? Bu fırsat ayağıma bir daha gelmezdi. "Elimi kaldırmaya halim yok!"

Bitkin çıkarttığım sesim ve yalandan birkaç öksürüğüm, Irmak'ın suratında acıma ifadesini ortaya çıkardı. Alt dudağını sarkıtıp, "Peki o zaman!" dedi.

Balla dolu bir kaşığı ağzıma uzattığında, sadece birkaç saniye süren bir duraksama yaşadım. Baldan nefret ederdim. Bir de limonla desteklenmiş baldı bu! Bal dilimden damağıma geçerken istemsizce yüzümü ekşittim. Daha kötü bir tat almayı beklemiştim ama o kadar da kötü değildi sanki. Belki de kızımın elinden yediğim için öyle gelmişti. Kim bilir?

Kasedeki bütün balı silip süpürdüğümde, mutlulukla gülümsedi Irmak. "Birazdan geçer ağrın!"

"Evet, geçmeye başladı bile!" dedim, heyecandan saçmalayarak. Daha bir dakika bile olmamıştı bitireli!

Neyse ki, farkına varmadı. Gözlerinde beliren sevinç parıltılarını izledim bir süre daha. Kaçırdığımız o kadar çok yıl vardı ki! Geride kalan yılları geri getirmeyecek oluşumuz, o kadar çok koyuyordu ki!

"Benden istediğin başka bir şey var mı Kıvanç abi?"

İncecik sesi, beni düşüncelerimden kopardı ve büyük bir hızla şimdiki zamana döndürdü. Kızımın âdeta soru işareti şeklini almış gözlerine bakıp yavaşça başımı salladım. "Hastayken annem hep yanımda uyurdu benim. O bana sarılınca iyileşebilirdim sadece," dedim inandırıcı bir biçimde dudaklarımı büzerek. "Şimdi de sen yatabilir misin yanıma?"

Ah, yalanlarımın en saçması hiç şüphesiz ki buydu! İçimde ciddi anlamda kahkaha atma isteğiyle dolup taşan bir bölüm vardı ama şu anda kendimi tutmam hayrıma olurdu.

"Yatarım."

"Gel o zaman," dedim heyecanla ve biraz yana kaydım. Utangaç tavırlarıyla yanımdaki boşluğa süzüldü ve kollarını önünde topladı. Alnına dökülen saçlarını elimle geriye ittim. Annesininki gibi geniş olan alnına çok minik bir öpücük kondurdum ve hemen geri çekildim. Şimdilik bu minik öpücüklerle yetinsem iyi olacaktı.

"Kollarını bana sarmazsan ne anlamı kalır ki? Bana sarılman lazım Irmak!" dedim ciddi çıkmasına özen gösterdiğim sesimle. Minik kolları karın kaslarımın üzerindeki yerini bulduğunda gözlerimi irileştirdim. Sarılmasını beklemiyordum. Hatta beni tersleyeceğini, bana bağıracağını falan sanmıştım!

Yüzümdeki koca sırıtış eşliğinde ben de kollarımı kızımın incecik beline sardım. Başımı eğip kokusunu daha derinden almaya çalıştım. Annesinden bile daha güzel kokuyordu ve buna inanasım gelmiyordu! Başak'ın çilekli parfümle harmanlanmış kendi kokusu, *dünya üzerindeki en güzel kokudur* diye düşünmüştüm bunca zaman. Ama yanıldığımı görebiliyordum şimdi. Irmak'ın kokusunu kelimelerle ifade edebilmek zordu. Sanki kainattaki bütün çiçeklerin kokusu tek bir vücutta birleşmişti, o denli güzel bir kokuydu!

"Büyüyünce doktor olmayı istediğim için sana yardım ettim. Seni affettiğimi falan sanma, hâlâ kızgınım."

Demek doktor olmak istiyordu... Kızım hakkında yeni bir bilgi öğrenmenin verdiği mutlulukla gülümsedim. *Üzerinde beyaz doktor önlüğü, elinde reçeteleri doldurabilmek için bir kalem ve gözlerinde bir gözlük...* Aklımda canlandırdığım tablo buydu.

"Harika bir doktor olacağından eminim."

"Gerçekten olabilir miyim sence?"

"Olabilirsin tabii ki. Neden olmayasın ki?"

Sevinçle gülümseyip gözlerini tavana dikti, bir süre sonra sordu. "Amcama neden vurdun Kıvanç abi?"

Evet, beklenen soru gelip çatmıştı işte. Derin bir nefes alma ihtiyacı hissettim kendimde. "Öyle olması gerekti."

"Nasıl öyle olması gerekti?"

Konuyu kapatmak adına, "Yarın pikniğe gidelim mi?" önerisinde bulundum. Başta kaşlarını çatsa da sonradan ifadesi yumuşadı. "Nereye gideceğiz ki?"

"Bildiğim çok güzel bir yer var. Üstelik deniz manzaralı!" dedim kendimden emin bir tınıda. "Sen, ben, annen. Ne dersin?"

Düşünürcesine gözlerini kıstı. Sonunda başını bana çevirdiğinde gözlerimiz buluştu. "Annem de kabul ederse gideriz!"

Başımı mutlulukla salladım. Başak'ın kabul edeceğini bildiğimden rahattım, Irmak konusunda bana sonuna kadar yardım edeceğini söylemişti çünkü. Elinden gelenin de fazlasını yapacaktı, biliyordum.

"Kıvanç abi?"

"Efendim canım?"

"Gözlerine daha yakından bakabilir miyim?" Sorusuyla afalladım. Ki o da, utana sıkıla sormuştu. Yanakları anında kızarmış ve bunu hissetmiş gibi başını önüne eğmişti. Neden böyle bir şey istediğini bilmesem de sevecen bir sesle yanıtladım. "Tabii ki!"

Yüzünde heyecanlı bir ifade beliriverdi aniden. Ve kaşla göz arası yerinde doğruldu. Dizlerinin üzerinde üzerime doğru edildiğinde nefesimi tuttuğumu fark ettim. Kızım beni bu denli heyecanlandırabiliyor muydu yani? İnanılmaz bir şeydi bu! Tek eli göğsümde sabitlenmiş bir vaziyette bana biraz daha yaklaştı. Burunlarımız arasında fazla mesafe kalmadığında durdu. "İlk defa benimkiler kadar mavi gözler görüyorum!" derken sesi hayret içinde kalmış gibiydi.

"Anneminkiler yeşil. Bizimki gibi mavi değil!" deyip kıkırdadığında hipnoz edilmişim gibi gözümü bile kırpmadan onu izledim. En sonunda benden yorum yapmamı beklediğini anladığımda isteksizce dudaklarımı araladım. Saatlerce gözümü kırpmadan onu izleyebilecek gücü kendimde görüyordum oysaki. Konuşmasam olmaz mıydı?

"Evet, ama annenin gözleri de çok güzel."

Kaşları derinden çatılırken, sarf ettiğim cümleye odaklandım. Sinirlenmesini gerektirecek ne söylemiştim ki az önce? Ah, lanet olsun. Başak'ı övmüştüm değil mi? Irmak'ın yanındayken bunu yapmamam gerektiğini neden unutup duruyordum acaba?

Neyse ki üzerinde durmadı. Koltuktan indiğinde meraklı ifadesiyle sordu. "Kendini nasıl hissediyorsun? Hâlâ ağrıyor mu boğazın?"

"Çok azıcık."

"Hımm," deyip kafasında bir şeyleri tartmaya giriştiğinde gözlerimi kısıp dikkatle inceledim kızımı. Kısa bir anlık duraklamanın ardından ağzındaki baklayı çıkardı. "Ben amcamlara geçeceğim. Arada bir gelip seni kontrol ederim, olur mu Kıvanç abi?"

Amca kelimesini duyduğum anla birlikte, vücudum gergince kasıldı. Batın benden baba olduğum gerçeğini gizlemişti. Ama kendisi, kızımın amcası olabiliyordu. Bu, haksızlık değil de neydi? Kuru bir sesle, "Hayır!" diyerek karşı çıktım. Bu ani tepkim karşısında afallasa da kendimden ödün vermeyerek devam ettim. "Gitmeyeceksin Irmak!"

Birbirimize öylesine sert bakışlar atmaya başladık ki sonra, bu işin sonunun hayra alamet olmadığı belliydi. Ben Batın'a olan öfkemi yansıtırken; o da bana duyduğu öfkesini hatta belki nefretini yansıtıyordu.

"Sen kimsin de, bana karışıyorsun ki?"

Sorusuna içimden '*Babanım!*' diyerek cevap verdim ama bunu sesli bir şekilde dile getiremedim, zamanı değildi. "Sadece gitmeni istemiyorum," dedim, fazlaca çaresizce.

Hiçbir şey söylemedi. Buna şaşırsam da sesimi çıkarmadım. "Ben sana ağrı kesici getireyim," diyerek mutfağa doğru giderken ne kadar üzgün olduğunu görmüştüm. Elimden gelecek bir şey yoktu. Ama yarınki piknikte gönlünü almakta ve her şeyi tek tek açıklamakta kararlıydım. *Babası olduğumu ama benim de yıllarca bundan habersiz yaşadığımı, bunun için yanında olamadığımı...*

Birkaç saniye sonra avucundaki beyaz hapla yanıma geldi. Diğer elinde de bir bardak su vardı. Gülümseyerek yerimde doğruldum. Kızımın az önceki olaya rağmen benimle ilgilenmesi beni gülümseten ana sebepti. Avucundaki hapı alıp ağzıma atarken samimiyetle teşekkür ettim.

Kollarını hiç beklemediğim bir anda belime sarmasıyla nefesim kesilir gibi oldu. Ondan hiç beklemeyeceğim hareketler yapıp beni şaşkınlık denizinin derin sularında yüzmeye zorluyordu ama üzerinde düşünmeyi reddettim ve kollarımı beline sardım.

İkimiz de tek kelime etmeden bir süre bu şekilde kaldık. Bir gün baba olacağımı ve kızımın en ufacık bir hareketinin bile bu denli ruhumu okşayacağını söyleseler hayatta inanmazdım herhalde. Ama oluyordu işte!

Daha uzun bir süre bu halimizde kalmamızı istesem de üzerime öyle bir ağırlık çökmüştü ki birden, gözlerimi açık tutmakta zorlanır hale gelmiştim. Bu ağırlık, direnilecek gibi de değildi! Uyku bana uzak diyarlardan elini uzatmıştı, beni yanına çekmeyi ister gibi... Bu cazip teklife daha fazla direnemeyeceğimi anladığımda kızımın saçlarına son bir öpücük daha kondurdum ve göz kapaklarımı usulca kapadım.

Ondan duyduğum son cümlelerse şunlardı: "*Özür dilerim Kıvanç abi. Amcamları o kadar çok özledim ki sana Sevgi teyzenin uyku ilacını vermek zorundaydım. Ama erkenden geleceğime söz veriyorum!*"

Asude'den

"Batın!"

Dikkatini çekebilmek adına öyle çok bağırmıştım ki kızımız bile kafasını oyuncaklardan kaldırıp korkuyla bakmıştı gözlerime.

"Efendim?"

Sesindeki bu ifadesiz tını beni deli etse de bu sefer sesimi çıkarmayacaktım. Üzüntülüydü ve bana düşen de üzüntüsüne saygı duymak ve onu teselli edebilmekti. Ama karşımda ruh gibi duruşuna tahammül edemiyordum. Elimde değildi! Elimi yanağına koydum. "Yapma böyle, Batın. Lütfen!"

"Ne yapmamı bekliyorsun Asu? Bir daha yeğenimin yüzünü göremeyeceğimi bile bile gülümsememi mi?"

Derin bir nefesi ciğerlerime doldurduktan sonra koltuğun kenarına oturdum ve sakince sordum. "Irmak'ı bir daha göremeyeceğin gibi bir saçmalığı nereden çıkardın acaba?"

"Kardeşimi birazcık tanıyorsam, beni Irmak'tan mahrum bırakacaktır!"

Irmak'a olan bağlılığını bildiğimden bu halini garipsememem lazımdı. Ama yine de, olup biten her şeye rağmen, bu düşünceye kapılması saçmalıktı. Kıvanç'ın Batın'a bunu yapmaya hakkı yoktu! Ve yapamazdı da!

"Buna izin vermeyiz!"

Yanına oturdum. Beni kucağına çekmesine mâni olmadım ve ellerimi ensesine doladım. Kokusu içime dolarken belli belirsiz gülümsedim. Ellerimi saçlarının arasına daldırdım sonra. Saçlarının kıvrımlarını hissedebilmek bile birçok şeyden daha güzeldi benim için. Alnımda alnının sıcaklığını hissettiğimde ise, huzurla yumdum gözlerimi. Tam dudakları dudaklarıma değmişti ki ayrılmak zorunda kaldık.

"Amca! Teyze!"

Irmak'ın sesi çok yakınımızdan geliyordu, ikimiz de başlarımızı merakla kaldırdık. Batın beni çoktan üzerinden kaldırıp ayaklanmıştı bile. Yeğeninin yanına gidip önünde diz çökerken yüzünde içten bir gülümseme oluştu. Onu kucaklayıp öpücüklere boğarkense, keyifle izledim bu tabloyu. Amcasının öpücüklerden kurtulan Irmak, neşeyle bana döndü. "Teyzemi de öpeyim!" İçimden *nihayet* diye geçirdim.

Onu, kızımla birlikte uzunca bir süre öptükten sonra, dudaklarımı suratından çekip gözlerinin içine baktım.

"Tek başına mı geldin fıstığım?"

Amcasının sorusu üzerine başını salladı Irmak. "Evet. Kapıyı Ahsen açtı, siz duymadınız sanırım." Sonra burukça gülümsedi. "Kıvanç abi seninle görüşmemi istemediğini söyledi. Ama bu çok saçma! Ben de bu yüzden ona uyku ilacı verdim ve yanınıza geldim."

Gözlerim, duyduklarım karşısında irileşirken, dudaklarım da aynı tepkiyi verip bir karış aralandı. Boşuna cadı demiyordum ben bu kıza! Batın da benimkine benzer bir yüz ifadesiyle baktı. Uzunca süren bu bakışlardan sonra toparlanıp ciddiyetle "Bu yaptığın çok yanlış, biliyorsun değil mi?" diye sordu yeğenine.

Irmak omuzlarını silkti. "Onun yaptığı da çok yanlış. Baksana, ne hale getirmiş yüzünü? Her yerin mosmor!"

Bazen bu kadar zeki oluşu beni hayretlere düşürmüyor değildi. Annesi Başak gibi bir kadın olunca, zeki olmaması saçma olurdu zaten. Neyse ki bu konuda babasına değil de, annesine çekmişti...

"Bunları o yapmadı ki!" diye yalan söyledi Batın, bu yalanına Irmak'ın inanmayacağını bile bile. Tam da tahmin ettiğim gibi oldu ve Irmak alayla başını salladı. Ama bu konunun üzerinde çok durmayıp başka konulara geçti hızlıca. Mesela Kıvanç'ın yarınki piknik planından bahsetti bize. Bizim de gelmemizi istediğini söyledi ama Batın'ın bunu kabul etmeyeceği belliydi. Bir süreliğine Kıvanç'la karşı karşıya gelmemenin daha iyi olacağını düşünüyordu. Ama en az kendisi kadar inatçı bir yeğeni vardı ve amcasının ağzından girip burnundan çıkarak onu ikna etmeyi başarmıştı.

"Yaşasın! Yarın çok eğleneceğiz birlikte. Üzülme amca, olur mu? Ben sizi barıştıracağım!"

Batın buna inanmıyormuşçasına burun kıvırdı. Sonra aklına yeni gelmiş olacak ki aniden sordu. "Bu arada nerede buldun sen uyku ilacını?"

Irmak kıkırdadı, minik elleriyle pembe dudaklarını örtüp kahkahalarına engel olmasını bildi. "Sevgi teyze bizim evde kalırken uyuyamadığında o ilacı içtiğini ama o çocuklar için çok zararlı olduğunu söylemişti. Onun odasından aldım."

Batın kaşlarını çatarak Irmak'a bakınca, Irmak bu bakışlardan rahatsız olmuş olacak ki amcasının kucağından inerek Ahsen'in yanına gitti. Ahsen onu, "Irmak! Hadi oyun oyna benimle!" diyerek karşıladığında minik bir kahkaha atarak, dünden hevesli gibi derhal kuzenin yanına kuruldu.

Dakikalar birbirini kovalarken Ahsen'le Irmak'ı büyük bir keyifle izledik. Batın'la birbirimize sarılır vaziyette olduğumuzdan kokusunu içime çekebilme gibi bir lükse sahip olmuş ve bunu çok iyi değerlendirmiştim. Saniyeler sonunda kulağıma eğildiğini, tenime çarpan nefesiyle anladım. "Irmak'ı götür de, bir tatsızlık çıkmasın."

Usulca başımı sallayıp kollarının arasından sıyrıldım. Irmak'a artık eve dönmesi gerektiğini açıkladığımda suratı asılmış fakat sesini çıkarmayıp dediğimi yapmıştı. Dairelerinin önüne geldiğimizde derin bir nefes alarak zile uzandım. Ama Irmak kolumu çekiştirerek durdurdu beni. "Anahtarlarımı yanıma almıştım!"

"Pek de akıllısın sen!"

Ettiğim iltifata karşılık gururla kalktı omuzları. İçeri girdiğimizde Irmak direkt salona koştu, hızlı adımlarımla takip ettim onu. Gözlerimi salonun içinde gezdirirken Kıvanç'ın koltuğun üzerinde uyuyan bedenine kaydı gözlerim. Biriken boncuk boncuk terlerinden dolayı yüzü sırılsıklamdı ve bir şeyler sayıklar gibiydi. Irmak hemen babasının yanına çöküp telaşlı bir ifadeyle elini tuttu. Sanki Kıvanç'ın sayıklaması bir hastalık belirtisiymiş gibi telaş yapması gözüme komik görünmüştü birden. Ta ki Kıvanç'ın dudaklarının arasından dökülen "Kızım..." kelimesini duyana kadar...

Irmak'ı bu denli benimsemiş miydi yani? Rüyalarına konu olacak ve onu sayıklayacak kadar? Bu şaşırtıcı durum karşısında, ciddi anlamda afalladım. Kıvanç'tan beklemeyeceğim bir şeydi bu. Birkaç kere daha "Kızım..." diye tekrar edince kaşlarımı çattım. Uyanma aşamasındaydı ama gördüğü şeyler her ne ise uyanmasına engel oluyordu. Irmak daha da telaşlanarak Kıvanç'ın kolunu dürtmeye başladı. "Kıvanç abi uyansana!" diye bağırıyor, bir yandan da korku dolu gözlerle izliyordu babasını.

Nihayet gözlerini hafifçe aralayabildiğinde, rahatlayarak derin bir nefes verdi. Kendisi yüzünden olduğunu düşünmüştü belki de.

"Özür dilerim Kıvanç abi. Sana o uyku ilacını vermemeliydim!" derken sesi ağlamaklı çıkıyordu. Kıvanç, kızının bu sözlerini duymazdan gelerek onu kendisine çekti. Saçlarına ardı arkası kesilmeyen öpücüklerini bırakırken gözleri kapalıydı. O da en az Irmak kadar rahatlamış gözüküyordu. *Uyandığında yanında kızını bulabildiği içindi belki de bu rahatlığı. Kim bilir?*

Kıvanç gülümseyerek "Özür dilenecek bir şey yok güzelim," diyerek Irmak'ı teselli etti. Bu sevimli hallerini, kocaman sırıtışım eşliğinde izledim. Tatlı cadım sonunda babasına kavuşmuştu! *Her ne kadar sarıldığı kişinin babası olduğunu bilmese de...*

"Yarınki pikniğe Batın amcamı da çağırdım. Lütfen itiraz etme, olur mu?" Irmak yumuşacık sesiyle bu soruyu sorduğunda, Kıvanç başta kaşlarını çatsa da çok geçmeden tebessüm etti. "İyi bakalım, gelsin. Ama onunla konuşacağımı sanma sakın!" derken sesi uyarıcı nitelikteydi.

Ama Irmak'ın da geri adım atacak havası yoktu. "Göreceksin, sizi barıştıracağım!"

Kıvanç, kızının bu meydan okuyuşuna karşılık gülümsedi ama bu, mutluluktan yoksun bir gülümsemeydi. Bir müddet daha birbirlerine sarılarak oturdular. Ta ki Irmak ayağa kalkıp "Sana ağrı kesici getireyim ben! Bu sefer gerçeğini getireceğim, merak etme," diye kıkırdayıp mutfağa koşana kadar...

Arkasından gülümseyen gözlerimle baktım. Gözden kaybolduğuna emin olduğumda ise süratle Kıvanç'a döndüm. Onun da gözleri benim üzerimde yoğunlaştı ve konuşmamı bekler gibi baktı.

"Bak, kendince haklı sebeplerin olabilir Kıvanç ama...."

"Bana kocanın avukatlığını yapmaya geldiysen hemen şimdi sus!" derken sesinden bile öfkesinin boyutu anlaşılıyordu.

"Kocamın değil, Başak'ın avukatlığını yapmaya geldim!"

Gözleri merakının altını çizer gibi hafifçe kısıldı. Konuşmaya girişmeden hemen önce, boğazımı temizledim. Ardından işaret parmağımı havada sallarken, tehditkârca konuştum. "Sevdiğim her şeyin üzerine yemin olsun ki bundan böyle senin yüzünden, kardeşimin gözünden tek bir damla yaş daha akacak olursa seni mahvederim! Doğduğuna doğacağına pişman ederim!"

Sesim bana bile korkunç gelmişti. Bakışlarımınsa ne derece sert olduğundan bihaberdim. Ama Kıvanç'ın gözlerine bakılacak olursa, en az sesim kadar korkunç ve keskindi.

"Anladığını umuyorum!"

Usulca salladı başını. Göz bebekleri kararlı bir edayla parlıyordu. "Onu bir daha üzmeyeceğime emin olabilirsin Asu!"

Tatmin olmuş bir edayla başımı salladım. Arkamı dönüp yürümeye başladığımda yıllardır içimde kendine köşk kurup oturmuş olan kasvetin, beni yavaş yavaş terk etmeye başladığını hissettim. Başak'ın yıllardır donuk bakan gözlerinin neşeyle parıldamasından başka bir dileğim yoktu!

Ve bu dileğimin gerçekleşecek olması, beni içten içe heyecanlandırıyordu. Evet. Bu sefer olacaktı! Olmak zorundaydı!

34. Bölüm

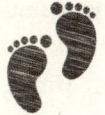

Superman Meselesi

Irmak hoplaya zıplaya yanımıza geldiğinde, "Gitmiyor muyuz anne?" diye sordu.

Dikkatimi çekmeyi başaran garip durum karşında biraz duraksasam da sonunda başımı olumlu anlamda sallayabildim. Irmak'ın üzerinde yıllar öncesinde, cinsiyetinin belli olduğu gün Kıvanç'ın ona almış olduğu elbise vardı. Evet. Bu elbiseyi yıllarca saklamıştım! *Belki babası döner de kendi hediyesini kızına kendisi verir* umuduyla...

"Çekmecende buldum. Kızıma bir hediyem olsun diye hemen vermek istedim. Sonuçta bugün özel bir gün olacak, öyle değil mi?"

Kıvanç'ın fısıltısına karşılık, gülümseyerek başımı salladım. Ardından en başında dikkatimi çekmesi gereken detayı sonradan fark ederek şaşkınlıkla afalladım, sesimi alçak tutmaya özen göstererek söylendim. "İyi de, iç çamaşır çekmecemdeydi bu hediye!"

Çarpık bir biçimde yayvanca sırıttı. "Evet, ben de orada buldum zaten!" dedi rahatça. "Amacım sadece çekmecelerini karıştırmak, içindekileri görebilmekti. Ama sonra hediyemi de görmezden gelemedim."

Dehşet içinde kalmış bir ifadeyle bakakaldım. "Bana ciddi olmadığını söyle Kıvanç!"

Sırıtışı daha da genişledi suratında. "Çok ciddiyim," dedi, aynı rahatlığını korurken. Ben Kıvanç'ın büyüdüğünü kabullenmiş miydim cidden? Ah!

Kıvanç piknik sepetimizi, Irmak'ın ipini ve topunu kucağına alarak önümüzden yürümeye başladığında anca kendime gelebildim. Evet. Nihayet gidiyorduk! Irmak'ın da gerçekleri öğreneceği şu pikniğe...

Kıvanç'ın peşinden ilerlerken içimde anlamlandıramadığım bir sıkıntı baş gösterdiyse de karşımdaki uçsuz bucaksız denizi görmemle, her şeyi bir anlığına unuttum. Irmak'ın koştuğunu fark ettiğimde, "Yavaş ol!" diye seslendim arkasından, beni dinlemeyeceğini adım gibi bilsem de. Deniz görünce çıldırıyordu hanımefendi. Eli ayağına dolaşıyor, ne yapacağını bilemiyordu. Arkasından hem onu hem de Ahsen'i izlerken, enseme çarpan nefesle yutkundum. "Sarp'ın nereden haberi oldu? Neden burada?"

Kıvanç'ın öfkeli sesi kulağıma ulaştığında bir kez daha yutkundum. Bu kadar öfkelenmesine gerek yoktu ki. Yoksa... Var mıydı? İçimdeki Başak, *haklı* diye mırıldanırken kısa bir anlığına bu ihtimal üzerinde durdum. Bugün için planları vardı. Asude ve Batın yetmezmiş gibi, bir de sürpriz yumurtadan çıkma misali Sarp'ın burada oluşu, onu memnun etmemişti doğal olarak. Gerçekleri Irmak'a anlatırken, yanlarında sadece benim olmamı istemiş ama evdeki hesap çarşıya uymamıştı.

"Irmak çağırmış," dedim ama der demez pişman oldum. Aramızda pek mesafe yoktu ve bedeninin kaskatı kesildiğini hissedebiliyordum.

"Harika!" dedi, sesinde hem alaycı hem de hüzünlü bir tını vardı. Gerisin geriye döndüğünü gördüğümde peşinden gittim. Kendini çimlerin üzerine bıraktığında hemen yanı başına oturdum. Elini sımsıkı tutup, bir nevi yanında olduğumu gösterdim. "Yanındayım Kıvanç, biliyorsun."

Dudakları hafifçe yukarı kıvrıldı ama yeterince iyi gülümseyememişti. Bir süre sonra, Irmak'la Sarp'ın oynadıkları oyunu izlerken bile ağzımızdan tek bir kelime çıkmadı. Tek yaptığımız, Irmak'ın kahkahalarını ruhsuz bir şekilde dinlemekten ibaret oldu. Konuşmak istememesini anlıyor, bu yüzden ben de sessizliğimi koruyordum. Ama nereye kadar böyle devam edebilirdi ki?

"Kıvanç..." diye söze başlayacak oldum ama beni dinleme zahmetinde bulunmayarak ayaklandı. Yanımdan hızlı adımlarla uzaklaşırken arkasından bakakaldım. Onu kendi haline mi bırakmalı yoksa peşinden mi gitmeliydim? İlk seçeneğin üstünü hayali kalemimle karaladım ve seri bir biçimde ayağa kalktım. Bir süre yürüyüp ormanın derinliklerine girdik. Yorulmaya başladığımı hissettiğim anlarda, neyse ki büyük bir ağacın yanında durdu. Başını ve sırtını ağacın koca gövdesine dayadı, gözlerini sıkıca yumdu. Başını da birazcık yukarı kaldırdı ve adem elması ortaya çıktı. Yutkunmuştu. Derin bir nefes alarak yanına oturdum. Hem zihnen hem de bedenen yorulmuştum. Gerçekten, ne zaman bitecekti bu işkence? Bütün kötü düşüncelerime rağmen, "Her şey düzelecek, sadece sabırlı olman gerek," dedim sakince. "Seni hemen benimsemesini beklemen yanlış olur."

Yummuş olduğu gözlerini açtığında, gözlerime ifadesizce baktı. Sanki dünyanın en mantıksız şeyini söylemişim gibi alayla güldü hatta sonraki saniyelerde gülüşleri kahkahaya dönüştü.

Bir süre bekledim. Susmasını! Ancak beklediğim şey gerçekleşmeyince öfkeyle bağırdım. "Komik olan bir şey mi var Kıvanç?"

Böylelikle anca susabilmiş ve ifadesi de çok geçmeden ciddiyet kılıfına girebilmişti. "Bu söylediğin deli saçması şeylere inanıyor olamazsın. Hiçbir şeyin düzeleceği yok. Kendini değilse bile beni kandırmaya çalışmaktan vazgeç!" Bu şekilde bağırdıktan sonra, bir şeyleri reddetmeye çalışıyormuş gibi başını iki yana sallayarak konuştu. "Benden nefret ediyor! Bir kez bile Sarp'a gülümsediği gibi gülümsemedi bana. Kendi kızım bir kez bile içten gülümsemedi bana! Bulduğu ilk fırsatta Asude'yi, Batın'ı hatta Sarp'ı çağırmış işte! Görmüyor musun?"

Sözlerinin bitmesiyle, boğazıma gülle büyüklüğünde bir yumrunun oturması bir oldu. Tam şu anda düşüp bayılacakmış gibi hissediyordum. Tereddüt etmeksizin, beline sarıldım. *Tutunabileceğim tek dal beliymiş gibi.* "Geçecek Kıvanç. Bu günleri de arkamızda bırakacağız, sana söz veriyorum. Kızın sana gülümseyecek, sarılacak, öpecek. Lütfen inan bana!"

"İnanmak istiyorum ama kendimi kandırmayı istemiyorum!" Sesi titremişti. Belki ağlıyordu ya da az sonra ağlayacaktı.

"Ne yani, vaz mı geçiyorsun?" diye sordum korkuyla. Beni cevapsız bıraktığında, çok daha büyük bir korkuyla atıldım. "Kızını hak etmek için savaşmalısın! Ayrıca pes etmek gibi bir hakkın da yok!"

Gözlerini kaçırdı. Bunun üzerine öfkeden kudurmaya başlayan bedenimi dizginlemeye gerek duymadan bağırmaya başladım. "Aklından neler geçiyor, bilmiyorum. Ama bizi bir daha bırakmana izin vermem Kıvanç, duydun mu beni? Bu sefer olmaz!"

"Şşt!" deyip gözyaşlarımı silmeye başladığında, ağladığımı daha yeni idrak ediyordum. "Ağlama fıstığım. Tabii ki bir daha bırakmayacağım sizi! Ben sadece... Bir anlık ümitsizliğe düştüm, o kadar. Ama pes etmeyi bir an bile düşünmedim, lütfen sakin ol!" deyip sarıldı.

Kollarındayken bir müddet ağladım. Hıçkırıklarım derin iç çekişlere, derin iç çekişlerim de yerini sükûta bırakırken başımı yavaşça göğsünden kaldırdım. Burunlarımızın ucu birbirine değdi. Kokusunu bu denli yakından soluyan bedenim afalladı. Gözleri dudaklarımda gezinse de, neyse ki beni öpmek yerine, başını boynuma gömmeyi seçti. Orada, mırıltılar halinde bir şeyler söylemeye başladı.

"Beni sakinleştiren tek şey sensin, Başak."

"Ve her zaman yanında olacağım!"

Sonra uzunca bir süre sustuk ve sadece birbirimize sarıldık. Sözsüz bir anlaşma yapıyorduk sanki aramızda. *Gelecek günlerimize dair...* Huzurla gülümseyip sonunda yavaşça gözlerimi araladığımda, şaşırtıcı bir biçimde Irmak'ı karşımda gördüm ve ne yapacağımı şaşırdım. Bizi hafif aralanmış olan dudakları ve dehşete düşmüş ifadesi eşliğinde izliyordu. Göz göze geldiğimizde bana öyle yadırgayan bir ifadeyle baktı ki yerime sinmekten başka bir şey gelmedi elimden. Kıvanç'la beni bu halde görmek, onu hayal kırıklığına uğratmış olmalıydı.

Kıvanç başını boynumdan ayırmadığında, "Irmak burada. Tam arkamızda," diye fısıldadım. İkazıma karşılık anında geri çekildi ve başını kaldırıp baktı. Sonra da süratle yanımdan kalkıp kızımızın yanına gitmeye başladı. Kızımızsa, "Gelmeyin, uzak durun benden!" diye bağırarak koşmaya başladı.

Heyecanla kalkıp Kıvanç gibi ben de peşinden gittim. Aralarında büyük bir mesafe olmadığını görmem, beni bir nebze rahatlattı. Ama Irmak parkın çıkışına doğru koşturduğunda, korkuyla baktım arkasından. Arabaların vızır vızır işlediği caddeye çıkmıştı. Arkasından bağırdım. "Irmak! Yalvarırım dur!"

Beni dinlemeyip kaldırımdan indi. Caddenin ortasına adımını attığında, boğazıma öyle bir şey körüklendi ki nefes alamaz hale geldim ve durmak zorunda kaldım. Çaresizce dizlerimin üzerine çöktüm.

Bu sırada bir arabanın ısrarlı korna sesini duydum ve ileriye korkuyla bakmaktan başka bir şey gelmedi elimden. Kaskatı kesilmiştim! Kızımsa yolun ortasında durmuş, ne yapacağını bilemez halde etrafına bakınıyordu. Tıpkı benimki gibi kaskatı kesildiği ortadaydı. Aramızda büyük bir mesafe olmasaydı, onu kenara itip arabanın önüne atlamak için tek bir saniye bile düşünmezdim. Ama lanet olsun ki aramızda saliseler içinde aşabileceğim bir mesafe yoktu!

Kalbim korkuyla sıkıştı. Ona bir şey olursa ne yapardım ben? Bu kısacık anlarda Irmak'sız bir hayatı düşündüm istemsizce ve bir kez daha korkuyla irkildim. Onun olmadığı bir hayatta yaşamak ister miydim? Ah, tabii ki de istemezdim! Onun var olmadığı bir hayatta, alacağım tek bir nefes dâhi fazlalık gelirdi!

Ama bu sırada hiç beklemediğim bir şey oldu.

Hayır, bir mucize olmamış, dolayısıyla da araba duramamış ve birine çarpmıştı. Fakat çarptığı kişi, meleğim değildi. Kahramanca önüne atlayıp, kızımızı son anda kurtaran babasıydı!

Hastane kokusu.

Bu kokuyu solumak bile, korkunuzun tavan noktaya erişmesine sebebiyet veriyordu. İçinizden *"Ya ona bir şey olursa?"* diye geçiriyordunuz ama cevap gelmiyordu bir türlü. Sadece bekliyor, bekliyor ve bekliyordunuz. Çünkü zorundaydınız. Çünkü yapabileceğiniz başka bir şey yoktu!

Başımı geriye yaslayıp gözlerimi yumdum. Doktorlar ciddi bir şey olmadığını düşündüklerini söylemişlerdi ve bu, hiç şüphesiz ki beni rahatlatan tek şeydi. Ki hastaneye gelirken bile bilinci açıktı hatta ambulansta konuşmuştuk bile. İyi olacağını fısıldayıp elini tutmuş ve bir an bile bırakmamıştım. Şimdi de doktorlar iç kanama olup olmadığını araştırıyorlardı. Eğer tahmin ettikleri gibi iç kanama da yoksa, hiçbir sorun kalmayacak ve erkenden evimize gidecektik. *Böyle olmasını umuyordum!* Gözlerimi merakla kızıma çevirdim. Kazaya şahit olduğu andan beri ağzını bıçak açmıyordu, yüzü kül rengine dönmüştü. Tek yaptığı camdan dışarıyı seyretmekti. Üstelik bomboş bakan mavileriyle! Derin bir nefes alıp yanına kaydım. Eli çenesinin altına dayalıydı ve dışarıyı seyrediyordu.

"Irmak?" Ya duymazlıktan geliyor ya da gerçekten duymuyordu. Ama nedense ilk seçenek daha baskın geliyordu bana. "Seninle konuşmamız gereken bir konu var," dedim yılmadan. "Çok önemli!"

Başını bana çevirdi ve bir süre ifadesizce baktı. "Ne konuşacakmışız?"

"Baban hakkında." Bu iki kelimemle, Irmak da dâhil olmak üzere ortamdaki herkesin dikkatini çekmeyi başarmıştım. *Asude, Batın, Sarp...* Hepsi bize bakıyordu şimdi.

"Şimdi konuşmak istemiyorum. Tek istediğim, Kıvanç abinin iyileşmesi!"

Derin bir nefesi ciğerlerime depoladım. Bunu şimdi yapamazsam başka bir zaman asla yapamazdım. Bu yüzden pes etmeyerek duruşumu dikleştirdim. "Baban kim, biliyor musun Irmak?" diye söze başladığımda sesim titredi ama umursamadım.

"Nereden bilebilirim anne?" deyip omuzlarını silktiğinde başımı olumlu anlamda salladım. Tabii ki de bilmiyordu, saçma bir başlangıç olmuştu. Bunu düzeltmek ister gibi, bir çırpıda konuştum. "Baban tanıdığın biri aslında." Son bir derin nefesi de içime çektikten sonra, daha fazla kaçışım olmadığını bildiğimden söyleyiverdim. "O... İçeride yatıyor Irmak!"

Vereceği tepkiyi deli gibi merak etsem de gözlerine bakmaya yetecek gücü kendimde bulamıyordum. Bu yüzden başımı önüme eğmiş ve nefesimi tutmuş halimle bir şey söylemesini bekliyordum. Olumlu ya da olumsuz herhangi bir şey! Susmasından başka her türlü seçeneğe razıydım.

Bana asırlar gibi gelen bir sürenin sonunda, "Anlamadım," dedi. Açıklamak amacıyla dudaklarımı araladım ama ses tellerim bana ihanet ediyor, gıkım çıkmıyordu.

"Babamın, Kıvanç abi olduğunu mu söylüyorsun yani?"

Başımı sallamakla yetindim. Zaten başka ne yapabilirdim, gerçekten bilmiyordum. İlk defa kızımın gözlerine bakmaktan çekiniyor ve ilk defa onun karşısında bu kadar eziliyordum. Babasıyla geçirebileceği güzel senelerini elinden aldığım -*daha doğrusu çaldığım*- için!

"Benden nasıl saklarsın?" diye bağırıp üzerime doğru yürümeye başladığında gözyaşlarımı salıvermiştim bile. Göğsüme indirdiği hafif yumrukları canımı acıtmıyordu ama bu yumrukları indirirkenki hiçkırıkları canımdan can koparıyordu. Öylesine canım yanıyordu ki, bu duyguyu kelimelerle izah edebilmek imkânsızdı. Batın, Irmak'ı çekiştirmeye çalışırken ona engel oldum. Kızım dakikalar sonra bana vurmaya çalışmaktan yorgun düşmüş olacak ki, minik kollarını pes eder gibi iki yanına indirdi. Ama hâlâ dur durak bilmeden ağlamaya devam ediyor ve bir yandan da sayıklıyordu. "Ya onu bir daha göremezsem? Ya ona hiç baba diyemezsem?"

Soruları, boğazımdaki yumruları daha da büyüttü. Değil yutkunmak, nefes almakta bile güçlük çekiyordum artık. Tek istediğim, bu işkencenin bir an evvel son bulmasıydı!

Bu sırada Batın'la Asude'nin yerinden fırlayışları dikkatimi çekti ve nereye gittiklerini anlamak için başımı hızla çevirdim. Beyaz önlüklü iki doktorun yanlarına gittiklerini gördüğümde ben de hızla yerimden kalktım. Yanlarına vardığımda ikisinin de tebessüm ettiğini gördüm ve içimi derin bir rahatlama hissi kaplayıverdi. Yine de doktora kulak kesilmeyi başardım. "Tahmin ettiğimiz gibi, bir problem yok. Birkaç dakika içinde görebilirsiniz."

Yüzümdeki kocaman sırıtış eşliğinde Irmak'a döndüm. "Gördün mü, baban iyileşti işte!" derken yaşadığım sevinç sesime de yansımıştı. Gülümseyişle parıldayan suratı anında söndü ve bana sert bir bakış atıp omuzlarını silkti.

Kıvanç'ın anne ve babası görüş alanıma girdiklerinde Asude'yi dürtükledim. Gözümle işaret ettiğim yere bakınca, telaşla bize doğru koşuşturan kayınvalidesi ve kayınpederine doğru yürümeye başladı. Batın çoktan onların yanına gitmiş, sakinleştirmek için kollarını sıvamıştı bile.

"Oğlumu görmek istiyorum!"

Zehra Hanım'ın haykırışı üzerine dudaklarımı kemirdim. Evladını kaybetme korkusuyla yüz yüze gelmenin ne denli berbat bir duygu olduğunu bizzat öğrenmiştim bugün. Sadece birkaç saniyeliğine de olsa, Irmak'ı kaybetme korkusuyla dolup taşmıştım. Ve ömrümden ömür gitmişti! Bu sırada bir hemşire bize yöneldi. "Hastamızı görebilirsiniz. Ama yorulmaması adına en fazla iki kişinin girmesine müsaade ediyoruz."

Sadece iki kişi mi? Benim yüzüm aniden düşerken, Irmak heyecanla atılmıştı. "Ben girebilir miyim? Lütfen ben gireyim, lütfen!"

Hemşire, dizleri üzerinde eğilip Irmak'ın yanağını sıktı. "Hastanın nesi oluyorsun bakalım? Ona göre alacağım."

"Kızıyım ben!" diye atıldı Irmak. "Babam oluyormuş o benim!"

Ve bu sözleri, ortamdaki sessizliğin üzerine bir çivi daha sapladı. Zehra Hanım'la Levent Bey'in bakışlarını üzerimde hissedebiliyordum, dehşete uğramışçasına bakıyorlardı muhtemelen. Bu şekilde öğrenmelerini istemezdim ama yapacak bir şey yoktu.

Hemşire, "Peki, o halde. Annenle birlikte girebilirsin," dediğinde Irmak gülümseyerek, 226 numaralı kapıya doğru koşturdu. Kıvanç'ı görecek olmanın heyecanı ve biraz da üzerime yöneltilen bakışlardan kaçmak istediğimden, koşar adımlarla peşinden gittim.

Odaya girdiğimde, Irmak çoktan babasının yanına varmış hatta yanına oturup elini tutmuştu bile. Kıvanç oldukça yavaş bir biçimde göz kapaklarını aralarken, sanki dünyanın seyrini değiştirecek bir icada tanıklık eden ilk insanmışım gibi heyecanla izliyordum onu. Gözlerini açtığında görüşü pek net olmadığından olsa gerek, göz kapaklarını birkaç kez art arda kırpıştırdı. Ardından dudaklarının arasından dökülen ilk sözcük, "Irmak..." oldu. Hem de Irmak'ı henüz görmemişken! Kızımı içten içe kıskandığımı hissetsem de mutluluğum baskın olan taraftı tabii ki.

Irmak, "Buradayım baba!" diye haykırırken, yüzünde görülmeye değer bir gülümseme hâkimdi. Kıvanç'ın kaşları derinden çatıldı. Duyduğuna inanamıyormuş gibi bir hali vardı. Onları kocaman sırıtışım eşliğinde izledim.

"Başak?"

Kıvanç'ın bana yönelttiği soru işaretleriyle dolu bakışlarına, başımı sallayarak karşılık verdim. "Evet Kıvanç, söyledim. Artık kızın senden haberdar!"

Gülümsedi belki de ilk defa bu denli içten, bu denli sıcak... Bana minnet dolu gözlerle baktıktan sonra da başını tekrar Irmak'a çevirdi. "Gel buraya!" dedi ve kızını kolundan tuttuğu gibi yanına çekti. Öpücüklerini hiç durmaksızın yüzünün her bölgesine kondururken, ikisi de kesik kesik kahkahalar attı. Bu neşelerine ortak olmak istediğimi fark ettim ve gidip yanlarına oturdum. *Uzun bir zaman sonra, ilk defa mutluluk gözyaşları döküyordum.*

Kıvanç uzanıp elimi tuttuğunda neşesi yüzünden okunuyordu. Kısa bir an gülümsedi bana ve sonra başını tekrar Irmak'ın boynuna gömdü. Irmak kıkır kıkır gülerken, Kıvanç'sa o güldükçe daha çok öpüyordu. Nihayet ikisi de durduğunda, Irmak babasının kirli sakallarında gezdirdi elini. "Bunlar beni çok gıdıklıyor... Baba!"

Baba kelimesini söylemek bile kızım için bir hayli zordu, bunu duraksayışından anlamak mümkündü.

Kıvanç gözlerini kısarak cevap verdi. "Vay terbiyesizler! Madem öyle ben de keserim onları!" dediğinde, kızımız bir kez daha eşsiz kahkahalarından birini sundu bize.

Bir müddet daha karşılıklı kahkahalar attılar, sonra Irmak hüzünlü sesiyle konuştu. "Neden şimdiye kadar gelmedin... *Baba?*"

Yutkundum ve başımı utançla önüme eğdim. Kıvanç da aniden durgunlaşmış, ne cevap vereceğini bilemiyormuş gibiydi. Kısık çıkan sesimle, ben açıkladım durumu. "Babanın da daha yeni haberi oldu Irmak. Hepsi benim suçum!"

Ama Kıvanç, hiddetle karşı çıktı bana. "Hayır, tek suçlu annen değil! Ben de suçluyum kızım!"

Irmak sessizliğini korumayı tercih etti ve babasının kolları arasında kıvrılarak uzandı. Kollarını babasının boynuna dolarken, "Peki, bir daha bırakacak mısın beni?" diye sormuştu. Sesinde öyle bir korku vardı ki, tarif etmek güçtü.

Kendinden emin bir biçimde, "Asla!" dedi Kıvanç. *Kızını göğsüne daha çok bastırıp bir daha bırakmayı hiç istemezmiş gibi sıkıca sarılırken...*

Sonraki saatleri, sevdiğim adamın ve kızımın birlikte uyurkenki hallerini izleyerek geçirdim. Ah tabii bir de, Zehra Hanım'la ve Levent Bey'le önemli bir konuşma yaparak. Kıvanç'la Irmak uykuya dalınca konuşmak istediklerini belirtmişler ve ben de geri çeviremememiştim tabii ki. Bana, bu gerçeği onlardan neden sakladığımı sormuşlardı öncelikle. Konuşmam bitene kadar da beni dikkatle dinlemişler ve öne sürdüğüm her sebebe rağmen, bunun doğru olmadığını dile getirmişlerdi.

Bunca yıldır torunlarından habersiz yaşamaları ve hiç beklemedikleri bir anda Ahsen'den başka bir torunları daha olduğunu öğrenmeleri üzerlerinde bir şok etkisi yaratmıştı, hak veriyordum onlara. Belli başlı konularda suçlu olduğumu da kabul ediyordum. Ama bunu değiştiremezdik, değil mi? Beni elbet bir gün affedeceklerdi. Gerçi küs oldukları da söylenemezdi. Konuşma bittiğinde Zehra Hanım'ın beni kollarının arasına çekip saçlarımı okşamasını ve bunu yaparken "Kızım!" diye fısıldamasını hesaba katacak olursak tabii...

Bu konuşmadan asıl kötü etkilenenlerse, Batın ve Asude'ydi. Kabak onların başında patlamıştı yani. Benim, gerçeği dile getiremeyişime fazla tepki göstermeyen Zehra Hanım, oğluna ve gelinine çok kızmıştı. *"Sizin söylemeniz, bizi haberdar etmeniz gerekirdi!"* diyerekten.

Ve ben, ne zaman ağzımı açıp *"Onların bir suçu yok Zehra Hanım. Bütün suç bende,"* dediğimde kaşlarını çatmış, parmağını havada sallayıp, "Sen sus bakayım!" diye azarlamıştı beni. Kısacası, durumlar bir hayli karışıktı ve işin içinden çıkabilmemiz için ihtiyacımız olan şey belliydi: **Zaman.**

Evet evet, zaman. Hem... O her şeyin ilacı değil miydi zaten? Her türlü derdin, sıkıntının, kederin ilacı? Biz de bu ilaca muhtaçtık şimdi! Bu ilacı içerek atlatacaktık bu günleri. İnanıyordum...

Kızımın ve sevdiğim adamın yanına gittiğimde Irmak'ı uykuda; Kıvanç'ı ise uyanık vaziyette buldum. Başını kaldırıp benimle göz göze geldiğinde tebessüm etti ve kaş göz işaretleriyle beni yanına çağırdı. Ayakkabılarımı ayaklarımdan sıyırıp, benim için açmış olduğu boşluğa uzandım. Kokusu burnuma dolarken gözlerimi yumup kollarımı beline sardım.

Kokusunu yeterince soluduğumu kendime hatırlatsam da, başımı zorlukla kaldırabilmiştim boynunun girintisinden. "Beni çok korkuttun!"

İtirafım karşısında pişmiş kelle gibi sırıttı. Kaşlarım derinden çatılırken, bu halime sevimlice gülümsedi. "Kızımızın kahramanı oldum işte, fena mı?" dedi keyifle sırıtarak. "Hem... Sarp'la durumumuzu eşitlemiş oldum böylelikle."

Tek kaşımı kaldırdım. "Ne durumu?"

"Şöyle ki... Irmak'ı dünyaya getirdiğin gün sizi hastaneye yetiştiren O'ydu. Yani bir nevi senin de kızımın da hayatını kurtaran O'ydu."

Kafasında oluşturduğu bu karışık denkleme kahkaha atasım gelse de, kendimi son anda frenleyebilmiştim neyse ki. Sonra da yarı gerçekçi yarı alaycı sesimle konuştum. "Hani sana aldığım şu Superman tişörtü vardı ya, işte onun hakkını verdin bugün!"

"Aldığın mı?" Dudakları alayla kıvrıldı. Çaldığın olmasın sakın o?"

Yanaklarım al al olurken, "Kıvanç!" dedim uyarıcı bir tonda.

Kısa bir an sessizce güldü ve sonra bana doğru eğildi, dudaklarımızın buluşacağı anı nefesimi tutarak bekledim. Her zamanki gibi kalbim tekledi ve tutunacak bir şey bulma gayretiyle ellerimle yüzünü kavradım. O da aynısını yaparak, yüzümü koca ellerinin arasına hapsetti.

Açılan kapı sesi olmasa belki çok daha ileri gidecektik. Kıvanç yavaşça geri çekilirken, özgürlüğümü geri kazandırmış oldu bana. Derin bir nefes aldım ve gözlerimi, ürkek tavırlarla kapıya çevirdim. Maalesef ki, bu tabloya şahit olmasını isteyeceğim en son kişi duruyordu karşımda: Sarp.

Ne yapacağımı bilemeyerek bakışlarımı kaçırdım. Yaşadığım utanç bütün bedenimi yavaş yavaş ele geçirirken, sessizce beklemeye koyuldum. Elimden gelen tek şey buydu çünkü!

Sonrasında birinin boğazını temizlediğini işittim, muhtemelen Sarp'tı. Ciddi bir konuşmaya başlayacağının sinyallerini verir gibiydi. Her şeye rağmen kibarlığından ödün vermeyerek, "Geçmiş olsun," dedi Kıvanç'a. Sesi ifadesiz olsa da az önceki manzarayı gördükten sonra bile bu denli kibar oluşu, önünde şapka çıkarmayı gerektirecek türde bir olaydı.

Kıvanç, "Sağ ol!" derken, kollarının arasından çıkmaya çalıştım ama izin vermedi, üstüne bir de öfkeyle baktı. Dolayısıyla ben de usulca yerime sindim.

Uzun ve rahatsız edici bir sessizliğin ardından, konuşmaya başlayan Sarp oldu. Dudaklarının arasından, "Biliyor musun... Sana imreniyorum Kıvanç," cümlesi döküldüğünde merakla başımı kaldırdım.

"Evet, doğru duydun. Sana imreniyorum," diye tekrar etti bir kez daha. "Başak'ı, sana en ihtiyacı olduğu zamanda terk edip gidiyorsun. Sonra kafana esince günün birinde geri dönüyorsun ve Başak da hiçbir şey olmamış gibi seni bağışlayabiliyor! Bense, bütün bir hayatımı Başak'a ve Irmak'a adıyorum. Onlardan gelecek en ufacık bir gülümseme için elimden geleni ardına koymuyorum. Ama görünen o ki, yaranamıyorum!"

Sonra, hiçbir şey olmamış gibi gülümsedi ve başını yavaşça bana çevirdi. Utançla gözlerimi kaçırmak istedim ama bunu bile yapamadım. "Yaptıklarım için böbürlendiğimi ya da gocunduğumu düşünme sakın! Sadece... Bunun bir haksızlık olduğunu düşünüyorum. Yine de seni suçlamıyorum Başak, daha doğrusu suçlayamıyorum... Çünkü sana duyduğum aşktan biliyorum ki bir kalp bir başka kalbe tutuldu mu, kendisi için doğru ve yanlışın ne olduğunu ayırt edemiyor."

Kıvanç, bütün cümlelerimi ağzıma tıkayarak konuşmaya başladı. "Başak için de kızım için de yaptıkların için minnettarım..."

"Sen minnettar olasın diye yapmadım! Gerçekten istediğim bu olduğu için yaptım!"

Kıvanç dişlerinin arasından tısladı. "Lafımı bölme Sarp! Konuşmam daha bitmedi!" dedi ve devam etti. "Sen ne yaşadığımı biliyor musun da karşıma geçip ahkâm kesebiliyorsun bana? Irmak'ın kızım olduğunu bilmezken ve o zamanlarda işe yaramaz bir serserinin tekiyken bile, onun babası olmayı istediğimi, bunu kabullendiğimi biliyor musun mesela? Ya da onun dünyaya geldiği gün, aslında Başak'a evlenme teklifi edeceğimi? Ya da Başak'a beslediğim sonsuz sevgime rağmen, kendimi onsuzluk imtihanıyla ne diye terbiye ettiğimi? Tabii ki bilmiyorsun. Evet, hiçbir halt bildiğin yok senin! Bu yüzden sevdiğim kadının ve kızımın yanında geçirdiğin şu fazladan beş buçuk sene için, yat kalk da o günkü yanlış anlaşılmalara şükret! O yanlış anlaşılmalar olmasaydı eğer sen de olmayacaktın!"

Sarp şimdi ne kadar şaşkınsa, ben çok daha fazla şaşkındım. Kıvanç'tan beklemeyeceğim kadar güzel bir konuşmaydı bu. Gözlerimin dolmasına engel olamazken, Sarp'ın arkasını dönmek üzere olduğunu son anda fark ettim. Yanına gitmeye yeltenecektim fakat bana kısa bir anlığına baktı ve elini havaya kaldırdı. *Olduğun yerde kal* dercesine.

Boğazım düğüm düğüm olurken, kapıdan çıkıp gidişini boş gözlerle izledim. Sonra da omuzlarımı düşürerek gerisin geriye Kıvanç'ın yanına bıraktım kendimi. Bana anında sarılırken, "Bu engeli de anlattık," diye mırıldanmıştı.

Yüzümü buruşturdum. Sarp'ı hiçbir zaman, hiçbir konuda bir engel unsuru olarak görmemiş; aksine, bana gönderilen büyük bir hediye görmüştüm. Yine de Kıvanç'ın sözlerine karşı çıkmayıp sessiz kalmayı tercih ettim. Çünkü ne kavga edecek halim, ne de kavga etmeye ayırmak istediğim vaktim vardı.

Irmak mırıltılar eşliğinde uyanırken, ikimiz de gözlerimizi kızımıza çevirdik. "Baba."

Mırıltılarının çoğu hatta belki hepsi babasıyla ilgiliydi. Tek fark vardı. Artık rüyasında gördüğü babası beden bulmuştu. Önceden bana rüyalarında bile babasının yüzünü göremediğini söyleyip dudaklarını büzüştürürdü. Bense içim kan ağlaya ağlaya sessiz kalırdım.

Kıvanç şefkatle harmalanmış bir tonda, "Buradayım kızım," dedi ve baş parmağıyla pembe yanaklarını yavaşça okşadı. "Hadi uyan artık."

Irmak uyanmak için babasından bunu duymayı bekliyormuş gibi göz kapaklarını ardına kadar açtı. Birbirlerine tatlı tatlı gülümserlerken, en sonunda Kıvanç dayanamamış olacak ki kızını kucağına çekti.

"Günaydın güzelim!"

Babasından gelen bu iltifatla gözlerini kırpıştırdı kızım. Ve zorlanarak da olsa, dudaklarından "Günaydın babacığım," kelimeleri döküldü. Bu, beni hıçkırıklara boğmaya yetecek bir olaydı. Ama kendime engel olmasını bilerek, mutluluk gözyaşlarımı daha sonra akıtmak üzere, şimdilik gerilere ittim.

Kıvanç muzipçe sırıtarak, "Babaya günaydın öpücüğü yok mu?" dedi. Irmak derhal doğruldu ve babasının yanağına ıslak bir öpücük kondurdu.

"Anneye de aynı öpücükten kondur bakayım."

Kıvanç bunu söyledikten hemen sonra, beklentiyle bakan gözlerini Irmak'a çevirdi. Irmak'sa oralı olmayıp umursamazca omuzlarını silkti. İçimi kasıp kavuran hüznün yüzüme ulaşmasına engel olmak adına gülümsemeye çalıştım. Kızımın bana küsmesinden nefret ediyordum. Fakat bu sefer, yapabileceğim bir şey yoktu. Benim neler yaşadığımı, babasının bana neler yaşattığını bilmiyordu tabii. Zamanı gelince bunları da öğrenecekti elbette ama şimdiki önceliğim babasını sevmesiydi. Bu yüzden hikâyemizin kötü rolünü tek başıma sırtlanabilirdim. Kısa bir süre için...

Irmak babasının sağ tarafındaki yerini aldığında, Kıvanç ikimizin de saçlarına öpücüklerini kondurdu. Sonra da neşeyle haykırdı. "İşte benim kızlarım!"

Ağzım kulaklarıma varıncaya dek gülümsedim. Bundan daha güzel, daha mutlu olduğum bir gün olabilir miydi? Ah, kesinlikle hayır! *Bugün mutluluğun doruklarına tırmandığım ve hafızamda en başköşeye kurulmayı hak edecek kadar eşsiz bir gündü...*

35. Bölüm

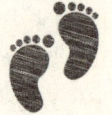

Masal ve Hesap

"**B**ir sorun mu var fıstığım?"

Fısıltısı üzerine, tebessüm ederken buldum kendimi. Her şeye rağmen yanında olmak, kollarının arasında kendime yer bulabilmek güzeldi. Güvende hissetmemi sağlıyordu sebepsizce. Halbuki tam tersi olması gerekiyordu! Neticede hayatımda beni en çok kıran, en çok yaralayan oydu. *Dünyamı karartan, gençliğimi çalan, en önemlisi de masumluğumu ve beraberinde hayallerimi benden alan...* Ama yine de kalbimin -bana huzurlu gelen- sesini dinlemeyi seviyordum. Getireceği bütün iyi ve kötü şeylere rağmen!

"Hayır, iyiyim."

"Gözlerin öyle söylemiyor ama!"

"Gözlerimle aranızda ne tür bir ilişki var Kıvanç?"

"Hımm... Birbirimizi o kadar çok seviyoruz ki bunu kelimelere dökmek imkânsız!"

"Ah! Beni aldatıyorsun yani?" dedim, tek kaşımı havaya kaldırarak. "Hem de benim gözlerimle yapıyorsun bunu?"

Omuzlarını silkti, bunu yaparken bile öylesine dikkat çekiciydi ki! "Bundan böyle seni, ancak sana ait olan şeylerle aldatabilirim Başak!" Kadifemsi çıkan sesini duyduğumda, dudaklarımı huzurlu bir gülümseme kapladı. Sesi ruhumu okşuyor, beni yatıştırıyordu.

"Gözlerinle," deyip hafifçe üzerime edildi. Her iki göz kapağımın üzerine de iki minik öpücük kondurdu ve geri çekildi. O bunu yaparken, beni, fark etmemesini umduğum güçlü bir titreme sarmıştı.

"Saçlarınla," deyip omuzlarımdan aşağı sarkan saçlarımı, parmağının etrafına doladı. Ardından saçımı dolamış olduğu parmağını burnuna doğru götürüp, derin bir nefes çekti içine.

"Dudaklarınla..." deyip eğildi ve dudaklarıma minik bir öpücük kondurdu. Kalbim heyecanla teklerken, beni benimle aldatması temalı konuşmasına bir son vermesini istiyordum artık. Bu kadarı bile fazlaydı bünyem için! Son olarak alnıma yapışan saçlarımı geriye itti. İçinde apaçık bir şefkati barındıran bir haraketti bu. Şimdiyse, istediğini almanın mutluluğu gizliydi sanki, büyüleyici gülümsemesinin gerisinde. Ardından tok sesini kullanarak konuştu. "Seni, sana ait olan her şeyle aldatabilirim Başak! Anladın, değil mi?"

Etkilenmiştim! Bunu belli etmemeye gayret ederek başımı olumlu anlamda salladım. Memnun ifadesiyle, "Güzel," dedi ve alnıma upuzun bir öpücük kondurup çekildi. O bunu yaptıktan hemen sonra art arda hapşırdım. Günlerdir hastaydım ama kendimi ilk defa bu denli bitkin hissediyordum. Belki bir doktora görünsem iyi olacaktı.

Azarlar bir tonda, "Şifayı iyice kaptın sen!" dediğinde başımı yavaş hareketlerle salladım. Uzattığı peçete görüş alanıma girdiğinde minnet dolu bir bakış atıp peçeteyi elinden kaptım. "Ah, sanırım boğazım acıyor!" diye söyleniyordum aynı zamanda.

Tek kaşını kaldırıp, "Neden şimdiye kadar söylemedin?" dedi sertçe. Kollarını belimden çekip yanımdan kalktı sonra. "Bekle, limonlu bal yapayım sana."

"Ben de Irmak'a hep bunu yaparım! Boğazları acıyınca yani."

"Biliyorum. Geçen gün hasta numarası yaptığımda öğrendim."

Aklına komik bir şey gelmiş gibi güldü. Merakla gözlerimi kıstığımda, o gün yaşananları anlattı. Son anlattığı şeyden sonra gözlerimin irileşmesine mâni olamadım. Bu tepkimi fark etmiş olacak ki, "Sence de altı yaşına girecek bir kız için fazla akıllı değil mi? Zehir gibi!" dedi.

"Evet, gerçekten de zehir gibi!"

Bu olaydan çıkardığım ders ise, evdeki bütün ilaçları Irmak'ın ulaşamayacağı yerlere saklamak olmuştu. İşte şimdi anlamıştım, ilaçların üzerinde yer alan *'Çocukların erişemeyeceği yerlerde muhafaza ediniz'* uyarısını.

"Her neyse. Ben kahvaltı hazırlayayım, sen de dinlen burada."

Cevap bekler gibi baktığından onaylarcasına başımı salladım ama sözünü dinlenmek gibi bir niyeti barındırmıyordum içimde. Bir an evvel yerimden kalkıp kızımın odasına gitmeyi istiyordum sadece. Benimle iki haftadır konuşmuyordu ve bu iki hafta boyunca kokusunu içime çekebildiğim tek mekân, onun odasıydı. O uyurken yanına uzanıyor ve minik bedenini kollarımın arasına alıp kokusunu ta içime çekiyordum meleğimin. Uyansa bile ses çıkarmıyordu, hissedebiliyordum bunu.

Evet. O da özlemişti annesini ama boyundan büyük gururuna yediremiyordu bunu! Bana olabildiğince mesafeli davranıyor hatta yaptığım yemekleri bile yemiyordu. Babasına zorla yaptırdığı yemekleri yerken yüzünün girdiği şekiller ise öyle komikti ki kahkaha atmamak için dudaklarımı kemirdiğim zamanlar çoktu. Beni de, yemeklerimi de, anlattığım masalları da, uyumadan önce saçlarımla oynamayı özlediğini de biliyordum; buram buram hissettiriyordu bunları!

Kızım yatağında mışıl mışıl uyuyorken, ayakta kalıp bir süre izledim onu. Masumluğunu, güzelliğini ve bizden parçalar taşıyışını... Sarı saçları minik omuzlarına dökülmüştü ve bu görüntüsüyle *gerçekten d*e bir meleği andırıyordu.

Yanındaki boşluğa hareketlendim, sanki yanındaki o boşluk bana özeldi, sanki yanına yatmam için iyice köşeye çekilmişti. Ya da bunlar benim aklımda oluşturduğum sevimli senaryolardandı.

Sessizce yanına kıvrıldım ve kollarımı beline doladım. Uyansa bile uyuyormuş numarası yapacağını bildiğim için rahattım aslında. Kendi kendime gülümsedim ve dudaklarımı, sarının en güzel tonundaki saçlarına bastırdım. Kokusu burun deliklerimden içeri yol alırken, kendimden geçer gibi oldum. Dudaklarım süt beyazı teninin üzerinde uzunca bir müddet durduktan sonra, mayışmış bir halde "Benim güzel kızım!" diye mırıldandım. "İyi ki varsın ve iyi ki benim kızımsın!"

Düzensiz nefes alış verişlerinden ve arada bir kıpırdanmasından, uyandığını anladım. Bunun üzerine, *bıyık altından gülmek* deyimi suratımda can buldu. Uyandığını çaktırmamaya çalışıyordu. Çünkü dediğim gibi, o da ona sarılmamı, onunla yatmamı, kısacası beni özlemişti!

"Dinlenmeni söylememiş miydim ben?"

Bu sırada Kıvanç'ın tam arkamdan gelen sesine kulak asıp ona çevirdim başımı. Kaşları çatık bir halde bakıyordu gözlerimin içine. Kızmıştı ama sadece birazcık.

Yanımıza gelip ayaklarımızın ucuna otururken, bakışlarını yüzümden bir an olsun ayırmadı. "Doktora gidelim Başak. Gerçekten iyi görünmüyorsun." Omuzlarımı düşürdüm. Irmak da tam bu saniyeler içerisinde gözlerini araladı, başımı ona çevirdiğimde kısa bir anlığına göz göze geldik. İçten gelen samimi duygularımla gülümsedim kızıma ama aldığım karşılık koca bir hiç oldu. Hasta olup olmadığımı gözden geçirirken kaşları hafifçe çatılmıştı. Ardından hiçbir şey olmamış gibi yerinde doğruldu. Dizlerinin üzerinde emekleyerek babasının yanına gidişini izledim. Kolları, babasının boynuna sıkıca dolanırken, Kıvanç'ı kaçıncı kıskanışım olduğunu sayamadım. Eskiden günaydın kucaklamalarının da ıslak günaydın öpücüklerinin de sahibi bendim. Şimdiyse kendimi, eski bir oyuncak gibi hissediyordum. Yeni oyuncağa sahip olan bir çocuğun, eskisini bir köşeye fırlatıp atmasından halliceydim!

Yaşların gözlerime akın ettiğini hissetmemle gözlerimi kaçırmam bir oldu. Böyle olmayacağını anladığımda ise yerimden kalktım ve hızlı adımlarım eşliğinde odadan çıktım.

Kıvanç'ın bizim için hazırladığı kahvaltı masasının önüne vardığımda, dudaklarım şaşkınlıkla aralandı. Sofrada yok yoktu! Dakikalar sonunda, hep birlikte bu şahane kahvaltı masasına oturduğumuzda, Kıvanç'ın endişeli bakışlarının üzerime sabitlendiğini hissettim. Olağan davranmaya çalışarak, endişesinin yersiz olduğunu göstermeye çalıştım. Ah, aslında yersiz falan değildi. İki haftadır kızımla tek kelime etmemiş olmam, psikolojim açısından tam da endişelenilmesi gereken hatta kırmızı alarm veren bir durumdu!

Masadakilerden midemin kabul edeceği kadarını yedikten sonra çatalımı tabağımın kenarına bırakıp ayaklandım. Kıvanç'ın meraklı bakışlarına kısaca "Uzanacağım biraz," karşılığını verip salona yürüdüm. Savsak adımlarım beni amaçladığım yere götürmeyi başardığında en rahat koltuğa bıraktım kendimi. Gözlerimi yumdum ve kızımın benimle barışması adına ne yapabileceğimi düşündüm durdum. Belki dakikalar boyunca, hiç durmadan...

"Şimdi nasıl hissediyorsun kendini?"

Kıvanç'ın merakla harmanlanmış ses tonuna karşılık başımı hafifçe sallamakla yetindim. Pek de iyi olduğum söylenemezdi aslında. Göğsüme oturmuş berbat bir ağrı vardı mesela. Soğuk algınlıklarım hep böyle zor geçerdi zaten. "İyiyim."

Beni duymazdan gelmeyi seçerek Irmak'a çevirdi başını. "Bugün havuza gitmeyelim Irmak. Anneni yalnız bırakmasak daha iyi olur sanki, ne dersin kızım?"

"Benim için fark etmez baba." Irmak, duruşunu her ne kadar ifadesiz tutmaya çalışsa da, beni merakla süzdüğünün bilincindeydim. Muhtemelen hasta olduğum zamanlarda hep yaptığı gibi bana sarılmayı ya da iyileşeceğimi söylerken saçlarımı okşamayı istiyordu. Ama o koca inadı yok muydu onun!

"Tamam, o halde. Bugün annenin bakıcılığını yapıyoruz birlikte!"

Yerimde doğrulmaya çalışırken itiraz etmeye başladım. "Olmaz. Irmak günlerdir bu günü bekleyip durdu. Hem ben iyiyim, başımın çaresine bakabilecek kadar hem de!"

Kıvanç'ın gözlerini kısarak bakmasından çıkardığım sonuç, pek inandırıcı olamadığımdı. Yine de vazgeçmeyip omuzlarımı dikleştirdim ve çenemi de hafiften yukarı kaldırdım. "Lütfen ama. Gerçekten iyiyim ben. Alt tarafı basit bir soğuk algınlığı. Büyütme bu kadar!"

Irmak denizi çok severdi ama havalar soğuk olduğundan havuzla yetinecekti ve ben, özlemle beklediği günü mahveden kişi rolünü üstlenmeyecektim. Uzun uğraşlarım sonuç verip de, Kıvanç'ı ikna edebildiğimde, derin bir nefes verdim. Zor olmuştu ama sonunda başarmıştım!

Nihayet hazır olduklarında ise başımı onlara doğru çevirdim. Baba-kız rahat şeyler giymişlerdi. El ele tutuştuklarını da fark ettiğimde sırıtışım daha da genişledi. Onları böyle görebilmek artık en büyük şükür sebebimdi hiç şüphesiz!

Kıvanç belki zilyonuncu kez telefonumun sesinin açık ve her an yanımda olması konusundaki uyarılarını yaptı. Yüzünde temkinli bir ifade hâkimdi, gitmeyi hiç istemiyormuş gibi bakıyordu. Kendini iyi hissetmesini sağlamak adına samimi olduğunu düşündüğüm bir gülümseme kondurdum dudaklarıma. Nefesini sertçe dışarı üfledikten sonra tekrar Irmak'ın eline uzandı ve sonunda gözden kaybolmayı başardılar. Rahatlayarak koltuğa daha çok gömüldüm. Uyumak iyi gelecekti hasta bünyeme, bunu düşünerek kapanışlarını hızlandırdım. Fakat kapı sesinin kulaklarımı doldurmasıyla refleks olarak gözlerimi kocaman açtım. Yerimden kalkmak için bile yeteri kadar gücüm yokmuş gibi hissediyordum. Muhtemelen Kıvanç ve Irmak'tı. Ne unutmuşlardı da geri dönmüşlerdi acaba?

Üzerimdeki *-Kıvanç'ın zorla örttüğü-* yorganı bir kenara itip ayaklandım. Bacaklarım zangır zangır titriyordu ve hal böyleyken yürümek *-daha doğrusu yürümeye çalışmak-* tam bir işkence gibiydi. Yanından geçtiğim duvarlardan destek ala ala kapının önüne vardığımda derin bir nefes verdim. Kapı kulpunu aşağı indirip kapıyı ardına kadar açtığımda, karşımda görmeyi umduğum kişiler *-Kıvanç ve Irmak-* yoktu. Onların yerine ayakta durmakta zorluk çeken, kendinde olmadığı apaçık belli olan bir adet Sarp vardı.

Göz bebeklerim şaşkınlığın verdiği etkiyle iri iri olurken, ne yapacağımı bilemeyerek karşısında dikilmeye devam ettim. Onu ilk defa bu halde görüyordum. *İlk defa böylesine kendinden geçmiş, ilk defa böyle sahte bir biçimde gülümserken ve ilk defa böylesine korkutucu görünüyorken...* Şahit olduğum manzara, ciddi anlamda ürkütücüydü.

Gözlerimi birkaç kez kırpıştırıp doğru görüp görmediğimi test etmeye çalıştım. Belki bir göz yanılmasıydı... Ya da gerçekçi bir kabus?

Kulağa bile saçma gelen teorilerimi bir kenara fırlattım. Gerçekti işte. Gerçekten karşımda dikiliyordu. Bu haliyle! Yüzünde hiç dostane bakışlar da yoktu üstelik. *Daha çok acı çeken ama buna rağmen sarhoşluğun etkisiyle yayvanca gülümseyen bir Sarp vardı karşımda. Şimdiye kadar bu haline hiç tanıklık etmediğim başka türlü bir Sarp.*

"Ne o? İçeri almayacak mısın yoksa beni?" Kelimeler, dilinin ucunda yuvarlanarak çıkmıştı.

Ne yapacağımı kestiremediğimden *-onun suratı dışınd*a- etrafımdaki her yere baktım. Sanki duvarlar bana ne yapmam gerektiğini söyleyecek, kulağıma bir şeyler fısıldayıp beni bu durumdan kurtaracaklardı...

Alaycı sesiyle, "Çok misafirperversin Başak!" deyip beni kenara itmesiyle, durumun sandığımdan da ciddi olduğunu anlamış oldum. Ayrıca bu sırada, sırtımı duvara çarpmam, belimin ağrısını daha da körüklemişti. Dudaklarımın arasından kaçmaya yeltenen güçlü iniltiyi son anda gerilere ittim. Şu durumda güçsüz görünmek pek de yararıma olmazdı.

Sarp, benim az önce uzandığım koltuğa kendini bırakırken, alt dudağımı kemirmekle meşguldüm. Telefonumu bulabilirsem Kıvanç'ı arayıp derhal buraya gelmesini söyleyebilirdim. *Sarp telefonumun üzerine oturmamış olsaydı tabii.* Ah!

Derin bir nefes alıp her şeyin yolunda olduğunu mırıldandım kendi kendime. Ama ne var ki bunun koca bir yalan olduğunu adım kadar iyi biliyordum. Hiçbir şeyin yolunda olduğu falan yoktu. Sonra, bu haliyle bana neler yapacağını düşündüm bir anlık gafletle. Ardından kendime kızdım. Sarp sarhoş bile olsa bana zarar verecek bir şeyi asla yapmazdı. *En küçücük bir şeyi bile!*

"Oturmayı düşünmüyor musun Başak? Korkma, yemem seni!" dedi. Hemen ardından hıçkırdı ve kendi hıçkırığına kahkahalarla güldü. Zorlukla gülümsedim ve kararsız kalsam da, en sonunda yanına gidip oturdum. Karamsar yanım beni dürtüklemeye başlarken, derhal buradan uzaklaşmam gerektiğini fısıldıyordu kulağıma.

"Kıvanç nihayet çıkabildi evden!" Kıvanç'ın evden çıkacağı anı mı kollamıştı yani? Korkum daha çok derinlik kazandı. "Irmak'la çok mutlu görünüyorlardı. Eskiden ben tutardım Irmak'ın elini. Ama şimdi beni arayıp sormuyor bile!" diyerek kendi kendine konuşmaya başladığında, sıkıntıyla tırnaklarımı avucumun içine geçirdim. "Beni unuttu, öyle değil mi?"

Heyecanla atıldım. "Seni unutabilir mi sence? Kıvanç'a seni sorup duruyor hep!" Ardından hızla açıkladım. "Benimle küs çünkü."

"Demek beni unutmadı, ha? Buna sevindim."

"Tabii ki unutmadı ve hiçbir zaman unutmayacağına da eminim."

Sonra uzunca bir süre ikimiz de koruduk sessizliğimizi. Sarp başını geriye doğru atıp gözlerini kapatmıştı hatta belki uyumuş bile olabilirdi. Sarhoş olmasına rağmen öylesine masum görünüyordu ki istemsizce gülümsedim... Bana beslediği sevgiye hayrandım. Bu sevgiyi hak etmediğimi bilsem de onun tarafından sevilmek, sevgilerin en güzeli, en masumu olmalıydı. Ona karşılık vermiyor olmam bencillikti belki. Gerçi o, benden çok daha iyilerine layıktı!

Az önce bir kenara fırlattığım yorganı, sessiz olmaya özen göstererek üzerine örttüm. Bir şeyler mırıldanıyordu ama anlamak için çaba sarf etmek yerine yavaşça yerimde doğruldum. Tam geriye doğru adımımı atmıştım ki bileğimde kurduğu baskıyla duraksamak zorunda kaldım. Sorunun ne olduğunu anlamak istercesine başımı kaldırdım ve öfkeyle kararan gözleriyle karşı karşıya gelerek yutkundum. Elini ani bir biçimde kendisine doğru çekmesiyle üzerine doğru savruldum. Kucağına düşmemek için kollarımı iki yanından koltuğa uzatıp bedenimi bedeninden uzak tutmaya çalıştım.

"Benden bu kadar çok mu tiksiniyorsun Başak?"

Kelimeler ağzından tükürürcesine çıkmıştı. Sorusuna cevap vermediğim her saniye bileğimi daha çok sıkıyordu ve bir yerden sonra bu acıya katlanmak imkânsızdı. Bu yüzden, iki dudağımın arasından çıkabilmek adına şartları zorlayan iniltilerimi, daha fazla içimde tutamadım. Bu esnada eli, bileğimdeki varlığını yitirdi. Böylelikle gözlerim mekanik bir hareketle o noktaya çevrildi. Beş parmağının izi çıkmış ve etrafı domates gibi kızarmıştı. Ortası ise, daha şimdiden mora döneceğinin sinyalini veren sarı rengi almıştı.

"Başak?"

Endişeye bulanmış ses tonu kulaklarımı doldurduğunda başımı kaldırdım. Gözlerimiz buluştuğunda, gözlerinde inanılmaz bir hüzne ve endişeye tanıklık ettim. Hemen ardından bakışları bileğime çevrildi ve irileşmiş gözleriyle inceledi, morarmasına sebebiyet verdiği kısmı. "Özür dilerim Başak! Ben... Ben bunu yapmak istememiştim. Gerçekten!" Morarmaya yüz tutan kısmı defalarca öpüp aynı şeyleri sayıklayıp durdu. "Sana zarar vermek istemedim ben. Yemin ederim ki, istemedim. Özür dilerim!"

Her ne kadar, "Biliyorum Sarp. Özür dilemene gerek yok!" diye diretsem de, çabalarım bir sonuç vermedi. Yaptığı bu şeyin, idam gerektirecek kadar büyük bir suç olduğunu ileri sürmeye başladığında ise, gözlerimi devirme ihtiyacımı zorlukla bastırdım. Kafası güzeldi gerçekten de. Bilerek ve isteyerek yapmadığını biliyordum. Bu yüzden büyütmüyordum bu meseleyi. *Ayrıca benim onda açtığım yaralarla kıyaslandığında bu morluk hiç kalırdı.*

Bileğimin üzerini öpmeye devam ederken, bu durumdan nasıl sıyrılacağım hakkında kafa yormaya başlamıştım bile. Ne yapabilirdim ki? İyi olduğuma, altı üstü ufacık bir morluk olduğuna, bana zarar vermediğine nasıl inandırabilirdim onu?

Beynimdeki çarklar süratle dönerken, kapının açılma sesi kulaklarımı doldurdu ve gözlerim, o yöne çevrildi. Kıvanç'la göz göze geldiğimizde, elektrik akımına uğramışım gibi elimi süratle

Sarp'ın elinden çektim. Ama iri iri olan göz bebeklerine bakılırsa, az önceki tabloyu görmüştü. Göz bebekleri daha eski haline gelememişken, kaşları çatıldı bu sefer de. Korkuyla yutkundum. Ne işleri vardı burada? Neden dönmüşlerdi ki şimdi? Ve son olarak, neden eşek şansım kendini bu kadar bariz bir biçimde ortaya çıkarıyordu her zaman?

Sarp da gözlerini Kıvanç'la buluşturduğunda, ikisinin de bakışlarından büyük bir voltaj sızdı sanki. Aralarında bir sürtüşme yaşanacağından korkarak *-ki bu, muhtemelen gerçekleşecekti-* yerimden fırladım. Kıvanç da içimden geçenleri okumuş gibi hızlı ve büyük adımlarıyla yanımızda bitti ve her şey o anda gerçekleşti. Sarp'ın suratına sert bir yumruk indirirken, bir yandan da delirmiş gibi bağırdı. "Ne işin var lan senin burada? Ben yokken fırsatçılık mı yapıyorsun? Sıkıysa ben buradayken gelseydin ya!"

Kıvanç'ı, Sarp'ın üzerinden çekip almak istediğimde ise, sert bakışlarının kurbanı olarak korkuyla yerime sindim. Kıvanç bir boğa gibiydi; Sarp'sa Kıvanç'ı kışkırtan kırmızı bez... Ayaklarımı yere vura vura kararlı adımlar eşliğinde yanlarına vardım, buna bir son vermeleri gerekti. Daha ben bu kararımı yürürlüğe koyamadan Kıvanç bir yumruk daha indirdi, Sarp'ın burnuna. Bunca öfkesi Sarp'ı, bileğimi öperken yakaladığı için miydi yani? Ben bundan seneler öncesinde Pelin'le kendisini çok daha beter bir pozisyonda yakalanmıştım. Tamam, bir suçu olmadığını anlatmıştı ve ben de inanmıştım ona. Şimdi de onun bana inanması ve Sarp'ı derhal bırakması gerekiyordu.

"Dur artık!" diye bağırdım.

Havada asılı kalan yumruğunu indirmeden, omzunun üzerinden sert bir bakış attı bana. "Onu mu koruyacaksın Başak?" derken sesi dehşete kapılmış gibiydi. Duyduklarına inanamıyormuş gibi.

"Hayır. Ama bu kadarı yeterli. İleri bile gittin. Dur artık!"

Önce Sarp'a, ardından havadaki yumruğuna, son olarak da bana baktı. Dişlerini birbirine bastırmış olduğunu gerilen çene kaslarından anlayabiliyordum. Yumruğunu yanına doğru indirip, Sarp'ın yakalarını bıraktı ve üzerinden çekildi. Ağzının ucunda gevelediği küfürleri duyup yüzümü ekşittim, neyse ki pek anlaşılır çıkmamışlardı. Fakir küfür dağarcığımın zenginleşmesini hiç mi hiç istemiyordum!

Bundan sonraki dakikalarımız da büyük bir gerginliğe sahne oldu. Sarp'a yaptığım acı kahve sonrası kendine geldi ve alelacele çıkıp gitti; Irmak'ın, kalması konusunda yaptığı bütün ısrarlara rağmen hem de. Sanırım benden çekiniyordu, ayıldıktan sonra gözlerinin çok kez bileğimdeki morluğa kaydığını görmüştüm.

Kıvanç'ın şu saniyelerde üzerime yönelttiği bakışları o kadar sertti ki sadece bu bakışlarının altında bile ezilip büzülebilirdim. "Açıklama beklediğimin farkındasın, değil mi?"

Sesi öylesine mesafeliydi ki, gerçeği bilmesem arkasından iş çevirdiğim düşüncesine bile kapılabilirdim. Dişlerimi göstermenin zamanı geldi diye düşünerek, pısırık maskemi çıkarıp attım. "Açıklama yapmamı gerektirecek bir şey yok ortada. Yanlış bir şey yapmadım!" dedim ve acımasızca ekledim. "Ayrıca sen... Benim neyim oluyorsun da bana hesap soruyorsun?"

Başta afalladı. Bunu kısa bir anlığına da olsa *-belki sadece saliselik bir zaman dilimi-* gözlerine değip geçen şaşkın ifadesinden anlayabilmiştim. Ama hemen ardından, hiçbir şey olmamış gibi kendini toparladı ve duruşunu düzeltti. "Haklısın. Neyin oluyorum ki ben senin?" diye cevap verirken tükürürcesine konuşmuştu. *Sanki hiç sevmediği, hiç hoşnut olmadığı bir şeyi, dile dökmekten duyduğu rahatsızlığı gösterir gibi. Ve bu, soru cümlesinden çok, bir kabullenişi barındıran cümle gibiydi aslında.*

"Kavga ederken hiç tatlı olmuyorsunuz!"

Bakışlarımız sesin geldiği yöne çevrildi. Irmak bizi meraklı gözlerle izliyordu ve korkusunu belli edercesine minik pembe dudakları dişlerinin arasındaydı. Bu halini görmek beni kendime getirirken, sakin kalmaya çalışarak boğazımı temizledim. Kıvanç da benimkine benzer bir tepki verip kendini toparlamıştı. "Irmak doğru söylüyor. Kavga etmeyelim." Sıcacık nefesi soğuk enseme çarptı ve ürpertici bir etki yarattı üzerimde. "Bu yüzden git hazırlan şimdi!"

"Anlamadım," diyerek bedenimi tamamen ona yönelttim. Dudaklarımın üzerine Kıvanç Koçarslan standartlarının çok altında kalan minik bir öpücük kondurup geri çekildiğinde, kendime ne kadar engel olmak istesem de aptal aptal sırıtırken buldum kendimi.

"Hep birlikte havuza gidiyoruz! Zaten bunun için geri dönmüştük, içimiz rahat etmedi seni burada tek başına bırakmaya."

El mahkûm, başımı sallayıp harekete geçtim. Kaplumbağaları kıskandıracak hatta onlarla akraba olduğum konusunda beni ikna edici niteliğe sahip yavaş adımlarımla odama ilerlemeye başladım. Adımlarımın yavaşlığı sayesinde, Kıvanç ve Irmak'ın konuşmalarını da duyabilme imkânına erişmiştim.

Konuşmalarının başında Sarp abisini koruyucu şeyler söylemişti Irmak. Şaşırtıcı olan ise, Kıvanç'ın Irmak'a karşı gelmeyip suskunluğu tercih etmesiydi. Belki de konu uzasın istemiyordu. Ve yalnızca birkaç saniye sonra da, "Ayrıca, anneme bir daha sesini yükseltme baba!" demişti kızım. Azarlayıcı tonda çıkan sesine karşılık, kocaman bir sırıtışın dudaklarımda hâkimiyet kuruşu gecikmedi. *Ah güzel kızım, nasıl da savunuyordu beni!*

Fakat hemen ardından, "Anneme bir tek ben sesimi yükseltebilirim çünkü. Senin öyle bir hakkın yok!" demesiyle, gözlerimi devirme ihtiyacımı bastıramadım ve omuzlarımı düşürerek birbirinden yorgun adımlarımı atmaya devam ettim.

Koçarslan kardeşlerin bizim için kiraladığı kapalı yüzme havuzuna girerken, yorgun tarafım bana hemen yatacak bir yer bulmam gerektiğini haykırıyordu. Ah, buraya gelmem gerçekten büyük bir hataydı! Evimde dinlenmek gibi bir ayrıcalığa sahipken burada olmak... Kulağa inanılmaz saçma geliyordu! Irmak sevinçle koşturmaya başlarken, kısık tebessümümle izledim onu. Ardından gözlerim Asude ve Batın'ı arayışa geçti. Ve tabii, bir de tatlı yeğenim Ahsen'i!

Asude havuzun içindeydi ve her zamanki gibi formda görünüyordu. Ona el sallayıp öpücük yolladıktan sonra, Batın'ı aradı gözlerim. O da Kıvanç'a bakıyordu bu sırada. Kardeşiyle hâlâ küs olmak koyuyordu besbelli. Ama şimdilik, zamana bırakmaktan başka yapabileceğimiz bir şey yoktu maalesef ki...

Ahsen'se çocuk havuzunda olması gerekirken, babasının epey ilerisindeydi ve annesini hayran gözlerle izliyordu. Berrak suyun altından annesinin siluetini gördüğü her an, heyecanla ellerinin birbirine çırpıyor ve kendince tezahüratlar yapıyordu.

Keyifle bu hallerini izlerken, bir anda hiç beklenmedik bir şey oldu. Asude havuzun merdivenlerine yanaştı ve dışarı çıkacağı sırada,

Ahsen havuza yaklaştı. Fakat ıslak zeminden olsa gerek ayağı kaydı ve kaşla göz arası kadar ufacık bir zaman diliminde kendini havuzun içinde buldu. Minik bedeni suyun üzerinde heyecanla çırpınmaya başladığında ancak kendime gelebildim. Yüzündeki korku ifadesi kanımı dondurmaya yetmişti!

Gözlerim korkuyla irileşirken, bizimkilere seslenmek istedim ama kilitlenmiştim işte. Konuşacak gücü bulamadığımda, kalan bütün gücümü bacaklarıma naklederek koştum. Havuzun başına geldiğimde nefesimi tuttum ve kendimi alelacele suyun içine attım. Bedenim, kendisine soğuk gelen suyun etkisiyle bir anda kasıldı. Umursamayıp biraz daha derine daldım ve Ahsen'in bana yakın olan kolunu tuttuğum gibi çektim.

Çok kısa bir süre içerisinde suyun üzerine çıktık. Irmak dışındaki herkesin, bizimle birlikte havuzun içinde olduğunu gördüm. Başta Asude olmak üzere hepsi telaşla bakıyorlardı. Kıvanç buna rağmen soğukkanlı davranmayı başarıp sudan çıktı ve elini uzatarak bizim de çıkmamıza yardımcı oldu. Ahsen'in omzuma düşen başı hareketsizdi ve ihtiyacı olan tek şey birazcık nefes alabilmekti sadece. Sakin olmalıydık! Bu gibi durumlarda ne yapılması gerektiğini biliyordum. Çok önceden gittiğim ilk yardım derslerinin bir işe yaraması gerekiyordu!

Hiç vakit kaybetmeden Ahsen'i yere yatırdım. -*Yaşadığı korkudan ve kısa da olsa suyun altında kaldığı zamandan olsa gerek*- rengi solan minicik dudaklarına eğildim. Baş parmağımla işaret parmağımın yardımını alarak dudaklarını büzüştürdüm. Sonra, açtığım dudaklarından içeri, nefesimi yavaş yavaş vermeye başladım. Aynı işlemi birkaç kez tekrar ettiğimde, Ahsen'in güçsüz öksürükleri ortamdaki huzursuz edici sessizliği delip geçti. Hepimiz derin bir nefes alırken, kalbim boğazımda atar gibiydi.

Ahsen'i sıkıca göğsüme bastırıp her şeyin yolunda olduğunu fısıldadım kulağına. Şu durumda beni duyabildiğinden pek de emin değildim ama bunu dillendirmek hiç değilse beni rahatlatıyordu. Ben bu haldeyken, Asude ve Batın'ın benden aşağıda kalmasını bekleyemezdim tabii ki. Nitekim öyleydi de! Asude, Ahsen'i kucağımdan çekip alırken, yanaklarından aşağı süzülen yaşlar beni selamlamışlardı. Kolay kolay ağlamazdı arkadaşım. Ki bu yaşadığımız da basit bir olay değildi.

Kıvanç da beni göğsüne bastırırken, iyi olup olmadığımı sordu kısık sesiyle. "İyiyim," dedim güçsüzce. Vücudumdaki her bir kemik sızım sızım sızlıyordu sanki. Kıvanç etrafıma kalın ve büyük bir havlu doladığında, belli belirsiz gülümsedim ve gözlerimi tekrardan Asudelerin olduğu tarafa çevirdim. Batın'la tartışıyorlardı yine. İçimden, *bu durumda bile mi yahu,* diye geçirdim bezgince. Ama bu seferki kavga konuları oldukça masumdu. Kızlarına sarılmanın kavgasına düşmüşlerdi. Ahsen'i doyasıya öperlerken yanlarına gittim. Elimi Asude'nin omzuna koydum ve neşeli çıkmasına özen gösterdiğim sesimle konuştum. "Sıra bende artık!"

Batın gülümseyerek yerinde doğruldu. Kızının alnına son bir öpücük daha kondurduktan sonra bana döndü. "Nasıl teşekkür edeceğimi bilemiyorum Başak. Sen olmasan..."

"Saçmalamaz mısın lütfen?"

-Asude'nin çukur olarak adlandırdığı- gamzelerini ortaya çıkaracak şekilde gülümsedi. Ona benzer bir karşılığı veriri vermez Asude'ye çevirdim gözlerimi. Ahsen'i hunharca öpmekten yorulmamış mıydı hâlâ? Ah, bu hallerini kıskanmıyor da değildim hani! Kızına sarılamayan, kızını doya doya öpemeyen anneler de vardı sonuçta, değil mi? Mesela ben... Birazcık insaf gösterilmesi lazımdı!

"Kalk artık Asu. Birazcık da ben nasipleneyim Ahsen'in yanaklarından!"

Şaşırtıcı bir şekilde dediğimi yapıp kalktı. Ahsen'i, kalktığı yere oturttuktan sonra gözlerini gözlerime çevirdi. Gözlerinde minnet dolu bir ifade hâkimdi ve bu, sinirlenmeme neden oldu. Minnettar kalmalarını gerektirecek bir şey yoktu. Hem benim yaptığım neydi ki onun benim için yaptıklarının yanında? Bütün bir hayatını önüme sermişti resmen! Hayatını bana göre şekillendirmiş, merkeze hep beni koymuştu yıllardır. Onun yaptıklarını ailem bile yapmamıştı!

"Başak ben... Çok teşekkür ederim."

Titreyen dudaklarını görmezden gelmeye çalışarak, "Sizin için yapmadım ki! Yeğensiz kalma fikri çok kötü geldi sadece," dedim umursamazca. "Ayrıca senin benim için yaptıklarından sonra..." dedim ve elimi, anlatması çok uzun olan bir şeyi ifade edermiş gibi aşağı yukarı döndürdüm. "Benim yaptığım devede kulak kalıyor canım!" Cümlemi tamamladığımda gözlerini devirdi. Uzanıp, yanaklarını ıslatan yaşlarını usulca sildim ve burnunun ucunu öptüm. Gitmeyeceğini anladığımda ise, çirkefleşerek bağırdım. "Git artık Asu! Yeğenimin başında olacağım, endişelenmeni gerektirecek bir durum yok."

Kafasını onaylar bir biçimde sallayıp havuza doğru birkaç adım attı ama attığı her küçük adımda omzunun üzerinden baktı kızına. Bunu görmezden gelip Ahsen'in yanına ilerledim. Kıvanç ve Irmak vardı yanında, amcasına ve kuzenine son kez sarılıp bana döndüğünde gülümsüyordu. Yaşadığı şoku atlatmış olduğunu görmek güzeldi. Onu kucağıma çekip oturduğumda, kısacık kolları belimi sarmaladı ve ıslak başı göğsüme düştü. Omuzlarımdaki havluyu kaldırdım ve onu da içine alacak şekilde tekrardan örttüm.

"Beni sen mi kurtardın teyze?" Gözlerini sevimli bir biçimde kırpıştırarak baktı suratıma.

"Evet, ben kurtardım!" deyip burnunun ucuna minik, ıslak bir öpücük kondurdum. Sevinçle kıkırdadı. Sesimin onunki gibi tatlı çıkmasına gayret ederek, "İyi yapmışım, değil mi?" diye sordum.

Başını hızla salladı. "Evet, iyi ki kurtarmışsın beni!" Ardından heyecanla devam etti. "Biliyor musun... Orada nefes alamadım ben!" Küçücük parmağını kaldırıp, ileredeki havuzu işaret etti. Hüzünle iç geçirdim. Bunun düşüncesi bile berbattı. Minicik ciğerleri nefes almak için nasıl da tepinmişlerdi ve Ahsen o an ne kadar da korkmuştu, kim bilir?

Kendime gelebilmek adına başımı iki yana salladım. Yumuşacık sesimle, "Biliyorum canım. Ama geçti işte. Düşünme bunları, tamam mı?" dediğimde, neyse ki gülümsemesi yüzüne yayıldı ve içimi rahatlattı.

Bir müddet yalnızca birbirimize sarıldık. Sonunda Ahsen başını göğsümden kaldırıp yüzüme baktı. "Öpücük yarışı yapalım mı teyze?"

Elimde olmadan kıkırdadım. Bu oyunu Asude'yle birlikte uydurmuştuk. Kızlarımızı kucağımıza alıyor ve *kim daha çok öpecek bakalım* diyerek oyunu başlatıyorduk. Kendilerine verdiğimiz süre içerisinde Irmak beni; Ahsen de Asude'yi öpücüklere boğuyordu. Aslında sürenin sonunda kazanan falan belirlemiyorduk, amaç sadece sevgiyi gösterebilmek ve birbirimizi şımartabilmekti.

Hevesle, "Olur!" dedim ve ben bunu der demez beni öpmeye başladı Ahsen. Islak öpücükleri yanağımı sırılsıklam ederken, ben de elimden geldiğince karşılık veriyordum. Irmak'ı da, Ahsen'i de öpmek öylesine güzel bir histi ki, izah etmeye kalkışsam kullandığım bütün kelimeler sönük kalırdı. Dudaklarım tenleriyle buluştuğu her an, dünyanın en şanslı insanı olduğumu düşünüyor hatta heyecandan titriyordum.

"Yeter artık!"

Irmak'ın öfkeli sesini işitene kadar bu oyunumuza hız kesmeden devam ettik. Sesini duymamızla geri çekilip arkamıza bakmamız bir oldu. Ellerini beline koymuş, bize sert bakışlar atıyordu kızım. Bu sert tepkisinin nedenini irdelemeye gerek yoktu, Ahsen'i kıskandığı için yapıyordu tabii ki. Benimle küs olsa bile, kendisinden başkasına gösterdiğim ilgiye ancak bu kadar dayanabiliyordu, benim kıskanç meleğim.

"Herkes kendi annesini öpsün bence!" dedikten hemen sonra da teyzesine seslendi. Asude telaşla yanımıza geldiğinde, Irmak durumu izah etmişti bile.

Bu sırada Ahsen'in kulağına eğildim ben de. "Başka zaman oyunumuza devam ederiz, tamam mı aşkım? Şimdi sen anneyi öp."

Ahsen hüzünlü bakışlar atsa da, her zamanki gibi uzlaşmacı taraf olarak başını salladı. Asude de Ahsen'i kucağımdan alırken keyifli çıkan sesiyle şakıdı. "Bizim cadı yine annesini kıskanmış!"

Ona karşılık veremeden, Irmak'ın soru işaretleriyle dolu yüz ifadesiyle karşı karşıya geldim. İçimden geldiği gibi kocaman gülümsedim ve kucağıma yerleşmesini kaş göz işaretleriyle belirttim. Dediğimi ikiletmeden kucağımdaki yerini alırken, heyecanlandığımı fark ettim. İki haftadır kızım bana hiç bu denli yakın olmamıştı ne de olsa! Yani, heyecanlanmam çok doğaldı.

"Biliyor musun... Seni çok özledim anne!"

"Özleseydin kıyamayıp gelirdin!" dedim, biraz alıngan bir sesle.

Kıkırdayarak "Geldim ki!" diye haykırdı. Gözlerimi kısmaya başladığımda açıkladı. "Sen gece uyurken hep geldim! Seni öptüm, sarıldım... Ama sen hiçbirini anlamadın, benim saf anneciğim!"

Tek kaşım havalandı. "Saf anneciğim mi?"

Sorumu yanıtsız bırakıp heyecanla konuşmaya devam etti. "Ama ben senin her sabah yanıma geldiğini anladım. Çünkü senin gibi horlamıyorum anne!" Sözlerini bitirir bitirmez, benim eşlik etmediğim bir kahkaha daha attı. Horlamak mı? Ah, ciddi miydi acaba?

Bunu düşünmeyi -*şimdilik*- bir kenara bırakıp meleğimin kahkahalarına eşlik etmeyi yeğledim. Keyif kokan kahkahalarımız birbirine karışırken, daha sıkı sarıldık. İşte, günlerdir özlemini çektiğim şey tam olarak buydu. Kızıma öyle çok susamıştım ki, doyacağımı pek sanmıyordum doğrusu.

∞∞∞

Saçlarımdaki ıslaklığın çoğunu kendi bünyesine kabul eden ve kendi kuruluğunu saçlarımla değiş tokuş eden havlumu bir kenara fırlattım. Hafif nemli saçlarımı iyice dağıttıktan sonra odamdan çıktım ve hol boyunca yürümeye başladım.

Havuzdan geldikten sonra, Kıvanç'la beraber kızımızı yıkamıştık. Bebekliğinden bu yana Irmak'ı yıkamaya bayılırdım. Ama bu sefer Kıvanç'ın da yanımızdaki varlığından olsa gerek, daha bir eğlenceli gelmişti. Yıllardır bir hayli uzak olduğum *aile* kavramına yavaş yavaş kavuşuyordum sanırım. Ve bu, gerçekten de olağanüstüydü!

Irmak'ın odasına girdiğimde, babasının kızımızı çoktan giydirmiş olduğunu görerek gülümsedim. Bir gün böyle bir tabloya şahit olacağım, aklımın ucundan dahi geçmezdi. Kıvanç'ı, kızını sahiplenirken, ona babalık yaparken görecektim, öyle mi? Güler geçerdim buna! Gözlerimi ansızın dolduran yaşları, hızla geri püskürtmeye çalıştım. Hemen sonra da neşeyle gittim yanlarına. "Oh, mis gibi kokmuş burası!"

Irmak sevinçle ellerini çırpıp, "Şampuanımın kokusu bu!" diye haykırdı.

"Hayır," diyerek karşı çıktım ona. Burnunu parmaklarımın arasına alıp hafifçe sıktım. "Şampuanın da gayet güzel ama dünya üzerindeki hiçbir şeyin, senin kadar güzel kokması mümkün değil meleğim!"

Kendini ele verip bir anda allaşan yanaklarıyla, utangaçça gülümsedi. Gelip kucağıma oturduğunda kollarımı beline doladım. Kıvanç da benimle aynı pozisyonu alıp, belime arkadan sarılınca ortaya güzel bir tablo çıkmıştı sanki. Başımı geriye atıp boynuna yasladım. Dudakları saçlarımın üzerinde gezintiye çıktığında, onu duraksatan şey Irmak'ın sesi olmuştu.

"Anne? Baba? Bana biraz sizden bahsetsenize! Mesela... Nerede tanıştınız?"

Kıvanç'la aynı saniyelerde yutkunmuştuk. Kızımızın bu masum sorusuna nasıl bir cevap verecektik acaba? Sorusu kadar masum değildi ki cevabımız! Barda tanıştık desek çok mu garip kaçardı? Kızımın hayallerindeki cevabın bu olmadığına emindim ama yalan söyleyecek de değildim.

Derince soluklanıp, "Sana anlattığım bir masal vardı, hatırlıyor musun meleğim?" diyerek elimden geldiğince yumuşak bir giriş yapmaya çalıştım.

"Hatırlıyorum anne. Bir genç kızın yaptığı yanlışla ilgiliydi!"

Yaşadıklarımı masal yoluyla anlatmaya başlamıştım ona. *Annesiyle aynı ya da benzer bir yanlışa düşmesin, annesinin yaşadıklarından ders çıkarsın diye...* Masalın sonunda zaten o genç kızın ben olduğumu söyleyecektim. Bu itirafımla, gerçeklerle yüzleşme işini biraz öne almış olacaktım, o kadar. "Evet," dedim ve her ne kadar zor gelse de devam ettim. "İşte, o masaldaki genç kız... Benim."

"Ne?" Minik dudaklarının arasından belli belirsiz bir şaşkınlık nidası yükseldi. "O zaman... O masaldaki sarışın mavi gözlü it de babam mı oluyor?"

Kızımın kurduğu cümleye verdiğim ilk tepki, dudağımı dişlerimin arasına hapsetmek oldu. Kıvanç'ın tepkisini göremiyordum ama iç açıcı olmadığına emindim. Kasılan bedenini sırtımda hissedebiliyordum çünkü.

"Bir anlık sinirle ağzımdan kaçan bir şeydi işte. Özür dilerim," diye mırıldandım, kulağına doğru. Homurdanmaya benzer sesler çıkarttığında, sevimli olduğunu düşündüğüm bir gülümsemeyle baktım mavilerine, olur da işe yarar diye...

"İt ne demek ki baba?"

Ah! Irmak'ı susturmanın vakti geldi de geçiyordu! Yalandan esneyerek, "Benim çok uykum geldi, uyusak mı artık?" dedim. Ağzımı bir metre kadar açtığımdan sesim boğuk bir tonda çıkmıştı ama yine de anlaşılırdı.

İkisi de bu fikrime karşılık başlarını salladılar. "Harika!" diye çığırıp odamıza doğru ilerledim. Irmak'ın minicik yatağına sığma ihtimalimiz yoktu ne de olsa.

Yatak örtüsünü açmaya giriştiğim esnada, Kıvanç'ın sıcacık nefesinin enseme çarpması gecikmedi. Ve çok geçmeden de, bu sıcacık nefesinden bile daha ürkütücü gelen sözlerini fısıldadı.

"Sarışın mavi gözlü it, ha? Bunun hesabını çok ağır vereceksin fıstığım!"

36. Bölüm

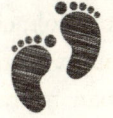

Düzlük

*M*utluluk. Yıllar sonra kapımı çalmayı nihayet hatırlayan hissiyatın adı.

Mutlu olduğuma inanmak fazlaca zor geliyordu aslında. Sanki tüm bunlar bir rüyaydı. Ya da küçüklüğümde hayran hayran dinlediğim güzel masalların içine düşüvermiştim. Ya da... Bunlar sadece benim aklımda kurduğum, olmasını dilediğim şeylerdi. *Ancak ve ancak kafamı yastığıma koyduğumda düşlediğim şeyler...*

Bu liste böylece uzayıp giderdi. Bunun farkına vardığımdan düşünmeme kararı aldım. Ne olmuşsa olmuştu, kurcalamamın mantığı neydi ki? Mutluydum ve sebepleri irdelemek boş bir uğraştı. Göğsümü kaldırmaya yetecek kadar büyük bir nefesi içime çektim ve sonra yavaşça bıraktım. Şekilsiz beyaz tavanı izleme fantezimden vazgeçerek gözlerimi çektim. Tavanı izlemektense, hemen yanı başımda yatan sevdiğim adamı ve kızımı izleyebilirdim.

Kızım, ikimizin arasında yatmıştı bu gece. Bir eli babasının göğsünün üzerindeyken, diğer eli de benim saçlarımın arasındaydı. Birkaç saç tutamımı parmağına dolamıştı hatta. Gülümseyerek kendi gibi güzel saçlarını okşadım ben de. Öylesine yumuşaktı ki, kuş tüyü yastıkları Irmak'ın saçlarıyla yapmak gerekiyordu bence.

"Uyandın mı?"

Kıvanç'ın, *ben yeni uyandım* diye haykıran boğuk sesini duymamla yerimde kıpırdanışa geçmem bir oldu. "Evet, epeydir uyanığım," diye fısıldadım. Minik faremiz aramızda epey bir yeri işgal ettiği için hareketlerimiz kısıtlıydı, yüzünü bile zor görüyordum.

Hafifçe gülümsedi. "Uyandırsaydın ya beni!"

"Çok güzel uyuyordun, kıyamadım," dedim yarı ciddi yarı alaycı sesimle. Aslında alaycı olmaktan çok, ciddiydim. Gerçekten de uyurken harika gözüküyordu gözüme. Gerçi Kıvanç her haliyle, her zaman harikaydı. Beni her zaman hayran bırakıyordu kendine. Ama uyku zamanı daha bir fena oluyordu sanki... Dudaklarına, ona özgü olan havalı sırıtışlarından birini yerleştirip bana döndü. "Öyle mi Başak Hanım? Beni profesyonelce dikizlemişsiniz o halde..."

Gözlerimi başka bir yöne çevirdim. Bu sorunun cevabını dürüstçe verdiğim takdirde havalanırdı ve ben bunu çekemezdim. Aklımdan bu düşünceler geçerken, dudaklarımın üzerinde kurduğu baskıyı hissettim. Irmak'ın üzerinden bana eğilmiş, dudaklarını dudaklarımla buluşturmuştu. Kızgın bakışlarımsa anca bir zaman sonra yumuşayıp yerini saf mutluluğa bırakmıştı. Bu tür şebekliklerini bile seviyordum! *Aslında şöyle bir düşünmem gerekirse, ben Kıvanç'ın her şeyini, her şeye rağmen seviyordum.*

Kısa bir süre sonra gözlerimizi, dudaklarımızın birbirinden ayrılmasına neden olan şeye çevirdik. Irmak aramızda ezilmiş bir vaziyette, kızgın surat ifadesiyle bakıyordu bize.

"Ne yapıyorsunuz siz? Nefes alamıyordum az kalsın!"

Irmak serzenişlerine başladığı esnada alt dudağımı dişlerimin arasına alıp sertçe dişledim. Evet, sorgu başlamıştı böylelikle. Kıvanç, kızının burnunu parmaklarının arasına alıp hafifçe sıktı. "Özür dileriz minik cadım. Bir daha seni boğmadan anneni öpeceğime söz veriyorum!"

Kıvanç bunları söylerken asker selamı vermeyi de ihmal etmemişti. Bu sözlerinin üzerine ben kızarıp bozarırken, o gayet doğal şeylerden bahsediyormuşçasına rahattı. Irmak da, babasının bu sevimli haline kıkırdamaya başlarken, ben de bir zaman sonra keyifle gülümsedim. Evet, Kıvanç gerçekten de işini biliyordu. Yalnız kaldığımız ilk anda onu tebrik etmeyi aklımın bir köşesine kazıdıktan sonra, düşünce âlemimden uzaklaşarak gerçek dünyaya döndüm.

"Bugün babaannem ve dedemle mi tanışacağım yani?"

Irmak'ın sorduğu soruya kulak kabartırken, kaşlarım istemsizce çatıldı. Benim neden böyle bir şeyden haberim yoktu acaba? Sorgulayıcı bakışlarımla derhal Kıvanç'a döndüm. Hafif bir tebessüm edip saniyesinde açıklamaya girişti. "Size daha erken haber verebilmeyi isterdim ama tamamen aklımdan çıkmış. Bugün Koçarslan Malikânesi'nde yemeğe davetliyiz, hem de onur konukları olarak."

Hah! Kıvanç yine Kıvançlığını yapıp bir sorumsuzluk örneği daha sergilemeyi başarmıştı! Annesi ve babası bizi yemeğe davet etmişti ama beyefendi hazretleri daha şimdi haber veriyorlardı. Ve ben daha şimdiden heyecanlanmıştım! Avuç içlerimin bir anda buz kestiklerini hissedebiliyordum. Yanaklarımsa... Kızgın bir tavaya bastırılmışçasına sıcaklamışlardı bir anda, muhtemelen pembeden kırmızıya doğru yol alıyorlardı.

Irmak da en az benim kadar heyecanlanmış olacak ki, babasını soru yağmuruna tutmuştu bile. Gözlerimi yumdum. Benim de sormak istediğim en az bir ton soru vardı. Irmak'tan bana sıra gelmeyeceğine emin olduğumdan, hepsini kendim cevaplamak zorundaydım sanırım.

Beni sevecekler miydi mesela? Ya da daha önemlisi: *Affedebilecekler miydi?*

Onları en son hastanede görmüştüm. Zehra Hanım öğrendiği bütün şaşırtıcı gerçeklere rağmen, beni kollarının arasına alıp bana *kızım* demişti. *Bakalım, bugün de aynı özverili davranışı sergileyecekler miydi? Yoksa vakit, hesap sorma vakti miydi?*

-Kıvanç'ın tabiriyle- Koçarslan Malikânesi'nde yiyeceğimiz akşam yemeğinden önce, şirkete uğramıştık. Kıvanç uzun zamandır şirketteki işlerini aksattığını söylemiş ve bizi de peşinden sürüklemişti. Irmak'sa döner kapıdan girdiğimiz andan beri bir rehber misali etrafı tanıtıyordu bana. Meğerse teyzemin hasta olduğu yalanını uydurup evden ayrıldığım zaman, buraya birlikte gelmişler.

Bu bilmiş haline bıyık altından gülümsesem de ciddiyetle bakmaya devam ediyordum. Asansörden inip uzun koridor boyunca yürüyüp oldukça geniş bir kapının önünde durduğumuzda, ellerini sevinçle birbirine çırptı. "İşte babamın odası!"

Kıvanç yarım ağız gülümserken kapı kolunu çevirdi ve bizi içeri aldı. Meraklı bakışlarımla birlikte içeri süzüldüm ve odayı gözleme aldım. Tam da Kıvanç'tan beklenilecek klaslıkta döşenmişti doğrusu. Odanın en uç kısmında *-yani cam kenarında-* kocaman, upuzun bir toplantı masası ve bu masayı çevreleyen sekiz sandalye vardı. Bir duvarın tamamı kitaplara ayrılmıştı. Kendi oturduğu masasının önünde ise, *biz kalitenin eş anlamlısıyız* diye bağıran deri kahve koltuklar vardı. Ve ortalarında da gazete ve dergilerin dağınık halde bulunduğu minik bir sehpa...

"Siz rahatınıza bakın, benim birkaç dosyaya bakmam gerek. İşim biter bitmez çıkarız, olur mu?"

Irmak benim yerime cevapladı babasını. "Olur babacığım!" Hemen ardından yanımdaki boşluğa kuruldu ve hangi ara eline aldığını bilmediğim kumandayla televizyonu açtı. Kanallar arasında tur atarken, herhangi bir çizgi film kanalı aradığını biliyordum tabii ki. Saçlarını okşadım ve kulağına, "Ben babanın yanındayım. Sen istediğini izle ama sesini çok açma, olur mu meleğim?" diye fısıldadım.

Başını salladığında, *aferin* der gibi gülümsedim. Sonra da adımlarımı Kıvanç'ın masasına yönlendirdim. Orta yaşlarında, esmer bir kadınla konuşmaya başladıklarını görünce, rahatsız etmemek adına birkaç adım geride durdum. Muhtemelen asistanıydı.

"Buyurun Kıvanç Bey, bunlar bakmanız gereken dosyalar. Gelen tekliflerin hepsi bu dosyaların içerisinde," deyip birkaç dosyayı Kıvanç'ın masasının üzerine bıraktı. Sonra da diğer elinde tuttuğu minik zarfı Kıvanç'a uzattı. "İstediğiniz işlemi de hızlı bir şekilde hallettik."

Kıvanç bu haberi alır almaz otuz iki dişinin tamamıyla sırıttı. Asistanı olduğundan büyük ölçüde emin olduğum kadın dışarı çıkıp bizi yalnız bırakırken, Kıvanç da zarfı yırtmakla meşgul etti kendini. Gri zarfın kapağı yırtılıp, masaya pembe bir kimlik düştüğünde, dudaklarım bir karış kadar aralandı. Ondan bir açıklama beklerken bu bakışlarımı anlamlandırmış olacak ki, konuşmaya başladı. "Senin istediğin gibi DNA testini yaptırdık ve bildiğin gibi sonucunda Irmak'ın babası olduğum kesinleşti. Ancak bu şartını yerine getirirsem kimlikteki *baba adı* kısmını değiştirebileceğimi söylemiştin. Ben de kimliği çantandan gizlice alıp işlemleri hızlandırmış olabilirim!" Elindeki kimliği zafer bayrağı gibi sallamaya başladığında şoka bulanan bakışlarım, yerini yumuşacık bakışlara bıraktı.

DNA testi yaptırmamız konusunda ısrarcı olmuştum, evet. Belki dünya tarihinde, çocuğunun babasına DNA testinin yaptırması konusunda ısrarcı olan tek kadındım. Ama *kesinlikle* pişman değildim.

Kıvanç'ın aklında böylesine ciddi bir konuyla alakalı en ufacık bir soru işareti kalacağına, gururumu ayaklar altına almayı yeğlerdim. Zaten pek de ayak seviyesinin yukarısında olduğu söylenemezdi ya, neyse...

Şaşkınlığımı bir nebze atabildiğimde, kimliği elinden çektiğim gibi aldım. Kendi gözlerimle görmem gerekiyordu! Baba adı kısmını buldum süratle. Karşısında büyük harflerle *KIVANÇ* yazan kısma uzun uzun baktım. Gözlerim mutluluğumdan sebep buğulanırken, ağlamanın sırası olmadığını hatırlattım kendime. Gözlerimse bütün kararlılığıma balta indirircesine ağırlaşırken, yaşların süzülmemeleri adına gözlerimi hızla kırpıştırdım. Bu sırada kapının açılma sesi, imdadıma yetişmişti bir nevi.

"Ne söyleyeceksen söyle ve bir an önce çek git Mert!"

Kıvanç'ın öfkeli çıkan sesiyle, merakıma yenik düşüp gözlerimi ona çevirdim. Demek bahsettiği Mert buydu. *Koçarslan Holding'in tahtı için savaştığı kuzeni.* İki şehzade ve bir taht. Kazanan kim olacaktı, merak ediyordum doğrusu.

Gözlerimiz buluştuğunda, *çapkın sırıtışı* olarak adlandırabileceğim tarzdaki bir sırıtış eşliğinde beni baştan aşağı süzdü. Bu rahatlığı karşısında yüzümü buruşturmama mâni olamadım. Bu bakışları, Kıvanç'ın, hatırlamayı reddettiğim eski sürümünden alıntı gibiydi...

"Gözlerini oymamı istemiyorsan, Başak'ı süzmekten vazgeç Mert!"

Kıvanç'ın dişlerinin arasından tıslayarak söylediği bu cümleyi işittiğimde dudaklarımı ısırdım. Araları zaten bozuktu, bir de benim yüzümden kavga etmelerini istemezdim. Ama yine de beni bu denli sahiplenişi, koruyucu tavırlara girişi ve hatta kıskanışı, ister istemez gururumu okşamıştı.

"Demek adı Başak... Vay canına!"

Pişkin pişkin bunu söyledikten sonra bir de uzun bir ıslık öttürdü Mert. Sinir katsayılarımın tepe noktaya tırmandığını hissedebiliyordum ama sakin kalmak zorundaydım. Kıvanç'ın siniri hepimize yeter de artardı ne de olsa. Fakat hiç beklemediğim bir anda Mert'i duvara yapıştırmasıyla dudaklarımın arasından kaçmak için yalvaran tiz çığlığı yuttum. Olası ikinci çığlığı önlemek adına da ellerimle dudaklarımı sıkıca örttüm. Bu sırada Kıvanç, Mert'in dibine girmiş ve kulağına eğilmişti. *Yoğun tehdit* teması altında fısıltıyla bir şeyler söylemesini beklerken, boğazını yırtarcasına bağırmasıyla gözlerimi irileştirdim.

"Bana ait olan hiçbir şeye yan gözle bakamazsın, Mert! Bu listenin başında da Başak var, duydun mu beni?" Kıvanç delirmişçesine bağırırken, müdahale edip etmeme konusunda ikilemde kaldığımdan olduğum yerde durmuş, izliyordum onları.

"Sana ait olduğunu kanıtlayan hiçbir şey göremiyorum ben ortada. Mesela bir yüzük gibi?"

"Seni öldürmem için bıçağa ya da silaha ihtiyacım olmadığı gibi, Başak'ın da bana ait olduğunu kanıtlamak için yüzüğe ihtiyacı yok!"

Mert her ne kadar belli etmemeye çalışsa da korkmuş gibiydi. Ben bile korkmuştum, Kıvanç'ın gözü dönmüş bu halinden. Aslında... Tamam, bir anlamda hoşuma da gitmiş olabilirdi. İnkâr edemezdim.

"Dersini almışsındır umarım!" Bunu dile getirdikten hemen sonra gözleri, kesin zaferinin ışıltısıyla parıldarken, daha bir karizmatik gözüktü gözüme. Aynı zamanda, bir aile babası olduğunu haykıran olgun bir bakış vardı sanki suratında. Ve bu inanılmaz olduğu kadar, güzeldi de! Mert cevap vermek yerine omuzlarını silkti. "Senin bir kadına değer verdiğini görmek dünyanın en büyük olayı, kuzen. Hâlâ bunun şokunu yaşıyorum!"

Gülümsediğinde, Kıvanç'tan sert bir bakış atmasını beklerken, bunun tam aksini yapıp o da benzer bir biçimde gülümsedi. Ardından kısa bir anlığına gözlerimiz buluştu ve bana göz kırpıp önüne döndü.

"Baba!"

Irmak koşarak Kıvanç'ın boynuna atladığında, Mert'in suratındaki ifade görülmeye değerdi. Suratını hâkimiyeti altına alan şaşkınlık ifadesi bir kat daha koyulaştı ve gözleri son raddesine kadar açıldı. "Yok artık!" dedi inanamaz bir halde bir Kıvanç'a, bir Irmak'a bakarken. "Bu güzeller güzeli prensesin babası olduğunu söyle de, düşüp bayılayım şimdi!"

Mert'ten gelen bu iltifata karşılık kızımın yanakları domates kırmızısına dönerken, Kıvanç'sa gururla omuzlarını dikleştirdi. *Evet, benim kızım* der gibi. Bir gün baba olmaktan gurur duyacağını o kadar imkânsız bulmuştum ki en uçuk hayallerime dâhi dâhil edememiştim. Bu yüzden bir kez daha görüyordum ki bu hayatta *imkânsız* diye bir şey yoktu.

"Neyse ki, annene benzemişsin Irmak. Eğer tipsiz babana benzeseydin, böyle güzel olamazdın!"

Mert'in söylediklerinden sonra kızım utangaç bir edayla başını babasının boynuna gömdüğünde, kocaman gülümsememle seyrettim onları. Geçen birkaç dakikanın ardından Mert, Irmak'la epey ilgilenmişti. Irmak da üzerindeki utangaçlığı biraz olsun atabildiğinde birkaç kelimeyi yan yana getirip konuşabilmişti onunla. Kıvanç'sa bu sırada sinirden köpürecek duruma gelmiş ve onu yatıştırma görevi de bana düşmüştü tabii ki. Kızını kıskanıyor olamazdı, değil mi? Mert kalkıp gidene kadar, Kıvanç'ın üzerindeki -*anlamlandıramadığım*- tutukluk devam etti. O çıkar çıkmaz delici bakışları kızımızın üzerinde gezindi bir süre. Kızımızsa bizim olduğumuz tarafa bakmıyordu bile, çoktan başka alemlere dalmış gibiydi... O alemlerin Mert ile alakası olmamasını dilemekten başka yapabileceğim bir şey yoktu.

Batın'dan

Karım ve kızımla birlikte, annemlerin bahçesinde otururken, aklımdan tek bir düşünce geçiyordu: *Kardeşimle aramızdaki küslüğe bir son vermek.*

Henüz bunu nasıl yapacağımı bilmesem de fırsatını bulduğum ilk an, onu karşıma alıp konuşmakta kararlıydım. Ne pahasına olursa olsun, bu işe bir son vermek istiyordum artık. Evet, haksız olduğumu, suçlu olduğumu kabul ediyordum. Ama her insan hata yapar ve bir şansı hak ederdi. Ki ben Kıvanç'a zamanında kaç şans vermiştim, Allah bilirdi...

Yine de sebep her ne olursa olsun, baba olacağı gerçeğini Kıvanç'tan gizlememeliydim... Ama o zamanlarda Başak'a verdiğim söz, elimi kolumu hatta bir nevi ağzımı bağlamıştı. Dilimdeki mührü söküp atamamıştım. Yine de Kıvanç'ın baba olmaya bu kadar meraklı olduğunu bilseydim, soluğu onun yanında alırdım elbette. Ama bilmiyordum işte. Lanet olsun ki, bilmiyordum!

"Nerede kaldı bunlar yahu? Torunumla ne zaman tanışacağım?"

Annemin yakınmaya başlaması üzerine, Asude'yle kısa bir anlığına da olsa bakıştık. O da en az benim kadar sıkıntılı görünüyordu. Irmak'ı, annemden ve babamdan gizlediğimiz için suçluluk duygumuz birkaç kat daha artıyordu ama yapılacak bir şey yoktu maalesef ki. Babam bizi affettiğini söylese de annem hâlâ trip atıyor, kafasına estiği zamanlarda *"Bana nasıl söylemezsiniz?"* diye yükleniyordu bize. Suçlu olduğumuzu kabullendiğimizden başımızı önümüze eğiyor, hiçbir şey söyleyemiyorduk.

Sessiz geçen dakikaların sonunda Kıvanç ve Irmak'ın, ardından da Başak'ın görüş alanıma girmesiyle yerimden kalkmam bir oldu. Annem ve babam da bu ani hareketimin sebebini sorgulamak istercesine başlarını arkaya çevirdiklerinde, onlar da süratle ayağa kalkmışlardı.

Annem uçar adımlarla bahçenin ilerisine gitmiş ve Irmak'ın önünü kesip torunun önünde dizleri üzerinde eğilmişti. Başak utangaç bir biçimde olduğu yere mıhlanmışken, Asude'nin koşup onu sakinleştirdiğini görerek rahatladım. Aralarındaki dostluk kıskanılacak türdendi! Onların kardeşliğinin güzelliği ve saflığı, öz kardeşlerde arasanız bulunmazdı. Senelerdir buna şahitlik etmiş ve her defasında hayran gözlerle izlemiştim onları.

Gözlerimi Kıvanç'a çevirdiğimde, bana öfkeyle baktığını görerek duraksadım. Bakışları, sertçe yutkunmama sebep olmuştu. Onunla konuşabilmek için her defasında kesinlik taşıyan bir karar veriyordum, zorlukla cesaretimi topluyordum ama sonra bu bakışlarıyla burun buruna geliyordum. Sonucunda cesaretim, kırılan bir vazo gibi etrafa saçılıyordu ve ben, dağılan o küçücük kırıkları bir araya getiremediğimden onunla konuşamıyordum. *Ama buna bir son verecektim! Hem de bugün!* Kararlı bir edayla ve gür bir sesle, "Siz içeri geçin, bizim Kıvanç'la konuşacaklarımız var!" dediğimde, Kıvanç dışındaki herkesin bakışları beni bulmuştu. Lafımı ikiletmeden yaparlarken, annemin Irmak'ı kucakladığını görerek hafiften tebessüm etmiştim. Onlar içeride torunlarıyla tanışacaklardı, biz de burada Kıvanç'la sorunlarımızı halledecektik. Kulağa gayet hoş geliyordu bu olay örgüsü. Bakalım, uygulaması mümkün olacak mıydı?

Bana düşmanca bakışlar fırlattığını gördüğümde, yutkunarak konuştum. "Gel şöyle Kıvanç. Erkek erkeğe oturup konuşalım."

Alayla güldü. "Erkek erkeğe mi? Sen zamanında kız gibi davranmayıp benden baba olacağım gerçeğini gizlemeseydin bunların hiçbirini yaşamak zorunda kalmayacaktık!" Tükürürcesine söylediği bu sözlere karşılık gözlerimi sıkıca yumdum. Haklıydı, bunu kesinlikle inkâr edemezdim. Ama sonsuza kadar yüzüme tiksinircesine bakmasına da katlanamazdım. O benim kardeşimdi, bu dünyada annemden, babamdan bile daha çok değer verdiğim insandı. Onu kaybedemezdim.

"Haklısın," dedim kabullenircesine omuzlarımı düşürerek. "Bunu inkâr etmiyorum. Ama yapma işte oğlum! Büyüklük sende kalsın..." diyerek iyice saçmaladığımda sustum ve derin bir nefes aldım. Yüzünü buruşturdu. "Sen benden daha büyüksün geri zekâlı!"

Kaşlarım istemsizce çatılırken, "Ne biçim konuşuyorsun lan sen abinle?" diye çıkıştım refleks olarak. Bu çıkışı yaparken, gülümsemesini hiç beklememiştim. Aksine, kafamda çok kötü senaryolar dönüp durmuştu. Fakat neyse ki hiçbiri gerçeklik kazanmamış ve şaşırtıcı bir biçimde kardeşim bana gülümsemişti. Hemen ardından, bundan çok daha beklenmedik bir şey gerçekleşti. Kıvanç'ın kolları etrafımı sardı. Başta şaşkınlık sularında boğulup, ne yapacağımı bilemedim. Ardından sanki her an gidebilirmiş hissiyatına kapılıp, sıkıca sardım kollarımı boynuna. Kısa bir kucaklaşmanın ardından geri çekilen o oldu. Suratındaki muzip sırıtışı her ne kadar gizlemeye çalışsa da, başarılı olduğu pek söylenemezdi. "Dua et ki, sana işim düştü. Yoksa asla barışmazdım!" diyerek omuzlarını umursamaz bir edayla silktiğinde, gözlerimi devirdim.

"Neymiş o iş?"

Bahçenin ortasındaki masayı gözüyle işaret etti. Demek ki, konuşacağımız konu ayaküstü konuşulamayacak kadar önemliydi. Hızlı ve büyük adımlarına ayak uydurup karşısına geçtim. Az önceki sorumu tekrarladığımda, "Azıcık sabırlı ol be! Anne karnında dokuz ay durduğuna emin misin?" diye karşılık verdi.

"Anladım ben, anladım. Elimin tersini suratına yemeyi özlemişsin sen!"

Hafiften gülümsedi ve sonra derin bir nefes alıp başladı. "Ben... Başak'la ilgili konuşacaktım seninle."

"Seni dinliyorum," dedim ve gözlerimi kısarak öne doğru eğildim.

"Başak'a evlenme teklifi edeceğim ama özel olmasını istiyorum. Ne yapmalıyım?" Sorusuyla, gözlerimi kocaman açıp suratına aval aval baktım. "Evlenme teklifi?" dedim, az önce duymuş olduğum cümleyi onaylatmak istercesine.

"Evet," dedi, gayet rahat bir ifadeyle. "Neden bu kadar şaşırdın ki? Geç bile kaldık bence."

Başımı mutlulukla salladım. Nihayet bugünleri de görebilmiştik ya, ne kadar şükretsek azdı...

Sonra uzunca bir süre bu konu hakkında konuştuk. Kabul etmek gerekirse, ortaya çok saçma fikirler çıkmıştı. Hatta Kıvanç bir ara, *"Lunaparkta evlenme teklifi etsem, olmaz mı abi? Hem yanımıza Irmak'ı da alırız, o da eğlenmiş olur. Bir taşla iki kuş!"* bile demişti. Evet, durum gerçekten de vahimdi. İlham eksikliğinin de bu kadarıydı yani!

Sonuç olarak düzgün bir fikre ulaşamamıştık ve Kıvanç başka şaşırtıcı bir soru yöneltmişti bana. "Peki, Başak'ın anne ve babasının adresini bulabilir misin bana?"

Gözlerimi kıstım. Ne yapacaktı, Başak'ın anne ve babasının adresini? Aklında hangi çarkların, nasıl bir hızla ve ne şekilde döndüğünü bilmesem de içimden bir ses rahat olmam gerektiğini fısıldıyordu kulağıma. Meraklı bakışlarımı sonunda fark etmiş olacak ki, "Neden öküzün trene baktığı gibi bakıyorsun abi? Kızı önce babasından istemek gerekmiyor mu? Ben mi yanlış biliyorum yoksa?" diyerek motora bağlamış gibi robotik bir hızla konuştuğunda kaşlarımı çattım. *Bana öküz mü demişti?*

Bu hakaretinin cezasını daha sonra kesmeyi aklıma kazıdıktan sonra önüme döndüm. Şimdi düşünmemiz, kafa yormamız gereken daha ciddi bir konu vardı ortada. Kısaca düşündükten sonra, "Asude'den alırım ben adresi. En yakın zamanda da sana söylerim," dedim.

Tam ağzını açıp bir şey daha söyleyecekti ki Irmak'ın bize yaklaştığını belli eden neşeli sesini duyarak duraksadı. Irmak, saniyeler içerisinde babasının boynuna atılırken, "Dedemle babaannemi çok sevdim baba!" diye haykırmıştı. Söylediği bu şey kocaman gülümsememi sağlarken, onları hayranlıkla izledim. Zorlu geçen yılların ardından nihayet kavuşabilmişlerdi birbirlerine. Öylesine uyumlu bir aile olmuşlardı ki hayran kalmamak ve mutluluktan çıldırmamak elde değildi.

Bütün aile bireyleri çardağa yaklaşıp etrafımızda çember oluşturduğunda, oturduğum yerden kalkıp anneme yer verdim. Bana hâlâ bir miktar soğuk olan bakışlarından birini attıktan sonra, kalktığım yere yerleşti. Başak'ın bileğini tuttuğu gibi kendisine çekerken, aşırı mutlu görünüyordu. Babama döndü sonra gözlerim. Onun da annemden aşağı kalır yanının olmadığını gördüğümde, mutluluğum zirveye ulaştı. Gözlerini torunlarının üzerinden ayırmıyorlardı. Hiçbir ayrıntısını kaçırmak istemezmiş gibi.

Bir zaman sonra annem Irmak'ı, babam da Ahsen'i kucaklamıştı. Küçüklüğümüzde bize anne ve baba olmayı beceremeyen ebeveynlerimiz; şimdi kızlarımıza -*yani torunlarına*- babaannelik-dedelik yapıyorlardı. Bu garip denklemin sonuç kısmına kuvvetli bir kahkaha patlatmak istesem de dikkatleri üzerime çekmek istemediğimden yapmadım. Bunun yerine Asude'yi kollarımın arasına çekerek sıkıca sarıldım. Üzerinde, vicdan azabının neden olduğu bir gerginlik olduğunun farkındaydım. Ama birazcık rahatlasa daha iyi olabilirdi belki.

Karımın saç tellerine kondurduğum öpücüklerime ara vermeme neden olan şey, annemin Kıvanç'a yönelttiği sorusuydu. "Oğlum, düğünün ne zaman olduğunu kararlaştırdınız mı? Ah daha doğrusu... Sen Başak'a evlenme teklifi ettin mi bakayım?"

Başlarda anlayışlı çıkan yumuşacık sesi, sonlara doğru azarlayıcı bir tınıda çıkmıştı. Annemin bu sorularından sonra Başak renkten renge girerken, bu haline gülmemek için dudaklarımı ısırmak zorunda kalmıştım. Kendimi dizginlemeyi başardıktan sonra modaya uyarak bakışlarımı Kıvanç'a çevirdim. Herkesin bakışlarının kendi üzerinde toplanmasından hiç de rahatsızmış gibi görünmüyordu aksine sanki kendisine yöneltilen soru çok basitmişçesine rahattı.

"Bırakın da, bu evlilik işine biz karar verelim anne," dedi, gayet sakin bir tınıda. "Hatta... Bence hiç acelesi yok!"

Bunları sırf Başak'ı denemek için yaptığını biliyordum tabii ki. Bıyık altından gülümsemesini saklayamıyordu aptal kardeşim. Yine de Başak bu gülümsemesini fark etmemiş olacaktı ki başını süratle önüne eğmişti. Gözlerinin yaşlarla dolu olduğunu gören tek kişi ise, bendim sanırım. Geçen yılların ardından Başak'ı, kız kardeşimmiş gibi benimsediğimden, üzüldüğü anlarda ben de en az onun kadar üzülüyordum. *Tıpkı şimdi olduğu gibi.*

Kardeşimin yaptığı çocukluğa içten içe bir kez daha kızdıktan sonra, başımı iki yana salladım. Ne zaman tam anlamıyla büyüyeceğini, daha da önemlisi ne zaman adam olacağını gerçekten merak ediyordum. Hâlâ eksikleri vardı keratanın! *Her neyse,* dedim içimden. Bundan sonrası kolaydı artık. Düzlüğe varmıştık. Bu yüzden yaptığı bu çocukluğu göz ardı edip çenemi kapalı tutabilirdim. Sanırım...

37. Bölüm

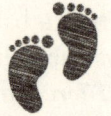

Sabırsızlıkla

Bana oldukça tanıdık gelen ama bir türlü çıkaramadığım yollarda yürürken, ellerimiz birbirine kenetliydi ve bu, beni rahatlatan yegâne şeydi. Irmak'ı teyzesi ve amcasının yanına bırakmıştık, bunu neden yaptığımızı bilmesem de sorma gereği de duymamıştım açıkçası.

Etrafımıza bir kez daha bakındım. Hani böyle bize tanıdık gelen şeyler vardır ama adını bir türlü çıkaramaz, dilinizin ucuna kadar gelir de söyleyemeyiz ya, işte tam olarak öyle bir şeydi yaşadığım. Bu sokağı, az önce geçtiğimiz caddeyi hatta ve hatta karşımdaki büyük ağacı bile tanıyordum. Ama dediğim gibi çıkartamıyordum! Beynimde kullanılmayan bilgiler kısmında kalıp küflenmişlerdi sanki.

En sonunda bir apartmanın önünde durduğumuzda, gözlerimi kısarak baktım etrafıma. Büyük apartmanın üzerindeki tabelada '*Menekşe Apartmanı*' yazıyordu. Ve bu tabela, nihayet bir şeyleri çakabilmemde bana yardımcı oldu. Lanet olsun! Burası orasıydı! Ah, tabii ya. Nasıl da hatırlayamamıştım? Evet evet! Burası Kıvanç'ın beni o gece getirdiği evdi. Bu sokaklar, caddeler bu yüzden tanıdık gelmişti. Aslında, çıkaramamakta haklı sayılırdım. Sonuçta sağlam kafayla değildim ki ne gelirken, ne de dönerken!

Kıvanç'ın cebinden çıkardığı anahtarlıkları görür görmez, elektrik akımına uğramışım gibi ellerimi hızla çektim ellerinden. Şaşkın bakışlarını üzerimde hissetsem de umursamadım. Neden burada olduğumuzu anlayamıyordum. Bildiğim bir şey varsa, o da, burada olmak istemediğimdi! Hayatımın en büyük yanlışını bu apartmanın içindeki lanet olası bir dairede yapmıştım. Tamam, bu yanlışımın sonucunda Irmak'ı kazanmıştım. Ama yine de bende çağrıştırdığı güzel anlamı yoktu buranın.

Soğuktu. İticiydi.

Hayal kırıklığından ibaretti! Gençliğimi kararttığım, hayallerimi ezip geçtiğim yerdi. Yıllardır -gerçek anlamda- gülümseyememiş olmama ve başta Asude olmak üzere yanımda olan herkese yük olmama neden olan yerdi. O gecenin sabahında Kıvanç'ın yüzüme bile bakmadan beni bırakıp gittiği yerdi. Kısacı bende çağrıştırdığı tek olumlu bir anlamı bile yoktu! Benim sözlüğümde tek bir güzel sıfatı bile hak etmiyordu burası.

"Başak?"

Kıvanç'ın endişeli ve bir o kadar da meraklı çıkan sesine karşılık başımı iki yana sallarken buldum kendimi. Sonra bir anda "Hayır!" diye bağırdım, konuşması için tuşuna basılmış bir bebek misali. "Burada olmak istemiyorum Kıvanç. Ayrıca... Neden burada olduğumuzu da anlamıyorum. Ne yapmaya çalışıyorsun sen? Neden burada..."

"Önce bir sakinleş Başak!" deyip elimi tuttuğunda sinirle geri çekildim. Başka götürecek yer bulamamış mıydı beni? Bir de gelirken sürpriz olduğunu söyleyip durmuştu, heyecanlı gözlerle bakmıştı bana. Bu muydu yani sürpriz? Birisinin Kıvanç'a, hayatın iyi sürprizlerle güzel olduğunu anlatması gerekiyordu!

"Sakinleşmemi bekleme benden, tamam mı? Hayatta en son gelmek istediğim yer bile değil burası!" diye çemkirdim, haddinden fazla yüksek çıkan sesimle. Gözleri koyulaştı. Göz bebeklerinde hem öfke hem şaşkınlık hem merak hem de hayal kırıklığının izlerini gördüm sanki.

"Bu kadar mı pişmansın o geceden?" diyerek üzerime geldiğinde apartmanın kapısıyla Kıvanç'ın bedeni arasında sıkışıp kaldım. Sinirlenmiş miydi? Yoksa hayal kırıklığına mı uğramıştı?

Derince bir nefes aldım. Ne cevap verecektim? O bana bu denli yakınken, dudaklarımın arasından olumsuz bir cevabın çıkması mümkün müydü sanki? Sadece... Bu evde kaybettiğim şeyleri düşündüğümde, buradan koşarak kaçasım geliyordu. Pişmanlık değildi ki bunun adı, sadece bu eve girmeyi kabul etmiş olmamın doğurduğu olumsuz sonuçlardı benim yakındığım. Arkamda bıraktıklarımın hüznüydü bu. *Ailemin, gençliğimin, masumluğumun ve hayallerimin...*

"Pişman değilim. Sadece..." dedim ama yanaklarımın üzerinde hissettiğim parmakları, dile getireceğim cümlenin devamını unutmama neden oldu. Bunun hemen ardından alnını alnıma yaslamasıyla gözlerimi yumdum ve her şeyi akışına bırakmaya karar verdim. Zaten ona has kokusu ciğerlerime doğru yol alırken, başka bir ihtimalin gerçekleşmesi bile düşünülemezdi. Hep aynısı oluyordu... Ona sinirleniyordum, ona kızıyordum ama bana yaklaştığı anda yelkenleri suya indiriveriyordum. Neden karşısında bu kadar acizdim? Neden karşı gelemiyordum ona?

"Sadece ne?" diyerek üstelediğinde nefesimi dışarı verdim. Bariz ortada olan yenilgimin, benim tarafımdan resmi kabullenişiydi bu bir nevi. "Sadece..." diye tekrar ettim ama söyleyecek bir şey bulamadığımdan sustum. "Bilmiyorum Kıvanç. Sadece korkuyorum işte!"

"Neyden korkuyorsun?" derken daha çok üzerime geldi ve böylelikle bedenlerimizin arasında santimlik bir mesafe bile kalmadı. Yutkunmak istedim ama yapamadım. Ne hissetmem ya da ne yapmam gerektiğini bilmiyordum. Neyden korkuyordum sahiden?

O gece yaşadıklarımı hatırlamaktan mı?

En sonunda pes edercesine, aklımdan geçen ne varsa sansürlemeksizin söyleyiverdim. "O gece bu eve girdim. Karşılığında Irmak'ı kazandım. Saçının tek telini dünyalara değişemeyeceğim bir kızın annesi oldum! Sonra... Asude'nin ne kadar iyi bir kardeş olduğunu bir kez daha görmüş oldum. Her anımda yanımda oldu, hayatının merkezine hep beni koydu. Batın var sonra... Onun güzel arkadaşlığıyla tanışmış oldum, hayatıma girdiği için çok şanslı saydım kendimi. Ve her ne kadar kızacağını bilsem de, Sarp var bir de. Beni ne kadar çok ve içten sevdiğini gördüm. Onda, belki de aşkın en masum halini tanımış oldum. Yıllarca! Ve sen..."

Güldü. "Bir an, benden hiç bahsetmeyeceksin sanmıştım!"

"Sözümü bölme!" dedim, yapmacık bir kızgınlıkla ve sonra kaldığım yerden devam ettim. "Bu eve adımımı atarak, hayatımdan hiç çıkamayacağın şekilde aldım seni içeri. Hamileliğimde yanımdaydın ve ben, kan ağlaya ağlaya sustum yanında. Cesaretlenip konuşmayı istediğim zamanlar oldu ama sonu hep kötü bitti biliyorsun. Ama inan bana, sensiz geçen şu beş buçuk yıl boyunca, bir an bile çıkmadın benden. Ne aklımdan ne kalbimden! Yalan değil, söküp atmayı çok istedim. Hatta her şeyden çok istedim ama yapamadım! *Bu sefer kalbimden de aklımdan da atacağım,* dediğim her an daha çok gömdüm seni içime! En derinime! Bu eve girmemle, kazandıklarım bunlar işte, Kıvanç! Ama kaybettiklerim... En başta ailem..."

Dudaklarını alnıma bastırmasıyla sustum. İri iri yaşlar gözlerimden yuvarlanıp giderken daha sıkı sarıldı bana. Alnıma sıcacık bir öpücük daha kondurduğunda gözlerimi yumdum. "Her şeyin üstesinden geleceğiz. Ama izin ver, şimdi ilk adımı atalım fıstığım."

"İlk adım burası mı?"

İçimi ısıtacak şekilde güldü. "Öyle görünüyor!"

Ben düşünce girdabımda kendi başıma boğuşurken, Kıvanç'ın beni asansöre kadar sürüklediğini ancak fark ettim. Asansördeki göstergeden dördüncü katı seçtiğinde, bana da derin bir nefesi ciğerlerime kadar çekmek düştü. Bundan sonra geri dönüşüm yoktu. Asansör durana kadar huzurlu sessizliğimizi koruduk. Ürkek adımlarla peşinden ilerlemeye başladığımda, mümkün olduğunca etrafımı incelememeye gayret ediyordum. O gecenin anılarının beynimde can bulmasını istemiyordum çünkü. Utancımdan oturup ağlama potansiyelimi de göz önünde bulunduracak olursak, gerçekten de iyi bir fikir değildi bu. Bilakis uzak durmam gereken, tehlike çanlarını kuvvetle çalan bir fikirdi.

Kıvanç anahtarı deliğe yerleştirdiğinde, nefesimi tuttuğumu fark ettim. Kafasını kısa bir anlığına kaldırıp baktığında gülümsüyordu. Ona elimden geldiğince aynı karşılığı vermeye çalıştım ama pek başarılı olamamıştım sanırım. Dudaklarım yeterince kıvrılmamıştı.

Kapı ardına kadar açıldığında yanağımı içeriden ısırmaya başladım stresten. Hâlâ içeri girmek istediğimden emin değildim. Hem neden gelmiştik ki buraya? *Tam şu anda Kıvanç'ın beyninin içine girip, düşünceleri arasında seyahat edebilmeyi o kadar çok isterdim ki...*

Aramızdaki mesafe epeyce açıldığında ben hâlâ olduğum yerde dikilme işlemine devam ediyordum. Ayaklarım Japon yapıştırıcısıyla yapıştırılmış gibiydi. Kımıldamak istesem de olmuyor, her denemem sonuçsuz kalıyordu. Kıvanç nazikçe elimi tutup beni kendine çekmeseydi, belki de olduğum yerde saatlerce hareketsiz kalabilirdim.

Attığı adımlara ayak uydurmak zor olmuyordu. Çünkü ellerini belime sarmıştı, bedenim ona yaslıydı ve yürümem de haliyle çok kolaydı. Başımı omzuna yasladım ve kokusunu içime çekerek bu evde olduğumuz gerçeğini düşünmemeye çalıştım. Ama tabii ki de bir işe yaramamıştı, bu dâhiyane fikrim. Hâlâ heyecandan kasım kasım kasılıyordum.

Beyaz koltuklarla döşenmiş salona girdiğimizde, etrafı incelemeyi bile istemiyordum. Fakat salonun en uç köşesindeki masa dikkatimi çekmeyi başarmıştı. Masada çeşit çeşit yemekler, masanın her iki ucunda birer sandalye ve masada iki kırmızı şamdan vardı.

Müthiş bir özenle hazırlanmış bir masa olduğu buradan bile belliydi. Kıvanç yanımdan ayrılıp bu şahane masaya doğru ilerlerken karnım guruldamıştı. Neyse ki çok duyulur değildi. Minik adımlar atarak masaya biraz daha yaklaştım. Tam yanına vardığımda, karşılaştığım manzara karşısında nutkum tutulmuştu sanki. Masadaki her bir yemeği tek tek gözden geçirdim ve bunların, benim en sevdiğim yemekler olduğunu anlamam fazla zamanımı almadı. Meraktan çatlama noktasına gelmişken bakışlarımı Kıvanç'a yönlendirdim ve böylelikle onun da beni izlediğini gördüm. Kısa bir süre sonra kendine gelip tebessüm etti, ardından omuzlarını silkerek meraklı bakışlarımı geciktirme yoluna gitti.

Yanımdan geçip sandalyenin arkasına geçti. Oturmamı istediği sandalyeyi geriye doğru çekip "Buyurun kraliçe hazretleri!" dediğinde kıkırdamama mâni olamadım. Elimle dudağımın üzerini örttükten sonra, bir kraliçeye yakışır bir edayla duruşumu ciddileştirdim. Benim için çektiği sandalyeye kibarca oturduktan sonra bile gülmemek için kendimi zor tuttum. Kraliçe olmak aşırı nazik olmayı gerektirirdi sanırım ve ben kesinlikle kraliçe olmak için doğmuş bir insan değildim.

"Teşekkür ederim," diyerek gülümsediğimde, içten bir karşılık verdi.

Açlığım gözlerime vurmuş olacak ki göz bebeklerim fıldır fıldır dönüp masadaki yemekleri taradı hızlıca. Mercimek çorbasından karnıyarığa, karnıyarıktan güvece kadar sevdiğim bütün yemekler vardı masada.

"Başlayalım isterseniz?" sorusu üzerine, gözlerimi devirmemek için üstün bir çaba sarf ederek başımı hızla aşağı yukarı salladım. Sizli bizli konuşmaya daha ne kadar devam edecektik? Ya da bu modamızı ilk önce kim bozacaktı?

Bunları boş verip aç bir kurt gibi saldırdım önüme sunulan yemeklere. Çorbamı saniyeler içinde mideme indirdim. Diğer yemekleri de aynı hızla silip süpürmeye başladığımda hatta yarısından çoğunu mideme indirdiğimde muzipçe sırıtarak, "Beğendiniz mi?" diye sormuştu.

"Evet, çok güzel olmuşlar," dedim dudaklarımı peçeteyle silerken. Gözlerini üzerimden bir an olsun ayırmadan konuşmaya devam etti. "Ben yaptım hepsini."

Ağzım şaşkınlıkla bir karış açılırken, göz bebeklerim de bu modaya uyarak irileştiler. Tarih tekerrürden ibaretti aslında. Ben de seneler öncesinde ona böyle özene bezene yemekler hazırlamıştım fakat Pelin faktörü yüzünden tam bir fiyasko olmuştu. O günün aklıma gelmesiyle, yüzümün düşmesi bir oldu. Başka şeyler düşünmeye zorladım kendimi...

Kıvanç'ın yemekler konusunda bu kadar yetenekli olduğunu bilseydim, bütün yemekleri ona yaptırır, bu sırada ben de paşa gibi uzanıp televizyon izler ya da kitap okurdum. Kahvaltı konusunda pek maharetli olmadığını Irmak'a yaptığı şeylerden biliyordum ama çorba ve ana yemekler konusunda gerçekten de iyiydi. *Tabii gerçekten kendisi yaptıysa bunları...*

"Ciddi misin?" diye sordum merakımı gizleyemeyerek.

Başını salladı. "Çok azıcık da olsa cadaloz arkadaşından yardım almış olabilirim."

"Asu hakkında..."

"İleri geri konuşma. O benim kardeşim gibi!" diyerek sözümü kestiğinde elimde olmadan gülümsedim. Evet, cümlemin devamını ezberlemişti artık. Çünkü o sürekli Asude hakkında kışkırtıcı şeyler söylüyor ve ben de arkadaşımı korumaya geçiyordum doğal olarak.

"Asu gerçekten iyi biri Kıvanç!"

"Biliyorum," diye karşılık vermesi beni şaşırtmıştı, bu yüzden başımı merakla kaldırdım. Şimdiye dek, Asude hakkında hep olumsuz yorumlarda bulunmuştu, şimdiyse iyi biri olduğunu bildiğini söylüyordu.

"Biliyorsun?" diye sordum, açıklama beklediğimi belli ederek tek kaşımı havaya kaldırırken.

Çatalını masanın üzerine bıraktıktan sonra ellerini çenesinin altında birleştirerek gözlerini bana dikti. "Evet, biliyorum. Asude olmasa senin için her şey çok daha zor geçebilirdi. Bu yüzden... Ona bir teşekkür borçluyum sanırım?" diyerek dünya için küçük ama kendisi için kocaman bir itirafta bulunduğunda, suratımda kocaman bir sırıtış meydana geldi.

"Mantıklı düşünmeye başlamış olman güzel," dedim gülümsemeye devam ederken. "Hem o senin yengen!" diyerek bir hatırlatmada bulunduğumda, omuzlarını silkti.

"İyi, temiz kalpli ama aynı zamanda cadaloz olan yengem!" diyerek kendince Asude'yi açıkladığında bir kez daha kaşlarımı çattım. Sadece söylediklerimi onaylayıp çenesini kapasa olmuyor muydu? Beni sinirlendirmesine ne gerek vardı?

Bu konuşmadan sonra ikimiz de kendi sessizliklerimize gömülerek bitirmiştik yemeklerimizi. İtiraf etmem gerekirse, hepsi birbirinden harikaydı.

"Buradaki işimiz bitti sanırım?" diyerek bana baktığında başımı salladım. Yeterince doymuş hatta patlamıştım bile. "O zaman diğer sürprize geçelim," dedikten hemen sonra yerinden kalktı. Yanıma geldiğinde elini uzattı.

"O güzel mi bari?"

"Ne yani, bu güzel değil miydi? Beğenmedin mi?"

"Beğendim tabii ki. Ama dürüst olmam gerekirse, burada olmak hâlâ pek huzurlu hissettirmiyor Kıvanç," dedim açık yüreklilikle. Yalan söylemeye, kıvırmaya falan hiç gerek yoktu. Ne düşünüyorsam onu dile getirmek en iyisiydi. Derin bir nefes alıp başını hafifçe salladı, elini ensesine götürürken şimdi ne yapması gerektiğini düşünüyor gibiydi. Kısa süren bekleyişin ardından kararlı bir edayla elime uzandı. Parmaklarımızı birbirine kenetledikten sonra, beni yerimden kaldırdı ve bedenlerimizin birbirine yaslanmasını sağlayacak şekilde beni kendine çekti. Bu kararlı duruşu bana da cesaret verirken gevşediğimi hissederek gözlerimi yumdum.

Ama göz kapaklarımı açtığımda karşımda duran oda, bütün gevşeyişimi bir anda söküp almış ve eski *korkak Başak'ı* tekrardan adapte etmişti bünyeme. İşte, hayatımdaki en büyük yanlışa imza attığım yer! Hayatımın dönüm noktası olan yer. Korku içinde birkaç adım geri çekilirken buldum kendimi. Bu eve girmeyi -*Kıvanç'ın zoruyla da olsa*- kabul etmiştim, evet. Ama bu odaya girmemek konusunda kesin kararlıydım. Yapacağı ısrarların da hiçbir önemi yoktu benim için. Girmeyecektim işte! O geceyi ve o gecenin sabahında suratıma bir kez olsun bile bakmayışını hatırlamak istemiyordum. Gerçekten istemiyordum!

"Başak?" dedi Kıvanç, yumuşacık sesiyle. Bu ses tonunu çıkarmak için özellikle bir çaba mı harcamıştı, bilmiyordum. Ama ilgilenmiyordum da. O odaya girmeyecektim!

"Gelsene güzelim." Sanki bu ses tonuyla beni sakinleştiriyor ve bununla da kalmayıp ruhumu okşuyordu. Yine de, aldanmayıp başımı iki yana salladım. Sesinin yumuşaklığını vücudunun uzuvlarına paylaştıramamış olacak ki; kaşları çatılmış, yüz hatları sertleşmişti. Yutkunmakla yutkunamamak arasında kalıp debelenirken, yanaklarımdan aşağı süzülen yaşları hissettim bir süre sonra. Ah, neden ağlıyordum ki şimdi? Güçlü durmam gerekirken neden gözyaşlarımı akıtma gereği hissediyordum?

Şefkat dolu bir sesle, "Fıstığım," diye fısıldadı kulağıma doğru, tam karşımda durup yüzümü avuçlarının arasına alırken. İç çekişlerim gözle görülür bir şekilde arttığında beni sert göğsüne yaslayıp saçlarımı okşamaya başladı. Rahatlatıcı etkiyle donanımlı olduğuna artık emin olduğum parmakları saçlarımı okşarken, gözlerimi huzurun bir getirisiyle yumdum.

Birkaç dakika sonra gözlerimi araladığımda, kendimi az önce girmemek konusunda direndiğim odanın içinde bulmuştum. Hangi ara getirmişti beni buraya? Başımı omzundan kaldırırken, istemesem de etrafı incelerken buldum kendimi. Üzerinden yıllar geçmiş olsa bile hatırlıyordum bu odayı. Her şey aynıydı sanki. Hiçbir şey değişmemişti. Sonra bu tezimin doğruluğunu kanıtlarcasına, halının üzerinde duran gömleğe takıldı gözlerim.

Bu, benim gömleğimdi! Giyilemeyecek halde olduğu için arkamda bıraktığım gömleğim. -Onun yerine, Kıvanç'tan çaldığım tişörtlerden birini giymiştim.-

Başımı yerden kaldırırken de yatağın üzerinde duran saç bandına takılı kaldı gözlerim.

Ah, bu da benim saç bandımdı! Kıvanç beni yatağa yatırdığında saçlarımdan aşağı süzülüp özgürlüğünü ilan eden saç bandım...

Sanki o günden beri hiç dokunulmamış gibi duruyorlardı yerlerinde. Gözlerimi hızla kırpıştırdım, böyle bir şeyin olması mümkün değildi. Kıvanç, gömleğimi ve hatta saç bandımı ne diye saklayacaktı ki? İçimdeki bir ses, *'Sen ne diye ondan çaldığın tişörtlerini yıllarca sakladıysan, o da aynı sebeple saklamış olamaz mı yani?' d*iyerek ibretlik bir tespitte bulunsa da, inanasım gelmiyordu buna. O zamanların, her gece başka bir kızı avlayan serseri, çapkın ve pislik Kıvanç Koçarslan'ı, değersiz gördüğü bir kızın gömleğini ve saç bandını mı saklayacaktı? Hem de yaklaşık yedi sene boyunca? Hah, buna iyi gülerdim işte!

Kıvanç kollarını daha sıkı sarmaladığında başımı kaldırıp gözlerine baktım. Kucağında olduğumun daha yeni farkına vardığımdan şaşkın bakışlarla inceledim onu. Bu bakışlarıma karşılık gülümsedi. Sonra alnıma dökülen saçlarımı, serçe parmağının yardımıyla geriye doğru itti.

"Evet, yerdeki gömlek ve yatağın üzerindeki saç bandı da senin." Kulağıma fısıldamıştı bu sözlerini. Bunlar karşısında ağzım koca bir 'o' şeklini almaktan geri durmadı. Benim uydurmalarım olabileceğini bile düşünmüştüm oysaki. Peki, bunca yıl ne diye saklamıştı onları?

Kafamda dönen deli sorular, yüzüme kocaman bir soru işaretiymiş gibi yansımış olacak ki gülümseyerek konuşmaya başladı. "Sen bana ait olan tek şeydin Başak!" diyerek suratımdaki soru işaretlerine bir yenisini daha ekledi. "Döndüğümde de söyledim. Sen, masumiyetini çaldığım ilk kızdın. Diyorum ya, bana ait olan tek şeydin ve hâlâ öylesin!"

Evet, birkaç ay öncesinde de söylemişti bunu. Ama inanması zordu. Tüm bunların üzerinde daha sonra durmaya karar vererek, kaldığı yerden devam etmesi için başımı salladım. "Masumluğunu çaldığım için çok pişman olmuştum o zamanlarda. Bu yüzden sabahında yüzüne bile bakamadım mesela. İnan bana, çok istedim o an. Ama öyle bir pişmanlık duydum ki yapamadım," deyip kısa bir anlığına duraksadı. "Sonra bu olay beni o kadar çok etkilemişti ki neredeyse iki ya da üç ay boyunca başka hiçbir kızla birlikte olmamıştım..."

"Ah, yazık olmuş sana! İki ay, ha? Gerçekten uzun bir süre..." diyerek sinirle konuştuğumda, hem kaşlarını çatmış hem de gülümsemişti. "O zamanlardaki rekorumdu bu benim! Dalga geçme!" derken bile gülümsüyordu, benim aksime. Kıvanç'ın başka kızlara dokunduğu, başka kızları öptüğü fikri zihnimi kurcalamaya başladığında, büyük bir hırsla tırnaklarımı avuçlarımın içine batırdım. Ah, gerçekten de iğrençti ve berbat hissetmeme yol açmıştı. Geçmişindeki her kızdan kıskanıyordum onu. Delicesine hem de!

"Senden sonra bu evde hiçbir kızla beraber olmadım, Başak. Hatta bu eve senden sonra hiçbir kızı almadım!"

"Neden?"

"Çünkü bu ev, ilk defa bana ait olan kızın hatıralarıyla dolu olmalıydı. Ben bile senden sonra bu evde tek bir gece bile kalmadım. Ve işte bu yüzden ne gömleğini olduğu yerden kaldırdım, ne de saç bandını."

Gülümsediğimde, devam etti. "İki üç ay sonra ancak kendime gelebilmiştim. Çünkü abimin karşı komşusu bana biraz olsun unutturuyordu o çilek kokulu masum kızımı," dediğinde suratında muzip bir sırıtış belirdi dudaklarında. Abisinin karşı komşusunun **ben** olduğumu anlamak biraz uzun sürse de bunun farkına vardığımda önce gülümsedim, ardından oldukça sesli bir kahkaha attım. Kıvanç da bu halimi tebessüm ederek izliyor, bir yandan da saçlarımla oynuyordu. "Sabah yüzüne bakmadığım için inanılmaz bir pişmanlık yaşadığım, o çilek kokulu masum kızım senmişsin de haberim yokmuş! Her gün aslında bana ait olan o kıza bakıyormuşum da ruhum duymuyormuş! Meğer ben zaten, bana ait olan kızla birlikteyken teselli buluyormuşum! Çok garip ve bir o kadar da üzücü!" diyerek kendi kendine mırıldandığında ona daha sıkı sarıldım. O geceden sonra, Kıvanç'ın beni bu denli takıntı haline getirebileceği aklımın ucundan bile geçmezdi. Onun için basit bir kız olduğumu zannederken, söylediği bu şeyler gururumu okşamıştı. Yıllardır ayak seviyesinden de aşağıda olduğunu düşündüğüm gururum, bu sözleriyle tepeye doğru tırmanışa geçmişti sanki. Onun tarafından sevildiğimi, şimdi gerçek anlamda hissetmiştim işte!

Hâlbuki o sabah sadece bir kez olsun suratıma bakabilme cesaretini göstermiş olsaydı ya da ben karşısına geçip yüzümü göstermiş olsaydım, bunların hiçbirini yaşamayacaktık. Bu düşüncenin aklımdan geçmesiyle burukça gülümsedim. Kıvanç kendini zorlayarak gülümsemiş olacak ki dudakları çok hafif kıvrımlarla kıvrılmıştı. "Çilek kokulu fıstığım benim!"

Güldüm. "Çilek kokulu fıstık mı?"

"Evet. Sensin işte o!"

Biraz önce duyduklarımı düşündükçe gözlerim yaşarıyordu. Ağlamak istemiyordum ama bazı şeyler elimizde olmuyordu maalesef. İznimizi soran olmuyordu. İşte gözyaşlarım da bana bu tarifeyi uyguluyorlardı her defasında. Bana sormadan etmeden yanaklarımdan aşağı süzülüveriyorlardı. Bundan ölümüne rahatsızlık duysam da yapacak hiçbir şeyim olmadığını da biliyordum.

"Ağlaman için anlatmadım bunları Başak. Kaldır kafanı!"

Çağrısına kulak asmayıp başımı daha çok boynuna gömdüm ve hıçkırıklarımı serbest bıraktım.

"Başak lütfen ama..."

Hıçkırıklarım iç çekişlere, iç çekişlerim sessizliğe gömülene dek ağladım. Kıvanç'ın boynunu ve dolayısıyla da gömleğinin yakalarını tuzlu gözyaşlarımla sırılsıklam etmiştim ama umurumda olduğu söylenemezdi. Kafamı nihayet boynundan çektiğimde bana endişeyle bakan mavilerle karşılaşmıştım. Derinliğinde kaybolmak isteyeceğim güzellik abidesi mavilere bakarken, ne söylemem gerektiğini bilmiyordum. Öylesine garip bir ruh hali içerisindeydim ki; önce kahkahalarla gülmem, sonra da deli gibi ağlamam bunu gayet net bir biçimde ortaya koyuyordu zaten. Başparmağıyla yanağımı zarifçe okşarken, "Şimdi iyi misin?" diye sordu. Burnumu çektikten sonra ağır ağır başımı salladım. İyi olup olmadığımı bilmiyordum ama az önceki durumuma göre çok daha iyi olduğum belirgin bir gerçekti.

"O halde başlayabilirim," demesiyle ayağa kalkması bir oldu. Beni kucağından indirip yatağa oturttu. Ne yapmaya çalıştığını anlamak istercesine baktım ama ifadesiz durmaya özellikle gayret ediyormuşçasına taviz vermedi. Sağ elimi avuçlarının arasına aldıktan sonra dizlerinin üzerinde yere çöktü. Gözlerimi art arda birkaç kez kırpıştırarak, "Ne yapıyorsun Kıvanç?" diye sordum. Aldığım yanıt, altında derin anlamları barındıran koca bir sırıtış olmuştu. Ve ben, ne yazık ki o derinlerde yüzebilecek kadar cesaretli değildim.

"Bundan sonraki yaşamımda, sevincimde, üzüntümde, hastalığımda ve sağlığımda; kısacası verdiğim son nefes de dâhil olmak üzere her anımda yanımda olmanı istiyorum. Her an yanımda, yanı başımda bulmak istiyorum seni. Bundan böyle bana, ellerine uzanabileceğim kadar uzak olmana dayanabilirim yalnızca." Duyduklarımın karşısında nefesimi tuttum. "Benimle evlenir misin Başak?"

Tuttuğum nefesi nasıl bırakmam gerektiğini unuttuğumdan kıpkırmızı kesildiğimi hissettim. Az önce neler söylemişti o öyle? Bana evlenme teklifi mi etmişti sahiden de? Ah! Kıvanç? Bana?

Gözlerimi seri hareketlerle kırpıştırmaya başladım fakat manzara aynıydı, Kıvanç karşımdaydı işte. Dizlerinin üzerinde oturmuş, benden bir cevap bekliyordu. Yüzünde meraklı ve bir o kadar da heyecanlı bir ifade hâkimdi. Hatta öyle ki, heyecanı gözlerinin mavilikleriyle harmanlanmış bir şekilde somut bir gerçek gibi karşımda duruyordu.

Tam emin olmak için bir de kolumu cimcikledim. Ağrıyı hissettiğimde, kendime lanetler ederek cimciklediğim yeri ovmaya başladım. Tenim süt beyazı olduğundan oluşan kızarıklık çok netti.

Elimin üzerinde elini hissettiğimde başımı yavaşça kaldırıp yüzüne baktım. Hâlâ bir cevap bekliyordu ve sanki olumsuz bir cevap alacakmış gibi suratı düşmüştü. Bu haline içten içe gülümseyip boşta kalan ve tir tir titreyen elimi zorlukla yanağına götürdüm. Sonra heyecanla haykırdım. "Tabii ki evlenirim sersem!"

Bu haykırışımla yüzünü kocaman bir gülümseme kapladı. Ağzını açmış konuşmaya başlayacaktı ki bir anda vazgeçip ayağa kalktı. Elinde tuttuğunu bile daha yeni fark ettiğim tek taş yüzüğü nazikçe parmağıma geçirirken, kalp atışlarım ciddi derecede şiddetlenmişti. Göğüs kafesimi zorlayacak konuma geldiğinde, kendimi Kıvanç'ın kolları arasında buldum.

Kulak tırmalayan tiz bir çığlık attıktan hemen sonra, kollarımı boynuna dolamayı akıl ettiğim için kendimi kısaca tebrik ettim. Çünkü beni kucağına almış, etrafında döndürmeye başlamıştı. Sevinç haykırışlarımız birbirine karışırken mutlulukla gülümsedim.

Nihayet kendi etrafında çılgınlarca dönmeyi kesip yavaşça durduğunda derin bir nefes verip boynundaki kollarımı gevşettim. Ayaklarımın zeminle buluşmasını beklerken, sırtım soğuk nevresimle kucaklaşmıştı. Nefes nefese kalmış bir halde derin nefesler alıp verirken, Kıvanç da üzerime doğru eğilmişti. Yüzümün büyük bir kısmını örten saçlarımı parmaklarıyla geriye doğru iterken tebessüm ettim.

Sonraki saniyelerde yüzümün her bir bölgesine kondurmaya başladığı öpücükler, gıdıklanmama neden olduğundan kıkırdamama mâni olamıyordum. Bir zaman sonra, yüzünü yüzümden çektiğinde, söylemek istediği bir şey daha var gibiydi. "Dinliyorum Kıvanç."

"Diyorum ki… Acaba bir yanlışın altına daha imzamızı…"

"Hayır!" diyerek yarıda kestim sözünü. Devamında neler söyleyeceğini gayet iyi biliyordum. "Bu hikâye, bir yanlışla kapanacak. Ve sen Kıvanç Koçarslan!" dedim sert bir bakış atarak. "Ben Başak Koçarslan oluncaya kadar, beni beklemeye mecbursun!"

Çarpıkça gülümsedi. "Başak Koçarslan… Kulağa büyüleyici geliyor!" Karşılık olarak gülümsediğimde devam etti. "Zaten en büyük hobim, seni beklemek fıstığım! Zor olacak ama o günü bekleyeceğim! Kocaman bir sabırsızlıkla…"

38. Bölüm

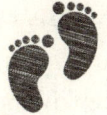

Seçim Hakkım Olsaydı

"Başak!"
"Efendim?"
"Şu tatil işini ayarlayalım artık. Lanet olası davaların ne zaman bitecek?"
Gözlerimi devirdim ve sertçe çıkıştım. "Davalarıma laf etmesene!"
"Aman yesinler!"
Bir kez daha çıkışacaktım ki son anda vazgeçtim. "Sen tatil fikrini öne sürdüğünden beri dava almıyorum zaten. Dün de sonuncusuna girdim işte."

"O zaman önümüzde hiçbir engel kalmadı!" der demez, kızımıza dönüp çıkacağımız tatil hakkında bilgiler vermeye başladı. Haftalardır bu mesele gündemimizin ana maddesini kaplıyordu. Bana rüya gibi gelen o evlenme teklifinden sonra, ailecek bir tatili hak ettiğimizi söylemiş ve kendisine hak vermemi sağlamıştı. Tek huzursuzluğumsa, Ege taraflarında bir yere gitmek istediğini bilmemdi. Ege deyince aklıma tabii ki de İzmir geliyordu. *Yıllardır gidemediğim, havasını içime çekemediğim memleketim...*

Dakikalar sonra Kıvanç beni alelacele odaya sokmuş ve valizleri hazırlatmaya başlatmıştı. Ne diye bu kadar aceleci davrandığını bilmesem de üzerinde durmadım. Üçümüzün de valizini hazırlıyordum. Bana yardımcı olması gereken kişi Kıvanç'tı fakat o yattığı yerden sırıtarak bizi izliyor, bizse kızımla harıl harıl çalışıyorduk. *"Bir insan rahatlığına bu kadar düşkün olabilir miydi?"* sorusunun okları her daim ona dönüktü. Valizlerin işini birkaç saat içinde hallettiğimizde her an düşüp bayılacakmışım gibi yorulmuştum.

Kendimi Kıvanç'ın yanına bıraktığımda, gözlerimi yumdum direkt olarak. Birazcık uykuya ihtiyacım olsa da yapılacak bir işim daha vardı. Gözlerimi açmadan konuşmaya başladım. "Benim Sarp'a uğramam lazım Kıvanç."

Uzunca bir süre vereceği tepkiyi bekledim ancak hiçbir şey söylemedi. Derin bir iç çekip gözlerimi hafifçe araladığımda, beni çatık kaşları eşliğinde izlediğini gördüm. Evet, görmeyi beklediğim sahne tam olarak buydu zaten, hayal kırıklığına uğratmamıştı beni.

"Tatile çıkacağız ve ne zaman döneceğimizi bile bilmiyorum. Onunla vedalaşmadan gitmek istemiyorum."

Yine bir tepki vermedi ve bu da tepemin tasının atmasına öncülük etti. Nefesimi sertçe üfleyerek ayağa kalktım. Dolabımın karşısına geçtim, rastgele bir tişört ve bir kot pantolon çıkardım. Arkamı döndüğümde Kıvanç'ın sert gövdesiyle burun buruna gelmeyi beklemediğimden afalladım. "Gitmeni istemiyorum," dedi, üstüne bastıra bastıra.

Derince soluklandım ve sonra başımı kaldırıp gözlerine baktım. "Ben gitmek istiyorum ama!"

Israrım karşısında yüz hatları gerildi, elleri yumruk halini aldı. Ama tüm bunlara rağmen, "Peki o halde," dedi. Şaşkınlıktan az kalsın dilimi yutacaktım. Elimden tutup beni dışarı sürüklemesiyle yaşadığım şaşkınlık katbekat büyüdü. Salondan geçip kapıya doğru giderken eli hâlâ bileğime sarılıydı ve canımı acıtıyordu. Yine de ses çıkarmamakta kararlıydım, sonraki adımının ne olacağının merakı içerisindeydim.

⁂

Sarp'ın dairesinin önüne geldiğimizde, Irmak'ın suratında oluşan gülümseme ve gözlerinden okunan heyecan görülmeye değerdi. Sarp abisini çok özlediği aşikârdı. Kıvanç ona, bizimle gelmemesi konusunda uzunca bir konuşma yapmış ama Irmak her zamanki inatçılığını konuşturarak peşimize takılmayı başarmıştı. İyi de yapmıştı.

Zile uzandığımda kalp atışlarım beynimin içerisinde bile duyuluyordu sanki. Kapı saniyeler içinde hafifçe aralandığında Irmak heyecanla ellerini çırpıp "Sarp ab..." diye söze başlamıştı ki, Sarp'ı görünce susuverdi. Ki çok haklıydı. Karşımızdaki Sarp, bizim tanıdığımız Sarp olamazdı. Üstü başı dağılmış, saçları resmen birbirine girmişti. Ama bunlardan çok daha önemli bir ayrıntı vardı ki o da elindeki bira şişesiydi hiç şüphesiz. "Sarp?" dedim şaşkınlığımı apaçık belli eden sesimle.

Beni duymazdan gelerek, Irmak'ın önünde eğildi. "Ah, benim prensesim gelmiş!"

İkisi el ele içeri girerken, biz de onları takip ettik. Kıvanç'ın suratındaki memnuniyetsizlik en üst safhaya ulaştı böylelikle. Attığımız her bir adımda, evin dağınıklığıyla daha çok karşı karşıya geldik. Sarp'ın evi, benim evimden bile temiz ve düzenli olurdu daima. Şu anki manzara ise tam aksiydi. Sanki bir eve değil de bir çöplüğe adım atmışız gibiydi.

Yerdeki bira şişeleri, gazeteler, dergiler ve daha saymadığım birçok şey... Abartmıyordum, gerçekten de çöplükten bir farkı yoktu buranın. Gözlerimi kırpıştırıp kendime gelmeye çalışırken kızım, benim sormak istediğim soruyu yöneltti. "Buranın hali ne böyle Sarp abi?"

Sarp'ın tepkisini inceledim. Burukça gülümsemiş, ardından da Irmak'ı kucağına oturtarak öpücüklere boğmuştu. İkisinin de neşeli kahkahaları kulaklarımı doldururken ben de sevinçle gülümsedim. Kollarımı göğsümde kenetleyip uzun bir süre onları izledim. Ardından gözlerimi ürkekçe Kıvanç'a çevirdim, o da onları izliyordu ve suratı şekilden şekle giriyordu. Suratının aldığı hiçbir şekil, memnuniyeti simgelemiyordu.

Irmak'la Sarp birbirlerini gıdıklama oyunlarını da bitirdiklerinde ellerimi çırpıp "Bu kadar yeter!" dedim. Irmak dudaklarını büzdü. "Ama anne..."

Sarp, Irmak'ın burnuna büyük bir öpücük kondurduktan hemen sonra, "Başka bir zaman yine oynarız prenses. Anneyi üzme şimdi," dedi. Ona minnet dolu bakışlarımla baktım. Irmak, Sarp ağabeyinin kucağından inip babasının yanına doğru ilerledi. Sonra bir an arkasını dönüp "İstersen etrafı temizleyebilirim," dediğinde, Sarp kaşlarını çattı. "Prensesler temizlik yapmaz bir kere!"

Irmak utançla kızaran yanaklarını gizlemek için tekrar önüne döndüğünde, kocaman gülümsediğine dair kalıbımı bile basabilirdim. "Şımartmasana Sarp!" dedim. Omuzlarını silkmesiyle gözlerimi devirmeden edemedim. Irmak'ı bebekliğinden bu yana en çok şımartanlar listesinde üst sıralardaydı Sarp.

Kıvanç'a dönüp "Bizi birkaç dakikalığına yalnız bırakır mısınız?" diye sordum. Kabul etmeyeceğini hatta ve hatta gerekirse beni sürükleyerek peşinden götüreceğini bilsem de şansımı denedim. Ama tam da tahmin ettiğim gibi oldu. "Hayır, yalnız falan bırakamayız," dedi öfkeli sesiyle. "Gidiyoruz!"

Kesinlik bildiren cümlesine karşılık "Lütfen Kıvanç," dedim yumuşacık sesimle. "Sadece birkaç dakika sürecek. Hemen dönerim."

Kaşlarını çattı, tam bir şey söyleyecekti ki Irmak kolunu çekiştirip yanımızdan uzaklaşmasını sağladı. Kızıma minnet dolu bakışlarımla bakarken, Kıvanç hız kesmeden itirazlarına devam ediyordu. Ama Irmak, o keçi inadı sayesinde babasını bir şekilde dışarı çıkarmayı başarmıştı.

Derin bir nefesi ciğerlerimde depolayarak Sarp'a döndüm. Yüzü ifadesizdi, gözleri sabit bir noktaya dikilmişti. Bu haliyle benimle göz göze gelmekten özellikle kaçınır gibiydi. Sandığımdan da zor olacaktı bu konuşmayı yapmak. Onu incitmek, isteyeceğim en son şey bile olmazdı. Ama başkasından duymasındansa, benden duyması daha iyiydi. Sanırım...

"Sarp?" dedim ama karşılık vermeyip gözünü sabitlediği yere bakmaya devam etti. Derin bir nefes daha aldım. Ah, bunu söylemek o kadar zordu ki her bir organım yaşadığım stresle kasılıyordu sanki. Ama maalesef ki, mecburdum.

"Biz... Evleniyoruz Sarp."

Bunu dile getirirken gözlerimi yumduğumdan, tepkisini göremiyordum. Aslında... Görmek istediğimden de emin değildim. Yüzünde hayal kırıklığıyla bulanmış bir ifadeyle karşılaşmak istemiyordum henüz. Ama yine de bunu yapmak zorunda olduğumu bildiğimden göz kapaklarımı olabildiğince ağır bir biçimde araladım. Gözlerinin sabitlendiği yeri takip ettiğimde, yüzükle dolanmış olan parmağıma baktığını gördüm.

Yutkunmak... Boğazımda koca bir şiş varmışçasına zor geliyordu bu eylemi yapmak. Yutkunamıyordum. Gözlerimiz buluştuğunda, gözlerinde toplanan hayal kırıklığı o kadar barizdi ki canım yandı. Dudaklarım titrerken, "Özür dilerim," diye mırıldandım. "Böyle olsun istemedim. Seni üzmek istemedim Sarp. Ama..."

"Şşt, ağlama!"

Ondan vermesini beklediğim tepki, kesinlikle bu değildi. Bağırıp çağırmasını, neden onu değil de Kıvanç'ı seçtiğimi sorgulamasını hatta beni evinden kovup bir daha yüzümü görmeyi istemediğini söylemesini beklemiştim. Ama o, hepsinin aksine beni kollarına çekip sarılmayı tercih etmişti. Yine Sarplığını konuşturmuştu yani. Yani, bambaşka bir adam olduğunu yine gözüme sokmuştu.

"Özür dilerim," diye sayıklamaya başladım, sarılışı daha da kuvvetlendi. Başımı omzuna gömüp gözyaşlarımı akıtmaya devam ettim. Teselli edilmesi gereken kişi O'ydu ama o beni teselli ediyordu. Ağlamamam konusunda neredeyse yalvarıyordu hatta. Kesin bir dille gözyaşlarımı görmek istemediğini söylediğinde ise, hıçkırıklarım daha da şiddet kazandı.

"Yeter artık Başak!" Bağırışıyla, başımı omzundan kaldırdım. İlk defa sesini bu denli yükselttiğine şahit oluyordum, belki de artık patlamıştı. "Ben seni anlıyorum, tamam mı? İnsan seveceği, aşık olacağı kişiyi kendisi seçemiyor maalesef ki. Kıvanç'ı ne yaparsa yapsın çok sevdin, tıpkı benim seni her ne olursa olsun sevmeye devam etmem gibi! Bu yüzden seni yadırgayamam. Üzülürüm belki ama yadırgayamam işte! Çünkü buna hakkım yok. Çünkü ben de hiçbir zaman seni sevmekten vazgeçemedim, beni defalarca reddetmiş olmana rağmen! Seni sevmeyi de ben seçmedim, tıpkı Kıvanç'ı sevmeyi senin seçmemiş olman gibi!"

Bu mantık kokan sözlerinden sonra biraz da olsa duruldum. En azından hıçkırıklarım kesilmişti ve rahatça nefes alabiliyordum. "Hadi git şimdi!" dediğinde buğulu gözlerimle gözlerine baktım. Dağılmıştı ama yaptığı konuşmadan sonra o da rahatlamış bir görünüm sergiliyordu. Bu, ister istemez beni de rahatlatmış ve hafifçe gülümsememi sağlamıştı. "Tamam gidiyorum. Ama bana bir söz vermeni istiyorum."

Gözlerini kısarak baktığında, boğazımı temizleyerek devam ettim. "Mutlu olmanı sağlayacak bir kız bul!"

Kaşlarını çattı. "Bana akıl verme Başak. Git hadi!" Ona yalvarırcasına bakmaya başladığımda konuştu. "Senden başkasını sevmeyeceğimi biliyor olmalıydın. Bunu duymamış gibi davranacağım, tamam mı?" Sesi kızgın bir tınıda çıktığından, onu daha fazla kızdırmamak adına başımı salladım. Ama pes etmeye niyetim yoktu. Mutlu olmasını istiyordum: *Onu gerçekten hak eden bir kızla!*

Kapıya doğru ilerlerken arkamdan geldiğini yanımda beliren gölgesinden anlamıştım. Hızla arkama dönüp ona sıkıca sarıldığımda, o da çok geçmeden karşılık verdi. Kulağına doğru fısıldadım. "Her şey için teşekkür ederim Sarp. Sen bu dünyadaki en mükemmel adamsın! Ama senin de dediğin gibi, kimi seveceğimizi seçemiyoruz. Eğer öyle bir seçim hakkım olsaydı, *yani aptal kalbim seçim hakkını bana bırakmış olsaydı,* inan bana seni seçerdim, Sarp," dedim büyük bir içtenlikle. "Yemin ederim ki!"

Cevap vermesi bekledim ama vermedi. Bunun yerine yavaş yavaş saçlarımı okşamakla yetindi. Kulağıma bir kez daha "Git hadi," diye fısıldadığında, şakayla karışık bir ciddiyetle "Bugün çok kovdun beni. Tamam, gidiyorum," diyerek karşılık verdim.

Kollarımı boynundan ayırdığımda ikimiz de burukça gülümsüyorduk. Bana zor gelen bu bakışmaları daha fazla sürdürmemek adına elimi kapı koluna uzattım ve her şey o anda oldu. Kapıyı açmamla Kıvanç'la Irmak'ın önüme düşmesi bir oldu. Önce şaşkınlıkla, ardından olayı idrak edebildiğimde de kızgınlıkla baktım onlara. Bizi mi dinlemişlerdi sahiden?

Irmak ellerini havaya kaldırıp "Benim suçum değildi anne. Babamın fikriydi," diyerek hızlı hızlı konuştuğunda, yelkenleri suya indirerek kahkahalara boğuldum. Herkes benden bu adımı beklermiş gibi sırayla gülmeye başladığında, mutlulukla gülümsedim. Aslında daha çok, Sarp'ı gülümserken gördüğüm için mutlu olmuştum.

Çünkü o, bu hikâyede mutlu olmayı en çok hak eden kişiydi. Hiç şüphesiz... Onu gerçekten hak edecek bir kız bulmalı ve benimle erişmek istediği mutluluğa onunla kucak açmalıydı. Çünkü bunu, sonuna kadar hak ediyordu!

39. Bölüm

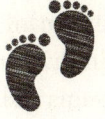

Özlem

Özlem, taşıması ağır bir yüktü ve ne olursa olsun, gururu bir şekilde ezerdi.

Yolculuk... Gerçekten sevdiğim bir şeydi. Hele bir de bu yolculuğu sevdiğim kişilerle yapıyorsam ve sevdiğim bir yere gidiyorsam...

İlk şık ceptydi. Bu yolculuğu, sevdiğim insanlarla yapıyordum. Hayatımın aşkıyla ve biricik kızımla. Ama ikinci şık için aynı şeyi söyleyemeyecektim maalesef ki. Çünkü gideceğimiz -yani tatilimizi geçireceğimiz- yerden hâlâ bihaberdim. Kıvanç sürpriz olacağını söylemiş ve ne bana ne de Irmak'a nereye gideceğimizi söylemişti. Meraktan çatlasam da söylemesi için ısrar etmemin de bir işe yaramayacağını biliyordum. Bu yüzden karşımıza çıkan tabelaları dikkatle inceliyordum çaresizce. Ama bir zaman sonra göz kapaklarım öyle ağırlaşmışlardı ki gözlerimi aralamaya yetecek gücü bulamamıştım kendimde.

"Kıvanç?"

"Söyle fıstığım," derken gözünü çok kısa bir anlığına yoldan ayırıp bana baktı.

"Çok uykum geldi benim," diye mırıldandığımda gülümsediğini görür gibi oldum. "Uyursam sıkılır mısın?"

"Sıkılırım tabii ki!" dediğinde derin bir iç geçirdim. Ne olurdu sanki, "Hayır sıkılmam, uyuyabilirsin fıstığım!" dese ve ben de huzur içinde gözlerimi yumup uyuyabilsem? "Ama yine de uyu. Daha çok yolumuz var," dediğinde rahata ermiş bir gülümseme eşliğinde başımı belli belirsiz salladım. Yaslandığım koltukta ona uzandım ve dudağının yakınlarına minik bir öpücük kondurup geri çekildim. Kollarımı gererek tekrar arkama yaslandığımda, "Dudaktan bile değil yani. Gerçekten inanılmazsın Başak!" diyerek homurdanmaya başlamıştı bile.

Bunun üzerine kıkırdamama mâni olamadım ve son olarak, göz ucuyla arkama baktım. Meleğim hâlâ mışıl mışıl uyuyordu. Böylelikle gönül rahatlığıyla başımı koltuğuma yaslayıp usulca yumdum gözlerimi.

∽∼∘⚬∘∼∽

Omzumun dürtüklendiğini hissetsem de gözlerimi açmaya niyetim yoktu. Hâlâ üzerimde hissettiğim bir ağırlık vardı ve ben, bu ağırlığı atabilmek adına aralıksız uyumalıydım. Ama omzumdaki parmaklar uykumun üzerinde uğursuz kara bulutlar misali dolaşıyorlardı ve bana düşen şey de gözlerimi açmaktı maalesef ki.

Gözlerimi çok azıcık aralayıp "Biraz daha uyusam?" diye mırıldandım keyifsizce. Sesimden bile uyku akıyordu. Ama sonra bir anda durup, itiraz etmeyi kestim. Nutkum tutulmuştu çünkü. Kilitlenmiştim! Etrafımıza daha dikkatli bakındım. Yolculuğun sonunda şık bir otelin karşısında olacağımızı hayal etmiştim hep. Ama şimdi...

Şık bir otel yerine, doğup büyüdüğüm evdi karşımdaki! Gözlerimi hızla kırpıştırdım; belki yanlış görüyorumdur, belki rüyadayımdır diye. Ama yok! Gerçekti işte. Yıllardır içine girmek bir yana dursun, yakınından bile geçmediğim evim karşımdaydı. İzmir'e neredeyse sekiz yıldır ayak basmıyordum! Ah sahi, ne işimiz vardı burada? Gözlerimle etrafımı bir kez daha -bu sefer daha büyük bir dikkatle- inceledim. Değişen bir şey yok gibiydi. Müstakil evimizin bahçesini görebiliyordum oturduğum yerden. Çimenlerin üzerindeki çiçekleri, iki yandaki sedir ağaçlarımızın evimizi gölgesi altında himaye edişini, babamın kendi elleriyle ektiğine emin olduğum limon ağaçlarını, annemin kahvaltı yapmayı çok sevdiği çardağımızın ufacık bir kısmını ve o değişmeyen heybetiyle karşımda duran evimizi... Her birini büyük bir dikkatle inceledim. Hatta evimizin girişindeki siyah demir kapıyı bile. İçime dolan özlem duygusunu bastırmaya gayret etsem de imkânsız gibiydi bu. Yıllardır buradan uzakta olduğumdan alıştığımı sanmıştım. Ailemin, evimin ve memleketimin yokluğuna... Ama öyle değildi işte. Şimdi evimin tam karşısında durduğumda anlamıştım, özlemimin ne denli büyük ve taşınmaz hale geldiğini...

Ama yine de yapamazdım. Cesaret edemezdim ki yanlarına gitmeye. Derin bir iç geçirerek Kıvanç'a döndüm. Bunca düşündüğüm şeye tezatlık oluştururcasına, sesim aşırı duygusuz bir tonda çıktı. "Neden buradayız?"

"Çünkü bu küslüğe bir son vermenin zamanı geldi."

Burukça gülümsedim. Ben istesem bile, bunu ne annem isterdi ne de babam. Yıllardır iyi olup olmadığımı öğrenmeye bile çalışmamışlarken, şimdi ayaklarına geldim diye beni af mı edeceklerdi? Hiç sanmıyordum.

"Bu küslük sonsuza kadar devam eder Kıvanç. Yine de beni buraya getirdiğin için teşekkür ederim, çok düşüncelisin. Ama şimdi, derhal gidelim buradan!" Uzunca bir süre hiçbir şey söylemeden yüzüme baktı, sanki kuracağı cümleler yüzümde bir yerde yazılıymış gibi. Sonrasında başını iki yana salladı. "İn arabadan!" dediğinde, sesi itiraz kabul etmeyecek gibi çıkıyordu. Pes ederek kapıya uzandım. Bunu yapmaya dünden heveslimişim gibi! Yere ayak bastığımda yaptığım ilk iş, havayı solumak oldu. Evet, kabul, havasını bile özlemiştim buraların! Kıvanç'ın kollarını belimde hissetmemle, dönüp sıkıca sarıldım ben de. Desteğe ihtiyacım vardı. Hem de hiç olmadığı kadar! Saçlarımı yavaş yavaş okşarken yumuşacık sesini kullanarak konuştu. "Yanındayım, tamam mı? Yapabilirsin, Başak. Göreceksin, her şey yoluna girecek."

Burnumu çektim. Çıkan iğrenç sese aldırmadan merak ettiğim soruyu sordum. "Peki, nereden esti beni buraya getirmek? Aklından neler geçiyor Kıvanç?"

Gülümsedi; bu gülümsemesi öyle içtendi ki ister istemez aynı karşılığı verirken buldum kendimi. "Evlenmemiz için seni önce babandan istemem gerekmez mi?" derken muzipçe sırıttı. Her ne kadar başımı sallasam da babamın beni affedeceğini hatta ve hatta beni kendi arzusuyla Kıvanç'a vereceğini hiç sanmıyordum. Ayrıca, beni evlatlıktan reddettiğini söylemişken, bu işe karışacağını da sanmıyordum. Muhtemelen, tüm bunların yerine bizi kovmaktan beter edecekti. Ama o kadar yol gelmişken denememek de olmazdı. Hem... Eğer geri dönersek içimde kalırdı. Ömrümün geri kalan günlerini hep acaba ile başlayan sorularla ya da keşke ile başlayan cümlelerle geçirirdim. 'Acaba o gün cesaret etmiş olsaydım ailem beni affeder miydi?' ya da 'Keşke o gün cesaretimi toplayıp yanlarına gidebilseydim..." gibi cümlelerle... İhtiyacım olan şey azıcık cesaretti sadece. Çok azıcık!

Derin bir nefes aldım ve son bir kez daha Kıvanç'a sarıldım. Kokusunu içime çekerken cesaret depoladığımı hissediyordum ama yine de derinde bir yerlerde bastıramadığım bir korku duygusu vardı. Geri çekildiğimde dudağına bir öpücük bıraktım ve gözlerimi yumup kendi kendimi "Yapabilirim!" diye teskin ettim.

"Yapacaksın fıstığım!" deyip beni belimden ittirdiğinde, bacaklarımın zangır zangır titrediğini hissediyordum ama geri dönüşü yoktu artık. Arkamdan Kıvanç'ın ve babasına meraklı sorularını yönelten Irmak'ın sesini duymak beni biraz olsun cesaretlendiriyordu. Arkamda birilerinin olması güzeldi. İçimden, ah keşke bir de Asude burada olsaydı, diye geçirmeden edemedim. Beni nasıl rahatlatacağını en iyi o bilirdi.

Siyah demir kapımızın tutacağına elimi götürdüğümde, kalp atışlarım imdat çağrısı yaymaya başlamıştı bile. Ellerimin titreyişini önemsememeye dikkat ederek bahçemize inen merdivenlerin ilk basamağına adımımı attım. Bu ilk adımı atar atmaz burada geçirdiğim günler, yaşadığım acı-tatlı anılar zihnimden içeri süzülmüştü. Sanki bu adımı atmamı bekliyorlarmış gibi üşüşmüşlerdi bir anda.

Arka bahçede Asude'yle oynadığımız evcilik oyunlarını, bu sırada babamın ve Kemal amcanın mangalın başında durup hukuk veya futbol temalı konuşmalar yapışlarını, annemin ve Nazan teyzenin masayı hazırlama telaşına düşmelerine rağmen dedikodu yapmaktan da bir an olsun geri düşmeyişlerini... İlerleyen yıllarda ise, bahçemizdeki çardakta Asude'yle birlikte inekledığımız günleri, annemin bize çay ve kurabiye getirişini, babamın arada bir yanımıza uğrayıp saçlarımızı okşayarak, saf bir sevgiyle "Çok iyi yerlere geleceksiniz kızlarım!" deyişini...

Gözümden akan sıcacık gözyaşı damlasını kurulamaya ihtiyaç duymadan, titreyen bacaklarımla yürümeye devam ettim. Her bir adımımda zihnime süzülen anıların sayısı artıyordu ve ben, burukça gülümserken buluyordum kendimi. En ufacık bir şeyde bile duygusal patlama yaşayacakmış gibi hissetmem de cabasıydı.

En son bu evden çıktığım günü hatırladım sonra. On ikinci sınıfa başlayacağımız için İstanbul'a taşındığımız günü. İstediğimiz üniversite İstanbul'da olduğundan, alışmak için İstanbul yollarına düşmüştük ailemizle. O gün bu evden çıkarken, neredeyse sekiz yıl boyunca geri dönemeyeceğimi bilebilir miydim ki? Evin kapısına yürümek yerine, adımlarımı arka bahçemize doğru yönlendirdim. Önce o çok özlediğim çardağımızda oturmak ve sonra içeri girmek istiyordum. Hem biraz daha hava alıp kendime gelmem lazımdı. Aksi takdirde zaten sıfırlarda olan şansımı eksilere indirmiş olurdum.

Ama evin duvarını geçip arka bahçeye giriş yaptığımda, hiç beklemediğim bir şey oldu ve olduğum yerde kalakaldım. Evet. Beklemediğim şey, annemi burada bulmaktı. Ama eşek şansım yine bana merhaba demişti. Arkası bana dönük olduğundan, henüz görmemişti beni. İçimde isteksiz olan tarafın, 'Hazır seni görmemişken dön arkanı ve çek git buradan!' diye haykırması uzun sürmedi. Yaşadığım korku ve bu ses, beni nakavt etti ve seri bir hareketle arkamı dönmemi sağladı. Tam koşar adımlarla burayı terk edecektim ki annemin yıllardır duymadığım, özlemini çektiğim o yumuşacık sesiyle adımı seslendiğini işiterek, olduğum yerde kalakaldım.

"Başak!"

Sesini duymayı bu kadar özleyeceğimi hatta dudaklarından dökülen adımı duyduğumda gözyaşlarına boğulacağımı düşünmezdim. Ama şu an tam olarak bunu yapıyordum: Ağlıyordum! Topuğumun üzerinde yavaşça döndüm anneme. Arkamızdaki çardaktan epey uzaklaşıp aramızdaki mesafeyi çoktan kapatmıştı. Öncelikli işim, onu baştan aşağı incelemek oldu. Saçlarının eskisinden daha kısa olması dışında aynı gibiydi. Çok hafiften kırlaşan saçları ve göz torbaları görmezden gelinebilirdi bile. Son olarak, gözlerimi gözlerine diktiğimde ise, hıçkırıklara boğulmamak için zor tuttum kendimi. Çünkü onun da gözlerini çevreleyen bariz bir özlem vardı; tıpkı benim gözlerimdeki gibi...

"Anne?" diyebildim en sonunda ama sesim çatallaşmıştı. Vereceği tepkiyi beklerken gözlerine bakmaktan bir an olsun geri durmuyordum. Beni kollarının arasına alıp sımsıkı sarılacak mıydı yoksa bağıra çağıra burada ne işim olduğunu sorup beni kovacak mıydı?

Heyecanlı bekleyişim bir müddet daha devam etti ve nihayetinde olumlu bir şekilde son buldu. Annem, hiç beklemediğim bir şekilde beni kollarının arasına hapsetti. Bunu idrak edebilmem birkaç saniyemi aldığından, olumlu ya da olumsuz bir tepki veremedim. Anca şaşkınlığımı üzerimden atabildiğim anda, -hâlâ inanmakta güçlük çektiğim kucaklamasına- karşılık verebildim. Kolları öylesine sıkı sarıyordu ki beni, nefes almam zorlaşsa bile sesimi çıkarmadım. Doya doya yaşadım bu anı! Birbirimizden ayrı kaldığımız yılların acısını çıkara çıkara! Sonra Irmak'ın bana, "Dünyadaki en güzel koku, senin kokun anne," dediği gün aklıma geldi birden. İnsana en güzel gelen kokular; annesinin ve evladının kokusuydu sanırım. Annemin ve Irmak'ın kokusunu hiçbir şeye değişmezdim. Bunu daha iyi anlamıştım, şu an itibariyle.

Dakikalar sonra geri çekildiğimizde ikimizin de gözleri yaşlıydı. Elimi kaldırıp annemin gözyaşlarını silmeyi istedim ama o benden önce davranıp benimkileri silmeye koyuldu. Bir yandan da, "Şimdiye kadar niye gelmedin kızım?" diye sayıklayıp durdu.

Titreyen sesimle cevap verdim. "Beni geri çevirmenizden korktum. Hâlâ daha korkuyorum," diye itiraf ettim ve cümlemi bitirir bitirmez hıçkırıklara boğuldum.

"Bir anneye yaşatabileceğin en kötü şeyleri yaşattın Başak!" Kurduğu cümleyle, boğazımdan aşağı yakıcı bir tadın indiğini hisseder gibi oldum. Dokunmuştu bu söylediği. Ciddi anlamda dokunmuştu hem de!

"Ama yine de kızımsın sen benim! Canımın diğer yarısısın meleğim," diyerek beni bir kez daha bağrına bastığında, daha fazla direnemeyerek bırakıverdim hıçkırıklarımı. Saçlarımı okşamaya başladığında, zihnim anılarla dolup taşmaya başlamıştı. Annemin saçlarımı okşayarak beni uyuttuğu geceleri ve narin elleriyle saçlarımı örüp beni okula yolladığı sabahları...

"Hadi ben baban izin vermedi diye gelemedim yanına. Peki, sen niye bunca zaman gelmedin? Niye gelip af dilemedin bizden?" Sesinin boğuk çıkışından anlamıştım, onun da ağlamaya başladığını.

"Özür dilerim anne! Yaptığım yanlış için de korkaklık yapıp gelemeyişim için de affet beni," diye mırıldandım. Çatallı çıkan güçsüz sesimi duyup duymadığından emin değildim, sadece duymuş olmasını ümit ediyordum.

Annemin, "Ben çoktan affettim seni. Yıllar boyunca evine geleceğin günü bekledim sadece. Seni affettiğimi söyleyeceğim günü bekledim kızım," dediği anda ise, hatlar iyice gerilip kopma noktasına gelmişti bende. İçimi daha da yakan bu sözlerinden sonra hıçkırıklarımı kontrol etmek imkânsız bir hal aldı. Zaten kontrol etmeye çalıştığım falan da yoktu. Yarım saat kadar sürdüğünü düşündüğüm bir zaman diliminden sonra annemin, "Bu kadar gözyaşı yeter!" çağrısı üzerine ancak durulabilmiştim. Durulmaktan kastım, hıçkırıklarımın kesilip yerini iç çekişlere bırakmasıydı.

Ne ara çardağa geçip oturduğumuzu bilmesem de etrafımı özlemle seyrettim. Annem de bu bakışlarımı takip etmiş olacak ki hevesle "Eski günlerimizdeki gibi kahvaltılarımızı yaparız burada," dedi. Önerisine karşılık başımı heyecanla salladım "Çok iyi olur!"

Ama sonrasında babamın beni affetmeyeceği ihtimali zihnime süzülünce bütün sevincim kursağımda kaldı. Yine de gülümsemeye özen göstererek anneme döndüm. Heyecan kokan sesimle, "Bak, seni kimlerle tanıştıracağım anne!" dediğimde gözlerini kıstı. Kıvanç ve Irmak'ın ileride olduklarını gördüğümde yüzümdeki sırıtış iyice genişlemiş hatta öyle ki çene kaslarım hafiften sızlamıştı bile.

"Kızım, haydi yanımıza gel!" diye seslendiğimde lafımı ikiletmeden yaptı Irmak. Utangaç tavırları eşliğinde yanımıza gelirken, kaçamak bakışlarıyla anneannesini inceliyordu. Bu detayı fark eder etmez bıyık altından gülümseyip kızımı iyice yanımıza çektim. Kulağına eğilip "Anneanneye merhaba de bakalım," diye fısıldadığımda, belli belirsiz başını salladı.

Irmak önünde birleştirdiği ellerine bakarak, çekingen bir sesle "Merhaba," der demez bakışlarımı anneme çevirdim. Gülümsemesini, torunuyla konuşmasını ve onu kucaklamasını beklerken; onun yaptığı tek şey başını başka bir tarafa çevirmek oldu. Ne olduğunu anlamak ister gibi bir süre bekledim. Ama aynı ifadesizliğini korumaya devam ettiğinde, soran bir sesle "Anne?" dedim.

Benden tarafa dönmeden karşılık verdi. "Efendim Başak?"

"Torunun sana merhaba dedi. Bir şey söylemeyecek misin?" Merakla sorduğum soruya karşılık omuzlarını silkerek tepki vermesini beklemesem de tam olarak bunu yaptı. "Senelerce senden uzak kalmama neden olan şey o! Konuşmamı bekleme benden!" dediğinde gözlerimi irileştirerek baktım suratına. Ciddi olamazdı, değil mi? Benim ve Kıvanç'ın yaptığı bir yanlış için, bu hikâyenin en masum karakterini suçlayamazdı, öyle değil mi?

"Saçmalama anne. En masumumuz o!" diyerek kızımın -haklı- savunmasını yaptığımda bir kez daha omuzlarını silkti. Size annemin bazen çocukça davranabildiğinden bahsetmemiştim, değil mi? Irmak en sonunda tüm bunlara dayanamamış olacak ki, "Konuşmazsan konuşma! Ben de seninle konuşmaya meraklı değilim zaten!" diye patladı. Bunları söylerken gözlerinden birkaç damla yaş akmasaydı ve sesi titremeseydi, belki daha inandırıcı olabilirdi. Ama o daha küçücük bir kız çocuğuydu. Sevgiye ve ilgiye muhtaç bir kız çocuğu.

Annem yanımızdan kalkarken, ben de kızımı kucağıma alıp kollarımın arasına hapsettim. Gülünç olsa bile, bu minik yaşına aldırmadan güçlü durmaya çalışıyordu. Ama fazlasıyla duygusal bir kızdı ve bu kadar dayanabilmiş olması bile bir mucize sayılırdı. Oysaki anneannesiyle konuşmak için yanımıza gelirken gözlerinde ne de güzel heyecanlı parıltılarına şahit olmuştum! Sağ olsun annem, bütün o heyecan ve sevgi parıltılarını yerle bir edip yerine nefret parıltılarının serpilmesine neden olmuştu. Ve Irmak, nefret ettiği birini kolay kolay sevebilen bir kız değildi. Kısacası, annem pişman olduğunda, torunundan çok çekecekti!

Aradan geçen birkaç saatin sonunda Kıvanç, kızımızı sakinleştirmeyi başarmıştı. Benim eski odamda oturuyorduk ve baba-kız karşılıklı el kızartmaca oynuyorlardı. Ben de onları keyifle izliyor, arada bir Irmak lehine tezahüratlarda bulunuyordum. Tabii bunu yaptığımda Kıvanç'ın kızgın bakışlarıyla karşı karşıya geliyordum ama hemen yanına gidip kulağına onu sevdiğimi fısıldadığım anda yelkenleri suya indiriyor ve tekrar gülümsemeye başlıyordu. Egosuna katkıda bulunduğumun farkındaydım ama yapacak başka da bir şeyim yoktu maalesef ki. Her iki tarafı da mutlu edebilmek gerçekten zordu.

Odanın kapısı tıklatıldığında ben de dâhil olmak üzere hepimiz başlarımızı kapıya çevirdik. Annem kafasını uzatıp "Benimle gelir misin kızım?" dediğinde, gözlerimi Irmak'a çevirdim. Anneannesini görmekten pek memnun gözükmüyordu, minik dudaklarını çoktan asmıştı. Onay almak ister gibi uzunca bir süre gözlerine baktım kızımın. Gitmemi istemezse, gitmezdim. Onu arkamda mutsuz bir şekilde bırakamazdım. Sonuçta, önceliğim her zaman O'ydu. Onun mutluluğu, benim mutluluğum; onun üzüntüsü, benim üzüntümdü.

Kafasını olumlu anlamda salladığında teşekkür edercesine bir bakış atıp ayaklandım. Kızımın alnına ve Kıvanç'ın yanağına öpücüklerimi kondurduktan sonra annemin peşinden yürümeye başladım. Kıvanç'ın arkamdan, "Neden dudak değil de yanak?" diye homurdandığını duyar gibi oldum ve bu da istemsizce gülümsetti beni.

Annem holdeki kısa yürüyüşümüzün ardından kendi oda kapısını açıp içeri girdi ve benim de geçebilmem için kenara çekildi. Gülümsemeye çalışarak odaya adımımı attım. Torununa karşı sergilediği, mantık kurallarına aykırı davranışından sonra epey bir kırgındım ona. Bana ve Kıvanç'a kızabilir, ağzına geleni söyleyebilirdi. Ama kızıma -hiç hak etmediği halde- böyle davranması koymuştu. Dediğim gibi, en masumumuz O'ydu. Bu tepkilerin hiçbirini hak etmeyecek kadar masumluk abidesiydi benim kızım! Gözüyle yatağa oturmamın işaretini verdiğinde, dediğini yaptım. Sırtımı yatak başlığına yaslayıp kollarımı göğsümde kavuşturdum. Annem de anında yanıma uzandı ve beni kollarının arasına aldı. Tıpkı eski günlerdeki gibi...

Saçlarımı okşarken, "Nasıl da özlemişim seni!" diye mırıldandı ve özlem kokan nefesini dışarı üfledi.

Gülümseyerek, "Ben de öyle," dedim. Saçlarımın üzerine öpücüklerini kondurduktan sonra sordu. "Anlat bakalım. Hayatın nasıl gidiyor?"

"Birkaç ay öncesine göre gayet iyi anne," dedim geniş bir sırıtma eşliğinde. "Kıvanç'ın dönüşüyle birlikte her şey rayına oturmaya başladı."

Düşünürcesine, bir süre karşılık vermedi söylediklerime. Sonrasında, "Sadece seninle ilgili olanları anlatmanı istiyorum Başak!" dedi, gayet katı bir sesle. Kıvanç'a alışması, Irmak'a alışmasından çok daha zor olacaktı elbette. Bu, kabul edilebilir bir şeydi.

Yine de yüzümü buruşturdum ister istemez. İyi de bu da benimle ilgiliydi ki! Kıvanç'ın geri dönüşü başka kiminle ilgili olabilirdi ki? Hem neyden bahsedebilirdim ki başka?

"Sanırım iyi bir avukat olmayı başardım. En son kaybettiğim davayı hatırlamıyorum bile!" dediğimde ifadesini göremiyordum ama gururlu bir gülümseme oluştuğunu tahmin etmek zor değildi.

Başka konulardan bahsetmeyi önerdiğim ana kadar benden ve benim hayatımda olan çarpıcı şeylerden bahsettik. Sonrasında ise konuşma sırasını annem aldı. Tam en son babamla yaptıkları alışverişteki komik bir olayı anlatmaya girişmişti ki oda kapısının açılmasıyla duraksadı. Ben de bu duraksamasından yararlanarak gözlerimi az önce açılan kapıya çevirdim.

Karşımda duran kişi, babamdı.

Yıllardır görmediğim, desteğini üzerimde hissedemediğim babam...

Boğazımda boncuk gibi şeylerin sıra sıra dizildiğini hissettim ve bunlar, yutkunmama engel olmakta oldukça başarılıydılar. Babamı uzun uzun olmasa da, hızlı bir şekilde inceledim. Gözleri beni bulduğunda, göz bebeklerinden bir şaşkınlık ifadesinin geçtiğini görür gibi olmuştum ama bir göz yanılması da olabilirdi. Çünkü saliselik bir zaman diliminde gerçekleşmişti bu bahsettiğim inceleme işlemim. Saçlarının kırlaşması, omuzlarının düşmesi ve yüz hatlarında kırışıklıkların belirginleşmeye başlaması dışında bir değişiklik görememiştim. Bunlar da abartılacak değişiklikler değildi. Tüm bunlara rağmen, karizmatik duruşu bozulmamıştı çünkü.

Kısa bir an gözlerimiz buluştu. Yüzündeki değişimi incelememe bile izin vermeden arkasını dönüp çıkmasıyla, kendimi derin bir boşluğa düşmüşüm gibi hissettim. Çıkarken kapıyı öyle sert çarpmıştı ki yankı bulan sesten irkilerek yerimde zıplamıştım. Sonrasında ise gözlerimden akan yaşları hissedip annemin benim için açmış olduğu kollarına girdim. Saçlarımı okşarken huzur verici sesiyle konuştu. "Gelir gelmez seni kollarının arasına almasını beklemiyordun, değil mi? Sabırlı ol kızım. Muhakkak affedecektir ama birazcık daha zaman tanı babana. Olur mu?"

Kollarının arasından çıkıp merakla sordum. "Ya hiç affetmezse?"

Çok komik bir şey söylemişim gibi bir kahkaha patlattı. Bu kahkahası içimi anında ısıtırken, gözlerimi bir an olsun çekmedim üzerinden. "Sen bizim ilk ve tek göz ağrımızsın Başak! Kızarız, küseriz ama bir yere kadar. Bak bana, seni görür görmez yelkenleri suya indirdim. Oysaki senelerce bugünün provasını yapıp durmuştum. Sana yine sarılacaktım, seni yine affedecektim tabii ki; ama ağırlığımı koyacaktım önce. Gördüğün gibi beceremedim!"

Söylediklerini kısa bir anlığına düşündüm. Kendimi onların yerine koymaya çalıştım sonra. Irmak bana böyle bir şey yapmış olsaydı, tepkim ne olurdu diye... Sanırım ailemin bana verdiği tepkiyle aynı olurdu benim tepkim de. Farklı olarak sadece bu kadar zaman bekleyemezdim, o kadar. Irmak'la küs durmaya dayanamayıp çok kısa bir süre sonra onu kollarımın sığınağı altına alırdım muhtemelen. İçimden bir ses, 'Yaşamadığın şeyler hakkında yorumda bulunma. Yaşamadan bilemezsin hiçbir şeyi!' diyerek beni uyarırken, hak vererek başımı salladım. Doğruydu; kimse hiçbir şeyi yaşamadan bilemezdi. Olayların uzağındayken yorum yapmak en kolayıydı. Ama gün gelip de o kolayca yorum yaptığın şeyleri yaşamaya gelince, bir o kadar zordu herhalde...

"Saçlarını örmemi ister misin?"

Annemin sessizliğimizi bölen sorusuna dikkat kesildiğimde, doğru duyup duymadığımı anlamak istercesine gözlerine baktım. Aynı soruyu bir kez daha tekrar ettiğinde doğru duyduğuma emin olarak başımı hızla salladım. Aradan geçen seneler boyunca en çok özlediğim şeylerden biriydi bu.

"Bekle burada, geliyorum hemen!" dediğinde tamam anlamında salladım başımı. Odadan çıktığında ise, etrafıma merakla bakındım. Hâlâ o eski, büyük dolapları vardı kapının hemen girişinde. Onun karşısında da üzerinde oturduğum yatak vardı ve çok şükür ki, yatağı yenilemişlerdi. Eski yataklarının üzerine oturduğumda çıkan sinir bozucu gıcırtıyı hatırlayıp kendi kendime kıkırdadım. Başımı sağ tarafa çevirdiğimde ise, annemin komodininin açık kalan çekmecesi dikkatimi çekmişti. Çünkü içerisinde birkaç fotoğraf vardı ve uzaktan bakıyor olsam da tanıdık gelmişlerdi. Elimi çekmeceye daldırıp fotoğrafları elime aldığımda, şaşkınlıktan neredeyse boğulacaktım. Bunlar benim ve Irmak'ın, uzak ve yakın zamanlarda çektirdiğimiz fotoğraflarımızdı. Irmak'ın doğduğu zamanlardan şimdiki yaşına kadar olan çeşit çeşit fotoğrafı... Bazı fotoğraf karelerinde Asude, Batın ve Ahsen de vardı. Peki, bunların annemde ne işi vardı?

Asude'yle birlikte Irmak'ı yıkadığımız fotoğrafı elime aldığımda gülümserken buldum kendimi. Fotoğrafa bakılırsa Irmak en fazla üç yaşındaydı ve ben o günü hatırlıyor gibiydim. Biz Irmak'ı yıkarken, teyzem de elindeki fotoğraf makinesiyle durmadan bizi çekmişti. Böylelikle bu fotoğrafların postacısı da belli olmuştu. Ah teyzem ah!

"Ne yapıyorsun sen orada?" Annemin kızgın çıkan sesiyle irkildim önce. Ardından fotoğrafları elimden çekip özenli bir biçimde çekmecesine yerleştirmesine gülümsedim. Demek torunun resimlerine önem veriyordu... Bunu öğrendiğim iyi olmuştu!

Arkama geçip saçlarımı taramaya başladığında, "Hatırladın mı tarağını?" diye sordu. Omzumun üzerinden dönüp elindeki tarağa baktığımda sevinçle başımı salladım. Küçüklüğümden beri saçlarımı taramakla yükümlü olan kıymetli tarağımdı bu benim. Doğrusu, yıllar boyu onun da eksikliğini çok hissetmiştim çünkü hiçbir tarak onun kadar güzel iş görmüyordu.

"Sen gittin gideli boynu bükük kaldı yavrucağın!" demesiyle sesli bir kahkaha patlattım. "Kızımın saçlarını değil de tarağını koklamak ne kadar kötü bir duyguydu biliyor musun sen?" diyerek devam ettiğinde ise, kahkahamı yarıda keserek başımı önüme eğdim. Vicdan azabım hiç dinmeyecekti sanırım. Aileme yaşattıklarımı nasıl telafi edecektim?

Saçlarımı tarama işlemini bitirdiğinde tarağımı yatağın üzerine koydu. Ben tarağı elime alıp oynarken, annem de çoktan saçlarımı eşit bir şekilde üçe ayırıp örme işlemine girişmişti bile. "Torununun canlısını öpmek yerine, cansız fotoğraf karelerini öpmekle yetinmek saçma değil mi anne?" dediğimde parmakları kısa bir anlığına durup örmeye ara verdi. Ardından kendini topladığında parmakları yine büyük bir ustalıkla hareket etmeye başladı. En azından söylediklerimden etkilenmişti, bu da bir şeydi. Demek ki söylediklerimde doğruluk payı vardı; demek ki torununun fotoğraflarını gerçekten de öpüyordu!

Bundan aldığım gazla devam ettim. "Irmak'ın hiçbir suçunun olmadığını sen de biliyorsun." İnatla konuşmadığında, omuzlarımı düşürdüm. "Kızımı çok üzdün hem de haksız yere!" dediğimde tokayı saçımın ucuna bağlayıp yaptığı sıkı örgüyü tutturdu. Böylelikle ben de ondan tarafa dönerek ısrarlarıma devam ettim. "Bir tanımaya çalışsan çok seversin anne. Kendi kızım diye demiyorum ama gerçekten çok tatlıdır."

Pes edercesine omuzlarını düşürdüğünde heyecanla ellerimi çırptım. "İyi de o kadar şey söyledim! Bir daha benimle konuşmak ister mi?" dediğinde başımı hızla aşağı yukarı salladım. "İster tabii ki. Biraz zor olur, ama olur! Babasını da başta hiç sevmemişti ama şimdi kuyruğundan ayrılmıyor."

Heyecanlı çıktığını fark ettiğim sesiyle, "Peki, öyleyse, çağır bakalım!" dediğinde kocaman gülümseyerek, yanaklarına sulu öpücüklerimi bıraktım. Yataktan uçarcasına atladıktan sonra kapının önüne kadar gidip "Irmak!" diye seslendim.

Anında cevap verdi kızım. "Efendim anne?"

"Buraya gelir misin meleğim?"

Saniyeler birbirini kovalarken heyecan katsayım daha da arttı. Irmak yanıma geldiğinde, yanında başka birisinin de olduğunu fark ederek başımı kaldırdım. Nazan teyzeyle karşılaşmayı beklemediğimden önce şaşırdım fakat şaşkınlığımı üzerimden attıktan hemen sonra yanına koşarcasına gidip boynuna sıkıca sarıldım. "Seni burada görmek çok güzel, güzel kızım!" derken kucaklayışıma karşılık verdi. "Nasıl sevindim anlatamam!"

İkimiz de geriye çekildiğimizde, "Asu arayıp haber verdi geldiğinizi," diyerek açıklamada bulundu. "Telefonlarına cevap vermiyormuşsun, merak etmiş o da. Bir geçip baksana anne dedi, ben de soluğu burada aldım."

Hızlı hızlı konuştuktan sonra Irmak'ın elini tutup annemin odasına girdiler birlikte. Arkalarından yürürken Asude'ye vereceğim hesabı düşünüyordum kara kara. Telefonlarına cevap verilmemesinden nefret ederdi hele de deli gibi meraklı olduğu zamanlarda...

Bir zaman sonra boş verip ben de annemin odasına girdim tekrar. Şimdi, çözmem gereken daha mühim bir mesele vardı. Gözlerimi odada gezintiye çıkardım. Irmak, anneannesinden epey uzakta duruyordu ve burada olmaktan rahatsızmış gibi bir ifade vardı suratında. Hatta saniyeler sonra Nazan teyzenin kolunu çekiştirerek, "Babamın yanına gidelim mi anneanne?" dediğini duydum. Nazan teyzeyi anneannesi, Kemal amcayı da dedesi olarak görüyordu Irmak. Daha doğrusu, onlar ta küçüklüğünden beri, Irmak'a böyle görmesi gerektiğini söylemişlerdi.

Irmak'ın, Nazan teyzeye hitaben söylediği anneanne kelimesinden sonra anneme çevirdim bakışlarımı. Suratı asılmıştı; torunun kendine değil de en yakın arkadaşına anneanne demesi koymuştu sanırım. Ama bunun için Irmak'ı suçlayamazdı, söylediğim gibi Irmak sevgiye ve ilgiye fazlasıyla aç bir çocuktu. Neredeyse altı yaşına gelmişti ve babasıyla daha yeni tanışmıştı. Dedesi ve babaannesiyle de öyle. Ve şimdi de -öz- anneannesiyle...

Nazan teyze ortamdaki gerginliği idrak etmiş olacak ki, "Ben bir Kemal dedeni arayıp geleyim canım. O da görmek istiyordur şimdi seni!" dedi sevecen sesiyle. Irmak heyecanla başını sallayıp "Ben de dedemi görmek istiyorum anneanne!" dediğinde Nazan teyze, Irmak'ın burnuna bir öpücük kondurup hızlı adımlarla odayı terk etti. Çıkarken kısa bir anlığına anneme ve bana bakıp dudaklarını oynatarak "İyi şanslar!" demeyi de ihmal etmemişti.

Derin bir nefes aldım. Bu durumlarda nasıl söze başlanırdı ki? Ben kara kara bunu düşünürken, annem çoktan dizlerinin üzerinde oturup Irmak'ın önünde eğilmişti bile. Yaşadığı heyecandan olsa gerek kısık sesiyle, "Merhaba," dedi torununa. Ve işte ben de tam bu anda, gözlerimi yumup içimden milyonlarca kez Allah'a şükretmiştim. Bu güzel günü bana yaşattığı için. Irmak başta şaşırsa da sonradan aynı şekilde karşılık verdi anneannesine. "Merhaba." Birazcık soğuk konuşuyordu ki sabah yaşananlardan sonra bu çok doğaldı.

"Annene çok benzediğini biliyor musun?"

Annem bunu soruyu sorduğunda Irmak başını yerden kaldırıp bana baktı. Gülümseyerek ona öpücük gönderdiğimde o da aynısını yapıp kıkırdadı. Sonra anneannesine dönüp öncekinden daha sıcak bir tavır ve sesle, "Biliyorum," dedi. "Annem de sana benziyor ama."

Irmak'ın bu sözlerinin üzerine annem de gülümseyerek başını sallayıp kısa bir anlığına bana baktı. "Evet biliyorum. Çünkü ben de onun annesiyim."

"Annemin ailesiyle tanışmayı çok istemiştim hep."

Irmak bunları söylediğinde şaşkın bakışlarım eşliğinde baktım suratına. Bana hiçbir zaman bu düşüncesinden bahsetmemiş, aksine hep annemle babamı kötüleyip durmuştu. Bizi arayıp sormadıkları, beni hiç merak etmedikleri için.

Annem burukça gülümsedi. "Bu kadar geç olmasını istemezdim!" Irmak başını sallarken, annem de kendisini toparlayıp ayağa kalkmış ve benim olduğum yere kadar gelmişti. Beni yavaşça kenara ittikten sonra, az önce çekmeceye koyduğu fotoğrafları eline alıp kızımı yanına çağırmıştı. Yatağa oturmasını söyledikten sonra elindeki fotoğrafları torununun kucağına koymuştu. "Bakalım, tanıyacak mısın bu tatlı kızı?"

Irmak merak içinde fotoğrafları eline aldı. Fotoğraflarda kendisini gördüğü anda gülümsemesi sırıtışa dönüştü ve kafasını kaldırıp anneannesine şaşkınlıkla baktı. "Bunların sende ne işi var?"

"Çünkü senin deli anneannen, torunun gerçeğini değil, fotoğraflarını öpmekle yetindi yıllarca!" Annemin bu sözlerinden sonra, odayı derin bir sessizlik kapladı. "Şimdi seni öpmeme izin verir misin acaba?"

Boğazımdan yukarı tırmanmaya çalışan hıçkırıklarımı geri tepebilmek için defalarca yutkundum ama pek bir işe yaradığı söylenemezdi. Yine de Irmak'ın vereceği tepkiyi görmeden terk etmeyecektim bu odayı, kesin kararlıydım. Görüşüm bulanıklaşsa bile Irmak'ın kafasını salladığını ve annemin bu saniye içerisinde torununu kucağına çekip onu öpücüklere boğduğunu görebildim. Bunun üzerine hızlı adımlarımla odayı terk ederken, arkamdan gelen gülüşmelerini işittim. Hem hıçkırıklara boğulup ağlıyor hem de sevinçle gülümsüyordum. Duygularım o kadar allak bullaktı ki! Gözlerimi dolduran yaşlar önümü görmemi zorlaştırıyor ve dolayısıyla ara sıra tökezliyordum. Güç bela odamın kapısını açıp kendimi içeri attım. Bunu yaptığım anda kendimi yere bıraktım ve eş zamanlı olarak hıçkırıklarım da serbest kalıp ortama karıştı. Göğsüm hızla inip kalkıyordu, bunu bastırabilmek adına dizlerimi kendime çekip kollarımla dizlerimin etrafını sardım.

Çok geçmeden Kıvanç'ın huzur verici kokusu ve güçlü kolları da benim etrafımı sardığında kendimi onun kollarına bıraktım. Korku dolu sesiyle, "Ne oldu Başak?" diye sordu ama cevap vermek için dudaklarımı aralayacak, konuşmak için ağzımı oynatacak halim bile yoktu. "Korkutuyorsun beni!"

"He-her şey çok güzel..." Kekeleyerek de olsa sonunda konuşabildim. Beni saran kolları biraz olsun gevşediğinde rahatladığını anladım. "E ne güzel işte. Bunun için mi ağlıyorsun fıstığım? Her şey çok güzel diye?"

Başımı sallamakla yetindim. Alnıma, içimi titreten uzun soluklu bir öpücük bıraktı. Geri çekildiğinde, "Her şeyin düzeleceğini söylemiştim," diyerek gülümsedi. Dudağının kenarında kendini ortaya çıkaran gamzesini, uzanıp öptüm. Bunu yaptığımda sırıtışı genişledi ve beni seri bir hareketle kucağına çekti. Başımı daha rahatça omzuna yasladım.

Bir süre yalnızca ağladım. Sevdiğim adamın kollarında, huzurla dolup taşmış vaziyette... Sonra başımı kaldırdım ve parmaklarımı yanağında gezdirdim. Başparmağım aracılığıyla yanağını yavaşça okşarken, "Teşekkür ederim Kıvanç," diye mırıldandım minnetle. "Çok teşekkür ederim!"

"Ne için?"

Kocaman bir sırıtış dudaklarımdaki hâkimiyetini korurken, "Beni buraya getirdiğin için!" dedim.

"Yıllar öncesinde benim yüzümden bozuldu aile ilişkilerin. Geç bile kaldım!" dediğinde uzanıp, dudaklarına minik bir öpücük kondurdum ve devam etmesine izin vermeden geri çekildim. Sonrasında da gülümseyerek kucağından kalktım ve bu evde özlemini çektiğim bir başka şeye -yatağıma- doğru ilerledim. Seneler sonra, rahat ve deliksiz bir uyku çekebilirdim, değil mi? Kıvanç yanımdaydı. Kızını sahiplenmişti, beni seviyor hatta benimle evlenmek istiyordu. Sonra, annemle barışmıştım bugün ve kızımı da anneannesiyle tanıştırmıştım. Tek eksik kalmıştı. O da babamdı. Onunla da ne kadar zor olursa olsun, barışacağım konusunda kendimi teskin ettikten sonra gözlerimi yumdum.

Kıvanç da arkadan belime sarılmış ve düşüncelerimi okuyabiliyormuş gibi, bir kez daha "Her şey yoluna girecek fıstığım," diye mırıldanmıştı. Sonradan söylediği şey ise yanaklarımın pancar gibi kızarmasına yol açmıştı. "Çok yakında evimin kadını, doğacak boy boy çocuklarımızın annesi olacaksın. Ah, o kadar az kaldı ki!"

40. Bölüm

Ayakta Uyumak

Mutfağa adımını attığım anda, Irmak'ın neşeli kucaklaması karşılamıştı beni. Heyecanla bacaklarıma sarılıp "Günaydın anneciğim!" diye haykırdığında, kocaman gülümsedim.

"Günaydın meleğim!" deyip yanaklarına öpücüklerimi kondurdum. Ben bunu yaparken, o da gıdıklandığını belli edercesine kıkırdıyordu. Neşeli kıkırdamalarını daha fazla duymak istediğimden burnumu boynuna sürterek gıdıklamaya başladım meleğimi. Ta ki, annemin otoriter sesiyle, "Torunuma eziyet etmesene Başak! Oraya bir gelirsem..." diye söylendiğini duyduğum ana kadar.

Mesajı alarak geri çekildiğimde, Irmak hâlâ kıkırdıyordu. Göz kırparak, başka bir zaman devam edeceğiz bakışı attığımda başını sallayarak onayladı beni. Bu halini keyifle izledikten sonra anneme döndüm tekrar. Kahvaltıyı hazırlıyordu, ona yardım etmek için yerimde doğrulduğum sırada Kıvanç'ın da bize katıldığını görerek gülümsedim. Annemin yanına gidip yanaklarını sıktıktan sonra, "Günaydın Esma Hatun!" dedi, en sevimli sesimle.

"Günaydın oğlum!"

Ah evet, size bu konudan bahsetmedim ben, değil mi? Annemle Kıvanç, İzmir'e geldiğimiz şu üç haftadan beri kendilerinden hiç beklenilmeyecek şekilde iyi anlaşıyorlar. Annem başta -haklı olarak- Kıvanç'tan haz etmemiş ama sonrasında Kıvanç'ın bana ve Irmak'a karşı sergilediği tutumunu görerek ona alışmaya başlamıştı. Ve işte durum ortadaydı!

Bense, Kıvanç'ta ciddi ciddi şeytan tüyü olduğunu düşünmeye başlamıştım artık. Ne derse desin, ne yaparsa yapsın kendini bir şekilde sevdirebiliyordu. Hiç şüphesiz buna en iyi örnek, bizim aramızda yaşananlardı. Bana yaptığı onca şeye rağmen hatta ona en ihtiyacım olan günlerde gitmesine rağmen bir türlü vazgeçememiştim ondan.

Hep birlikte hazır olan kahvaltı masasına oturduğumuzda, sıkıntıyla derin bir iç çektim. Ben bu masada oturuyorum diye babam gelmiyor, bizimle yemiyordu yemeklerini. Annem her ne kadar, ben başka bir yerde yerim tarzındaki ısrarlarımı sıralasam da bana kaşlarını çatıp başını iki yana sallıyordu. "Keçi inadından vazgeçip seni affederse, hep birlikte yiyebiliriz. Kendisi istemiyorsa yapacak bir şey yok Başak!" diyerek üstüne bir de bana kızıyordu. Aynı şeyleri bir kez daha tekrar etmemizi istemediğimden sesimi çıkarmadan önümdeki patates kızartmalarını çatalıma hapsetmeye başladım.

Çoğunluğu sessizlikle geçen kahvaltımızın sonlarına geldiğimizde kapı çalmıştı. Hepimiz merakla birbirimize bakarken, kimi bekliyorduk? dercesine bir tutum içerisindeydik. Irmak'sa hepimizden daha akıllıca davranarak oturduğu sandalyeden kalkıp "Ben bakarım!" diye bağırıp koşmaya başlamıştı. Arkasından endişeli gözlerimle bakarken, düşüp bir yerini incitmemesi için dualarımı etmeye başlamıştım bile. Vücudunda oluşması olağan en ufacık bir morluk bile, beni korkudan deliye döndürüyordu. Mutfağımız dış kapımıza yakın olduğundan gelen sesleri rahatlıkla duyabiliyorduk. Ve bu sayede gelenlerin Kemal amca ve Nazan teyze; hemen beraberlerinde de Asude ve Batın olduklarını anlayabilmiştik. Gözlerim iri iri açılırken heyecanla yerimden kalkıp tıpkı Irmak gibi koşturmaya başladım. Boru değildi, koskoca üç haftadır görmüyordum Asude'yi. Öyle burnumda tütüyordu ki arkadaşım, ona sıkıca sarılmaktan başka bir şey düşlemiyordum şu anda. Düşüncelere dalıp gitmişken, hızımı almakta sıkıntı yaşayıp Asude'ye hafiften çarpmıştım. Ama sorun değildi bu.

En azından benim açımdan...

O ise tam aksini düşünüyor olacaktı ki "Azıcık yavaş olsana sen!" diyerek beni azarlama seanslarına başlamış bulunmaktaydı. Umursamayıp sadece sarıldım. İlk defa bu kadar uzun bir süre ayrı kalmıştık birbirimizden. Evet, ciddiydim. Bebekliğimizden bu yana, bir ilkti bu. Bundan önceki en uzun ayrı kalışımız, Batın'la gittikleri balayı zamanında yaşanmıştı. Ama o bile sadece bir hafta kadar sürmüş, erkenden dönmüşlerdi. Irmak ve benim için.

"Çok özledim!" dedim içimden geldiği gibi.

"Ben de çok özledim seni!" diye haykırdı ve yanaklarıma öpücüklerini bıraktı. Kendimi gülümsemek için zorlayarak, gözlerimde birikmiş olan yaşları kamufle etmeye çalıştım. Bu konuda ne kadar başarılı olduğumu bilmiyordum ama en azından deniyordum. Batın'ın da bir köşede bizi izlediğini fark ederek ona yöneldim ve kısa bir kucaklaşmanın ardından, "Hoş geldin Batın. Gelerek ne iyi yaptınız, çok özlemiştik!" diye sevinçle haykırdım.

Göz kırptıktan sonra, "Katılıyorum yengeciğim," dedi. Son kelimeye özellikle vurgu yaptığına kalıbımı bile basabilirdim. "Biz de özlemiştik sizi. En çok da fıstığımı özledim ama!" diyerek yanımızda dikilen Irmak'ı kucakladığında, gülümseyen gözlerle izledim onları. Hiç amcam olmadığından, amca-yeğen ilişkisi nedir bilmezdim. Ama Batın ve Irmak'ta gördüğüm kadarıyla yorum yapmam gerekirse, inanılmaz bir şeydi! Büyük bir ayrıcalıktı. Ama hemen şurada bir parantez açmam gerekiyordu sanırım: Batın gibi bir amcaya sahipseniz tabii...

Onlar hararetle konuşmaya başlamışlarken, ben de Ahsen'i öpmeye başladım. Tam yeğenimle konuşmaya başlayacaktım ki Asude'nin dirseğiyle kolumu dürtüklemesi sonucu duraksadım. Soran bakışlarımı üzerine yönlendirdiğimde, fısıltı halinde "Konuşmamız gereken önemli bir şey var Başak. Yukarı çıkalım mı?" dedi.

Merak içinde kaldığımdan hızla başımı aşağı yukarı salladım. Ardından Asude'nin hızlı adımlarını takip ederek merdivenlere yöneldim ve hemen ardından odama girip kapıyı arkamızdan kapattım. Gözleri aracılığıyla yatağa oturmamı işaret ettiğinde söylediğini yaparak yatağımın ucuna oturdum ve Ahsen'i de kucağımdan indirip yanıma oturttum.

Alt dudağını dişlerinin arasına aldıktan hemen sonra, "Uzatmadan, direkt söyleyeceğim tamam mı?" dedi hızlıca. Gözlerimi kısarak ona bakarken, acele et dercesine başımı salladım.

"Hamileyim!"

Beni buraya çıkarışından ve takındığı ciddi surat ifadesinden, kendimi kötü bir şey duymaya öylesine hazırlamıştım ki duyduğum bu sevindirici haber sonrası gözlerim yuvalarından çıkmak isterlermiş gibi açılmışlardı. Böylesine güzel bir haberi, nasıl olur da böyle korkutucu bir şekilde verebiliyordu acaba? Yerimden heyecanla kalkıp kollarımı boynuna doladığımda, sevinçle haykırdım. "Bu harika bir haber Asu!" İkinci kez teyze olacaktım... Bunun düşüncesi bile içimi ısıtmaya yetiyordu. Minik bir Asude daha katılacaktı aramıza. Ya da belki de bu sefer minik bir Batın? Kendi düşüncelerime kıkırdadığımda, Asude'nin tebessüm eden suratıyla karşılaştım. Birlikte yatağımın üzerine oturduğumuzda, elimi karnına koydum. Yavaşça karnını okşarken, "Kaç aylık olmuş?" diye sordum merakla.

"İki," diyerek kısa bir cevap verdiğinde, tek kaşımı havaya kaldırarak "Peki, sen ne zamandan beri biliyorsun?" diye başka bir soru yönelttim. Gözlerini tavana diktiğinde, aklında kısa bir hesaplama yapmaya çalıştığını anladım. "Bir hafta kadar oldu sanırım."

Kızgınlıkla kaşlarımı çattım. Bir haftadır hamile olduğundan haberdardı ama bana daha yeni söylüyordu? Ah, bu gerçekten de affedilebilir bir şey değildi. Kendimi sakin olmaya zorlayarak, "Şimdiye kadar neden söylemediğini sorsam?" dedim.

"Yüz yüzeyken söylemek istediğimden. Ayrıca... Buraya bir şeyleri yoluna koymaya geldiniz. Şu durumda başkalarını değil, kendini düşünmeliydin."

"Sen başkası değilsin aptal!" dedikten sonra dayanamayıp bir kez daha sarıldım ona. Saçlarına minicik bir öpücük kondurup geri çekildiğimde, beni harika gülümsemesi eşliğinde izlediğini gördüm. Bakışlarımı kısa bir anlığına ondan ayırıp Ahsen'e döndüm. O da tıpkı benim gibi gözlerini annesinin üzerinden ayırmıyor ve yine tıpkı benim gibi gülümseyerek bakıyordu. "Sen abla mı oluyorsun bakalım?"

Başını heyecanla sallarken, "Evet!" dedi. Aynı sahnenin Irmak'ın başrollüğünde yaşandığını hayal ettim bir anlığına. Ona hamile olduğumu söyleyecektim ve o da heyecanlanacak, abla olacağı için sevinecekti öyle mi? Ah, anca rüyamda görürdüm. Olsa olsa doğacak kardeşini kıskanır, daha doğmamış olan o minicik kardeşine kin beslerdi. Aklımda can bulan bu fikirlerden sonra silkelenip kendime geldim. Düşünmemek en iyisiydi sanırım.

Kendimi toparlayıp "Erkek mi olsun istersin yoksa kız mı?" diye sorduğumda gözlerini kırpıştırmıştı Ahsen. Uzunca bir süre düşündükten sonra ellerini iki yana açarak, "Bilmiyorum ki," demişti, sevimli bir şekilde. "İkisi de olur!"

Ahsen'in bu cevabına karşılık Asude'yle birlikte kahkahalara boğulduğumuzda, çok geçmeden Ahsen de eşlik etti bize. Kahkahalarımız kesilme noktasına geldiğinde kapı açılmış ve Irmak koşar adımlarla içeri girmişti. Nefes nefese kaldığını gördüğümden endişeyle ayağa kalktım. Önünde diz çöktükten sonra, "Bir sorun mu var meleğim?" diye sordum, endişeli bir tınıyla.

Ellerini beline koyup öne doğru eğildikten sonra art arda nefesler almaya başladı. Bu hali beni daha da korkuturken, yüzünü görebilmek adına alnına düşen saçlarını geriye ittirdim. Saçlarını yavaş yavaş okşamaya başladım ve kendimi sakin kalmaya zorlayarak sorumu yineledim. "Bir sorun mu var Irmak?"

Ellerini belinden çektikten sonra yerinde doğrulup, "Hayır," dedi. Bunu söylerken neşeli bir kıkırtı kaçmıştı dudaklarından. Elleriyle dudaklarının üzerini örttükten sonra heyecanla açıklamaya girişti. "Babam ve amcamla saklambaç oynuyorduk da onlardan kaçıyordum," dedikten sonra bir kez daha kıkırdamış ama bu sefer ellerini dudaklarına siper etmemişti.

Bu sırada "Ee siz ne yapıyordunuz burada?" diyerek, Asude'yle Ahsen'in oturduğu yatağa doğru hareketlendi. Attığı her bir adımda Asude'nin suratının şekilden şekle girdiğini görebiliyordum. Hamile olduğunu Irmak'ın mümkün mertebe geç öğrenmesini istiyordu muhtemelen. Çünkü teyzesini bile kimselerle paylaşamıyordu, minik hanımefendi hazretlerimiz. Ahsen'in aramıza katıldığı ilk zamanlarda az çektirmemişti bize...

Ahsen, Irmak'ın sorusunu, "Annemin hamileliğini konuşuyorduk Irmak!" diyerek cevapladığında gözlerimi sıkıca yumdum. Ahsen, hayatı boyunca kırıp kırabileceği en büyük potu kırmıştı böylelikle.

"Sen... Hamile misin teyze?" Irmak bu soruyu öyle hüzünlü bir tınıyla telaffuz etti ki benim bile içim sızladı. Asude de benden tarafa bakarak, 'yardım et!' bakışlarını üzerime yolladı. Göz göze geldiğimizde başımı salladım, ardından eğilip Irmak'ı kucakladım. Bakışları hâlâ teyzesinin üzerinde gezinip duruyordu; bir cevap almak ister gibi gözlerini bir an olsun ayırmıyordu.

"Evet, teyzen hamile," diyerek sorduğu sorunun cevabını bir çırpıda verdiğimde omuzlarını düşürmüştü. Bu -güzel- habere üzüldüğünü, bu kadar belli etmese daha iyi olabilirdi. İnsan yapmacık da olsa sevinmiş gibi yapardı bari değil mi? Ama yok! Asude ayağa kalkıp Irmak'ı kucağımdan alırken öfkeli bir tınıyla, "Yardım et demiştim Başak, olayı çıkmaza sür dememiştim!" diye fısıldadı. Omuzlarımı silktim. Yapabileceğim bir şey yoktu, dercesine bir omuz silkmeydi bu. Gerçeği er ya da geç öğrenecekti nasılsa. Hem en azından, bu söylemesi zor olan haberi dile getirmiş, Asude'yi büyük bir yükten kurtarmıştım. Ama yine de yaranamıyorduk hanımefendiye! Kendi içimden trip atmayı kesip gözlerimi Asude'yle Irmak'a çevirdim tekrardan. Asude, Irmak'ın kulağına eğilerek "Sen bizim ilk göz ağrımızsın minik cadı. Kimse senin kadar değerli olamaz ki," diye fısıldamıştı bu sırada.

Irmak'sa Asude'nin bu sözlerine karşılık kaşlarını çatmış, ardından Asude gibi fısıldamak yerine sesli bir şekilde sormuştu. "İlk göz ağrısı ne demek ki teyze?"

Asude neşeli bir kahkaha attıktan sonra Irmak'ı biraz daha kendisine çekerek kucağına oturttu. "Yani... İlk aşkımızsın gibi düşün, tamam mı?" diye sorduğunda, bunun mantıklı bir tanımlama olduğunu düşündüm. Altı yaşındaki bir çocuğa, ilk göz ağrısı deyimi ancak bu şekilde açıklanabilirdi sanırım.

"En çok beni mi seviyorsunuz yani?" diyerek yeni bir soru yönelttiğinde, aslında bunun bir soru olmadığını biliyorduk. Irmak'ın asıl amacı, anladığı şeyi bize onaylatmak, bunu bir kez daha bizim ağzımızdan duymaktı. Asude, Ahsen'in duyamayacağı kadar kısıklıktaki sesiyle, "Tabii ki de en çok seni seviyoruz. Sen hepimizin bir tanesisin," dediğinde gülümsedim. Tabii, Irmak'ınki kadar koca bir gülümseyiş değildi benimkisi. O kadar kocaman gülümsemişti ki minik ağzı yırtılacaktı neredeyse. Ah, benim kıskanç ve cadı kızım... Bundan sonraki dakikalar, Irmak'la Ahsen'i ortamıza almamız ve yanlarına uzanışımız şeklinde gelişti. Birbirinden güzel bu iki meleğin saçlarını öptükten sonra başımı yastığa koyup gözlerimi tavana diktim.

Küçüklüğümüzden bu yana Asude'yle beraber uyuduğum sayamayacağım kadar çok gece vardı. Çok küçükken 'hangimiz daha sıkı sarılacak?' yarışına girişerek birbirimizi boğarcasına sarılır ve o şekilde uyuyakalırdık. Daha ilerleyen senelerde ise, ders çalışmaktan yorgun düşer ve en sonunda pes edercesine beyaz bayraklarımızı dalgalandırıp uyuyakalırdık. Daha da ilerleyen senelerde ise, birbirimizin sonuna kadar yanında olduğumuzu kanıtlarcasına uyuyakalırdık. Kimi zaman ben ağlamaktan yorulduğumda Asude gelir, yanımda yatardı. Bunlarsa, daha çok hamileliğimde ve Irmak'ı kucağıma aldığım ilk zamanlarda yaşanmıştı.

Her zaman yanımda olmuştu; her anımda. Mutluluğumda yanımda durup hüznümde kaçmamıştı Asude. Çünkü o bulunmaz bir dost, gerçek bir kardeşti. Ve bir gün, Asude'yle yan yana yattığımız olağan zamanlarda, aramızda kızlarımızın olacağını hayal edemezdim sanırım. Ne ara bu kadar büyümüştük biz?

Ah, ya da "Ne ara bu kadar yaşlandık?" mı demeliydim?

Hani böyle uykudan uyanıp gözlerinizi açarsınız; boğazınızda can yakıcı bir kuruluk hisseder ve yutkunmaya çalışırsınız ama bunu yaptığınız anda boğazınıza keskin bir acı saplanır ya... Birebir bu durumu yaşıyordum işte. Ne bir eksik, ne bir fazla... Acı dayanılmaz bir hal almaya başladığında derin bir nefes alıp her şeyin yolunda olduğunu mırıldandım kendi kendime. Şu dünyada katlanamadığım üç ağrı çeşidi vardı: Kulak ağrısı, diş ağrısı ve boğaz ağrısı.

"Başak? Uyandın mı?"

Asude'nin sesini duymak rahatlamamı sağlamıştı sebepsiz yere. Gülümsedim; daha doğrusu bunu yapmaya çalıştım. Ama dudaklarımın kıvrımları bana inat edip yeterince yukarı kıvrılmamışlardı. Büyük uğraşlar sonucu "Evet, uyandım," diyebildim ama kendi sesimi ben bile zor duymuştum. Asude de iyice endişelenmiş olacak ki elini alnıma koyduğunu görür gibi olmuştum. Bundan tam emin değildim çünkü göz kapaklarım bana ihanet ederek kapanmışlardı.

"Yanıyorsun!" diye çığırdığında refleks olarak gözlerimi hızla açtım. Suratına bakmaya çalışıyordum ama görüşüm, yağmurdan sonra buğulanan camlar gibi bulanıktı.

İyiyim demek istesem de dudaklarımı kıpırdatmaya yetecek gücü kendimde bulamadığımdan pes ederek gözlerimi yumdum. İyi falan değildim. Ama... Abartılacak kadar da kötü olamazdım, öyle değil mi? Uyumadan önce gayet de iyiydim oysaki. Peki, şimdi nasıl bu hale gelebilmiştim? Çok bilinmeyenli denklem gibi olan bu soruma karşılık yüzümü buruşturmaya çalıştım ama bunu bile yapamadım. Anlaşılan o ki gerçekten de kötüydüm.

Asude'nin bağırışları buradan bile duyuluyordu. Muhtemelen durumumdan annemi haberdar ediyordu. Bir an evvel yanıma gelmelerini diledim çaresizce. İçten dileklerim bir süre sonra kabul olmuş ve odada bir ses cümbüşü yaşanmıştı âdeta. Annemin, Nazan teyzenin, Kemal amcanın hatta babamın sesini bile duymuştum. Tabii bu, zihnimin oynadığı bir oyundan ibaret değilse...

Birinin beni kucakladığını ve hemen arkamızdan Irmak'ın ciyak ciyak bağırdığını işittim. "Ne oldu anneme? Nesi var?" tarzındaki bağırışlarına karşılık, rahatlamasını sağlamak istiyordum ama dudaklarımı bir türlü kıpırdatamıyordum. Belime sarılı olan kollar biraz daha sıkılaştığında, gözlerimi açabilmek için debeleniyordum. Kolların sahibi her kimse kulağıma eğilerek, "İyi misin kızım? Hadi bir şey söyle bana," demişti.

Her ne kadar zihnim bulanıklaşmaya başlamış olsa bile, bu sesin sahibinin babam olduğuna yemin bile edebilirdim; o derece emindim. Babamın kucağındaydım!

Günlerdir sarılmak istediğim babam, şimdi bir nevi bana sarılıyor, beni kucağında taşıyordu. Gözlerim, dolan yaşlardan ötürü ağırlaştığında kendimin bile duymakta zorlandığı bir sesle konuştum. "Baba?"

❦

Nefret ettiğim o iğrenç koku, gözlerimi aralamamı beklermiş gibi burnumdan içeri yol aldığında yüzümü buruşturdum istemsizce. Gerçekten sevmiyordum bu kokuyu. Neden sevecektim ki? İyi şeyler anımsatmıyordu insana... Vücudumun bütün uzuvları sızım sızım sızlasa bile öncekinden daha iyi olduğum da yabana atılmayacak bir gerçekti. Kolumdan yukarı doğru uzanan serum kablosuyla göz göze gelince, nasıl daha iyi olduğumu anlamış oldum. Serum, her derde devaydı.

Bu sırada odanın içinde bir hareketlenme olduğunu sezerek gözlerimi etrafta gezindirdim. Babam, yan tarafımdaki koltuktan kalkmış, odanın çıkış kapısına doğru ilerliyordu. Demek beni gerçekten de buraya getiren O'ydu. Hayal falan görmemiştim yani! Gözlerim iri iri açılırken, bir şeyler yapmam gerektiğini kendime hatırlattım. Ve ani bir kararla uzanıp bileğine yapışırken buldum kendimi. Buna nasıl cesaret ettiğimi bilmiyordum ama şimdi önemli olan da bu değildi zaten. Madem bir şeye kalkışmıştım, devamını getirmeliydim.

Babam da en az benim kadar şaşkın bir şekilde bileğine ahtapot gibi sardığım elime bakarken, derin bir nefes aldım. "Beni buraya sen getirdin, değil mi... Baba?" dedim, aklıma gelen ilk şeyi hızlıca söyleyerek. Son kelimeyi telaffuz etmekte epey bir sıkıntı yaşamıştım. Yıllardır telaffuz etmiyordum ne de olsa. Kendimi, yıllardır gurbette yaşayan ve şimdi yurduna dönen bir Türk gibi hissetmiştim sonrasında. Ana dilini unutan ve telaffuzda sıkıntı yaşayan bir Türk gibi... Ana dil misaliydi, tek bir anne ya da baba kelimesi!

Ne kadar da garipti bu yaşadığımız! Babama baba demek hangi ara bu kadar zorlaşmıştı benim için? Babamın benim gözlerimin içine bakmayı bırakması ne zaman gerçekleşmişti peki? Zaman nasıl bu kadar çabuk geçiyordu, bilmiyordum. Tek bildiğim, yelkovanla akrep dönmeye devam ettiği sürece bir şeylerin sürekli değişeceğiydi. Olumlu ya da olumsuz...

Babam bana cevap vermemeyi tercih ederek, bileğini çekmeye çalıştı ama daha sıkı kenetledim parmaklarımı. "Lütfen baba..." diyerek acınası sesimle konuşmaya başladım. "Lütfen konuş benimle. Kız, bağır, çağır ama susma! Ne olursun susma!"

Gözyaşlarım büyük bir hızla yanaklarımı ıslatmaya devam ediyordu bu esnada. Cevap vermesi bir yana dursun, yüzündeki tek bir nokta bile kıpırdamamaya yeminliymiş gibiydi. "Lütfen baba, lütfen..." diyerek yakarışlarıma kaldığım yerden devam ettim çaresizce. Ama sonuç aynıydı. Ağzından tek bir kelime bile çıkmamıştı. Öyle şiddetli hıçkırmaya başladım ki sonra, nefesim kesildi. Göğsüm büyük bir hızla inip kalkıyorken, hırıltılı bir şekilde nefes alabiliyordum ancak. Gözlerim kararma noktasına gelinceye kadar da yalnızdım bu savaşımda. Ancak sonrasında babam ne kadar kötü bir halde olduğumun farkına varmış olacaktı ki yanıma oturdu. "Nefes al!" diye bağırdığında, bu acınası haldeyken bile gülümsemeye çalıştım ona. Bana bağırmış bile olsa, iletişim kurmuştu işte. Bu da bir şeydi!

Söylediğini yapmaya çalışarak derin nefesleri art arda içime çektim. Babamın elini sırtımda hissettiğimde, gözyaşlarım çeşidini değiştirerek mutlu olduğum için dökülmeye başladı. Nefes almak için debelenmeyi bir kenara bırakıp kollarımı boynuna sardım. Başta en ufacık bir tepki vermedi. Ama ümidimi kaybetmeye başladığım sıralarda, onun da kolları benim belimdeki yerini buldu.

"Özür dilerim baba. Çok özür dilerim..." ile başlayan cümlelerimi sıralamaya başladığımda; babamın bir eli sırtımda, diğer eli ise saçlarımın arasındaydı. Yıllardan beri ilk defa bu denli rahatladığımı hissediyordum. Kıvanç'ın gelmesiyle, kızını kabullenmesiyle ya da annemle barışmamla falan değil, son olarak bunların yanında bir de babamın bana sarılmasıyla rayına oturmuştu her şey. Tam şu saniyelerde!

"Affettin mi beni?" diye sordum korka korka.

Başımın üzerindeki çenesi aşağı yukarı hareket etti; yani söylediğim şeyi onaylamıştı, öyle mi? Sevinç içerisinde geri çekildim. Hafifçe tebessüm ettiğine şahit olduğumda gülümseyerek kollarının arasına girdim tekrardan. Özlemini çektiğim kokusu etrafımı sarmalarken, gözlerimi yumup anın tadını çıkarmaya çalıştım. Saçlarımın üzerine kondurduğu öpücüklerden sonra ise, keyfime diyecek yoktu. Bana oldukça uzun ama bir o kadar da huzurlu gelen sessizliği bölen taraf o oldu. "Çok yılımızı çaldın, farkındasın değil mi Başak?"

Hüzünle başımı sallayıp bir kez daha özür diledim babamdan. Bunun, bugün dilediğim kaçıncı özür olduğunu bilmiyordum ama umurumda da değildi açıkçası. İstediği kadar özür dileyebilirdim; beni kesin olarak affettiği ana kadar hiç durmadan, hiç gocunmadan özür dileyebilirdim. Neticede yanlıştım ve her yanlışın bir özrü vardı. Olmalıydı. Ortamı tekrar derin bir sessizlik kapladı sonrasında. Ama Irmak'ın içeri koşar adımlarla girmesi, sessizliğimizi bozan şey oldu. Koşarak karşımıza kadar geldiğinde, bir anda duraksadı. Önce bana, ardından dedesine, sonra tekrar bana baktıktan sonra minik dudakları kocaman aralandı. Hemen sonrasında başını iki yana sallayıp kendisini toparladı ve dikkatini tamamen bana yönlendirdi. "İyi misin anneciğim?"

Merak ve endişe duygularını bir arada barındıran sorusuna karşılık hafifçe tebessüm ederek, "İyiyim meleğim." dedim. "Hem... Hiç kötü olmamıştım ki zaten!"

Yalan söylediğimi bildiğini belli edercesine omuzlarını silkti. "Hiç de bile! Evden giderken çok kötüydün. Beni çok korkuttun anne!"

Kızıma şefkat dolu bir gülümseme yollayıp "Özür dilerim meleğim," dedim, böylelikle minicik de olsa gülümsedi. Dedesinden çekindiğini biliyordum. Bilmiyor olsaydım bile, şu çekingen tavırlarından sonra bunu rahatlıkla anlayabilirdim. Bizden özellikle uzak duruyordu şu anda.

Beni baştan aşağı süzüp iyi olduğumdan emin olduktan sonra gülümsedi. Hemen ardından da dudaklarını öne doğru büzüp bana öpücük gönderdi. Aynı karşılığı verdiğimde ise neşeyle kıkırdadı.

"Gel bakalım buraya cimcime!"

Babamın, Irmak'a bakarak kurduğu bu cümleden sonra verdiğim tepki, ağzımı bir karış açmak oldu. Irmak'ın suratında da benimkine benzer bir ifade belirdi ve şaşkınlıkla sordu. "Bana mı dedin?"

"Burada senden başka cimcime mi var?" Babam, gülümsemesini bastırmaya çalıştığından sesi boğuk bir tonlamayla çıktı. Sorduğu bu soru üzerine Irmak ellerini iki yana açıp "Bilmem," dedi şaşkınca. "Yok mu gerçekten?"

Babam sabırla, "Yok tabii!" dedi ve gözleriyle kucağını işaret etti.

Kızım arafta kalmış gibi bana baktığında, başımı olumlu anlamda sallayıp dedesinin kucağına gitmesini istediğimi belirttim. Bunun üzerine o da başını salladı ve çekingen tavırları eşliğinde dedesinin yanına doğru ilerlemeye başladı. Babam kollarını benim belimden çekip Irmak'ı kollarının arasına aldığında biraz kenara kayarak onları izlemeye başladım. Tıpkı kapının başında durup bizi izleyen meraklı tayfa gibi...

Bu meraklı tayfanın elebaşı annemdi tabii ki. Mutluluğunu yüzünden okunuyor, gözlerinin içi gülüyordu sanki... Annemin hemen sağında Kıvanç; solunda Asude, Batın ve Ahsen vardı. Arkalarında da Nazan teyze ve Kemal amca... Ne zamandan beri burada olduklarını bilmesem de uzun bir zamandır buradalarmış gibi bir hisse kapılmıştım nedense. Kıvanç'la göz göze geldiğimizde bana gülümsemiş, hemen ardından da öpücük göndermişti. Gözlerimle babamı işaret edip dudaklarımı oynatarak "Yapma!" dedim. Verdiği karşılıksa, pişmiş kelle gibi sırıtmak oldu.

Dikkatimi tekrar babama ve kızıma çevirdiğimde, muhabbeti çoktan ilerlettiklerini görmüştüm. Önemli bir şey kaçırıp kaçırmadığımı merak etsem de yapacak bir şey yoktu. Daha fazla şey kaçırmak istemediğimden konuşmalarına kulak kesildim ve bu sırada Irmak'ın, "Bana Samet abim de cimcime diyor!" dediğini duydum.

Babam tek kaşını kaldırdı. "Samet abin kim?"

Irmak yerine söze atıldım. "Kıvanç'ın kuzeni."

Bunu söylediğim anda babamın yüzü düşmüş ve sanki bu soruyu hiç sormamış ve ben de sanki hiç cevaplamamışım gibi, torunuyla başka şeylerden konuşmaya devam etmişti. Kıvanç'ı benimsemesi uzun bir zamanını alacaktı elbette. Ama sonucunda bir şekilde benimseyecekti mutlaka. Öyle değil mi?

"Kaç yaşındasın sen bakalım?"

Dedesinin sorusuna karşılık, "Altı yaşıma girmeme çok az kaldı!" diye heyecanla bağırdı Irmak. Aylardır doğum gününü beklediğini, doğum günü için günleri tek tek saydığını hesaba katarsak bu heyecanı doğal karşılanabilirdi.

"24 Şubat'ta doğmuştun, değil mi?"

Babamın bu sorusuna karşılık başımı şaşkınlıkla yerden kaldırıp yüzüne bakakaldım. O da Irmak'a değil, bana bakıyordu bu sırada. Üstelik tebessüm ederek! Titrek çıkan sesimle, "Sen bunu nereden biliyorsun baba?" diye sordum.

Bana, içimi ısıtacak büyüklükte bir gülümseme yollayıp, "Babalar her şeyi bilir," dedi ve göz kırptı. "Hakkınızda bu ve bunun gibi birçok şeyi biliyorum Başak."

"Mesela?" diye sordum merakla.

"Mesela Erdal Bey?"

Babam, Erdal Bey'i nereden tanıyor olabilirdi ki? Erdal Bey, çalıştığım hukuk bürosunun sahibiydi. Okuldan mezun olur olmaz, bana hiç umudumun olmadığı bir anda güvenmiş ve beni işe almıştı. Mesleğimdeki emeği öyle büyüktü ki ne yaparsam yapayım hakkını ödeyemezdim. Bana duyduğu güven sonucunda güzel yerlere gelmeyi başarmıştım çünkü.

"Erdal Bey, benim çok yakın arkadaşımdır. Ondan, seni işe almasını ben rica etmiştim zamanında." Ağzım bir karış açık baktım babama. Nasıl olabilirdi ki böyle bir şey? "Ama her zaman söyler, çok memnunum senin kızdan diye," dediğinde, yaşadığım şoku biraz olsun atlatabildiğimden gülümsemeyi başardım. "Aferin kızım! En azından mesleğindeki başarılarınla mutlu ettin beni." Bu sözüyle, soluk boruma koca bir düğüm atılmış gibi hissettim. Babamdan bunu duymak, beni kahretmişti resmen.

"Her neyse, bir şeyleri geride bıraksak iyi olacak sanırım," dedi, konuyu kapatmak ister gibi ve kolumdan tuttuğu gibi kendine çekti beni. "Gözüm hep üzerinizdeydi anlayacağın!"

Peki, ben nasıl olup da fark edememiştim bunu? İçimdeki ses, "Ne kadar da safsın Başak. Bu halinle millet ayakta uyutur kızım seni!" diyerek hayıflandığında ona hak verircesine salladım başımı. Acı gerçek maalesef ki buydu.

Ama sonra, olsun diye geçirdim içimden. Varsın beni ayakta uyutan babam olsundu. Ne olacaktı ki yani? Yeter ki merak etsindi! Yeter ki gözü üzerimde olsundu! Ben bin kere daha uyumaya, dünden hazırdım...

41. Bölüm

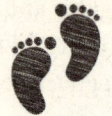

Huzur Dedikleri

"Odanın tozunu aldın mı kızım?"

Annemin gırtlaklarına garezi varmışçasına seslenmesine karşılık, sakince yanıt vermeye çalıştım. "Evet anne!" Haftalardır evimizde -tatlı- bir telaş hâkimdi. Babamın beni affedişinden sonra, olması gerekenler daha bir hızlı gerçekleşmişti çünkü. Meselâ bu birkaç gün içerisinde Kıvanç bana güzel bir sürpriz yaparak beni evlendirme dairesine götürmüş ve böylelikle nikâh tarihimizi almıştık. Uzun uğraşlar sonucu 24 Şubat gününü alabildiğimizde, bizden mutlusu yoktu. Yaklaşık iki ay daha vardı bu tarihe ama olsundu. Bekleyebilirdik. Çünkü bu tarihin bizim için anlamı çok büyüktü; bu yüzden bu özel günde evlenecek olmamız beni bir ayrı mutlu ediyordu. Hem Irmak'ın doğum günü hem Kıvanç'ın doğum günü hem de Asude'yle Batın'ın evlilik yıl dönümüydü. Irmak'ın bizden aylardır beklediği doğum günü hediyesi olarak annesi ve babası evlenecekti. Ah, bundan daha güzel hediye mi olurdu?

Ve Koçarslan ailesi bugün evimizi şereflendirecekti. Beni babamdan resmen isteyecekler ve aile arasında küçük bir nişan töreni yapılacaktı. Bunu düşündükçe kalp atışlarımın ritmi fark edilir düzeyde artıyor ve heyecandan gözlerim kararma noktasına kadar geliyordu. Bir kez daha aynı şey gerçekleştiğinde olduğum yerde durup elimi kalbimin üzerine bastırdım. Derin nefesler alıp verirken Asude koşarak yanıma gelmiş ve telaşlı bir surat ifadesiyle iyi olup olmadığımı sormuştu.

"İyiyim," dedim.

"Biriniz buraya gelip salonun tozunu alsın!"

Sıkıntıyla derin bir iç geçirdim. Asude ise bana bakıp gülümsedikten sonra, "Sen dinlen biraz. Ben halledip geliyorum!" dedi. Bileğinden tutup, durmasını sağladım. Hamile haliyle yeterince yorulmuştu zaten. Dinlenmesi gereken kişi O'ydu, ben değil!

"Saçmalama. Hamile olan ben değilim, senin dinlenmen gerek asıl!"

Beni dinlemeyerek merdivenleri süratle indiğinde, onaylamaz ifademle başımı her iki yana salladım. Yanına ulaştığımda, "Tam bir aptalsın!" diye fısıldayıp sert bakışlarımı üzerine fırlattım.

Omuz silkip "Sana çekmişim!" dediğinde arkasından sert bakışlarımla bakmaya devam ettim. O ise çoktan annemin yanına gidip tozları almak için boşta kalan bezlerden birini almıştı. Elindeki bir ıslak, bir de kuru bezle bana dönüp dil çıkarttıktan sonra vitrinlere doğru yol aldı.

İnanamayan bakışlarımı anneme diktiğimde, "Hamile haliyle toz mu aldıracaksın kıza?" diye sordum kızgınlıkla. Annem yerine bana cevap veren Nazan teyze oldu. "Biz hamileliğimizde neler neler yapıyorduk Başak, bir bilsen..." diye söze başladığında, geri kalanını dinlemek istediğimden pek emin değildim doğrusu. Eski günlerden konu açıldığında susmak bilmiyorlardı çünkü. Tabii ki de devir eskisi gibi değildi. Ama sürekli bundan yakınınca bir şeyler de değişmiyordu maalesef ki. Birkaç dakika sonra işini büyük bir titizlikle bitirip yanıma oturmuştu Asude. Gülümseyen bir suratla ona dönerek teşekkür ettim. Sadece bugün yaptıkları için değil; şimdiye kadar benim iyiliğim için yaptığı her şey adına... Kapsamlı bir teşekkürdü bu kısacası.

"Ne teşekkürü be? Saçmalamayı bırak!"

Gözlerimde biriken yaşların doluluk oranı arttığında "İyi ki varsın!" diye mırıldanırken buldum kendimi. Gözyaşlarım da yanaklarımdan aşağı süzülüyordu bu sırada.

"Asıl sen iyi ki varsın şapşal. Sen olmasaydın ne yapardım ben?" diye karşılık verdiğinde, titreyen sesinden onun da ağladığını anladım. Ağlamak kötüydü ama Asude'nin omzunda ağlamak güzeldi. Aslında güzel olan bu değildi. Güzel olan; bu dünyada bir omzun sizin için ayrıldığını, o omzun sadece ve sadece size ait olduğunu bilmekti. Sadece iyi gününüzde değil, kötü gününüzde de yanınızda birinin olacağını bilmenin verdiği güvendi.

Kısacası Asude'yle ilgili olan her şey güzeldi. İçimden bir kez daha şükrettim Allah'a; karşıma çıkan bütün zorluklara rağmen, bunların yanında Asude gibi bir dostu da yanıma verdiği için...

"Çok güzel oldun Başak!"

Asude beni hayran gözlerle izlerken, aynadaki yansımamı inceledim bir kez daha. "Gerçekten mi?" diye sordum ardından.

"Gerçekten!"

Heyecanla nefesimi dışarı üfleyip teşekkür ettim. Üzerimde dizlerimin biraz aşağısında biten, bir kar tanesi kadar beyaz bir elbise vardı. Etek kısmı hafif pililiydi. Belinde ince, soluk sarı bir kemer vardı. Kol kısmı da epey bol bir kesimdi ve dirseğime kadar genişleyerek geliyordu.

Kendimi, belki bininci kez baştan aşağı incelemeye koyulduğum sırada, zil sesini duymam bir oldu. Henüz hazır değildim ki ben. Ah! Asude beni belimden ittirirken bir yandan da öfkeyle homurdandı. "Biraz hızlı olsana Başak! Kapıyı senin açman lazım!"

Haklıydı. Derin bir nefes alıp koşturmaya başladım. Hâlâ kapalı olan kapımızın önüne vardığımda, annem kapının önünde durmuş, bana öfkeyle bakıyordu. 'Nerede kaldın sen?' der gibi. Özür dilercesine kısa ama öz bir bakış attım. Babamın yanından geçerek kapının önüne vardığımda derin bir nefes alıp açtım. Ve böylelikle, Koçarslan ailesinin tüm üyeleriyle karşı karşıya geldim. Gülümsemek için kendimi bir hayli zorlayarak, "Hoş geldiniz!" dedim.

Levent Bey ve Zehra Hanım aynı anda, "Hoş bulduk kızım!" dediklerinde heyecanla kenara çekildim ve geçmeleri için onlara yol verdim. Ellerindeki çiçek ve çikolatayı alırken, 'Ne zahmet ettiniz?' gibi şeyler geveledim. Onlar içeri geçip annemle ve babamla selamlaşırken hâlâ kapının önünde dikilmekte olan Kıvanç ve Batın'a döndüm yavaşça. İkisi de siyah takım elbise giymişlerdi. Fakat Kıvanç tercihini kravattan yana kullanırken, Batın papyonu tercih etmişti. Batın kısa kucaklaşmamızın ardından, geri çekilirken "Çok güzel olmuşsun yengeciğim!" diye fısıldamıştı. Omzuna hafifçe vurduğumda güldüğünü duymuştum. Kollarını benden çeker çekmez Asude'sinin yanına gidip karısıyla hasret gidermeye başlamıştı bile. Haksız da sayılmazdı hani. Haftalardır karısını resmen rehin almıştım!

Onları kocaman bir gülümseme eşliğinde seyrederken, boynuma değen dudaklar irkilmeme sebep oldu. Dehşete düşmüş bir ifadeyle Kıvanç'ın suratına bakarken, arsızca sırıtmakla meşguldü. Her zamanki rahatlığı karşısında, yüzümü buruşturmaktan alıkoyamadım kendimi.

Bundan sonra bir kez de alnımı öptü ve geri çekilirken, "Çok güzelsin!" diye fısıldadı. Yanaklarım al al olurken, teşekkür etmeyi planlıyordum. Fakat annemin sesiyle irkilerek kendime geldim. "Gelsenize içeri! Babanı deli etmek mi istiyorsunuz Başak?"

Bu ikaz üzerine, heyecanla salona doğru yol almaya başladım. Kıvanç da gülerek arkamdan geliyor ve bu, benim sinir katsayılarımın tavan yapmasına yol açıyordu. Yine de umursamamaya çalışarak yürümeye devam ettim ve salona girdiğim andan itibaren etrafa gülücüklerimi saçmaya başladım. Zehra Hanım da bana bakıp gülümsedikten sonra, samimi bir biçimde göz kırpmıştı. Ah, bu kadının sevecenliğine bayılıyordum gerçekten de! İnsanı ister istemez rahatlatıyordu. Levent Bey ise, Irmak'la konuşmakla meşguldü. Irmak, dedesinin boynuna sıkıca sarılmış bir vaziyetteyken, ona burada neler yaptığını anlatıyordu. Onları ne kadar özlediğini, geldikleri için çok mutlu olduğunu da sözlerine eklemişti. Dedesi de torununun alnına kocaman bir öpücük kondurup kucağına çekmişti.

Asude, kaş göz işaretleriyle mutfağa gitmemiz gerektiğini anlatmasıyla yerimden kalktım. Birlikte mutfağa girdiğimizde Asude çoktan dolabı açıp içinden cezveyi çıkarmıştı bile. "Sen heyecanlısındır şimdi. Otur şuraya, ben yaparım!" Minnettarca gülümseyip dediğini yaptım. Beni iyi tanıyordu. Bu heyecanlı halimle ve bunun bir sonucu olarak heyecandan titreyen ellerimle, herhangi bir şey yapabilmem imkânsızdı. Hatta daha şimdiden kahveleri nasıl taşıyacağımı düşünmeye başlamıştım bile. Ya birinin üzerine dökersem? Ah, başka şeyler düşünsem çok daha iyi olacaktı sanırım.

"Nasıl istediklerini sorup gelsene Başak."

Asude'nin sesine kulak verdiğimde, söylediğini ikiletmeden yaparak kalktım. Tekrar salona girdiğimde boğazımı temizleyip dikkatlerinin üzerime çekilmesini sağladım. "Nasıl isterdiniz kahveleri?"

Herkes isteklerini bir bir söylerken, bunları aklımda tutabilmek için epey bir çaba sarf etmem gerekmişti. En sonunda başımı belli belirsiz sallayıp gülümsedikten sonra Asude'nin yanına döndüm, aklımda kalan ve doğru olmaları için dua ettiğim istekleri bir bir sıraladım. O, isteklere uygun kahveleri yapmaya girişmişken; ben de ne kadar heyecanlı olduğumu söyleyip duruyordum. Eline aldığı tahta kaşığı kafama geçirmekten söz ettiğinde ise, susmam gerektiğini anlayıp çenemi kapamıştım.

"İşte bitti!" deyip gülümseyerek bana döndüğünde yerimden fırladım. Yanağına sulu öpücüklerimi kondururken haykırdım. "Sen bir tanesin!"

Gözlerini devirdi. "Yağcılarda inecek var."

Neşeyle kıkırdayarak tepsiyi ellerimin arasına aldım. Asıl zor olanı, bundan sonrasıydı. Ellerimin zangır zangır titrediğini belli etmemek için ne yapmam gerekiyordu acaba? Salona ulaştığımda, keşke Asude'ye sormuş olsaydım bunu, diye geçirdim içimden. Ama artık çok geçti. Titrek ellerimle önce babama uzattım tepsiyi. Asude arkamdan sinsice yaklaşarak, "Sakın en arkadaki fincanı alma Doğan amca," diye fısıldadı. Ah, kim bilir neler neler katmıştı içine!

Herkese kahvelerini birer birer uzattığımda, nihayet sıra sevdiğim adama gelmişti. Tepside kalan son kahveyi -yani Asude'nin kendisi için hazırladığı o özel kahveyi- aldığında, hemen yanlarında oturan Asude ve Batın kıkır kıkır gülmeye başlamıştı. Kıvanç'sa onlara ne gülüyorsunuz, anlamında bir bakış atıp hiç tereddüt etmeksizin fincanı almıştı. Bunu yaparken, bana belli belirsiz bir öpücük yollamayı da ihmal etmemişti. İçimden, ben biraz sonra göreceğim seni, diye geçirdim biraz hüzün biraz sevinçle. Ardından boş tepsiyi, sehpaya bırakıp Asude'nin yanındaki boşluğa oturdum. Bu sırada Levent Bey tam, "Sebebi ziyaretimiz malum..." diye söze başlamıştı ki Kıvanç'ın içtiği kahveyi ortalığa püskürtmesiyle şaşkın bir şekilde bakışlarını oğluna çevirdi. Tıpkı salondaki herkesin yaptığı gibi...

Yüzünü ekşiterek, "Bu ne biçim bir kahve Başak ya? Ne koydun bunun içine?" diye homurdandığında, babamın bakışları da aynı hızla sertleşmişti. Zaten Kıvanç'ın en ufacık bir yanlışını arıyordu ve o da böyle davranarak babama bu fırsatı bir güzel vermiş oluyordu.

Ah beyinsiz sevgilim benim! Susması gerektiğini kaş göz işaretleriyle anlatmaya çalıştığımda, kaşlarını çatıp arkasına yaslandı. Ah, boş yere suçlu damgası yiyordum resmen! Oysaki her şey Asude'nin başının altından çıkmıştı. Ben burnumdan solurken Asude'nin, Batın'ın kulağına eğilerek, "İntikamımızı aldım hayatım," diye fısıldadığını duydum. Doğru, ben de zamanında aynısını yapmıştım. Yine de öfkeli bakışlarımı onlara yönelterek, "Kapayın çenenizi!" diye tısladım. Böylelikle ikisi de ağızlarına hayali fermuar çektiler.

Levent Bey, kaldığı yerden sözlerine devam etti. Fakat ben tek kelimesini bile algılayamıyordum. Ve ancak, Asude'nin dirseğimi dürtüklemesiyle kendime gelebilmeyi başardım. "Kalksana kızım yerinden!" diye sesini yükselttiğinde, anlamsızca baktım suratına. "Günaydın Başakçığım!" diyerek alay edercе konuştu benimle. "Baban seni vereli yıl oldu neredeyse! Büyüklerin elini öpmeye başla, kalk hadi!"

Silkinerek kendime geldim. Yavaşça yerimden kalktığımda, önce babamın yanına ilerledim. Buruk bir gülümsemeyle suratıma bakarken, ben de ona aynı karşılığı verip eğildim ve elini öpüp başıma koydum. Dudaklarımı, babamın kemikli elinin üzerinden çektiğimde, gözlerinin dolduğuna şahit olmuştum. Onun bu hüzünlü halini görmek, beni de aynı duruma sokmuştu istemsizce. Ardından, hiç beklemediğim bir anda kendimi annemin kolları arasında buldum. Beni kendisine çekip sıkıca sarılmıştı. Hatta gözyaşlarını omzuma akıtmıştı bile. Kendimi tutamayıp hıçkırıklarla ağlamaktan korkuyordum ama geri çekilmek de istemiyordum. Sonsuza kadar bu pozisyonda kalabilirdim! Annem kollarını belimden çektiğinde, kendimi boşluğa düşmüşüm gibi hissettim. Kaş göz işaretleriyle Levent Bey'in ve Zehra Hanım'ın yanına gitmemi işaret ettiğinde, başımı olumlu anlamda sallayıp arkama döndüm. Kıvanç da bu sırada kendi ailesiyle sarılmayı bırakıp benim ailemin yanına doğru yol alıyordu.

Önce Levent Bey'in, ardından da Zehra Hanım'ın ellerini öptükten sonra tam karşılarında durup gülümsedim onlara. Onlar da aynı samimiyetle karşılık verirlerken, aileye katılacağım için çok mutlu olduklarını da dile getirdiler. Sonrasında da kendimi bir anda Batın'ın kolları arasında buldum. Bana öyle sıkı sarıldı ki her an oltaya takılan ve suya dönmek için gözü dönen bir balık misali çırpınışa geçebilirdim. Fakat kulağıma eğilerek fısıldadığı şeylerden sonra, nefessiz kalmamın bile bir önemi kalmamıştı benim için. O kadar mutlu etmişti ki beni! "Hep ailemizin bir üyesi, yani Kıvanç'ın eşi olmanı istemiştim. Emin ol ki bugün en az senin kadar mutluyum! Ailemize hoş geldin, Başak Koçarslan!"

Dolu dolu gözlerimle ona teşekkür ettiğimde, beni heyecanla bekleyen biri daha vardı karşımda. Ah, tabii ki de Asude'den bahsediyordum! Uzunca bir süre, sarıldık birbirimize. Bu süre içerisinde ikimizden de çıt çıkmadı. Yaptığımız tek şey, gözyaşlarımızı birbirimizin omuzlarına akıtmak oldu. İnsan ağlamak için sadık bir omuza sahipse eğer her anında ağlayabilirdi doya doya. Mutlulukta, hüzünde ve nicesinde...

"Kızlar!"

Nazan teyzenin uyarısı olmasaydı, uzun bir süre daha birbirimize sarılmaya devam ederdik hiç şüphesiz. Son olarak, Nazan teyze ve Kemal amcayla da kucaklaştım ve annemin çağrısına kulak asarak onların yanına ilerledim. Irmak bir köşede durmuş, koca sırıtışı eşliğinde elindeki gümüş tepsiyi dedesine doğru uzatıyordu. Gümüş tepsinin içinde, birbirine kırmızı kurdeleyle bağlı iki nişan yüzüğü duruyordu. Kalbim tekrar hızlı hızlı çarpmaya başladığında, derin nefesler alarak kendime gelmeye çalıştım ama başarılı olduğum pek söylenemezdi. Kıvanç'ın sakin ol dercesine attığı teskin edici bakışlardan sonra ise, bir nebze toparlandım.

Babam yüzükleri tepsiden alıp önce benim, ardından da Kıvanç'ın parmağına geçirdi. Yaşlı gözleriyle her ikimize de baktıktan sonra, "Fazla uzatmanın bir anlamı yok," dedi titrek çıkan sesiyle. "Umarım bir ömür boyu mutlu olursunuz çocuklar!" deyip tepsideki makası eline aldı ve kurdeleyi kesip yüzükleri birbirinden ayırdı. Parmağımdaki yüzüğe heyecanla bakıp buruk bir gülümsemeyle başımı kaldırdım. Babam, çoktan merdivenlere doğru yönelmişti bile.

Kalabalık bir ortamda ağlamayı sevmezdi. Hatta barıştığımız günden bugüne kadar ağladığına şahit olmamıştım. Şimdiyse, kendisini çalışma odasına kapatacaktı muhtemelen. Duygulandığı zamanlarda hep oraya girer ve o halini üzerinden atıncaya dek orada kalırdı. Arkasından hüzünle bakarken, Kıvanç'ın alnıma kondurduğu öpücükle ürpererek kendime geldim. Bana, içimi ısıtacak kadar nefes kesici bir gülümsemeyle baktı. Sonrasında da çenesini başımın üzerine yaslayıp mırıldandı. "Sonsuza kadar beraber yürüyüşümüzün ilk adımı bu. Az kaldı, çok az!"

Ah! Ses tonu, kaburga kemiklerimi sıkıştırmaya yetecek kadar büyüleyiciydi. Tıpkı kendisi gibi...

Misafirlerimiz gittikten sonra, soluğu babamın çalışma odasının kapısında almış ve babamı, televizyonun karşısındaki deri koltukta otururken bulmuştum. Gözlerinde gözlük, elinde ise kumanda vardı. Omzunun üzerinden dönüp yüzüme baktığında, "Gelsene kızım," demişti, yanındaki boşluğu göstererek. Bu sevecen gülümseyişi karşısında içim anında ısınmış ve sırıtarak yanına oturmuştum. Gözlerimi televizyona çevirdiğimde ise, göz bebeklerim irileşmişti.

Çocukluğumda çektiği kasetleri izliyordu babam. Şu an oynayan kasette belki altı yaşında falandım. Hatta belki o kadar bile değildim! Üzerimde mini bir pembe elbise, başımda ise büyük, geniş bir pembe şapka vardı. Asudelerin bahçesindeydik ve Asude de hemen yanı başımdaydı. Onun üzerinde de benim elbisemin ve şapkamın aynısı vardı fakat onunkilerin rengi yeşildi. Ben kameraya bakıp bir aptal gibi sırıtırken; Asude'nin yüzü buruşuktu. Biz her zaman böyle olmuştuk ya, zaten! Ben her zaman daha sevecenken; o biraz daha soğuk olan taraf olmuştu. Ben daha uçuk kaçıkken; o daha oturaklı olan taraf olmuştu. Ve bunun gibi daha bir sürü zıtlık... Ama boşa dememişler; zıt kutuplar birbirini çeker diye... Bizimkisi de aynı o hesaptı işte!

Sonunda, dayanamayıp sordum. "Neden bunu izliyorsun baba?"

Gözünü ekrandan, yani bizim küçüklüğümüzden ayırmadan cevapladı. "Nasıl bu kadar çabuk büyüdüğünü anlamaya çalışıyorum sadece."

Hüzünlü bir tınıda yaptığı bu açıklamasına karşılık başımı salladım yalnızca. Ardından kasete dikkat kesildim tekrar... Rüzgâr, güneş sarısı saçlarımı uçuşturduğu için bu sefer de somurtuyordum. Asude ise bana bakıp sırıtıyordu. Yine rolleri değiştirmiştik anlaşılan. Ben gülümsediğimde o somurtuyor; o gülümsediğinde ben somurtuyordum. Bu zıtlığa karşılık elimde olmadan kıkırdadım. "Saçım ağzıma giriyor anne!" diye bağırıyordum bu sırada. Annem koşarak yanımıza gelirken, Asude kulağa sevimli gelen bir şekilde kahkaha atıp "Saçlarını toplasana o zaman!" diye bir öneride bulunmuştu.

Bense, "Tokam yok ki!" demiş ve ellerimi iki yana açıp boynumu bükerek, âdeta küçük Emrah bakışı atmıştım. Asude saçlarındaki tokayı çıkarıp bana uzattığında, kıkırdayışımı kesmiştim. "Al, bunu tak Başak! Benim ihtiyacım yok."

Daha o zamanlarda bile yardım elini uzatıyordu bana. Tamam, bu küçücük bir olaydı belki. Ama yine de daha o zamandan belliydi işte, beni nasıl düşündüğü! Nasıl iyi bir kardeş olduğu... Gözlerimden aşağı bir damla süzüldüğünde, Irmak'ın arkamızdan gelen sesini işiterek ona döndüm. "Bu-bu sen misin anne?"

Mavi gözlerini kocaman açarak ekrana bakıyordu meleğim. "Evet," dediğimde, gülümseyerek izlemeye devam etti. Birkaç saniye geçtikten sonra, "Peki, yanındaki kim?" diye sordu, merakla gözlerini kısarak.

"Tabii ki de benim!" Asude'nin -titrediğini fark ettiğim- sesi kulaklarımı doldurduğunda, hızlıca döndüm arkama. Koltuğun kenarına oturmuş, tıpkı benim gibi buğulu gözleriyle ekrana bakıyordu. Irmak'sa bir kez daha irileştirmişti gözlerini. Hemen ardından "Çok küçüksünüz!" diye kıkırdamıştı. Asude'yle göz göze geldiğimizde, birbirimize burukça gülümsedik ve sonrasında tekrar ekrandaki kasete odaklandık.

Kasetin sonlarına doğru geldiğimizde, benim Asude'ye koşuş sahnem vardı. Ki bu sahne, en komik sahne olmaya adaydı. Asude'nin boynuna atlamış ve ona boğarcasına sarılmıştım. O ise, "Nefes alamıyorum Başak!" diye bağırıp bir taraftan da düşmekte olan şapkasını tutma derdindeydi. Yüzünü buruşturarak bana bakıyordu ama ben yine de bana mısın demiyor ve ona boğarcasına sarılmaya devam ediyordum. Sesli bir kahkaha atıp Asude'ye döndüm. "O zamanlarda da epey bir odunmuşsun!" diye fısıldadım. Karşılık olarak kafama vurmuştu ama gülümsemişti de.

Gülerek birbirimize bakarken, bir anda boynuma sarılmasıyla

afalladım. Her ne kadar silkelenip kendime gelmek istesem de öyle sıkı sarılıyordu ki kolumu bile kıpırdatamıyordum bu haldeyken. En sonunda dayanamayıp "Nefes alamıyorum Asude!" diye bağırdığımda, kolları anında gevşedi. Kollarını göğsünde kavuşturup "Nasıl oluyormuş Başak Hanım?" diye sorduğunda, isteksizce yanıtladım. "Kötü oluyormuş!"

Zafer kazanmış bir gülümseme takınıp, "Odunluk mu oluyormuş peki?" diye başka bir soru yöneltti. Başımı iki yana salladım. "Hayır!"

Bana uzun uzun baktıktan sonra, "Gel buraya aptal!" diye bağırıp bir kez daha sarıldı boynuma. Neşeli bir gülümseme eşliğinde kucaklaşmasına eşlik ettim ben de. "İyi ki varsın bir tanem!" dedim, içimden geldiği gibi.

"Sen de iyi ki varsın canımın en içi!"

Ardından ikimiz de neşeyle kıkırdadık. Fakat Irmak'ın tam arkamızdan gelen sesi bizi susturmaya yetti; hem de anında. "Kıskanıyorum ama! Beni de alın aranıza!"

Sitemi karşısında, Asude'yle aynı anda başımızı sallayıp Irmak'ı ortamıza oturttuk. Sonrasında hep birlikte birbirimize sarılmaya başladığımızda, babam da tekrar yanıma oturup arkadan belime sarıldı. Saçlarımın üzerine kondurduğu öpücüklerden sonra gülümseyip başımı omzuna yasladım. Huzur dedikleri, bu oluyordu değil mi?

Final

24 Şubat...

İki kelimeyi bir araya getirmekte zorlanan insanlar bile -bizim hikâyemizi biliyorlarsa eğer- bu tarih için ciltler dolusu şeyler yazabilirlerdi rahatlıkla. 24 Şubat öylesine önemli bir tarihti ki dediğim gibi hikâyemizden haberdar olan herkes sayfalar dolusu -iyi ya da kötü- şeyler sıralayabilirdi bu tarihin altına.

Hayatımın aşkının ve hayatıma bir güneş gibi doğan minik meleğimin doğum günüydü bir kere bugün!

Bu sebepler bile yeter de artardı, önemli olması için. Fakat yine de bu kadarla sınırlı değildi bugünün önemleri... Asude ve Batın'ın evlilik yıl dönümleriydi aynı zamanda. Ve eğer kısmet olursa, bu gecenin sonunda bizim de evlilik yıl dönümümüz olacak ve böylelikle bünyesine bir yeni anlam daha katacaktı. Bu tarih, bundan tam altı yıl öncesinde hayatımı hem karartmış hem de aydınlatmıştı.

Kıvanç, altı yıl öncesinde büyüyebilmek, olgunlaşabilmek ya da onun deyimiyle 'bana layık olabilmek' adına çekip gitmişti. İşte, böylece dünyam kararmıştı. Bütün ışıklar sönmüştü sanki benim için. Beni ne kadar üzerse üzsün, canımı ne kadar acıtırsa acıtsın; varlığına o kadar çok alışmıştım ki o zamanlar, yokluğunda önümü göremez olmuştum sanki.

Sendelemiştim. Fakat Kıvanç'ın giderken ardında bana bıraktığı tek şeyi -o yıkıcı mektubu- okuduktan hemen sonra, kızımın aramıza daha yeni katılan varlığına odaklanmak dünyamı bir güneş gibi aydınlatmaya yetmişti. Onun kokusunu ciğerlerimle buluşturmak, üzerime bir anda çöken kara bulutları savuruvermişti sanki.

Meleğim sayesinde, bir anda kararan dünyam, yine bir anda aydınlığa kavuşuvermişti.

Tıpkı bunun gibi, bir anda gerçekleşiveren bir başka şey daha vardı. Mesela Kıvanç'a aşık olmam da sadece birkaç saniyemi çekip almıştı hayatımdan. Ama ondan vazgeçmeye çalışmam ise neredeyse altı koca yılımı almıştı. Ki bu altı koca yıl süren çabalayışım, kesin bir başarısızlıkla sonuçlanmıştı. Boşa kürek çekip durmaktan öteye gidememiştim.

Ona yenilmiştim! Hem zaten... Ona yenilmediğim bir zaman dilimi yoktu ki.

Onunla tanıştığım hatta ve hatta onu gördüğüm ilk saniyelerde de ona yenilmemiş miydim? Sadece birkaç saniye içerisinde içime işlememiş miydi o cezbedici gülüşü? O gülüşünü biraz daha izleyebilmek için gidip durmamış mıydım o lanet bara? Sırf o gülüşüne ve mavilerine aldanıp masumluğumu, gençliğimi, ailemi, kısacası her şeyimi elimden almasına izin vermemiş miydim o gece? İlk görüşte aşkı saçma bulan ben, ilk görüşte aşık olmamış mıydım ona? Sahi, aşık olmak bu kadar kolayken, vazgeçmek neden bu kadar zordu ki?

Bu ters orantılı denklemi hiçbir zaman anlayamayacaktım sanırım. Ona birkaç saniye içinde aşık olmuş, bütün kapılarımı ardına kadar açıp içeri buyur etmiştim. Fakat koskoca altı yıl boyunca bütün çırpınışlarıma rağmen ondan bir türlü vazgeçememiştim. Büyük bir adaletsizlik vardı bu işin içinde. Gerçi... Dünyamız başlı başına adaletsiz bir yerdi zaten, bu yüzden bu denklemi anlamaya çalışmak bile saçmalığın daniskasıydı. Bu dünyada başıma gelen tek adaletli şey, meleğimin varlığıydı hiç şüphesiz. O olmasaydı, daha da dibe batabilirdim. Ama kelimelerle izah edemeyeceğim o mucizevi varlığına tutunarak atlatmıştım zor günlerimi. Kokusu, bana özel bir sığınak olmuştu âdeta. Yaşadığım üzüntülerden, çektiğim sıkıntılardan kaçmak için harika özelliklerle donatılmış özel bir sığınak. Bir liman... Önümü görebilmem için gönderilmiş bir güneş...

Kısacası minik annesine gönderilmiş, minik bir mucizeydi o!

Ve bu minik mucizem, yanımda mışıl mışıl uyuyordu şimdi. Düşüncelerimin verdiği pozitif etkiyle bir zaman sonra aptal aptal sırıtırken buldum kendimi. Hemen ardından yattığım yerde doğrulup meleğimin üzerine eğildim. Onu doyasıya öpmeyi arzu etsem de bunu uyanmasından sonraki vakte saklayabilirdim. Sanırım...

Gülümseyişim dudaklarımdaki egemenliğini korurken, dikkatle geri çekildim. Kızımla aramdaki mesafeyi yeteri kadar açtığıma emin olduktan sonra kollarımı esneterek, gözlerimi huzurla yumdum. Evet, bugün gerçekten de büyük bir gündü! Kıvanç'la karı-koca denilen o ulu mertebeye erişecektik. Bir başka deyişle ifade etmem gerekirse, dünya evine girecektik. Ah, bunu düşündükçe bile dizlerimin bağı çözülüyormuş gibi hissediyordum. Yanaklarımı dolduracak fazlalıkta tuttuğum nefesi dışarıya üfledikten sonra ayağa kalktım. Belki günlüğüme bir şeyler karalarsam kendime gelebilir, heyecanımı biraz olsun bertaraf edebilirdim.

Dolap kapağımı açtıktan sonra, mor kapaklı günlüğümü elime aldım ve parmak uçlarımda yürüyerek az önceki yerime döndüm. Gözlerimi birkaç kez kırpıştırıp kendime geldiğime emin olduktan sonra, bacaklarımı kalçamın altında toplayarak yatakta rahatça oturdum. Günlüğümün arasına sıkıştırdığım kalemi elime aldıktan sonra, aklıma yazacaklarımın gelmesi için uzun bir süre boyunca sakince bekledim. Bu süre içerisinde kâh gözlerimi yummuş, kâh kalemi dişlerime vurmuştum. Sonunda almış olduğum karar ise, tatmin ediciydi bana göre. Günlük yazmaya başlamam, bundan yedi yıl öncesine dayanıyordu. Yani, Irmak'a hamile kaldığım o zaman dilimine. Günlük tutma işini fazlasıyla gereksiz bulan bir insandım o zamanlarda. Günlük tutmayı, işsiz güçsüz insanların eline kalemi alıp yaşadıkları bütün bir günü yazmaları şeklinde düşünmüştüm hep. Kendimi, benim buna vaktimin olmadığı şeklinde kandırıp bu işe hiç kalkışmamıştım. Fakat yedi yıl öncesinde bir sırdaşa ihtiyaç duymuştum. Yaptığım o büyük yanlışı Asude'ye bile anlatmaktan utandığım için, ona anlatamadıklarımı anlatabileceğim bir başka sırdaşa... Böylelikle çareyi günlük tutmakta bulmuştum ve sandığımdan çok daha iyi gelmişti bana. Hatta ona günlük kardeş lakabını vermeye bile layık görmüştüm.

Aldığım karara göre ise, bu ona son yazışım olacaktı. Neden mi? Çünkü hayatımdaki her şey yoluna girmişti artık. Yaşanılan büyük üzüntülerden, çekilen bütün sıkıntılardan ve umutsuz bekleyişlerden sonra her şey rayına oturmuştu nihayet. Hem ben şimdiye kadar hep üzüntülerimi, sıkıntılarımı, umutsuz denilebilecek bekleyişlerimi anlatmıştım ona. Şimdi nasıl anlatacaktım ki mutluluklarımı? Hüzünlü ifadeyi betimlemiştim hep; şimdi gülümsememi nasıl betimleyebilirdim ki? Bu konuda deneyim sahibi değildim, beceremezdim. Bu düşüncelerimi, vicdan mahkememe sevk etmemeyi tercih ettim. Eğer bu dava vicdan mahkememe giderse, düşebilirdi çünkü. Yürürlüğe koyamazdım o zaman. Hızlıca derin bir nefes aldım ve bütün dikkatimi önümdeki boş, beyaz sayfaya verdim. Sağ üst köşedeki tarih kısmına güzel el yazımla 24 Şubat yazdıktan sonra kocaman sırıtıp sayfanın geri kalan boş kısımlarını doldurma işine koyuldum.

Sevgili -her şeyimi benden bile iyi bilen- günlük kardeş,

Hatırlar mısın bilmem... Yıllar öncesinde yaptığım o büyük yanlış sayesinde tanışmıştık seninle. O günden sonra her gün yazmıştım sana. Asude'den sonra en büyük dostum olmuştun hatta! Eskiden günlük tutanlarla, işi gücü mü yok bunun diyerek dalga geçmemin cezasını faiziyle ödediğimi düşünüyorum...

Her neyse. Sadede geleyim en iyisi ben! Daha yapılacak çok işim var ne de olsa... Gerçi sen bunu benden daha iyi biliyorsun, değil mi? Çünkü günlerdir yaptığım bu hazırlıklardan, bu büyük telaşımdan sana öyle bir bahsediyorum ki... Eminim ki, benden bıkmışsındır artık!

Şimdi bol bol sevinebilirsin çünkü bu sana son yazışım! Neden diye soracak olursan -ki soracağını hiç zannetmiyorum ama yine dehemen cevabını vereyim sana: Çünkü artık sana ihtiyacım kalmadı, her şeyimi en ince ayrıntısına kadar bilen günlük bozuntusu!

İhtiyacım kalmadı! Çünkü artık mutluyum. Çünkü artık beni yiyip bitiren düşünceler dönüp durmuyor kafamda. Çünkü artık -gerçek anlamda- sevildiğimi iliklerime varıncaya kadar hissediyorum!

Şimdi içinden nihayet diye geçirip benden kurtulduğun için göbek atıyorsun değil mi? Hah! Sana güvenemeyeceğimi en başından beri biliyordum zaten. Küstah şey!

Yine de büyüklük bende kalsın diyerekten, sana bundan altı yıl öncesinde -kızımın doğduğu günde- yine gözyaşlarımın eşliğinde yazmış olduğum cümlelerle veda etmek istiyorum. Benim için çok büyük bir anlam taşıyan o harika günden, sana bıraktığım o değerli ve yaşlarımın dökülüp mürekkebin bulaştığı o satırlarla...

İnsan bazen yanlışlar yapar hayatta... Bazıları küçük, önemsiz yanlışlardır. Bazıları ise hayatı derinden etkileyecek kadar büyük yanlışlardır. İşte ben, büyük yanlış yapanlardan biriyim! Hem de çok ama çok büyük bir yanlış yapanlardan biri! Ama bazen yaptığımız bir yanlış, nadiren de olsa doğrularımızı götürmeyip aksine onları bize getirebiliyor! Yani bazen bir yanlışımızın birden fazla doğruyu doğurduğu oluyor! Evet evet, yanlış duymadınız. Bazen bir yanlış sayesinde birden fazla doğruya kucak açabiliyorsunuz!..

Tıpkı benim hikâyemde olduğu gibi!

Kalemi bıraktığımda, burukça gülümsedim. Bir günlük için bu kadarının yeterli bir veda olacağına kanaat getirdikten sonra da kapağını bir daha açmamak üzere günlüğümü kapadım. Evet, sırdaşlığımız buraya kadardı işte.

İyi de... Ben niye ağlıyordum şimdi? Dudaklarımı sıkıca birbirine bastırırken, ne idüğü belirsiz hıçkırıklarımı bastırmaya çalışıyordum çaresizce. Vedaların hepsi acıklı ve buruk olurdu, evet. Fakat insan günlüğüyle vedalaşınca böyle salya sümük ağlar mıydı? Dudaklarımı ısırmaya başladığım sırada, bir yandan da elimin tersiyle gözyaşlarımı silmeye çalıştım. Belli ki kendime gelmem zor olacaktı.

༺༻

Derin derin nefesler alıp kendime gelmeye çalışırken, Asude'de de en az benim kadar heyecanlı görünüyordu. Aynalı masamın önündeki beyaz sandalyemi işaret ederek, "Otur şuraya artık! Geç kaldık!" dediğinde başımı mekanik bir hızla sallayıp dediğini ikiletmeden yaptım. Aynadan bana bakıp sert bakışlar atarken, istifimi hiç bozmadan gülümsedim. Saçımdaki tokayı çözüp saçlarımı nasıl yapacağını düşünmeye başladığında ise suskunluğumu korumayı tercih ederek yerime iyice sindim. Asude kararsızca bakmaya devam ederken, en sonunda dayanamayarak dudaklarımı araladım. "Bence dağınık bir topuz yap Asu. Hem..."

"Kapasana sen çeneni!" diyerek bütün laflarımı bir çırpıda ağzıma tıkadığında sertçe yutkundum ve korkuyla dudaklarımı birbirine bastırdım. Kararlı bir sesle, "Ne yapacağımı biliyorum ben!" dediğinde, sakin ol şampiyon dercesine gülümsedim. O nasıl bir gülümseme çeşidiyse artık...

Asude'nin teyzesi işinde gerçekten de usta bir kuaffördü ve Asude'yle birlikte zamanında ondan birçok şey öğrenmiştik. Tabii Asude'nin bu konuda benden çok daha iyi olduğu tartışılamaz bir gerçekti. O işini büyük bir sessizlik içinde yaparken, bu sessizlikten sıkıldığım için sıkıntıyla derin bir iç geçirdim. Aynadan bana, ne oldu dercesine baktığında, "Biraz sıkıldım," diyerek dürüstçe cevapladım sorusunu. O da bu sırada elindeki tarağı bırakmış ve avuçlarının arasına aldığı saç tutamımı örmeye başlamıştı.

Büyük bir ustalıkla ördüğü saçımı sıkı sıkı tutarak bana bakarken, o da bu sessizlikten sıkılmış gibi görünüyordu. Zoraki bir biçimde gülümsedikten sonra, "Eskiden hep saçma sapan hayaller kurardık, hatırlıyor musun?" diyerek yeni bir konu açtım. Bunun üzerine tek kaşını havaya kaldırarak baktı bana. Ne gibi mesela, dercesine.

Hafifçe kıkırdadım. "Aynı aileye gelin gideceğimizin hayalini kurmamız gibi mesela?"

Bu söylediğim üzerine kocaman gülümsedi. Küçüklüğümüzde bu hayallerin çoğunu kuran kişi ben olurdum, Asude ise mantıksız hayaller kurduğumu ileri sürerek beni susturur, bütün hevesimi kursağımda bırakırdı. Ama benim, kulağa saçma ve olasılıksız gelen bu sıra dışı hayallerim gerçek oluyordu işte!

"Elti oluyoruz desene..." Bunu dile getirdiğimde, aynı anda sesli bir kahkaha patlattık. "Dünyanın en iyi anlaşan eltileri olma yolunda emin adımlarla ilerliyoruz bence," diye devam ettiğimde, bana hak verircesine başını sallamış ve tatlı bir biçimde tebessüm ederek saçlarıma şekil verme işine geri dönmüştü, bense hâlâ kıkırdamakla meşguldüm ve duracak gibi değildim. Ta ki Asude yüksek bir sesle, "Sus artık Başak! Sürekli kıpraşıp duruyorsun, saçlarını yapamıyorum doğru dürüst" diye bağırıncaya kadar...

Dudaklarımın üzerine hayali bir fermuar çektikten sonra tekrar can sıkıcı sessizliğime gömüldüm. Birkaç dakika sonunda sıkıntıdan patlayacağım anlarda, masanın üzerindeki telefonumun mor ışığının yanıp söndüğünü fark ederek heyecanla uzandım. Tahmin ettiğim gibi, Kıvanç'tandı mesaj. Heyecanım kursağımda kalmadığı için keyifli bir şekilde sırıtarak açtım. Bana berberde çektiği bir fotoğrafı atmıştı. Ona çok yakışan kirli sakallarının çoğunun gittiğini görmek, omuzlarımı düşürmeme sebep olsa da en azından hepsi gitmemiş diyerek kendimi teselli etmeye çalışıyordum an itibariyle. Fotoğrafın hemen altına, 'Berber özçekimi. Yakışıklı müstakbel kocanı kurbanlık koyunmuş gibi kesip biçiyorlar' yazıp, hemen yanına o çok sevdiğim göz devirme ifadesini eklemişti. Gerçek hayatı ele alacak olursak, bu göz devirme ifadesini en güzel gerçekleştirebilen kişi Asude'ydi kesinlikle.

Kıkırdayarak attığı resme ve yazdığı mesaja bir kez daha baktıktan sonra, kendi telefonumun ön kamerasını açtım. Karşılık olarak ben de ona bir resim göndermeyi planlıyordum fakat Asude telefonumu sertçe elimden alıp "Ne yapıyorsun sen? Düğünden önce görmeyecek seni!" diye bağırmış ve korkudan yerime sinmemi sağlamıştı. Bu sayede anlamıştım ki kızgın surat ifadesini de en güzel gerçekleştirebilen Asude'ydi. Elimdeki tek oyuncağın da gittiğini görmek derince oflamama sebep olsa da bunun hemen ardından aynadaki yansımamı görmek de göz bebeklerimin fal taşı gibi açılmasına sebep oldu. Tam da istediğim gibi dağınık bir topuz yapmıştı. Ne ince, ne kalın olan bir saç tutamımı ise sıkıca örmüş ve başımın yukarısından dolandırarak ense köküme tokayla tutturmuştu. Şimdi de yaptığı bu örgünün üzerine oldukça hoş duran çiçekli beyaz bir taç takıyordu. Aynı zamanda gelinliğimin güpürleriyle oldukça uyumlu bir taçtı.

Geri çekildiğinde, ortaya çıkan tablo gerçekten de büyüleyiciydi. Ben bile bu denli bayıldıysam, Kıvanç nasıl bir tepki verirdi acaba? Beğenir miydi beni? Heyecandan kuruyan dudaklarımı ıslattıktan sonra, aynaya biraz daha yaklaşıp saçlarımı daha yakından incelemeye başladım. Başımı bir o yana bir bu yana çevirip Asude'nin ortaya çıkardığı bu harika modeli inceleyip duruyordum. Kendi kendime nazar değdirebilme olasılığımın bir hayli yüksek olduğunu fark ettikten sonra ise aynadan hızla uzaklaşıp arkama yaslandım tekrar.

Asude'nin beklenti içinde bana bakan suratını gördüğümde heyecanla yerimden kalkıp boynuna atlamam bir oldu. "Ellerine sağlık bir tanem. Çok güzel olmuş, gerçekten bayıldım!"

"Beğenmene sevindim!"

Geri çekildiğimizde, kendime engel olamayarak aynaya bir kez daha baktım. Asude de bu esnada kafama yumuşak bir şaplak geçirip tatlı tatlı azarladı beni. "Aynayı çatlatacaksın şimdi!"

Tam karşılık verecektim ki Irmak'ın hemen arkamdan gelen heyecanlı sesini duyunca duraksadım. "Anne!"

Seri bir hareketle kızıma döndüm. Beni hayran kalmış gözleriyle incelediğini fark ettiğimde ise, mümkünmüş gibi daha çok gülümsedim. "Çok... Çok güzel olmuşsun anne!" Koşarak yanıma gelip belime sıkıca sarıldı. Kafasını okşayıp bu sıkı kucaklayışına karşılık vermeye çalışırken, saçlarının modeli dikkatimi çekmeyi başarmıştı. Şimdiye kadar hiç görmediğim, sıra dışı bir modeldi. Upuzun sarı saçları başının tepesinde sıkı sıkı toplanarak güzel bir fiyonk modeli oluşturulmuştu. Ben de tıpkı onunkine benzer hayranlıktaki bakışlarımla, onu uzun bir süre inceledim. Bana sarılmayı bıraktığında, onu incelediğimi fark etmiş olacak ki utangaç bir gülümseme kondurdu dudaklarının üzerine. Ardından parmağıyla Asude'yi işaret edip "Teyzem yaptı anne," diyerek açıklık getirdi.

Ben şaşkınlıkla Asude'ye bakarken, o ise omuzlarını silkip zor bir şey olmadığını belirtmişti bir nevi. Bu kız avukat olmak yerine, güzellik salonu da açabilirmiş hani... "Nasıl yapabildin?" dedim hayretler içerisinde.

"Irmak çok beğenmiş bu modeli. İnternette de nasıl yapıldığına dair bir video vardı, onu izleyerek yaptım işte bir şeyler," deyip, sanki çok kolay bir şey yapmış gibi elini boş ver dercesine salladı. Bu alçak gönüllüğü karşısında gözlerimi devirmeme mâni olamadım. Sonrasında da kızımın, dedesi ve anneannesiyle gidip aldığı ve günlerdir benden sır gibi sakladığı elbisesini fark ederek keyifli bir kahkaha attım. Tıpkı benim gelinliğimin üzerindeki güpürlere benzeyen işlemeler vardı, askılı beyaz elbisesinin üzerinde. Diz kapaklarına kadardı boyu ve beyazlara bürünmüş bu haliyle gerçekten de melek gibiydi kızım.

"Elbisen çok güzelmiş meleğim!"

"Gerçekten mi anne?"

Gerçekten dercesine başımı hızlı hızlı salladığımda, "Anneannemle dedem seçti. Ben de çok beğendim," diyerek kendi etrafında yavaşça döndü. Büyülenmiş gözlerle onu izlerken, başımı hafifçe eğip dudaklarına minik bir öpücük kondurdum ve hemen sonrasında da Asude'nin bağırışlarına kulak verdim.

"Önce makyajını yapmamız gerekiyordu! Heyecandan sırayı karıştırmışım!"

Asude kendi kendine sinirle homurdanırken, yanına giderek elimi omzuna koydum. "Büyütme bu kadar," deyip güldüm. "Şimdi yaparsın, ne olacak ki?"

Derince bir iç geçirip, "Mecburen öyle olacak zaten," dedi ve oturmamı işaret etti. Kendisi de makyaj malzemelerinin olduğu kutuyu çıkardı ve içlerinden gerekli olan malzemeleri aldı. Sade bir makyaj istediğimi söylediğimden ve Asude de bu konuda benimle aynı fikirde olduğundan, makyaj işi epey kısa sürdü.

Yerimden dikkatle kalktığımda, düğüne yalnızca üç saat kaldığını gördüm ve nefes alış verişlerim de doğru orantılı bir biçimde artışa geçti. Asude'nin yardımlarıyla gelinliğimi üzerime geçirdikten sonra ise bir yarım saat daha harcadığımızı görerek dudaklarımızı büzüştürdüm. Asude de kendi makyajını ve saçını hızlı bir biçimde yaptıktan sonra, tıpkı Irmak gibi benden sır gibi sakladığı elbisesini giyindi. Göz bebeklerim hayranlıkla irileşirken, üzerindeki su yeşili elbiseyi dikkatle inceledim. Onu süzgeçten geçirme işlemim bittiğinde ise, gerçekten de güzel bir zevke sahip olduğunu bir kez daha anlamıştım. Heyecandan hazırlanma sırasını öyle bir karıştırmıştık ki böylelikle annemin ve Nazan teyzenin diline bir sürü laf vermiştik. Annem kızgınca, "Her şeyi hallettikten sonra gelinliği giydin yani, öyle mi? Ya üzerinde gömlek değil de tişört olsaydı Başak? O zaman bozulmayacak mıydı saçların?" diyerek beni azarlarken; Nazan teyzenin de annemden aşağı kalır yanı yoktu. Asude'nin kulağını çekmediği kalmıştı bir tek. "Yok anam yok, siz adam olmazsınız!" diyerek başını iki yana sallıyordu.

Sabahtan beri ilerlemek nedir bilmeyen akrep ve yelkovan, son saatlere girerken maratona katılıyormuşçasına koşturmaya başlamıştı sanki. Zaman su gibi akıp geçerken, upuzun duvağım da saçlarımdaki yerini bulan son şey oldu. Derin nefesler alıp her şeyin yolunda gideceğini kendime hatırlatırken, teyzemin o çok özlediğim sesini işiterek hızla arkama döndüm. Neredeyse koşar adımlarla yanıma geldiğinde, "Güzel kuzum benim!" diyerek beni kollarının arasına hapsetti. Burnumun ucunun sızlamaya başladığını hissettiğimde, Asude'nin "Sakın ağlama Başak!" uyarısıyla, ancak silkelenip kendime gelebildim.

Teyzemin kollarının arasında neredeyse beş dakika kadar durduğumda, ağlamamak için kendimi epey bir kasmıştım. Seneler boyunca ailemdeki herkes bana sırtını dönmüşken, bir tek o dönmemişti. Her anımda yanımda olmuş ve beni güvenli kolları arasında himaye etmişti. Sadece benim için değil, Irmak için de o kadar çok şey yapmıştı ki... Hakkını ödeyemeyeceğim insanlardandı kesinlikle.

Kollarını geri çekerken, "Çok güzel olmuşsun!" diye mırıldanıp parmaklarıyla yanaklarımı okşadı son olarak. Hemen arkasından Selim'in sesi duyulduğunda, gözlerimi irileştirmeme mâni olamadım. Bana gelemeyeceğini, uçak biletlerinin tükendiğini söylemişti oysaki!

"Anne biraz çekil de biz de bağrımıza basalım çirkin kuzenimizi!"

Teyzem başını sallayarak, oğlunun dediğini yapmıştı. Geri çekilmeden evvelse, alnıma büyük bir öpücük kondurmuştu. Dolu dolu olan gözlerimi silerken, ona bakıp bir kez daha gülümsedim. Bu arada Selim, az önce söylediğini gerçekleştirerek beni sıkıca bağrına bastı. "Sen bu kadar güzel miydin be kuzen?"

"Çok kötüsün!" diye homurdandım. O ise kulağımın dibinde kıkırdamış ve hemen ardından ne olduysa birden ciddileşip geri çekilmişti. "Bir abi için böyle günler hem mutluluk hem de hüzün kaynağıdır derlerdi, inanmazdım." Yorumsuz kaldığımda, aynı ciddiyetiyle devam etti. "Hak ettiğin yuvayı kuracağın için çok mutluyum. Ama seni hâlâ minik bir kardeşim olarak gördüğümden, ellere gittiğin için ister istemez üzülüyorum," dedikten sonra sıkıntılı bir surat ifadesiyle, "Böyle konuşmaları yapmayı beceremiyorum ama sen beni anlamışsındır?" diye devam etti.

Selim'i ilk defa böyle karmaşık bir haldeyken görüyordum sanırım. İlk defa cam kırıklarını andırdığında şahit olduğum gözlerine uzun uzun baktım. Yaşlarla dolan gözlerini her ne kadar gizlemeye çalışsa da başarılı olamamıştı işte. O da tıpkı teyzem gibi alnıma kocaman bir öpücük kondurduğunda, gözlerimi sıkıca yumdum. Sonra da konuyu kapatmak adına, "Gelemeyeceğini söylemiştin?" dediğimde, çarpık bir biçimde sırıttı.

"Senin için gelmedim. Güzel kızlar vardır, diye geldim! Bakarsın, bir tane bulurum kendime göre," deyip bana göz kırptığında, teyzem ona sert bakışlar atarak "Ben sana gül gibi kız bulmuştum! Salaklık edip kabul etmedin kızcağızla buluşmayı," dediğinde, odadaki herkes gülmüştü. Teyzem hepimize birden sert bakışlar atarken,

Selim'se omuzlarını silkmekle yetinmişti. Evlenmeye hiç mi hiç sıcak bakmayan bir adam varsa, o da Selim'di hiç şüphesiz. Fakat Kıvanç Koçarslan gibi bir adam bile evleniyorsa eğer Selim için de umut vardı bana göre. Bunu teyzeme söylemeliydim bir ara, zavallı kadın çok içerliyordu bu duruma.

"Babam geldi! Babam geldi!"

Irmak saatlerdir bu haberi verebilmek için, Ahsen'le birlikte camın başına kurulmuştu. İkisi de koşar adımlarla bize doğru gelirken, Asude de aynı heyecanla konuştu. "Ne duruyorsun Başak? İnelim hadi!" diye haykırıp kolumdan tutup sürüklemeye başladı beni. Ne olduğunu anlayamadan, kendimi bir anda merdivenleri inerken buldum. Asude'nin tez canlılığı sayesinde. Gelinliğimin kuyruğu da arkamdan süzülerek gelirken, çok kısa bir anlığına da olsa kendimi çok önemli biriymişim gibi hissettim. Padişahın kızıymışım ya da kraliyet ailesindeki bir prensesmişim gibi mesela. Bunlara karşılık kendi kendime gülümserken, Kıvanç'ın görüş alanıma girmesiyle gülümsemem suratımda donmuştu resmen. Birbirimize, sanki ilk defa birbirimizi görüyormuşuz gibi uzun uzun bakarken, çok sonra kendime gelebilmiştim. Babamın yalandan öksürüklerini işiterek.

"Bir adama damatlık nasıl bu kadar yakışabilir?" diye bağırıp saçımı başımı yolmak isteğiyle dolup taşmış vaziyetteydim şu anda. Karizmasına karizma katmıştı resmen ve yan yana geldiğimizde kesinlikle sönük kalacaktım. Gözlerimi seri bir şekilde kırpıştırıp kendime gelmeye çalışırken, babamın yanıma geldiğini gördüğümde gülümsedim. O da bana aynı karşılığı verdikten sonra lacivert kravatını düzeltip kolunu bana uzattı. Başta afallasam da hemen sonrasında kendime gelerek koluna girdim.

Asude bize bakıp sırıttıktan sonra, bu sırıtışla birlikte Kıvanç'a döndü. Oldukça ciddi bir sesle, "Umarım hazırlıklı gelmişsindir damat bey!" derken tek kaşını da havaya kaldırmıştı. Dudaklarım istemsizce aralansa da bir zaman sonra Kıvanç'ın suratında meydana gelen değişimleri gülümseyerek izledim. Başta şaşırsa da sonrasında kendini toparlayıp omuzlarını dikleştirerek, "Tabii ki!" dedi.

Asude yapmacık gülümseyişiyle, "Harika!" diye haykırdıktan sonra, Ahsen'in kulağına eğilerek bir şeyler söyledi. Gözlerim kısık bir şekilde onları merakla izlerken, Irmak kolumu çekiştirdi. Ve tıpkı, benimkine benzer bir merakla sordu. "Ne konuşuyorlar anne?"

"Ben de bilmiyorum ki meleğim."

Gözlerimi tekrar o kısma çevirdiğimde, Ahsen ellerini amcasına doğru uzattı. "Teyzemi almak istiyorsan, istediğimiz parayı vermelisin amca!" Bundan birkaç yıl öncesinde, Irmak'ın üstlendiği bu görev, şimdi Ahsen'e düşmüştü. Bense yaşadığımız bu dejavuya karşılık, çok geçmeden kıkırdarken bulmuştum kendimi. Kıvanç şaşkınlıkla Ahsen'e baktıktan sonra, cebinden iki yüz liralık bir banknot çıkarıp yeğeninin avucuna koydu. Kıvanç'ın ailesi de olanları keyifle izlerken, arada bir bana bakıp tebessüm ediyorlardı. Zehra ve Levent Koçarslan tarafından ciddi bir gözlem altında olduğum için kendimi biraz daha sıkarak, hareketsiz durmaya çalıştım. Ama Ahsen o kadar güzel soyup soğana çeviriyordu ki amcasını, kendimi tutmak bir hayli zordu. Zaten Zehra Hanım ve Levent Bey de oğullarının soyuluşunu büyük bir keyifle izliyorlardı.

Kıvanç bir zaman sonra renkten renge girerken, Asude'nin yönlendirmesiyle hareket eden Ahsen duracak gibi gözükmüyordu. Kıvanç, cebindeki son banknotun bu olduğunu özellikle belirterek iki yüz lirayı Ahsen'in avuçlarının arasına bıraktığında, Asude'den önce Batın araya girdi. "Ben Asu için daha çok para bayılmıştım! Ben anlamam kardeşim, bul bir yerden para!"

Kıvanç kaşlarını çatarak, "Hiç de bile!" diye bağırdı. "Şunları görmüyor musun? En az bin lira vardır burada. Hem o gün, ben de yardım etmiştim sana!" Doğru söylüyordu. Batın'dan çok daha fazla para koymuştu ortaya ve bu kadarı fazlaydı gerçekten.

Tam ağzımı açıp bir şey söyleyecekken, Irmak koşar adımlarla olay yerine gitmişti bile. Ellerini beline koyarak "Bu kadarı yeterli! Geri çekil artık Ahsen!" diye bağırarak babasını korumaya başladığında, salondaki herkes bıyık altından gülümsemişti. Bunun üzerine Ahsen, onay almak ister gibi annesine baktı. Asude isteksiz de olsa, başını nihayet tamam anlamında sallamıştı. Çin işkencesinden beter olan bu işkenceye bir son verildiği için mutlulukla gülümsedim ve Kıvanç'ın bize doğru gelişini heyecanlı gözlerle izlemeye başladım. Beni babamın kollarının arasından çekip almak ister gibi hırsla bakarken, babamın yalandan öksürüğüyle kendimize gelmiştik yine. Babam başını bana doğru çevirip açıkta kalan omzuma minik ama aşırı derecede şefkat kokan bir öpücük kondurduğunda, nefesimin kesileceğini sandım. Birkaç derin nefesi ciğerlerime hapsettiğimde, gülümsedi. Hemen ardından kulağıma eğildi ve "Yüzündeki bu gülümseme hiç solmasın, olur mu kızım?" diye fısıldadı.

Yaşlarla dolduğu için ağırlaşan gözlerimi kırpıştırarak, başımı yavaş yavaş salladım. Babam, kolunu kolumdan çekerken, içimde bir şeylerin koptuğunu hisseder gibi olmuştum ve bu, canımı çok fena yakmıştı. Bunu olabildiğince belli etmemeye çalışarak, bana beklentiyle bakan müstakbel kocama zorlukla gülümsedim ve koluna girmeyi başardım. Babamın da gözleri tıpkı benimkiler gibi parlıyordu; gözyaşlarıyla... Annemse çoktan hıçkırıklara boğulmuştu ve onu sakinleştirme görevi de teyzemle Nazan teyzeye düşmüştü. Onları arkamızda bırakıp düğünümüzün yapılacağı yere -yani evimizin bahçesine- doğru ilk adımımızı atacaktık ki babam elini Kıvanç'ın omzuna koyarak bizi durdurmuştu. Kıvanç meraklı bir ifadeyle babama dönerken, babam derin bir nefes alıp fısıltıyla konuştu. "Bugünden sonra kızımın ve torunumun döktüğü tek bir gözyaşı için bile seni suçlu tutarım, bilmiş olasın! Ayağını denk al!"

Babamın, altında ağır tehdit barındıran bu konuşmasından sonra, Kıvanç kıbarca gülümsemeyi başarmış ve gözlerini gözlerime sabitledikten sonra konuşmuştu. "Hiç şüpheniz olmasın efendim. Onları bir daha asla üzmeyeceğim ve kimsenin üzmesine de izin vermeyeceğim." Duyduklarımdan sonra burnumun ucu tekrar sızlamaya başlarken, gözyaşlarımı gerilere itmeye çalıştım ve Kıvanç'ın beni sürüklemesini izin vererek, adımlarımı onunkilere uyumlu bir şekilde atmaya başladım.

Bahçeye çıktığımızda, dün akşamki kınadan kalan ışıklandırmaların hâlâ burada olduğunu fark etmiştim. Sadece birkaç tanesi yenilenmişti ve bunların dışında da yeni eklenen bir sürü ışıklandırma vardı. Ağaçlarımızın gövdeleri bile ışıklandırılmıştı. Masa ve sandalyelerse tamamen değiştirilmiş ve bahçenin her iki yanına karşılıklı olarak uzunlamasına yerleştirilmişti. Sandalyeler beyaz kumaşlarla kaplanmış ve arkalarında fiyonk biçimi oluşturularak güzelce bağlanmıştı. Çimenlerin üzerine rengârenk mumlar koyulmuştu ve yürüdüğümüz yerin hemen üzerinde de etrafı mor ve beyaz çiçeklerle sarmalanmış bir kemer vardı. Biz tam bu kemerin altından geçerken, hiç beklemediğim bir anda Batın'la Asude'nin, üzerimize konfeti patlatmasıyla tiz bir çığlık kopardım. Kıvanç da bu abartılı tepkime gülerek beni daha çok kendine bastırdı ve saçlarımın üzerine öpücüklerini kondurup heyecanımı can alıcı yöntemleriyle yatıştırmaya çalıştı.

Bundan sonraki saniyelerde, bizim için döşenmiş olan kırmızı halıda yürürken, etrafımızdaki davetlileri ürkek gözlerle izliyordum. Küçüklüğümde vaktimin çoğunluğunu geçirdiğim çardağın, nikâh masamız olarak donatıldığını gördüğümde boğazımda bir şeylerin düğümlendiğini hisseder gibi oldum. Küçükken bu çardakta otururken, ileride sevdiğim adamla evlenmek adına ona burada evet diyeceğim aklıma gelir miydi ki? Bir kez daha anlıyordum ki zamanın, daha doğrusu kaderin, karşımıza neler çıkaracağı hiç belli olmuyordu.

Kıvanç, oturacağım sandalyeyi çekerken, ona kısa bir gülümseme gönderdim ve sonra, dikkatle oturdum. Kendisi de hemen yanıma oturduğunda, masanın altından elimi kavrayıp parmaklarımızı birbirine kenetledi. Asude ve Batın da kendilerine ayrılan sandalyeye oturduklarında, hepimiz tamamdık. Nikâh şahidini belirlemede aile üyelerimizin yerine, her zaman her koşulda yanımızda olan bu harika insanları tercih etmiştik. Ailelerimizin de bir tepkisi olmamış hatta onlar da haklı bulmuşlardı yaptığımız bu jesti.

Nikâhımızı kıyacak olan memur bayan da masa başındaki yerine oturduğunda, kalp atışlarımın hızlanmaması için hiçbir sebep kalmamıştı artık. Göğüs kafesimi parçalarcasına atan kalbimi düşünmemeye çalışarak derin bir nefes aldım ve Kıvanç'ın parmaklarını biraz daha sıktım. Bu sırada nikâh memuru masanın üzerindeki mikrofonu eline alarak, kimlik bilgilerimi saymış ve doğru olup olmadığını sormuştu. Doğru olduğunu belirtircesine başımı salladığımda gülümsemiş ve aynı işlemi tekrarlamak amacıyla Kıvanç'a dönmüştü.

Nikâh memurunun yıllardır aynı şeyleri söylediğinden olsa gerek, motora bağlamışçasına "Belediyemize evlenme talebiyle müracaat ettiniz ve yapılan incelemeler sonucunda evlenmenize engel bir durumun olmadığı tespit edilmiş olup şimdi bir kez daha kıymetli misafirler ve şahitler huzurunda sözlü olarak evlenmek istediğinizi beyan ederseniz evlenme akdinizi gerçekleştireceğim..." tarzı şeyleri hızlıca söylemiş ve nihayet sadede gelmişti.

"Siz Başak Akman, Kıvanç Koçarslan'ı hiç kimsenin etkisi ve baskısı olmaksızın, kendi özgür iradenizle eş olarak kabul ediyor musunuz?"

Tarafıma yönelttiği bu soru karşısında başta dut yemiş bülbüle dönsem de, Kıvanç'ın elimi sıkmasıyla kendime gelerek, "E-evet!" demeyi başardım.

Alkış seslerinden sonra, nikâh memuru bu sefer de Kıvanç'a döndü. "Siz Kıvanç Koçarslan, Başak Akman'ı hiç kimsenin etkisi ve baskısı olmaksızın, kendi özgür iradenizle eş olarak kabul ediyor musunuz?" Önce bana bakıp sevimli bir biçimde sırıttıktan sonra, masadaki mikrofona uzanıp "Kalbim son atışını gerçekleştirinceye, son nefesimi verinceye kadar evet!" diye bağırdığında, çok daha büyük bir alkış tufanı koptu. Bense, kızardığına emin olduğum yanaklarımı, başımı önüme eğerek gizlemeye çalıştım. Nikâh memuru Kıvanç'ın bu farklı cevabına gülümsedikten sonra, Asude ve Batın'a dönerek, "Şahitler olarak sizler de duydunuz, birbirlerini eş olarak kabul ettiler. Sizler de şahitlik eder misiniz?"

"Evet!"

"Evet!"

Böylelikle önüme koyulan büyük deftere titreyen ellerimle imzamı attım. Sonrasında da Kıvanç elimden kalemi alarak kendi resminin altına afili bir imza atıp defteri Asude'yle Batın'ın önüne itti. Bütün bunlardan sonra nikâh memurunun son olarak "O halde anayasanın ve belediye başkanımızın bana verdiği yetkiyle, sizi karı koca ilan ediyorum," dediğini duydum.

Bacaklarıma kalkmaları için komut verdiğimde, zangır zangır titrediklerini hissetmiştim. Nikâh memuru bana bakıp gülümserken, evlilik cüzdanını elime tutuşturdu. Asude kulağımın dibinde, "Ayağına bassana şunun!" diye bağırırken, heyecanla başımı salladım. Topuklu ayakkabımın sivri ucuyla kocamın -ah, bunu söylemek bile o kadar güzeldi ki!- ayağına bastığımda, bu seferki kopan alkış tufanının sağlayıcısı ben olmuştum. Kıvanç'a zafer kazanmışçasına gülümseyerek baktığımda ise, iki büklüm bir halde olduğunu görerek büyük bir pişmanlıkla özürlerimi art arda dilemiştim. O da bunu yapmamı bekler gibi anında yerinde doğrulmuş ve zafer kazanmışçasına gülümseme sırası kendisine geçmişti. Gözlerimi kısıp elimdeki evlilik cüzdanını salladım. "Bundan sonra kork benden Kıvanç! Tapun benim elimde!" Sözlerimle, suratının girdiği şekli görerek kahkahalarla güldüm.

"Gelini öpebilirsin o halde."

Nikâh memurunun sözü üzerine, Kıvanç buna dünden razıymış gibi aramızdaki mesafeyi seri bir hareketle kapadı. Gözlerimi yumup bu sancılı anların bir an önce bitmesini beklerken, alnıma kondurduğu öpücük sonrası anca kendime gelebildim. Kulağıma eğildiğinde, tenimi yalayan nefesi eşliğinde fısıldadı. "Senin tapun da bende fıstığım. Bundan böyle resmi olarak da sadece ve sadece bana aitsin!"

Söyledikleri, bedenimde soğuk duş etkisi oluştururken, Irmak'ın koşarak yanımıza gelip bize sarıldığını hissederek kendime geldim. "Sizi çok ama çok seviyorum!" diye bağırıp hem bana hem de babasına sarılmaya çalıştı. Kıvanç, kızımızı kucaklayıp minik boyunu bizimkiyle aynı seviyeye taşıdığında, Irmak bir kez daha kocaman sırıtıp yanaklarımıza öpücüklerini kondurdu.

Biz birbirimize bu derece odaklanmışken, tam karşımıza kadar gelen düğün pastamızı başta fark edememiştik. Aslında bu pasta, basit bir düğün pastasından çok daha fazlasıydı. Bugünün, Irmak ve Kıvanç'ın doğum günü oluşunun şerefine çok daha büyük yaptırılmasını istemiştim. Zaten düğün organizasyonunda elimin değdiği, daha doğrusu sözümün geçtiği tek şey buydu. Irmak'ın yaşını temsil edecek biçimde hazırlattığım altı katlı olan pastaya hayranlıkla bakan tek kişi ben değildim tabii ki. Irmak da heyecanla ellerini çırparak pastaya daha yakından bakmak istediğini söyledi babasına. Kıvanç, Irmak'ın isteğini ikiletmeden pastaya birkaç adım daha yaklaştığında, ikisinin de tepkilerini merakla inceliyordum. Pastanın üzerine, bir arada çektirdiğimiz bir fotoğrafın baskısını yaptırtmıştım. Irmak şaşkın bir surat ifadesiyle bize dönerken, Kıvanç'ın da ondan aşağı kalır yanı yok gibiydi. Yanlarına gidip ikisinin de yanaklarına öpücüklerimi kondurdum ve hemen ardından aşkla haykırdım. "Doğum gününüz kutlu olsun, her şeylerim!"

Etraftaki herkesten bir alkış tufanı daha koptuğunda, neşeyle gülümseyip Kıvanç'ın kolları arasında kendime yer buldum. Irmak sevimli bir kahkaha attıktan sonra, pastanın üzerindeki mumları göstererek şaşkınca sordu. "Burada neden bu kadar çok mum var anne?"

Hafifçe tebessüm edip açıklamaya giriştim. "Bugün altı yaşına girdiğinden, senin için altı; baban yirmi beş yaşına girdiğinden onun için yirmi beş; Asu teyzenle Batın amcanın dördüncü evlilik yıl dönümü olduğundan onlar için de dört mum koydurttum. Yani tamı tamına otuz beş mum var!"

Gözlerinin irileşmesini izlerken, ellerimi hızla birbirine çırpıp heyecanla konuştum. "Asu! Batın! Gelin buraya, hep birlikte üfleyeceğiz!" Ahsen'le birlikte yanımıza geldiklerinde, tatmin olmuşça gülümsedim. "Üçe kadar sayacağım. Üç deyince hep birlikte üflüyoruz, tamam mı? Ama herkes içinden bir dilek tutsun!" Herkes başını sallayıp beni onaylarken, mutlulukla gülümseyip gözlerimi yumdum. İçimden, ailemle ve sevdiklerimle birlikte sonsuz bir mutluluk dileğinde bulunduktan sonra gözlerimi yavaşça araladım.

Herkesin dileklerini tutmuş bir şekilde hazırda beklediğini gördüğümde ise gülümseyerek "Bir..." dedim uzata uzata.

"İki..." dediğimde, herkes dudaklarını öne doğru uzatmıştı bile.

Heyecanla "Üç!" diye bağırdığımda, hepimiz var gücümüzle üfledik.

Ardından birbirimize dönüp sevimli kahkahalarımızı koy verdik ve birbirimize sarılmaya başladık. Sarılma faslımız bittiğinde, oldukça yavaş ritimli bir dans müziği çalmaya başlamıştı bile. Kıvanç elimin üzerini öperek, "Bu dansı bana lütfeder misiniz, sevgili Başak Koçarslan?" diye sordu, Koçarslan kısmına ayrı bir vurgu yapıp bıyık altından gülümsemeyi de ihmal etmedi.

"Tabii ki!"

Beni oldukça seri bir hareketle kendine çekip göğsüne yaslarken, elleri de belimin üzerindeki yerini aldı. Parmakları bel boşluğumda hafifçe kıpırdandı. Böylelikle ben de kollarımı boynuna dolayıp başımı omzuna yasladım. Ensesindeki saçlarını parmaklarımın etrafına doladıktan sonra kokusunu doya doya içime çekip "Kıvanç..." diye mırıldandım.

"Efendim karıcığım?"

Seslenişiyle, kendime engel olamayarak kıkırdadım ve boynuna çok ama çok küçük bir öpücük kondurup geri çekildim. Derin bir nefesi içime çektim sonra ve aşkla mırıldandım. "Seni çok seviyorum..."

"Ben seni daha çok seviyorum!" deyip dudaklarıma tutku dolu bir öpücük bıraktığında, göz bebeklerimi şaşkınlıkla irileştirerek omuzlarından ittirip kendimden uzaklaştırdım onu. Herkesin gözü bizim üzerimizdeyken, yapılacak iş miydi bu?

Bir şey söylemeyip başımı tekrar omzuna yasladım ve derin bir iç geçirip düşüncelerime beynime süzülme iznini verdim. Hakkını ödeyemeyeceğim o kadar çok insan vardı ki hayatımda... Bu insanların başını Asude, hemen sonraki sırayı da Batın çekiyordu. Batın'ın arkasına yazabileceğim kişi ise hiç şüphesiz, Sarp'tı. Bana duyduğu aşka, hayrandım! Ama onun da dediği gibi, kalbimize söz geçiremiyorduk bazen. Ben de geçirememiştim ve Kıvanç'a deli gibi kızgın ve bir o kadar da kırgın olsam da onu sevmekten ve geleceği günü beklemekten tek bir salise bile vazgeçmemiştim.

Ve şimdi, aldığım bu karardan da kesinlikle pişman değildim. Kıvanç'ın soyadını taşıyacak olmak bile, beni mutluluktan deliye çeviriyordu. Hakkını ödemeyeceğim kişiler listesinde, Sarp'tan hemen sonra ise teyzem ve Selim geliyordu. Onların hemen ardındansa Nazan teyze ile Kemal amca. Bana ikinci bir anne ve baba gibi olmuşlar, Irmak'ı da torunları gibi benimsemişlerdi...

"Başak!"

Ah, bir de Samet vardı tabii. Onu saymayı nasıl unutabilmiştim? Suratımda hâkim olan sırıtış biraz daha genişlediğinde, Samet koşar adımlarıyla çoktan yanımıza varmıştı bile. Beni kollarının arasına alıp kemiklerimi kırarcasına sıkıca sarılırken, Kıvanç'ın homurtularını rahatlıkla duyabiliyordum. Bir zaman sonra bu manzaraya dayanamamış olacak ki Samet'i yakasından tuttuğu gibi üzerimden uzaklaştırdı. Samet'se, kendinden bekleneni yaparak Kıvanç'a aldırış etmemiş ve omuzlarını silkip gözlerini tekrar benim üzerime dikmişti. "Çok güzel olmuşsun kız!" derken yanağımdan bir makas aldı. Bunun sonucunda da Kıvanç'tan sert bir şaplak yedi.

Kendime engel olamayıp bu hallerine kıkırdamaya başladığımda,

Kıvanç gururla omuzlarını dikleştirmiş, Samet'se başını ovalamaya ve kuzenine ağza alınmayacak küfürlerini sıralamaya başlamıştı. Irmak, Samet abisinin adını haykıra haykıra yanımıza koşturduğunda ise, Samet anca durulmuş ve heyecanla Irmak'ı kucaklamıştı. "Cimcimem de buradaymış!"

Onlar kendi aralarında güzel bir sohbete daldığında, bir misafirimizin daha olduğunu fark ederek Kıvanç'ın yanındaki kişiye çevirdim başımı. Karşımda Mert'i bulmayı beklemediğimden olsa gerek, dudaklarım hafifçe aralandı fakat sonrasında hemen toparlanıp elimden geldiğince gülümsedim. Kıvanç'ın tam aksine. Kuzenini öldürmek istermiş gibi bakıyordu ve bu sert bakışlarını görmeye daha fazla dayanamadığımdan dirseğimle kolunu hafifçe dürtüp kendine gelmesini sağladım.

Mert öncelikle bana yönelerek, "Hayırlı olsun Başak. Ailemize hoş geldin!" dedi kibarca.

Bu kibarlığına karşılık hafifçe gülümsedikten sonra teşekkür ettim ve başımı Kıvanç'a çevirerek 'bak gördün mü?' tarzı bir bakış attım. Bana baygın bir bakış atıp gözlerini devirdikten sonra Mert'e döndü ve kabalığından taviz vermeyerek sordu. "Niye buradasın?"

Mert ise hiç istifini bozmayarak gülümsemişti. "Şirket ortamında kanlı bıçaklı olabiliriz ama unutma ki kuzeniz. Düğününde bulunmak istedim. Hayırlı olsun kuzen!" Beni ama daha çok Kıvanç'ı bozguna uğratmış ve bir zaman sonra da arkasını dönüp yürümeye başlamıştı.

Irmak'ın yanına doğru gittiğini fark ettiğimde ise şaşkınlıkla bakakaldım arkasından. Irmak'ın, Mert'e ilgisi olduğunu bildiğimden, gözlerimi bir an olsun kırpmadan onları izlemeye koyuldum. Mert kendi boyuyla Irmak'ın boyunu eşitlemek için dizlerinin üzerine eğildiğinde, Irmak da en az benim kadar meraklı bir surat ifadesiyle Mert'i izliyordu. "Nasılsın küçük prenses?"

Mert'in tebessüm ederek sorduğu bu soru üzerine, Irmak kaşlarını çattı ve kollarını göğsünde kavuşturdu. Arkasına dönüp, ayaklarını yere vura vura yürümeye başladığında ise "Sensin küçük!" diye bağırdı Mert'e. Temkinli gözlerle kızımı izlerken, arkasından gidip gitmemek konusunda tereddütte kaldım. Tam fikrini sormak için Kıvanç'a dönmüştüm ki kahkahalarla güldüğünü görerek kaşlarımı anında çattım. Ellerimi belime yerleştirdim ve bu kadar çok gülmesine neden olan şeyi sordum. Büyük bir merakla.

Katıla katıla güldüğü için kelimeleri pek anlaşılır çıkmasa da ne söylediğini gayet iyi anlamıştım. "Aslan kızım benim! Yanına bir erkek yaklaştı mı, hep böyle sert olacak işte!"

Gözlerimi kısarak ona uzun bir süre baktıktan sonra, gülmeyi kesmeyeceğini anlayarak arkamı döndüm. Irmak'ın nerede olduğunu bulabilmek için gözlerimle etrafı tararken, annemin adımı seslenerek bana doğru koşturduğu gördüm. "Neredesin sen Başak? Dolaşsana etrafı, hoş geldin desene misafirlere!"

Etrafımızdaki insanları göstererek, "Çoğunluğu senin arkadaşın anne. Ve ben hiçbirini tanımıyorum!" diyerek onu geçiştirdim. Ellerini belinde toplayarak bana öfkeli bakışlar attı. Annemle ilgilenme işini sonraya bırakarak tekrar etrafıma bakınmaya başladım, Irmak'ı bir an önce bulmam gerekiyordu. Sonrasında isterse bütün misafirlere tek tek sarılıp hoş geldiniz diyebilirdim. Ama her zaman olduğu gibi, şimdiki önceliğim yine kızımdı.

"Nereye bakıyorsun sen?"

"Irmak'ı bulmaya çalışıyorum."

"Ben gördüm onu," dediğinde heyecanla ona döndüm. "İleride işte. Evin hemen yanında bir çocukla oturuyor."

Başımı hızla sallayıp koşar adımlarla ön bahçeye kadar gittim. Annemin de dediği gibi Irmak'ın yanında bir çocuk oturuyordu. Irmak'tan birkaç yaş büyük, sevimli bir çocuk. Gözlerimi kısarak onları izlemeye başladığımda, Kıvanç'ın da arkamdan geldiğini görmüş ve işaret parmağımı dudağıma bastırarak sus işareti yapmıştım. Tıpkı benim gibi gözlerini kısarak, benim baktığım yere bakmaya başladığında ise çenesinin kaskatı kesildiğini görmüştüm. Birkaç dakika öncesinde kızına, aslan olduğuyla ilgili övgüler yağdıran Kıvanç, şimdi süt dökmüş kedi gibi bakıyordu. Kızının yanında bir erkek görmek, onu bu kadar etkilemişti demek!

Omzuma kondurduğu öpücükle kendime gelirken, başımı ufak bir açıyla ona çevirdim. "Eskiden kızların kalbini kırmamın bedelini şimdi fena halde ödüyorum sanırım. Yanımdaki kızları kıskanmayı bir yana bırak, değer bile vermezdim hiçbirine. Ama şimdi..." deyip kolumu tuttuğu gibi kendisine çevirdi bedenimi. Saçlarımı okşar gibi geri iterken, alnıma, bedenimi baştan aşağı titreten bir öpücük kondurdu. "Hem karımı hem de kızımı deliler gibi kıskanıyorum!"

"Oh olsun sana!" diyerek kocaman sırıttım.

Gözlerini devirip kolumu bıraktığında, hızlı adımlarla Irmak'ın ve Irmak'ın yanındaki çocuğun olduğu tarafa doğru yürümeye başladı. Gözlerim korkuyla irileşirken, eş zamanlı olarak peşinden koşturmaya başladım fakat epey bir gerisinde kalmıştım. Kıvanç, onların yanına gittiğinde Irmak'ın yanındaki çocuk, Irmak'a rengârenk bir çiçek demeti uzatıyordu. Irmak çiçekleri alırken, kızaran yanaklarını gizlemeyi beceremeyerek kibarca teşekkür etti. Çocuk, önemli olmadığını söyleyerek sevimlice tebessüm ettikten sonra, Irmak'ın yanağına minik, masum bir öpücük kondurup geri çekildi.

Ben bu sahneyi hayran gözlerle izlerken, Kıvanç'sa benim tam aksime burnundan soluyarak izlemiş ve sonrasında küçücük çocuğun yakasına yapışmıştı. Irmak tiz bir çığlık atıp babasını durdurmaya çalışırken, olaya el atmam gerektiğinin farkına vararak Kıvanç'ın yanına gittim. O da tam bu sırada, çocuğun yakalarını bıraktı. Neyse ki! Zaten çok sıkı tutmamıştı ama yine de hoş bir görüntü oluşturmamıştı bu davranışıyla.

İşaret parmağını havada sallayıp "Seni bir daha kızımın yanında görmeyeyim küçük velet!" diye bağırmasıyla, kıkırdamama mâni olamadığımdan hem Kıvanç'ın hem de Irmak'ın delici bakışlarının merkezi haline geldim. Sertçe yutkunarak hızlıca kendimi topartladım ve zoraki bir biçimde gülümseyerek gözlerine baktım. Aksi takdirde baba-kız birlik olup bakışlarıyla bir hamlede yiyebilirlerdi beni. Çocuk kızgın bakışlar atarak Kıvanç'a baktıktan sonra, korkusuzca Irmak'a dönerek göz kırpmış ve yanımızdan koşar adımlarla ayrılmadan hemen önce de kızımızın yanağına minik bir öpücük daha kondurmuştu. Irmak, öpücük aldığı yanağına ellerini koyarak bir süre öylece durduktan sonra bana dönmüş ve "Çok tatlıydı, değil mi anne?" diye sormuştu heyecanla.

Kıvanç yanı başımda ya sabırlar çekerken, bıyık altından gülümseyip kızımın yanına gittim. Sadece ikimizin duyabileceği bir sesle,

"Adını öğrenebildin mi?" diye sordum.

Derin bir iç geçirerek, "Yağız," cevabını verdi. Anlaşılan o ki Mert abisinin pabucunu çoktan dama atmıştı.

"Güzelmiş," dediğimde, başını olumlu anlamda sallayarak bana katıldığını gösterdi. Kıvanç yanımıza geldiğinde hâlâ homurdanmaya devam ediyordu ve Irmak da babasından utandığından olsa gerek, kafasını boynuma gömerek anında susuverdi. Bu sevimli hallerine hafifçe kıkırdadım ve birkaç adım daha attıktan sonra tekrar düğün alanına vardık. Karşımıza çıkan genç bir adam bize bakıp sırıttığında, gözlerimi kısıp kendisini tanıyıp tanımadığımı anlamaya çalıştım. Vardığım sonuç ise onu hiçbir yerde görmediğim, dolayısıyla tanımadığımdı.

Fakat Kıvanç benim aksime neşeli bir kahkaha patlatarak, bu genç adama sarılmıştı. İkisi birlikte kahkahalarla gülerken, Irmak'la aynı anda kaşlarımızı çatmıştık. Uzun bir zaman sonra daldıkları derin sohbetten çıktıklarında, karşımdaki genç adam kendisini kibarca tanıttı bana. "Merhaba, ben Soner."

Gülümseyerek, bana uzattığı elini sıktım ve "Memnun oldum," dedim. "Ben de Başak."

"Ah, bilmez miyim hiç?" deyip Kıvanç'a anlamlandıramadığım bir bakış attı. Kıvanç, susması konusundaki uyarılarını sert bir dille yaparken, Soner onu duymazdan gelerek tamamen bana yöneldi. "Senden çok bahsederdi Kıvanç. Seneler boyu seni dinleyip durdum."

Büyük bir şaşkınlıkla, "Öyle mi?" dedim, bir yandan da Kıvanç'a bakıyordum. Ama o, bu gibi durumlarda gözlerini kaçırma konusunda fazlaca ustaydı. Soner yalandan yere öksürerek dikkatleri bir kez daha üzerine çektiğinde, "Bu güya büyüyebilmek için yurt dışına kaçmıştı ya hani," dedi gülerek. "O senelerde hep beraberdik biz! Yediğimiz içtiğimiz ayrı gitmedi. Ve seni tek bir gün hatta tek bir saat bile dilinden düşürmedi. Adamın rüyalarını hatta kabuslarını dâhi ele geçirmiştin Başak yenge! Çok seviyor seni, çok!"

Kıvanç, Soner'e 'ne diye anlattın şimdi?' dercesine bakışlar atarken, mutluluğumu haykıran bir kahkaha attım ve kolları arasında kendime yer buldum. Soner yanımızdan ayrılmadan hemen önce ise,

"Balayına seni İngiltere'ye götürecek!" diye haykırmış ve Kıvanç'ın gazabından kendini korumak adına koşturmaya başlamıştı. Şaşkın bakışlarım eşliğinde Kıvanç'a döndüğümde, "Bütün sürprizi bozdu it!" diye mırıldandığını duymuştum. Neyse ki çok geçmeden açıklamaya girişti bize. "Sizden uzak kaldığım yıllarda yaşadığım eve götüreceğim sizi. Balayını orada yaparız diye düşündüm. Ne dersiniz?"

Irmak'la aynı anda, mutlu bir edayla gülümseyip başlarımızı onaylarcasına salladık. "Harika!" deyip gülümseyerek, düğün alanımıza geri döndük. Ortamda bangır bangır müzik çalarken, durumumdan rahatsız bir şekilde yüzümü buruşturdum. Bu denli yüksek sesli müziklerden oldum olası nefret ederdim. Etrafıma bakınmaya başladığımda, büyük bir çoğunluğun gittiğini görerek gülümsedim. Düğünümüze kadar gelmeleri, bu güzel günümüzde bizi yalnız bırakmamış olmaları güzeldi, evet. Ama biz bize kalmak daha da güzeldi.

Ayağımıza kadar gelen bu fırsattan istifade etmek istediğimden, heyecanla Kıvanç'a dönüp "İstediğimiz bir şarkıyı çalabilirler, değil mi?" diye sordum.

"Elbette," dediğinde, ellerimi birbirine çırpıp "Harika! O zaman gidip söyler misin onlara? Mustafa Ceceli'nin Bir Yanlış Kaç Doğru şarkısını çalsınlar!" diye haykırdım.

Kısa bir süre sonra, Mustafa Ceceli'nin o hastası olduğum -huzur verici- sesinin duyulmasıyla, düşüncelerime reklam arası verip mutlulukla gülümsedim. Irmak'ı kucağımdan indirdim ve buralarda olduğu sürece istediği kadar oynayabileceğini söyleyerek sıkı sıkı tembihledim. Bu sırada Kıvanç da yanımıza gelmiş ve arkadan belime sarılıp çenesini omzuma yaslamıştı.

Hep birlikte bağıra çağıra Mustafa Ceceli'ye eşlik ediyorduk ve bu, inanılmaz derecede rahatlatıcıydı. "Hatasız kul olmaz bir hata ettim kabul!" kısmını ise ses tellerime garezim varmışçasına bağırarak söylemiştim. Çünkü tıpkı beni anlatıyordu bu kısım. Bir yanlış yapmıştım ve bunu kabul ediyordum. Ama bu yanlışın sonucunda harika doğrulara ulaştığım gerçeğini de bir kenara atamazdım. Ortaya çıkan en önemli doğrum, kızımı kazanmam olmuştu hiç şüphesiz ki. Bu yanlışın bir sonucu olarak sunulmuştu önüme. Irmak'sız bir hayatın nasıl olacağını düşünmek dâhi istemiyordum! O denli önemliydi.

Bu yanlışın meydana getirdiği doğrular, bu kadarla da sınırlı değildi. Bu büyük yanlışım sayesinde anne olduğum için, sorumluluk sahibi olmayı öğrenmiştim. Bu, herkeste olması gereken önemli bir özellikti. Ve ben bu önemli özelliği de meleğim sayesinde edinmiştim.

Ve... Bu yanlışım sadece bana değil, Asude'ye de yaramıştı bir nevi! Teyze olmasının yanında, bir de hayatının aşkını bulmuştu bu yanlışım sayesinde. Kızımın amcasının, yani Batın'ın sürekli yanı başımızda olmasıyla, bu zorlu süreçte filizlenen bir aşktı onlarınki... Kuvvetli, inadı ve kavgası bol bir aşk... Benim hayran olduğum bir aşk!

Sonra, Sarp'ın bana olan aşkını daha yakından tanıma fırsatım olmuştu. Ve bir adamın, bir kadını nasıl çıkarsız ve ne denli saf duygularla sevebileceğini öğrenmiştim ondan. Aşkın en saf noktasını görmüştüm ben onda.

Kısacası benim meleğim -yani bir yanlışım- bu minik haliyle o kadar çok şeye sebep oluvermişti ki saymakla bitmezdi. Bu düşüncelerime gülümseyip başımı Kıvanç'ın omzuna yatırdım, kafasını eğip dudaklarını alnıma bastırmasıyla gülümsedim ve huzurla gözlerimi yumup şarkıyı bağıra çağıra söylemeye devam ettim.

"Benim aşkım sensin inan artık ne olur!" diye bağırıp şarkıya son noktayı koyduğumuzda, düğünü hâlâ terk etmeyen birkaç davetli bizi hararetle alkışlamıştı. Ayağımdaki topuklular sayesinde parmak uçlarımda yükselmek zorunda kalmadan Kıvanç'ın burnuna bir öpücük kondurabildim. Bana gülümseyerek bakarken, yüzünü ellerimin arasına alıp "Sen benim en büyük yanlışımsın Kıvanç!" dememle, gülümseyen suratı bir anda soldu. Hafifçe kıkırdayarak, "Evet, doğru duydun. En büyük yanlışımsın ama iyi ki de öylesin! Pişmanlığım değil, 'iyi ki'msin!"

Az önce solan suratı, söylediklerim biraz olsun eski haline döndü. Suratımdaki kocaman sırıtış eşliğinde arkamı döndüğümde, bu sefer de benim sırıtışım suratımda donakalmıştı. Karşımda görmeyi hiç ama hiç beklemediğim biri duruyordu çünkü: Sarp.

Şaşkınlığımı üzerimden atmak için öncelikle sertçe yutkundum. Beni baştan aşağı inceleyip burukça gülümsediğini gördüğümde ise, yutkunmam hiçbir işe yaramadı. En sonunda yanına gitmek için bir adım atmıştım ki Kıvanç'ın kolumu tutup beni durdurmasıyla ona dönmek zorunda kaldım. Kesin bir dil ve itiraz istemeyen bir surat ifadesiyle "Gitmeni istemiyorum!" dedi.

Sakinliğimi koruyabilmek adına derin bir nefes aldım. "Buraya kadar gelmiş Kıvanç. Konuşmazsam ayıp olur. Hem çok kısa sürecek, söz veriyorum."

"Sadece beş dakika!" dedi, aynı sert ifadesini korurken. Başımı salladığımda kolumu bırakmasını bekledim ama beklemediğim bir biçimde daha çok sıktı parmaklarını. "Hatta iki dakika! Evet evet sadece iki dakika izin veriyorum, Başak!" Gözlerimi devirip koluma doladığı parmaklarını çözmesi için işaret verdim. İstemeye istemeye de olsa, kolumu serbest bırakıp gitmeme izin verdi.

Nihayet Sarp'ın tam karşısında durduğumda, hâlâ burukça gülümsemeye devam ettiğini gördüm. Söyleyecek bir şey bulmak için âdeta yerimde kıvranırken, ilk adımı kendisi atarak beni amansız bir dertten kurtardı. "Çok güzel olmuşsun Başak."

Kuruyan dudaklarımı ıslatarak, "Teşekkür ederim," dedim.

"Üzerinde, sana çok yakışacak olan bir gelinliği taşıyacağın günü hayal edip durmuştum hep. Bunu görebildiğim için şanslı sayılırım, öyle değil mi?"

Bu içten sorusuyla, gözlerime akın eden yaşları gerilere itmek için epey büyük bir çaba sarf ettim fakat bir işe yaramadı ne yazık ki. Şu durumumuzda bile, beni gelinlikle görebildiği için kendisini şanslı bulduğunu söylüyordu. Bana karşı, kesinlikle hak etmeyeceğim masumluk derecesinde bir aşk besliyordu ve ben bu aşkı kesinlikle hak etmiyordum. Ağlamaklı çıkan titrek sesimle "Sarp..." diyebildim ancak ve hemen sonrasında da kendimi, kolları arasında buluverdim.

"Şşt ağlama!" derken saçlarımı nazikçe okşadı. Kendimi tutabilmek için büyük bir çaba sarf etmiş olsam da yine de bu konuda başarılı olamayarak hıçkırıklarla ağlamaya başladım. Onu teselli etmesi gereken kişi ben iken; beni teselli eden kişi O'ydu. Yine...

Yumuşacık sesiyle, "Sana, kalbimize söz geçiremediğimizi söylemiştim. Hatırlıyorsun, değil mi?" diyerek devam ettiğinde, sanki ninni söylüyormuş gibi geldi; o derece huzur vericiydi sesi. Burnumu sertçe çekip "Hatırlıyorum," dedim.

Sanki yapması çok kolay olan bir şeyi yapamıyormuşum gibi kızgınca bakarak, "O zaman üzülme," dedi. Gözlerimi sımsıkı yumup tekrar açtığımda, başımı salladım ve hemen ardından da zoraki bir gülümseme kondurdum dudaklarıma.

"Aferin, işte böyle!" dediğinde, tam içten bir gülümseme yollamıştım ki Kıvanç'ın kolumdan tutup beni yanına çekmesi sonucu uzun sürmemişti bu gülümseyişim. Bu yüzden, öfkeli gözlerle bakmama engel olamadım. O ise benden çok daha sert bir ifade takınıp "İki dakika çoktan doldu!" diye sesini yükseldi.

Vereceğim tepkiyi beklemeden Sarp'a döndüğünde ise, ürkek gözlerle izledim onu. Kıvanç'ın Sarp'a elini uzatmasını beklemediğimden başta afallasam da kısa bir süre içerisinde toparlanmayı bildim. Kıvanç, bu konuşmayı zoraki yaptığını belli eder gibi bir ifadeye bürünüp, "Şimdiye kadar karım ve kızım için yaptıklarını ne yapsam ödeyemem. Yaptığın her şey için teşekkür edebilirim ancak. Bir kez daha teşekkür ederim!" dediğinde gözlerimi irileştirdim. Sarp'sa alay edercesine gülümseyip "Teşekkürünü isteyen yok! Bir kez daha söylüyorum, senin için değildi yaptıklarım!" demiş ve bana dönerek mutlu olmam konusundaki öğütlerini süratle sıralayıp alnıma kocaman bir öpücük kondurup çekip gitmişti. Arkasından gözü yaşlı bir ben bırakarak...

Bundan sonrası için yapabileceğim tek şey, onu hak eden birini bulabilmesi için dua etmek olurdu sanırım. Giderken Irmak'la da kısa süreli de olsa sohbet ettiklerini gördüğümde burukça gülümsedim. Irmak için de önemliydi Sarp. Henüz babasını tanımadığı zamanlarda Sarp abisini, babası yerine koymuş ve öyle sevmişti. Sarp onu kızı yerine koyup severken, Irmak'ın onu babası yerine koyup sevmemesi imkânsız olurdu zaten.

Kıvanç, Sarp'ın bu gösterisi sonrasında burnundan solumaya başladığında onu sakinleştirme görevi tabii ki de bana düşmüştü. Ne de olsa, artık karısıydım onun... Ah, bunu dile getirmek bile bir garip geliyordu insana. Nereden nereye gelmiştik böyle? Kıvanç'ı ilk kez o barın önünde gördüğümde ondan bir çocuk sahibi olacağımı, yıllarca onu bekleyeceğimi ve bu umutsuz bekleyişin sonunda onunla evleneceğimi bilebilir miydim mesela?

Hayatın önümüze neyi ne zaman çıkaracağı hiç belli olmuyordu. Kader denen şey, hiç beklenmedik şeylere gebeydi ve bunları, hiç beklenmedik zamanlarda önümüze sürebiliyordu. Bizim yapmamız gereken tek şey ise, buna hazırlıklı olmak ve başımıza gelenlerden sonra şaşırmamak veya isyan etmemekti. Çünkü düzen böyleydi işte. Kendi seçimlerimizin bir sonucu olan kaderimizi, yaşamak mecburiyetindeydik!

Davetliler gittiklerinde ve İzmir'e karanlık çöktüğünde, hepimiz üzerlerimizi değiştirip soluğu bahçemizdeki çimenlerin üzerinde almıştık. Kıvanç sürekli olarak burada ne işimiz olduğunu sorgulayıp dursa da kızaran yanaklarıma rağmen onu susturmayı becerebiliyordum. Ve onu daha fazla ne kadar süründürebilirdim, bilmiyordum. Ama elimden geleni yapmakta kararlıydım. Senelerin acısını bu şekilde burnundan fitil fitil getirmiş oluyordum.

Aslında, kaybettiğimiz nice senenin bir sorumlusu daha vardı: Pelin!

Kıvanç, onun hakkında gereken neyse yaptığını söylediği için, içim bir nebze rahattı. Adının getirdiği nüfuzla, çalıştığı iş yerinden ve kiracısı olduğu evden atılmasını; bununla da sınırlı kalmayarak, çaldığı diğer kapıların da -arkadaşları da dâhil olmak üzere hepsinin- kendisine kapatılmasını sağlamıştı. Bu sebeple Pelin İstanbul'u terk etmek durumunda kalmıştı. Tıpkı seneler öncesinde Kıvanç'ın yaptığı gibi... Bu, kaybettiğimiz senelerle kıyaslanınca hiçbir şeydi ama yine de içimdeki ateşe bir nebze su dökebilmişti.

"Kıvanç! Oğlum ne şanslıyız lan biz! Yanımızdaki bu güzeller güzeli kadınları Koçarslan yaptık resmen! Daha ne olsun?"

Batın'ın bağırışı üzerine Kıvanç önce bana bakmış ve sonra, abisine katıldığını gösterir gibi başını sallamıştı. Ardından gözleriyle Irmak'ı ve Ahsen'i işaret edip "Ve dünyanın en güzel kızlarına da sahibiz abi!" dediğinde ise, ikisi de utanarak başlarını önlerine eğmişti. İkisine de hayran gözlerle baktım. Ve her zaman yaptığım gibi, bir kez daha dualarımı sıraladım içimden. Asude ve ben kadar yakın olabilsinler diye...

"Yıldız kayıyor! Yıldız kayıyor!"

Irmak'la Ahsen birlik olup avazları çıkana kadar bağırmaya başladıklarında bu hallerini keyifle izlemeye devam ettim. Onlar kendi aralarında hararetle konuşmaya başladıklarında, ben de kocama dönerek konuşmaya başladım. "Hadi biz de dilek tutalım madem!"

Başını bana çevirdiğinde, suratında bu fikri beğenmediğini belli eden bir ifade oluşuverdi. "Bundan böyle tutacağım bir dilek kalmadı ki Başak!" Sonra, parmaklarımızı birbirine kenetledi. İç içe geçen parmaklarımıza mutlulukla baktığım sırada, benzersiz güzellikteki sesiyle konuştu. "Çilek kokulu, tişört hırsızı bir kızın bir ömür boyu benim olmasını dilemiştim vakti zamanında. Ve dileğim gerçek oldu! Artık açgözlü bir insan olmadığım için de başka hiçbir şey istemiyorum fıstığım!"

Boğazıma tırmanan hıçkırıklarım konuşmama izin vermediğinde, devam etti. "Sizden başka hiçbir şeyde gözüm yok artık! Sizden başka hiçbir şeyi istemiyorum, Başak Koçarslan!"

Daha fazla dayanamayıp başımı göğsüne yasladım ve hıçkırıklarımı süratle koy verdim. Mutluluk gözyaşları döküyor, sevincimden ağlıyordum. İçinde en ufacık bir hüznü barındırmıyordu bu tuzlu yaşlar! Evet. Adımın hemen karşısına yeni gelen ve gururla taşıyacağım soyadım -Koçarslan- bizi bekleyen güzel günlerin habercisi gibiydi âdeta. Yeni soyadım kulağıma, "Daha çok mutluluktan ağlayacağın günlerin olacak Başak!" diye fısıldar gibiydi sanki. Hayatımdaki en büyük yanlışımın bana getirdiği doğru sonuçlardan bir tanesi de buydu işte.

Böylesine büyük bir yanlışa imza atmak ve bu yanlışların önüme çıkardığı doğrularla böylesine mutlu olabilmek... Eşine sık rastlanır bir durum olmasa gerekti. Gelebildiğim bu son nokta için, ne kadar şükretsem azdı!

Bundan böyle yapmam gereken tek şey, mutluluğuma sımsıkı sarılmaktı. İşte ben de bu yüzden dolu dolu olan gözlerimle, hayatımın aşkına ve biricik meleğime sımsıkı sarıldım.

Bir başka deyişle, seneler öncesinde altına afili bir biçimde imzamı attığım yanlış sonucunda kavuştuğum bu güzel doğrulardan ikisine... Evet, onlar bu hikâyenin en büyük doğrularıydı!

Benim en büyük doğrularım onlardı!

Son Söz

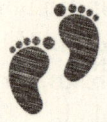

Bir sabah uyanırsınız... Gözlerinizi yeni bir sabaha araladığınızda, tüm kalbinizle sevdiğiniz, uğrunda nice şeyden feragat ettiğiniz adamın size aşkla baktığını görür ve kocaman bir mutlulukla kalkıp gün boyu enerjik olursunuz...

Evet, bizde her sabah tam olarak böyle gelişiyordu. Uyanıyordum, gözlerimi binbir zorlukla aralıyor ve gözlerime aşkla bakan adamla, yani kocamla burun buruna geliyordum.

Açıklaması ise şuydu: Bundan seneler öncesinde, imzamızı attığımız o yanlışlarla dolu gecenin sabahında, değil gözlerime, yüzüme bile bakmayıp gidişinin ve araya giren onca özlem dolu senenin faturasını kendisine kesiyordu. Bundan sonrası içinse her sabah benden erken uyanıp benim uyanmamı sabırla bekliyor ve gözlerimi araladığım anda, aşkla bakan gözlerini gözlerime dikiyordu. O sabahki hatası düzeltmek istercesine...

"Günaydın fıstığım!"

"Günaydın!"

Hunharca esnemeye çalışırken, kendimi bir anda Kıvanç'ın göğsünde bulmamla, kalakaldım. "Kıvanç?"

Konuşmaktansa, dudaklarını dudaklarımla buluşturmayı tercih etti arsız kocam. Ah, evet kocam! Neredeyse sekiz ay olmuştu evleneli ama hâlâ garip geliyordu bu sıfatla ona seslenmek. Tabii bir o kadar da güzel... Bu esnada elleri de rahat durmazcasına bel boşluğuma yerleştiğinde, huylanarak geri çıkmaya çalıştım fakat izin çıkmadı. Beni kollarının arasında daha çok hapsederken, bu sefer de alnıma kondurdu öpücüklerini. Sahiplenircesine... Benimsin dercesine...

Bir Yanlış Kaç Doğru?

Sonunda tenimden ayrılabilmeyi başardığında, geri çıktı. Yüzümü avuçlarının arasına aldığında, önce içimi ısıtacak şekilde gülümsedi. Sonra da ciddiyetle kaşlarını çattı. Ne söyleyeceğini az çok tahmin ediyordum ki bu süreç çok uzamadan, tam da tahmin ettiğim gibi sonuçlandı. "Irmak'a söyleyelim artık, Başak. Yakında doğuracaksın ama kızımız hâlâ kardeşlerinden bihaber!"

Ah, evet, hamileydim! Hem de neredeyse beş aylık ve üstelik ikiz bebeklere hamile!

Ve bana kalsa, doğurana kadar Irmak'ı haberdar etmeyi reddederdim. Çünkü ne denli kıskanç bir kız olduğunu biliyor ve üzülmesinden deli gibi korkuyordum. Ama daha fazla ne kadar çuval tarzı bol kıyafetler giyip de cadı kızımı kandırabilirdim, bilmiyordum. Kreşe başladığı için sabahları rahatça dolanıyordum evde. Ama döndüğünde, heyecandan elim ayağıma dolanıyor, anlayacak diye ödüm kopuyordu.

Bu şartlar altında daha fazla geçiştirmeyeceğimizi anladığımda, "Tamam," dedim.

Mutlulukla gülümsedi. "Salona gidelim o halde. Abimle Asude de içerideler. Söylerken bize yardımcı olacaklar."

Başımı salladım ve uzattığı ele sıkı sıkı tutunup doğruldum. Kolunu anında omzuma atıp göğsüne yasladı beni. Beraberce odamızı terk edip upuzun koridorumuzda adımlarken, derin derin nefesler almakla meşgul ettim kendimi. Sonunda hiç istemesem de salona vardık. Asude'yi, Batın'ı, Ahsen'i, Irmak'ı ve aramıza daha yeni katılan minik yeğenim Mert'i görerek gülümsedim. Asude'yle Batın, her ne kadar ismi konusunda çatışmış olsalar da arkadaşım bu savaştan galip çıkmayı başarmıştı. Her zamanki gibi...

Karşılarına geçip oturduğumuzda, Irmak Ahsen'i bırakarak koşarak geldi yanıma. Heyecanla gözlerime bakarken, süratle konuştu. "Kahvaltımızı yapalım mı anneciğim? Benim bir an önce kreşe gitmem gerekiyor! Masal'la Emir çoktan varmışlardır bile!"

Masal'la Emir, kreşte tanıştığı arkadaşlarıydı. İkisini de anlata anlata bitiremiyordu meleğim. Ahsen bu duruma içerliyor gibi gözükse de Irmak için en değerli olanın o olduğunu bildiğimden -Ahsen'in aksine- rahattım.

"Tamam, meleğim. Bir an önce yaparız. Ama öncesinde, seninle konuşmamız gereken bir konu var," dedim, yumuşacık sesimin arkasına sığınarak. Mavi gözleri merakla kısıldığında, bir bana bir babasına bakıp durdu. Sonunda hiçbir şey anlayamadığında, merakla hayıflandı. "Sizi dinliyorum! Hadi bir an önce anlatın!"

Bu çağrısı üzerine cesaret bulup anlatmaya başlamamız gerekirken, tam aksine, dut yemiş bülbüle döndük Kıvanç'la. Birbirimize bakmaktan ve "Şey..." diye gevelemekten başka bir şey yapamadık. Bu durum en az bir beş dakika kadar sürdüğünde, Asude böyle olmayacağını anlamış olacaktı ki boğazını temizleyerek kalktı. Ah, vefakâr dostum benim! Yine en ihtiyacım olduğu anda yardımıma koşmaktan geri durmayacaktı!

"Tatlı cadım, annen hamile!"

Pat diye söylemesi üzerine, yaşadığım şaşkınlık görülmeye değerdi. Gözlerim fal taşı misali kocaman açılmış, nefesim soluk borumda tıkanıp kalmıştı. Yardım etmekten kastı bu muydu yani? Kızgınlıkla gözlerimi gözlerine diktiğimde, dudaklarını oynatarak konuştu benimle. "Ödeştik!"

Ah, tabii ya! Aklı sıra, aylar öncesinin hesabını alıyordu benden. Ben de, onun hamile oluşunun haberini Irmak'a hemen hemen bu şekilde vermiştim. Ancak farklı olan bir şey vardı ki Irmak'ın zaten Asude'nin hamile olduğunu anlaması ve yalnızca onaylatma amacıyla bize sormasıydı! Şimdiyse... Gerçekten pat diye öğrenmişti.

Düşüncelerimle öyle bir boğuşmuştum ki Irmak'ın ağlamaya başladığını henüz fark edebildim. Korktuğum başıma gelmişti işe! Kızımın yaşlarla dolu gözleriyle karşılaşmam, benim de gözlerimi dolduracak kadar tesirliydi. Onu böyle görmek... Öyle kötüydü ki!

Bu sırada Asude'nin uzlaşmacı bir sesle konuştuğunu duydum. "Güzelim, lütfen yapma böyle."

Sonrasında da Batın'ın... "Amcasının güzeli, ağlamana hiç gerek yok ki! Aksine sevinmen gerek, bak kardeşlerin olacak işte, ne kadar güzel!"

Gözyaşlarının arasından, "Kardeşlerim mi?" diye sordu Irmak.

"Evet, güzelim. Biri erkek, biri kız."

Duyduğu bu haberle, daha şiddetli ağlamaya başladı kızım. Hıçkırıklarının arasından duyduğum, "Bir tane yetmedi mi sanki, ne gerek vardı iki taneye?" cümlesi, normal bir zamanda olsak beni kahkahalara bile boğdurtabilirdi. Ama şimdi, hissettiğim tek şey, koca bir hüzündü...

Böyle olmayacağını anlayarak, eğildim ve yavaşça kucağıma çektim kızımı. Bunu yapmamı beklemiş gibi, başını göğsüme gömdüğünde, saçlarının üzerini öpücüklere boğdum. Sonra fısıldadım. "Meleğim, hiç kimse senden daha kıymetli olmayacak, tamam mı? Ayrıca... Kardeş güzel bir şeydir. Üzülmene, kendini bu kadar yıpratmana hiç gerek yok!"

"Benim bir kardeşim var zaten anne!" karşılığını verdi. "Ahsen! O benim kardeşim işte!"

"Biliyorum hayatım. Ama hatırlıyor musun? Başta onun geleceğini öğrendiğinde de üzülmüştün. Yani, gelecek kardeşlerini de çok sevip onlara en iyi şekilde ablalık yapacağına eminim."

Burnunu çekti. Bu sırada, Kıvanç tepkisizliği bozup Irmak'ın saçlarının arasına götürdü ellerini. Yavaş yavaş okşarken, "Biraz da benim kucağıma gelmek ister misin kızım?" diye sordu.

Irmak başını sallayarak onayladığında, babasının kucağına geçmesine yardımcı oldum. Orada durulmasını beklerken, bir anda şiddetlenen ağlaması karşısında ise şaşkınca baktım. Babasının göğsüne kapanmış, hıçkıra hıçkıra ağlıyordu. Neydi, birdenbire böyle şiddetle ağlamaya başlamasına yol açan?

Boyundan büyük hıçkırıklarıyla bedeninin baştan aşağı sarsıldığını gördüğümde, iri iri yaşların gözlerimden aşağı süzülmeleri gecikmedi. Fakat bu, hiçbir şeydi. Asıl kötü olan, saniyeler sonra gelişti. Irmak'ın, korku dolu gözleriyle babasının gözlerine bakarak sorduğu soruyla: "Yine gidecek misin baba?"

"Bunu da nereden çıkardın kızım? Tabii ki de gitmeyeceğim!"

"Gerçekten gitmeyeceksin, öyle mi?"

"Gitmeyeceğim!"

"Emin misin?"

"Eminim!" dedi Kıvanç. Sonra da sabrını zorlar gibi gözlerini yumdu ve bir kez daha sordu. "Neden böyle bir şey sordun kızım?"

Kızımızın cevabı... Fazlasıyla masumdu. Bir o kadar da hüzne boğarcasına zor! "Bilmem. Benim bebekliğimde yoktun ya, onların bebekliğinde de olmazsın sandım. Korktuğum için bu kadar ağladım."

Verebildiğimiz tek tepki, gözlerimizi yummak oldu. Açmak istemezcesine sıkı... Nefes dâhi alamadığımı hissettim bir anlığına. Ne kadar da ince düşünmüş ve nasıl da masumca korkmuştu kızım!

Bir süre yalnızca sustuk. Irmak, bu sessizliği yeni bir soruyla bozuncaya dek... Neyse ki bu seferki sorusu hem güzel hem de kolaydı. "İzin verirseniz... Kardeşlerimden birinin adını ben koyabilir miyim?"

Kıvanç'la bakıştık. Bu fikir benim hoşuma gittiği gibi onun da hoşuna gitmiş olacaktı ki, mutlulukla gülümseyip aynı anda cevapladık. "Tabii ki koyabilirsin!"

Sonra Asude, meraklı gözlerini yeğenine dikerek sordu. "Hangisini adını koymak istiyorsun Irmak?"

Hepimiz merakla ona bakarken, babasının kucağında rahat bir pozisyona geçti ve her birimizin gözlerinin içine tek tek baktıktan sonra yanıtladı. "Erkek olanınkini!" dedi ve hemen sonra heyecanla iki yana açtı kollarını. "Yağız olsun adı! Yağız olmasını çok istiyorum!"

Yağız, Irmak'ın aylardır aklından çıkarmayı başaramadığı, düğünümüzdeki o gizemli çocuktu. Hâlâ hangi davetlinin çocuğu ya da torunu olduğunu öğrenememiştik. Fakat Irmak'ın, boyundan büyük hırsıyla bir şekilde öğreneceğine emindik. Anlaşılan o ki çocukluk aşkları bir başkaydı...

Irmak'ın sözleri üzerine Asude'yle benim yüzüm mutlulukla aydınlanırken; Batın'la Kıvanç'sa bize tezatlık oluştururcasına kaşlarını çatmışlardı. Ahsen neşeyle gülerken; Mert'se cıyak cıyak ağlamaya başlayan taraftı.

Sonrasında etrafımdakilere, yani sevdiğim bu insanlara tek tek baktım. Hepsi ama hepsi, bu dünyadaki en değerli varlıklarım, olmazsa olmazlarımdı! Yokluklarında en dibe batacağını bildiğim; varlıklarıyla ise beni dünyanın en şanslı insanı konuma getiren birbirinden kıymetli insanlardı!

Gözlerimi huzurla yumarken, elimi karnıma götürdüm. Ve içimden geçirdim: "Koçarslan ailesine katılacağınız için siz de çok şanslısınız canlarım. Yağız'ım ve Yağmur'um!"

Ah, evet. En azından bir çocuğumun adını da ben koymalıydım, değil mi? Ve bence Yağmur, çok güzel bir seçimdi... Sonsuza kadar mutlu olmayı dilediğim esnada, Irmak'ın sözleri ve hemen arkasından gelen Kıvanç'ın güçlü homurtuları, gözlerimi aralayıp kahkahalarımın dışarı taşmalarına sebep oldu.

"Umarım kardeşim de en az benim Yağız'ım kadar yakışıklı olur!"

ATEŞKES'ten... (Serinin Irmak Koçarslan kitabı)

Saçlarımı taramaya devam ederken, aynadaki yansımama takıldı gözlerim. Sapsarı saçlara sahiptim. Annemle babam tam sarışınlarken, başka bir şeyin olması abes kaçardı zaten. Ve anneminki kadar uzundu da saçlarım. Gözlerimin şeklini annemden, mavi rengini ise babamdan almıştım. Yanağımın iki yanında simetrik bir şekilde var olan gamzelerim Batın amcamdan, karakteristik özelliklerimin çoğu ise Asude teyzemdendi. Kısacası hepsinden bir parça taşıyordum benliğimde. Beni ben yapan onlardı çünkü. Onlara olan sevgim, saygım ve inanılmaz bağlılığım... Bunların hepsi birleştiğinde, denklemin sonuç kısmında yazılan kişi ben oluyordum. Onların toplamıydım ben. O toplamanın eşitiydim!

"Sen bir ömür boyu elini tutacağım, gözlerinin içine sevgiyle bakacağım ve başına bir şey gelme korkusuyla her an tetikte olacağımsın... Kısacası, bir ömür boyu benimlesin. Bir ömür boyu benimsin."

Her hikâyenin bir başlangıcı vardır ve her başlangıç birbirinden farklıdır. Kimisi güllük gülistanlık başlar, kimisi ise daha en başından canınızdan bezdirir sizi... Ve her hikâyenin kendine has bir kokusu da vardır. Mesela Merve ile Demir'in hikâyesi. Baştan aşağı kahve kokan bir hikâye bu! Bir çift topuklu ayakkabının ve bir fincan dolusu kahvenin önayak olduğu bir hikâye.

Siz daha önce kahve damlacıklarının kalbe giden yolu oluşturduğunu duymuş muydunuz? Ya da buz kütlesi bir adamın, yalnızca bir fincan dolusu kahveyle eriyebileceğini? Sevmeyi bilmeyen bir adamın, gönlünü çelecek bir kadınla bir asansör kabininde tanışabileceğini?

Bir kez daha anlıyordum ki, zamanın, daha doğrusu kaderin karşımıza neler çıkaracağı hiç belli olmuyordu.